"十四五"国家重点出版物出版规划项目

国家社科基金重大项目（21&ZD269）阶段成果

新中国少数民族文学史料整理与研究（1949—1979）

学术委员会

主　任：朝戈金

委　员：（按姓氏笔画排序）

丁　帆　丁克毅　王宪昭　文日焕　包和平

刘　宾　刘大先　刘亚虎　汤晓青　李　瑛

李晓峰　吴　刚　邹　赞　汪立珍　张福贵

哈正利　钟进文　贾瑞光　徐新建　梁庭望

韩春燕

国家出版基金项目
NATIONAL PUBLICATION FOUNDATION

新中国少数民族文学史料整理与研究（1949—1979）

史诗、叙事诗卷

李晓峰　邱志武　包国栋 ◎ 编著

辽宁师范大学出版社
·大连·

图书在版编目 (CIP) 数据

新中国少数民族文学史料整理与研究：1949—1979.
史诗、叙事诗卷 / 李晓峰, 邱志武, 包国栋编著.
大连：辽宁师范大学出版社, 2024.11. -- ISBN 978-7-
5652-4512-1

Ⅰ. I207.9

中国国家版本馆CIP数据核字第2024R9K734号

XINZHONGGUO SHAOSHU MINZU WENXUE SHILIAO ZHENGLI YU YANJIU（1949—1979）·SHISHI、XUSHISHI JUAN

新中国少数民族文学史料整理与研究（1949—1979）·史诗、叙事诗卷

策划编辑：王　星
责任编辑：任　飞　杨焯理
责任校对：韩福娜
装帧设计：宇雯静

出　版　者：辽宁师范大学出版社
地　　　址：大连市黄河路850 号
网　　　址：http://www.lnnup.net
　　　　　　http://www.press.lnnu.edu.cn
邮　　　编：116029
营销电话：0411 – 82159915
印　刷　者：大连图腾彩色印刷有限公司
发　行　者：辽宁师范大学出版社

幅面尺寸：170 mm × 230 mm
印　　　张：39.5
字　　　数：645千字

出版时间：2024年11月第1版
印刷时间：2024年11月第1次印刷
书　　　号：ISBN 978-7-5652-4512-1

定　　　价：236.00 元

出版说明

　　本书所收均为少数民族文学研究领域的珍稀史料，其写作时间跨越数十年，不同学者的语言风格不同，不同年代的刊印标准、语法习惯及汉字用法也略有差异，个别文字亦有前后不一、相互抵牾之处，编者在选编过程中，为了尽量展现史料原貌，尊重作者当年发表时的遣词立意，除了明显的误植之外，一般不做改动。对个别民族的旧称、影响阅读的标点符号用法及明显错讹之处进行了勘定。

　　同时，为了保证本书内容质量，在选编过程中，根据国家出版有关规定，作者和编辑在不影响史料内容价值的前提下，对部分段落或文字做了删除处理，对个别不规范的提法采用"编者注"的方式进行了说明，对于此种方式给读者带来的阅读困扰，敬请谅解。

目　录

全书总论

"三交"史料体系中的新中国少数民族文学史料

　　各民族文学史料是中华民族共同体史料体系的重要组成部分,文学史料的整理和研究,在中华民族共同体研究的话语体系、理论体系建设中,具有不可替代的作用。习近平总书记在 2023 年 10 月 27 日中共中央政治局第九次集体学习时提出"加快形成中国自主的中华民族共同体史料体系、话语体系、理论体系",这对民族文学史料科学建设具有重大历史意义。

　　在"三大体系"中,史料体系是基础。犹如一栋大厦,根基的深度、厚度和坚实程度,决定着大厦的高度和质量。而中华民族共同体史料体系的完整性、系统性、科学性,在"三大体系"建设中至关重要。对现代学科而言,完整的史料体系,包括政治、经济、社会、法律、文化各个方面,缺一不可,否则,就难言史料体系的完整性、系统性、科学性。正是从这一意义上,将各民族文学史料纳入中华民族共同体史料体系之中,就显得尤为必要。

一、民族文学史料在"三交"史料体系中的地位和价值

　　各民族文学交往交流交融史料,在中华民族共同体史料体系中具有举足轻重的地位,在中华民族共同体话语体系、理论体系建设中,具有不可替代的作用。这是由文学自身的特点,以及文学史料在还原中华民族多元一体格局形成的历史,全面总结和评价新中国成立以来,少数民族文学以文学的方式,在宣传党的民族

政策、促进各民族团结、培养各民族国家认同中发挥的不可替代的作用决定的。

首先，文学是人类最广泛、最丰富的活动，是人类情感与精神最多样、最全面、最生动、最直接的表达方式，是人类历史最生动、最形象、最全面、最深刻的呈现形式，所以文学经常被认为是人类的心灵史、民族的命运史、国家的成长史。

文学诞生于人类最早的生产活动和精神活动。《吕氏春秋·古乐》云："昔葛天氏之乐，三人操牛尾，投足以歌八阕：一曰载民，二曰玄鸟，三曰遂草木，四曰奋五谷，五曰敬天常，六曰达帝功，七曰依地德，八曰总万物之极。"在学界，一般认为这是对中国原始诗歌和舞蹈起源的史料记载，对人们了解原始诗、歌、舞三位一体的形态和内容具有重要的史料价值，同时也是文学起源于劳动学说的最好例证。鲁迅先生在《门外文谈》中也说："我们的祖先的原始人，原是连话也不会说的，为了共同劳作，必需发表意见，才渐渐的练出复杂的声音来，假如那时大家抬木头，都觉得吃力了，却想不到发表，其中有一个叫道'杭育杭育'，那么，这就是创作；大家也要佩服，应用的，这就等于出版；倘若用什么记号留存了下来，这就是文学；他当然就是作家，也是文学家，是'杭育杭育派'。"这里谈的也是文学起源、作家与作品的关系、文学流派的产生，其观点与《吕氏春秋·古乐》一脉相承。

从文学发展历史来看，文学是人类对外部客观世界、人类的生产生活实践和人的内在精神世界的直接反映。口头文学是早期人类文学生产、传播的主要形式。口头文学的口头性、集体性、变异性、传承性，一方面使大量的文学经典一直代代相传地活在人们的口头上，同时，在传承中出现了诸多的变异和增殖；另一方面，人类口耳相传的口头文学具有综合性，不仅与劳动生活融为一体，而且和其他艺术门类综合在一起，所谓诗、歌、舞、乐一体即是对其综合性的概括。中国活态史诗《格萨（斯）尔》《江格尔》《玛纳斯》便是经典例证。

文字产生以后，有了书面文学。但口头文学与书面文学并行不悖且同步向前发展，二者之间的关系复杂多样。

从史料的角度来说，文字的产生，使人类早期口头文学得到记录、保存和流传。可以确定的是，文字产生之后相当长的时期，文字一方面成为文学创作的直接手段,即时性地记录了人们的文学创作活动,另一方面也成为口耳相传的口头文学向书面文学转换和固化的唯一媒介和符号。在早期被转化的文学,就包括人类代代相传的关于人类起源、迁徙、战争等重大题材和主题的神话传说。历史学已经证实,人类早期的神话传说包含着丰富的历史信息、文化信号和精神密码。例如,殷商时期的甲骨文,记录了商人的生活情形,使后人约略获取一些商朝历史发展的信息。而后来《尚书》《周礼》中关于夏、商、周及其之前的碎片化的记载,以及后来知识化的"三皇""五帝"的"本纪",其源头无一不是口头神话传说。

也正是口头文学的口头性、集体性、变异性、传承性,使这些口头神话传说在不同的典籍中有了不同样态,五帝不同的谱系就是一个例证。司马迁在《五帝本纪》中对五帝的记叙,仅仅是其中的一个谱系。即便是目前文献记载最早的中华民族创世神话三皇之一的伏羲也是如此。吕振羽在《史前期中国社会研究》中,认为伏羲神话是对渔猎经济的反映,具有史前社会某一个时期的确定性特征。刘渊临在《甲骨文中的"蚰"字与后世神话中的伏羲女娲》中,骆宾基在《人首龙尾的伏羲氏夏禹考——〈金文新考·外集·神话篇〉之一》中,都将目光投向早期文字记载中的伏羲,是因为,这是最早的关于伏羲的文献史料。有意味的是,芮逸夫在《苗族的洪水故事与伏羲女娲的传说》中,认为伏羲女娲神话的形成可追溯到夏、商;杨和森在《图腾层次论》一书中,又认为伏羲是彝族的虎图腾及葫芦崇拜。他们的依据之一便是这些民族代代相传的神话传说的口头史料和文献史料。这些讨论,一是说明早期文献典籍对人类口头文学的记载,既多样,又模糊;二是说明对中国早期文明形态、文明进程的研究,离不开人类口头文学;三是说明对中国早期文明的研究应该有中华文明起源"满天星斗"的视野;四是说明同一神话传说在不同民族传播的表象下呈现出来的各民族文化交流交融是一个值得从中华民族共同体角度研究的历史现象。

从文献史料征用的角度来说,作为人类口头文学的神话传说,后来被收进了各种典籍,作为历史文献被征用。此后,又被文学史家因其文学的本质属性从历史文献中剥离出来，纳入文学史的知识体系。文学独立门户自班固《汉书》首著《艺文志》始，在无所不包的宏大史学体系中，文学有了独立的归类和身份，但仍在"史"的框架之中。至《四库全书》以"集部"命名文学，将其与经、史、子并列，文学身份地位进一步确定和提升。但子部所收除诸子百家之著述外，艺术、谱录、小说家等无不与文学关涉，这又说明历史与文学的关系是盘根错节、难以分割的。这种特性，也造就了中国古代历史和古代文学史的"文史不分"——没有"文学"的历史与没有"历史"的文学，都是不可想象的，这也充分说明文学史料在整个史料中的地位、价值和意义。文学描写的是人类活动，表达的是人类情感和思想，传递的是人们对美好生活的向往，是人类诗意栖居的共有家园。这是历史学其他分支学科所无法做到的。而人是活在具体的历史之中的，正如"永王之乱"之于李白，《永王东巡歌》作为李白被卷入"永王之乱"的一个文字证据而被使用。因此，历史学的专门史，是文学史的基本定位。如此，文学史料在史料体系中的地位和价值就是不容忽视的存在。

其次，在马克思主义理论中，文学艺术与哲学、政治、法律、道德、宗教一起，构成了马克思主义社会意识形态的主体要素。文学被视为意识形态的原因在于，它是社会意识形态的一种表现形式，并且具有意识形态的属性。

我们知道，意识形态是人对于事物的理解和认知，是人的观点、观念、概念、价值观等的总和。意识形态也是一定的政治共同体或社会共同体主张的精神思想形式，是社会意识诸形式中构成思想上层建筑的组成部分。文学作为人类一种精神活动及其产品，是由人们对人类社会发展的历史和社会现实的认知所决定的。就文学与历史、文学与生活的关系而言，文学以不同的形式，表现或传达人们对历史和现实生活的认知和内心情感。一是"文以载道""兴观群怨"，说明文学并不是社会生活在人们头脑中的简单重现，而是包含着创作者的世界观、人生观、价值观等意识形态元素，这些元素通过作品的人物塑造、情节安排等方式，向读者传达出来。二是文学是审美的意识形态，它既是一种创造美和欣赏美的社会活动，同时也是一种以美为创造对象和欣赏对象的意识层面的活动，这种活动伴随着什么是美和美是什么的追问，也伴随着人类情感、精神和思想境界的升华。因此,习近平总书记在《在文艺工作座谈会上的讲话》中指出:文艺事业是党和人民的重要事业,文艺战线是党和人民的重要战线。文艺是时代前进的号角,最能代表一个时代的风貌,最能引领一个时代的风气。这说明,党和国家对文学的意识形态属性高度重视。而事实上,在意识形态之中,文学正是以对历史的重构、现实的观照,人类对美的追求的表达,承担着其他意识形态无法替代的社会功能,这也决定了文学史料在整个史料体系中的特殊价值。

再次,文学上的交往交流交融,对推动中华民族从多元走向一体的历史进程,推动中华民族凝聚力的形成和中华文化认同,影响深远而巨大。这是由文学的巨大历史载量、巨大思想力量、巨大情感力量、巨大审美力量所决定的。没有什么是文学所不能承载的,所以文学在各民族交往交流交融中,既是显性的交往(如文化层面的交流互动、文学作品的跨民族、跨文化传播),又是精神、情感和心灵层面的属于文学接受和影响范畴的隐性的深度渗透。作为文化的直接载体和表现符号,文学具有先天优势。正因如此,在中华民族交往交流交融历史上,留下了浩如烟海的文学史料。例如,根据历史文献的记载,文成公主入藏时,所携带的书籍中不仅有佛经、史书、农书、医典、历法,还有大量诗文作品。藏区最早的汉文化传播,就是从先秦儒家经典和《诗经》《楚辞》开始的。再如,辽代契丹人不但实行南面官北面官制,还学汉语习汉俗,更是对《诗经》、《楚辞》、汉赋、唐诗、宋词照单全收。辽圣宗耶律隆绪对白居易崇拜有加,自称"乐天诗集是吾师"。耶律楚材在西域征战中习得契丹语,将寺公大师的契丹文《醉义歌》翻译成汉语,不仅使之成为留存下来的契丹最长诗歌作品,也使我们从中领略到契丹人思想领域中的多元状态——既有陶渊明皈依自然的思想,又有老庄思想与佛教的思想观念。而这种多元的思想是契丹基本的思想格局,它不仅反映了契丹社会的开放性和包容性,更显示了契丹文化与其他民族文化的交融,特别是对汉族文化的吸收。这些生动丰富的文学史料,从生活出发,经由文学,抵达人的思想和精神层面,共鸣并升华为中华民族的向心力和凝聚力,极大地促进了各民族交往交流交融,成为中华民族从多元走向一体的文学记录。

也正因如此,党和国家对各民族文学史料高度重视。早在 1958 年,党和国家在全国各民族社会历史调查和语言调查取得丰硕成果的基础上，决定由中华人民共和国国家民族事务委员会主持编写《中国少数民族》《中国少数民族简史丛书》《中国少数民族语言简志丛书》《中国少数民族自治地方概况丛书》《中国少数民族社会历史调查资料丛刊》（简称"民族问题五种丛书"），这一系统而浩大的国家历史工程历经艰辛，于2009年修订完成，填补了中国历史研究的空白，成为研究中华民族从多元走向一体的基础文献。

而同年，由中共中央宣传部直接领导，各省区党委负责，中国科学院文学所主持的中国少数民族文学史（概况）编写工程启动。

中国少数民族文学史（概况）编写与"民族问题五种丛书"作为社会主义意识形态重大工程和国家重大历史文化工程的同时启动，说明党和国家对少数民族文学的重视，也说明各民族文学史料之浩繁、历史之悠久、形态之特殊，是"民族问题五种丛书"无法完全容纳的，须独立进行。例如，《蒙古族简史》在"清代蒙古族的文化"一章中，专设"文学作品"一节，但这一节仅介绍了蒙古族部分作家作品，没有全面总结蒙古族文学与汉族、满族等民族文学交流融合的历史进程。其他民族的"简史"存在同样的问题。

事实证明，正是新中国成立后对各民族文学的有组织的全面调查、搜集、整理、研究，使我们掌握了各民族文学的第一手史料，摸清了各民族文学的"家底"，尤其是在搜集、整理过程中发掘出来的各民族文学关系史料，为揭示中华民族从多元走向一体的思想、情感、文化动因，提供了重要的支撑。1983年中国社会科学院毛星主编的三卷本《中国少数民族文学》第一次呈现了中国少数民族文学发展的历史，绘制了中国少数民族文学版图。此后，马学良、梁庭望等也陆续推出通史性质的中国少数民族文学史。而这些通史性的少数民族文学史，正是以各民族文学史料的整理、各民族文学史（概况）的编写为基础的。

特别需要说明的是，20世纪90年代，梁庭望、潘春见的《少数民族文学》，立足于各民族交往交流交融的理念，拓展和深化了少数民族文学研究，也为中国特色的比较文学学科体系、学术体系、话语体系建设做出了积极努力。2005年，郎樱、扎拉嘎等人的国家社科基金重大项目"中国各民族文学关系研究"立足

"关系"研究,通过对始自秦汉,止于近代的各民族关系研究,得出了"你中有我,我中有你"的历史结论,成为中华各民族交往交流交融关系研究最早、最系统、最宏观的成果。而这一成果也是作者们历时数年,对各民族文学交往交流交融史料进行的最全面的梳理和展示。

事实上,自少数民族文学学科建立以来,对各民族文学交往交流交融研究就是重点领域,特别是 20 世纪 90 年代以来,各民族文学关系研究成为少数民族文学研究的分支学科。相应地,对各民族文学交往交流交融的史料整理也自然成为研究的基础。《中国各民族文学关系研究》《20 世纪中华各民族文学关系研究》《元代蒙汉文学关系研究》等都是具有代表性的成果。这些成果,不仅重新梳理、发掘了一大批各民族文学交往交流交融关系的史料,同时也进一步揭示了中国各民族自古以来的交往交流交融的历史发展规律。

因此,在"三交史料"体系中,各民族文学交往交流交融史料的重要地位是不能忽视和不可替代的。剥离了文学史料,各民族交往交流交融史料体系是不完整的。

二、新中国少数民族文学史料的性质和价值

少数民族文学史料,既是少数民族文学发展、学科建设历史的足迹,也是少数民族文学史知识生产的基础材料。

新中国少数民族文学史料是新中国文学史料体系中重要而独特的组成部分,是各少数民族文学史料的集成。这是新中国少数民族文学的性质决定的。

新中国成立后,少数民族文学被纳入社会主义新文学的整体之中,被赋予了社会主义新文学的性质。同时,少数民族文学还被党和国家赋予了宣传党的民族政策,维护国家统一,促进民族团结,促进各民族之间的了解和文化交流,反映各民族人民社会主义新生活、新面貌、新形象、新精神、新情感、新思想的社会功能和政治使命,受到党和国家的高度重视。少数民族文学因此成为国家话语的组成部分,从而与党的民族政策、各民族经济和社会发展保持密切关系。因此,无论从社会主义意识形态角度观之,从统一的多民族国家的角度观之,还

是从新中国社会主义文学的角度观之，少数民族文学的性质、功能、使命和作用都决定了少数民族文学史料国家性的特殊属性。

例如，1949 年 7 月 14 日中国第一次文代会通过的《中华全国文学艺术界联合会章程（草案）》，首次提出在即将成立的中华人民共和国的文学艺术事业中，要"开展国内各少数民族的文学艺术运动，使新民主主义的内容与各少数民族固有的文学艺术形式相结合。各民族间互相交换经验，以促进新中国文学艺术的多方面的发展"。这里的"各少数民族文学艺术"概念以及对少数民族文学的定位和发展规划，虽然与 1934 年《苏联作家协会章程》有一定联系，但重要的是，为什么在规划新中国文学时，就已经充分考虑到各少数民族文学艺术。显然，这与即将建立的新中国是一个不同于苏联的统一的多民族国家的国家性质直接相关。这样，"促进新中国文学艺术的多方面的发展"，显然超越了《苏联作家协会章程》中对各苏维埃联邦共和国中不同民族文学翻译的重视和发展各兄弟民族的文学——《苏联作家协会章程》在第四项任务中称："实行相互帮助，交换各兄弟共和国作家和批评家的创作经验，有组织地将艺术作品从一个民族的语言翻译成其他民族的语言——借此尽量地发展各兄弟民族的文学。"也就是说，《中华全国文学艺术界联合会章程（草案）》中统一的多民族国家的立场和对少数民族文学发展目标的确定明显不同于《苏联作家协会章程》。这一点在《人民文学》发刊词中得到了更直接的体现。在发刊词中，少数民族文学的国家文学、国家学科、国家学术的国家性被正式确定，各民族文学共同发展的国家意识，也都指向了统一的多民族国家，指向了统一的多民族国家中各民族一律平等，指向了反对大民族主义和地方民族主义的国家意识，指向了在统一的多民族国家的社会主义新文学的整体格局中定位少数民族文学的性质，指向了在国家文学和国家学科中通过推动少数民族文学的发展，落实党和国家的民族政策，指向了党对少数民族文学在统一的多民族国家建设中的作用的重视、规范和期待。

所以，国家在启动"民族问题五种丛书"编写的同时，也启动了少数民族文学史编写以及"三选一史"的国家工程。1979 年，少数民族文学史编写工程再次启动,《光明日报》发表述评《重视少数民族文学》,再一次发出国家声音。故而,在对少数民族文学发展和对少数民族文学史编写的重视方面,只有从建构统一的多民族国家历史知识的角度,从中华民族共同体历史知识生产的角度,才能理解和认识党和国家的良苦用心。而少数民族文学史料所呈现的历史现场也是如此。老舍在《关于兄弟民族文学工作的报告》和《关于少数民族文学工作的报告》中,从统一的多民族国家的高度,提出少数民族作家的文学创作要达到汉族作家的水平,清楚地表明了以平等为核心,共同发展为目标的民族政策在少数民族文学事业上的国家顶层设计。

历史地看,新中国少数民族文学以积极主动的姿态实现了国家对少数民族文学性质、功能、作用的定位和期待。例如,玛拉沁夫的《科尔沁草原上的人们》在《人民日报》的短评中斩获了五个"新",从作家角度说,是因为其对少数民族文学性质、功能、作用的实践;从国家层面说,是因为党和国家对少数民族文学所承担的责任和使命得到了很好践行的充分肯定。再如,冰心的《〈没有织完的统裙〉读后》也是一个典型案例。冰心从"云南边地自然风光和民族风情""新人新事""毛主席伟大民族政策在云南的落地生根"三个观察点进行分析,这三个观察点同样也来自国家赋予少数民族文学的功能和使命。与《科尔沁草原上的人们》不同的是,在冰心这里,少数民族文学在促进各民族之间的了解和文化交流方面的功能得到强调。冰心说,"那些迷人的、西南边疆浓郁绚丽的景色香味的描写,看了那些句子,至少让我们多学些'草木鸟兽之名',至少让我们这些没有到过美丽的西南边疆的人,也走入这醉人的画图里面"。而且,民风民俗同样吸引了冰心,特别是作为民族智慧结晶的民族谚语,更引起她的注意:"还有许多十分生动的民族谚语,如:'树叶当不了烟草','老年人的话,抵得刀子砍下的刻刻','树老心空,人老颠东','盐多了要苦,话多了不甜','树林子里没有鸟,蝉娘子叫也是好听的'……等等,都是我们兄弟民族人民从日常生活中所汲取出来的智慧。"所以,冰心"兴奋得如同看了描写兄弟民族生活的电影一样"①。

---

① 冰心:《〈没有织完的统裙〉读后》,《民族团结》1962 年第 8 期。

冰心的评价既表现了国家对少数民族文学的期待和规范,同时也呈现了少数民族文学在增进各民族了解和文化交流方面的作用和少数民族文学独特的美学特质。正如老舍1960年在《兄弟民族的诗风歌雨》中所说:"各民族的文学交流大有助于民族间的互相了解与团结一致。"①

少数民族文学史料的国家性,使之成为新中国文学史料体系中具有独特价值的不可或缺的组成部分。

首先,少数民族文学史料真实客观地记录了党和国家从统一的多民族国家和中华民族共同体建设的高度,发展少数民族文学的国家立场和实际举措。

其次,少数民族文学史料真实客观地呈现了少数民族文学对党和国家赋予的功能、使命的践行,真实客观地反映了各民族社会生活的历史性巨变。

再次,少数民族文学史料忠实记录了少数民族文学自身的发展历程,记录了不同历史时期政治文化语境的变化对少数民族文学创作、文学批评和理论研究的深刻影响。

最后,少数民族文学史料真实客观地反映了少数民族文学对中国文学做出的巨大贡献。各民族民间文学的搜集整理,少数民族古代作家作品的研究,当代各民族文学发展研究,不仅渗透到中国语言文学的各个学科,而且高度体现了中国文学史的多民族共同创造的属性。各民族文学史料对中国文学史料的丰富、完善,不仅为少数民族文学史研究,也为新中国文学史研究提供了基础材料。

所以,少数民族文学史料的性质和政治价值、社会价值、历史价值、文化价值、文学价值都是值得重视和研究的重要课题。

三、新中国少数民族文学史料形态

"形态"一词通常指事物的形式和样态、状态。在这里,笔者更倾向于从研究生物形式的本质的形态学角度来认识新中国少数民族文学史料,借鉴形态学

---

① 舒舍予:《兄弟民族的诗风歌雨》,《新华半月刊》1960年第9期。

注重把生物形式当作有机的系统来看待的方法,不仅关注部分的微观分析,也注重总体上的联系。

史料基本形态无外乎文献史料、口述史料、实物史料、图片史料、数字(电子)史料五种。专门研究史料形态及其演变规律的史料形态学,关注的重点是史料的形态、结构、特征以及它们在不同历史时期和文化背景下的变化,史料形态与社会、政治、文化等因素的相互关系,以及这些因素如何影响史料的形成、传播和保存等。通过深入研究史料形态学,我们可以更好地理解史料的本质、来源、传播和保存方式,从而更准确地解读历史信息,揭示历史事件的真相。这样,史料形态学的研究就要从史料的形态入手。新中国少数民族文学史料也是如此。

从有机的系统性角度来看,无论是对新中国少数民族文学整体评价的文献史料,还是微观形态的作品评论史料,乃至一则书讯、新闻报道,都指涉着特定历史语境中的意识形态、社会思潮、社会生活、文学创作、文学评价所构成的彼此关联和指涉的有机系统的整体性和内部的丰富性、复杂性。这些要素各有特定的内涵和不同话语形态,但其内在价值取向的指向性却具有一致性和共同性的特点。至于对社会生活反映的话语的不同,对不同问题的阐发的不同,学术观点的争论甚至某一人观点前后的矛盾,也都是一体化的政治文化语境下,不同的文学观念与社会价值观念的对话、冲突、调适,并且受控于国家意识形态规范的结果。因此,对史料系统的有机性的重视,对史料系统完整性程度的评估,对不同史料关系的梳理,对具体史料生成原因的挖掘,直接关系到真实、客观、全面还原少数民族文学的历史现场。

从史料留存的基本情况看,1949—1979年少数民族文学史料形态涵盖了前述五种形态,但各形态史料的数量、完整性极不平衡。其中,文献史料最多且散佚也最多,口述史料较少且近年来也未系统开展收集工作,图片史料少而分散,故更难寻觅,实物史料则少而又少。因此,以文献史料特别是学术史料为主体的史料形态是本书史料的主要特征和重点内容,这也是由目前所见少数民族文学史料的主体形态和客观情况所决定的。

　　文献史料在史料形态中的地位自不必言，而文献史料存世之情形对研究的影响一直作为无法破解的问题，存在于史料学和各学科研究之中。孔子在《论语·八佾篇》中言：夏礼，吾能言之，杞不足征也；殷礼，吾能言之，宋不足征也。文献不足故也，足，则吾能征之矣。在这里，孔子十分遗憾地感叹关于杞、宋两国典籍和后人传礼之不足，十分清楚地说明了史料与传承的重要性。孔子尚感复原夏殷之礼受史料不足的局限，后人研究夏殷之礼的难度就可想而知了。正如梁启超所说："时代愈远，则史料遗失愈多而可征信者愈少，此常识所同认也。"同时，他还说："虽然，不能谓近代便多史料，不能谓愈近代之史料即愈近真。"①这也是梁启超在研究中国历史时，对晚近史料之不足与史料之真伪情形的有感而发。他的感想，也成为所有治史料之学人的共识。傅斯年所说的"有一分材料说一分话"，指出了远古史料、近世史料的基本状况、形态以及使用史料的基本规范和原则，但从中也不难体察出治史者对史料不足的无奈。

　　少数民族文学史料也是如此。本书搜集整理的是 1949 年至 1979 年间的少数民族文学史料。其起点距今不过 70 多年，终点不过 40 多年。按理说，这 30 年间，国家建立了期刊、报纸、图书出版发行体系，建立了国家、省、市、县、乡镇的体系化图书馆。早在 20 世纪 50 年代，许多工厂、机关、学校、街道在极其艰难的条件下，陆续建立了图书阅览室。另外，从国家到地方，也有健全的档案体系，文献史料保存的系统是较为完备的。但是，史料的保存现状却极不乐观。以期刊为例，即便国家图书馆，也未存留 20 世纪 50 年代出版的少数民族文学的全部期刊。已有的部分期刊，断刊情况也非常严重。特别是 20 世纪 80 年代后期，因为种种原因，许多地区和基层图书馆期刊、报纸文献遭到大面积破坏，20 世纪 50 年代至 60 年代的许多珍贵史料，被当作废纸按"斤"处理掉。对本地区期刊、报纸文献保存最完整的各省级图书馆，也因搬迁、改造、馆藏容积等使馆藏文献被"处理"的情况极为普遍。因此，许多文献已经很难寻找，文献史料的散佚使这一时期文献史料的珍稀性特点十分突出。

---

①　梁启超：《中国历史研究法》，上海人民出版社，2014 年版，第 39 页。

例如，在公开发行的史料中，《新疆文艺》1951 年创刊号上柯仲平、王震撰写的创刊词，我们费尽周折仍无缘得见。再如，关于滕树嵩的《侗家人》的讨论，是以《云南日报》为主要阵地展开的，但是，《边疆文艺》《山花》也参与其中，最终的平反始末的史料集中在《山花》。其中还有《云南日报》的"编者按"以及同版刊发的批判周谷城的文章，其所呈现出来的一体化的时代政治文化语境中，边疆与中心的同频共振给我们深入分析这些史料的价值提供了第一手材料，也还原了特定的历史语境。是不是将这些史料"一网打尽"后，关于《侗家人》发表、争鸣、批判、平反的史料就完整了呢？当然不是。因为，这些仅仅是公开发表的，或者在社会公共空间生产和传播的史料，还有另一类未在社会公共空间公开生产和传播的珍稀史料存世。例如，云南省委宣传部的《思想动态》上刊发的《小说〈侗家人〉讨论情况》《作协昆明分会同志对讨论〈侗家人〉的反映》《部分大学师生对批判〈侗家人〉很抵触》《〈侗家人〉作者滕树嵩的一些情况》，这些未公布于世的内部资料，与公开发表的史料汇集，才能真实地还原《侗家人》由讨论到批判的现场。因此，未正式刊行史料中的这类史料的价值是难以估量的。

未正式刊行的珍稀史料除了内部资料外（如各种资料集），还有各种文件、批示、作家手稿、书信、日记、稿件审读意见、会议记录、发言稿等。这类史料散佚更多，搜集整理更难，珍稀程度更高。

例如，1958 年首次启动，至 1979 年第二次启动，其间有大量史料产生的少数民族文学史史料编撰，目前我们所见的成果仅有中国社会科学院 1984 年选编的《中国少数民族文学史编写参考资料》这一内部刊行资料。其中收录了中共中央宣传部关于少数民族文学史编写工作座谈会纪要，关于少数民族文学编写原则、分期等讨论稿，以及李维汉、翦伯赞、马学良等人的信件等。事实上，在1961 年关于少数民族文学史编写座谈会召开及对已经编写的少数民族文学史进行讨论时，中国科学院文学研究所曾编印了《一九六一年少数民族文学史讨论资料》和少数民族文学史编写、审读、讨论的"简报"等第一手资料，但这些珍贵史料已经不知去向。我们只能从《中国少数民族文学史编写参考资料》的断简残章中去捕捉当时的宝贵信息，还原历史现场。

　　再如，1955年玛拉沁夫为繁荣和发展多民族国家的少数民族文学"上书"中国作协。中国作协领导班子经过讨论给玛拉沁夫的回复和玛拉沁夫的"上书"，一并发表在中国作家协会的《作家通讯》上。但是，"上书"的手稿，中国作协领导层如何讨论，如何根据反映的情况制定了对少数民族文学发展起到重大影响的"八个措施"的会议纪要等，已湮没在历史之中。

　　再如，少数民族文学概念的提出是一个"元问题"。目前有人追溯到公开发表的第一次文代会通过的《中华全国文学艺术界联合会章程（草案）》。但是，本来是有记录的《中华全国文学艺术界联合会章程（草案）》的起草过程，各代表团、各小组对大会报告和《中华全国文学艺术界联合会章程（草案）》的讨论情况的第一手材料，已经无处可觅。近年来，王秀涛、斯炎伟、黄发有等人对第一次文代会史料的钩沉虽然有了不小的收获，其艰难程度却渗透在字里行间，仅第一次文代会代表是如何产生的这样重大问题，"目前学界的研究却仍然是笼统和模糊的"[①]。至于是谁建议将少数民族文学艺术纳入《中华全国文学艺术界联合会章程（草案）》，是谁修改了《苏联作家协会章程》中的"各兄弟民族文学"的表述，却没有一点记录留存。因为，从《苏联作家协会章程》中的"实行相互帮助，交换各兄弟共和国作家和批评家的创作经验，有组织地将艺术作品从一个民族的语言翻译成其他民族的语言——借此尽量地发展各兄弟民族的文学"，到《中华全国文学艺术界联合会章程（草案）》中的"使新民主主义的内容与各少数民族固有的文学艺术形式相结合。各民族间互相交换经验，以促进新中国文学艺术的多方面的发展"，显然进行了本土化创造。这种本土化创造的立足点是中国共产党和尚未正式宣布成立的新中国的文学发展的国家构想。那么，是哪些人参与了讨论并提出修改意见？特别是，两个月后《人民文学》发刊词中，才对少数民族文学概念有了真正意义上的命名，而且确定了少数民族文学的社会主义新文学和国家学术、国家学科的性质和地位。在这短短两个月中，少数民族文学发生变化的历史信息，都成为消逝在历史时空中的电波。而消逝在历

---

① 　王秀涛：《第一次文代会代表的产生》，《扬子江评论》2018年第2期。

史时空中的电波,又何止于此。这一时期的作家手稿、书信,作品的编辑出版过程,期刊创办的动意、刊名的确定、批文等,或尘封在某一角落,或早已消失。而这一点,也是我们在寻找一些民族地区期刊创办史料、作品出版史料、作家访谈时得出的结论。

再如,已有的史料整理,也存在着缺失或差错的问题。例如,20 世纪 80 年代初,吴重阳、赵桂芳、陶立璠三位先生编辑整理并用蜡纸刻印过《当代少数民族作家作品研究资料索引》,该索引于 1983 年由中国社会科学院民族文学研究所作为内部资料印刷。这是目前所见最为全面的 1949 年至 20 世纪 80 年代初少数民族文学创作与研究文献目录索引。但是,其中仍有无法避免的诸多疏漏和差错。例如包玉堂的《侗寨情思》(组诗),该索引仅收录了《广西日报》刊登的第二首,而未收《南宁晚报》刊登的一首,包玉堂发表在《山花》上的《侗寨情思》(五首)不仅对原作进行了修改,而且具体篇目也作了取舍和调整。这些在《当代少数民族作家作品研究资料索引》中都没有呈现。而追寻这一源流,呈现《侗寨情思》从单篇、"二首"到"组诗"的扩大、修改、更换的历史现场,本身就是一件非常有价值和意义的史料甄别和研究工作。

至于少数民族文学的其他史料形态,如图片史料,我们所见更多的是一些文献史料的"插图",而第一手的图片更难搜寻。第一手的实物史料、数字(电子)史料就更加稀缺。所以,本书的史料形态只能是文献史料以及部分文献史料中的部分图片。从这一意义上说,本书用十年时间从各种渠道搜集整理出来的这些文献史料,虽然不是这一时期少数民族文学史料的全部,但这些史料的珍稀性是确定的,它以这样的方式呈现的这一时期的少数民族文学史料形态上的残缺,提示我们应该加强这方面的工作和研究。

四、少数民族文学史料的结构体系

少数民族文学史料有文学史料的共性特征,也有少数民族文学史料的独特性,这一独特性,主要体现在史料的内容体系、空间结构和学科体系、学术体系、话语体系的特征上。

在内容体系上，少数民族文学史料分宏观性史料、中观性史料、微观性史料三个层次。

宏观性少数民族文学史料是指 1949—1979 年间少数民族文学宏观性、全局性的史料，包括新中国少数民族文学政策、制度，少数民族文学发展的宏观性、全局性总结，宏观性的文艺评论与理论概括等。如费孝通、马寿康、严立等人的《发展为少数民族服务的文艺工作》《开展少数民族的艺术工作》《论研究少数民族文艺的方向》等关于少数民族文学功能、性质和发展方向的论述，1959 年黄秋耕等人对新中国成立十年来少数民族文学发展的整体性评价的《突飞猛进中的兄弟民族文学》，华中师范学院、中国社会科学院、山东大学等高校和科研机构在中国当代文学格局中对少数民族文学发展的宏观总结，老舍关于少数民族文学发展的两个报告，中宣部关于少数民族文学史编写工作座谈会纪要，《光明日报》关于《重视少数民族文学》的述评，还有对民族形式、特点等少数民族文学重大理论问题的讨论等。这类史料的数量不多，但代表着特定历史时期国家对少数民族文学发展的规划、设计，对少数民族文学的社会功能、使命、作用的定位，对少数民族文学发展方向的指导和规范，对少数民族文学发展的总体评价，对少数民族文学发展中存在问题的分析及解决办法和具体措施。

在宏观性史料产生的时间上，1956 年老舍《关于兄弟民族文学工作的报告》是第一篇关于少数民族文学全局性、整体性情况介绍、评价和改进措施的报告。1959 年至 60 年代初，是宏观性史料产生最多的时期。其间，三部当代文学史对少数民族文学的宏观评价，标志着少数民族文学第一次进入中国文学史知识生产，意味着中国多民族文学的整体架构初步建立。

中观性少数民族文学史料是指 1949—1979 年间，以单一民族文学为单位形成的文学史料，包括某一民族文学史的编写、某一民族文学发展的整体评价、某一民族文学期刊创办等史料。

在这三十年中，伴随着党和国家民族政策的落实，中国各民族文学有了较快发展，特别是各民族民间文学资源的系统发掘，为全面评价各民族对中国文化的历史贡献提供了强大支撑，其意义远远超过文学本身。因此，这部分史料的价值不言而喻。

中观性少数民族文学史料有三个基本特征。

其一,各民族民间文学搜集整理、文学史编写、作家培养和作家文学的发展,党的民族政策、文化政策、文学政策的落实情况。

例如,国家对各民族社会历史情况调查和"三选一史"的编写,作为国家历史知识、民族文学谱系的"摸底"工作,覆盖了每一个民族。这种覆盖是有组织、有计划进行的。客观地说,各地方党委、政府的重视程度是高度一致的,这是一体化的意识形态规约和特定的政治文化语境中,国家、地方、个人意志、行动高度契合的生动表现。在民族平等政策的制度设计中,国家把各民族文学的发展纳入各民族经济、社会、文化教育发展的整体格局之中,并将其视为重要标志。这种无差别的顶层设计,具有文学共同体建设的鲜明指向。

其二,各民族民间文学史料多于作家文学史料,且其分布呈现出与该民族人口不对等的不平衡状态,这种不平衡是各民族民间文学发展历史的不平衡、文学积累的不平衡的真实样貌的客观反映。

例如,《纳西族文学史》《白族文学史》最早问世,是由云南各民族民间文学的丰厚积累和大规模的集中搜集整理决定的。云南各民族民间文学宝藏的惊人程度,可以用汪洋大海来形容。1958年、1962年、1963年、1981年、1983年云南进行了五次大规模的民族民间文学调查。特别是前三次调查,为云南各民族文学史提供了第一手丰富而珍贵的史料。1956年云南人民出版社就出版了《云南民族文学资料》。1959—1963年,中国作家协会昆明分会民间文学工作部以内部资料的形式,编辑出版了《云南民族文学资料》18集。这还不包括云南大学1958—1983年民间文学调查搜集整理的18个民族的2000多件稀见的作品文本、手稿、油印稿、档案卡片和照片。其文类包括神话、传说、民间故事、歌谣、史诗等。而楚雄对彝族文学史料搜集整理后稍加梳理,就编写出《楚雄彝族文学史》。相比之下,满族、蒙古族、藏族、维吾尔族这些人口较多的民族,民间文学搜集整理的状况就远不及云南各个民族。当然,这些民族一些经典的民间文学作品首先被"打捞"上来。如在科尔沁草原广为流传的《嘎达梅林》,维吾尔族的

《阿凡提故事》等。

此外，各民族民间文学史料的搜集整理也不平衡，以三大史诗为例，青海最早发现和相对系统地整理了《格萨尔》。1962 年，分为五部二十五万行的《玛纳斯》已经完成整理十二万行。1950 年，商务印书馆已经出版了边垣自 1935 年赴新疆后整理的 291 节、1600 多行的《洪古尔》（《江格尔》），但《江格尔》大规模的整理并未能及时跟进。

其三，各民族民间文学与作家文学发展状况复杂多样。民间文学发达的民族，在新中国成立后，作家文学并不一定发达；书面文学发达的民族，在进入新中国后，民间文学并不一定同步发展。这种复杂多样的文学格局也决定了史料的格局和形态。

以文字与文学发展关系为例。我国现在通行蒙古族、满族、维吾尔族、哈萨克族、朝鲜族、彝族、傣族、纳西族、壮族等 19 种民族文字，不再使用的民族文字有 17 种。有文字的民族书面文学发展相对较早，但新中国成立后，文学发展差异较大。如蒙古族涌现出一大批汉语、双语、母语作家，各文类作家作品保持了较高的水平。同时，民间文学也保持着旺盛的生命力。以玛拉沁夫、纳·赛音朝克图、巴·布林贝赫、安柯钦夫、敖德斯尔、扎拉嘎胡为代表的蒙古族作家群，游走在汉语与母语之间，为把蒙古族文学推向新中国社会主义文学共同体做出了杰出贡献。而傣族虽然有自己的民族文字，且产生过《论傣族诗歌》这样的古代诗歌史、诗歌理论兼备的著作，但是，新中国成立后，作家文学却并不发达，民间歌手"赞哈"仍是创作主体。当然，许多民间歌手在这一时期是具有双重身份的——傣族的康朗英、康朗甩、温玉波，蒙古族的毛依汗、琶杰等，他们创作的口头诗歌被广泛传颂，同时也被翻译成汉语并发表，实现了从口头到书面的转换。

然而，另一种情形是，诞生了伟大史诗《格萨尔》和发达的纪传文学、诗歌、戏剧的藏族，在新中国成立后，除了云南的饶阶巴桑的汉语诗歌创作外，无论藏语创作还是汉语创作都鲜有重要作家和作品产出。而维吾尔族、哈萨克族、朝鲜族，则以母语文学创作为主，民族文字文学史料类别、数量远远超过汉语文学创作及其史料。

　　微观性少数民族文学史料,是指 1949—1979 年间少数民族作家作品史料。这部分史料占比较大,既反映了少数民族民间文学、书面文学的发展状况,也反映了少数民族文学批评、研究的基本格局。特别是,我们在介绍少数民族文学史料形态时所强调的有机系统性、宏观史料与微观史料的关联性,在微观性史料中得到了更加具体的体现。例如,前文所列举的《科尔沁草原上的人们》在《人民文学》发表后斩获的"五个新"的高度评价,表明该小说很好地实践了国家赋予少数民族文学的功能、使命、作用。同时,这种评价也对少数民族文学创作方向产生了巨大的引领作用。因此,正如史料显示的那样,这一代少数民族作家的心是与祖国同频共振的,他们的作品成为新中国少数民族翻天覆地的深刻变化的忠实记录,关于这些作品的评论,也规范、引导了各民族作家的创作。

　　值得一提的是,在微观性史料中,还有一类容易被忽视的简讯、消息或者快讯类的文献史料。这类史料文字不多,信息量却很大。例如,《新疆日报》1963年 4 月 12 日发表的《自治区歌舞话剧一团演出维吾尔语话剧〈火焰山的怒吼〉》一则简讯不足 300 字,但该文却涵盖四个方面的信息:一是《火焰山的怒吼》是维吾尔族作家包尔汉创编的维吾尔族革命历史题材的汉语话剧;二是该话剧由中央实验话剧院在北京演出后,又由新疆歌舞话剧院话剧二团在乌鲁木齐演出;三是包尔汉对汉语剧本进行了修改并转换成维吾尔语;四是新疆歌舞话剧院话剧一团排演了维吾尔语的《火焰山的怒吼》并在新疆各地巡回演出,受到了各族群众的热烈欢迎。那么,这些信息背后的信息又有哪些呢?其一,这部原创汉语话剧反映了辛亥革命后维吾尔族、汉族共同反抗阶级压迫的革命斗争,揭示了"汉族人民同维吾尔族人民自古以来的兄弟般的情谊",在革命斗争中,新疆各族人民的命运同汉族人民的命运紧密地连接在一起,在今天看来,这里蕴含的正是共同体意识。那么,包尔汉为什么选择这个题材?而中央实验话剧院又为什么选择这部话剧?其二,新疆话剧团是一个多语种的话剧演出团体,这种体制设置和演出机制的背后,传达出什么信息?其三,维吾尔语革命历史题材话剧的演出,对宣传民族团结,增强维吾尔族人民对中国共产党革命历史的认识起到了重要作用。那么,包尔汉的选材,是自我选择还是组织安排?其四，由汉语转译为维吾尔语的《火焰山的怒吼》的排演，说明当时话剧团的领导和创编人员有高度的政治觉悟。那么，这种觉悟在1963年的政治文化语境中，究竟是自觉意识还是体制机制规约？因此，这则微型文献史料让我们回到20世纪60年代的新疆政治文化语境，看到了各民族作家的可贵的国家情怀和共同体意识。

在空间分布上，本时期少数民族文学史料空间广阔性和区域性特征十分鲜明。如《促进云南文学艺术的发展和革新》《云南民族文学资料》《内蒙古文学史》《积极发展内蒙古民族的文化艺术》《关于内蒙古自治区民间音乐、舞蹈、戏剧会演的几个问题》《十五个民族优秀歌手欢聚一堂　昆明举行庆丰收民歌演唱会》《新疆戏剧工作的一些新气象》《西南少数民族艺术有了新发展》《少数民族艺术的新发展——在西南区民族文化工作会议期间观剧有感》等，这些史料，大都是对某一区域性少数民族文学历史、现状和文学艺术发展的评价、分析和总结，在空间上呈现出了中国多民族文学丰富多彩的文学版图，是少数民族文学史料体系最为独特的体系性特征。

在少数民族文学史料的学科体系、学术体系和话语体系上，1949至1979年的少数民族文学史料的体系性特征十分突出。

首先，已有的史料形成了文学理论、民间文学、古代书面（作家文学）、现当代文学、戏剧电影文学的学科体系，尽管各学科的史料数量不等，但学科体系的确立已经被史料证明。

其次，从学术体系而言，少数民族文学在各学科的框架中同样以大量的、丰富的史料为基座，初步形成了各个学科的学术体系。例如，在少数民族当代文学学科中，形成了包含诗歌、小说、散文等文类和相关文类作家作品批评和研究的史料体系。在民间文学学科中，形成了以各民族史诗、叙事诗、神话、传说、故事、谚语搜集、整理、研究为主体的学术体系。而且，因研究对象的不同，各民族文学形成了特色鲜明、丰富多样的学术体系。

最后，从话语体系而言，新中国少数民族文学史料话语体系的国家性、时代性、民族性相融合的特征十分鲜明。

在国家性上,少数民族文学史料是新中国社会主义文学话语体系的重要组成部分,也是最具中国特色的文学话语体系。这表现在,统一的多民族国家、中国共产党的领导、民族平等政策、民族团结是少数民族文学史料最核心、最关键的共同性和标识性的话语。在所有宏观性、全局性的史料中,统一的多民族国家、民族平等、民族团结、社会主义是少数民族文学话语生成和发声的国家语境,少数民族文学总是在这一语境中被强调、阐释和评价。

在时代性上,"兄弟民族文学""兄弟民族文艺""新生活""新人""新面貌""新精神""对党的热爱""突飞猛进"等话语,无不与"团结友爱互助""民族大家庭"这一对中华民族的全新定义高度关联,无不与新中国成立后的各民族生活发生的历史性巨变高度关联,因此,各民族之间的关系,各民族文学中的新生活、新气象、新面貌成为具有鲜明时代辨识度的评价少数民族文学的关键词。特别是,在共同性上,社会主义新文学、社会主义新生活、社会主义新人,各民族文化遗产,以及作为国家遗产的各民族民间口头文学、书面文学、文学史的编写原则等,是少数民族文学各学术体系共同的标准和话语形态。

在民族性上,社会主义内容与各民族传统艺术形式的结合,使少数民族民间文学、作家文学的民族形式和民族特点的表现,成为少数民族文学的标志性的合法话语被提倡。各民族丰富多彩的民间文学文类和样式,如蒙古族的祝赞辞、好来宝,哈萨克族的阿肯弹唱,藏族的藏戏、拉鲁,维吾尔族的十二木卡姆,白族的吹吹腔等各民族丰富而独特的艺术形式被发掘并重视。前述冰心在评价杨苏小说《没有织完的统裙》时称赞的边疆风光、民族风情作为少数民族文学的民族文化和地域文化特征,在统一的多民族国家的中华民族文化多样性和国家文化集体性的高度上被认同。如何正确反映民族生活,如何正确评价少数民族文学的民族特点等理论问题,也在新中国社会主义文学的框架下被提出、讨论并得到规范。取其精华,去其糟粕不仅广泛运用于民族民间文学整理,也用于民族风情的描述和展示。可以说,这一时期少数民族文学民族性话语范式和评价标准基本确立。

尤其要说明的是,少数民族文学史料话语的国家性、时代性、民族性是融合在一起的。这一点在各类文学批评史料中都得到充分体现。而且，这些史料也清楚地表明，1949—1979 年间，是少数民族文学全面发展的第一个黄金期，因此，这一时期少数民族文学史料的历史价值、社会价值、文化价值、文学价值都弥足珍贵。

五、问题与展望

如前所述，史料是学科大厦的基座。这个基座的广度、厚度、深度，决定学科大厦的高度和生命长度。

应该看到，与中国文学其他学科相比，中国少数民族文学学科的历史并不长，史料学建设还相当薄弱。少数民族文学史料整理从 20 世纪 50 年代各地民间文学大规模的搜集整理时就已经起步，"三选一史"和"三套集成"都是标志性成果。1979 年中央民族大学整理编辑过《中国少数民族作家作者文学作品目录索引》《中国少数民族民间文学作品目录索引》。20 世纪 80 年代中国社科院民族文学研究所成立后，于 1981 年、1984 年将吴重阳、赵桂芳、陶立璠合作辑录的《当代少数民族文学作家作品研究资料索引》纳入《中国少数民族当代文学研究资料丛书》，还有《中国少数民族文学史编写参考资料》等以内部资料方式刊行的文学史料。全国各地在少数民族文学史料方面也做了大量工作，如云南多种版本、公开与非公开刊行的《民间文学资料》，广西的《广西少数民族当代作家作品目录索引》，玛拉沁夫、吉狄马加主编的《中国少数民族文学经典文库》，中国作家协会编辑的多种少数民族文学作品选（集），以及纳入"中国当代文学研究资料"丛书中的少数民族作家专集，等等，成果是显而易见的。特别是近年来，各民族学者依托各类项目对少数民族文学专题性史料的系统整理，形成了点多面广的清晰格局。

尽管如此，史料学意义上的少数民族文学史料系统整理和研究尚没有真正展开。本文所述的少数民族文学史料形态中，文献史料占据主体地位。这也意味着，除中国社会科学院民族文学研究所积几代学人之功建立的口头文学数字史料库外，其他形态史料整理还尚未起步。

　　本书选择 1949—1979 年少数民族文献史料作为整理对象，一是基于文献史料在所有史料形态中的主体地位；二是基于目前文献史料散佚程度日益加剧的现状，本书带有抢救性整理的用意；三是这一时期的史料在少数民族文学发展史上具有重要价值，特别是在少数民族文学学科发展处于转型升级阶段的今天，这些史料不仅还原了这一时期少数民族文学的历史现场，同时对少数民族文学发展也具有重要的历史参考价值；四是在少数民族文学研究中，面向少数民族文学历史的研究，必须以史料为支撑，面向未来的研究，同样要以史料为原点。

　　本书对文献史料特别是以文学批评和文学研究文献为主体的史料的整理与研究，仅仅是少数民族文学史料学建设的一个开始，本书所选也非这一时期史料之全部。只有当其他形态的史料也受到重视并得到系统发掘、整理和研究，当少数民族文学史料学体系真正建立起来，各形态史料构成的有机系统所蕴含的历史、社会、文化、文学等丰富的思想信息被有效激活时，我们才能在多元史料互证中走进少数民族文学发展的真实的历史空间。在此，笔者想起洪子诚先生在《问题与方法——中国当代文学史研究讲稿》的封面上写的一句话："对 50—70 年代，我们总有寻找'异端'声音的冲动，来支持我们关于这段文学并不单一，苍白的想象。"那么，这个寻找和支持来自哪里？——史料。

从史料看 1949—1979 少数民族民间文学"三大体系"

在新公布的中国语言文学学科简介中,民间文学正式成为中国语言文学学科下的二级学科,这是中国语言文学学科完善和成熟的重要标志,是新中国成立 70 多年来民间文学史料整理与研究取得的丰硕成果对民间文学学科推动的结果。其中,1950 年代至 1980 年代大规模的民间文学搜集整理与研究,更是功不可没。现存的中国少数民族民间文学史料证明了这一点。

一、民间文学与民间文学学科的初创

中华民族在发展过程中创造了浩如烟海、文类繁多、形式多样的民间文学,这是人类文学史上的一大奇观,是中华民族为人类文明做出的重要贡献。

然而,民间文学的口头性、集体性、传承性、变异性,使民间文学一直活在民间。中国早期文献对民间文学有大量记载,《诗经》中的"十五国风"便是民间文学多姿多彩的生命样态的历史记忆。19 世纪 30 年代,黑格尔在其著名的《美学》中断言中国没有民族史诗。而彼时中国的《格萨尔》《江格尔》《玛纳斯》等三大史诗已经在民间传唱了 700 至 1000 年。巨大的漠视与中国各民族民间文学巨大的储量,形成巨大的反差。这种反差强烈呼唤中国民间文学学科的崛起。

1918—1937 年,北京大学的"歌谣运动"正式将这种呼唤转化为实际行动。《歌谣》《民俗》和诸多民间文学学科的奠基性成果纷纷问世,如刘经庵编著的《歌谣与妇女》(1925)、钟敬文编的《歌谣论集》(1928)等,从民间文学的文类、内容、形式、形态、语言、传承以及文艺学、民俗学、宗教学、社会学等多学科视角，对民歌进行了深入的研究。这场运动推动了民间文学与民俗学在中国的兴起。正因如此，钟敬文于1935年正式提出了建立中国民间文艺学的学科构想，并写下了《民间文艺学的建设》一文，系统地阐述了这门学科的研究对象、研究特点、研究的必然性与研究方法等基本理论问题，为民间文学学科在中国的建立和发展奠定了重要的理论基础。

然而，学科的建立和发展绝不是个人或相同志趣的学术群体所能推动或完成的，它必须有该学科的积累和学科独立发展之内生性要求，这种要求又必须与国家对该学科之需求相一致。所以，当年钟敬文的倡导只有在1949年建立的统一的多民族国家中才能实现。

《人民文学》发刊词在其"稿件"要求的第三条中规定："要求给我们专门性的研究或介绍的论文。在这一项目之下，举类而言，就有中国古代和近代文学，外国文学，中国国内少数民族文学，民间文学，儿童文学等等；对象不论是一派别，一作家，或一作品；民间文学不妨是采辑吴歌或粤讴，儿童文学很可以论述苏联马尔夏克诸家的理论；或博采群言，综合分析而加论断，或述而不作；——总之，都欢迎来罢。"

这里两次提到的民间文学，分别指民间文学研究与民间文学作品。民间文学、少数民族文学与中国古代文学、近代文学、外国文学、儿童文学并置，说明在新中国最初的中国文学学科设置中，民间文学和少数民族文学独立的国家学科地位就已经确立。

1950年3月29日，中国民间文艺研究会成立。研究会明确规定它是中国共产党领导的、由全国各民族民间文艺家、民间文艺工作者组成的专业性人民团体。郭沫若在中国民间文艺研究会成立大会的讲话中，从国家立场肯定了民间文学在中国文学史上的地位。中国民间文艺研究会的成立以及《民间文艺集刊》的创办，标志着中国民间文学管理机制、学术机构、学术平台的建立。

之后，在《一九五六——一九六七哲学社会科学规划纲要（修正草案）》中，民间文学与古代文学、外国文学研究等，再一次被纳入国家哲学社会科学体系之中,其国家学科的地位进一步巩固。

从民间文学学科的国家属性的角度来看,对各民族民间文学的重视——无论是把它作为中华民族文化遗产,还是将其视作中华多民族文学遗产——不仅是多民族文学历史知识生产的需要,也是多民族国家历史知识生产的需要。

正是在这一意义上,我们才能够正确认识国家主导的大规模的各民族民间文学的搜集整理工作,才能正确理解1958年中共中央宣传部主持的"三选一史"的国家工程的用意。这一国家工程,一方面体现了国家对少数民族的文学传统和文学历史的重视,另一方面也是国家通过建构多民族文学历史知识体系,支撑国家历史知识生产的顶层设计和全局性考量,所以,其意义是超出文学本身的。

可以说,如果没有民间文学学科和中国少数民族民间文学学科的国家规划和架构,就谈不上少数民族民间文学学术体系、话语体系的建设。

二、少数民族民间文学学术体系和话语体系的建立

中国少数民族民间文学学科架构的完成,并不代表少数民族民间文学学科学术体系、话语体系建构的完成,而三者又必然是相互支撑、密切关联的一个整体。所以,少数民族民间文学在国家确立了其国家学科地位和相应的学科架构之后,迫切需要少数民族民间文学学术体系、话语体系的支撑。因此,少数民族民间文学学术体系、话语体系的建设就成为1949—1979年少数民族民间文学学科发展的重点。

(一)1949—1979年,以民间文学理论、神话、传说、故事、歌谣为主体的少数民族民间文学学术体系初步建立。

第一,少数民族民间文学理论体系建设。郭沫若在中国民间文艺研究会成立大会上的讲话中对新中国民间文艺研究工作提出了五点要求:第一,保存珍贵的文学遗产并加以传播;第二,学习民间文艺的优点;第三,从民间文艺里接受民间的批评与自我批评;第四,民间文艺给历史家提供了最正确的社会史料,要站在研究社会发展史、研究历史的立场来加以好好利用;第五,发展民间文

艺,不仅要收集、保存、研究和学习民间文艺,而且要给予改造和加工,使之发展成新民主主义的新文艺。这五点要求,也成为新中国成立之初民间文学理论的思想内核,成为随之开展的少数民族民间文艺搜集、整理工作的基本遵循。而钟敬文的《口头文学:一宗重大的民族文化遗产》、贾芝的《谈各民族民间文学搜集整理问题》《谈解放后采录少数民族口头文学的工作》等理论讨论,将郭沫若的五点要求系统化和理论化,涉及各民族民间文学搜集、整理、研究工作的各个方面,对各民族民间文学的搜集整理和研究起到了理论指引和规范作用。

首先,民间文学搜集整理的具体原则、方法是这一时期少数民族民间文学理论的重点内容。贾芝根据党关于民族文化遗产"两种文化""精华与糟粕""人民性"等原则,在《谈各民族民间文学搜集整理问题》(1961年)和《谈解放后采录少数民族口头文学的工作》(1964年)中进一步提出了更加具体、更加规范的搜集整理少数民族民间文学的原则和方法。他明确指出,发掘整理各民族民间文学,是清理我国古代文化遗产的一个重要部分,清理这宗民族文化遗产的目的,一是为发展民族新文化,二是为提高民族自信心,必须坚持"忠实记录,慎重整理"原则。他还结合具体案例,就全面搜集问题、忠实记录问题、整理方法问题进行了论述。1980年代被称为"世纪经典"和"文化长城"的"中国民间文学三套集成",也遵循了"忠实记录,慎重整理"的原则和方法。

其次,社会主义思想与各民族传统文学形式相结合,是少数民族民间文学文学性和审美性最核心的理论评价标准。例如,毛依罕运用蒙古族传统好来宝形式创作的《铁牤牛》受到广泛的赞誉。另一位蒙古族著名民间艺人琶杰运用蒙古族传统民歌、好力宝、祝赞词等传统形式创作的《两只羊羔的对话》《献词》等受到一致好评。傣族民间歌手康朗英、康朗甩对傣族民歌、神话传说的创造性继承,也受到评论者的广泛认同。原因在于,社会主义新生活与民族传统文学形式在他们的作品中获得了完美结合,他们的作品被看成少数民族民间文学转型为社会主义新文学的重要标志。

再次,少数民族文学史编撰中的理论问题成为中国特色民族民间文学理论的重要组成部分。例如,各民族民间文学的价值和意义、民间文学的人民性、文学与宗教的关系、民间文学的分期、如何甄别两种文化、如何区分精华与糟粕、少数民族民间文学如何入史等问题，在少数民族文学史编写过程中都已涉及。因此，尽管这一时期少数民族民间文学理论体系的系统性和完整性还存在一定不足，但是围绕民间文学整理和少数民族文学史编写两个重大文化工程，少数民族民间文学理论体系建设的自觉意识已经萌发，这为之后的少数民族民间文学理论的发展奠定了坚实基础。

第二，神话、传说、民间故事、歌谣学术体系建设。中国少数民族民间文学文类体系和研究体系的建立始于"民谣运动"对民间文学的分类。1958 年"三选"中的民间故事、叙事长诗、歌谣表明这三种文类是民间文学学术体系的三个支柱。在当时，神话、传说、民间故事、笑话和寓言被纳入"民间故事"，史诗和各类叙事诗被纳入"叙事长诗"，各类民歌用"歌谣"来统称。这种权宜之计是对各民族民间文学实际的尊重，也是出于各民族民间文学学术体系初创期"宜粗不宜细"的考量。

在神话学术体系方面，中国神话学研究早在民国时期就已经成为一种独立的领域或学术体系。尽管这一时期被认为是中国神话典籍文献的挖掘期，但诸如"神话论""研究""丛考"等话语已经十分清楚地表明神话研究的展开。这一时期的少数民族神话既在中国神话的整体中，又在少数民族神话的独立体系中。钟敬文、芮逸夫、吴泽霖、楚图南、马长寿、陈国钧、岑家梧、马学良等对少数民族神话学体系的建立做出了重要贡献。其中，楚图南对西南少数民族神话的综合研究具有宏观研究的性质，对少数民族神话与中国上古神话如伏羲神话关系研究的意义和影响更是深远。但遗憾的是，在 1949 至 1979 年间，少数民族神话的学术体系并没有在"民国学术"的基础上很好地承继。

在叙事诗学术体系方面，以《格萨尔》《江格尔》《玛纳斯》三大史诗为中心的中国史诗学术体系和叙事诗学术体系悄然确立。中国民间文艺研究会主编的"中国民间叙事诗丛书"，不仅是各民族叙事诗的集成者，也是叙事诗学术体系进一步分化重组的标志。

在故事学术体系方面，民间故事整理的累累硕果，奠定了各民族民间故事的学术体系，为中国故事学研究积累了第一批成果。例如，藏族民间故事集《康定藏族民间故事集》、云南少数民族民间故事集《云南民间故事选》、蒙古族民间故事集《内蒙古民间故事集》、纳西族民间故事《阿一旦的故事》、黎族民间故事集《勇敢的打拖》等。贾芝、孙剑冰主编的《中国民间故事选》第一集和第二集，共收集42个民族的241篇民间故事。这些民间故事在勾勒出中国各民族民间故事版图的同时，也反映出故事体系的科学性还有待完善，例如，神话、传说与一般性的故事仍混杂在一起。

在歌谣学术体系方面，许多少数民族整理了大量民歌并刊行了多种民歌集，仅藏族民歌集就有《康藏人民的声音》《哈达献给毛主席》《西藏歌谣》《西藏短诗选》《玉树藏族民歌选》《金沙江藏族歌谣选》等。此外，云南多种选本的《云南民歌选》，内蒙古的《内蒙古民歌选》，新疆的《维吾尔民歌》等，都是具有代表性的选本。特别是许多1949年后产生的新民歌也得到及时的记录和整理。但是，这一时期少数民族民歌整理成果较多，而民歌研究成果较少，这是这一体系内部存在的问题。

应该指出，少数民族民间文学学术体系的建立，与国家主导的大规模的民间文学搜集整理行动密不可分，与各地党委政府的配合密不可分，与广大民间文学工作者的倾力投入密不可分。例如，仅云南省就组织了由云南大学、昆明师范学院的师生以及有关文艺团体干部共100多人组成的调查队。他们对白族、纳西族、傣族、彝族、壮族、苗族、哈尼族、傈僳族、瑶族等民族的文学情况进行了调查，收获颇丰。

总之，这一时期各民族民间文学文类整理成果的数量虽然有多有少，但不同文类构成的少数民族民间文学文类体系基本成形，并呈现出不断丰富和发展的态势，这一点在后来的少数民族民间文学学科的发展中得到了证实。

（二）1949—1979年是少数民族民间文学话语体系建立的初创期，话语体系的时代特征非常鲜明。

"民族文化遗产""人民性""去其糟粕，取其精华""忠实记录，慎重整理"是这一时期民族文学话语体系的核心。

"民族文化遗产"是对少数民族民间文学性质和价值的定义;"忠实记录,慎重整理"是少数民族民间文学搜集整理实践中得出的结论;"去其糟粕,取其精华"是基于"两种文化"结合社会主义意识形态和文化规范,对各民族民间文学的甄别;"人民性"是以对待人民的态度如何,在历史上有无进步意义为标准确立的价值取向,对中国文学价值评价体系影响巨大。

这一时期少数民族民间文学的核心话语具有内在逻辑关系,辐射到少数民族民间文学的搜集整理与研究的方方面面,以此建构的话语体系一直延续至今。

三、1949—1979 年少数民族民间文学史料整理与分类

根据少数民族民间文学"三大体系"和史料的基本情况,本丛书的少数民族民间文学史料分《民间文学综合卷》《史诗、叙事诗卷》《神话、传说、歌谣、艺人卷》三卷。

《民间文学综合卷》中将少数民族民间文学搜集整理的政策、原则、方法等文献作为第一辑,选择了具有代表性、导向性的文献。其中还有相关理论问题的讨论文献,如《听取意见,改进工作》一文的选择,力图还原当时的历史现场,呈现少数民族民间文学发展不平凡的历程。第二辑"少数民族民间文学理论研究"以《中华民族大团结——〈兄弟民族歌颂毛主席〉后记》开篇,以《浅谈云南民族民间文学的人民性》收尾。其中有讨论民间文学与宗教关系、民间文学中的帝王将相问题、无神论问题的文献,这些文献从一个侧面反映了民间文学研究在理论向度上的拓展。第三辑"各民族民间文学综合研究"是各民族民间文学的综合介绍和概述,涉及 20 个民族的民间文学,这些文献反映了这一时期少数民族民间文学整理和研究在空间和民族分布上的基本情况。

《史诗、叙事诗卷》中的文献史料,呈现了这一时期少数民族三大史诗和叙事诗整理和研究的基本情况。从内容看,三大史诗的相关内容占据了半壁江山,其中关于《格萨(斯)尔》的内容最多,而且,藏族的《格萨尔》的搜集整理研究处于主体地位。搜集—整理—翻译—研究的学术理路十分清晰。

此外，彝族、傣族、纳西族、蒙古族、维吾尔族的史诗和叙事诗整理和研究情况，也在史料中得以呈现。

尽管少数民族史诗、叙事诗搜集整理和研究呈现出极不平衡的特征，但中国少数民族史诗、叙事诗的基本图谱已经较为清晰地呈现在人们面前。

《神话、传说、歌谣、艺人卷》呈现了这一时期少数民族神话、传说、歌谣、艺人研究的基本情况。尽管神话传说并未细分，且仅涉及傣族、白族、纳西族、彝族等民族，但神话类型却涉及始祖神话、洪水神话、战争神话等多个类型，尤其是白族龙的神话、傣族黄帝和蚩尤的神话已经涉及少数民族神话的传播、影响，指向了各民族共祖神话的某些特征，而傣族神话与古代家庭关系的研究更有理论深度。因此，虽然这一时期少数民族神话研究的文献不多，但学术价值和文化价值不菲，不仅为少数民族神话学的建立奠定了较好的基础，也标志着神话在少数民族民间文学学术体系中作为一个独立的分支学科已经初见端倪。

在"故事"类史料中，已有史料仅涉及藏族、维吾尔族、蒙古族、苗族等民族，显然并未展示出中国各民族故事丰富多彩的特征。

"歌谣、谚语"一辑的文献数量和涉及民族较多，研究角度和学术价值都值得重视。特别是《浙江畲族人民歌唱太平军攻克云和的山歌稿本介绍》《读译成汉文的蒙古族民歌》《独特的诗歌艺术形式——纳西族文学的民族特色研究》从发现、翻译、研究三个向度上，展示了少数民族民间文学搜集—整理—研究的完整路径，这为今天中华优秀传统文化"创造性转化与创新性发展"提供了可资借鉴的史料。

"歌手、艺人"一辑，涉及云南歌手比赛，傣族的赞哈、埃章和蒙古族民间歌手琶杰、毛依罕、哈扎布等。这些文献资料不仅印证了这一时期歌手在民间文学中的地位受到重视，也为后来的歌手（艺人）研究奠定了基础。

这一时期少数民族民间文学史料整理虽然取得了重大收获，但是我们也不难发现一些问题，如史料的类型和形态较为单一，史料佚失情况较为严重等。

史料的发现，永远在路上，我们期待更多的史料从历史的烟云中浮现出来，让历史真实的面貌更加清晰生动地呈现在我们面前。

第一辑

《格萨（斯）尔》整理与研究

本辑概述

史诗《格萨（斯）尔》又名《格萨尔王传》，主要流传于我国藏族、蒙古族、土族等民族聚居区，以及蒙古国、俄罗斯、尼泊尔等国家的部分地区。《格萨（斯）尔》讲述了英雄格萨尔王降临凡间锄强扶弱、降妖除魔，最后回归天国的故事。史诗内容广袤、结构宏伟、气势磅礴，承载了民族的历史、社会、宗教、风俗和文化等丰富内容。

本辑收录的史料是20世纪50年代到80年代发表的关于《格萨（斯）尔》搜集整理研究的代表性史料，这些史料直观地体现了《格萨（斯）尔》的搜集整理、出版研究的大致过程，从这些史料中我们可以看到史诗《格萨（斯）尔》在成为经典的过程中走过了怎样的道路，历经了怎样的坎坷。

1950年，中国民间文艺研究会于北京成立，在国家权力的主导下，中国民间文学的搜集整理工作有序展开，发现了一部又一部的少数民族史诗，驳斥了黑格尔所说的中国没有史诗的观点。1956年，中国作家协会第二次理事会（扩大）会议召开，作为中国民间文艺研究会副理事长的老舍作了《关于兄弟民族文学工作的报告》。在报告中，老舍不仅对《格萨（斯）尔》做出了高度评价，更重要的是确立了对兄弟民族文学遗产的搜集、整理、研究的工作任务，并对搜集过程中应当注意的原则、方法等事项提出了意见。该报告之于少数民族文学的搜集整理具有极其深远的意义，是少数民族文学初期搜集整理的纲领性文件，少数民族史诗的搜集整理工作逐步进入正轨。《格萨（斯）尔》作为一部为多民族共享的长篇史诗，其搜集整理工作完整地体现了当时少数民族文学搜集整理工作的情况。中国民间文艺研究会、中国科学院文学研究所和青海省文联在1959年召开的《格萨尔王传》搜集、翻译、整理工作座谈会上，介绍了1958年至1959年进行的《格萨尔王传》搜集整理工作的丰厚成果，并围绕《格萨尔王传》的搜集整理工作展开了热烈的讨论。1960年，青海省民间文学研究会成立并组建了"青海民间文学调查团"，开始了针对《格萨（斯）尔》的有组织、有计划的大规模搜集整理及翻译工作。1962年5月，青海省民间文学研究会翻译整理的《格萨尔》第四卷《霍岭大战》上部由上海文艺出版社出版，这是当时第一本也是唯一一本公开出版的汉译本《格萨尔》。而在蒙古族《格斯尔》的搜集整理方面，不仅整理出版了北京木刻版《格斯尔传》，还使用录音手段开创性地记录了由歌手琶杰演唱的《英雄格斯尔可汗》，为《格萨（斯）尔》的研究工作保留了异常珍贵的音频资料。可以说，在20世纪50—60年代所展开的《格萨（斯）尔》搜集整理运动规模空前、工作成果辉煌显著，其中青海省的相关组织单位与学者对此做出了突出贡献。伴随搜集整理工作的有序进行，相关学者也开展了对《格萨（斯）尔》的研究。20世纪50—60年代是我国少数民族史诗的资料建设时期，对史诗的研究处于初期阶段，再加上当时"文艺为政治服务"政策的影响，本时期关于《格萨（斯）尔》研究的学术性论文不多，但是在内容上却具有明显的时代特性。

在蒙古族《格斯尔》方面，苏联及蒙古等国外学者对《格斯尔》率先展开了研究，除了对史诗内容、情节等方面进行基础性介绍外，还对史诗的数量、真实性等问题进行了讨论。此后国内的《格萨（斯）尔》研究普遍吸收借鉴了蒙古及苏联学者的研究经验。

关于藏传《格萨尔》，徐国琼于1959年在《文学评论》第6期发表了一篇名为《藏族史诗〈格萨尔王传〉》的学术论文，作者从史诗的属性、史诗的来源、史诗的创作、史诗的数量等几个方面对《格萨尔王传》进行了讨论，该文是新中国成立后我国学者第一篇公开发表的讨论藏传史诗《格萨尔王传》的学术论文，可以说作者讨论的内容奠定了本时期《格萨尔》研究的基本框架，具有重要的学术意义。除了徐国琼的这篇论文外，还有一篇论文同样对《格萨尔》的初期研究有较大影响——黄静涛为《格萨尔》第四卷《霍岭大战》上部所写的序言（发表在《青海湖》1962年第5期上）。作者在马列主义毛泽东思想文艺观的指导下对《格萨尔》的创作性质、产生年代、真实性问题、艺术价值及搜集整理价值等方面进行了讨论，其中的观点代表了当时《格萨尔》研究的主流观点，是20世纪50—60年代《格萨尔》研究的经典之作。

从上述《格萨（斯）尔》的搜集整理及研究工作的历程可以看出，20世纪50—60年代对《格萨（斯）尔》史诗的大规模搜集整理从一开始就是在现代国家文化政策主导下的被动行为，所以初期的《格萨（斯）尔》搜集整理本质上是现代国家文化建设的指令性工作。受政治话语主导以及特定历史时期"泛意识形态化"的影响，本时期《格萨（斯）尔》搜集整理工作的审美标准明显失衡，政治标准大于一切，导致了史诗整理过程中出现了对文本过于主观性的增减、修改等问题。不过，即便有些许不足，本时期所进行的《格萨（斯）尔》搜集整理及研究工作的积极意义仍是巨大的：首先，本时期的搜集整理工作发现并认识了史诗《格萨（斯）尔》的价值；其次，本时期的《格萨（斯）尔》搜集整理及研究工作的成果是显著的，不仅为《格萨（斯）尔》的保护和研究提供了史料学建设，也为民间文学的搜集整理工作提供了宝贵的经验；最后，本时期的《格萨（斯）尔》研究在史诗研究理论建设方面做出了突出贡献，奠定了史诗《格萨（斯）尔》的研究基础，形成了基本的研究框架，其研究范式直接影响了20世纪70—80年代的相关研究。

1966年，声势浩大的"无产阶级文化大革命"席卷全国，《格萨（斯）尔》成为"反党的大毒草"，被社会各界批判，相关的搜集整理工作全部停止，已经搜集完成的史料及出版的书籍大多被损毁。直到"文化大革命"结束，《格萨（斯）尔》才得以正名，重新进入人们的视野中。

1978年11月30日，青海省召开了《格萨尔》平反大会，由此拉开了新一轮《格萨（斯）尔》搜集整理及研究工作的序幕。20世纪70年代末，《格萨（斯）尔》的研究范式基本承袭自前一阶段，其研究的重点依然在史诗的产生年代、数量、真实性等方面。其中，王沂暖的研究成果最为突出，他发表于1979年第2期《民间文学》的《〈格萨尔王传〉简介》一文中提出了"分章本"和

"分部本"的概念。值得一提的是,在当时出现了将《格萨（斯）尔》改编为歌舞剧等现象,这意味着《格萨（斯）尔》正被扩展为更多的艺术形式,被更多的人接受。由于"文化大革命"的影响,重启《格萨（斯）尔》搜集整理及研究工作的难度更甚于20世纪50—60年代。本时期《格萨（斯）尔》的搜集整理及研究工作不仅在之前的基础上取得了显著的成果,更重要的是对20世纪50—60年代《格萨（斯）尔》搜集整理及研究工作成果的继承与巩固,特别是为史诗《格萨（斯）尔》搜集整理及研究工作的发展走向奠定了坚实的基础。

从20世纪50—60年代由国家权力主导的大规模搜集整理工作,到"文化大革命"时期的"破烂""大毒草",再到20世纪70年代末的平反,可以看出,不同时期对《格萨（斯）尔》有着截然不同的评价,究其原因是政治环境对《格萨（斯）尔》的搜集整理及研究工作起着决定性的影响。但反观《格萨（斯）尔》的搜集整理和研究历史可以发现,只有国家权力才可以主导如此大规模的史诗搜集整理工作,才使《格萨（斯）尔》搜集整理及研究取得了巨大的成绩。

藏族史诗《格萨尔王传》

徐国琼

史料解读

　　该史料为一篇论文，原载于《文学评论》1959 年第 6 期。该文指出，《格萨尔王传》具有高度的人民性和伟大的乐观主义精神，反映了古代藏族人民热爱家乡、热爱和平、反对侵略、争取自由的美好愿望。论文还探讨了《格萨尔王传》在藏族人民文化生活的各个方面都占有重要的地位，并认为史诗《格萨尔王传》是民间集体创作，应属民间文学。该文总结了当时学界讨论的主要问题：史诗《格萨尔王传》产生的时代，全部《格萨尔王传》的部（章）的实有数量，主人公是否为虚构等。文中还提出了一些新的问题：关于藏族、蒙古族人民中流传的《格萨尔王传》彼此之间的关系问题——由于时间的累积和民间群众的再创作，实际上《格萨尔王传》在藏族、蒙古族民间已成为各具民族特色、各自独立的民间文学作品，以及国内外对《格萨尔王传》的研究概况。国内外各代学者对《格萨尔王传》研究工作的共同关注，更是表明了其在世界范围内的重要研究价值。可见，搜集整理《格萨尔王传》对于丰富整个世界文库具有重要意义。

　　徐国琼是研究《格萨尔王传》的重要学者之一，他的这篇文章比较全面、深入地揭示了《格萨尔王传》的一些重要问题，对读者和研究者深入理解和分析《格萨尔王传》有重要参考价值。

原文

不朽的藏族民间史诗《格萨尔王传》，是一部极其珍贵的富有高度人民性和艺术性的民间文学作品。广泛流传于广大藏族民间。由于大部分采用能唱的诗文叙述古代岭国格萨尔保卫祖国，保卫人民，抗敌除奸，征魔除怪的英雄史迹，故又称为《格萨尔史诗》。藏语一般称为《甲吾格萨尔纳特》或《格萨尔阿种》，通译为《格萨尔王传》。

据初步调查，故事广泛流传于西藏、青海、四川、甘肃、云南等省广大藏族民间。其次，在蒙古族及青海撒拉族人民中也有流传（在撒拉族中流传时，则多流传于会说藏语的人民中）。流传在蒙古族民间的，有许多重要情节，如《天岭卜筮之部》、《英雄诞生之部》、《迎娶珠牡之部》、《霍岭大战之部》、《岭与魔国之部》等，与藏文本都大体相同，二者许多人名（如格萨尔、珠牡、晁同等）也都相同。关于藏、蒙①人民中流传的《格萨尔王传》彼此之间的关系问题，向来都没有确定。故事在藏、蒙人民中间流传到现在（也可说是很久以前），已有很大程度的不同：内容上已出现许多互不相同的情节，形式上已各具特点。流传在藏族民间的，以歌唱的诗文为主，叙说的散文为次；流传在蒙古族民间的，以叙说的散文为主，歌唱的诗文为次。实际上它在藏、蒙两族民间，已成为各具民族特色，各自独立的民间文学作品了。

一　史诗的特色

这一史诗的特色，从内容上说，首先是具有高度的人民性和伟大的乐观主义精神。史诗首部《天岭卜筮之部》，叙述主人公格萨尔在天国时，人间弱肉强食，魔怪横行，善良的人民百姓惨遭残害，英雄格萨尔于是降生人间，立志抑强扶弱，为民降魔除怪，以求国泰民安。第二部《英雄诞生之部》，叙述格萨尔人间的母亲——龙王的女儿葛姆——一个饱受苦难的穷妇人，如何在破帐篷里生下了

---

① 编者注："藏、蒙"应为"藏族与蒙古族"，后同。

格萨尔。这以后的三十余部，叙述格萨尔诞生人间以后，如何征魔除怪，如何抵抗外国侵略，如何惩治叛国贼，如何与欺骗人民的喇嘛作斗争，如何闯入阴曹战胜冤枉好人的阎王等。最后一部《安定三界之部》，叙述格萨尔年老无子，将王位传给侄儿，寿终重回天国。全部史诗，充满了相信人民的力量，相信正义一定能战胜丑恶的信心。以《保卫盐海之部》为例：在岭国附近有一个拥有十八万户部落的姜国，国王萨丹，仗恃自己国土广大，兵多将勇，竟出兵抢夺岭国的盐海。他的保护神——魔鬼神，也一再鼓励他去做这种侵犯别国的罪恶行为。英雄格萨尔，听到敌人前来侵犯祖国盐海的消息，马上出兵卫国。派大臣辛巴梅乳孜，作头路先锋，打探敌情。他坐在王城里，稳如泰山，神智镇静，指挥大臣们作战。并给大臣们唱道：

> 这座城是大王城，
> 格萨尔大王住此中，
> 他是白梵天王子，[①]
> 雄狮就是他尊称，
> 扶助百姓像父母，
> 镇压强暴赛雷霆。
> …………
>
> 岭国猛将三十员，
> 现在一齐上战场，
> 姜国兵马来犯边，
> 一寸领地不退让。
>
> 花岭大战紫姜国，

————————————

① 这里的"他"，是格萨尔王自称。

　　为的自立与公利，

　　为的救护岭国人，

　　为的保卫好饭食。

　　…………

大臣们领命出征卫国，辛巴梅乳孜在前线活捉了侵略军先锋——姜国王子姜雏
玉拉托居尔。不管敌人如何凶恶，不管战争如何艰难，英雄的格萨尔，始终相信
人民的力量，相信正义的卫国战争，一定能打败侵略者。果然，八年大战，最后
胜利终属于岭国人民；野心的侵略者，终于被消灭了。从古到今，侵略者总是要
失败的，听听姜军将快失败前夕姜国大臣噶伦贝塔尔唱的几句哀歌吧：

　　八年一战连一战，

　　英雄猛将快死完；

　　一百八十万众兵马，

　　现在残余无一半。

这正是侵略者垂死前夕的送丧曲。诸如《霍岭大战》、《岭与魔国》、《岭与大食财
国》、《岭与门域》、《岭与松国》、《岭与祝孤兵国》等各部所描写的，最后胜利总是
属于为正义而战的岭国人民。英雄格萨尔，一生虽然征服了许多国家，但都是
因为别的国家先来侵犯他的祖国，使得他不得不起兵抵抗，征服敌人以卫祖国。
他这种人不犯我，我不犯人的崇高思想，在他开始与敌人战斗的青春时代就已
具备了。当他十五岁到北方降魔时，他便给大臣们嘱咐道：

　　不要去侵犯别人，

　　但如果有人来侵犯你，

　　　　绝不要后退！①

　　他战斗一生的丰功伟绩，也正是在这种为正义而战的思想基础上所获得的。

　　史诗的另一特色，是作者们在史诗中，采取了现实主义与浪漫主义相结合的创作方法。通过传奇式的描述，史诗真实而深刻地反映了古代藏族人民热爱祖国，热爱和平，反对侵略，争取自由的美好愿望。英雄的格萨尔，不但降服了侵犯别国的萨丹王、霍尔王等类人间的侵略者，惩治了叛国投敌的晁同。对那些要用"一百个大人作早点，一百个童男作午饭，一百个少女作晚餐"的妖魔鬼怪，冤枉好人的阎王，也给予应得的惩治。其实这些妖魔鬼怪和阎王，也不过是现实生活中统治阶级的另一种写照而已。史诗采取了优美的叙事与抒情相结合，讲说与歌唱相结合的形式，反映了古代藏族人民现实的斗争生活。在语言运用方面，更加显示了藏族人民擅于词令的惊人本领。许多唱词和说词，采用了大量的谚语、成语、双关语以及一些巧妙的比拟词汇，大大地丰富了史诗的语言艺术。有许多唱词，则直接采取民歌，说唱起来十分优美，充分显示了藏族人民的智慧和才华，使其内容与形式达到了完美的统一。

二　史诗的来源

　　从广大藏族人民对格萨尔这一英雄人物的敬仰来看，格萨尔王故事的来源，有一部分可能在格萨尔生存的年代，人们就以集体创作和口头说唱的方式在民间流传。正因为这样，当格萨尔去世以后，人们用文字给他记述传记时，就有可能召集当地的群众来用民间有关格萨尔的颂词和传说丰富其文字记载。关于这一点，在一部藏文蒙译本《岭格萨尔王传》的末尾曾有记载：诗人却布伯仔细地写下了雄狮大王格萨尔的传记，传记写成后，召集岭地的人民集会，在会上把传记唱给人民来听，并要求人民能用幸福的说词来充实他所记述的不足。同书还载道：当格萨尔临死时，把国家政务及军事交付给了自己的亲信，同时，

————————————

①　蒙古文本《岭格萨尔传》。

把宗教事务交给了却布伯。可知,诗人却布伯是与格萨尔同时,且十分亲近格萨尔的人物。从这一事实来看,很有可能在诗人还没有用文字记述以前,民间就流传有格萨尔的故事,或至少流传有能够用来作为充实诗人记述不足的,有关格萨尔的幸福的颂词了。

史诗《格萨尔王传》,是随着时间的流传依靠集体创作的力量不断发展与丰富起来的,它不是一时一地的产物,而是几个世纪广大地区广大人民集体力量的产物。史诗的主人公格萨尔,在史诗中,已由历史人物演变成神话人物了。史诗的产生和发展过程,从整部史诗的情况来说,实际是民间口头文学与文人书面文学互相影响,互相丰富的过程。即民间口头流传了格萨尔故事后,文人根据口头流传的材料,用文字加以记录、加工、整理或再创作。这样,民间便产生与流传了各种各样的不同抄本。民间再根据这些抄本,再用口头与书面流传的方式加以流传。在流传中又加以丰富。在漫长的年代里,史诗便这样互相影响逐渐地发展起来。在发展的过程中,诗中又不断增加了新的内容和新的语汇。

由于有各种抄本(有时也有少数木刻本)大量流传于民间,所以曾有人认为这一史诗是产生于个人的书面文学。但从我们几次到民间搜集这一史诗所了解到的情况和已搜集到的资料来看,这种看法是不合乎实际情况的。现在所能看到的各种抄本,没有象一般藏族书面文学那样署有作者姓名和创作经过。许多抄本同属一部,在内容上却往往有很大的出入。各种抄本的地方色采也非常浓厚(尤其表现在语言方面)。史诗创作的集体性、匿名性、变异性、传统性和地方性等等特征,足以证明史诗是源于民间文学的。

其次,藏族的书面文学,和汉族的书面文学相似,一般说来是比较定型的。而史诗的各种抄本,同属一部,在民间流传时,却有很大的出入。有的抄本已经经过文人的整理加工或篡改;有的抄本还完全保持着口头说唱的原来面目(或者说还是原始记录)。以《赛马称王之部》为例:从现在所搜集到的四种本子来看,情况就有很大程度的不同。有一种流传在四川德格地区的刻本,这种刻本除正文外,还有前言和后记,它叙述了整理这种流行本的经过,并署有整理者的梵文姓名阿恰热牟尼霞撒。后记叙述了这种本子是整理者"历时很长,极想将各家所述辑为一个较完善的本子",整理而成的,还写道:《格萨尔王传》中《赛马称王之部》的故事,过去所流传的,据说是霍尔地方一个英雄所记述。内容对赛马并无多大的叙述,杂乱无章,谬误甚多。故事(说唱)家热亥古阿乜所记述的赛马故事与此相同。此外,尚有流传后藏的与此不同的"赛马故事,我曾见过约有五种之多"。从这一情况看来,可以肯定,其整理本一定是具有较大综合性的。其他已搜集到的三种手抄本,情况也各不相同。有一种流传在康定地区的抄本,与上述这种刻本比较起来,又较为原始。从青海同仁和贵德地区搜集到的两种残缺的抄本,二者均还程度不同地保存着民间口头原始记录的面目。

从上述情况看来,赛马之部的本子,在民间流传的至少已有十一种之多(其实远不止此)。从这些互有出入的流行本看来,不论刻本或抄本,不论前人整理本或原始记录,都具有不同程度的民间文学特色,都足以说明其起源于民间文学的事实。

《格萨尔王传》中其他各部的情况,从已搜集到的资料来看,与《赛马称王之部》都大体相仿,在一定程度上都体现着人民集体创作的特征。其中有的经过文人的加工、整理、改写或再创作。而这种经过文人手笔的流行本,也绝非一人之功,在某种意义上说也还是一种集体创作。

文人从民间口头上获得材料,经过加工、整理,再流传于民间。如此从民间来到民间去,往返不已的过程,正是《格萨尔王传》产生和发展的过程。故可以得出结论:史诗《格萨尔王传》,是民间的集体创作,是民间文学。

三　史诗产生的年代

史诗《格萨尔王传》产生的时代,历来研究这一史诗的人们有许多不同的说法,各种说法相差的距离也很远。国外研究这一史诗的学者,有的认为史诗产生于七、八世纪。主张这种说法的学者,依靠的主要根据约有二:即《嘛呢噶奔》和《斑玛噶塘》两书中都曾提到格萨尔。《嘛呢噶奔》一书,传为藏王松赞干布所著,松赞干布为七世纪人;《斑玛噶塘》一书为斑玛钟乃传记,斑玛钟乃为八世纪人。故人们即认为格萨尔故事在七、八世纪就已产生。但,上述两书里所记述的事件和人物,包括七、八世纪到十四世纪。由此可以肯定这两部书的作者,都不是七、八世纪的人,而是十四世纪或以后的人。因此,说《格萨尔王传》产生于七、八世纪的说法是不可靠的。

第四世班禅的经师,历史学家劳布桑初鲁图木在他的《印度八大法王》一书中载道:"格萨尔王后于郎达玛(九世纪摧毁西藏佛教有名的人物),先于阿提沙尊者(十一世纪人物,系印度沙贺尔小国王子,深通佛法,曾到西藏阿里、聂塘、拉萨、扎耶巴等地传教二十年左右,开创了西藏佛教的甘丹派)。"此说认为《格萨尔王传》产生于九至十一世纪。

原西康邓柯的林葱土司,自认为是格萨尔的后裔。他的老相臣说:"格萨尔生在阿提沙之前,莲花生(八世纪)之后。"此说认为《格萨尔王传》产生于八至十一世纪。

原西康林葱附近作庆寺有人说:"依藏历推算,格萨尔降生距今九百年。"此说认为史诗产生于十一世纪。

苏联米哈依洛夫认为史诗产生和完成是在十至十一世纪。并在其专著《蒙古现代文学简史》一书(汉文译本第五至六页)里说:这一史诗于十七世纪与《比伽尔米日德汗故事集》、童话《魔尸》等一齐从西藏传入蒙古。并认为,大约又过了一百年,即在十六世纪末叶或十七世纪初叶以后,史诗在蒙古族中就从民间口头上用文字记录了下来,并出版了。

巴·索特纳木在其《蒙古文学发展史》一书里则认为,这一史诗是十六世纪到十七世纪的作品,并肯定史诗是根据民间口头文学而完成的。

近代国内研究这一史诗的人,有的认为是元末明初写成;有的认为是十一世纪群众的集体创作;有的认为是根据十一世纪在格萨尔王所支配下的安木多地区发生的历史事件写成。

仅就以上见于文字记载的诸说,史诗的产生自七、八世纪到十七、十八世纪。史诗产生的时间,说法如此不同。这一问题也是国内外近代研究史诗的学者们讨论的重要问题之一。

　　史诗究竟产生于什么时候，现仅就调查、搜集这一史诗以来所接触到的资料，初步提出如下的看法。

　　据藏文重要史料藏族学者江巴若杰所著的《安木多勤久》《安木多政教史》）中载道：“格萨尔的生年，有铁鼠年和水蛇年两种说法，但不论哪一年，都属于第一个丁卯年的六十年中。”（《安木多勤久》，甘肃夏河麻龙寺藏本，藏文版）藏历系以丁卯计年，第一轮丁卯为宋仁宗天圣五年（丁卯，公元一○二七年），以此推之，水蛇年为癸巳，即公元一○五三年；铁鼠年为庚子，公元一○六○年。

　　其次，在青海黄南地区和甘肃甘南地区搜集到的《格萨尔王传》中的《霍岭大战之部》，两种抄本故事情节虽各有出入，但同样载道：“格萨尔木虎年赴北地降魔，时年十五岁。”木虎年岁在甲寅，为公元一○七四年。在同书中（两种本子均载）又载：“火龙年霍尔侵入岭国，抢劫格萨尔妃子珠牡。”火龙年岁在丙辰，为公元一○七六年。此与同部中所述格萨尔赴北地降魔三年后霍尔侵入之说相符。又从原西康作庆寺地区搜集到的《岭与魔国之部》抄本中，关于格萨尔赴北地降魔的年代（木虎）及当时格萨尔年龄（十五岁），与上述两种《霍岭大战之部》的抄本完全符合。这三种记载都证明了格萨尔在木虎年即公元一○七四年有十五岁，以此与《安木多勤久》相对，正与生于铁鼠年（即庚子，公元一○六○年）之说相符。

　　据此，如果上述记载正确的话，格萨尔当是生于公元一○六○年。

　　那末，格萨尔故事，产生于十一世纪末叶是完全有可能的。前述主张史诗产生于十一世纪的诸说，由此看来是有根据的。

四　全部史诗的部数

　　全部《格萨尔王传》的部（章）数实有多少，历来说法众多，这一问题也是近代中外研究这一史诗的学者探索的重要问题之一。

　　蒙文[①]本的《格萨尔王传》，其部数的说法向来比较统一，公认为有十三部

―――――――――――――

①　编者注：“蒙文”应为“蒙古文”，后同。

（章或卷），上七部早在一七一六年即于北京刻版，以后便流行于国内外；下六部只有手抄本流传于民间，解放后被内蒙古语文研究会发现，一九五五年内蒙古人民出版社已用蒙文将上下共十三部全部印出。

藏文本的《格萨尔王传》，其部数实有多少，在国外的研究文章中，还没有见到这方面的资料，但研究者们对这个问题是特别关心的，大家都想知道藏文的《格萨尔王传》究竟有多少部。

国内研究这一史诗的人们，认为史诗有二十三、二十四、二十五部等几种说法。

自从我们参加调查、搜集这一史诗以来，先后在青、甘、川等地所了解到的，其部数各地说法也不统一。青海贵德、互助、同仁、共和、化隆、泽库一带，民间传述计有十五部（见下列：一、二、三、四、五、六、七、八、九、十、十一、二八、二九、三四、三六）。而在青海玉树地区流传的，当地有人说为十八部（见下列：一、三、五、六、七、十、十一、十二、十三、十四、十五、十六、十七、十八、十九、二一、二二、二四、二五、二八、三十、三四。其中六、七合为一部，十二、十三合为一部，十五、十六、十七合为一部）。

据四川甘孜藏族自治州炉霍县三区葱各乡杂巴才仁老汉谈：在甘孜地区通常流行的为十八部（名称未详）。在杂科地区流行的，有人说为十九部（见下列：一、二、三、五、六、七、十、十一、十二、十三、十四、十五、十六、十七、十八、十九、二一、二二、二八、三十、三五。其中十五、十六、十七合为一部）。此外，四川地区尚有二十四、二十五、三十部等传说。截至目前为止，我们在各地调查到的部数，已不止上列诸说。史诗各部的名称，各地的称呼也时有不同。汉文译名也往往有异。现在，我们按其内容，采取合同存异的办法，这样，就有三十六部的名字了（按已搜集到的各部，如以诗行估计，原诗约在三十万行以上，是世界上少见的长篇巨著）。各部次序，我们主要根据史诗本传中发现的有关资料，分列如下：

一、《天岭卜筮》　　　　　　　　十九、《岭与歇日珊瑚国》

二、《英雄诞生》　　　　　　　　二十、《岭与向雄珍珠国》

（附注）

①上列各部译名中所称的"国"，有的可能是指"部落"而言。各部落名称，都以通常的称呼为据。

②六、七两部和八、九两部，有的地方各合为一部，都称为《霍岭大战》。各分为两部时，六、八部又称《霍尔侵入》。七、九部又称《平服霍尔》。六、七两部内容以叙黄霍尔王侵入岭国，抢去珠牡，最后被格萨尔平服为主；八、九两部以叙白霍尔王侵入岭国，抢去珠牡，最后被格萨尔平服为主。故事各有不同，民间一并流传。

③第十部，民间流传有五种不同的情节：

一、《马茶相换》，述格萨尔以骏马到内地换取茶叶，藏汉互相贸易的故事。

二、《娶汉公主》，述汉皇妃死后，汉皇帝分外悲伤，下令全国人民举哀，旁人无法安慰，格萨尔前往安慰后，免除人民举哀之苦，娶了汉公主为妃。

三、《降服汉皇》，述格萨尔降服了汉皇帝的故事。

四、《杀汉皇妃腹子》，述汉皇帝妃子死后，腹中尚有一子，仍活于死妃腹中，格萨尔认为这是他将来的对头，故剖腹杀了胎儿。

五、《降服魔妃》，述汉皇有一魔妃，摧毁佛法，君民不宁，格萨尔前往帮助降服了魔妃。

④第十一部又称为《保卫盐海》或《姜岭大战》。

⑤第三五部及第三六部，有说同为一部，但现在看到的第三五部印本和第三六部抄本，两者均各不相同，故各分部列出。

五 史诗在藏族人民文艺生活中的地位

史诗《格萨尔王传》，在藏族人民文化生活的各个方面都占有重要的地位，如讲故事、弹唱、舞蹈、绘画、雕塑等都有这一史诗的内容。

故事方面如青海同仁《箭口山》、《坐印石》，甘肃玛曲欧拉区《珠牡山》、《马蹄石》、《练武石》，甘州《马蹄寺》，西藏《七兄弟星》等故事都直接与史诗的主人公格萨尔有关。

弹唱方面，如青海玉树地区和四川甘孜地区民间有以"说格萨尔"为生的职业艺人，说时有的挂以与故事有关的画轴，有的用琴伴奏，有的则仅凭口头说唱。一说短者数时，长者数日。据说四川甘孜地区有说七天七夜不散的。有时在盛会节日时说，有的头人、千户、百户遇祝寿、婚娶、生子等节日亦常召艺人前来说唱。如遇祝寿、生子，则通常说《英雄诞生之部》；如遇婚娶，则通常说《迎娶珠牡之部》；如遇赛马盛会，则通常说《赛马称王之部》。说时情节往往互有出入，说者皆以听者对象、时间、地点为据，而有所增减。搜集这一史诗时，我们随军参加了一次平叛，在这期间，当地民兵与群众则专说（唱）《平服霍尔之部》，并把叛匪称作晁同，有时众口同声：要求"再斩晁同"。每当歼匪任务下达持枪上阵时，人们口中还不住互称"格萨尔"，盖意欲像格萨尔一样英勇地消灭敌人。

且有时唱到最紧张处，唱者往往突然插入一两句滑稽曲词，听者一听，突然大笑。听者笑，说者亦笑，说者笑，听者愈笑。往往哗哗不止，满场腾欢。

四川甘孜炉霍县三区丹都乡洛桑老汉是当地公认为"说格萨尔"的专家，说时并能用琴伴奏。当地另一说唱家省诺银珠，亦是有名的"说格萨尔"艺人，据其女儿宝波谈，此人现已眼昏牙脱，有许多情节至今已不常说了，青年人说唱的也很少，有些情节很有失传的可能（青海、甘肃藏区亦有同样情况，人老诗失，值得注意）。

舞蹈方面如四川甘孜地区流行的《格萨尔林卓》（舞曲），青海及甘肃藏区流行的《格萨尔余雅》（舞词）等，都直接取材于这一史诗。

绘画方面，如青海泽库地区巨幅彩绘油画的骑射像，互助、共和、贵德的彩绘骑射像，四川炉霍地区成套的壁画，康定地区腾云飞骑的赛马像，岭葱地区赛马写真的画轴，西藏地方精绘的照片等，也都是直接取材于这一史诗的。

雕塑方面，如青海共和县旦加寺的巨型木雕像，四川德格降央伯姆家所供的彩绘木雕骑射像等都是根据格萨尔故事精工雕刻而成的。

广大藏族人民对史诗视如珍宝，有的把抄本密藏在夹墙里，永远保存，作为传家之宝，代代相传，以至家喻户晓。传说四川甘孜地区有一人存有三部抄本，别人用十五头牦牛来与他交换他还不换。

人民最珍惜与最爱戴的，也是反动阶级最想迫害与最想歪曲的。不同阶级对这一史诗不同的态度，正是历史对这一史诗最好的评价。

六　国内外研究这一史诗的概况

自一七一六年北京用蒙文刻版了七部《格萨尔王传》以后，这部史诗引起了国内外学者的广泛注意。第一个研究《格萨尔王传》的人，是清乾隆年间青海互助佑宁寺藏族学者、著名历史学家松巴·益希环觉尔（有人认为此学者为蒙古族，据六世松巴谈实为藏族）。他研究的结果，认为格萨尔不是神话人物，而是历史上实有的人物，是安木多地区的一位小王子。

西欧学者对这一史诗也重视，早有俄、英、法、德、蒙古、印度等几种文字的部分译本流传于国外。一九五七年，苏联科学院特地出版了研究这一史诗的论文专集。一九五九年根据法文译本所译的英译本《格萨尔王传》，在英国伦敦又重新出版了。列宁格勒图书馆也藏有一部分藏文本的《格萨尔王传》。

俄国学者史密斯，早在一百年以前即出版了史诗的蒙文本和德文译本，包布罗尼可夫，波托宁，列力赫，法国女学者达维德·尼丽，以及其他西欧学者如弗朗可、拉弗尔、沙塔、利柯泰等，对这一史诗都曾作过研究。

苏联学者柯林、斯·郭增、米哈依洛夫、留里科夫等，也曾对史诗作过精辟的评述。米哈依洛夫认为这是优美的、富有神奇性的人民文学著作，他主张把这一史诗列入世界文化宝库和现实主义作品的范例里去。

蒙古人民共和国语言学副博士策·达木丁苏伦对这一史诗也曾进行过专门的研究，并写了不少的论文。

在党和毛主席文艺政策光辉的照耀下，《格萨尔王传》这一极其珍贵的民间史诗更加被人们重视了。目前，在中共青海省委宣传部的直接领导下，青海省文联民间文学研究组，正在对史诗进行初步的调查、搜集、翻译和整理。现除已调查到前述的三十六部的名字外，按前述次序已搜集到：一、二、三、五、六、七、八、九、十（前附注的第一种情节）、十一、十三、十五、十六、十七、十九、二十、二一、二四、二六、二八、二九、三十、三四、三五、三六等共二十五部，计四十余本（其中有完整的，有残缺的。多数为抄本，少数为印本）。现已译出：一、二、三、五、六、七、八、九、十一、二九、三四、三五等十二部，异文在内，共约二百万字。初步整理出：一、二、三、五、六、七、十一等七部，目前正在进行广泛的讨论，定稿后，即可交中国民间文艺研究会主编出版。全部史诗的搜集整理工作，现仍在大力进行，在党的关怀和指导下，在广大藏族人民和各有关地区、有关部门的协助下，坚信这一史诗的搜集整理工作，今后将获得更大的成绩。

一九五九年九月初稿于西宁。

十一月修改于北京。

（本文有删节）

青海省大力搜集著名史诗《格萨尔王传》

长　山

史料解读

　　该史料为一则会议报道，原载于《民间文学》1960 年第 1 期。中国民间文艺研究会、中国科学院文学研究所和青海省文联于 1959 年 12 月 18 日在北京联合召开了关于《格萨尔王传》的搜集、翻译、整理工作座谈会。青海省文联主席程秀山介绍了青海省搜集、整理、翻译《格萨尔王传》的情况。其中的重要信息是，在 1958 年秋至 1959 年秋的一年时间里，青海已经搜集了 25 部《格萨尔王传》（异文不在内），汉译出了 12 部，整理了 6 部。此外，他们还搜集到了国外的藏文影印本、藏文英译本、蒙古族的《格斯尔》刊印本和一些其他相关资料。这一消息引起与会学者的高度重视，青、甘、藏为主的大规模的《格萨尔王传》搜集整理工作全面展开。

　　该史料主要介绍了 20 世纪 50 年代末青海省大力搜集《格萨尔王传》的情况，对于读者和研究者深入了解和研究《格萨尔王传》的文献整理情况具有参考价值。

原文

　　青海省文联民间文学研究组在青海省委宣传部的领导下，对藏族著名的史诗——《格萨尔王传》积极地进行了搜集、翻译、整理的工作,从一九五八年秋末到一九五九年十一月,他们深入群众进行实际调查、搜集,并取得了四川、甘肃、内蒙①、北京等地各有关单位的支持和协助,在短短的时间内,以极少的人力,取得了很大的成绩,引起了有关各界的注意。中国民间文艺研究会、中国科学院文学研究所和青海省文联于十二月十八日(一九五九年)在北京联合召开了关于《格萨尔王传》的搜集、翻译、整理工作的座谈会。会议由中国民间文艺研究会副主席老舍主持,中央民族事务委员会、中央民族学院、中国科学院语言研究所、民族出版社及其他有关单位,都派人出席了会议。

会上,首先由青海省文联程秀山同志向大家介绍了他们的工作情况。他谈到在短短的十几个月中,参加这一工作的同志们,克服了人力、物力上的种种困难,现在已搜集到大约近四百万字的材料,装满了半间屋子。《格萨尔王传》广泛地流传在藏族人民中间,除口头流传外,还有手抄本和印本。《格萨尔王传》到底分多少部,说法也很不一样,有七部、十五部、十八部、十九部、二十四部、二十五部、三十部等等不同的说法。据青海省文联的初步调查,已知道三十部的名目,收集到材料的已有二十五部(异文不在内)。他们及时地动员了青海及兰州西北民族学院的翻译力量进行汉译,在这已搜到的二十五部中已译出了十二部,整理了六部;此外,他们还搜集到了国外的藏文影印本、藏文英译本、蒙族②的《格斯尔》刊印本和一些其他的有关资料。

所有出席座谈会的人,都一致认为青海省文联在搜集《格萨尔王传》这一工作中所做出的成绩是出色的,这一工作有着非常重大的意义。就现在已经掌握的资料来看,在篇幅的宏伟、文字的浩瀚,深厚的人民性,高度的艺术成就等方面,都称得起是一部伟大的史诗。《格萨尔王传》的搜集、翻译、整理工作,所取得的成绩是党的民族政策、文艺政策的胜利,是总路线的胜利;若不是在共产党的英明领导下,采取了群众路线和大协作的方法,要想在短时间内取得这样大的成绩,简直是不可能的。《格萨尔王传》的搜集、翻译、整理工作,不但直接培

① 编者注:"内蒙"应为"内蒙古",后同。
② 编者注:"蒙族"应为"蒙古族",后同。

养、锻炼了民间文学工作方面的人材，也给我们对其他兄弟民族的史诗或叙事诗的搜集、翻译、整理工作创造了不少经验。这一工作的政治意义、文学意义、历史意义都是难以估量的。

参加会议的同志们，也都对《格萨尔王传》的翻译、整理工作提出了很多具体的建议和意见，也给今后的搜集工作提供了一些情况和线索，并希望青海省文联的同志们与各有关地区、有关单位取得更密切的联系，在更大的范围内实行社会主义大协作，更多地注意记录民间艺人或说唱家的口头材料。

青海省文联的同志们在会上表示：一定在总路线的光辉照耀下，鼓足更大的干劲，更深入地进行调查、搜集、翻译、整理工作。争取在更短的时间内，完成这一任务。

（本文有删节）

蒙族史诗《格斯尔传》简论

中国科学院内蒙古分院语言文学研究所

史料解读

　　该史料为一篇论文，原载于《文学评论》1960 年第 6 期。该文主要内容包括蒙古文本《格斯尔传》的来源和研究情况、思想内容、艺术成就以及局限性。《格斯尔传》是蒙古族、藏族人民的民间英雄史诗，广泛流传于我国青海、西藏、四川、甘肃、内蒙古等蒙古族、藏族人民居住的地方。蒙古文本《格斯尔传》在故事情节、人物塑造和作品体裁上都具有自己的特点，与藏族的《格萨尔王传》有着较大的区别。

　　值得注意的是，该文对《格斯尔传》的局限性和批判性研究。首先，作者认为在作品的某些章节里，夹杂着不少推崇佛陀和贵族的宗教术语，还较多地宣扬了"因果报应"的宿命论思想。其次，《格斯尔传》在某些地方还表现了重男轻女的封建伦理观念。最后，这部史诗所表现的思想内容有不少互相矛盾的地方，主要也是后人染指篡改的结果。因此，研究者必须运用马克思主义对待文学遗产的批判态度，严肃地鉴别作品中所掺杂的封建迷信的糟粕。另外，应该看到对于古典名著庸俗化的态度也是十分有害的。有些人过分注重本书的考据校勘工作，而对于它深刻的思想内容和高度的艺术成就却不进行深入细致的探讨，这种片面的兴趣主义的研究方法也是不妥当的。该文的许多观点无论在当时还是现在，都值得参考。

原文

一　《格斯尔传》的来源和研究状况

《格斯尔传》是蒙、藏①人民的民间英雄史诗，是祖国多民族文学宝库中一份珍贵的文学遗产。很久以前它就广泛流传于我国青海、西藏、四川、甘肃、内蒙古等蒙、藏人民居住的地方，以及蒙古人民共和国和苏联布利亚特蒙古自治共和国。现已搜集、整理和出版的有藏、蒙文印行的各种版本的《格萨尔王传》、《格斯尔传》和许多手抄的篇章。蒙、藏族民间艺人口头说唱的《格斯尔的故事》也在许多地区广为流行。

蒙文本《格斯尔传》（以下简称《格斯尔传》）是一部具有一定的人民性和相当艺术水平的民间文学巨著。从故事内容来看，它应该是从流传于青海、西藏等蒙、藏族聚居区的格斯尔可汗的故事演变而来的。在蒙古族民间的长期流传中，它又经过民间艺人们的改编、丰富和提高，因而形成了今天这样一部蒙古族劳动人民家喻户晓的优秀作品。

《格斯尔传》在故事情节、人物塑造和作品体裁上都具有自己的特点，与藏族的《格萨尔王传》有着较大的区别。《格斯尔传》共有两种体裁：一种是以散文为主，诗歌为辅，另一种《英雄格斯尔可汗》则全部是诗歌体，是蒙古族民间艺人的创作，适宜于单独说唱。藏族的《格萨尔王传》与上面的第一种体裁恰恰相反，它是以唱的诗文为主，以说的散文为辅（藏族民间艺人说唱时也有相反的情况）。诗中的格萨尔的妻子珠牡（即《格斯尔传》中的茹格慕·高娃）是一个美丽善良的妇女形象，但在《格斯尔传》中她却是一个中途变节的反面典型。由此可以看出，很久以来在蒙、藏两族民间各自流传着的这一史诗作品，是有着"同源分流"的关系的。蒙、藏两族人民的这一宝贵的文学遗产，在长期的流传过程中，既然具有了各自不同的特色，那么对于这两部"同源分流"的著作的比较研

---

① 　编者注："蒙、藏"应为"蒙古族、藏族"，后同。

究，在今天也就成为十分迫切的问题了。

《格斯尔传》的版本很多，现已发现的就有北京本《格斯尔传》、扎扬库伦本《格斯尔传》、《领格斯尔传》、布利亚特本《格斯尔传》和卫拉特本《格斯尔传》，不下五种之多。一七一六年，北京本《格斯尔传》上册七章首次在北京出版。新中国成立以后，在北京又找到了续篇六章的手抄本。一九五五年，内蒙古人民出版社在重印七章本《格斯尔传》的同时，第一次出版了下册六章本。这样就形成了现在的十三章本《格斯尔传》。

这部作品的正式出版虽然只有二百五十多年的历史，但它的手抄本却流传很早。据记载，远在明朝时它就已经在蒙古族的许多地区广泛流传开来。在漫长的年月里，《格斯尔传》已经成为蒙古族人民向封建统治者进行斗争的武器，在他们的文艺生活中也占着重要的位置。无论是在好来宝、诗歌和故事（传说）当中，都有关于表现这一史诗内容的作品，而在盛行于蒙古民间的说书中，则把《格斯尔传》当成传统的节目之一进行说唱。艺人们跑遍了辽阔的草原，通宵地讲述着这个美丽动人的故事，用以启发和教育人民，丰富人民的精神生活，安慰他们的痛苦心灵。群众聚精会神地谛听，有时捧腹大笑，有时则擦着眼泪，以此来表示他们的爱憎感情。

格斯尔可汗的名字在蒙古族人民的记忆中有着深刻的印象。在内蒙古的许多地方，就产生了无数关于格斯尔可汗的传说，如昭乌达盟的亚玛头山和哲里木盟库伦旗的阿奇玛山的山口，相传都是被格斯尔用箭射成的。蒙古族人民过去把《格斯尔传》视如珍宝，甚至把经卷式的《格斯尔传》谨慎供藏，代代相传，每遇节日盛典则取出诵读，以此训育子弟，表示恭敬。在黄教①寺院一向严禁传阅的情况下，有的喇嘛也偷看这一史诗，相传去西藏取经的蒙古族喇嘛就常读此书，用以安慰思念家乡的情绪。

历代僧俗封建统治者害怕《格斯尔传》对于人民群众的深刻影响，他们一面严禁僧庙寺院保存和阅读这部作品，一面则对它进行了种种篡改和歪曲。格斯

---

① 　编者注："黄教"应为"格鲁派"，后同。

尔故乡的寺院——巩令庙里的一个喇嘛就曾这样认为："《格斯尔传》是有着反动观点的传说，是谎言巧说！"可见《格斯尔传》击中了封建统治者的要害，所以引起他们的刻骨的仇视。

《格斯尔传》对于历代的文学发展也有着深刻的影响。各种民间口头创作和优秀的文人作品，都从这部史诗中吸取了不少有益的滋养。如蒙古传统的"蟒古思的故事"，就和《格斯尔传》有着密切的血缘关系。世世代代的民间艺人们也对它进行了创造性的改编和丰富，运用诗体语言凭口头即兴说唱。内蒙古自治区著名民间艺人琶杰演唱的《英雄格斯尔可汗》就是据此改编创作而成的，据说可以连续演唱长达一个月之久。

远在十八世纪六十年代，我国就已经开始研究《格斯尔传》（《格萨尔王传》）。清乾隆年间，青海历史学家松巴堪布、益希环觉尔，其后的察哈尔"格西"劳布桑初鲁图木等人，都对这部史诗的性质和人物做过许多考证和探讨。从那以后，蒙、藏学者们在这方面也做了不少工作，特别是全国解放以来，对于《格斯尔传》的研究工作已经进入了一个崭新的阶段。

北京版《格斯尔传》问世以后，也曾引起了外国学者们的极大兴趣，至今已有了俄、英、法、德、印度等数种文字的部分译本广泛流行于国外。多年以来，各国学者都曾对它进行过研究，特别是蒙古人民共和国学者策·达木江苏荣。他对于这部史诗的考据和分析，都作出了突出的成绩。

二　《格斯尔传》的思想内容

《格斯尔传》是一部具有鲜明的思想倾向和充满乐观主义精神的巨著。它反映了人民群众相信自己的强大力量，相信自己向社会的丑恶势力和自然界中各种困难所进行的艰巨斗争必然胜利的坚定信心；同时，也生动地表达了劳动人民渴望消除世界上的一切灾难，为人类创造出从事和平劳动和缔造幸福生活的一切有利条件的美好愿望。"不要去侵犯别人，但如有人胆敢来侵犯你——

不要后退"，这就生动地表达了人民群众为保卫家乡而坚决斗争到底的决心。同时也是一首人民力量的颂歌。它通过自己的主人公格斯尔一生的战斗事迹，表现了古代蒙古族劳动人民在阶级斗争和生产斗争中的英雄气魄和乐观主义精神。这部史诗中出现的英雄人物和广大人民群众，不是屈服于命运和自然力的奴隶，而是洋溢着探索和创造精神的客观世界的主人。格斯尔在三岁的时候就能运斤成风，砍死翻动草皮的鼹鼠精，保护了蒙古人民的良好牧场；五岁的时候，他又不顾楚通王的迫害，在荒凉不毛的恩和勒古岗盖造起华丽的宫殿，引来了碧蓝的海水，把这里改变成吉祥幸福的人间乐园。对于残杀众生的妖魔和嗜杀好战的敌人，人民也总是借用英雄人物的双手，想出各种办法制胜他们，取得最后胜利的结局。格斯尔的一生是战斗的一生，他从婴儿时代起就精神抖擞地同各种敌人周旋，从不感到疲惫和厌倦。对于凶恶强大的敌人，他不知道畏惧和退缩；对于狡黠奸诈的卑鄙小人，他也谨慎细心，绝不误中他们的诡计。所以尽管他出生入死身经百战，但是总能立于不败之地，取得节节的胜利。并且通过各类人物形象的塑造，表现了人民的爱憎感情。故事的主人公格斯尔是人民理想和愿望的化身，历代人民怀着虔敬真挚的感情赞颂这个人物，并对他进行着不断的滋养和丰富，使他日渐臻于完美。与此相反，对于反面人物楚通王，作品则通过一连串的事实深刻地揭露了他的卑鄙肮脏的灵魂，对他进行了无情的鞭笞和辛辣的嘲讽。《格斯尔传》中出现的魔鬼和敌人，面貌和内心都是同样的丑恶可憎，而正面人物则全是一些仪表堂堂、胸怀磊落的大丈夫。总之，这部史诗具有明确的思想倾向性，它站在人民的一边，对于善恶美丑进行了严格鲜明的区分。

正因为如此，《格斯尔传》热情地歌颂了它的主人公们所进行的正义战争，赞扬了人民的爱国主义精神。当英雄格斯尔身经百战，斩杀了无数妖魔，准备凯旋返乡时，他回忆起在战斗中屠杀生灵过多，要求向苍天忏悔。但是他的胜慧神姐规劝他道："亲爱的尼速该，你所进行的战争，都是正义的，因此凡是被你杀死的人马都会脱离孽海。"并鼓励他继续无情地镇压敌人，直到战争的最后胜利。作者的这种思想特别突出地表现在锡莱河战役一章之中。这是一场反对掠夺、保卫家乡的异常激烈悲壮的战役，爱国将领哲萨和其他三十名勇士在艰苦卓绝的奋战中先后阵亡了，茹格慕·高娃只身御敌被敌人掳去，能骑善射的阿珠·墨尔根在寡不敌众的情况下也不得不逃入深山躲藏，繁荣鼎盛的国土一时变成了荒凉满目的废墟。但是这里的人民却没有被征服，他们把仇恨埋藏在心里，焦急地等待着英雄格斯尔可汗。桑伦老爹在叛徒楚通王的统治下过着屈辱的生活，但在格斯尔举行反攻的前夕，他就再也按捺不住心头的怒火，手持着弯刀去找楚通王拼命。哲萨的幼女虽然沦为奴婢，但她一直不忘杀父之仇，她天天唱着悲愤的歌曲来表达自己的意志，要寻找时机去同敌人拼个死活，报仇雪耻。格斯尔回乡以后，看到洋溢在人民当中的这种激昂的爱国热情，以及他们要求消灭敌人、收复故土的强烈愿望，受到了深深的感动。他目睹人民和城池遭劫的惨状，又悔恨自己远离家乡的错误，因此竟一时昏厥过去，但是他却绝不流泪哭泣、胆怯畏缩，而是立即把悲愤化做克服强敌的巨大力量，抚慰了故乡人民的痛苦遭遇，严惩了叛徒楚通王，接着便大举出征，无情地消灭了掠夺者锡莱河三汗，终于取得了战争的最后胜利。

《格斯尔传》还反映了人民群众对发展生产、建设富饶的家园的美好理想。如说："开河渠引来了大海之水，使周围（大地）长满了树木，所有的树木都结满了累累的果实。"表现了人民群众对于兴修水利、战胜干旱、使大地园林化的幸福憧憬。又如："格斯尔和他的母亲被驱走时，只有四只母畜。由于他们辛勤的饲养，月月生仔，繁殖成数不尽的畜群。"真挚动人地表达了广大牧民希望通过自己的辛勤劳动来大力繁殖牲畜，用以换来丰衣足食的幸福生活的热烈愿望。

对于未来，人民永远充满着无限的信心。在掠夺战争长年不息、社会秩序动荡不安的苦难年代里，人民仍然以美好的理想来鼓舞自己，编织出千万幅描绘未来幸福生活的灿烂图景。在《格斯尔传》里就有着人民群众希望建筑这样一所金碧辉煌的住宅的美丽幻想：

竖起巨石做房柱，架起铁筋做橡木；

拿来锡框做窗户，镶上水晶光线足；

天棚使用白银镀,屋顶都用金瓦铺。

这种美好的理想和当时的残酷现实形成了强烈的对比,因而激发了劳动人民反对封建混战,争取幸福生活的信心和决心。

《格斯尔传》也辛辣地讽刺和揭露了喇嘛与封建主们的丑态,表现了劳动人民在思想观念上与宗教的背离,以及他们对于封建统治者的卑视和憎恶。格斯尔曾经打败过抽食婴儿舌头的喇嘛,又用九十九节大铁棍痛打过阎王,把他吓得化做老鼠逃跑,但最后仍然没有逃脱格斯尔的捆绑和吊打。这些显然都是人民对于所谓阎王和阴间地狱的莫大讽刺。这样一来,格斯尔不仅与外来的敌人作战,而且同当地贵族和上层喇嘛以及统治人民精神的"神灵"和"地狱"进行了斗争。

人民在塑造自己所热爱的英雄人物时,并没有把他"神化",使他变成一个高高在上、不可企及的"先知"和"圣哲",而是让他平易近人、同情人民的苦难,并以自己的勇敢和智慧去实现人民的理想和愿望。格斯尔在幼年时期就是一个受尽磨难的贫穷牧民,成为可汗以后,他也还亲自参加劳动,如放牲畜、熟皮子……等。他的母亲和妻子也都从事挤牛奶、拣牛粪等家务劳动,一家的生活与普通牧民没有悬殊。这些都说明格斯尔是与人民群众保持着密切联系的英雄人物。

三 《格斯尔传》的艺术成就

《格斯尔传》是一部闪耀着奇光异彩的积极浪漫主义巨著。它的明确的思想倾向性和夺人的艺术魅力,使它在以后数百年的流传当中一直赢得了人民群众的普遍喜爱。

《格斯尔传》带有浓厚的神话传奇色彩,生动地表现了劳动人民具有积极意义的美好理想。从作品中的人物形象到故事情节,都充满了瑰丽多彩的浪漫气息。体现在人物形象身上,是半神半人,或人格化了的动物;体现在故事情节

上,是真实的现实生活事件与天马行空般的想象力的巧妙结合。英雄格斯尔是
受玉皇大帝旨意降生人间的神通广大的可汗,他的随机应变的勇士们和他的胜
慧三神姐及其美丽的妻子,也都是神仙下凡。但是这些来自天国的神灵们却都
富有人的思想感情,他们其实都是现实社会中具有鲜明的阶级性和个性特征的
活生生的人的化身。书中的无数离奇曲折的故事情节也把人们引进了一个神
奇美妙的境界,但绝非荒诞不经,而是真实的人世生活的曲折再现。例如,格斯
尔的妻子会一变而为鲁赞王的姐姐,骗过凶狠的敌人,救出了丈夫。格斯尔为
了镇压山峰般高大的黑色斑烂虎,居然单身跃入虎口,以头顶住老虎上腭,两肘
撑住虎腮,双脚踩断两颗獠牙,然后用匕首割断了老虎的咽喉,大获全胜。另
外,诸如以仙水恢复阵亡将士们的生命,格斯尔变做女孩深入魔窟秘密活动等
情节,也都惊险曲折,引人入胜。

　　《格斯尔传》塑造了一系列具有鲜明的性格特征的正反面典型形象。史诗
的主人公格斯尔可汗以正义的斗争终结了自己的一生,他从一个穷苦的儿童成
长为一个贤明的君王,经历了一段艰巨而曲折的过程。人民群众怀着热爱和感
激的心情,塑造了这个巍然耸立的英雄形象,赋予他以超人的勇敢和智慧,使他
成为人民理想的体现者。

　　他从诞生之日起便带有平息世界混乱的那些象征性的外貌特征,在成长过
程中,又不断与贵族、官吏、压迫者、掠夺者等一切破坏人民幸福生活的恶势力
进行激烈的斗争,消灭了啄食婴儿眼珠的乌鸦和咬断儿童舌头的喇嘛,铲除了
吃人的魔鬼和遮天蔽日的恶魔,以及生吞活人的黑色斑烂虎等残害众生的敌
人。因此人民称赞他是"为平常的人奋勇消灭十方十大祸害的可汗,为消除世
界上的邪道,消灭奇灾大祸而保护无力的贫困者的格斯尔"。格斯尔在同大自
然和形形色色的敌人的长期斗争中,表现了惊人的毅力和不屈不挠的战斗精
神。险恶的自然环境不能把他压服,凶残的敌人也不能使他低头。正因为如
此,他又是一个豪爽乐观、幽默风趣的人,从来不愁眉苦脸、意气消沉,对于自己
所从事的事业充满了无限信心。他曾经狠狠地嘲弄过叛徒楚通王,使他在大庭
广众之中狼狈不堪、羞愧难当。他又大胆地突入地狱,无所顾忌地追打阎王,把

他吓得化作老鼠精逃跑。这种乐观幽默的性格首先是基于他对自然界的困难和社会上的敌人的蔑视,同时也是他坚信自己的力量能够战胜任何邪恶的一种表现。

与格斯尔的典型形象相对立,其叔父楚通王则是一切卑鄙阴险的歹徒和虚伪自私的小人的典型代表。为了一己的私利,他施尽了种种卑劣的手段挑拨离间,陷害他人,为了满足自己权势的欲望,更不惜出卖祖国,充当敌人的帮凶,回过头来劫掠涂炭自己的同胞。当锡莱河三汗侵入格斯尔的故乡,楚通王被俘以后,敌人诱惑他说:"你只要把茹格慕·高娃送给我们,就把你们国家的一切权利交你掌管。"这时,他毫不犹豫地欣然接受了敌方的条件,欺骗了名将哲萨,帮助敌人杀死了三十名勇士,践踏了整个国土,使茹格慕·高娃终于落入敌人之手。这个凶狠残暴的叛徒,在私生活上也极端虚伪自私,荒淫无耻。他野心勃勃,企图占有美丽的茹格慕·高娃,因此千方百计地陷害格斯尔。阴谋没有得逞,就转而向格斯尔的另一夫人图门吉茹戈拉苦苦求爱,遭到严词拒绝后,为了使图门吉茹戈拉失宠,又施展了一系列阴谋诡计。他贪生怕死,胆小如鼠,当他跟大将赛音·赛赫勒台一起去镇压魔鬼的哨兵时,赛音·赛赫勒台被哨兵吞食了,他便吓得魂不附体,没命地逃进树林中佯死。回来以后,为了炫耀自己,又向茹格慕·高娃编造了一套谎言,自我吹嘘。因此,楚通王这一反面形象在历代人民的心目中已经成为"坏蛋"的代名词,人民总是愿意拿楚通王来比喻某某统治者,揭露他们的丑态恶象,用以表达自己的愤恨心情。

《格斯尔传》还具有鲜明的讽刺文学的特点,它无情地揭露和谴责了王公贵族们的罪恶行为,大胆地否定了那些统治人民精神的"神灵"、"地狱"等宗教谎言,辛辣地嘲讽了他们的无耻行径,把那些道貌岸然的"国王"、"喇嘛"等的本来面貌揭露无遗。例如,通过以施仙丹为名的喇嘛把格斯尔变成驴子,进行百般折磨的情节,讽刺了喇嘛们的狡诈阴毒;通过格斯尔大闹阴间地狱,痛打阎王,赤裸裸地暴露了佛教经卷里所说的阴曹地府是一般人们所不敢触犯的"神圣之域"的谎言。而掌管人类生杀予夺大权的威风凛凛的阎王,在格斯尔的穷追猛打之下,也原形毕露,结果竟是一只胆小无能的老鼠精。又如,正当契丹固穆王遇亡妻之痛，在众臣民面前附尸痛哭时，格斯尔却从国王的怀里拉出妃子的尸体，放进死狗堆中，这给统治阶级的荒淫腐朽的本质做了多么生动而形象的揭露。在运用讽刺手法上，有时大胆泼辣、无所顾忌，有时则含沙射影、隐晦曲折，但其矛头却总是对准那些压迫剥削人民的黑暗势力和各类封建统治者的。

《格斯尔传》的语言是当时人民群众活生生的口语，具有朴素而优美的特色。这部作品之所以能够长期地在人民群众中得到广泛的流传，是与其语言的通俗易懂密不可分的。它的语言又是诗的语言和民间口语的结合，所以写得简炼明快，优美动人，其中运用了无数富于民族特色的比喻。例如格斯尔的妻子茹格慕·高娃在形容奶茶的时候，就这样说道：

哎，聪明的安春哪！……你去烧茶，要快去快来！炉灶的里层要燃上金色的牛粪，外层要烧上银色的牛粪。水象奶茶的亲生母，需多倒一些；盐象奶茶的亲外甥，需少加一些味道才鲜；茶叶象奶茶的亲生父，需少放一些香气才足；牛奶象奶茶的娘舅，需多掺一些才会使它的颜色洁白；黄油象奶茶的臣佐，需要少搁。要使奶茶烧得象翻腾的海浪一样滚滚不停，扬奶茶的时候，要扬得象众僧诵经一般哗哗不休；你要把奶茶煮得使人喝起来象黄雀归巢般地畅快适口！

另外，这部史诗里也大量运用了发人深思的格言和民间的谚语、俗语等，如说"见笑要询问，见哭要劝解"、"沉默的人必定足智多谋，孤独的人常坚忍不拔"。因此可以说《格斯尔传》是一部吸收了当代民间语言的丰富宝藏、巧妙地运用了蒙古语言的丰富语汇和优美的音韵而具有鲜明的民族特色的史诗作品。

这部作品的结构紧密，故事性也很强，书中的故事情节自始至终都以其主人公格斯尔的活动为主线向前发展，环环相扣，脉络清晰，紧张的战斗场面和诗情画意的叙述交相辉映，不给人以冗长累赘的感觉。史诗的每一章在内容上都有其相对的独立性，甚至可以当作单一的作品来读，但章与章之间又不割裂分散，而是有着有机的联系，例如第二章描写了格斯尔大战黑色斑烂虎的故事，第三章叙述了契丹固穆妃子去世，格斯尔前往劝慰国王。从这两章所反映的矛盾斗争来看，是各有特点的，每一章都是一个完整的故事，但是它们之间又保持着内在的连贯性。首先是主人公格斯尔在两个故事中都居于中心地位，在故事情节的进展上，他起了穿针引线的作用；其次，对于格斯尔这一典型人物来说，两章的不同的矛盾冲突也分别突现了他的两个重要性格特征——超人的勇敢精神，足智多谋而又具有讽刺的才能。

四　《格斯尔传》的局限性和研究批判

如上所述，《格斯尔传》不是为佛陀涅槃而写的经卷，也不是对封建帝王所作的颂词，它是一部反映人民大众为保卫自己家乡和争取美好幸福生活而斗争的史诗作品。一些资产阶级学者企图把它说成是由外国或其他民族传入的翻译作品，认为格斯尔就是罗马帝国的凯撒大帝，或者是汉族的关公，而不是产生自蒙古族现实生活当中的人物形象等等，这种民族虚无主义的态度显然是非常有害的。当然，由于这一史诗在蒙古族民间产生并开始广泛流行时正是处在明、清两代漫长的封建时代，黄教在蒙古族地方又广泛兴盛起来。所以，《格斯尔传》里也不可避免地带有许多封建迷信色彩。

首先，在作品的某些章节里，除夹杂着不少推崇佛陀和贵族的宗教术语外，还较多地宣扬了"因果报应"的宿命论思想，例如，格斯尔的母亲之所以被投进十八层地狱，就是由于她在初生格斯尔时，曾经一时起过把他扔进十八丈大沟里的坏念头，因此死后得到了报应。这种宿命论思想还表现在作者对于茹格慕·高娃这一形象的处理上，作品中最初出现的茹格慕·高娃是一个美丽贤淑的女性，但是随着情节的进展，她却逐渐变成为一个反面人物。这样一来，她在个人的生活上就遭到了一连串的痛苦和不幸。有时她被打断手脚，嫁给一个八十岁的牧羊老汉，有时又忍受着精神上的极大痛苦，和一个沿门乞讨的拐腿盲人生活在一起。而最悲惨的是，她还多次被敌人骗去，沦为魔鬼的奴隶。十分明显，这一形象的演变是同后来宗教迷信的影响有关的，是统治阶级对这部史诗进行歪曲篡改的一个例证。

其次，《格斯尔传》在某些地方还表现了重男轻女的封建伦理观念。格斯尔每娶一个妻子，就一定要向她宣布数十条妇道箴言，并一再嘱咐不得违背。甚至对于自己的母亲，他也这样说道："妈妈，你别这么说，你妇道人家不知道什么。常言道：山羊恋其伴，抵起角来就分散；女人恋其友，斗起口来就分手。"乞尔金老爹也这样责备茹格慕·高娃："不管你的外貌长得多么高贵美丽，但你终究是一个女流！我们的珠儒（格斯尔）不管怎么丑陋，但毕竟是一个堂堂的丈夫。"来劝她与格斯尔成婚。

特别值得注意的是，这部史诗所表现的思想内容有不少互相矛盾的地方，这主要也是后人染指篡改的结果。譬如格斯尔为了从地狱中救出母亲，曾经捉住阎王进行了严厉的拷打，但后来却又反过来向阎王请罪，表示悔过。诸如此类的事例，在作品中是并不少见的。在人物的塑造和情节的处理上，也有许多不妥之处。例如，关于大喇嘛把格斯尔骗去做驴子的情节基本上就是多余的，尽管它在某种程度上也起了讽刺和揭露喇嘛阶层的丑恶本相的作用，却严重地损害了主人公格斯尔的英雄性格，因此也就影响了作品的思想意义。

《格斯尔传》既然在思想内容和艺术技巧上存在着相当严重的缺陷，那么我们就必须运用马克思主义对待文学遗产的批判态度，严肃地鉴别这部作品中所掺杂的封建迷信的糟粕，特别是一针见血地指出它对今天的读者所必然发生的一些消极影响，这样才是历史唯物主义的态度。但是有的人却并非如此，他们认为《格斯尔传》既然是一部人民口头创作，是几百年来长期流传下来的一份珍贵的文学遗产，那么对它就不存在批判与鉴别的问题，而只是应该向它学习。基于这种错误的认识，他们在分析评论这部作品时，就是一味地赞扬它的伟大和高不可攀，号召人们盲目地向它顶礼膜拜。对于它的缺点和局限性，则往往略而不提或轻轻带过，有时甚至给以原谅，为它辩解。至于它在今天又会对读者产生哪些消极的作用，自然就更难论及了。

此外，有人还大肆宣扬《格斯尔传》的"伟大艺术精神力量"，认为"格斯尔是一个具有人性的人"，他深深地感动了历代各阶级的人们，大家都感到格斯尔宽厚仁爱,和蔼可亲,因此就注定了这部作品具有永恒的艺术价值等等,不难看出,这是一种明目张胆的超阶级的人性论观点。与此相联系,他们又对这部作品的主题思想进行了种种歪曲,津津乐道地把它说成是一本"具有趣谈的口头文学",仿佛《格斯尔传》只是一件专供文人学士们用以赏心悦目的古玩。这种对于古典名著的庸俗化的态度也是十分有害的。

除此而外,有些人过分注重本书的考据校勘工作,而对于它的深刻的思想内容和高度的艺术成就却不去进行深入细致的探讨,这种片面的兴趣主义的研究方法也是不够妥当的。

一部光辉的史诗

——评介《英雄格斯尔可汗》

托　门

史料解读

　　该史料为一则评论，原载于《读书》1960年第10期。本文主要评介了蒙古族优秀的民间歌手琶杰说唱的《英雄格斯尔可汗》。《英雄格斯尔可汗》是传唱于蒙古族民间的英雄史诗。它是"格斯尔的故事"的一部分，是琶杰根据民间流传的格斯尔的故事来说唱的。杰出的蒙古族艺人琶杰在长达三千余行的史诗里，以浪漫主义手法塑造了无数生动鲜明的艺术形象。《英雄格斯尔可汗》的最大艺术特色是富于强烈的浪漫主义色彩。史诗的语言是丰富、生动的艺术语言。琶杰在编唱时汲取和运用了许多精练的人民的口语、富有民族色彩的比喻和许多抒情插话。

　　这则短评对《英雄格斯尔可汗》的评价比较客观，指出了《英雄格斯尔可汗》的主要特色，对于研究《英雄格斯尔可汗》是一篇有一定价值的参考文献。

原文

　　蒙古族优秀的民间歌手琶杰老艺人说唱的《英雄格斯尔可汗》出版以来，博得了读者的一致好评。在这部史诗里，可以看出老艺人在编唱上获得的新的成就：丰富的想象力，优美的语言和豪迈的风格。

"格斯尔的故事"是一部富有神话色彩和高度人民性的、蒙、藏族人民的英雄史诗，它长期地、广泛地流传在辽阔的内蒙古草原、西藏高原、蒙古人民共和国和苏联布力亚特蒙古自治共和国。这一古典巨著多年来引起了听众、读者、学者的重视和研究。苏联文学家格·米哈伊洛夫同志认为这部史诗是优美的富有神奇性的人民文学作品，完全应当列入世界文化宝库和伟大的现实主义文学作品的范例里边。1957年，苏联科学院还特地出版了研究这部史诗的论文专集，列宁格勒图书馆至今还藏有史诗的一部分藏文本。

《英雄格斯尔可汗》是"格斯尔的故事"的一部分，是琶杰根据民间流传的格斯尔的故事说唱的。

《英雄格斯尔可汗》的主要情节是：格斯尔可汗有个阴险狠毒的叔父叫朝通。这老头对他的侄媳——绝世艳丽的阿尔勒高娃夫人生了邪心，但遭到对爱情坚贞的阿尔勒高娃的严词拒绝并被赶出宫门。从此，朝通怀恨在心。在恶魔的协助下，他拆散了阿尔勒高娃与格斯尔的爱情。格斯尔可汗"病愈"后，为了他纯真的爱情，为了人们永久的和平幸福，进行了许多曲折艰辛的斗争，终于消灭了祸根——十二头魔王，救出了他恩爱的夫人阿尔勒高娃，他们和他的部落又过着和平幸福的生活。

杰出的蒙族艺人琶杰在这长达三千余行的史诗里，以浪漫主义手法塑造了英勇无畏的格斯尔可汗，残暴、狰狞的十二头魔王，荒淫无耻的朝通，热情坚贞的阿尔勒高娃等生动鲜明的艺术形象。

《英雄格斯尔可汗》的最大艺术特色是富于强烈的浪漫主义色彩。史诗的整个结构包括了天堂、地狱和人间。所以，在人物性格的塑造上，在反映大自然的景象上，采用了极大的夸张手法是很自然和必需的。

史诗的语言是丰富、生动的艺术语言。琶杰在编唱时汲取和运用了许多精炼的人民的口语，好来宝式的赞语、谚语、巧妙的对话，富有民族色彩的比喻，还有许多抒情插话。

英雄格斯尔可汗

（蒙古族史诗）

琶　　　杰　编唱

其木德道尔吉　整理

安 柯 钦 夫　翻译

史料解读

　　该史料为《英雄格斯尔可汗》的节选，原载于《文艺报》1960 年第 8 期。蒙古族优秀的民间艺人琶杰说唱的《英雄格斯尔可汗》出版以来，获得了读者的一致好评，因此该篇节选可以使读者更直接地感受到《英雄格斯尔可汗》的艺术特色。《英雄格斯尔可汗》富于强烈的浪漫主义色彩，在塑造人物性格和反映大自然景象上，采用了极大的夸张手法。史诗的语言是丰富、生动的，运用了许多精练的口语、好来宝式的赞语、谚语、巧妙的对话，还运用了很多富有民族色彩的比喻与夸张。

　　这篇史料使读者可以直接阅读《英雄格斯尔可汗》原文，更好地理解这部民间说唱作品的艺术魅力。对于研究者来说，这篇史料是研究《英雄格斯尔可汗》的一篇有价值的参考文献。

原文

白帐可汗和乌鸦使臣

在茫茫的沙漠深处，
在滚滚的沙赉河畔，
住着暴虐的统治者，
那就是沙赉河三汗。

掀起狂风暴雪作恶，
杀戮无辜生命为戏，
对内则是横征暴敛，
对外使尽阴谋诡计。

看到宝珠就起贪心，
望见妇女就动邪念，
人面兽行的三位可汗，
生杀权力无极无限。

沙赉河畔三位可汗，
在世界上道霸称王，
威严得不能直唤其名，
只能用颜色称呼宫帐。

第一个叫白帐可汗，
第二个叫金帐可汗，

第三个叫黑帐可汗，
弟兄三人分鼎为王。

天上如果不刮风，
地上的草儿不动，
可汗们无缘无故，
就不吹法螺集众。

暴风雪如果不来，
牛羊不会被吹散，
可汗们如不作恶，
脸庞就缺少欢颜。

一个美好的日子，
金色的骄阳高升，
沙费河的三个可汗，
集合它的属臣会盟。

只因为私人家事，
就召集文武群臣，
给他痴呆的儿子，
要筹办一宗婚姻。

白帐可汗的后宫，
有位掌权的夫人，
她生下一个儿子，
命名为金光王子。

金光长大成人，
到了结婚年龄，
他的两个叔王，
应召来会长兄。

雄鹰翅膀长硬，
就要腾空飞翔，
可汗王子成人，
也要娶妃立帐。

弟兄三汗集会，
就把汗妃竞选，
世上可汗的公主，
全都逐个点遍。

大家恭维的首领——
白帐可汗说道：
"要找一位汗妃，
象月亮一般明媚。

"要找一位汗妃，
象莲花一般秀丽，
要找一位汗妃，
举世无双的娇美。

"要找一位汗妃，

嘴唇象玫瑰一般鲜嫩，

要找一位汗妃，

脸蛋象海棠一般红润。

"要找一位汗妃，

心地象水晶一般善良。

要找一位汗妃，

智慧象宝石一样发光。"

金帐黑帐听罢，

连连点头称赞，

为找称心的汗妃，

费尽心思磋商。

深邃的天空，

无边的大地，

如果骑马走访，

时间难以估计。

崇高的大山，

茫茫的海洋，

如果派人走访，

时间无法估量。

白帐可汗下令，

传来白鹰使臣，

赏它一盘兔肉，

给它降下旨令：

"带翅膀的白鹰，
派你飞上天宫，
相看天王公主，
是否美丽钟情？"

白帐可汗下令，
传来鹦鹉使臣，
赏它一盘虫餐，
给它降下旨令：

"口舌伶俐的鹦鹉，
派你飞到契丹京城，
相看皇帝的公主，
是否丽姿出众？"

白帐可汗下令，
传来孔雀使臣，
赏它一盘鲜果，
给它降下旨令：

"羽毛绚丽的孔雀，
派你到尼泊尔王国，
相看国王的公主，
是否容貌娇娜？"

白帐可汗下令，

传来狐狸使臣，

赏它一盘烂肉，

给它降下旨令：

"多谋善断的狐狸，

派你到印度王国，

相看国王的公主，

是否姿色漂亮？"

白帐可汗下令，

传来乌鸦使臣，

赏它一盘残骸，

给它降下旨令：

"悲悲切切的乌鸦，

派你飞到吐蕃，

相看领主的女儿，

是否容貌非凡？"

可汗吩咐完毕，

汗臣径自散去，

领受汗令的使臣，

也都各奔前程。

　　＊　　＊　　＊

雄劲的白色之鹰，

腾上蓝色的天空，

射穿黑色的云层，
直奔天府的禁宫。

白鹰飞向苍穹，
日月翱翔不停，
从未降落尘埃，
最后无影无踪。

去到契丹的鹦鹉，
走了迢迢的旅程，
看到奇妙的景象，
回来向主人启禀：

"我飞到契丹京城，
访遍了皇廷禁宫，
见到有一位公主，
是个稀有的美人。

"圣主格斯尔可汗，
代她父亲执政有功，
若穆高娃和他结婚三年，
早已回到北方部落。"

白帐可汗听毕，
摇头表示惋惜，
娴静的孔雀回来，
向他报告消息：

"我飞到尼泊尔王国，
看见了国王的公主，
她虽象牡丹一般娇美，
但不懂得我们的言语。"

白帐可汗听毕，
表示尚不合意，
狡猾的狐狸回来，
向他报告消息：

"印度国王的公主，
容姿倒也十分秀丽，
只是她的年岁太小，
爬在地下数豆游戏。"

白帐可汗听毕，
表示尽不满意，
逐个赏餐一盘，
着令回去歇憩。
　　＊　　＊　　＊
日月这个圆球，
旋风一般飞转，
乌鸦使臣走后，
瞬息过了三年。

展开一对翅膀，

乌鸦飞进国境，
穿过流逝的云层，
直奔可汗宫廷。

飞经黑帐可汗的宫殿，
乌鸦欣喜地长鸣一声，
飞经金帐可汗的宫殿，
乌鸦得意地聒噪一声。

飞到白帐可汗的宫顶，
高高地盘旋在云中，
嘎嘎嘎连叫了三声，
表示带来了最好的喜讯。

人们仰头望见，
顿时大声喧哗，
相互奔走传告，
火速报告可汗。

白帐可汗闻讯，
匆忙走出帐外，
右手举向天空，
欢迎乌鸦归来。

立刻发下旨令，
派人飞马送信，
召来两位弟兄，

共听乌鸦的喜讯。

金帐黑帐霎时来到，
沙费河三汗喜上眉梢，
当即摆下长桌坐垫，
但等乌鸦详细禀报。

白帐可汗举首向空：
"乌鸦使臣万分辛劳，
为了奖赏你的功绩，
特宰绵羊给你犒劳。"

乌鸦使臣拍拍翅膀，
贴近云层继续萦绕：
"我看见的东西最奇妙，
我带来的消息你最需要。

"我为了飞到远方，
已经折断了翅膀，
我为了遨游世界，
已经磨光了爪子；

"我为了采觅食物，
已经磨秃了长喙。
我为了可汗幸福，
几乎断送了性命。"

金帐可汗举首向空：
"乌鸦使臣万分辛劳，
为了奖赏你的功绩，
特宰白马给你犒劳。"

纵有绵羊白马，
乌鸦还不满足，
飞得更高更远，
显示功大可骄。

黑帐可汗举首向空：
"乌鸦使臣万分辛劳，
为了奖赏你的功绩，
特杀八岁男孩给你犒劳。

"席上的所有食品，
随你的口味选用，
把你带来的消息，
全部一一的说明。"

骄傲的乌鸦使臣，
摇头摆尾的聒噪，
继续在天空飞翔，
嘶声暗气地说道：

"我飞到了世界尽头，
我飞到了天王宫殿，

我看到了三位公主，
都有盖世无双的容颜。

"让我一个一个说来，
一个公主可以娶来，
一个公主可以偷来，
一个公主可以抢来。

"三个公主虽然娇妍，
其父天王性情凶残，
我的主人白帐可汗，
只怕你呀不敢侵犯。"

沙赉河三汗听完，
都钦佩乌鸦才干，
忙扯起树皮绳网，
叫使臣落在上面。

老乌鸦不加理会，
依然在天空长旋：
"我看见了太阳的公主，
我看见了水王的姑娘。

"太阳爷光芒毒烈，
你简直不能接近它，
水王爷勇猛异常，
你根本不敢侵犯它。"

可汗们听了乌鸦的话，
欢喜得狰狞地狂笑，
又架设起铁丝网，
向天空高声喊叫：

"远方归来的使臣，
快落在我们的面前，
把你所看到的一切，
不加隐讳地直言。"

乌鸦使臣晃晃脑袋，
始终不肯落下尘埃，
对于汗令不加理睬，
萦绕云头摇摇摆摆。

可汗们又令众侍，
赶忙架起金丝网，
再命令乌鸦使臣，
落下来把话言讲。

乌鸦佯装未听清，
穿越滚滚的云层。
直气得白帐可汗，
咬牙切齿地怒吼：

"对于善意的尊敬，

你胆敢不加接受？
为你架设起金网，
你竟敢违抗汗令？

"难道你是位佛尊，
还是变幻的天神？
如果你是乌鸦使臣，
可要小心我的严惩。"

白帐可汗怒气冲冲，
顺手端起斑驳弯弓，
回手抽出锋利箭矢，
执意教训骄横的使臣。

双臂用力拉开弓弦，
弓弦震得铮铮琮琮，
箭矢犀利闪放豪光，
照准乌鸦将把手松。

乌鸦使臣肝胆俱裂，
双翅一收坠落灰堆，
全身颤栗喉咙破碎，
跪在地上声声求饶：

"我的主宰，我的可汗，
原谅我吧，宽恕我吧，
我是禽兽，我是乌鸦，

照实禀报，绝不掺假。

"从这金黄的世界，
直到茫茫的宇宙，
逐块不遗地飞行，
找寻如意的汗妃。

"从宇宙的每一个角落，
直到天上人间和水宫，
我昼夜不停地飞呀飞，
找寻可汗满意的汗妃。

"末了飞到了北方部落，
看到格斯尔一位夫人，
她的芳名叫若穆高娃，
她的美貌要倾国倾城。

"北方三个部落的圣主——
格斯尔虽然英武可畏，
只因被劫走另一夫人，
去镇压十二头魔王未归。

"僧格斯路的女儿，
俊美的若穆高娃，
成了格斯尔的爱妃，
她的生活如糖似蜜。

"她生在世界上，

是照明的灯笼，

她站在仙女群，

是天上的彩星。

"千万人的美姿，

她容纳在一身，

水王爷的公主，

不敢和她比美。

"她的体态窈窕，

她的仪表从容，

她的步履幽雅，

她的音韵动听。

"在她的右肩上，

开着朵朵莲花，

散放股股馨香，

引得金蝶飞舞。

"在她的左肩上，

开着朵朵鲜花，

伴随枝叶摆动，

惹得银蝶欲醉。

"颈饰有银制宝塔，

依附着八宝神灵，

美丽得光彩耀人，
漂亮得不能形容。

"太阳见她几乎溶化，
月亮见她就要凝结，
鸟儿见她忘却飞翔，
花儿见她满面怯容。

"她住着白净的蒙古包，
能够同时容纳五百人，
在那平坦的草原上，
就象仙女香苑般引人。

"这巨大而稀有的蒙古包，
里边是黄金做的顶柱，
上边是珊瑚制的天窗，
外边是丝绵制的绳带。

"周围是锦缎做的壁帐，
绣着色彩耀眼的装饰，
彩虹一般辉煌的围带上，
点缀着珍珠玉石的穗链。

"在它那八角天幕上，
有八个飘带在飞扬，
它那莲花瓣的幕衬，
迎着太阳闪放光芒。

"这所堂皇的蒙古包，
走遍世界也无双，
这个绝美的若穆高娃，
就是天国也难访。

"那富饶美丽的土地，
到处都是金山银河，
那海海漫漫的畜群，
估计三年也数不清。"

白帐可汗听罢这席话，
乐得拍节踢腿打哈哈，
特令做一道美味菜馔，
赏赐乌鸦回鸟巢啄用。

三个可汗接头咬耳，
密谋侵犯北方部落，
发动一场罪恶的战争，
劫持若穆高娃夫人。

沙赉河三汗变幻的巨鹰

从乌鸦的口中，
听到奇妙新闻，

沙赉河三汗，
感到莫大欢欣。

为了确凿证明——
乌鸦谈话虚实，
为了亲眼观察——
若穆高娃俊丑；

原想派位使臣，
乘马前去探望，
又怕山高路遥，
来回耽误时光。

本想派名亲信，
飞马前去探望，
又怕地远水长，
来去耗费时光。

弟兄三个可汗，
想出计谋一桩：
决定显出精灵，
变作巨鹰飞往。

白帐可汗——
有白色的精灵，
金帐可汗——
有金色的精灵，

黑帐可汗——
有黑色的精灵。
三个可汗精灵，
化作一只凶鹰。

白帐可汗的精灵，
变作巨鹰的头部；
金帐可汗的精灵，
变作巨鹰的躯体；

黑帐可汗的精灵，
变作巨鹰的翅尾。
刹那间将身一纵，
飞向湛蓝的晴空。

它那摇动的尾巴，
掀翻起阵阵狂风，
平安幽静的世界，
顿时陷入了混沌。

它那张开的翅翼，
遮住了金色太阳，
光明普照的大地，
立刻笼罩起阴影。

它那刺耳的啼叫，

震动得群山回响，
一向平静的海洋，
也随之水流激荡。

温柔的若穆高娃，
痴情等待格斯尔，
直等到曙光升起，
她才钻进被窝里。

东天边刚报黎明，
就传来巨翅拍打声，
沉睡的若穆高娃，
蓦地被扰乱惊醒。

她觉得有个东西，
沉重地落在帐顶，
仿佛是地动天摇，
辨不清南北西东。

眼看着坚固金柱，
被压得弯弯曲曲，
瞬息间绵丝绳带，
折断开脱落于地。

她哪里知晓底细，
惊吓得玉面失色，
她急忙穿起衣衫，

去呼唤宫廷守卫。

她来到守卫营帐，
唤醒巴尔斯英雄，
把这凶恶的消息，
忙向他从头说明：

"莫不是金星陨落，
格斯尔可汗阵亡？
莫不是灾难临头，
鬼魔王前来作伥？

"莫不是浓云落地，
遮住了太阳光芒？
莫不是高山腾起，
压住了我的帐房？

"拿起你坚硬的弓，
搭上你锋利的箭，
是仇敌将它射死，
是魔王将它消灭！"

巴尔斯英雄听罢，
愤怒得心头火起，
紧忙穿戴起盔甲，
迅速佩戴好武器。

踢开营帐的门扉，
雄赳赳扫视周围，
只看见一只巨鹰，
落在夫人的帐顶。

眼睛象日光闪烁，
胸脯似黄金明亮，
翅膀是乌漆鼍黑，
巴尔斯毛耸心慌。

昆仑山一般险恶，
鬼魔王一样狰狞，
望着可怕的怪鸟，
巴尔斯胆战心惊。

一刹时血液凝结，
情不禁手脚麻木，
吭琅琅弓箭坠地，
巴尔斯呆如泥土。

伶俐的若穆高娃，
看到他这般举动：
"猛虎头衔的英雄，
难道你怕它不成？

"骋驰战场的英雄，
为何惧一只兀鹰？

威名显赫的将军，
为何怕一只飞禽？

"虽说我是个妇女，
决心要镇压仇敌，
快把你弓箭拾起，
我来教训这凶敌。"

猛虎英雄听毕，
显得十分羞愧，
斜睨若穆高娃，
感到万分惶惑：

"我是男子丈夫，
怎能不抵妇女？
如果圣主动问，
怎好向他提起？

"扎萨将军听到，
卅员先锋闻知，
会说我是雌虎，
管保笑掉牙齿。"

宽容的若穆高娃，
饶恕了他的行为：
"猛虎英雄巴尔斯，
你赶快照准射击。"

英雄巴尔斯遵言，
拾起地上的弓箭，
瞄准斑驳的巨鹰，
嗖地就是一箭。

志气不振的英雄，
箭矢能够准确吗？
心神畏惧的英雄，
箭矢能够射中吗？

随着箭羽的响声，
那巨鹰霎时腾空。
展开带风的翅膀，
那巨鹰刹时凌空。

广阔无边的草原，
被一片乌云遮盖。
静谧沉寂的草原，
被一阵狂风漫卷。

遮住太阳的巨鹰，
在天空绕了三遍，
把若穆高娃夫人，
反复相看了三遍。

直到巨鹰消失，

太阳射出光焰，
只见一根羽翎，
随即飘落地面。

巨鹰这根羽翎，
三个骡子才拉动，
凶鹰这根花翎，
三十个驴子才驮成。

相看了如意的汗妃，
穿越了茫茫的苍空，
这巨鹰走完了旅途，
又回到沙赉河国境。

白帐可汗笑脸相迎，
忙向巨鹰探问细情，
"乌鸦的话是真是假？
可有若穆高娃其人？"

那只巨鹰一声嗥叫，
顿时现出激昂之情，
"乌鸦的话句句属实，
绝对没有半分假情。

"绝美的夫人若穆高娃，
只有三十员大将陪伴。
英武的格斯尔可汗，

镇压魔王尚未归还。

"那里的蒙古包白净放光，
那里到处都是银河金山，
那里的黎民生活富庶，
那里的畜群海海漫漫。"

巨鹰变幻为精灵，
依附到可汗身上。
沙赉河三大可汗，
感到难言的快乐。

白帐可汗狞狰狂笑，
眼神迸射贪婪欲火。
金帐黑帐相视会意，
但又顾忌自食恶果。

金帐可汗挪动屁股，
向他兄长娓娓劝谏：
"北方部落的圣主——
是骁勇的格斯尔可汗，
他那雄狮的武艺——
叫全世界的英雄胆寒。

"他有三十员大将，
随时可以调往战场，
他有三百名先锋，

派在江河要塞驻防。

"如果我们兴师进犯，
谁胜谁败难以判断，
我们不如安分守己，
免遭战争带来祸端。"

白帐可汗听罢，
立即愤怒咆哮：
"难道忘了联盟，
还是害了胆小病？
把你军队交出，
都由我指挥出征。"

金帐可汗哑然，
黑帐可汗劝谏：
"十方圣主格斯尔可汗，
天南地北威名远震，
北方部落防守严密，
千万不可冒然进犯。

"他的族兄扎萨将军，
百战百胜骁勇无敌，
他的盟友三十员大将，
武艺高强举世无敌。

"我的麾下大臣官吏，

哪家没有漂亮姑娘？

可以尽你逐个挑选，

何愁缺少称心汗妃？

"儿子打扮得象格斯尔一般雄俊，

姑娘乔装得似若穆高娃一样娇美，

把国家治理得象北方部落那末富庶，

谁敢不赞颂我们是最圣明的可汗？"

白帐可汗听罢，

气的七窍喷烟，

"难道耳朵变聋，

还是得了恐惧病？

莫如赶快回帐，

装聋作哑治病。"

暴戾的白帐可汗，

不顾弟兄的阻拦，

立刻命令全国，

准备罪恶的争战。

不论守戒的喇嘛，

还是牧羊的妇女，

一律要出国作战，

都必须遵从汗意。

白帐可汗的意志，

就是全国的法律，

要有人胆敢违抗，

当即把脑袋砍去。

千条大路尘土高扬，

万名信使彻夜奔飞，

可汗命令传遍四方，

惊动全国老少男女。

所有部落河谷的居民，

十三岁以上的喇嘛和牧人，

为了参加血腥的战争，

片刻不耽误地连夜集结。

只因军队集结——

大地在摇晃，

海洋在翻腾，

天空在轰鸣。

只因兵器响动——

黄海在呼啸，

战马在嘶鸣，

黎民在哭号。

如此麇集的军团，

只有大地能经住，

这等森严的兵器，

只有天空能容纳。

遵照兄长无违严令，
金帐黑帐率部听唤，
按照古代战争礼仪，
杀羊献酒祭祀宝剑。

白帐可汗点齐人马，
即将发下出征命令，
金帐可汗手捧金杯，
走近马前奉劝汗兄：

"我们既是天之骄子，
就该在此享受光荣，
无端进犯北方部落，
格斯尔不会轻易屈从。

"我们既是群山霸主，
就该在此分享光荣，
万不该兴师动众，
去和格斯尔可汗抗衡。

"我们既是出国作战，
不应强征妇女孩童，
我们既是挥剑厮杀，
不该携带老弱和喇嘛。"

白帐可汗骑在马上，

伸手接纳金帐酒樽：

"前边的话都是错谈，

后边的话是至理名言。

"正确的话语我采纳，

错误的言词我扔还，

妇女孩童一律回家，

老弱和喇嘛也要留下。

"把年轻力壮的挑选出来，

组成杀人不眨眼的军队，

把有胆量的男人精选出来，

编成威武可怕的铁骑兵。"

经过一番繁忙的筹备，

组成一支出国远征军，

数目说起来极为庞大，

总共有三十三万人马。

沙赉河三汗亲自挂帅，

率领着它的侵略大军，

走过的区域江河涸干，

驻扎的地方炊烟成云。

只因为大军铁蹄践踏——

碧绿的草原化为焦土，

青翠的山岭夷为平川，
银白的湖泊水枯石烂。

只因为侵略军的横扫——
坚实的大地塌陷成坑，
清朗的天空充塞尘雾，
光辉的太阳罩起黑帘。

驱策着雄赳赳的战马，
紧握着亮灿灿的兵器，
沙贲河三汗率领着铁骑兵，
给北方部落带来了无边苦难。

（《白帐可汗和乌鸦使臣》和《沙贲河三汗变幻的巨鹰》是长篇《英雄格斯尔可汗》中的第二部第一章和第二章。根据内蒙古语言学研究所录音记录稿整理）

关于《格斯尔传》

史料解读

　　该史料为一篇论文，原载于《内蒙古日报》1961 年 12 月 15 日。本文全方位地介绍了关于《格斯尔传》的资料。《格斯尔传》产生的年代，根据现有史料来看，是公元十世纪末或十一世纪初。根据学者考证，《格斯尔传》最初是由我国与格斯尔可汗同时代的诗人却博伯喇嘛所著，之后一直流传民间，以口头文学的方式传给后代，出现了各种不同内容和不同思想倾向的《格斯尔传》，故而成为民间文学作品。这部作品有蒙古文、藏文两种文本，这两种文字的版本，在故事情节和文体上都有很大区别。蒙古文本《格斯尔传》最早的版本是 1716 年的北京本《格斯尔传》（蒙古文本刻版），这个版本是《格斯尔传》的上卷，仅有七章。在 1959 年春天，由北京人民文学出版社出版了第一部汉文本《格斯尔传》（上卷）。《格斯尔传》是世界文化宝库中伟大的古典文学作品，几百年来国内外学者不断进行探讨。我国作为《格斯尔传》产生地，在 1949 年后开展了大规模的整理、研究工作，并取得了显著成绩。

　　这篇论文对《格斯尔传》的产生和传播进行了比较全面的介绍，对作者、版本等问题进行了比较深入的探讨，这些探讨不仅对《格斯尔传》的研究具有参考价值，而且对整理和研究文学遗产具有启发意义。

原文

《格斯尔传》是一部具有高度人民性的蒙古族和藏族民间文学作品，是世界古典文学名著之一，大约在一千年以前就广泛流传在我国西藏、四川、青海、甘肃、内蒙古等地，以及蒙古人民共和国和苏联布利亚特蒙古自治共和国。这部散文式的古典英雄史诗，描写了英雄格斯尔可汗如何镇压恶魔，使人民获得自由幸福生活的故事，通过格斯尔这一英雄形象，有力地反映了劳动人民对美好生活的理想和愿望。在这部作品里，有关古代史话、宗教信仰与封建社会初期的阶级斗争，和向社会上的黑暗势力展开斗争的人民大众的美好希望等，都得到了应有的反映。

关于《格斯尔传》产生的年代，根据现有史料来看，是在公元十世纪末叶或十一世纪初叶。不少学者认为格斯尔实有其人，是十世纪时我国青海地区某地的一个王子。关于《格斯尔传》的作者，根据有的学者考证，认为这部作品最初并非纯系民间口头创作，它的初稿的两章，是由我国与格斯尔可汗同时代的诗人却博伯喇嘛所著。以后一直流传民间，为我国蒙、藏民间诗人不断修改和丰富，以口头文学的方式传给后代，出现了各种不同内容和不同思想倾向的《格斯尔传》，成为了民间文学作品。

这部作品有蒙、藏两种文本，这两种文字的版本，在故事情节和文体上都有很大差别。根据有的学者研究，这两种文本同出一源，以后在蒙、藏两族人民间口头上世代相传，民间诗人们不断把自己的观点和艺术风格贯注到作品中去，经过数百年的丰富和发展，久而久之，在作品描写的具体事件上和作品的风格上都产生了很大的区别，成为各不相同的两个版本。

蒙文本《格斯尔传》最早的版本，根据现在的发现，是 1716 年的北京本《格斯尔传》（蒙古文本刻版），这个版本是《格斯尔传》的上卷，仅有七章。这个版本出版后，当时曾引起了国内外不少学者的兴趣，先后出现了俄、英、法、日、德、印度等文字的译本。

蒙文本《格斯尔传》完整版本的出现，还是解放以后的事。1954 年，内蒙古语言文学研究所在北京旧书店发现了这部名著续篇（后六章）的蒙古文手抄本。1955 年，内蒙古人民出版社便根据北京木刻版重印了七章本（上卷），和根据手抄本出版了从未刊印过的六章本（下卷），这样，一部完整的蒙古文《格斯尔传》，才开始同国内外读者见面。

解放前，由于大汉族主义的歧视，这部名著一直没有译成汉文。解放后，在整理出版这部名著的同时，还进行了翻译工作，经过内蒙古师范学院蒙古族教师桑杰扎布精心翻译，终于在 1959 年春天，由北京人民文学出版社出版了第一部汉文本《格斯尔传》（上卷）。

《格斯尔传》是世界文化宝库中的伟大的古典文学作品，几百年来，国内外学者不断从事探讨。早在十八世纪六十年代，我国学者就进行了《格斯尔传》的研究工作，第一个研究者是我国青海的蒙古族学者苏木巴堪布·伊希巴拉珠尔，其后是察哈尔"格西"劳布桑初鲁图木，他们都对后来的研究工作做了很大的贡献。欧洲学者特别是俄国学者也异常重视《格斯尔传》的研究工作，在一百八十年前，俄国学者帕拉来斯就发表了研究文章，1839 年，俄国学者施莫迪特本《格斯尔传》及其德文译本在彼得堡出版，1936 年，苏联学者斯·郭增将七章本《格斯尔传》译成俄文出版。此外，俄国学者阿·包博鲁尼科夫、普察宁、焦洛吉·列里合，和欧洲传教士阿·傅兰科、蒙古学专家洛培尔，法国达维德·尼勒等人，都先后不断研究，揭示这部作品的意义和价值。

作为《格斯尔传》产生地之我国，在解放后开展了大规模的整理、研究工作，并取得了显著的成绩，随着整理研究文学遗产工作的开展，我们必将取得更大的研究成果。

（本报辑）

一部伟大的史诗——《格萨尔传奇》

石　开

史料解读

　　该史料为一篇介绍文章，原载于《青海日报》1961 年 12 月 18 日。作者从多方面介绍了藏文版和汉文版的英雄史诗《格萨尔传奇》，包括它的产生与流传、文学地位、艺术形式、主要内容、艺术手法、在藏族人民生活中的地位等。文章还指出，这部宏伟的巨著在祖国文学宝库中是一部巨大的民族民间文学遗产。作为一部伟大的，且人民群众喜闻乐见的英雄史诗，《格萨尔传奇》值得学界和广大读者共同重视。

　　青海是《格萨尔传奇》主要的流传地之一，也是我国率先开展《格萨尔传奇》普查和抢救、整理的地区，对全国开展《格萨尔传奇》的保护和研究起到了示范作用。石开的这篇介绍，对于研究者深入讨论《格萨尔传奇》具有参考价值。

原文

　　在我们伟大祖国丰富多采的民间文学宝库中，有一串金光灿烂的宝珠，现在已被我省挖掘出来了，它就是我国藏族人民的英雄史诗《格萨尔传奇》。

　　这部伟大史诗，大约在十一世纪即在口头上产生于青藏（古称安木多地区），千百年来一直流传在青海、西藏、四川、甘肃、云南，藏族同胞集居的地方。

从遥远的古代至今，民间说唱艺人一直说唱这篇史诗，他们的声音响彻在我国西北西南广大高原、草原、森林、山岳，北达西伯利亚、蒙古，东至黑龙江，南至恒河，从阳光灿烂的雅鲁藏布江、金沙江、黄河到郁暗的勒河，处处传唱着，牧人、猎人和他们的儿女，代代相传，流传甚广。在过去，漫长的阶级社会里，贫苦人民多半是在听唱格萨尔故事中度过那寒冷漫长的冬夜的。

这部宏伟的巨著，在祖国文学宝库中，是一部巨大的民族民间文学遗产。我们在民间调查时，就有三十部、五十部、一百部……诸传说，现在搜集到三十五部，虽然首尾俱全，但据调查最少尚有五部未搜集到。从已掌握到的资料看，原诗至少在三十万行以上（按字数也在六百万字以上）。

这部众口传颂的史诗，艺术形式是人民群众所喜闻乐见的说唱体，其中诗歌（即唱的韵文）是主要部分，散文（即说白）是辅助部分，它起联结故事，交代情况，描述场景，思考对话等作用。至于诗歌，全是第一人称，即人物自吟、对唱，不直接再重复散文中的话。无论在对唱或对话中，多用"单木诙"（即谚语、古言、俗话）引申，这些人民口头语言，形象生动有声有色，内容和形式达到了完美的统一。

《格萨尔传奇》从内容上说，它反映了藏族人民反对奴隶制，争取比较进步的封建制的整个历史事件。史诗的主人公是一个连奴隶也不如的穷孩子，从诞生之日即展开生死的争斗，而成为君王，统一藏区。故事说他是世界雄狮大王格萨尔，原来是天神之子，为消灭人间的妖魔鬼怪、掠夺战争，保护无力的贫困者，开辟十八种人民生活所需的矿藏，建立统一的安定局面而下凡战斗了一生。

这部作品，以积极的浪漫主义和现实主义手法，通过浓郁的神话传说，反映了奴隶社会的阶级矛盾：人民反对政权的黑暗压迫、反对反动掠夺战争以及为了正义自由和美好愿望而斗争。它以高度的乐观主义和对人民负责的精神，以弱定胜强、善定胜恶、人定胜天的战斗精神教育和鼓舞人民向黑暗反动势力作斗争。

《格萨尔传奇》在藏族人民文化生活的各个方面，都占有重要的地位。如讲故事、弹唱、舞蹈、舞曲、绘画、雕塑等，都有这一故事的内容。

现在民间流传的有口头说唱（除有专门的说格萨尔艺人外，老年人也常说唱。指尚在口头流传而无本子，或不受本子限制的），有藏文手抄本，并已有十八部刻印本。从藏区的两句谚语："在藏族人民口中，人人都有一部格萨尔"，"在藏区说格萨尔的人，比它的听众还要多"。可见其流传之广、影响之深，也说明人民对它的喜爱程度。

这部巨大的民族文学遗产，在党的阳光——文艺政策照耀下，千年枯树开了花，不久将陆续和广大藏、汉文读者见面。

文艺动态：格萨尔整理出版情况

史料解读

　　该史料为一则出版信息，原载于《青海湖》1962 年第 5 期。青海省民间文学研究会在中共青海省委宣传部的领导下，在 1962 年 5 月份由上海文艺出版社出版了汉文版《格萨尔》中的《霍岭大战》上部，即《霍尔侵入》。《霍岭战争》是《格萨尔》全书中较为突出的部分，这部分故事在民间流传时又分成上下两部：上部为《霍尔侵入》，下部为《平服霍尔》，其中《霍尔侵入》篇幅较长。其书是以白帐王为主角而整理的，内容方面比较广泛地吸收了各地流传的优秀版本。

　　这则史料简明扼要，能帮助人们了解《格萨尔》的整理和出版情况。

原文

　　史诗《格萨尔》是一部富于人民性和艺术性的藏族民间文学巨著。它不仅是我国人民极其宝贵的文化遗产，而且是世界文化宝库的珍宝之一。

　　在党的文艺政策和民族政策的光辉照耀下，青海省民间文学研究会，在中共青海省委宣传部的直接领导下，几年来积极组织人力对这一作品进行了搜集和整理，截止目前，已搜集到三十多部，准备分别用汉、藏两种文字陆续整理，其中汉文《格萨尔》中的《霍岭大战》上部，即《霍尔侵入》之部，已于五月份由上海文艺出版社正式出版,让广大读者能够享受到这份宝贵的精神财富。

《格萨尔》有着不同的手抄本和各种不同语言的印本。它广泛的流传于西藏、青海、甘肃、云南、四川、内蒙古等地藏蒙民族中,在这样辽阔的土地上,人们世世代代传颂着这个优秀的史诗,我省互助土族自治县佑宁寺藏族学者松巴·堪布·盖希环觉尔(公元 1704 年—1788 年)早对该著作进行过研究,解放前后曾有人将史诗部分章节译为汉文在报刊上发表。

《霍岭战争》是《格萨尔》全书中较为突出的部分,这部分故事在民间流传时,又分成上下两部:上部为《霍尔侵人》,下部为《平服霍尔》。《霍尔侵人》是篇幅较长的一部,有情节出入很大的两种流传本。这次出版的本子是根据以白帐王为主角整理的。内容方面比较广泛地吸收了各地流传的优秀本子,较有代表性,并且文字通俗流畅,还运用了许多富有民族色彩的比喻和论理性的谚语,以及许多神话色彩赞语,并附有精美插图十幅。

青海省民间文学研究会整理全部《霍岭大战》之部汉、藏文版时,广泛地搜集了原始文本,互相对比、校勘,选择了比较完整的这个文本为整理的兰本,各别处参考了同部的其它文本。这样,就使这个整理本保持了固有的特色。在藏文整理过程中,还聘请了藏族学者和民间文学爱好者桑热嘉措、才旦夏茸、古嘉赛、欧昂群丕、吉合老等参加了这一工作。

这次由上海文艺出版社出版的是《霍岭大战》上部,下部不久也将与读者见面。

藏文版由青海人民出版社出版,并由藏族画家插图。藏文《格萨尔》各部的陆续出版,是藏族人民文化生活中的一件大事,具有重要意义。

《格萨尔》第四卷《霍岭大战》上部出版

史料解读

　　该史料为一则出版信息，原载于《青海湖》1962 年第 5 期，主要介绍了青海省民间文学研究会翻译整理的《格萨尔》第四卷《霍岭大战》上部，1962 年 5 月由上海文艺出版社出版。该书也是青海翻译整理出版的首部《格萨尔》。

原文

　　青海省民间文学研究会翻译整理的藏族著名史诗《格萨尔》第四卷《霍岭大战》上部，于今年五月由上海文艺出版社出版。《霍岭大战》上部，分为二十四章，前有黄静涛同志论述《格萨尔》的序文，后有翻译整理者说明翻译、整理过程的后记，书内并有彩色插图十幅。

藏族史诗《格萨尔》陆续出版

史料解读

　　该史料原载于《人民日报》1962 年 6 月 5 日，主要是关于藏族民间史诗《格萨尔》第四卷《霍岭大战》上部的出版讯息。其中的重要信息是，藏族民间史诗《格萨尔》将由上海文艺出版社和青海人民出版社分别用汉、藏两种文字分卷陆续出版。该书由青海省民间文学研究会根据藏文手抄本翻译整理。从 1958 年 8 月开始，青海省民间文学研究会在青海、甘肃、四川、西藏、内蒙古等地调查搜集了《格萨尔》的有关资料，历经三年，共搜集到三十四部、一百五十多册资料。1961 年开始第一次用汉文翻译整理，主要参与者是民族学者和民间文学爱好者。

　　这则史料重点介绍了《格萨尔》第四卷《霍岭大战》上部的出版情况，并且指出了《格萨尔》整理出版的过程和翻译出版的意义，对研究《格萨尔》有一定的参考价值。

原文

　　新华社西宁 4 日电　一部著名的藏族民间史诗《格萨尔》，最近开始由上海文艺出版社和青海人民出版社，分别用汉、藏两种文字分卷陆续出版。

　　这部史诗是描写藏族传说中的英雄格萨尔，领导人民与害人的魔王和侵略者进行斗争,以及为了人民的幸福,克服种种困难,打开了梭波骏马库、丹玛青稞库等十八个宝库的故事。诗中反映了藏族人民热爱祖国、反抗压迫、争取自由的美好愿望,以及藏、汉人民之间的团结友爱。全诗有三四十部,约六百万字,被誉为我国少数民族民间文学宝库中的一颗明珠。

这部巨型史诗将分编成二十卷。现在出版的,是第四卷《霍岭大战》上部。

格萨尔的故事在藏族民间流传很广。藏族的民间故事、音乐、舞蹈、绘画、雕刻取材《格萨尔》的很多,许多地方还有专门说唱《格萨尔》的艺人。

现在出版的《格萨尔》,是由青海省民间文学研究会根据藏文手抄本翻译整理而成的。从1958年8月开始,青海省民间文学研究会就派人到青海、甘肃、四川、西藏、内蒙古等地区调查搜集《格萨尔》的有关资料。三年中,共搜集到三十四部、一百五十多本资料(其中绝大部分是手抄本,少数是刻本)。1961年开始第一次用汉文翻译整理,一些民族学者和民间文学爱好者,热情地参加了这部史诗的翻译整理工作。

解放以前,这部史诗的主干部分曾经被翻译成为英、法、德、日、俄各种文字出版。

这部史诗的搜集、整理工作目前还在继续进行。

《格萨尔》的搜集

青海省民间文学研究会

史料解读

　　该史料为一则搜集整理《格萨尔》的经验介绍，原载于《民间文学》1962年第4期。青海省民间文学研究会，在中共青海省委宣传部的领导下，于1958年9月开始对藏族史诗《格萨尔》进行调查和搜集。其中的重要收获是，此次工作共搜集到各种不同的版本、抄本和口头记录资料共两千五百多万字，共有三十五部，八百多万字。除此之外，还搜集到一些与这一作品有关的绘画、木刻、传说以及历代国内外研究这一作品的片段文章。但可以肯定的是，民间尚有独立成部的资料还未被搜集到，其中已经知道大致内容的有五部。该文还介绍了搜集工作的经验：搜集调查工作要深入群众，同时要获取各方的帮助和群众的支持。

　　这则史料主要介绍的是对《格萨尔》的搜集整理，不仅具体介绍了《格萨尔》搜集整理的过程，还总结了史诗搜集整理的方法和经验。这对其他民间文学的整理工作也具有重要的借鉴意义。

原文

　　藏族民间史诗《格萨尔》，广泛流传在我国的青海、西藏、甘肃、四川、云南等藏族地区。几个世纪来，它被许多才华灼灼的说唱艺人琢磨，成为一部篇章浩大的民间巨著；再经过他们说唱、传播，深深地扎根在藏族人民群众之中。在过去漫长的黑暗岁月里，格萨尔曾经是鼓舞藏族人民摆脱苦难、争取美好生活的理想中的英雄；格萨尔的业绩，象一团流光溢彩的火花，闪灼在草原上，闪灼在黄昏的帐篷里，闪灼在每个听众的心头。不知从什么时候起，广大的草原上流传着这样的两句话：

"在藏族人民中，说《格萨尔》的比听《格萨尔》的还要多。"

"在藏族人民口中，人人都有一部《格萨尔》。"

因此，也可以说，《格萨尔》是在广大的藏族人民口中成长起来的。但是，长年以来，在农奴制的黑暗统治下，这部人民口头的《格萨尔》，却遭到了许多劫难——它被上层分子、僧侣所篡改，许多的手抄本在散佚、丢失，许多章节在这一个地区或那一个地区失传……它的生命在自生自灭之中。今天，把散传在各个地区的较为定型的抄本搜集起来（因为在某一个地区要想收集一套故事完整的版本已经是不可能的了），加工整理，去芜存菁，出版一套比较完整的《格萨尔》，或是经过翻译，把这部藏族人民智慧和才华的结晶，介绍给更多的人民，是一件有意义的工作。正如一位藏族老阿爷所说的："这真是我们前辈们的梦想，后辈们的幸福啊！"

一

青海省民间文学研究会，在中共青海省委宣传部的领导下，根据 1958 年全国民间文学工作者代表大会所确定的"全面搜集、重点整理、加强研究、大力推广"的方针，于同年 9 月，开始了有计划地对这部藏族史诗进行调查和搜集工作。

我们的搜集工作得到了中央有关部门的关怀，得到了许多兄弟省的协助，也得到了广大藏族人民的热烈支持。我们采取了省上组织人力与发动州、县进行搜集相结合，普遍调查与重点深入相结合，省内为主、省内省外搜集相结合，长期调查与短期访问相结合等一系列两条腿走路的方式。从调查搜集的地区来说,省内藏族聚居的黄南、海南、果洛、玉树、海西、海北等几个藏族自治州,都经过一次到两次的调查;四川的阿坝、甘孜两藏族自治州的几个重点县,西藏的昌都、拉萨地区,甘肃的甘南藏族自治州等地,也有专人前去调查搜集;另外,还访问了北京、内蒙等地。承这些省、市(区)、州、县有关单位的热情支持和协助,对我们调查搜集工作的帮助很大,截至目前为止,我们共搜集到各种不同的版本、抄本和口头记录资料共约两千五百多万字,根据现已到手的一百五十多种资料,合同存异进行分部,共有三十五部,八百多万字。这与我们原来估计全诗十五万字、三十万字、一百万字的数目,是大大的增加了。在搜集《格萨尔》原文的同时,还搜索到一些与这一作品有关的绘画、木刻、传说以及历代国内外研究这一作品的片断文章。

从目前搜集到的《格萨尔》三十五部资料本所提供的线索与民间的传述来分析,一部完整的《格萨尔》绝大部分的部头都已齐全,但可以肯定民间尚有独立成部的资料,还未被我们搜集到,其中我们已经知道大致内容的已有五部。所以,我们的调查搜集工作还在继续,力求这部巨著得以完整。

二

要说《格萨尔》在藏族人民群众中流传的情况,真正是"家喻户晓,老少咸知"。几乎可以说,闹市、荒滩、草原、帐篷,无一不是说唱《格萨尔》之地;男女老少、农人、牧民,无一不是听《格萨尔》之人。所到之处,只要藏民了解了我们是来搜集《格萨尔》的,都兴奋地翘起拇指说:"尕真切,尕真切,党的尕真切!"(意即:党的恩情大)许多孩子就干脆在身前身后把我们叫做"格萨尔"!

但是,说来也怪,当我们初下去调查这样一部深入人心的作品的时候,有时却问不出一个字来。是不是我们说错了什么,弄成这样尴尬的局面。经过我们慢慢地了解,原来是群众有某些顾虑。有些人认为格萨尔是一个王,不是老百姓。更多的是对书里牵涉到的宗教问题、民族问题有所顾虑。还由于格萨尔是反对宗教的,因此,有些宗教人士也反对《格萨尔》。百姓虽熟知格萨尔的故事,但往往忌而不谈。

一把钥匙开一把锁。我们的调查搜集工作就不能不又是一件细致的思想教育工作。这也决定了不能不采取多种多样的工作方式和方法。

根据我们的经验，要想做好这份细致、复杂的工作，就只有紧紧地依靠各级党和政府的领导，真正地深入到人民群众中间去。只有这样做了，才能了解情况，分析问题，掌握线索，解除顾虑，发动群众，也才能收到事半功倍之效。

我们去到每一个地方，总是先与县委宣传部或县人委文教卫生局取得联系，争取他们的协助。首先是摸清底细，掌握线索，了解当地流传的情况，熟悉这部故事的有哪些人，群众可能有的顾虑，将会遇到些什么困难等。有时这种摸底的工作又需要通过座谈的形式，邀请多少知道一些情况的群众或老人参加，以便听取更多的情况，掌握更多的线索。然后，根据情况来安排日程、路线、重点地点和对象。这关系到搜集工作能否多、快、好、省地进行。一般藏族人民居住都不很集中，牧业区就更为分散，不事先有计划的确定地点或对象，盲目地走动，只能浪费精力和时间，而收益不大。我们去四川的甘孜藏族自治州调查、搜集时，正是由于事先得到当地领导部门的大力协助，弄到不少的情况，下去以后，几乎是直去直来，空跑的情况大大减少了。在西藏昌都搜集时，也是如此，根据座谈会掌握的情况，下去寻访，针对不同顾虑解决思想问题，在短短的十天当中，共得到了二十六部手抄资料本。事实证明：每到一地，即使开头多花些时间，先行摸底，召开座谈会，掌握情况，然后再深入下去寻访，这种工作方式是行之有效的。特别是了解到藏书人可能会有的这样那样不必要的顾虑，个别访问时，就可能针对问题进行工作。

常言道："干哪行，熟哪行。"在个别访问时，我们就把当地的民间艺人视为重点的对象。同时，我们也扩大了访问对象。在过去的藏族社会里，上层的人物也曾企图利用《格萨尔》的内容为其利益服务；因此，这个故事不但广大的劳动人民喜爱，就是头人、千户、喇嘛、巫师等熟悉它的也不在少数。我们在化隆搜集时，刚一到，听见有人说："格萨尔是个穷孩子。他反对头人，所以头人也反对他；但他们却暗暗地收藏了不少。"我们就从当地了解到了一些从前的上层人士的许多情况。

三

无论是采取座谈或个别访问，都必须要深入民间、深入人民群众之中。调查一部流传民间的作品，不深入民间，不深入到群众中去，那是不可理解的。但是，要做到深入，真正地深入下去，和人民群众生活打成一片，却也不易。我们初下去时，开头打听到的线索往往是少数旧的知识分子。有人说，这个故事是整部整部成书的，群众不会懂。在这种情况下，我们是走了一些弯路的。每到一地，只是寻访事先了解到情况的少数人；虽然也常常打探一下群众，但只要他们说声"不知道"，就再没作具体深入的工作。这样，跑的路不少，收获却不大。后来，我们发现了这个问题，纠正了这种漂浮在群众之上的工作思想和工作方法。那时，我们也发现群众虽口说"不知道"，但对我们的工作却非常关心，一再打听。经过一个时期的共同生活，和群众真正地打成一片时，再慢慢地向他们解释我们的工作，有时我们也给群众讲上两段格萨尔故事，说明调查搜集这部作品的意义，打消他们的顾虑，那情况就完全不同了。在果洛上贡麻公社第三队住了一个时期以后，我们带着自己编印的藏文版《格萨尔》的《北地降魔之部》去到食堂（一顶较大的帐房）和群众聊天。在谈得投机时，我们就给他们演唱起来。这时，就看见有几个人向前挪动，有的伸长了脖子，有的侧耳细听，有的悄悄地来到身后看着书细哼，起先是悄悄地哼，慢慢地却情不自禁地唱了起来。我们把书交给一位老者，他接过去就一句一句演唱起来。这时，帐房内就更加活跃了，一人说唱大家随，一段还未说完，就由另一人夺去继续说唱下去。事后，这些热情的主人供给了我们许多的资料。

《格萨尔》一般是手抄本，传世不多。手抄一本二、三百页的书，要抄得清晰、美观，就得花很长时间，当然也就必须由专门缮写的人来手抄。以前曾经有许多专以抄写《格萨尔》为职业的手抄家，他们都在书法上下了很大的功夫，苦心钻研，创造出自己独特的书写风格；因此，从书法上讲，它又是一件艺术品。正因为手抄本有这些特色，所以即使在当年要想谋得一本抄本，也需花很大的代价。有些是邀请书写家来家住上数月或整个冬夏，专人服侍，待如至宾，抄成后另酬以礼仪。有的是直接和书写家交洽，给予书写家以几月或几季生活费用而得到抄本的。有的是以数头牦牛或数袋炒面、酥油或几驮砖茶、数匹绸布交换来的。

藏书人珍视《格萨尔》抄本是可以理解的。

但是，在我们的搜集过程中，只要真正向藏书人宣传了政策，说明调查搜集《格萨尔》的意义，他们都非常感激党对这部少数民族作品的重视和关怀，很乐意把抄本供给我们。这说明了他们对《格萨尔》的喜爱和重视，但更说明了对党、对社会主义事业的热诚拥戴和支持。好多藏书人都说："只要是毛主席要，我们什么都给！"有一位藏书人把珍藏了数代的两本详抄本借出来，开头想要五十元一本的租金，但等到我们给了他钱以后，他又从别处了解了情况，很是后悔，坚持非退还租金不可。还有一位名叫达明的老阿奶，把她丈夫遗留下的一部厚厚的详抄本，双手捧给了我们。在喝茶聊天时，她高兴地告诉我们："我的儿子曾经在西宁学习，在党的培养下，已经成了人民的干部。"我们也添趣地说："今天，你的这本《格萨尔》也要到西宁去了！"她哈哈大笑地说："党又要培养'格萨尔'了！"

真是多少的信任，多少的期望啊！

我们就这样从藏族兄弟的热情的双手里，接过了一本本珍贵的资料。这使我们深深地体会到：党和社会主义事业是怎样深深地扎在藏族同胞的心底。

我们调查搜集《格萨尔》，抱着一个热忱的希望：把一套完整的《格萨尔》搜集齐全，以谢那许许多多我们见到和未曾见到过的热忱的藏族同胞的期待。

《格萨尔》调查

包发荣　余世忠　梁国楠　马俊德

史料解读

　　该史料为一篇论文，原载于《青海湖》1962 年第 7 期。作者于 1960 年 5 至 7 月赴青海玉树、四川阿坝等地搜集《格萨尔》的原始资料。文中主要介绍《格萨尔》在藏族群众中家喻户晓的地位，作者在搜集期间与群众相处的真实故事，以及群众对搜集整理工作的支持。其中重要的信息是：在不同地区说唱的《格萨尔》的部数多有不同，在玉树，多数认为有二十二部或二十一部；在果洛，各地说法不一致，从十三部到一百多部的说法都有。此次还发现传说两则：关于达拿寺的传说和关于珠牡的传说。

　　这篇史料讲述学者深入民间、深入群众，对《格萨尔》的原始资料进行翔实的考察、搜集、整理。可以看出，作者调研充分，资料丰富。《〈格萨尔〉调查》既是一篇深入调查和研究《格萨尔》的必读文献，又为其他民间文学的搜集与整理工作提供了宝贵的经验。

原文

　　一九六〇年五至七月，我们到青海玉树、果洛、海南、四川阿霸等地搜集《格萨尔》的原始资料。在整整三个月的时间内，我们搜集到了许多资料。这部家喻户晓、人人皆知的《格萨尔》的流传情况和藏族群众对它的珍贵喜爱，给我们留下了极其深刻的印象。

一、《格萨尔》在藏族群众中

到处都说党的恩德大

我们到达玉树结古不久，消息却很快就传开了，就连我们走在街上，甚至较远的村庄上，也能听到藏族群众的谈说"省上派人搜集'格萨尔'来了""党格尕真切（党的恩德大）"。

由于藏族群众对《格萨尔》的爱好，使我们的工作开展得很顺利。不论大人、小孩一和我们交谈起来便是津津有味，说个不休。

"你知道《格萨尔》这本故事书吗？"

"当然知道，当然知道。"

"《格萨尔》是一本世界著名的书籍呢！"

"啊！应当这样。"他们翘起大姆指说。

"我们要把它搜集齐全，整理出来。"

当我们说要搜集《格萨尔》时，每个藏族群众都要说一声"尕真切"，几乎是我们每说一句话，就能听到一片"尕真切"！

他们一一告诉我们藏书者的名字、住址。有人还自告奋勇地要给我们带路。

"谢谢你，你不是很忙吗？"

"不！不！这样去是顺路的，一同走好了。"

"谢谢你！谢谢你！"

"这还用谢我吗？"他笑着说。"我们将要看到完完整整的书了，应该谢谢你们。"

我们了解这话并不是客套话，藏族地方虽然是《格萨尔》的生身故乡，虽然《格萨尔》是从广大藏族人民口中成长起来。但是由于封建制度的罪恶统治，文化为封建寺院所独占,广大人民的文化权利被剥夺了,能看到一套完整的《格萨尔》,对藏族人民来说是十分渴望的。正如某藏族老人所说:"这是前辈们的梦,后辈们的幸福。"幸福,是党带来的,没有党,藏族人民不但不能在文化上做主人,就连自身也没法做主。

"我们是党派来的,应该感谢党!"

"极是,极是,党的恩情——"他合掌称赞。

无人不知,无人不晓

要说《格萨尔》的流传情况,真正是家喻户晓,人人皆知。我们所到之处,只要一谈起搜集"格萨尔"故事的事,老人、小孩,男的、女的,总是你一言我一句,非常热闹。

在玉树三天以后,人们都认识我们这几个新来的陌生人了。人人来向我们探问:"《格萨尔》新书要在什么时候出版?"即使在他们工作匆忙、劳动紧张的时刻,对我们都是有问必答,热情帮助。我们到结古时,适逢草出苗、树发芽之季,人们都忙于开荒抢播,因而在白天我们就寻找在家的老人访问,晚上再依据已得线索访问劳动后回家来的人,不论他们在一日的紧张劳动后怎样疲劳,我们的搜集、整理《格萨尔》的消息,使他们精神振奋兴趣洋溢,宁愿放弃休息时间来帮助我们。

《格萨尔》不但老人皆知,就连小孩对它的兴趣也很大。往往带路人也许是一个热情的小伙伴,或是街上村里的小孩子。他们不大习惯用汉语姓名来称呼我们,干脆用"格萨尔"这个名称远远地就和我们打招呼,走到那里,那里的小孩就在我们身前身后拥起来喊:"格萨尔! 格萨尔!"

不必说,这些孩子都这样跟来跟去呼喊"格萨尔",充分说明了藏族人民多么熟悉"格萨尔"这个名字呀!

起先不知道谁有这种书,但我们有这样的决心,哪怕磨破两片嘴,也要打烂沙罐问到底。一见人就问:"你知道不知道《格萨尔》?"得到的回答是:"当然知道,当然知道。"不但上了年纪的老人这样回答,年轻的小伙子的回答也是一样,就连小孩子们,也用同样的字眼来回答。

《格萨尔》在藏族中广泛流传的程度到了什么地步呢? 不少人举例时,就以《三国》、《水浒》、《西游记》相比。可是实际情况呢? 在内地讲说武松、关羽,听众多于说书人,而且山歌小调往往压倒说书人的说唱。而在藏族群众中,可以说,说唱者多于所众,唱词能和山歌舞曲平分秋色。并且许多山歌多借用《格萨尔》的故事来做起点,做比喻,甚至许多歌词整段整段都是《格萨尔》的原诗原文。

在玉树结古工作时,我们得知一位名叫"达明"的老奶奶手中有书,据"达明"自己述说,她原先是湟中人,后来到了玉树,她不再会说汉话,而只能用藏语来交谈,我们用藏语交谈了一阵,她一面热情地赞颂党的恩情,一面万分喜悦地给我们找书。那本书自她老伴去世后没有移动过,虽然置放年代很久,落满了尘土,看不清封面的字迹,但她用手在四周摸了一遍,摸到了一根系在上面的丝线后,就高兴地说:"啊,这就是'钟由'《格萨尔》。"拴线处是个歌首,真的在拴线的地方,写的是 ཨ་ར་ཏ་ར (啊拉塔拉)的起兴歌词。"达明"是一字不识的老人,但她对这本书是这样熟悉,那根丝线,就象给她心爱的小女儿扎的红艳艳的头绳一样。一部厚厚的《格萨尔》的详抄本,找到手了,我们该多高兴啊,就是老人"达明"也为这本书在党的重视和关切下,又要以新的面目出世而高兴。她请我们喝茶,高兴地说:"我的儿子马占彪是你们的老同学,他到西宁学习,在党的培养下,成了人民的干部了。"我们也添趣地说:"今天你的这本书,也要到西宁去了。"说得她哈哈大笑。

二、搜集故事中发生的故事

两个五十元

我们离开西宁前,就知道藏族人民十分珍贵《格萨尔》,也知道在喀木地方曾经有过数头牦牛不能换一本《格萨尔》的事。这次,我们在各地工作时,也了解了很多类似的情况。

《格萨尔》一般是手抄本，版本很少，手抄一本二、三百页的书，要抄得清晰、美观，就得花很长时间，当然也就必须由专门抄书的人来抄写。以前曾经有许多从事抄写《格萨尔》为职业的手抄家。每个抄书家都在书法上下了很大功夫，苦心钻研讲究，创造出自己的一套独特风格，这样作为文学艺术杰作的《格萨尔》的抄本，从书法上来讲，又是艺术品了。在我们搜集到某部书后，当地老人们还能鉴别出这本书是经谁的手写成的。

在玉树地区，我们搜集到的书，都有一段不同的来历，各有不同的物品为代价。有的书，是礼请书写家到家中来住上数月或是整个冬夏，待如贵宾，专人服侍，抄成后又酬谢些礼仪；有的是直接和书写家商洽，给予书写家家中几月或几季生活费用而得到抄本的；有的是以数头牦牛或数袋炒面及酥油，或以某种商品交换来的；有的则是购于不从事抄书的藏书者手中，每本换一两箱茶叶（每箱过百公斤）或数匹布，或其他商品，当然也有自抄自藏的。

在我们搜集过程中，藏书人一听说我们搜集书籍为了重出新版，都自愿地借给我们，只要求在出版后给他交还原书，再赠套新书。只是有一次，有人讲价钱。这是两本详抄本，书法清晰，内容详细，语言细致入微，就从外部的包装来看，每本各有书夹，又有一个大书夹把两书夹在一起，书夹都很讲究，藏书者是十分珍惜这两本书的。那是一个夜晚，突然达明老奶奶的儿子马占彪跑进来说："书借到了。"他说："那个人和我岳父是好交识，我已在当地工作过很长时间，我和岳父一同去借。开始他不借给，作了很多宣传，后来他才拿出来，并且说每本是五十元，不能损坏。当时我按你们说的要付给他两个五十元的时候，他又后悔了，说啥也不卖，只要求把原书送回来。我和岳父做了担保，一定归还他，他还说：'丢了要我俩赔偿。'的确，这是他保存了数十年的传家宝，若不是集体的事业，我们通过私人关系，还是借不到。"

整个帐房都唱起来了

我们的工作，并不是一帆风顺的，有些群众有顾虑，不敢把实况说出来。在果洛有一次，我们四个人到上贡麻公社去，途中跟当地群众闲谈，很能合得来，后来谈到正题上的时候，他佯装听不懂，我们重问："你了解哪里有格萨尔的书籍吗？"他连连摇头："我不知道格萨尔是什么，这里什么书也没有。"遇到这种情况，我们就再未追问。

初到上贡麻公社第三队的时候，我们带上了省文联编印出来的藏文版《北地降魔》，去到食堂（一顶较大的帐房）里去"谈天"，在谈得和洽的当儿，借故拿出《北地降魔》来谈，就看见有几个人向前挪动了过来，有的伸长了脖子，有的转头侧耳细听，有的悄悄从身后爬起来偷看书本，有的随着我们一上一下地点头，起先悄悄地哼，慢慢便情不自禁地唱了起来，我们转身把书让给一位年老的人，他接到书后，不再装不懂了，便一句一句地小声地读了起来，后来不由自主地又唱又说，帐房内也更加活跃了，一人说唱大家随，那本书成了全帐房目光的焦点。后来，起了争论，谁也要争着说上两句，书从这个人手中，被那个夺了过去，一个传一个，人人都要争着看，谁也要唱上一段才算惬意过瘾。结果全帐篷没有一个不会说唱的。就连几个不识藏文的人，也争论起来，他们熟知故事情节内容，不看书就能说唱。

这时我们说明要搜集整理、翻译这本书时，情况就不同了，有书的自告奋勇，没书的提供线索。有的公社开了藏书的数目和埋藏的地点，第二天，我们就收到了从地下挖出来的两本书。

新　书

果洛久治县白玉公社第四队农业技术员玉托同志，对我们的工作很是热心，她派人到深山的石洞中找书，派人到各小队传信、打问。而她对我们只有一个要求，再三要求我们给她送一本新印刷的《北地降魔》藏文书。要是不送一册有点难为情,于是我们决然把那本书送给了她。

为了广泛搜集资料,我们曾经吉迈前往四川阿霸进行搜集。在阿霸工作后,我们重返吉迈,临别前,去州政协向协助我们工作过的俄何布副主席告别,当时他的弟弟也在场,他俩除亲切祝贺我们一路平安外,再三叮咛给他们通知出版的日期,以便购买整套的《格萨尔》。

奇怪的插曲

从昂欠返回玉树后,州政协常委邓嘉先生陪同我们到禅古寺去找书,路途很远,在休息时,他提出了这样的一个问题:在我们藏族中,把说唱《格萨尔》的艺人,叫做"锺堪"(ཟྷ︎ང་སྒྲུང་ 意为说书者)。他们会说书是因为跟别人学来的,说书是职业,一边说一边学,不经过学就不会说。可是,还有一种人,他们生来就会说书。我笑了一下,他一本正经地看着我说:"真的:譬如:在原先听也没有听过别人说唱'格萨尔',可是这种人会突然地也能说书了。我们藏人把这种人叫'锺迷'(ཟྷ︎ང་མི། 　ཟྷ︎ང་意为小说 མི་是人)。这种人不经学习就会说书,这是什么原因呢?"听了这个神乎其神的故事,我们只能笑而不答了。

初到果洛州后,去访问了俄何布先生,向他了解关于《格萨尔》的材料时,他谈了一些看法:

"你说有没有'格萨尔'这个历史人物?"

"可能有,不过不会是象神一样的人物。"

"对于这样的历史人物,你还有什么听闻吗?"

"我爱这本书,但我不相信真有其人。大概国王是假,英雄是真,世界王是假,小部落头人是真罢了。"

"人们对格萨尔的看法如何呢?"

"我们藏民把无稽之谈称为'格萨尔传',意思是不会有,不可靠,不可相信。在别人胡说妄道时,有人就会说'这个人在说格萨尔了',甚至对于谎言乱语也统称为'格萨尔传'。"

前个人说得神怪得很,后者说是不可信,不论怎样,《格萨尔》终于深深地扎根在人民群众的中间了。

三、《格萨尔》的部数及有关的传说

部数问题

第一,在玉树:

多说是十八部,因和格萨尔发生过关系的是十八宗(⟶⟵ 应译为国,如东周诸侯小国;据玉树州政协常委邓嘉先生讲,也是国,是小国,不是县)。

又说另外还有四部,这四部是岭内部的宗。又说另外还有三部。这样看来,共是二十二部或二十一部。

第二,在果洛,各地说法不一致。

①说十三部

②说十八部

③说二十四部

④说三十多部

⑤说五十多部

⑥说百多部(是俄何布之弟,州农垦局局长昂欠扎西说的,后来俄何布也同意这一说法)

与格萨尔故事有关的两个传说

①关于达拿寺的传说

达拿寺是一个小寺院,位置在青海昂欠县吉宁地方的最南部,寺院是很小的,可是千里闻名。据说达拿寺是格萨尔逝世的地点,所以藏族人民极其敬仰。在寺内,神像很多,有格萨尔及其三十位英雄特别是察、刺、姜三大英雄的神像。在寺内经典很多,特别是降魔、平服霍尔等"经典",是《格萨尔传》及其有关资料。据说寺内还有格萨尔的战鼓、格萨尔的号角,剑、戟、刀、矛、战盔、护甲——都是格萨尔王臣的兵器。格萨尔的盔甲、利剑、长矛、绝弓、汉箭都在寺内。传说:格萨尔终时,曾委托神仙:把他用过的东西和众英雄们用过的东西,以及岭国的财富集中起来,放在地形像马耳的地方。后来,在达拿(马耳)这个地方人们修一座小寺。可是什么也困难,连经书也弄不到手。于是寺内长老得了一梦,神仙预言:在某年某月某日的午夜,在达拿地方有大事发生,人不可出外。是夜,人们关门在屋,忽然风声大作,又听见有什么东西在来回走动,整整两个时辰,但因没有把预言传给一个居民,这个人一出外,便看见马耳洞大开,黑影来往穿梭,又是忽的一下,风息了,什么也看不见了。因而还有许多经典、器具及岭国财富没有从洞中运出来,洞也就合起来了。

传说很怪,也是不可信的(可能是喇嘛假借格萨尔的影响,而抬高寺威)。但据说确有许多东西。

②关于珠牡(ৠৄৄ·ৠ)的传说

在果洛班玛亚日堂公社,温暖多雨的亚日堂谷地间,有一座突立的山,虽然这山并不高,但是应声很大,山头上一个笔直光滑的裂口子,据说这是格萨尔王的大刀劈砍成的。在附近有一块较平坦的山坡,坡上有两块成对的凹地,传说这就是珠牡(ৠৄৄ·ৠ)的臀印,是珠牡休息过的地方。传说果洛地方,是珠牡受苦受难的地方。珠牡被白帐王抢到果洛后,忧国忧民思念丈夫,十多年没有心思来梳洗长发,直到格萨尔救珠牡后,珠牡急于回到自己家乡,就急急离开了果洛。到了黄河源的湖泊群的地方,才洗了秀丽的长发。所以果洛——黄河源以下的妇女不洗头而黄河源以上的玉树妇女是要洗头的,珠牡梳洗干净后打扮得秀丽漂亮,特别在头发上下了功夫,顶戴了一双压发(大奶牛眼睛的珠宝类),经过了玉树称多结古一带。所以玉树、结古、称多一带妇女的盛装中,必不可少的是一双压发。

珠牡到了玉树昂欠后,又别出心裁地把双珠改为三珠,昂欠的妇女看见了,也仿效这种妆饰,所以直到现在还是顶戴着三个压发。

《格萨尔》序言

黄静涛

史料解读

　　该史料为一篇论文，原载于《青海湖》1962年第5期。藏族文学分为书面文学和口头文学。口头文学是广大群众创作的，较之书面文学更加丰富、更具特色、更具有艺术感染力，因此也更加值得重视。《格萨尔》是一部极负盛名的藏族民间史诗，同时在书面文学中也具有很高的地位。论文主要论证了《格萨尔》的主要内容、地位影响、流传方式、表现方式等。论文还指出《格萨尔》的主人公是没有任何"模特"的虚构；《格萨尔》产生时代的问题还有待彻底弄清，需要各界专家们的通力合作。当然，《格萨尔》虽然是一部伟大史诗，但也有它的历史局限性，书中对当时社会的阶级斗争揭示得还不够鲜明，如对剥削者和统治者的开脱、宿命思想的宣扬等。有计划地整理出版《格萨尔》，对于更好地传承发展民族文化，认真贯彻落实党的民族政策，具有重要意义。

　　黄静涛所撰写的这篇序言，具有一定的理论深度，是当时《格萨尔》研究的代表性成果，对读者和研究者深入理解和分析《格萨尔》这部著作起到了积极的指导作用，同时为这部瑰丽史诗的保存和传播发挥了重要作用。

原文

青海是一个多民族地区。而藏族则是这里少数民族中历史比较悠久、文化比较发达的民族。它有较多的人口，较完备的文字，也有较丰富的文学遗产。

藏族的文学有书面的，也有口头的。书面文学，就其内容或性质说，似乎又可大致区分为经典文学和世俗文学。

由于宗教的盛行，经典文学在藏族中占有很大比例，也具有很大影响。这类文学作品的宗教色彩非常浓厚（很多简直就是经文），然而也有很多不涉及宗教而具有一定文学价值的作品。《丹珠尔》与《甘珠尔》经中的很多神话，传记《格丹格言故事》中的不少故事及寓言，和《米拉日巴传》等都是。对于这些作品，广大群众都非常喜爱。

世俗文学，可以说是直接从经典文学中变化而来的。这里虽然有很多仍带有宗教色彩，内容也并不都是表现劳动人民生活的，然而较之前者，毕竟"世俗"气味浓厚一些。它的体裁很丰富：一种是传记和传奇。这类作品的文字接近口语，题材大多是一些佛教兴替及国王贵族的传略、英雄人物的经历及某些历史事迹的演绎，如《狂人传》、《唐东嘉布》以及《郑宛达哇》、《青年达美》等。再一种是小说、故事等。小说在藏族文学中似乎并未形成一种独立的形式，然而不少作品无论在情节上、语言上、形象上及典型上却具有小说的雏形，这类作品很多，如《甲仓拉莫记》、《狸猫母子雄辩记》、《藏王松赞干布迎娶文成公主的故事》、《猴鸟故事》以及一些寓言和神话等。另一种是诗歌。诗歌由于容易记忆和歌唱，群众极为喜爱，他们随时即兴创作，因此，它在藏族文学中也甚为发达。这些诗歌，虽未见专门的集子，但却往往散见于各种经籍和说部中，如书中卷头的赞歌，文中的诗语、结尾的诗词等，都属于这类。诗歌的种类甚为繁多，有抒情的，有记事的，有史诗，也有赞颂，有长篇的，也有短小的，如《十万颂》、《萨迦格言》等。还有一种是文学论著，我们往往看到论述修辞，文学训诂及"诗品"一类的作品，这类作品不见有很多专门集卷。然而还是可以找到不少的。

如果说书面文学主要创作或翻译于上层知识分子及宗教学者之手，那么口头文学则是广大群众的创作。广大群众正是根据自己对周围客观现实的理解，来用这种口头的创作抒发自己的情感与愿望的。他们的生活经验与聪明才智，使他们具有无限的创作才能和创作源泉。我们可以随时随地发现他们创作的故事、寓言、诗歌、童话、谚语、说词、舞曲、笑话……这些作品，大多出于群众独创，但也有一些是对某些书面文学作品创造性的转述与演绎。但是不论如何，藏族民间的口头文学较之书面文学是更加丰富、更具特色、更加具有艺术感染力和更加值得重视的。在这里，我们着重说一下《格萨尔》。

《格萨尔》是一个极著声名的藏族民间史诗。它通过一系列的形象，描绘岭国的一个穷孩子（据说系天神降生），如何在一个奇异的境界中诞生并在以后成为雄狮大王。这位大王有自己众多的保护神，也有自己奇妙的随身宝。他相貌超群，神通广大。既能变幻形体，又能预卜先知；他不但极端聪慧博识、无比勇武雄强，而且具有爱国爱民，舍己为人的品德；他在事业上有极大的能力，在人民中有崇高的威望。在他的统领下，岭国牧民经过曲折困苦的境遇，战胜了各种妖魔鬼怪，打败了强大的敌人——魔国、姜国、霍尔等部，终于使自己过上太平的日子。在这一故事里有对藏族地区风光的细致描绘；也有古代社会风俗的直接反映；有对社会黑暗的愤怒控诉；也有对百姓的同情热泪；有狂烈的战争场面；也有缠绵的爱情插曲；有人民对未来的憧憬，也有勇士对英雄的欢唱；有处世济人的格言，也有解颐沁心的妙语。在书里，虽然始终以格萨尔这位主人公为中心，并对他作了极多的、甚至是荒诞的刻划，使他具有天神般的形象，然而在神话的外衣下面，却贯串着英雄古代藏族人民的活动线索。对格萨尔力量的颂扬，实际在很大程度上就是对人民自己力量的幻化的赞扬；格萨尔的经历，实际上在相当限度内也就是人民的经历的幻化。毛泽东同志说："神话中的许多变化……乃是无数复杂的现实矛盾的互相变化对于人们所引起的一种幼稚的、主观幻想的变化。"[①]这是完全正确的。

《格萨尔》是一部很有影响的作品。它不仅在藏族人民中普遍流传，也广泛

---

① 　见《毛泽东选集》，第二卷，一九五二年，人民出版社，第七九九页。

流传于其它民族如蒙古、撒拉等族人民中，并带上了其他民族的特色。藏族人民几乎没有一个人不知道《格萨尔》的。"每一个岭国人的口头，都有一部《格萨尔》"，这句谚语本身就正好说明了它风行的程度。民间讲故事，很多都与《格萨尔》有关，甚至就直接是《格萨尔》的引伸；很多绘画以《格萨尔》为兰本；一些舞曲以《格萨尔》为主题；一些雕刻也以《格萨尔》为形象。

《格萨尔》的流传方式是多种多样的，而弹唱则是最主要的形式。很多"中肯"——民间艺人多以说唱《格萨尔》为职业，他们带着自己的琴弦（甚至与格萨尔有关的画轴），从一地流动到另一地，自弹自唱换取牧民的报酬。他们不但为广大劳动人民说唱，而且也为上层阶级说唱（有些上层人物就收养有说唱《格萨尔》的艺人），在说唱中他们随时根据听众的不同，当时的环境以及自己的记忆，增减内容，变化细节。在说唱的时候，他们不但力求语言通俗，而且往往根据故事的情节、人物的性格，变换曲调和喜怒哀乐、激动听众。由于《格萨尔》的主题鲜明，使说唱艺人拥有无数的藏族听众；而由于说唱艺人的表现魅力，又使《格萨尔》更具广泛的影响。可以说，民间艺人不仅是《格萨尔》的集体传播者，同时也是使《格萨尔》不断丰富，不断提高的创作者。

说唱之外，流传的另一方式就是手抄本和手刻本。我们看到，在藏族地区有不少专门的职业抄书家，他们苦心钻研自己的这一业务并各自形成独特的抄、刻风格。牧民们往往象待贵宾那样，请他们到自己的帐房里，安坐抄写，抄成以后，酬以相当的钱物。有的虽不必请来，也往往与抄刻家洽商，给予几个月甚至几季的生活费用而换取抄本。此外，当然也有购买或自抄的。就这样，《格萨尔》的抄本在很多地区流行了起来。有些抄本错字掉句，比比皆是，同一故事出现了混乱或不同的抄本。然而尽管如此，人们仍在争相传抄并珍藏在自己的箱柜或夹墙里，作为他们的镇家之宝，世代相传，甚至有以十五头牦牛或数箱茶叶而不愿换出的。这种抄本，不但在牧区中流传，即在寺庙诵经的僧侣中也有传阅的。

此外，如前所述，各地方的绘画及其它艺术表现等，也对《格萨尔》的传播起了相当的作用。

《格萨尔》的篇幅极为宏伟。据说多至三、四十部，字数在五、六百万以上。它的巨大篇幅、动人情节及在群众中的深远影响，引起了藏族学者的注意，也吸引了国内外很多人的重视。我们的任务是在前人有益的工作基础上继续努力，取得更大成绩。

《格萨尔》的作者是谁，曾是一些人最感兴趣的问题之一。有些人看到《格萨尔》抄本、刻本的流传及某些人的个别记载，曾认为它是某个人的创作，甚至是一位名叫却博白的喇嘛所写，或者是一位称作多仁赛群的文人所写。这种论断，也许有他们的根据；也许确曾有那么个人写了《格萨尔》，然而考虑到现行的抄刻本很不统一；在情节的结构及详略上，各地区、各时期都有很多出入；所有的抄本都没有著者的姓氏；有的流行本甚至公然在它的后记中声明是几种不同本子的综合；很多说唱艺人在传播《格萨尔》的过程中总是因地因时因人（听众的不同）而机动地变通情节等情况，我们不妨说，他们的稿本可能是最初的，但也可能是他们根据民间传说加工而成的。高尔基说得好：

"只有集体的绝大力量，才能使神话和史诗具有至今仍不可超越的、思想与形式完全调和的美，而这种调和也是因集体思维的完整性而产生的……"①

因此，我们说，《格萨尔》是民间的集体创作。它主要的是民间文学，同时在书面文学中也具有很高的地位。

《格萨尔》产生在什么时候？这是人们注意的另一个问题。有说产生于公元六、七世纪的，有说产生于十七世纪初的；有说出现于其他某个世纪的，如此等等。

文学作品是特定时代特定社会生活和社会本质的真实反映。究明作品产生的时代，对理解作品的全部问题，对如何批判地继承这部杰作，都具有很大价值。然而彻底解决《格萨尔》的时代问题，需要历史学家、语言学家、民族学家、地理学家、佛学家及文学家们的通力合作；需要从作品的语言、形象，作品中所表现的社会风俗习惯、生活用品、社会制度、生产水平……等方面去全面的加以

---

① 见《高尔基文学论文选》，一九五九年，人民出版社，第三三七页。

分析,任何拘于一是,都会谬之千里的。现在流行的《格萨尔》,既然说是民间创作,并且经过各时代的文人、艺人的变动,那么,可以设想:它可能保留某个特定的时代的某些特征,而同时也必然打上各个时代的烙印,它的初稿可能产生于某个时代,然而它的现稿却不免是由作品产生至今的整个历史时期的积累和反映。它有各种本子,似乎已趋定型,然而它在说唱艺人口中及抄、刻本中的改动,却又说明它的创作过程仍在进行。因此,不能抹煞探索作品的最初产生时代对文学史研究的一定意义,然而为了真正了解它的产生和形成,还必须从历史的整个发展过程去把捉。

由于对《格萨尔》著者及时代背景的注意,一些人对作品的主人公的真实问题发生了不小兴趣。有人以为格萨尔是汉族的关羽;有人以为是宋朝时代的唃斯啰;有人以为是古代罗马的"凯萨大帝";有人以为实有其人,但未知是谁;而另一些人则以为格萨尔其人纯属虚构。我们说,与其把格萨尔作历史人物的类比及附会,不如把它设想成为文艺创作的典型;设想为历史现实人物的艺术综合。也许在人民创作过程中,有意无意间模仿了某个历史人物;摄取了某些历史事件,把他们作为自己的"模特儿",因而有意在《格萨尔》身上,在《格萨尔》的事迹中放进了这些人物和事件的某些特征或印迹,然而这绝不是刻版翻印,而是他们在不同时代的演绎;不同时代的抽象和不同时代、不同地区的概括。说《格萨尔》是没有任何"模特儿"的虚构;说它没有体现任何历史人物的个性与任何历史事件的模拟,恐怕也不大可能,在理论上这将导致对《格萨尔》个性的抹煞。反过来说,视格萨尔其人、其事就是某个历史人物和事迹的照抄,或拓本,致把这种个别的东西绝对化,使之失去典型意义,显然也怕未必是正确的。应当说,《格萨尔》是个别历史人物与个别历史事件与一般历史社会人物、社会生活的结合,是个别与一般的统一,而这种统一是由群众作成的。

对《格萨尔》的文学估价,也曾在一些人们中引起了不同的反映。有人说它是属于歌颂帝王的反动作品一类;另一些人说他是鼓吹战争的乐章;有人又说它不过是人们的无稽之谈;而另一些人则说《格萨尔》是人民英雄的赞歌。如此等等。我们欢迎一切具有不同观点的人从不同角度对这一作品进行研究,这对正确地继承遗产是有好处的；我们也不忙在各种问题上勉强求得一致的结论，大家尽可以继续深入探讨。我们所要强调指出的是毛泽东同志的下述指示：

"文艺批评有两个标准，一个是政治标准，一个是艺术标准……任何阶级社会中的任何阶级，总是以政治标准放在第一位，以艺术标准放在第二位的……无产阶级对于过去时代的文学艺术作品，也必须首先检查它们对待人民的态度，在历史上有无进步意义，而分别采取不同的态度……处于没落时期的一切剥削阶级的文艺的共同特点，就是其反动的政治内容和其艺术的形式之间所存在的矛盾，我们的要求则是政治和艺术的统一，内容和形式的统一，革命的政治内容和尽可能完美的艺术形式的统一。"①这是研究任何作品，也是研究《格萨尔》的唯一正确方法，我们必须照这个指示办。

《格萨尔》的主人公格萨尔出身清苦，他童年时代的名字就叫"觉如"（穷孩子），他的家庭被领主驱逐而迫于饥寒。他的母亲和妻子曾亲自挤奶、拣牛粪，而他也亲自放牧、揉皮子。他为了自家的生存，曾以挖蕨麻，掏地鼠而度日。他的困苦生活，实际地培育着他同情劳动牧民的强烈感情，他的这种同情心又鼓励着他的远大抱负。他曾愤激地说："世上妖魔害百姓，抑强扶弱我才来"；"我要革除不善之国王，我要镇压残暴和强横"。他请求白梵天王"赐给凌空而飞的骏马，斩绝仇敌的大刀"，他把"扶助弱小压强权"当作了自己的终身誓言，他说："除了贫民的公敌外，格萨尔并无私仇人，除了黑头藏民公共法度外，格萨尔并无私法度"。他真的这样作了。他辛辣地讽刺那些高官显达；深刻地揭露那些封建领主；他彻底消灭了一向被人视为不可触犯的可怕的地狱，以他的七十九节大钢鞭吊打了老鼠精变的阎罗王（在统治者看来，这是多么亵渎啊！），释放了许多无辜受罪的灵魂；他严厉地惩治了那些用"一百个大人作早点，一百个童孩作午饭，一百个少女作晚餐"的妖怪；他痛责那个以强迫穷苦儿童狠吃酸奶以至胀死而取乐的妖僧；他打败了拔食孩子舌头的恶人。他这样"嫉恶如仇"的目的，只是为了普通的人民。自然由于时代的不同，它所代表的人民只能具有那

---

① 　见《毛泽东选集》，第三卷，一九五三年，人民出版社，第八四○—八九一页。

个时代的特征，我们不能以无神论要求他们，而他们也不可能是现今的集体主义者，然而反抗压迫，向往美好的生活，却是藏族古代人民阶级的利益。格萨尔体现了这些利益。他要当"普通人民的君王，使所有的贵族低头"。他诚然作战很多，然而他不是穷兵黩武，而是为了正义，为了除暴安民；他的矛头不是针对人民，而是直接指向一切敢于残民以逞的社会反动统治者及其万恶的化身——妖魔鬼怪。为了人民，他

> "白天不游戏，
>
> 夜里不睡眠，
>
> 刀剑常磨利，
>
> 战马不离鞍。"

他维护人民的利益，他听取人民的意见，因此，当拥有十八万户部众的姜国出兵强占岭国的盐海时，他坚决地组织力量进行抗击。他说：

> "姜地兵马来犯边，
>
> 寸土不让不投降，
>
> 花岭大战紫姜国，
>
> 为卫公利图自强，
>
> 为护岭国救百姓，
>
> 为保饭食与民享。"

他的三个"为"字，是多么铿锵有力！尽管敌人强大凶猛，他却始终坚信人民，坚信正义，终于经过八年的抗战，打败了敌人，姜国大臣唱道：

> "八年一战又一战，
>
> 英雄猛将快死完；
>
> 一百八十万兵马，
>
> 于今残余无一半。"

——《保卫盐海》之部

敌人的哀嚎，反过来实际上是对人民力量的赞颂。

格萨尔不主张侵略别人，但却反对别人侵犯自己。他说：

> "不要挥兵去犯人，
>
> 但有敌人来侵犯，
>
> 英勇抗击不后退。"

——《霍岭大战》上部

他赤诚地热爱人民。他在征服了北方魔国之后，"把一切残害人民的苛政和不良的吃人风俗全部废除；又把妖魔的财产和驴马牛羊都分给穷苦的老百姓"，使"老百姓真象是拨去乌云，重新见到太阳的光明一样，过上快乐幸福的岁月"。他在出征霍尔王的途中明确地表示："我不伤害人民好百姓，我要砍死黑心霍尔王。"他确是这样的。这里他对敌人和人民区分得多么清楚！他甚至为了人民的意志，竟可以放弃自己的私仇。一个感人的例子是他生擒了杀死自己兄长的霍尔大臣梅乳孜后，准备将他处死，然而为了霍尔的老百姓苦苦求饶，他竟然释放了这个敌人。

与格萨尔一样，他的妻子森姜珠牡，也是一位深爱人民的妇女。在藏族的古代社会里，妇女是丝毫没有地位的，然而在《格萨尔》里，妇女却以极显明、极正面的身分出现。多谋善断、肯于助人的祈尊姨希；明理识非、富于远见的达萨贝玛琦珍；智勇兼备、顽强善战的阿姐拉茂等，都以她们各自的特有形象，为我们留下了深刻的印象，而珠牡的深明大义尤照射着鲜艳的光彩。她宁愿拒婚大食国王，而嫁给"觉如"。她与格萨尔结婚后，爱情非常坚贞，她并把自己对格萨尔的热爱紧紧地与人民的挚爱结合起来。岭国被围，她不禁忧心如焚，心思重重，她似乎忘记了自己的一切，想方设法，抛去任何顾虑，不止一次地写信给自己心爱的丈夫，热望能早日返归以消灭敌人。她在信中说："国不能保，家不能保，百姓遭受更大的灾难，就是我们夫妻也没有团圆的日子。"在这里，她忧国、忧家、忧人民、忧丈夫的心情溢于言表，而在这个忧字里，却折射了她强烈的爱国、爱家、爱人民、爱丈夫的强烈感情。她被霍尔俘获以后，仍然时刻思念自己的家乡，思念自己的人民、自己的丈夫，而对敌人却切齿痛恨，她甚至以喜欢一件用大刀砍在霍尔人头上的玩具，来寄托这种情感。然而当格萨尔平服了霍尔以后，她却又恳切地劝告自己的丈夫："对于贫苦无罪的人们，要使他们能生活富裕、幸福快乐。""把霍尔王的财宝都分给贫苦的百姓。"这该是多么崇高的情操！

与格萨尔并肩作战的岭国其他英雄，也莫不具有同样的精神面貌。贾察是格萨尔的哥哥，也是他的战友，他在霍尔入侵时，振臂而起，号召大家："国家有难，大家要团结起来，同心同德，努力杀敌，争取为民除害，为国立功。"他说：

> "百姓有难不去救，
>
> 怎能算作英雄汉。"

而他真的为人民而战死了。他临死时的一段话是多么感人：

> "在这地方堆满羽毛箭，
>
> 死的英雄象海洋，
>
> 他们牺牲为正义，
>
> 捍卫岭国保家乡。
>
> 英雄死在箭堆下，
>
> 千秋万代永发光，
>
> 血肉的身体虽然死，
>
> 精神永活在世界上。
>
> 坐在家中活百岁，
>
> 不如为国争光彩。"

——《霍岭大战》中部

这真是古代英雄的气度，古代英雄的典范！

《格萨尔》不但细腻地刻划了主人公们的这些历史特质，而且对于他或她们的声音笑貌、服装用具、战马武器、房屋陈设以至周围的自然环境、各种生物，也都作了非常生动、非常夸张的赞颂与描摹。它们似乎也具有人的性格，它们都在尽力为自己的主人服务；都在发挥各自的智慧和特长。它们是那么逼真，那么有生命感，因而使我们亦如对主人公们那样，随着故事的发展，时刻地关心它或它们；或喜或忧，亦爱亦憎，我们同情，我们激动，我们惋惜，我们与作品中的一切发生着共鸣。

与歌颂格萨尔为首的人民英雄相反，作品对人民的叛卖者、剥削者却作了极尽能事的嘲弄和淋漓尽致的揭发。在作者们的笔下，领主和背叛者晁同的形象又是怎样一个猥琐、卑贱的典型啊！从这些对反面人物的描绘中，不但有力地衬托了主人公们的伟大性格，而且也透露了作者们的内心世界和思想水平。十九世纪俄国文学批评家杜勃罗留波夫说："民间文学作品中包含了许多历史传说：其中反映了人民的世界观，人民生活和文化程度。""人民的传说是判断人民的发展水平的资料之一。"[①]我看这是正确的。

不但如此，《格萨尔》中还以相当的笔墨热情洋溢地颂扬了汉藏两族的传统友谊。作者们将格萨尔的兄长、大英雄贾察霞尕尔安排为汉族的外甥，借此反映汉藏两族间的亲密关系。书中还有趣地描写了格萨尔如何帮助汉族商人，在盗寇出没的藏族地区平安地经营生意，如何坚决地平定了阻碍汉藏交好的一切恶魔巨奸，开辟交通，设立集市。请看下面这些语句：

　　　　"内地出的好走马，

　　　　藏地出的老犏牛，

　　　　彼此相逢大路上，

　　　　因缘本在前世修。"

　　　　"内地出的大红茶，

　　　　沟里滴的清净水，

　　　　一同倒进铜锅里，

　　　　彼此前缘来相会。"

　　　　"内地香茶藏地水，

　　　　一同聚会铜锅里，

　　　　它为人们解疲劳，

　　　　能给人们疗渴饥。"

——《保卫盐海》上部

---

① 见《苏联民间文学论文集》，一九五八年，作家出版社，第一八○—二○三页。

"用直箭,射中靶子最容易,

走直路,汉藏不是远距离。"

"汉地商品藏地销,

并非藏地没财宝,

原为汉藏同心结的牢。"

"亲不过汉族三外甥,

亲属间不能起斗争。"

——《英雄诞生》之部

这是多么诚挚的感情,作者们的胸襟与视野多么地开阔和深远! 应当说,对于汉藏关系的这种描塑,是反映了历史的真实的。汉藏两族自唐代以来一直有着良好的关系,肯定地说,这种把藏族与汉族紧紧连结在一起,互相帮助,共同发展的思想,显然是一种历史的进步。难道能说不是吗?

当然,《格萨尔》也不能说是毫无缺陷、毫无瑕疵的,它有它的历史局限性。书中对历史社会的阶级斗争揭示的还不够鲜明;对剥削者和统治者的某些开脱;宿命思想的某些宣扬;某些前后情节的混乱与乖戾;对一些英雄人物的丑化等等;都是令人惋惜的。然而这也是"事有必至,理有固然",一方面作者们的历史局限性到底难于避免,他们所处时代的社会道德标准,他们的觉悟及知识水平,统治阶级的思想影响等,对他们的创作不能不有所影响。同时,有一些也可能是历代上层统治阶级者及其代言人所篡改和外加的。

政治标准是第一的,从上述的介绍中可以看出,《格萨尔》对人民是采取了支持、热爱的态度的,它的基本思想倾向在历史上具有不凡的进步意义,可以说,《格萨尔》是一部人民的史诗,是一部很值得重视的伟大作品,然而史诗的伟大不光体现在它的基本思想倾向中,同时,也体现在它的艺术手法中。

《格萨尔》的表现方式真是"文备众体",它很象汉族的"变文",而又有自己的特点,说唱并存,散韵兼使,叙事与抒情结合,写实与夸张统一。说白时用散文,表唱时用韵文,而以唱韵为主。韵文多作七言、九言(部分也有例外的),这些诗句并不象汉族平话小说那样，只是说白的重述，而大多是说白的承接，它们只是在最紧要关节，在最需要也最适合表现人物的感情、心理、思想时才出现。无论在说词和唱词中，都大量包含了藏族谚语、隐语、成语及双关语，而有时就简直借助民歌来加以烘托，因此通篇作品在语言的运用和文字的设计上极为功巧，极为丰富。《格萨尔》的这种别具特点的方式，不但使艺人能够尽情地把自己的情感倾注在所表现的故事中，增强艺术的感染力，而且也最易于记忆（艺人及听众多希望记住啊！），最易于使他们在说唱时根据实际情况机动灵活地适当增减某些内容，因而最易于抓住听众和读者的心绪。《格萨尔》是做到了内容与形式的统一的。

恩格斯说："现实主义是除了细节的真实之外，还要正确地表现出典型环境中的典型性格。"[1]如以此来衡量，那么《格萨尔》在这方面是成功的。我们强烈地感到：《格萨尔》是用自己犀利的艺术之刀，为我们剖解了一幅藏族古代社会的构图，为我们塑造了古代的英雄形象。我们愈听、或愈读下去，愈益感到自己亦置身于那个遥远的社会里。在那里，一方面部分穷奢极欲的奇形怪状的统治者和掠夺者——贵族领主及当道的豺狼，肆意地暴殄天物，虐民自娱；他们疯狂地发动战争，四处放火，屠戮无辜，掳掠财物，使整个宇宙阴风惨惨，腥血盈野；另一方面，广大人民却饥寒交迫，颠沛流离，他们终日为嗜血者劳苦，身上到处是统治者的鞭痕；他们随时遭到无端迫害，成年以眼泪洗面：

> "高位者苦恼地位低，
>
> 低贱者苦于兵税和差役；
>
> 强暴者苦恼心不狠，
>
> 弱小者苦于被强人欺；
>
> 富有者苦恼财产少，
>
> 贫穷者苦于无衣食。"
>
> ——《英雄诞生》之部

---

[1]　见《马克思、恩格斯、列宁、斯大林论文艺》，一九五三年，人民文学出版社，第二十页。

> "牧人饲养羊和牛，
> 羊毛牛绒主人收；
> 农民耕作在田头，
> 五谷成熟主人收。"

——《赛马称王》之部

这就是那个社会的本质。在这里：

> "对富人，法律是形影，
> 对穷人，法律是桎梏，
> 闪烁的宝珠暗行贿，
> 大罪人法外逍遥游。"

> "上师美言讲法义，
> 要把众生置乐地；
> 却从平民痛苦中，
> 掠取现成高财利。"

——《英雄诞生》之部

> "法王住的是各种宝珠宫，
> 坐的是狮皮黄金珊瑚座，
> 饿了吃的是穷百姓。"

——《保卫盐海》上部

他老百姓骂道：

> "地位权势虽然大，
> 颠倒是非最可耻。"
> "脏官脑中多诡诈，
> 颠倒是非和曲直。"

111

他们一方面切齿憎恨敌人，希望停止战争，减轻剥削，安度和平、丰足的生活；但另一方面又感到自己的弱小，切望有新的，能"扶助百姓如父母，镇压强暴如雷霆"的帝王来统帅、来作主，以实现自己的夙愿：

> "未平服的敌人再没有，
> 人类世界永太平。"

> "没吃的穷人富裕了，
> 弱小人的地位提高了，
> 老年人的心地开阔了，
> 小孩子的快乐增多了，
> 少女的心情象花朵，
> 越开越艳越美好。"
>
> ——《保卫盐海》上部

这种对当时社会本质和社会心理的揭露，难道不可以说是富于典型的吗？但是问题远不止于此，作品中对人物的塑造，对风物的描摹，对环境的渲染以及对当时社会俗尚的反映，也都有阶级的性格、民族的特征、地方的色彩和时代的气息。这里恕我们不再一一介绍了。

《格萨尔》不光能真实地表现现实的典型，而且在这个基础上能够给每一个所概括的对象以突出的夸张和浪漫的理想，而在这中间，仍然喷发着民族的特点和生活的气息，毫不矫揉造作。

《格萨尔》极善于用比喻的手法，它的很多描写极富于抒情的韵味。例如写景：

"平坦坦的大草原，象金盆内凝住的酥油那样的美，在它的中央，散布着牧民们的黑色牛毛帐房、密密麻麻象蓝天上的万点金星。"

"草原无边无际，远远地望去，一层薄雾笼罩着，象一个仙女披上了碧绿的头纱。"

又如写美女：

"容光似湖上的莲花，莲花上照映了日光；黑白分明的眼睛似蜜蜂，蜜蜂在湖上舞翔；身段似夏天的修竹，修竹被秋风摇荡；肌肉似白绫，白绫倒没有它柔亮；头发似丝绢，丝绢涂上了玻璃浓浆。"

——《英雄诞生》之部以上均见

"光明的太阳比起她来还嫌暗淡，就是天神和神仙，见了她也会起贪心；艳丽的莲花也被夺去光彩，死神见了她也将唯命是从。"

——《赛马称王》之部

这是多么地别致，又多么地神韵！

写人马众多的调子又不同了：

> "无雾的山头起烟雾，
>
> 那是黄霍尔呼吸气冲天；
>
> 无浪的大海起波涛，
>
> 那是白霍尔好象恶浪翻；
>
> 无尘的草原起尘土。
>
> 那是黑霍尔马蹄尘土翻。"

——《霍岭大战》之部

写霍尔的景致：

> "你从山顶往外看，
>
> 到处都是白帐房，
>
> 好象天寒下大雪，
>
> 白茫茫一片乱飞扬。
>
> "你从山腰往外看，
>
> 到处都是黄帐房，
>
> 好象泉水往上冒，
>
> 黄亮亮一片闪金光。

"你从山脚往外看，

到处都是黑帐房，

好象山石往下滚，

黑压压一片没有光。"

——《霍岭大战》上部

这样的铺排，这样的想象，这样的语汇，真是大胆的、地道的藏族的写法。这种写法，在其他一切方面也是很多的。如它对于战马的描写，从皮毛到骨骼，从马的性格到马的智慧，一口气竟用了三十九组二百十九行诗句，只形容它的奔驰就用了十五组六十行。那形容也是异常神奇的：说它跑起来"犹如长虹舞太空"，"好似青龙过太虚"，"宛如碧空走流星"等。

《格萨尔》中有很多直接利用了民歌体。它使用得那么自然，那么得体，以致使你感到不用这样的方式简直是不行的。

《格萨尔》主要不是神话故事，然而它包含了某些神话的因素。高尔基说："神话是一种虚构，虚构就是从既定的现实的总体中抽出它的基本意义而且用形象体现出来，——这样我们就有了现实主义。但是，如果在从既定的现实中所抽出的意义上面再加上——依据假想的逻辑加以推想——所愿望的、可能的东西，这样来补充形象——那么我们就有了浪漫主义，这种浪漫主义是神话的基础，而且它是极其有益的，因为它能帮助激起对现实的革命态度，即实际地改造世界的态度。"[1]《格萨尔》正是从藏族当时"现实的总体中抽出它的基本意义，而且用形象体现出来"的，它的一切描绘都能根于客观的现实，然而它又不限于客观的表白，它还在这个基础上，加上了"所愿望的、可能的东西，这样来补充形象"。因此，我们可以说，《格萨尔》是一部现实主义和浪漫主义相结合的杰作。它反映了社会的真实，同时寄托了人们的理想；它给予苦难中的人民以无限的

---

① 　见《高尔基文学论文选》，一九五九年，人民文学出版社，第三三七页。

同情而又广泛地说出了他们的希望。它这种思想与艺术熔于一炉，现实与理想凝如结晶的气魄，使它紧紧地扣住了广大藏族人民的心弦，并历千百年而不衰，事实证明，《格萨尔》的影响不仅是社会的，而且也有艺术的。

　　古代的藏族人民能够创作出象《格萨尔》这样的史诗，不应当单在人民的个人智慧、创作才能上去了解，而应向社会发展及艺术规律中去探索。马克思说：

　　"史诗，甚至谁都承认，只要艺术生产一旦开始之后，它们就决不能在世界史上划时代的古典形式下创造出来；因此，在艺术本身的领域里，某些具有巨大意义的形式，只有在艺术发展中未发展的阶段上才是可能的。如果艺术领域内的各个部门间的关系是这样的话，那末整个艺术领域对于一般社会发展的关系也是这样情形……"①这无异给了我们了解问题的钥匙。在古代藏族社会里，奴隶制度的残酷制度，一面把人民打入了灾难深重的人间地狱，同时也激发着人民炽烈的怒火和巨大的意志，他们每一个微小的胜利，都唤起了他们对新的胜利的期望和自豪感，他们极力想表现自我的认识和自我的要求。他们的幼稚使他们诉诸神话，而他们的力量又使他们塑造自己的英雄人物，他们将神话与英雄奇妙的结合起来，借着他们的酒杯来浇自己的块垒；借着他们的声音动作来传达自己对丰功伟业的企求。

　　刘少奇同志的话是正确的："国内各少数民族的发展水平是不一样的，但是绝对不是所有的少数民族在所有的方面都落后。有一些民族的发展水平同汉族一样，或者差不多，还有一些民族在某些方面的发展比汉族高，值得汉族人民向他们学习。每一个民族都有自己的长处。认为少数民族一无长处，样样不如汉族的观点就是一种大汉族主义的观点。"②因此，必须永远加强各民族的团结，既需要帮助少数民族在各方面的发展，也要虚心向少数民族，首先是向那些"在某些方面的发展比汉族高的"少数民族学习。

　　通过《格萨尔》的搜集整理工作，我们觉得必须重视那怕是处在落后阶段的少数民族的民族民间文学艺术遗产及对它们的调查搜集整理工作。

---

① 　见《马克思、恩格斯、列宁、斯大林论文艺》，一九五三年，人民文学出版社，第一六四页。
② 　见《民族政策文件汇编》，第二编，一九五八年，人民出版社，第三五页。

青海地区是重视了民族民间文学的搜集的。

《格萨尔》的调查搜集工作，开始于一九五八年八月。几年来由于工作同志们的努力，广大藏族人民及中国科学院文学研究所，中国民间文艺研究会，中央民族学院，北京图书馆，西藏、四川、甘肃、内蒙等省区有关单位的热情支持，截止一九六一年已收集到三札四部（搜集到一百五十种抄本），约共三十万行，现在仍在搜集中。从一九六一年开始，工作逐步转向翻译、整理方面，并与整理出版其他各民族民间文学资料的同时，准备陆续出版这些经过整理的作品。现在出版的这部《霍岭大战》（上部），正是这个工作的第一步。

有计划地整理出版民族民间文学优秀作品，出版《格萨尔》具有重要意义：

一、民间文学是广大劳动人民的天才结晶。千百年来，广大群众艺术的享受、劳动智慧的激发、克服困难的信心，部分地都曾从这里获得源泉。解放以来，新文艺日渐发展，它们教育与激发着群众的生活与生产积极性，然而他们对于自己的优秀遗产仍然十分喜爱。整理出版这些优秀作品，不但为了珍视与保藏这些财宝，而且为了满足群众的需要。恩格斯说："民间故事的使命是在一个农人晚间从辛苦的劳动中疲乏地回来的时候，使他得到安慰，感到快乐，使他恢复精神，忘掉繁重的劳动，使他的石砾的田地变成馥郁的花园……。民间故事书还有这样的使命，同圣经一样地阐明他的精神品质，使他认清自己的力量，自己的权利、自己的自由，激起他的勇气，唤起他对祖国的热爱。"（着重点是本文作者加的）①在这里，恩格斯实际上是说了两件事：使群众得到健康的娱乐；向群众进行革命的教育。民间文学的出版，应当和必须为了这个目的。

二、千百年来，我省各族人民一直聚居在我们的江河源头。他们互相帮助，互相影响并在长期的交往中赢得了共同的发展。经济上如此，文化上也如此。各民族这样的关系是怎样建立起来，而在建立起来之后又是如何地互相学习，在民族民间文学中总可以找到必要的线路和取得应有的历史经验，而这正是我们进一步加强民族团结、取得进一步共同发展首先是文艺发展的宝贵的参考资

---

① 见《民间文学》，一九六一年，一月号，第八九页。

料。整理出版民间文学优秀作品，应当也能够起这个积极的作用。

三、我们的文学生命来源于沸腾的新生活，而不是寄生于古老的传统中，然而传统是需要继承的。传统，当然有它的客观的共性，然而这不妨碍它的民族特点。特定民族的文学传统，在很多地方可以找到，而民间文学正是这个"很多地方"中的一个。为了创造社会主义的新文学，为了使我们的文艺更具有民族的形式，更使群众喜闻乐见，除了加强一切其它方面的必要工作之外，就要学习、研究民间文学；就要批判地继承它们中间所体现的民族特点、民族传统及一切有益的东西。毛泽东同志说："我们必须继承一切优秀的文学艺术遗产；批判地吸收其中一切有益的东西，作为我们从此时此地的人民生活中的文学艺术原料创造作品时候的借鉴。有这个借鉴和没有这个借鉴是不同的。这里有文野之分，粗细之分，高低之分，快慢之分。所以我们决不可拒绝继承和借鉴古人和外国人，那怕是封建阶级和资产阶级的东西。"①民族民间文学作品的整理出版，应当有助于这个"借鉴"——创造藏族新文艺的借鉴，创造我国新文艺的借鉴。

四、"百花齐放、百家争鸣的方针，是促进艺术发展和科学进步的方针，是促进我国的社会主义文化繁荣的方针。艺术上的不同形式和风格可以自由发展；科学上不同的学派可以自由争论。"②民间文学的整理出版，一方面就是为了繁荣我们的文艺，使这朵别具风格的鲜花在祖国的文艺花园中更加茂盛，同时也为了提供一些文学书的资料，使各有关同志进一步研讨民间文学的各种问题，开展自由的讨论。

五、藏族民间文学首先是《格萨尔》，不光是文学的神品，同时也是一部关于古代社会及民族发展的"百科全书"。借助于这部作品，不但可以窥探藏族文学的历史，也可以研究藏族的社会历史及其它各方面的有关问题。它不但对文学家们应当有所裨益，对于各方面的专家也会有其参考价值的。

《格萨尔》第四卷的出版，是我们民间文学工作的初步成果之一，同时也是它进一步发展的开端。回想过去，瞻望将来，不能不使我们衷心地感谢党，感谢

---

① 见《毛泽东选集》，第三卷，一九五三年，人民出版社，第八八二页。

② 见毛泽东：《关于正确处理人民内部矛盾的问题》。

我们的领袖毛主席。正是党的政策，正是毛主席思想的指导，才使我们各民族的民间文学珍宝从山积的灰尘中挖掘出来并闪射出它们固有的光芒。当本书出版的时候，正是《在延安文艺座谈会上的讲话》发表二十周年的时候。欣逢佳节，让我们就用这部劳动人民的创作成果，表示对它的纪念吧！我们相信，在延安文艺座谈会上的"讲话"的伟大昭示下，在党的民族政策的指导下，遵循着党的正确领导，依靠各族人民的支持和全体民族民间文艺工作者的努力，我们的民族民间文学，首先是《格萨尔》的调查、搜集、整理、研究工作一定会在现有的工作基础上取得更大成绩的。

一九六二年三月二十六日

语言、习俗、精神面貌

——谈《格萨尔》(霍岭大战)的民族特色

草　轩

史料解读

该史料为一篇论文,原载于《青海湖》1962 年第 7 期。该文主要从史诗《格萨尔》(霍岭大战)的语言运用,生活、习俗的描绘,精神面貌的刻画等方面进行了论述。其中的主要观点有《格萨尔》是用人民群众最丰富的语言写成的,很多地方是用藏族人民最喜爱的比喻手法来描写的,藏族人民在塑造各种形象时,还大量地运用了夸张的手法。虽然说,在各民族的文学中都会不同程度地使用夸张等艺术手法,但很少像藏族史诗所表现的那样强烈。一般来说,每个民族在历史发展过程中都会形成一定的风俗习惯,这些在其民族艺术作品中都会有所体现。《霍岭大战》中出现的习俗,不仅展示了古代藏族的生活状况,还显示了如今藏族人民生活中仍保留着它的遗迹。史诗对人物精神面貌的刻画,既具有个人特征更带有民族特征,显示出了藏族的自豪感和英雄主义精神。此外,史诗说唱并存,散韵兼备,叙事与抒情结合,写实与夸张统一。藏文译汉文是一项异常艰巨的工作,此次的翻译仍有许多不足的地方,如在诗句的翻译方面,有些字句不够确切,文采也嫌不足。在整理与藏汉文互译方面,还需要更多研究者与翻译者的协同努力。

草轩的这篇论文重点指出了《格萨尔》的创作倾向和艺术特点,并且点明其在传播过程中需要重点解决的两个问题:一个是如何彰显其民族特色,另一个是翻译的准确性。本文对研究者更好地研究《格萨尔》具有参考价值。

原文

近几年来，我省的文艺工作者，尤其是民研会的同志，在文艺作品的民族化、群众化方面，进行了不少的尝试和探索，取得了许多宝贵的经验。并逐步感到：要使革命文艺具有较浓厚的民族特色，为群众喜闻乐见，就必须遵照毛主席的教导，一方面深入各族工农兵的实际生活，改造自己，以无产阶级的立场、观点，观察事物，描写事物，表现工农兵；另一方面，还必须继承一切优秀的民族民间文学艺术遗产，批判地吸收其中一切有益的东西，以滋补我们的新文艺。

藏族史诗《格萨尔》中的《霍岭大战》上部的出版，给我们间接地了解藏族群众的生活习俗精神面貌，喜爱文艺，提供了丰富的资料，向这种遗产进行学习，对革命文艺的民族化和群众化，是有很大好处的。现就阅读所得，试谈一下史诗的语言运用，生活、习俗的描绘，以及精神面貌的刻划。

以民族语言作为文学的语言，是体现民族特色的首要条件。尽管我们不懂藏语，但从译为汉文的《霍岭大战》中，仍然感到它独有的特色：即用人民群众最丰富的语言写成的。其中很多唱词，还保留着民歌的痕迹。如黑老鸦向霍尔白帐王报告访求美女经过的唱词：

> 大女儿生的真美丽，
> 可惜被别人娶了去；
> 二女儿生的象朵花，
> 可惜被小偷偷了去；
> 三女儿人材更出众，
> 可惜被强盗抢了去。

等等，似乎就是民歌的演变。史诗的很多地方是用藏族人民最喜爱的比喻手法

进行描写的。晁同假意去攻打霍尔时,珠牡以这样的比喻规劝他:

> 牧人单行打瞌睡,
>
> 会把羊儿送狼嘴;
>
> 小伙子经商好单行,
>
> 会将财物送贼人;
>
> 小驮牛离群贪独食,
>
> 会被野狼抓了去;
>
> 叔叔单独去作战,
>
> 谨防被敌人俘虏去。

对于那些两面三刀、专爱吹嘘的坏人,藏族人民则以匕首一样的语言,给以最辛辣的嘲弄,使那些坏人羞愧的无地自容。晁同假报战功之后,尕尼本达尔就当着众人说:"你吹嘘的是没有睡着的梦兆,没有起云的雷声,没有走路的脚程,没有冲锋陷阵的战绩。你说的功劳,正象是兔子头上的角,乌龟身上的毛;石女养孩子,白昼出星星⋯⋯"这是多么形象而深刻的比喻。

特别是藏族人民在塑造各种形象时,充分发挥了他们的想象力,大量地运用了夸张的手法。如在霍尔兴兵征讨岭国的理由中,有一条就是格萨尔的"炮石"曾把白帐王的"酥油、乳酪、库帐全毁光",足见一块石头的威力不在一座山岗之下。

当然,这些语言特点,在各个民族的文学中,都程度不同地有所表现,但很少象藏族史诗所表现的这样强烈、突出、生动。

我们知道,在每个民族的历史发展过程中,形成了一定的风俗、习惯,特有的生活方式,等等。这些东西都在艺术作品中,打上自己的烙印。《霍岭大战》也是这样。它为我们展示出一幅绚烂壮丽的古代藏族风情画,使我们如置身山阴道中,应接不暇。如藏族人民对于尊贵的客人,常以山羊头肉招待。所以,晁同在自我吹嘘时,说他是"享受头份茶水的人,啃吃山羊脑袋的人"。对于出征的英雄,妇女们则以香茶、美酒、哈达饯行,并唱颂歌,为他们祝福。在战争中,获胜者往往驱赶战败者的马群,并将已杀的敌人头颅和盔缨、甲胄、器械,收拢后缚在马上，以便回到自己营中报告战功。对于战利品，则按本部落各家各户的贫富，按次分送。贾察第一次获胜后，岭国中凡是有马的，每人分送一匹，无马的每人分送两匹。如果在保卫家乡的战争中，自己家中因故不能出参战者，则按旧规纳罚款。如总管王年事已高，膝下只有一个十三岁的儿子昂琼，他恐怕在战争中有所闪失，便主动向大家提出："我愿拿出一马和一甲，战袍一件和五联白哈达，献给各位英雄当罚款，请另派英雄去出战。"而对于仇恨最深的敌人，一旦抓到手中，便将马鞍备于他的颈上，以示严厉的惩罚。如白帐王出兵之前，卦师祁尊姨希算卦、做梦，以卜吉凶，在梦境中看见"白帐王的颈上备马鞍"，因而认为出兵岭国是一件十分危险的事情。

作品中出现的这些习俗，不仅说明了古代藏族的生活，并在今天的藏族人民生活中，仍保留着它的遗迹。

不论是民族语言的运用，民族生活、习俗的描绘，其最终目的是为了刻划作品中人物的精神面貌，从而起到教育读者、感染读者的作用。离开了这一点，就会冲淡民族特色的主要方面。《霍岭大战》中对人物精神面貌的刻划，我认为既具有个人特征，更带有民族特征。显示藏族自豪感和英雄主义，《岭尕尔议论灾鸟》一章中，贾察霞尕尔听到霍尔入侵，毫不惧怕，要求总管王答应他立即动身去巡逻。因为他自己是"勇武刚强的英雄汉，是汉地的大外甥，藏、汉两家的好儿男"。而他的坐马"嘉霞""是汉地的神种马"，手中武器"雅司"刀又是"汉地的无价宝"。因此，霍尔的入侵是自我倒霉，等于是"入山来访虎"。

在《勇丹玛单骑探敌》一章中，丹玛认为一个人应该言行相符，说到作到："男儿在太阳底下扯闲话，都说我是英雄汉；姑娘在炉边烤火扯闲话，都说我里外都能干；今天大敌已压境，从前的豪语看今天。"就连坏蛋晁同的长子牟察阿旦也认为自己的父亲平日行为不好，玷辱了家门，因而感到不光采，要主动给岭国争点荣誉。

在对敌斗争中，岭尕尔的众英雄，充分表现了勇于牺牲，不计个人利害的英雄气概。十三岁的昂琼，并没有因父亲、未婚妻的劝阻只呆在后方，当他在负伤临死前，叫兄长们不要悲伤，他说：

> 渴死不喝沟渠水，
>
> 那是牦牛的高贵品格；
>
> 饿死不吃泥塘草，
>
> 那是野马的高贵品格；
>
> 痛苦至死不流泪，
>
> 这是男子汉的英雄品格。

"老子英雄儿好汉"，这句话在总管王父子身上，当之无愧。昂琼牺牲后，总管王压抑住悲痛，勇猛杀敌，表现了"老当益壮"的英雄本色。在《真本领义根建功》一章中，他说："我虽然混身血肉已枯竭，脸无光泽皱纹聚，但勇武沉毅依然在，心雄志大有豪气。"果然不错，他冲入霍尔营中后，所向披靡，直吓的白帐王躲在交椅下，不敢露面。老英雄没有找到白帐王，便将白帐王的金座、酒壶、吉祥桌案等砍坏、踢翻，才扬长而去。

尤其令人钦敬的是，岭尕尔英雄司盼，中了霍尔的妖索，坠入黄河波涛，快要淹死之前，还念叨："我若不能再活，也无怨悔；但是若不破掉妖索，以后还会给岭国英雄们带来重大的损害。为了今后横渡险岸的英雄不致于遭受魔贼的毒手，把这条妖索砍断，作为我临死前的一分贡献吧！"于是他拔出腰间短刀，……用力把索子斩断，最后淹没在水中。

这一系列的描写，完满地达到了表现岭尕尔众英雄保家卫国的决心，深深地打动了读者的心灵。

此外，史诗说唱并存，散韵兼使，叙事与抒情结合，实写与夸张统一。虽近于汉族的"变文"之类，然而它更便于藏族群众的记忆和演唱。史诗之能够在藏、土、蒙各族人民中家喻户晓，形式的优美，也是主要的原因。

藏文译汉文，原是一件异常艰巨的事，此中甘苦，青海省民间文学研究会的同志们是备尝了的。但我仍认为有许多不足的地方。如在诗句的翻译方面，有些字句不够确切，文采也嫌不足。如66页珠牡唱给丹玛听的"惊惶不安有敌情，安坐不扰无敌情"的"扰"很生硬。在《充内奸晁同通敌》一章207页文字中"梅乳孜……用一条黑绳把他（晁同）捆成一个园球"，211页白帐王听了晁同求饶的话，也说"身上黑绳快解开"，可是 206 页晁同被捆插图中，却用红色的绳子捆着。当然，红色的绳子在画面上是美观的，但从藏族习俗看，很值得考虑。因为就连晁同自己，也在回家后大骂妻子："你这个脏婆娘，九托黑绳捆不了！"又是黑绳！可见对被俘的敌人是不能用红色的绳子捆绑。如此等等，希望能在再版和翻译其他各部时，加以注意，力求作到"信、达、雅"。

藏族人民的英雄史诗《格萨尔》

胡济涛

史料解读

　　该史料为一篇评论文章,原载于《文汇报》1962年8月16日第2页。藏族史诗《格萨尔》是一部优秀的古典作品,作者主要从人民性和民族性方面对其进行了论述,认为这一巨著具有高度的人民性。主人公格萨尔是出身贫苦阶级的牧民,从小被压迫和剥削,最终成为一代贤明领主。同时,《格萨尔》又是一部反抗侵略、反抗不义战争的具有高度爱国主义精神的诗篇。史诗的作者们采用了神话色彩极浓的浪漫主义与现实主义相结合的创作方法,使用了大量的谚语、赞语、双关语,以及巧妙的比喻和对话等,全诗的生活气息和民族色彩都很浓烈。

　　《格萨尔》不仅是我国民族文学宝库中的一颗明珠,也是世界文坛上的一朵奇葩。几百年来,国内外学者对它不断研究。但是,在解放前,由于它的内容触犯反动统治阶级的利益,在西藏和内蒙古地区被列为"禁书",直至解放后,在党的民族政策和文艺政策指引下,它才获得了新生。自1958年以来,青海省民间文学研究会深入省内果洛、玉树等边远地区和西藏、四川、甘肃、内蒙古等地,广泛搜集原始材料进行翻译、对比、校勘、整理,已写成较为完整的有三十四部,准备分别用汉、藏两种文字陆续出版。其中一部为上海文艺出版社出版的《格萨尔》第四卷,即《霍岭大战》。

　　《格萨尔》记载了中华民族古代历史许多宝贵的资料,用汉、藏两种文字加以出版，不仅对《格萨尔》的研究和传播具有重要的意义，而且对促进民族团结和优秀文化传承发展具有积极的作用。

原文

在我国各民族的文学史上，有许多富于人民性和艺术性的优秀古典作品，藏族史诗《格萨尔》就是其中最突出的一部。它的内容丰富浩瀚，有如汪洋大海；它的篇幅之长，有如长江黄河，滔滔不绝。这是很值得我们重视和研究的。

《格萨尔》以诗歌与说白相结合的形式，波澜壮阔地叙述古代一个部落（岭国）的领袖格萨尔王如何降魔平妖、抗敌除奸、保家卫国、为人民谋取自由幸福的故事。藏族人民非常喜爱它，不论是在严寒或酷热的季节，只要听说有艺人在说唱格萨尔的故事，人们就会从很远的地方赶来，连听数月。

这一巨著，具有高度的人民性。格萨尔出身贫苦阶级的牧民，自小就有"觉如"（即穷孩子）之称。基于自己被压迫被剥削的感受，他曾公开愤激的说："世上妖魔害人民，抑强扶弱我才来。"他发誓："我要镇压残暴与强横。"他把"除暴安良"作为自己终生奋斗的目标。他说："除了贫民的公敌外，格萨尔自己并无私仇人；除了黑头藏民公共法度外，格萨尔自己并无私法度。"这是多么高尚的光明磊落的胸襟啊！他一生忠勇正直、嫉恶如仇，身经百战，不辞千辛万苦，冲锋陷阵，打败了或消灭了一切残民以逞的妖魔鬼怪和入侵强敌。目的就是："为卫公利图自强，为护岭国救百姓，为保饭食与民享"。格萨尔为了藏族人民的美好生活，还毫无私心地打开了一十八个宝库，分送珍宝给人民；为了加强藏汉两族的团结和友谊，他亲到内地，朝见汉族皇帝，并帮助他降伏妖魔，改革政治。这真是个世上罕见的英明圣贤的领主！这真是个人民的最美好愿望的化身！

《格萨尔》又是一部反抗侵略、反抗不义战争的具有高度爱国主义精神的诗篇。全诗描述了许多场战争；在大多数的情况下，这些战争都是因为别国先来侵犯岭国，岭国人民被迫自卫而发生的。"人不犯我，我不犯人；人若犯我，坚决抗争！"这是格萨尔很早就具有的思想。当他十五岁到北方降魔时，他就对大臣们谆谆嘱咐过："不要挥兵去犯别人，但若敌人来侵犯，奋勇抗击莫后退！"这几句话正是他上述思想的形象化的概括，而他战斗的一生的丰功伟绩，也正是在这种为正义而战的思想基础上获得的。

史诗的作者们采用了神话色彩极浓的浪漫主义与现实主义相结合的创作方法，使鸟兽都具人情，鬼怪也有人态。史诗里出现的神，和我们现代概念中的神完全不同：它不是偶象和泥土，而是讲人的语言，也有喜怒哀乐的感情。史诗里的人物不论正面的和反面的，都塑造得栩栩如生，好人的性格和坏人的性格，十分鲜明。所有这些都是通过各式各样的夸张、比喻、衬托、渲染、重叠等手法来描绘的。由于在史诗中采用了大量的谚语、赞语、双关语，以及巧妙的比喻和对话，因此，全诗的生活气息和民族色采都很浓烈，充分显示了藏族人民的艺术才能。

《格萨尔》不仅是我国民族文学宝库中的一颗明珠，而且也是世界文坛上的一朵奇葩。几百年来，国内外学者对它不断研究。远在十八世纪六十年代，青海省互助土族自治县佑宁寺藏族学者松巴·堪布·盖布环觉尔（1704 年—1788 年）最先对这部著作进行研究；其后，若干俄国、法国学者以及蒙古学者也曾先后进行过研究。史诗的部分内容，已被译成俄、德、英、法、日、印度、西班牙等国文字。

但是，在解放前，这部辉煌巨著，由于它的内容触犯反动统治阶级的利益，在西藏和蒙古地区竟被列为"禁书"，甚至有人因偷看它而被挖掉过眼珠。因此，它主要以手抄本和口头说唱的形式流传在民间；正式刻印的本子，到现在为止，只发现三种。解放后，在党的民族政策和文艺政策的光辉照耀下，它才获得了新的生命。1955 年，内蒙古人民出版社根据北京木刻版重印了七章本（上卷），并根据 1954 年内蒙古语言文学研究所在北京旧书店所发现的这部名著续篇（后六章）的蒙文手抄本，出版了过去从未刊印过的六章本（下卷）。这样，一部完整的蒙文本《格斯尔传》才开始同国内外读者见面。1959 年春，人民文学出版社出版了由内蒙古师范学院蒙族教师桑杰札布翻译的第一部汉文本《格斯尔传》上卷。同年，作家出版社出版了琶杰说唱、其木德道尔吉整理、安柯钦夫翻译的《英雄格斯尔可汗》。目前，内蒙古有关方面正在继续翻译出版。

在青海，省委宣传部对它一向很为重视，自 1958 年以来，青海省民间文学研究会即集中力量，深入省内果洛、玉树等边远地区和外省西藏、四川、甘肃、内蒙古等地，广泛搜集原始材料，进行翻译、对比、校勘、整理，已写成较为完整的有三十四部，准备分别用汉、藏两种文字陆续出版。

最近，上海文艺出版社出版的《格萨尔》第四卷，即《霍岭大战》上部。它的主要情节是描写霍尔国的白帐王，听说岭国格萨尔王的妃子嘉洛·森姜珠牡容貌美丽，同时不甘心于岭国的独立自主地位，就趁格萨尔远征北地未归，岭国内部各派系不团结，于是兴兵一百二十万，侵入岭国。岭国人民在贾察（格萨尔王的哥哥）领导下，奋起自卫，敌忾同仇、壮怀激烈，予敌人以严重打击。但岭国终因事先缺乏准备，卖国贼晁同又公开投敌，暂告失败，珠牡被劫。英雄的岭国人民发奋图强，坚定不移地等待着格萨尔王的凯旋归来，洗刷国耻。而霍尔方面虽在战争中获胜，但损失惨重、元气大伤；而且骄纵蛮横，狰狞面目暴露无遗，从而激起岭国人民更深的仇恨。它是《格萨尔》全传中篇幅较长的部分，汉文本将分上、中、下三部出版；藏文原本只分两部，上部为"霍尔入侵"，下部为"平服霍尔"。《霍岭大战》上部有四十多万字，只是三十四部中的一部。我们感谢收集、整理、出版工作同志们的辛勤劳绩；我们期待着这部巨著陆续整理出版。

爱国英雄的悲壮颂歌

——《格萨尔》第四卷读后

卓　如

史料解读

　　该史料为一篇读后感，原载于《青海湖》1963 年第 2 期。该文主要论述了作者阅读上海文艺出版社出版的《格萨尔》第四卷，即《霍岭大战》的感受。由于《格萨尔》搜查整理工作的顺利完成，第四卷成功出版。作者在阅读此书之后，从主要内容、情节设置、艺术形象、艺术手法等方面谈及了自己的看法。

原文

　　《格萨尔》是一部规模宏伟的史诗，它长期在藏族人民中广泛流传。生活在康藏高原上的那些日子，我经常带着惊喜的心情倾听《格萨尔》的演唱，次数最多的要数《霍岭大战》了。由于语言的隔阂，加上每次演唱的只是其中的几个片断，在我脑子里留下的只有对藏族史诗朦胧的喜爱。这次读了青海省民间文学研究会翻译、整理，由上海文艺出版社出版的《格萨尔》第四卷后，使我能比较清楚地看到《霍岭大战》的基本面貌，同时也给我极其强烈的感受。

　　《霍岭大战》主要描写英雄格萨尔到北方降魔去了，久久未归。霍尔白帐王为了掠夺格萨尔的美丽妃子珠牡，就乘机起兵来侵犯岭国，岭国的许多英雄猛将，奋起抗敌，狠狠地打击了霍尔，取得了很大的胜利，写下了可歌可泣的诗章。

但是,在取得多次胜利的情况下,叛徒晁同出卖了祖国。加上双方兵力悬殊较大,结果王妃珠牡被掳去了。直到下一卷,格萨尔从北方回来,才征服了霍尔,惩罚了叛徒,迎回珠牡。全书洋溢着爱国主义的激情,英勇抗敌的壮志,以及人民对英雄、烈士的歌颂,可以说是一支爱国英雄的悲壮颂歌。

《格萨尔》第四卷,虽然没有直接描绘格萨尔的丰功伟绩,只是通过几个战争场景的刻划,表现出岭国众多的英雄在祖国遭到敌人侵犯时的行动和意志。但它已概括了当时社会的广阔的生活情景,反映了当时人民深刻的思想感情和精神面貌。从书中我们可以清楚地看到,霍岭大战的爆发,是有深远的根源的。霍尔“国大势强,经常发兵侵犯别国,强迫外邦纳贡称臣”,岭国原是霍尔的属国,每年要向霍尔交纳各种贡税,到格萨尔称王后,完全废除了贡税,霍尔对雄狮王格萨尔的抗拒极为怀恨,时时企图恢复对岭国的专制。这时又逢白帐王的王妃去世,要另找美女做妃子。于是就发兵来抢夺格萨尔的王妃珠牡,岭国奋起抗争,岭国的战争是正义的。那些卓越的英雄,他们憎恨掠夺战争,不允许霍尔践踏祖国的光荣、侵犯自己的家乡、危害人民的利益;当神圣的国土遭到敌人袭击时,他们立即行动起来,誓死保卫祖国,进行了英勇壮烈的自卫战争,体现了强烈的爱国精神和英雄品质,集中地表达了当时人民群众的意志。史诗在描写英雄们的斗争时,用了极大的篇幅,热烈的赞词,将他们不惜牺牲自己,捍卫祖国,热爱祖国,英勇不屈的优秀品质和高尚情操充分地表现出来。而对侵略者和叛徒,则给予无情的鞭笞,把他们的丑恶灵魂、卑劣的行为,彻底地揭露出来。这样,就使岭国的英雄成为人民群众心目中的理想人物,而霍尔的统治者和叛徒晁同为人民所憎恨和唾弃。可见史诗是爱憎分明的,具有鲜明的倾向性。

从《霍岭大战》上部可以看出它的倾向性不是直接表现出来,而是通过艺术形象来揭示的,因而它在艺术上也是较为出色的。首先是史诗很善于描写人物。尽管《格萨尔》的主人公雄狮王格萨尔不是占主要地位,那么《霍岭大战》上部里的人物,就全部史诗来说,都不是主要人物;但是就连那些次要人物也刻划得惟妙惟肖,许多人物的形象都是活生生的;勇猛善战的贾察霞鲁、壮烈殉国的阿奴司盼、赤胆忠心的丹玛香擦、大义灭亲的年察阿旦、英勇牺牲的昂琼玉达。这一系列的英雄形象，都长期活在藏族人民的心里。那么，作者为什么能够将他的人物刻划得这样出色呢？这就需要我们来探索一下史诗在塑造人物形象时所用的艺术手法。

作者对他所歌咏的人物，没有做更多的正面的叙述和评价，也没有出来公开为他的人物说话，而是通过人物在大敌当前时的战斗行动来塑造人物形象的。那些豪迈的语言、勇敢的行动、显赫的战功、情绪的起伏，都有力地将他所描绘的人物突现出来。就以两个为国捐躯的壮士来说，老英雄阿奴司盼，作者只是十分朴素地写了三个场景：岭国英雄聚会场上的自白、横扫霍尔军营的豪气、从西门杀入敌营的战绩，表现出这位在历次战斗中都立过大功的老将，在这次反抗霍尔入侵中，他不仅仅是个不服老的勇士，而且是个"老当益壮"的猛将。他以自己的英雄气概赢得了胜利。特别是在他被卷入波浪滚滚的黄河里的时候，他还"为了今后横渡险岸的英雄不致于遭受魔贼的毒手"，拔出腰间的短刀，一面与汹涌的波涛搏斗，一面用力把妖索砍断，完成了人物形象的塑造。十三岁的昂琼玉达和阿奴司盼一样，也是"死也死得象个英雄"的人物，他的形象则是通过出征遭到父王的反对时，所说的激昂慷慨的言词，出战途中遇到未婚妻，热情的达萨姑娘的极力劝阻而毫不动摇，以及在战场上勇敢作战所取得的辉煌战果，映照出这位十三岁就身经百战的少年英雄的品格。尤其在他临终时，对着伤心流泪的贾察霞鲁和丹玛香擦的安慰："渴死不喝沟渠水，那是咒牛的高贵品格；饿死不吃泥塘草，那是野马的高贵品格；痛苦至死不淌泪，这是大丈夫的英雄品格。"话未说毕，睁大了两眼，微笑地望着贾察的面孔，壮烈清明地死去了。读到这里，谁能不为他的高尚情操所激动呢？

岭国的忠臣丹玛香擦，我们从他单骑探敌营中所表现的大无畏精神，临机应变、以智取胜的种种活动，以及削掉辛巴梅乳孜天灵盖的超人射术，可以看到他是一位智勇双全、沉着勇敢、武艺高超的英雄。而贾察霞鲁，史诗不止一次写到他的情态的突变和急遽的行动。当他听到霍尔来侵犯时，他就脸上布满了乌云，两眼射出火光，从人群中跳了出来……立即披上铠甲，跨上嘉霞骏马……及至敌兵已抵边境的消息传来时，"他那如十五夜晚的皓月的脸上，顿时大变，如布阴云，他怒气填胸，豪气益壮，好象煞神降临大地，神光充塞宇宙一样"。紧接着他扫荡了霍尔营帐，横冲猛闯，使敌人乱作一团，不敢回击。这样一个爱国爱民、疾恶如仇、挺身而出、站在斗争最前列的勇将的形象也就明朗地浮现出来。

　　史诗除了用人物的语言、行动、战绩来刻划人物形象外，还通过战争的特殊环境——敌人的种种表现——的描绘来丰富人物形象。从敌人的惊慌失措状态和他们对战场情况的叙述中，英雄的形象更加突出，英雄的本领更显得高强。比如在《勇丹玛单骑探敌》一章里，正面的叙述只有他冲进敌营，砍倒无数大帐，踏翻十八处锅灶，赶着马群走了，至于他如何威武、勇猛并没有具体描绘，却细致地叙述了敌人的惶恐和惊叹：霍尔白帐王吓得面如土色，昏倒在地，辛巴梅乳孜给他喷凉水，同时唱道："……现在你看哪！看那个矫健的好汉子，配着一匹好马儿，腰间武器放虹光，何等英勇又慓悍；看那抢枪使剑的好样儿，看那上鞍下马的好样儿，马上人儿凶猛似虎豹，胯下马儿驰骋似闪电，……他冲进霍尔大营帐，恰似饿狼扑群羊，砍翻了霍尔大帐幕，劈断了花花好甲叶，劫走了骏马一大群，去装饰他们的田野和山岗。"这就将丹玛单骑探敌营时的装饰、配戴和他的英雄气概，以及冲进敌营中，巨大的岩山都不可阻挡之势，表现得异常充分和生动，同时还写出了丹玛如何从跛人跛马神速地变为骏马和勇士。《贾察扬威霍尔营》也是正面的叙述很简略，而敌人被贾察的威风所吓倒的情状，就写得比较具体、详细："霍尔的辛巴本来料到霞鲁要来劫营，他们准备了套索、铁钩，人人想显一手把他钩翻，但却被霞鲁的威风所吓倒，不用说对鞍上的人儿抛套索，就是对胯下的马儿也不敢挂铁钩"。当他浩浩荡荡地向岭国驰去之后，敌人在会商对策时，又补叙了他的战功："眼前来的那白人，怒气冲天势难当，……腿劲似要碎金鞍，脚劲似要断镫框，刀箭闪光耀空际，'句'、'貲'喊声震山岗。对我霍尔好象鹞逐雀，伙扶侍卫被杀光，事业宝帐被砍倒，成群骏马被他抢。"这对贾察的声威，是很好的补充，而且也加强了霍尔不得不准备撤兵的安排的说服力。

　　从上面的说明里，唱词的效果也显示出来了。史诗《格萨尔》是以唱词为主，散文叙述为辅。那些诗的语言，能够将事件叙述得更精炼、更生动、更有色彩。如果贾察这一神威远扬的战斗历程,全部用散文来写,不仅要多花笔墨,而且也很难把这激烈的战争场景,描绘得如此动人。这是通过敌人的唱词来表现英雄人物的功勋。还有英雄们自身的唱词也起了很大的作用。我们从他们出征前所唱的自我表白的曲子中,可以看到他们的过去——从少年时代起,就经受过无数战火的洗礼——和现在消灭敌人的雄心壮志。老英雄阿奴司盼在岭国部队、大小官员和将军们齐集会场的时候,他唱道:"……那时我才十九岁,单枪匹马往戎地,敌兵虽然满山坡,我直往前闯无恐惧。杀死敌兵难计数,夺回骏马九大群,掳住戎地三首领,绳索捆绑解回岭。……司盼虽然鬓毛白,臂力不弱似当年,我的'孟巴夏森'大宝刀,刀口锐利仍如前。"这不是为了夸奖自己,炫耀功勋,而是为了说明自己有经验、有能力将敌人置于死地,只有他最有条件去迎敌;以此达到让他出战的目的,同时也坦露了这位年迈老将的思想情感。还有在冲锋陷阵时,面对凶残的敌将,高歌手中武器的锐利,消灭敌人的决心,自己往日的声威和对敌人的蔑视,这是灭敌人的志气,壮自己的威风,它能起到战鼓的作用。这一切都丰富了英雄人物的形象。

这些英雄人物有着共同的特征:他们都永远效忠于雄狮王格萨尔;都有一颗热爱祖国的火热的心,在反抗侵略的战争中,临危不惧,不惜为岭国抛头颅、洒鲜血。同时他们都具备高超的本领,绝等的智慧,在战场上各自显露了英雄的本色,立下了显赫的战功。尽管他们都是属于同一类型的人物;但是,各个人物的性格、声音、笑貌、遭遇都是不相同的。同是勇猛善战的英雄,却各有鲜明的性格:倔强而暴烈的贾察霞鲁,慓悍而机智的丹玛香擦,顽强而勇武的阿奴司盼,勇敢而自信的昂琼玉达,雄心勃勃的年察阿旦,憨厚而果敢的戎查叉根。即使在刻划人物的次要特点时,也不致将他们混淆起来。贾察霞鲁和丹玛香擦同是岭国最得力的老将,他们的本领也不相上下,在霍岭大战中都是立过大功的。但是他们的个性,采用的斗争方式以及各人的际遇都很不相同。贾察一遇到情况变化,就暴跳如雷,在战场上总是直闯,不讲策略,在对付冬旋奔图尔的追击中,他专心听人家唱曲,没有提防对方的箭击,幸而贴身穿有雄狮大王所赐的战神长寿紫衣,才没有被箭射伤。可以说是一位有勇少谋的将领。丹玛比起鲁莽的贾察，显得精明得多，他能时时考虑到如何才能更有力地制胜敌人，在敌众我寡、敌强我弱的条件下，他不用力敌，而是智取，对付敌人的挑战非常沉着，他能在危急的情况下，不慌不忙地避开敌人连射的飞箭，真不愧为智勇双全的英雄。昂琼玉达和年察阿旦同是少年英雄，他们都在特定的条件下奔赴战场的，他们也都慷慨仗义，但是年察阿旦多少带点个人意气，而昂琼玉达却始终是心胸坦荡的。

除了这些各具鲜明个性的英雄外，《霍岭大战》还以简短的笔触，描写了一些女性：聪明机智的珠牡，忠诚纯洁的莱琼，大胆的祁尊益希，多情而又矜持的达萨。虽然着墨不多，却勾勒出一群优美动人的女性形象。另外，在塑造人物形象时，也注意到人物心理活动的描写，因而《霍岭大战》中的各种人物：坚忍不屈的英雄，壮烈殉国的烈士，诚实正直的功臣，慈祥的老人，勇敢的少年，纯洁的姑娘，以及奸诈狡猾的叛徒，贪婪残暴的昏君，都使人一见不忘，留下比较深刻的印象。

《霍岭大战》不是用故事情节去震惊听众，而是将战争的过程处理得十分完美，不仅使听者的思想感情无形中受到熏陶，而且还可以得到一种美的感受，让你百听不厌。具体来说，它在题材处理上，布局结构方面，每一事件的组合安排，都是很有讲究的。《霍岭大战》通篇写战争，内容是一场接着一场的战斗，时间延续了很久，到《霍岭大战》上卷结束时，战争已经坚持了三年。但是民间史诗的作者没有将三年大战历程中每一件事都写进去，也不是强调双方各有胜负，而是以英雄人物为中心，突出几个战斗场面。每一场战争中间又各不相同，各有自己的特点。丹玛在战场上是以"智谋"赢得了胜利，贾察则以"勇猛"压倒了敌人，昂琼是以"神速"为特色，而戎查叉根的出战却是："战鼓飘荡涡旋，总管王象擂石从天上滚落似的，跳进霍尔营中，防守大营东侧的霍尔军们都三三两两跌翻在地。……总管王又左右开弓，一连射出六十支带着铁箭扣的披箭，……接着又举起宝刀……"下面写他象闪电似的冲进白帐王的帐内，踏翻了金座，然后又从被吓得昏倒在地的霍尔军身上，驰骋而去。虽然他威风凛凛，乘胜而归，但这时岭国的处境已十分困难，戎察玛尔勒被杀害噩耗传来后，才激起这位老将坚决要亲自出马的。因此胜利的欢乐中，不免带点悲凉的意味。正由于场场战斗都有独特的色彩，不是千篇一律的，才使那漫长的战争岁月的描叙，不致产生乏味、重复之感，自始至终都是引人入胜的。

《格萨尔》是一部雄伟壮丽的史诗，对这样的一部长篇巨著进行全面的搜集、翻译、整理，确是一项艰巨的工程。青海省民间文学研究会进行了这项非常有意义的工作。作为一个读者，热烈欢迎他们的劳动成果，并对他们的辛勤劳动，表示崇高的敬意。同时也殷切地希望他们能尽快地将其他各卷整理出来。

《格萨尔王传》比《摩诃婆罗多》还长

凌　霄

史料解读

　　该史料为一则评论，原载于《外国文学研究》1978 年第 2 期。作者指出《外国文学研究》第一期中有人发文认为世界上最长的诗是古印度的伟大史诗《摩诃婆罗多》，其实我国藏族长篇史诗《格萨尔王传》比它长得多。据现有材料，藏文原文有两种本子，一是"分章本"，一是"分部本"。分部本很可能是根据分章本的情节扩展而成的，全诗长达六十部左右，初步估计可能有一百万乃至一百五十万左右诗行（叙述的散文部分除外）。《格萨尔王传》是世所罕见的长诗，它内容丰富，包罗万象，是一部驰名世界的长篇史诗。

　　这篇史料讨论的是《格萨尔王传》和《摩诃婆罗多》的长度问题，材料翔实，论证清晰，对全面认识《格萨尔王传》的世界性意义具有重要的价值。

原文

　　《外国文学研究》第一期说，世界上最长的诗是印度古代的伟大史诗《摩诃婆罗多》；其实不然。我国藏族长篇史诗《格萨尔王传》就要比它长得多。这部史诗是以藏族岭朵地方格萨尔王的活动为中心开展故事情节的。格萨尔王是一个天神的儿子，因为当时下界人间妖魔鬼怪横行，老百姓痛苦不堪，天神便派他下界投生，作黑头人的君长，以降妖伏魔，抑强扶弱，救护老百姓。全诗绝大部分内容是描写战争。史诗的主人公格萨尔王象齐天大圣孙行者一样，能变化他的身形。同他作战的对方，有些也能变化身形。这部长篇史诗的体裁是有叙述，有唱词，绝大部分是唱词，是诗歌。据现有材料，藏文原文有两种本子，一是"分章本"，一是"分部本"。分部本很可能是根据分章本的情节扩展而成，全诗长达六十部左右，初步估计可能有一百万乃至一百五十万左右诗行，叙述的散文部分除外。这真是世所罕见的长诗。它内容丰富，包罗万象，不愧为藏族人民的一部大百科全书。这部长篇史诗的写作年代，当在十五世纪至十八世纪甚至更后一段时期，是不同时代的许多人持续创作而成。这部史诗产生于藏族地区，也流传在蒙古族地区，如内蒙古自治区、蒙古人民共和国和苏联的希里亚特自治共和国。国外已有英文、法文、德文、俄文、日文、印度文的部分译本。因此，它也是一部驰名全世界的长篇史诗。

自治区文化局等部门积极采取措施
大力抢救藏族民间文学遗产

衡志诚

史料解读

　　该史料为一则新闻报道，原载于《西藏日报》1979 年 6 月 18 日第 4 版。粉碎"四人帮"以后，西藏自治区文化局等部门专门成立了收集整理领导小组，大力抢救珍贵的西藏古典和民间文学遗产。该报道提供的信息显示，截至 1979 年 6 月，已收集有一定价值的民间故事十五个，字数达十余万，并整理出了二十多万字的《格萨尔王传》。此报道还强调，西藏人民出版社在1979 年根据自治区档案局收藏的木刻本和手抄本，整理出版《格萨尔王传》（《霍岭之战》上、下集，《征服卡契尤宗》，《达岭之战》）等藏文版书籍，以及《萨迦格言及其注释》《猴鸟的故事》（以上两部将用藏、汉两种文字同时出版）等藏族优秀文艺书籍。

　　该报道全面反映了民间文学遗产搜集整理工作重新启动后，西藏在《格萨尔王传》等民间文学搜集整理工作中取得的新成果、新发现。该文也昭示着民间文学搜集整理新时代的到来。

原文

本报讯　西藏自治区文化局等部门积极采取措施，组织力量，大力抢救珍贵的西藏古典和民间文学遗产。

西藏的古典和民间文学，内容丰富，形式多样，其中小说、诗歌、寓言、传记、戏剧等都有不少独具风格的优秀作品，是祖国文艺宝库中的一个重要组成部分。这些作品，过去长期流传在广大藏族人民中，深为人民群众所喜爱。可是，在林彪、"四人帮"疯狂推行极左路线的时候，丰富多彩的民族民间文学濒于失传和毁灭。许多好的和比较好的作品被当作毒草，遭到焚毁、丢失。长达六十余部的不朽史诗《格萨尔王传》，档案部门保存下来的木刻本和手抄本仅有五部。各地的民间老艺人普遍受到冲击，被迫停止工作；他们中不少人越来越年老体弱，有的已经病逝。粉碎"四人帮"以后，自治区有关部门对抢救民族民间文学遗产的工作很重视。自治区文化局专门成立了收集整理领导小组，切实加强了对这一工作的组织领导，并且从政治上、工作上和生活上落实了民间老艺人的政策，发动他们积极为繁荣社会主义文艺贡献力量。

目前，收集整理工作正在抓紧地进行。自治区文化局民间文学收集小组从今年四月开始，请拉萨市跃进居委会老艺人益西单增讲故事，现已收集到有一定价值的民间故事十五个，字数达十余万。西藏师范学院藏史研究组的老师们，通过调查发现一位名叫扎巴的七十五岁的老艺人，能说唱《格萨尔王传》中的三十部。他们请扎巴说唱了一部，听后一致感到故事生动，语言丰实，描写手段很高。他们向院党委汇报了这一情况，院党委很快做出全部进行录音整理的决定。他们边录音边整理，现已整理出了二十多万字。四川德格印经院保存有二十多万块藏文木刻板，其中有大量的藏族古典文学以及藏医、藏历、大藏经等珍贵著作。最近，西藏师范学院、西藏民族学院和西藏人民出版社联合组成收集小组，前往德格将这些木刻板重新印出，然后带回研究整理。

西藏人民出版社今年将根据自治区档案局收藏的木刻本和手抄本，整理出版《格萨尔王传》（霍岭之战上、下集，征服卡契尤宗，达岭之战）、《米拉热巴传》、

《诺尔桑王传》、《青年达美的故事》、《说不完的故事》（以上均为藏文版）以及《萨迦格言及其注释》、《猴鸟的故事》（以上两部将用藏、汉两种文字同时出版）等藏族优秀文艺书籍。

《格萨尔王传》简介

王沂暖

史料解读

该史料为一篇论文，原载于《民间文学》1979 年第 2 期。本文从不同方面介绍了藏族长篇史诗《格萨尔王传》，其中值得注意的有以下四个方面。首先，《格萨尔王传》的藏文原文有两种本子，即"分章本"和"分部本"。分章本，是把格萨尔王的一生事迹写在一本里分为若干章，是较原始的本子。流传在蒙古族地区的《格萨尔王传》，共有七种本子，都是分章本。把它和藏文贵德本比较起来，二者的情节与内容顺序有不少相同处，但体裁不同。现在见到的藏文本，全是说唱形式，没有纯散文形式，而蒙古文本却全是散文，不是说唱形式。分部本首尾完整，独立成为一部，总部数起码在六十部以上。

其次，关于格萨尔王这个人是否为历史人物及其所在年代问题。目前有一部分说法想把格萨尔王确定为某一时期的历史人物，但这个问题还需要进一步研究，即使有历史人物作为原型，这部史诗中的人物和事迹，也绝大部分是虚构的。关于这部史诗的作者和产生的年代问题，也是比较难以确定的。

再次，这部长篇史诗各个分部本并不是一个时期写作的，而是持续了很长时间——从 15 世纪到 18 世纪，乃至更后的时期。根据现存的材料来看，无论是蒙古文本还是藏文本，本子最早的出现时间都不会在 15 世纪以前。全部史诗是历时几个世纪写出的。

最后，对这样一部长达几十部的长篇史诗做出评价，是比较困难的。国外研究者把它列入世界文学宝库，这种评定都非过誉之词。当然，这样数量庞大的长篇史诗，其中糟粕在所难免，但不能因它有部分糟粕，便把它全部否定。这部史诗在特殊时期被指为大毒草，现在这种说法当然应予以否定。青海省文联过去曾对《格萨尔王传》进行搜集、翻译，但据传闻，青海省文联搜集到的数量很大的藏文原本全部被当作大毒草烧掉，是相当大的损失，应当将现存的手抄本妥善保护，加快搜集抢救工作的进程。

总之，这篇史料对《格萨尔王传》进行了比较清晰的梳理，使读者能够对《格萨尔王传》的一些关键性问题有一个全面的了解。但与此同时，作者提出对现有史料进行保护，也是一个重要的问题。可以说，改革开放后，随着我国文化事业的繁荣发展，《格萨尔》史诗抢救、保护、传承工作进入新阶段，但特殊历史时期造成的重大损失无可挽回，这一点更值得我们思考。

原文

《格萨尔王传》，是藏族人民的一部长篇史诗。它有叙述，有唱词，绝大部分是唱词，是诗歌。这个史诗产生于藏族地区，也流传到蒙古族地区，如内蒙古自治区，蒙古人民共和国和苏联的布里亚特自治共和国等地区。国外有英文、法文、德文、俄文、印度文的部分译本；而且有些人对它专门进行研究，书写论文。因此，它也是一部世界驰名的长篇史诗。

这部史诗，是以藏族岭尕地方的一个格萨尔王为中心人物而写成的。史诗一开头，就首先叙述，格萨尔是一个天神的儿子，因为当时下界人间，妖魔鬼怪，到处横行，残害老百姓，老百姓没有一天好日子过。天神想拯救人间灾难，便决定派格萨尔下界投生，降伏妖魔，抑强扶弱，救护生灵，作黑头人的君长。以后一切情节，都是在这一个主题之下开展起来的。开展后的篇幅，藏文本竟达到几十部之多。绝大部分内容，是描写战争。史诗的主人公格萨尔王，类似齐天大圣孙行者一样，能变化身形。他战斗的对方，也有一些是能变化身形的。

　　《格萨尔王传》这部长篇史诗，据我们初步了解，藏文原文有两种本子，一种可以把它叫做"分章本"，一种可以把它叫做"分部本"。分章本，是把格萨尔王的一生事迹，写在一本里，分为若干章。这种分章本，可能是最初的著作，或者说是较原始的本子。我看见过这种分章本的两本藏文手抄本。一是从青海贵德收集到的，暂把它叫作贵德本。内容是从格萨尔诞生，与珠毛结婚，降伏北地妖魔，到霍尔入侵岭尕，格萨尔降伏霍尔为止。降伏北方妖魔以前分为四章，一个页码顺序。霍尔入侵岭尕到格萨尔降伏霍尔则另起页码，题为第五章。另一个本子，记得是我在北京见到的，暂且叫做北京本。它与贵德本出入不多，基本上可以说是同本。这两个本子，分量不大，首尾一贯，当系一人手笔。另一个分章本，是流传在拉达克地区的藏文本。这个本子共分七章。我尚未见到藏文原文，只见到过从英文转译过来的汉文译本。它的内容，第一章是岭尕十八英雄的诞生；第二章是格萨尔下界投生；第三章是格萨尔与珠毛成亲；第四章是格萨尔与汉公主结婚；第五章是降伏北方妖魔；第六章是霍尔王掳走珠毛；第七章是格萨尔降伏霍尔王。这个本子的第一章和第四章，前一种本子中是没有的。其余各章文字不同情节却相同。

　　流传在蒙古族地区的《格萨尔王传》据蒙古人民共和国达木丁苏伦在他的《格萨尔传的历史源流》一文中的介绍，共有七种本子，可以说都是分章本。一是北京印行的十三章本；二是藏在蒙古人民共和国国家图书馆的两卷本；三是藏在蒙古人民共和国国家图书馆的扎因本，这是蒙古人民共和国阿拉汗省扎因图书馆发现的手抄本，共有十九章；四是藏在苏联科学院东方学研究所的十三章本；五是藏在苏联科学院东方学研究所用青海额鲁特蒙文（即指我国新疆蒙古族的托忒蒙文）写的八部本；六是流传在苏联布里亚特自治共和国的翁根本共十章；七是流传在苏联布里亚特自治共和国的爱黑里特本。前五本，据达木丁苏伦的介绍，把它和藏文贵德本比较起来，它的情节与内容顺序，有不少相同处。两卷本译文中有一些地方还指出在这里藏文原文如何如何，有时还把原文附录在译文之后。这显然是从藏文本翻译过去的。但这个两卷本情节却比贵德本丰富。因此，我们猜想，相当于蒙文两卷本的藏文原本，可能还未被发现或者业已失传；或者两卷本在翻译过程中有新的发展创造。至于布里亚特的翁根本与爱黑里特本，和贵德本大不相同，不知是否根据藏文另本译出，我们尚未见到与之类似的藏文原本，或者是蒙族作者有新的发展。其中所涉及的地名和人名，很多都蒙古化了，而且民族特色很浓厚。另外，体裁方面，藏文本与蒙古本的体裁是不同的。我们现在见到的藏文本，全是说唱形式，没有纯散文形式，无论分章本与分部本，都一样。而蒙文本却全是散文，不是说唱形式（现代内蒙古《格萨尔王传》说唱家爬杰纯为诗体的创作除外）。我们推想，这可能有两种原因：一种是藏文原也有散文本，现在尚未发现或已失传；一种是蒙文译者把藏文的说唱形式，改为散文形式。是否如此，有待于继续研究。

　　至于我们所说的分部本，是怎样情况呢？我们所说的分部本与分章本不同处，是在于它首尾完整，独立成为一部，主人公都是格萨尔王，为全部《格萨尔王传》中的一部。这种分部本有两种情况：一种似乎就分章本的情节，进行扩充，成为首尾完整的独立的一部。如把分章本的格萨尔诞生，扩充成为《英雄诞生》一部，扩充为《格萨尔诞生史》一部，扩充为《降生品》一部，把格萨尔与珠毛结婚，扩充为《迎娶珠毛》一部；把格萨尔称王，扩充为《赛马称王》一部，把降伏北方妖魔扩充为《降伏妖魔》一部；把霍尔入侵与降伏霍尔，扩充为《霍岭大战》一部，等等。以上这些部，都是就分章本中的情节扩充成部的。另一种不是把分章本情节扩充成部，而是写新的另外的情节，成为一部，每部主人公仍然是格萨尔。这种分部本青海省文联曾说他们搜集到三十五部。他们的藏文汉译名称和各部的前后排列顺序，我们现在列举如下：

第一部：三界会商；

第二部：葛岭大战；

第三部：英雄诞生；

第四部：丹玛归岭；

第五部：晁同争位；

第六部：赛马称王；

第七部：降伏妖魔；

第八部：霍尔入侵；

第九部：平服霍尔；

第十部：华岭通好；

第十一部：地狱救妻；

第十二部：丹玛与辛巴；

第十三部：保卫盐海；

第十四部：南方大战；

第十五部：征服大食；

第十六部：分大食牛；

第十七部：索岭大战（上）；

第十八部：索岭大战（下）；

第十九部：取玛瑙城；

第二十部：取珊瑚城；

第二十一部：取松石城；

第二十二部：取珍珠城；

第二十三部：取水晶城；

第二十四部：祝孤之战（上）；

第二十五部：祝孤之战（中）；

第二十六部：祝孤之战（下）；

第二十七部：取绸缎城（上）；

第二十八部：取绸缎城（中）；

第二十九部：取绸缎城（下）；

第三十部：取山羊城；

第三十一部：松岭大战；

第三十二部：美岭大战；

第三十三部：德岭大战；

第三十四部：地狱救母；

第三十五部：安置三界。

另外，青海文联说他们已了解到名称、尚未收集到本书的有六部：

一、迎娶珠毛；

二、取绵羊城；

三、开启药城；

四、内地茶城；

五、射大鹏鸟；

六、取阿色铠甲城。

以上两种，合起来为四十一部。但其中确实可以合为一部的有：第八部霍尔入侵，第九部平服霍尔，可合为一部的上下部；第十七部索岭大战（上）、第十八部索岭大战（下），可合为一部的上下部；第二十四部、第二十五部、第二十六部的祝孤之战（上）（中）（下）三部，可合为祝孤之战一部的上中下部；第二十七部、第二十八部、第二十九部取绸缎城（上）（中）（下），可合为取绸缎城一部的上中下部。若然，三十五部实际应为二十九部。再加上未搜集到的仅知名称的六部，共为三十五部。我自己看到和了解到名称的，也有一些。其名称与青海文联所举相同的，不再列举；名称虽不同而似为同部的有：

一、《天神与岭尕》，疑即为《三界会商》的同部；

二、《赛马》疑即为《赛马称王》的同部，但这一部同名异本的很多，见下文；

三、《霍岭大战》疑即为《霍尔入侵》与《平服霍尔》的同部；

四、《征服姜地》疑即为《保卫盐海》的同部，这一部也有不同的异本，见下文；

五、《门地与岭尕》疑即为《美岭大战》的同部；

六、《大食财宗》疑即为《征服大食》的同部；

七、《索波马宗》疑即为《索岭大战》的同部；

八、《阿乍玛瑙宗》疑即为《取玛瑙城》的同部；

九、《奇乳珊瑚宗》疑即为《取珊瑚城》的同部；

十、《雪山水晶宗》疑即为《取水晶城》的同部；

十一、《卡切松石宗》疑即为《取松石城》的同部；

十二、《米努绸缎宗》疑即为《取绸缎城》的同部；

十三、《白利绵羊宗》疑即为《取绵羊城》的同部；

十四、《朱孤兵器宗》疑即为《祝孤之战》的同部；

十五、《阿塞铠甲宗》疑即为《取阿色铠甲城》的同部；

十六、《阿塞山羊宗》疑即为《取山羊城》的同部；

十七、《香雄珍珠宗》疑即为《取珍珠城》的同部。

此外，我见到和了解到名称而青海文联未列入的有：

一、天岭卜筮；

二、求子；

三、岭尕十八英雄的诞生；

四、降生史；

五、降生品；

六、降生与岭尕；

七、十三轶事；

八、西宁马宗；

九、台央玉宗；

十、调伏汉王；

十一、木雅雨则丹巴；

十二、征服紫骡福地；

十三、降伏妖魔夹日江村；

十四、花玛瑙矿宗（不知是否为阿乍玛瑙宗的异名）；

十五、神变史；

十六、丹玛青稞宗。

这样，与青海文联收集到的三十五部合起来已达五十一部之多。

此外，还有同名异本的，如《赛马》一部见到的就有五种异本：一种为五十多页，一种为八十多页，一种为一百多页，一种为二百多页，一种为三百多页。《征服姜地》有两种不同的异本。《霍岭大战》有两种不同的异本。《汉人与岭尕》有四种不同的异本。这样算起来，已有六十部。但我想这也不可能是《格萨尔王传》的全部。听说青海文联在他们第一次报导以后，又搜集到一些。另外，藏族民间或仍有其他本子。至于藏族民间《格萨尔王传》说唱家的口头说唱，以前还没听说有人记录过。这些都在我以上所举的六十部之外，当然，就无法计算它的部数了。总的来说，一部史诗有这样数量，在全世界范围内，也是少有的。不但荷马的《奥德赛》、《伊利亚特》，弥尔敦的《得乐园》、《失乐园》难以与之比拟，即号称最长史诗的《摩诃婆罗多》，也是望尘莫及的吧！我曾根据十八部数量，约略计算为四十万左右诗行。如果按六十部计算，可能超过一百万诗行。但未见到全部原文，这只是一种比照的估计。

藏文本我们见到的木刻印本只有：《天神与岭尕》、《天岭卜筮》、《赛马》、《阿达拉毛》、《大良则宗》、《分大食牛》、《地狱与岭尕》等八部，其余均系手抄本。解放后才刊行了部分铅印本。

关于格萨尔王这个人是否为历史人物及其年代问题，藏族历史古籍《王窗柱诰》、《嘛尼教命集》、《贝玛尕塘》(即《莲花生传》)等书，都曾说与松赞干布同时向唐太宗求婚的，有格萨尔军王。这三部书著作的年代不详，但其中都涉及十四世纪的史实，可能是十四世纪伪托的著作。《西藏王统记》也提到格萨尔军王与松赞干布同时向唐太宗求婚。《西藏王统记》的作者索昂绛粲是十四世纪末期人，《西藏王统记》成书于 1388 年。米拉日巴诗歌，也有"内政不反常，不怕格萨尔兵"的诗句，米拉日巴是十一世纪人，他的诗歌编辑人是十五世纪的人。由以上诸书看来，格萨尔王这个人物的传说，最迟在十四世纪以前至十一世纪之间就很流传。

十六世纪第四代班禅的经师洛桑促尔辰，在他的《印度人大法王传》一书中，曾肯定说，"格萨尔后于朗达玛，先于阿提沙尊者"。

十八世纪的藏族学者绛巴惹杰，在他著的《安木多佛教史》中说："黄河上游的一切地方，都是岭格萨尔王所统治的地方。他的生年有庚子和癸巳两说，无论如何是属于第一甲子。"

藏族的第一甲子,起始于 1027 年,是从丁卯年算起。第一甲子的癸巳年是 1053 年,第一甲子的甲子年是 1060 年,都是在十一世纪内。

除以上的说法外,也曾有人怀疑格萨尔为角斯罗的。角斯罗生于 998 年,死于 1066 年,也是十一世纪的人,曾于 1015 年在青海地区建国称王。对格萨尔王,有以上各种说法,都想把他确定为某一时期的历史人物,但这个问题还需要进一步研究。即使有一个传说中的历史人物,作为模特儿,这部史诗中的人物和事迹,也绝大部分是虚构,也可能格萨尔根本就是孙行者式的一类人物。

关于这部史诗的作者和产生的年代问题,也是比较难于确定的。分部本中有几部有说的人、写的人和整理的人的名字。如《英雄诞生》一部,有整理人为阿阇黎牟尼夏洒。《松岭战争》这一部,题为咒师古黑所说;《地狱与岭尕》一部,题为却吉汪楚用汉墨写在纸上;《索波马宗》一部,有写的人的名字,叫作角本玛尼;《霍尔入侵》一部,题为德格夏仲根据康地德格说唱家才仁顿珠和青海昂谦说唱家拉旺才仁的说唱本整理。《平服霍尔》一部,整理者为咒师达香巴。如果说这些人是作者,也不知他们的事迹,也没有年代的记载,不能断定产生这几部史诗的年代。只有德格夏仲一人,据说是与颇罗鼐同时代,为十八世纪的人。

桑杰扎布的蒙文本《格斯尔传》译本前言中说:"据藏文《格斯尔传》(蒙文——《领格斯尔传》)的结束语:斯钦王即格斯尔王死后,亲信诗人敖尔布·却博伯喇嘛,将斯钦王的传记详尽无遗地写下来。"在藏文本《安置三界》一部中,也有格萨尔自己说了自己的传记,岭尕老百姓于格萨尔说完自己的传记之后,劝请敖尔布·却培尔(与蒙文的译名敖尔布·却博伯,当为同词异译)作吉祥结尾。藏文本与蒙文本提出的名字相同,而不同的是蒙文本说是格斯尔死后,敖尔布·却博伯写《格斯尔传》;藏文本是说写于格萨尔将死之前。写在格萨尔将死之前,可表明写者与格萨尔同时。蒙文本说写于格萨尔死后,称却博伯为"亲信诗人",时间也应当是与格萨尔同时代,在这个蒙文本中,多次提到黄教。黄教的创立,是在十五世纪。书中既然提到黄教,那末,这个敖尔布·却博伯,最早也只应当是十五世纪的人,而不能更前。贵德分章本,也提到了黄帽派,也应当是这一时期。如果说敖尔布·却培尔与格萨尔同时代，那可能是伪托之辞。所以，根据藏文贵德分章本与蒙文本，以现在这两本比较原始本子为依据，《格萨尔王传》最初的本子，可能是十五世纪或稍后的产物。但是分部本数量太多，最初的分部本，应当产生在分章本之后，因为继续创作，层出不穷，应当是十五世纪以后，及十五世纪以后的若干世纪。如《丹玛青稞宗》这一部，曾引用六世达赖仓洋加措的诗句。仓洋加措是十七世纪末、十八世纪初的人（1683—1706）。当然这部史诗的著作年代，应在十八世纪以后。这也说明了一个问题，就是：这部长篇史诗，分部本这样多，并不是一个时期写作的，而是延续很长时间由十五世纪到十八世纪，乃至更后的时期。有人说，直至解放前夕，藏族民间，还有人在继续写《格萨尔王传》，这也是可能的。因为蒙古族民间说唱家爬杰，也是在解放后还在写《格萨尔王传》的长诗。总之一句话，这部长篇史诗，根据现存的材料来看，无论是蒙文本或藏文本，最早的本子，都不能超过十五世纪以前。全部史诗是历时几个世纪写出的。

最后，谈一下这部长篇史诗的评价问题。这样一部长达几十部的长篇史诗，部数多而且杂，对于它的评价，是比较难的。但是，我们有毛主席的教导，我们评价是有正确的标准的。毛主席教导我们："无产阶级对于过去时代的文学艺术作品，也必须首先检查它们对待人民的态度如何，在历史上有无进步意义，而分别采取不同态度。"《格萨尔王传》这部史诗，有为民除害的鲜明主题，有生动逼真的人物形象，有奇特的情节和优美的语言，内容包罗很广，确可说作藏族人民的一部百科全书，应当予以肯定的评价。王亚平同志在他写的《读史诗格萨尔王传》一文中曾说："我才读到了三部（霍尔入侵之部、平服霍尔之部、保卫盐海之部），已经感到内容无比丰富。……这部英雄史诗多么感动人哪，它同《阿诗玛》、《娥并与桑洛》以及俄国民族史诗《虎皮骑士》一样，或更多地感动着我。读起来，不忍释手；放下来，回味无穷。"（见《青海湖》1959 年十一月份）国外研究者，把它列入世界文学宝库。这种评定都似非过情之誉。当然，这样数量庞大的长篇史诗，其中糟粕在所难免。我们也还要遵照毛主席的另一教导，取其民主性精华，弃其封建性糟粕。但不能因它有部分糟粕，便把它全部否定。

前一个时期，这部史诗，却被指为大毒草。这是林彪和"四人帮"的流毒所致，现在应当予以批判。

对这部伟大史诗，现在还面临着一个搜集原本，进行翻译的问题，青海文联过去曾对搜集工作，付出很大的力量，并曾组织人力，进行翻译。但据传闻，青海文联搜集到的数量很大的藏文原本，全部被当作大毒草烧掉。如果属实，实为一个无法弥补的损失。《格萨尔王传》这部史诗，如我们前文所介绍的，绝大部分是手抄本，有些也可能是孤本，一经破坏，便成绝响，真是使人痛惜之至。西北民族学院也曾搜集到十几部，我仿佛记得是十七部，也已全部散失。只有中央民族学院还保存十八部吧？现在为了挽救这部伟大史诗的厄运，应当将现存的手抄本，妥加保护，尽快予以复制翻印；将散失掉的，重新收集回来；并应深入民间，进行搜集抢救，对《格萨尔王传》说唱家的说唱，应进行录音。同时也要积极翻译、整理、研究，使大家都能看到它，欣赏它。

《格萨尔王传》中的格萨尔

王沂暖

史料解读

　　该史料为一篇论文，原载于《西北民族大学学报》1979 年第 1 期。这篇
文章重点对《格萨尔王传》中的格萨尔是否为一个历史人物进行了探讨，分
析深刻，论证充分，逻辑层次清晰，对于深入理解格萨尔这一人物形象具有
重要的意义。但该文讨论的问题说明格萨尔的研究有不同路向，总体上尚
处于初始阶段。

原文

　　这篇短文，写出的目的，是想初步探索一下藏族长篇史诗《格萨尔王传》中
的格萨尔，是不是一个历史人物的问题。由于手中参考书很少，只能罗列一些
曾经见到过的材料，供关心这个问题的同志参考。当然我个人对于这个问题也
有一些看法，认为格萨尔可能是历史上的人物，但没有足够的材料和极可靠的
根据，还得不到肯定的结论。

一

　　现在我先举出我曾见到的藏族本民族历史对格萨尔的一些说法。这些说
法，都一致肯定格萨尔是一个历史人物。
　　被称为吐蕃王朝松赞干布的遗训《王窗柱诰》（ བཀའ་ཆེམས་ཀ་ཁོལ་མ ）中说格萨

尔是霍尔王（ཧོར་རྒྱལ་པོ）。这个霍尔王不是藏族，而是霍尔。霍尔这一称谓，在藏族历史书中，多半是指的蒙古族，有时也指另外一个种族，如所谓班达霍尔或指突厥，如根敦琼培的《白史》。总之是指一个北方的民族。

此外还有《嘛呢丛书》（མ་ཎི་བཀའ་འབུམ）也有同样记载。这一部也被称为松赞干布的遗教。

另一部被称为吐蕃赞普的遗教《五部遗教》（བང་ཡིག་སྡེ་ལྔ）一书，也同样记载了格萨尔，并不止一处提到格萨尔。这部书又说：格萨尔为 བྱང་ཕྱོགས་གི་སར་དམག་གི་རྒྱལ་པོ（北方格萨尔军王）。这部书中还有"朱孤格萨尔 ཀྲུ་གུ་གི་སར 作西藏奴隶"的记载。朱孤格萨尔似即指的北方格萨尔。朱孤似乎指突厥。

以上前两部书，都把格萨尔肯定与松赞干布同时，与唐太宗同时，时间是七世纪上半期。后一部书两处提到格萨尔。一处时代不明，一处为木笛赞普时代，是八世纪末。

另一本被称为八世纪下半期的著作《莲花生详传》（པད་མ་བཀའ་ཐང）中，对于格萨尔也有记载。这部书说有一个萨贺尔王，他有一个公主，印度王、中国王、香雄王都派人去求婚，同时也有一个格萨尔王派使者前去求婚。并说格萨尔是莲花生弟子。莲花生为八世纪下半期的人，这个格萨尔王，与《王窗柱诰》、《嘛呢丛书》所说的格萨尔，时间迟了一个多世纪。不在七世纪而是八世纪。

以上这几部书，如《王窗柱诰》与《五部遗教》、《嘛呢丛书》虽都被称为吐蕃时代的遗著，其实都是托古之作。《王窗柱诰》、《嘛呢丛书》等书都预言了宗喀巴的出世。宗喀巴是一三五七至一四一九年的人，这些书，应是十四世纪末或以后的著作。这些书也都是所谓掘藏书，是后代人从地下埋藏中掘发出来的。《莲花生详传》也提到蒙古在卫、藏、康统治一百二十年以后的事，也是十四世纪或以后的著作。其可靠性与前几部书一样。从以上这几部书来看，至少应当肯定宗喀巴时代，格萨尔王这一个人物，在社会上已有流传。

此外，一〇四〇至一一二三年出世的米拉日巴，在他的《歌集》中，有这样的诗句："内政不失修，不怕格萨尔兵。"但这句诗不是米拉日巴本人所写的诗，而被称为五个罗刹女所唱的歌。罗刹是鬼魔，罗刹女唱歌，这本身就有问题。它可能是米拉日巴假托罗刹女唱的，也可能是编辑《米拉日巴歌集》的人假托的。《米拉日巴歌集》的编辑人，是一四五二至一五〇七年的桑吉绛粲 བསང་རྒྱས་རྒྱལ་མཚན，是十五世纪的人。

另外，大家所熟知的一部历史著作《西藏王统记》是萨加派喇嘛索南绛粲（བསོད་ནམས་རྒྱལ་མཚན福幢）一三八八年写成的。他也与《王窗柱诰》、《五部遗教》等书一样，说与松赞干布同时向唐朝求娶文成公主为妃的，有格萨尔军王。索南绛粲的时代比桑吉绛粲在前，为十四世纪末年。因此我们可以确知，在索南绛粲以前，即在十四世纪以前，格萨尔这个人，就已经被人传诵。

此外，《拉达克王统记》，也有这样记载："此时，玛域为上拉达克格萨尔后裔所据有。"所谓"此时"，是指微松王系尺德尼玛衮进入阿里时期，其时大约在十世纪前半期。

藏族历史对于格萨尔的记载，就我曾看到的来说，有以上各书。他们都把格萨尔作为历史人物记载的。有的说他不是藏族，有的未明白指出所属民族。史诗《丹玛青稞宗》一部中，曾将史诗主人公岭格萨尔与霍尔格萨尔并举。《世界公桑》一部中，又将岭格萨尔与朱孤格萨尔并举。似乎认定岭格萨尔为藏族。蒙文北京本《格萨尔传》中也有格萨尔自称为吐蕃人的话。

二

除以上举的藏文历史记载以外，藏族本民族也有人直接对史诗中的格萨尔作过解答。

第一个提出解答的人是第四代班禅经师洛桑促尔辰（十七世纪上半期的人）。他在他的《印度八大法王传》中，肯定格萨尔这个人是历史人物，并且指出了他所处的时代说："格萨尔后于郎达玛，先于阿提沙尊者。"

郎达玛死于八四二年，是吐蕃王朝未分裂前最后的一个赞普。阿提沙是一个印度佛教徒，一〇四二年到西藏，一〇五四年死于西藏，他的生年大约为九八〇年左右。洛桑促尔辰认定的格萨尔的年代，是九世纪下半期以后到十一世纪上半期之间。与前边所举各书有了分歧。

第二个提出解答的人是藏史有名学者松巴益希班觉尔 བསུམ་པ་ཨེ་ཤེས་དཔལ་འབྱོར。他生于一七四二年，是十八世纪的人，他在他的《答问》一书中，也肯定了格萨尔确为一个历史人物。他说：

"格萨尔生地是在康地上部，在黄河、金沙江、澜沧江三水环绕的地带，在德格的左边。他父母的帐房所在地，叫作吉尼玛滚奇 སྐྱིད་ཉི་མ་ཀུན་འབྱིལ。所属的部落，是德格地方的丹（འདན 邓柯），和岭（གླིང་）两大部落的岭部落。格萨尔生后不久，曾被他叔父超同驱逐到黄河发源地乍陵湖和鄂陵湖附近的拉隆玉多（ལུ་ལུང་གཡུ་མཛོ）地方。"

又说：

"以后格萨尔王到丹部落去，为该地的猛犬追逐，马惊坠地，因而致死。"

并说：

"格萨尔的时代，并不太早。据说昌都的洛玉铺庙里，尚保存着格萨尔的几部般若经。格萨尔与他的长辈和兄弟们所用的宝刀，也还保存着，比现在一般人用的大一些。另外，卫藏各地的庙里，也有些还保存着格萨尔的帽子和长矛。"

又说：

"格萨尔虽然实有其人，但《格萨尔王传》中的格萨尔，则是根据历史上的人物，而作了添枝加叶的演染夸张，已经不是原来的真面目了。"

益希班觉尔肯定格萨尔确有其人，并好象很有把握地指出格萨尔生地、父母帐房所在地，被放逐的地方，也指出岭国所在地及格萨尔致死的原因。言之凿凿，不知是何根据。但未说定格萨尔的具体时代，只说并不太早。虽然说得不具体，但显然对于七世纪和八世纪的说法，是一个否定。因为放到那个世代是早了些。

第三个提出解答的人是丹巴饶杰（བསྟན་པ་རབ་རྒྱས）的《安木多政教史》（成书于一八六五年）。

这部书中说：

"黄河上游的一切地方，都是岭国格萨尔王所统治的地方。他的生年有庚子和癸巳两说。但无论如何是属于第一甲子。"

他的话虽然很简单，但第一肯定了格萨尔是实有其人；第二也和益希班觉尔一样，指明了岭国所在地；第三确定了格萨尔的时代，是第一甲子。

格萨尔的生年，在《格萨尔王传》的不同版本中，有庚子年和癸巳年的说法，也有虎年的说法。但未说明是那一个甲子。丹巴饶杰则肯定为第一甲子。藏族纪年，第一甲子起始于丁卯年（一〇二七年北宋仁宗天圣五年）。他们的甲子的第一年，不起于甲子年，而起于丁卯年。第一甲子的癸巳年是公元一〇五三年，北宋仁宗皇佑五年。第一甲子的庚子年是公元一〇六〇年，北宋仁宗嘉祐五年。都是十一世纪。

李鉴明同志曾在康地居住多年，任乃强先生记述过李鉴明同志的说法。李鉴明说："林葱安抚司，自称为格萨尔王之后。土司驻地，今名俄兹，在邓柯县东两站。土署与新旧两花教寺共绕一大围墙，严如一城。旧寺地名松竹达则，义为狮龙虎峰，即格萨尔奠都之处，著在传记。明代因地震倒塌，乃建新署新寺。格萨尔生地，在石渠东界外，雅砻江西岸，地名雄坝。今尚为林葱土司辖境。林葱土司建一神殿于此，奉为家祠。相传格萨尔的诞生处，有草四季长青。今于其处立坛，即在祠内。祠内今尚保存有格萨尔之武器与象牙图章。此外，大部古物，则被一神通喇嘛运藏于隆庆之香达纳。"又云：依藏历推算，格萨尔降生在距今为九百年。林葱土司一老相臣云"格萨尔生在阿提沙之前，莲花生之后"。（任乃强写的《蛮三国的初步介绍》，载一九四五年六月《边政公论》第一卷、第四、五、六期合刊）

林葱为藏文"ﾟ·'ﾋ·"的音译，ﾟ·'ﾋ·康地方言读若"林葱"，拉萨方言读"岭仓"，安木多方言读若"郎仓"，为岭家的意思，林葱土司自称为岭格萨王之后，这一说法，不知是何根据。在《格萨尔王传》中，确有松竹达则这一名称，松竹达则也确为史诗中格萨尔王的都城。林葱老相臣所举的格萨尔年代在阿提沙之前，莲花生之后，与四代班禅经师洛桑促尔辰的说法一致，是否根据洛桑促尔辰的说法,或者别有根据,未见他处有这样记述。

苏联米哈依洛夫在他的《蒙古现代文学简史》中曾说:

"格萨尔这个人不早于七、八世纪和九世纪的郎达玛,似乎也不太晚。他不是成吉思汗,他还应早于成吉思汗。因为在成吉思汗的一个亲信的讲话中,曾提到格萨尔。"

他所说的成吉思汗亲信的讲话,不知是根据何书的记载,不知它的可靠性。他论断格萨尔的时间,可能是受了洛桑促尔辰的影响。

三

还有人认为格萨尔是关公,因为西藏把关公庙就叫作格萨尔庙(ཀེ་སར་ལྷ་ཁང་)。任乃强先生在他的《蛮三国的初步介绍》中,不同意这种说法。曾说:

"余于民国十七年入康考察时,即沃闻《蛮三国》为蕃人家弦户诵之记,渴欲知其内容,是否即《三国演义》之译本,抑为摹拟三国故事之作。当时通译人才缺乏,莫能告其究竟。在炉霍格聪活佛私寺中,见此故事巨画一巨幅,楼上窗内有男妇相逐,一红色武士导人援梯而上,似欲争之。通事依格聪活佛指孰为蛮曹操,孰为蛮关公。谓关公之妻为曹操所夺,关公往夺回也。此其事与古今本《三国演义》皆不合,故知其非译三国故事。"

又说:

"或谓西藏拉萨之关帝庙所祀神为林格萨尔。是则不然。拉萨关帝庙,为乾隆时满汉官员所建。清初朝野皆崇拜关羽,谓其随处显灵护国,故所在建立关帝庙,其时汉人尚不知格萨尔为何如人也。真正之塑格萨尔象,在拉萨大招寺内,虽至今日,汉人尚不识之,只藏僧能辨其为格萨尔耳。"

又说:

"历史小说,例必描写最忠最奸、最智最愚、最精最粗者各一人。《三国演义》如此,《格萨尔传》亦然。最初听视《格萨尔故事》的汉人,就其人物性情,随意比附,遂谓格萨尔为蛮关公,甲萨为关平,濯堆为蛮周仓,格噶为蛮曹操,曾在八邦寺见关帝、关平、周仓三小雕象（自中华运入者）。喇嘛指关帝云甲格萨尔（甲义为汉人）；指关平曰甲甲萨；指周仓曰甲濯堆。（暖案：甲萨即甲揸协尕尔，为格萨尔之兄。濯堆即超同，为格萨尔之叔。）"

任乃强先生是不同意格萨尔就是关羽的说法的。蒙古人民共和国达木丁苏伦，对于这一点，在他的《格萨尔传的历史源流》一书中也有论述。他也不赞成格萨尔就是关公的意见。我的看法，也以为这种说法，得不到有力的证明，可能只因为关云长已成为一般人心目中的正直威严的神，他勇武善战，相貌堂堂，类似格萨尔，所以有人把格萨尔附会在他的身上。

还有疑心格萨尔是蒙古太祖成吉思汗的。就其威名远扬，震撼世界来说，他与格萨尔确有近似之处。藏族有几部史籍，如前边所已举过的《王窗柱诰》和《五部遗教》等书，把格萨尔称为霍尔格萨尔与北方的格萨尔，象是彼此之间有些使人容易联想在一起的地方。但也再无其他什么根据，能产生较确切的论证，同样使人不能肯定下来。

另外，国外有的学者，又以格萨尔这个读音，与罗马皇帝凯撒大帝相近似，断定格萨尔是凯撒其人。这恐怕也是过于附会，根据太薄弱，连这个孤证也是不充分的。因为 Kaiser（凯撒）与 Gesar（ག་སར格萨尔），读音并不完全相同。

四

把格萨尔肯定为历史人物，除了以上所举各种说法而外，还有格萨尔就是角厮罗[①]的说法。任乃强先生即主此说。

他说：

"余考格萨尔，确为林葱土司之先祖，即《宋史·吐蕃传》之角厮罗也。《宋史》云'角厮罗者，绪出赞普之后，本名欺南陵温钱逋。钱逋犹赞普也。羌语讹为钱逋，生高昌磨榆国。既十二岁，河州羌何郎业贤客高昌，见厮罗貌奇伟，挈以归，置鄯心城，而大姓耸昌厮均又以厮罗居移公城，欲于河州立文法。河州人

---

① "角厮罗"的"角"、"罗"二字，原文都作"口"旁，因印刷条件限制，印为"角"、"罗"。

谓佛角，谓儿子厮罗，自此名角厮罗，此段说其出身本微，因相貌奇伟，为河州羌所重，拟奉立之。角厮罗乃河州羌语佛儿子之义。'与格萨尔出身卑微，初名足日之文仿佛可合……足日与角罗，固原是一字也。"

又举《宋史》：宗哥僧李立遵尊立角厮罗为赞普。立遵为相贪，喜杀戮等记载说：

"角厮罗骤贵，此与赛马登位情形仿佛。其反复无常，贪而好杀之李立遵，颇似濯堆。"

又说："青唐即今之俄兹……德格世谱，亦明载其地原属林国。林国设有疆臣分地而治……大抵格萨尔国境东抵道孚，南至巴圹，西包隆庆，北逾青海与西夏接壤。其一身事业，在连中华以拒西夏。其与中华往来，道皆出自河州。因更以河州羌目之。对其所居河州附近地名，如宗哥城，如邈川，记之较详。对其所经营之国都青唐，记之较略。以道远未能详悉故也。"

任乃强先生，主要是将格萨尔与角厮罗二人的事迹，来作对比，以肯定格萨尔即为《宋史·吐蕃传》的角厮罗。对于格萨尔小名"足日"（藏文作ཛ་ཉི），则解释为"角厮的对音，原是一字"。这一解释，似不无商榷之处。至于二人事迹，有些相似，原系事实。

白歌乐先生同蒙古人民共和国达木丁苏伦，也都认为格萨尔就是角厮罗。白歌乐说："角厮罗当是格萨尔译字的变音。"他着眼在角厮罗与格萨尔的对音，比任乃强先生着眼在"足日"与角厮罗的对音，更接近些。《宋史·吐蕃传》把角厮罗给解释为佛儿子，在藏语恰为སངས་རྒྱས，藏文的ཛ་ཉི（足日）字音与藏文སངས་རྒྱས的对音，联系不上。不如从格萨尔（藏文作གེ་སར）与角厮罗（རྒྱལ་སྲས）一名的对音来研究，较为近似。不过我的看法与白歌乐也有点不同。我认为解释"格萨尔当是角厮罗译字的变音"，比解释"角厮罗当是格萨尔译字的变音"为顺。应当是先有角厮罗这一称呼，以后被辗转相传读为格萨尔，因为རྒྱལ་སྲས的རྒྱལ有后加字ལ的音。宋仁宗时的陕西经略安抚判官田况即称角厮罗为嘉勒斯赍。以嘉勒译藏文རྒྱལ字，把后字ལ字译出。以斯赍译藏文སྲས字，与以厮罗译藏文སྲས字的译法相同。这种译法自唐朝以来即如此。如ཁྲི་སྲོང་བཙན译作弃宗弄赞，"宗弄"即是སྲོང字的译音。明宪宗成化年间编修的《续通鉴纲目》，也用嘉勒斯赍这一译音。未用角厮罗这一译音。嘉勒斯赍与角厮罗是两种译法。ལ后加字不译出来，即可只译作"角"。ཅལ的音与ག的音相近，可能因此把角厮罗读成格萨尔，即把ཅལ་སྲས读成ག་སར。对于格萨尔与角厮罗的对音，我的初步看法是这样。

我之怀疑格萨尔可能是角厮罗，还有以下几点根据。

第一点根据，角厮罗又称瑕萨钱逋，这也似乎是从ཅལ་སྲས这一名译音来的，不过简化了"角"字这一译音。瑕的读音与ག（格）的读音相近。

第二点根据，《宋史·吐蕃传》说："角厮罗者，绪为赞普之后，本名欺南陵温钱逋。钱逋犹赞普也。""欺南陵温钱逋"，疑为藏文ཁྲི་སྲོང་བའི་བཙན་པོ的对音。《宋史》所提的"陵"，当是角厮罗国名。陵相当于藏文སྲོང字，我们把这个字译作"岭"字，即是岭国的岭。陵温当是藏文སྲོང་བའི的对音。义即"岭国的"，钱逋《宋史·吐蕃传》已明确指其"即赞普"。岭温钱逋即是"岭国的赞普"。欺南字是ཁྲི的对音。唐朝时，把ཁྲི字多译成两个汉音，如译为"乞立"、"乞离"等。吐蕃王朝时代，ཁྲི字用作赞普的名称，冠于赞普全名之首者很多。如：ཁྲི་སྲོང་བཙན，ཁྲི་ལྡེ་གཙུག་བཙན‘ཁྲི་སྲོང་ལྡེ་བཙན，ཁྲི་རལ་པ་ཅན等等。在《格萨尔王传》中的一部《安置三界》（ཁམས་གསུམ་བཞི་བཀོད）里边，称格萨尔王为སྲོང་བའི་དཔོན་པོ（即陵温本波），用了སྲོང་བའི字样。陵温本波即是岭国的君主，同于陵温赞普。在这部《安置三界》中，也用了"ཁྲི"字，有"ཁྲི་བཙན་པོའི་གདན་ས"的语句，即"欺南赞普的王位"的意思。因此，研究格萨尔与角厮罗的关系问题，似应对"欺南陵温钱逋"这一名称，予以应有的注意。

第三点根据，格萨尔无子，他曾抚养其兄甲揸协尕尔之子乍拉（དགྲ་ལྷ）为己子。《宋史·吐蕃传》书载角厮罗之子为董毡。"乍"与"毡"读音相近。

第四点根据，《宋史·吐蕃传》说："河州羌何郎业贤客高昌，见厮罗貌奇伟，挈以归，置劘心城。而大姓耸昌厮均，又以厮罗居移公城，欲于河州立文法。"耸昌厮均的耸昌又与容揸叉根ཨༀ在ཊ前二字的容揸对音相近。容揸叉根也是扶持格萨尔的老总管。地位与耸昌厮均相当。

至于其他如角厮罗貌奇伟，原为一落魄穷苦人，从外地幼年来甘青一带为赞普，能征惯战等等，与格萨尔确有许多相同之处。《宋史》又说："角厮罗立，李立遵为相佐之。立遵贪，日喜杀戮，国人不附，厮罗遂与立遵不协。"由这一方面来看，角厮罗是很得人心的赞普，与格萨尔得到百姓尊重者，也相类似。

角厮罗生于九九八年，死于一〇六六年，一〇一五年建立王朝，时间与藏族丹巴饶杰所推算的第一甲子，大致相同，都在公元十一世纪。

不过角厮罗是在青海与甘肃邻近的邈川（乐都）与青唐（西宁）一带地方建都，而不在德格。但格萨尔大将中有丹玛叉江是邓柯部落的首领。可能角厮罗的统治区域，已达到邓柯、德格一带。他的王国结束后，或者有后代在林葱土司所在地作小土司。继承格萨尔，因此称为林葱。这只是一个没有根据的推测，可靠性很小。任乃强先生说青唐即今之俄兹，不知何所据而云然。

以上我罗列了一些曾经接触过的材料。这些材料都企图证明格萨尔是一个历史人物。我在这些材料中，倾向于格萨尔就是角厮罗的说法，自己也提出了几点根据。但还没有充分的、极为确切的材料，来肯定格萨尔就是角厮罗。所以只能说我有一点倾向性。倾向格萨尔即是角厮罗的说法。

不过即使格萨尔是指的某一个历史人物，这也只是创作者的一个素材，或者只是一点点素材，而绝大部分则应如松巴益希班觉尔所说，"是根据历史上的人物，而作了添枝加叶的演染夸张，已经不是原来的真面目了。"事实正是如此，并且文艺创作的一般方式，即使有一个人作模特儿，也不是只写一个人，而是东取一点，西取一点，用许多人的情节，来写一个人。甚至用许多不是人所能做到的情节，如妖魔鬼怪，神通变化等等。应当肯定《格萨尔王传》就是这样被藏族人民创作出来。它是汉族《西游记》、《封神演义》同一个模式的作品，极富于浪漫色彩。

最后，再补充说几句。《宋史·吐蕃传》记载的角厮罗，在藏族的历史中，似乎没有出现过。藏史中出现的格萨尔，是不是角厮罗，对这个问题，没有研究，回答不出来。如果不是一个人的话，藏史中记载的格萨尔是否对史诗中的格萨尔的创造，有什么影响？似乎影响也是可能的。藏史中的格萨尔是军王，史诗中的格萨尔也同样是一个军王，是有共同之处的。不过这只是一个假想，没有什么确切根据。

《格萨尔》搬上舞台

史料解读

　　该史料为一则新闻，原载于《人民日报》1979 年 5 月 19 日。其中的重要信息是，长篇史诗《格萨尔》的一个片段《长征》以歌舞剧形式被搬上舞台，由青海省玉树藏族自治州的文工队创作并演出，受到了好评。《格萨尔》被搬上舞台，可以说明在新的历史时期，史诗《格萨尔》的跨文类、跨媒介传播已悄然兴起。这对今天的研究者而言，具有重要启示，其史料价值不言而喻。1980 年，京剧《格萨尔王》的演出引起轰动，即是一个例证。

原文

　　在藏族人民中流传很广的长篇英雄史诗《格萨尔》的一个片断《出征》，最近在青海被搬上舞台，受到观众的好评。

　　歌舞剧《出征》，说的是岭国藏王格萨尔得到神鸟报来的魔鬼入侵的恶信，带兵起誓，出镇边关，为民除害的故事。

　　这个剧目最初是由藏族歌舞之乡——青海省玉树藏族自治州的文工队创作并演出的。

藏族民间史诗《格萨尔》公演

若尔盖县委报道组

史料解读

　　该史料为一则新闻，原载于《四川日报》1979 年 5 月 8 日。若尔盖县红星公社党委组织公社和县五·七牧业学校学员，用藏语演唱形式演出了藏族民间史诗《格萨尔》。这次演出的仅是《霍岭大战》的上部，资料依据是青海人民出版社于 1962 年正式出版的藏文本《格萨尔》。

　　这一活动是对曾遭到"四人帮"迫害的《格萨尔》的平反，既有利于进一步发掘和整理藏族地区民间文学的宝贵遗产，又有利于进一步落实党的文艺政策。

原文

　　本报讯　若尔盖县红星公社党委不久前组织公社和县五·七牧业学校学员用藏语演唱形式演出了藏族民间史诗《格萨尔》，受到群众的欢迎。

　　《格萨尔》是一部在藏族人民中广泛流传的英雄史诗。约有一百万至一百五十万行（叙述散文部分除外），一千多万字。是我国以至世界史诗中少有的巨著。这部史诗有着为人民除害的鲜明主题，浓厚的民族和地方色彩，奇特的故事情节和较高的艺术手法。它的内容丰富，在一定程度上反映了古代藏族社会生活，很值得我们研究借鉴。

　　这次演出的仅是其中的一段,《霍岭大战》的上部,资料依据是青海人民出版社于一九六二年正式出版的藏文本《格萨尔》。这部民间史诗曾遭到"四人帮"的迫害,对《格萨尔》的彻底平反,必将有利于进一步发掘和整理藏族地区民间文学的宝贵遗产,有利于进一步落实党的文艺政策,调动一切积极因素,繁荣社会主义文艺创作。

严厉惩处叛徒之卷

——蒙古族史诗《英雄格斯尔可汗》续集

根据清代木刻版和民间流传的格斯尔故事

其木德道尔吉　整　理

安柯钦夫　翻　译

史料解读

　　该史料为《英雄格斯尔可汗》的节选，原载于《草原》1979 年第 2 期。本文为蒙古族史诗《英雄格斯尔可汗》的续集，连载新译稿《严厉惩处叛徒之卷》的第一、二、三章。作品热情歌颂了激烈悲壮的正义战争，赞扬了宁死不屈的爱国主义精神，倾注了古代人民真诚、善良、美好的情操，且风格粗犷遒劲，简练明快，具有强烈的艺术魅力和鲜明的民族特色。

　　这篇史料非常生动地体现了"格斯尔可汗"的爱国精神，但是在"编者的话"中却体现出鲜明的时代烙印。尽管如此，对于研究《英雄格斯尔可汗》来说，本文仍然是一篇重要的文献资料，不可不读。

原文

编者的话：

　　这部长达十三卷共四万余行的英雄史诗，是蒙古族古典文学宝库中的艺术珍品，是我国人民宝贵的文化遗产。它热情地歌颂了激烈悲壮的正义战争，赞扬了宁死不屈的爱国主义精神，倾注了古代人民真诚、善良、美好的情操，鞭挞和刻画了一切邪恶势力虚伪、丑陋和恶毒的嘴脸。风格粗犷遒劲，简练明快，具有强烈的艺术魅力和鲜明的民族特色，不但千百年来广泛流传在蒙藏人民中间，就是今天仍然放射着它的灿烂光华。

《英雄格斯尔可汗》的《镇压十二头魔王之卷》曾于 1961 年由作家出版社出版，《北方部落保卫战之卷》曾于 1963 年由该社和前卷出版合集。后来，由于林彪、"四人帮"一伙摧残社会主义文艺、仇视少数民族文化，这部英雄史诗和它的编译者也遭到禁锢和迫害的厄运，致使整理出版工作中断十五年之久。

在英明领袖华主席关于繁荣社会主义文艺创作，发展各民族具有独特风格的文艺的指示精神鼓舞下，在抢救民族民间优秀艺术遗产的呼声中，本刊连载新译稿《严厉惩处叛徒之卷》，以飨读者。

第一章

锦缎般的彩云，
在那晴空里追奔，
飞来三只仙鹤，
唱着悦耳的歌音。

花朵般的彩云，
在它胸脯下翻滚，
悠悠三只仙鹤，
舞动洁白的羽裙。

十方圣主格斯尔可汗，
陪伴阿尔勒高娃夫人，
游览秀丽的草原景色，
欣赏明媚的湖水山林。

万里碧空高处，

忽然雷声大震，

波浪涛涛的云层，

张开雄狮的巨唇。

霎时天昏地暗，

冰雹抽打山林。

阿尔勒高娃夫人害怕，

立即躲进了她的帐门。

格斯尔可汗迷惑，

惊异地观察缘因，

只见水晶般的圆球，

在他身边跳滚。

如同圣洁的食品，

发出诱人的芳馨，

格斯尔双手捧住，

递送到嘴里食吞。

当下口吐污血，

昏迷的神智清新，

遗忘多年的故乡，

仿佛把他招引。

顿时口吐黑血，

黑心丸得到解恼，

征途护维的神姐，

仿佛向他指引。

格斯尔可汗，

登上了山圳，

双手击掌，

招唤乘骏。

"在蓝色天空，

在云海之滨，

我心爱的红马哟，

归来吧，古莱，古莱！

"在碧色晴空，

在雾河之津，

我亲爱的坐骑哟，

归来吧，古莱，古莱！"

呼唤了十回，

不见红马降临，

只见深邃的天空，

飘动着蓝色的浮云。

呼唤了二十次，

不见坐骑降临，

只见碧蓝的晴空，

飘动着乳白的流云。

格斯尔登上山峰，
恳求神姐怜悯，
"奉劝骏马归来，
同回故乡探亲！"

向无边的天空，
叩拜神姐降临，
"规劝红马归来，
同回草原访亲！"

一道五彩浓云，
托着仙鹤降临，
洁白的翅膀，
闪放着流金。

一团五彩绒云，
托着神姐来临，
美丽的丹顶，
闪射着光银。

微风荡漾，
香气四浸，
思爱的神姐，
降落到寰尘。

亲属相逢，
满腔兴奋，
聪颖的小弟，
问候着苦辛。

慈爱的神姐，
无限温存，
委婉的话语，
句句入心：

"降下仙水冰雹，
是助你解除毒菌，
立刻重返故乡，
消灭你的敌军！

"变幻白玉冰雹，
是为你胸膛机敏，
紧急奔回草原，
严惩你的敌人！

"你那征途红马，
为何在旷野飞奔？
就因你忘却故乡，
迷恋于舞宵醉晨。

"你那驰凤坐骑，
为何在山野怨恨？

只因你忘却亲友，

沉湎于赏月观云。

"可乘魔王青骒，

把你骏马找寻，

跨过山岭隘口，

就会发现马群！

"在茫茫原野飞奔，

有一群野生斑马，

其中有你的红马，

千万要仔细查寻！"

三位神姐，

变成仙鹤，

展翅乘风，

隐入高云。

第二章

十方圣主，

迈下山岗，

急步走进，

魔王殿堂。

通天烈火，

把魔宫焚烧，

飞灰余烬，

在青空缭绕。

阴霾瘟雨，
从大地尽消，
鲜花盛开，
向太阳微笑。

魔云妖雾，
从草原散消，
百花怒放，
向月亮嫣笑。

扯动缰绳，
解开青骢奔跑，
横山竖岭，
尽在身后远抛。

夫人阿尔勒高娃，
随同扬鞭跃马，
日夜跋山涉水，
直奔北方部落。

绵绵不断的峻岭，
在马踏之下飞逝，
辽阔漫长的草原，
从马镫之下流过。

广袤无尽的原野，

在骏马蹄下飞逝，

波涛汹涌的江河，

在快马镫下流走。

透过薄雾轻纱，

发现一群斑马，

圣主策动青骡，

霎时冲下山崖。

夫人举目远眺，

青骡疾步如龙。

圣主挥动马鞭，

径向斑马飞冲。

猛见像朵新云，

细看是匹骏马。

格斯尔可汗认出，

是他亲昵的战马。

猛见像簇花丛，

细看是匹骏马。

十方圣主认出，

是他心爱的神马。

亲切呼唤，

千声万遍。

骏马感动，
驰到身边。

用它柔软的下颚，
偎依主人的额宇，
流着悲戚的眼泪，
提起伤心的话题：

"若在亲爱的故乡，
生活得多么美好，
若穆高娃夫人待我，
就如同稚子爱娇。

"为保护我的脊背，
用绸缎做过鞍垫，
怕磨破我的皮肉，
用丝棉做过肚带。

"为爱护我的毛尾，
用锦绒做过兜绳，
更为了美观秀气，
用绥穗把我装扮。

"照顾我是兽类，
把我放到青草馥香的牧场，
关心我的饥渴，
供我饮过清彻透明的泉浆。

　　“但在毒气四溢的魔宫，

　　我受尽了痛心的折磨，

　　你那阿尔勒高娃夫人，

　　从不关切我怎样生活。

　　“用冰冷的铁索，

　　绊过我的四蹄，

　　用沉重的铁砧，

　　勒过我的脖颈。

　　“在黑暗的马厩，

　　使我忍受风尘，

　　在光秃的牧场，

　　令我长久挨饿。

　　“在严冬的风暴，

　　冻坏我的四蹄，

　　在炎热的盛夏，

　　咬伤我的皮肉。

　　“因你忘却了家乡，

　　使我感到遗憾，

　　因你食用了毒□①，

　　令我心冷意懒。

　　“因你忘却了故乡，

---

　①　编者注：原文中难以辨认的字用“□”表示，后同。

使我无限悲伤，
因你食用了毒丸，
令我极度失望。"

格斯尔可汗听罢，
抚摸心爱的骑乘，
透彻的亮眼明睛，
露出懊悔的神情。

圣主承认了过错，
表彰战马的功绩，
"只因喝了迷昏药，
做出了遗憾的事体。"

君主承担了指责，
褒奖骏马的非议，
"只因吃了黑心丸，
倒叫我悔恨莫及。"

神马背负圣主，
放开四蹄驰骋，
跨过云岭雾山，
直向故乡飞腾。

第三章

十方圣主，
英明可汗，

日夜兼程，
策马向前。

一座洁白的帐篷，
蓦地在路旁出现，
一位妖艳的公主，
含笑在那里顾盼。

"威武的君主，
旅途受尽风尘，
请光临帐幕，
享用浓茶美餐。

"英明的可汗，
一路备受艰难，
请莅临帐舍，
解鞍略事休息。"

阿尔勒高娃夫人一行，
继续登程，
威镇四方的格斯尔可汗，
走进帐篷。

三位神姐，
乘风降临，
变成青鸟，
落到帐顶。

声音清脆，
歌喉动听，
情深意长，
反复叮咛：

"唧唧，它是妖怪的化身，
唧唧，食物虽美全用毒药制成，
唧唧，它是魔王的姐姐，
唧唧，奶茶虽浓全用毒水熬成！"

妖艳的公主再三劝让，
聪颖的可汗一动不动，
凶狠的公主施展魔法，
用棍棒敲击君主的头顶。

格斯尔异常气愤，
举起魔棍照样回敬，
那公主一声惨叫，
立地变成瘦削驴形。

给黑驴戴上缰绳，
牵上它赶路追风，
跨过去一道山岭，
格斯尔会合夫人。

众人一起动手，

拣来干柴牛粪，

架在毛驴周围，

把它烧成灰烬。

十方灾难之根，

魔王及其亲宗，

一片熊熊大火，

在此焚烧干净。

（待续）

第二辑

《江格尔》整理与研究

本辑概述

　　《江格尔》是中国少数民族三大史诗之一。1950 年,上海商务印书馆出版了《洪古尔:蒙古民族故事》,著者是边垣。据中国社科院民族文学研究所斯琴巴图考证,边垣本名边燮清,1904 年出生于直隶省滦县边家庄村。1935年,边燮清先后任新疆边防督办公署政治训练处(副处长是化名王寿成的共产党人俞秀松)科长兼反帝会组织部部长、新疆学院讲师、乌苏县副县长、中苏合办独山子石油厂厂长等职。在那里,他接触到了许多兄弟民族,尤其是任乌苏县(该县为蒙古族聚居区)副县长期间,主管文化、教育、群众组织工作,有了接触当地蒙古族群众、了解他们文化的机会。1937 年 10 月,边燮清被捕入狱,在黑暗斗室中度过了八年漫漫长夜,至 1945 年 3 月被释放。在狱中,他听到了许多故事和传说,其中就有蒙古朋友满金讲述的《洪古尔》。从目前的史料来看,这是中国第一次对《江格尔》的记录。本辑收录了商务印书馆 1950 年首次出版的《洪古尔》中边垣写的序,1958 年作家出版社出版的《洪古尔》中由中国民间文艺研究会撰写的出版说明等文章。边垣在序中对《洪古尔》的内容、体裁和特点都进行了介绍。其中在体裁上,边垣将其视为“弹词”显然只是关注到演述的部分形式,这与“活态史诗”尚未被发现有关。但他对《洪古尔》为“蒙古民族文学的独特性格”的判断是极为准确的,尤其是作者以“人与马”为例进行论证,反映了他对《洪古尔》民族特征的独特认知。从学术史的角度来看,《洪古尔》是中国最早对史诗《江格尔》的记录片段,而边垣的“序”则是中国第一篇研究《洪古尔》的文献。1954 年,内蒙古学者从新疆蒙古族民间搜集到《江格尔》手抄本。1956 年内蒙古人民出版社用蒙古文出版了《江格尔传》共十三章,这是《江格尔传》所有铅印版本中最完整的一部。1963 年,多济在《民间文学》发表《〈江格尔传〉简介》一文,这是目前最早系统介绍《江格尔》在国内外搜集整理情况以及全面介绍和分析《江格尔》的论文。但是,在"文化大革命"时期,《江格尔》的搜集和研究工作中断十余年之久。1978 年,仁钦道尔吉的《评〈江格尔〉里的洪古尔形象》正式拉开我国新时期《江格尔》研究的序幕。

本专辑的史料详细展示了 1949—1979 年《江格尔》的整理与研究过程。

《洪古尔》序

边　垣

史料解读

　　该史料为一篇序言，原载于《洪古尔》商务印书馆 1950 年版。边垣在序中介绍了《洪古尔》的内容、体裁和特点。《洪古尔》是一部以勇士洪古尔及其子女为主角，以草原、戈壁为背景的传奇性故事。故事表达了人民对国王的忠诚和为国家牺牲的精神。从内容上看，故事中如马可以腾空、说话等富有神话性的情节是故事被喜爱、传颂的重要原因。从体裁上看，边垣认为它是一种类似北方大鼓词类的弹词，成段的曲调冗长沉重，道白使人动容。《洪古尔》的故事代表了过去蒙古族文学的独特性格，反映了蒙古族游牧生活的特质。文章还提及《洪古尔》的作者对少数民族文学非常喜爱，这则故事是一位蒙古朋友唱给他听，他用短诗的形式记录下来的。

　　边垣编写的《洪古尔》，是中国《江格尔》第一个汉文印刷文本，在《江格尔》学术史上有重要意义。

原文

　　《洪古尔》是蒙古民间最流行的故事之一，它是具有传奇性与神话性的，整个儿故事以一位勇士"洪古尔"和他的子女为主题，而以蒙古地方的山川草原，戈壁和风俗习惯为背景。

以年代论,这也许是一个悠久的故事,因为它里面充满了忠于国王的意识和人民应为国家而牺牲的"巴图鲁"的作风。如果我们不泥于"年代"而评价一个民族文学的话,这或者正是它富于教育意义而值得介绍的一种理由。

以内容论,它里面虽然富于神话性的穿插,例如马也可以腾空,说话(如苏联卡通片《小飞马》一样),或者人也可以变化潜形等等,但这只能说是表现这故事时代性的一种象征,或者也正是因为这种味道,才适合于过去蒙古民族的胃口,因此这故事才被传颂到现在,才能最普遍的深入民间。

以体裁论,它是一种弹词(如北方的大鼓词)类的作品,当蒙古人他们一句一句,一段一段的高唱起来,调子是那么冗长而沉重,有的道白地方又是那么哀怨而动人,真是使听的人有些出神。无怪上点年岁的蒙古人,或作了母亲的妇女们往往听到这个故事而泪流满面。

我欣赏这个故事的原因,是为了它足以代表过去蒙古民族文学的独特性格,比如它里面强调"人与马"的合作,甚至无论是作战,无论是决定疑难问题,好像"马"是他们的助手,是他们的顾问,这一点十足的反映了蒙古游牧生活的特质。

我流落边疆十余年,对于少数民族的文学非常喜爱,如故事,如唱歌,都搜集了一些,这个故事是一位蒙古朋友唱给我听的,我用短诗的体裁记录下来,转而介绍于喜爱民族文学的同志,全诗长二百九十一节,约一千六百余句,这种以短诗而描写长篇故事的作品,或是一个不量力的大胆尝试,但是也正是因为它只不过是一个"尝试",所以我才敢执笔。

如果这个故事将来被选作连环图画或卡通影片的题材的时候,请事前征得著者的同意。

一九四九,十,于上海。

《洪古尔》出版说明

中国民间文艺研究会

史料解读

　　该史料为一篇出版说明，原载于《洪古尔》（作家出版社 1958 年版）。《洪古尔》是蒙古族民间流传的长歌之一，是边垣同志根据一位蒙古族老人的口述而编写成的。该书虽然与原歌的面貌有所差别，但其作为一篇根据民间故事编写的叙事诗却是相当优美的，基本上表达了原歌的主题意义和民族特色，并保存了原故事的大致轮廓。由于《洪古尔》在 1950 年以前仍没有完整记录和信实译文，为了让更多人接触到这部民族民间文学作品，也为了引起民间文学工作者的注意，该书得到了边垣同志的同意后再次重印。

　　这次重印显示了《洪古尔》本身具有重要的学术地位，对于《洪古尔》的研究和推广起到了重要的作用。

原文

　　《洪古尔》是在蒙古族民间流传的长歌之一。这部长歌是边垣同志根据一位蒙族老人的口述编写而成的。因为种种客观条件的限制，本书同原歌的本来面貌必然会有距离。因此，如果用民间文学的科学版本去要求，它当然是不够格的，但若作为一篇根据民间故事编写的叙事诗看，它却是相当优美的。它不仅基本上表达了原歌的主题意义和民族特色，而且还保存了原故事的大致轮廓。由于到目前为止还没有看到有关《洪古尔》的完整记录和信实译文出现，为了使更多的读者能早日接触这一民族民间文学的宝贵遗产，也为了引起民族民间文学工作者对这部原作的注意和迅速搜集整理，我们商得边垣同志的同意，将它重印出版。希望不久就能有经过忠实记录和翻译的完整的本子出来。

本书曾于一九五〇年在上海商务印书馆出版过，这次重印前，由原编写者作了一些修订。

《江格尔传》简介

多　济

史料解读

　　该史料为一篇论文，原载于《民间文学》1963年第4期。英雄史诗《江格尔传》是蒙古族古典文学中的珍贵遗产，也是世界著名长篇史诗之一。《江格尔传》是蒙古族劳动人民口头创作的，通过演唱和手抄本的形式广泛传播，深受人民喜爱，关于它产生的具体年代有待进一步深入研究。《江格尔传》除了在我国内蒙古自治区、新疆维吾尔自治区流传之外，国外也有多种版本和译文。这部史诗歌颂了勇士们的爱国主义情怀和战斗精神，反复歌颂了阿鲁·宝木巴这块人间乐土。《江格尔传》反映了古代蒙古族人民的朴素愿望，同时控诉黑暗现实，鼓励人们为实现美好理想而斗争，强调人民应通过自己的力量来实现理想，而不是依赖神仙的恩赐。史诗展现了蒙古族劳动人民的乐观主义精神、钢铁般的意志、顽强的战斗精神和对家乡的热爱。由于其深刻的思想内容和惊人的艺术成就，《江格尔传》在国内外都享有盛名并被翻译成多种文字。

　　多济撰写的《〈江格尔传〉简介》，简明扼要，层次清晰，为进一步研究史诗《江格尔传》起到了一定作用。

原文

　　蒙古族英雄史诗《江格尔传》、《蒙古秘史》、《格斯尔传》三部巨著，并称为优秀的蒙古[族]①古典文学三大高峰。它是我国文化宝库中的珍贵遗产，也是世界著名的长篇史诗之一。

　　这部史诗，最初产生于蒙古卫拉特部落，通过民间艺人的演唱流传到蒙古族聚居的各地区。后来蒙古人有了文字把它记下来了。于是通过民间艺人的演唱和各种手抄本的形式广泛的流传着，得到一代又一代人民的喜爱。

　　《江格尔传》的作者是谁呢？这里流传着一段非常有趣的传说：很久很久以前，百花盛开的草原遭到了敌人的袭击，江格尔和勇士们跨上追风马，拿上金柄的宝刀，把敌人一扫而光。为了庆祝胜利，勇士们团团坐了七圈，举行着芳醇美酒的欢宴。那天的酒席上还有白发苍苍的老人，慈祥和蔼的母亲，温柔端庄的夫人，窈窕雅致的姑娘和天真活泼的儿童。席间芬芳的马奶象一泻千里的大江，肥美的羊肉象峰峦重迭的高山一样堆着。但是勇士们消灭了敌人之后，找不到射击的羚羊和较量的对手，于是苦闷就象雾一样笼罩着勇士的心房。这时宫帐内忽然走进一位美丽的姑娘，以婉转的歌喉唱起了勇敢的江格尔及其勇士的功绩，唱起了天堂般幸福的宝木巴地方的美丽。听了她的动人的赞歌，大家的苦闷就象阳光下面的雾一样消散了。从此大家都学会了《江格尔传》这首长歌，一直唱到今天。

　　《江格尔传》的篇幅，到底有多长呢？直到今天还是一个揭不开的谜。目前有些民间艺人只能唱到七十二回。民间还流传着迷信的传说："谁要将《江格尔》唱完，他就立刻'死'掉。"所以谁记下的都不完全，谁也没有把它唱完。

　　无疑的，《江格尔传》是蒙古族劳动群众的口头创作，很久以来主要地还是通过民间艺人的演唱广泛的流传在各地。

　　关于它产生的年代，学术界历来就有热烈的争论，有人认为，它是蒙古族没

---

①　编者注：[　]内文字为编者补充，后同。

有形成以前的早期作品，也有人认为，它是明代的作品，……种种分歧至今还没有一个为多数人所接受的统一的意见。精确确定它产生的年代是困难的，几乎也是不可能的，从各方面的材料和它所反映的社会生活内容来看，它是早期氏族社会的产品，但是流传过程中不断得到丰富和提高，并在明代由许多短篇编成一部长篇史诗而基本定型，这种可能性是很大的。关于这点，还有待专家们深入研究。

　　史诗《江格尔传》在我国内蒙古自治区、新疆维吾尔自治区境内以口头和书面形式广泛流传之外，国外也有好几种版本和译文，根据目前很不完整的材料来看，1804年德国人别尔克曼用德文记录和出版了《江格尔传》中的两章，1854年俄国人波波罗尼克夫记录和出版了现在十四章《江格尔传》中的第二章和第七章。1864年郭罗斯比斯基在彼得堡出版了第十一章和第十二章。1910年阔托维奇以脱妥蒙古文出版了《江格尔传》共十章。1940年在苏联谢米扬·里普金用俄文翻译了史诗《江格尔传》共十二章在莫斯科出版，之后，出现了乌克兰文、格鲁吉亚文、鞑靼文等各种译文。1941年日本人谷耕平根据谢米扬·里普金的译文，用日文翻译了《江格尔传》，在东京《蒙古》杂志上刊载了它的数章。1956年内蒙古人民出版社用蒙古文出版了《江格尔传》共十三章，这是《江格尔传》所有的铅印的版本中最完整的一部了，另外在我国各地还流传着一些手抄本；也有汉文改写本，如边垣改写的《洪古尔》。

　　江格尔是人名，正确的译音应当是：江吧尔，在内蒙古地区习惯上都叫江格尔，翻译成汉语意思是"征服者"，但是"征服者"在这里并不意味着侵略别人，只是表现了歌手和广大人民要求征服国内的各种各样的黑暗反动势力和征服从外地侵略他们的妖魔鬼怪，保卫自己和平幸福的国家的愿望。所以这部史诗通过对许多惊心动魄的战争场面的描写，歌颂了勇士的强烈的爱国主义感情和忘我的勇猛的战斗精神，同时又用大量的优美的词句歌颂了人民心目中的理想国——阿鲁·宝木巴地方（翻译成汉语，"阿鲁"为北方，"宝木巴"相当于汉语中的圣地、仙境、乐园、天堂等等，表示吉祥的意思）。关于这个国家蒙古历史上根本没有记载，只是歌手和人民的浪漫主义幻想的产物。史诗的各篇中对它进行了反复的赞美和歌颂：

> 江格尔的国土上没有死亡，
>
> 一切都万古常青。
>
> 江格尔的人民，身强力壮，
>
> 都好象二十五岁的青年一样。
>
> 这里没有酷夏严冬，四季皆春，
>
> 永远百花烂漫，百草芬芳。
>
> 百灵鸟婉转的歌声不休不停，
>
> 还有那夜莺，载舞载唱。
>
> 这里的雨水好似甜蜜的甘露，
>
> 这里的清风恰似纱绸在空中吹拂。

作者不仅歌颂宝木巴地方的温暖的气候，优美的风景，而且渲染那里的社会制度的合理性和人民生活的无比幸福安详，歌颂那里"没有孤寡"，"没有贫富的区分"，是家家"儿孙满堂"，户户都有"粮食和牛羊"，而且人们又是无比诚实良善，人们互相帮助，从不进行欺骗和说谎，甚至命名自己的国家为北方的天堂。

过去的历史上不可能有这样幸福的国家，因为社会上存在着人对人的剥削和压迫，尤其分散的各小部族之间进行着残酷的掠夺战争，广大人民呻吟在贫穷、疾病和死亡的痛苦中。但是饱受灾难的人民，渴望改变那种不合理的状况，痛恨吃人的旧世界，仇视凶恶的统治阶级和外来的掠夺者。人民希望用合理的社会制度代替黑暗的制度，以贤明的可汗，代替暴戾的统治者，以统一的国家来代替分散的、连年进行武装冲突的小部落，也希望没有疾病，永远身强力壮，象二十五岁的青年一样生活下去，希望有"堆满田野的粮食"、"布满草原和山岗的牛羊"，希望有丰富的物质生活，同时也希望将那寒冷的干旱的大自然，改造成没有酷夏、没有严冬的四季皆春的好地方。《江格尔传》就是象一面镜子一样反映了古代人民的这种朴素的愿望。史诗所表达的这种美好的理想与残酷的现实之间的鲜明对照，实际上也揭露与控诉了黑暗的现实，因而具有一定的战斗性。另外，人民对家乡的歌颂，会培养人们热爱家乡、热爱祖国的思想。对美好理想的歌颂，也会给自己增加斗争的信心，会动员人民为实现自己美好理想而进行忘我的斗争，取得辉煌的胜利。这是史诗向人们揭示的真理。

其次，人民仅仅有了美好的理想和愿望是不够的，必须为着实现自己的理想进行勇敢的战斗。在当时的条件下，打倒那些凶恶的反动势力，征服那么多的妖魔鬼怪，建立和保卫幸福的国家并不是轻而易举的事情，按着当时人民的理解，首先从人民中产生一个贤明的可汗，这个可汗是圣人，也是大勇士，他带领他们或他们中的许许多多的（六个又十二名）英雄好汉，跨着追风骏马，手拿金柄宝刀，进行最艰难的斗争，征服那些黑暗势力，造福于国家人民，以实现自己的理想。所以史诗进一步告诉读者，人民的美好理想的实现不能依靠佛祖、不能依靠神仙的恩赐，要靠人民自己的力量。《江格尔传》中塑造的几个主要英雄人物都是普通的人，江格尔和萨布尔是孤苦伶仃、举目无亲的孤儿，江格尔左首第一席的勇士洪古尔是摔跤名将的儿子，是曾驯服过一千零一匹烈马的牧马人，江格尔可汗又与那些现实生活中的暴君不同，是勤劳治理国家造福于人民的理想可汗，其他勇士们也都把自己的"生命交给刀枪，把赤诚交给了宝木巴家乡的无比忠诚的英雄好汉"。这些勇士们虽然都有自己的不同的性格特点，但却都具有铁的意志，顽强的战斗精神和热爱家乡、反对外敌侵略的明确的生活目的。歌手对这些勇士的热情歌颂，实质上也是对自己的不可战胜的伟大力量的歌颂。

还特别值得注意的是，这部史诗通篇闪烁着劳动人民的可贵的乐观主义精神，勇士们在与魔鬼残酷的战斗中，不畏惧、不屈服，他们身上的铁衣铁甲被打烂得象春天的骆驼毛一样一片片的奋拉下来，他们身上的肌肉一块块的被撕掉，鲜血涌流不止，他们的战马疲倦得骨头里没有了骨髓，肚子里没有了脂肪，勇士的檀香树般笔直地腰背，弯曲得象一张雕弓，十五的团圆的月亮般丰满光辉的面孔，变得象灰土一样，手中的武器也被打断，可是勇士们连根拔出一根檀香木象宝剑一样挥舞着冲锋陷阵。勇士们也有失利而被敌人活捉的时候，甚至被拖在马尾上受刑，弄得血肉模糊，但还是宁死不屈，公开宣布："死有何可怕，不过白骨一堆,鲜血一碗。"勇士洪古尔在保卫家乡的战斗中寡不敌众,被暴戾成性的胡鲁库活捉,关进第七层地狱中,而洪古尔身死骸骨已经零乱的情况下,江格尔用几片树叶使他起死回生。不管敌人如何强大,战斗如何残酷激烈,甚而受到重大挫折,但每章终要克服层层困难以勇士们的伟大胜利做喜剧性的结尾。从俄文本的序言中我们知道,高尔基对《江格尔传》歌颂的这种大无畏的英雄气概和乐观主义精神给了很高的评价,高尔基说:"应当着重指出,这部民间创作完全没有悲观情调,尽管作者们过着艰难困苦的生活。"

此外,在这部巨型英雄史诗中,贯串着全民团结一致抗击外敌的思想和斗争中必须智勇结合的思想。某些有权威的研究家研究了《江格尔传》后,认为在蒙古古老的史诗中,主人公一般都借助于大无畏的英雄气概和牺牲精神去战胜凶恶的敌人,他们经常都不注重"智谋"在斗争中的作用,但是史诗《江格尔传》中特别重视智谋在斗争中的作用,这种显著的改变,标志着蒙古史诗发展的新阶段。这种评价是并不过分的。

还应当指出,史诗用不少的篇幅以浪漫主义的手法歌颂了勇士的战马。那些战马不仅体形美丽,跑的飞快,而且通晓人情和人的语言,战斗中经常帮助自己的主人脱离危险或战胜敌人。歌手在许多地方运用丰富多彩的语言,生动贴切的比喻,夸张的手法细致地描绘了战马。譬如对江格尔的心爱的阿兰扎尔骏马就这样描写道:

> 阿兰扎尔的丰满的臀部,
>
> 集中了一切瑰丽,
>
> 阿兰扎尔的明亮的眼睛,
>
> 集中了一切锐利,
>
> 阿兰扎尔的挺劲的前腿,
>
> 蕴藏着一切速力,
>
> 阿兰扎尔的挺起的胸脯,
>
> 和阿尔泰山一样齐,
>
> 阿兰扎尔的坚硬的四蹄,

能把敌国的土地踩成稀泥。

这部巨著象蒙古族民间文学中的千万首骏马赞一样，充分表达了游牧民族的、特别是古代蒙古人民的普遍的喜好，对骏马如此赞美在国内外其他史诗中都是罕见的。这也是史诗中表现的民族特色的一例吧。此外史诗在结构布局方面，每一章都是一篇独立的完整的故事。每章都有一个主要人物，全书中又以江格尔和阿拉谭策格吉为核心人物，把前后各章紧密地贯穿起来。这种形式也是适应了游牧民族的经济生活的特点，便于分章单独演唱。从游牧生活方式出发不能不说这是一个很大的优点。

总之，从思想内容方面来说《江格尔传》自始至终都弥漫着勇士的爱国主义精神和顽强的钢铁般的战斗意志。这种可贵的思想光华，比蒙古族的早期的其他英雄史诗都要强烈、深刻。艺术方面的成就更是惊人的。因而，它在国内外的读者中间享有盛名，并被翻译成许多种文字。

评《江格尔》里的洪古尔形象

仁钦道尔吉

史料解读

　　该史料为一篇论文,原载于《文学评论》1978 年第 2 期。《江格尔传》是一部蒙古族长篇英雄史诗,这部史诗最早以口头形式传承于新疆地区的蒙古族卫拉特群众之间,至今尚未发现早期的书面记录。史诗在口头传承中经历了不同时期人民的修改和补充,因此内容复杂且存在矛盾,要在结合蒙古族社会历史发展阶段的前提下分析史诗的基本内容,才有可能确定其产生的年代。史诗描绘了宝木巴地区的英雄们与侵略者进行斗争的故事,塑造的英雄各具鲜明特点,其中最为成功的形象为"雄狮"洪古尔。洪古尔继承了古代史诗中英雄形象的优秀品质,是一个具有神话色彩的人物,他既展现了为正义而战斗的英雄性格,也被作者理想化了,代表着劳动人民的思想愿望。洪古尔的形象成功地展示了古代蒙古族劳动人民的优秀艺术才华和形象思维能力。由于口头流传和受不同观点影响,史诗中洪古尔的形象存在前后矛盾的问题,但不可否认洪古尔依然是劳动人民理想中的英雄形象。蒙古族英雄史诗塑造了许多出色的英雄形象,而洪古尔无疑是其中最成功的一个。

　　仁钦道尔吉是研究《江格尔》的重要学者之一,这篇论文也是他的代表性论文之一。对于《江格尔》的研究者来说,本文是一篇重要的参考文献。

原文

　　我国不少民族的劳动人民都创作了光辉灿烂的古代英雄史诗。解放后，在党的民族政策的光辉照耀下，遵循毛主席批判地继承文艺遗产的方针，在一些民族人民中间搜集到了许多优秀的史诗作品。仅蒙古族民间英雄史诗就有数十部，其中有短篇、中篇和长篇。《江格尔》就是由几十万行诗（韵文散文交错）组成的一部蒙古族最优秀的长篇英雄史诗。《江格尔》与藏族、蒙古族的《格萨尔》和柯尔克孜族的《玛纳斯》，都是属于举世闻名的世界优秀史诗。这部史诗，近二百年来得到国内外读者和研究者很高的评价。可是，叛徒江青与林彪相互勾结，抛出了"文艺黑线专政"论，并提出什么"要砸掉"和"彻底批判"一切文艺遗产的反动口号，以致使《江格尔》的搜集和研究工作也中断十余年之久，对这部史诗的研究造成了不可弥补的损失。

　　《江格尔》最初以口头形式产生在现在新疆一带居住的蒙古族卫拉特人民中，迄今还没有发现这部作品的早期书面记录。十九世纪初，开始搜集和发表了《江格尔》的一些故事。这部史诗在长期的口头流传过程中，不断受到了不同时代和不同观点的人们的修改和补充，所以它的内容比较复杂，并且在一些地方存在着矛盾。正因为如此，难以确定它产生的时代，在这方面有不同的看法。但是，只要我们努力运用马克思主义的立场、观点和方法，遵循马克思、恩格斯关于史诗的教导，分析史诗本身的基本内容，并与蒙古族社会历史发展阶段结合起来研究，就有可能搞清楚这个问题。关于史诗这个古典艺术形式的产生，马克思曾作了精辟的阐述。他说："就某些艺术形式，例如史诗来说，甚至谁都承认：当艺术生产一旦作为艺术生产出现，它们就再不能以那种在世界史上划时代的、古典的形式创造出来；因此，在艺术本身的领域内，某些有重大意义的艺术形式只有在艺术发展的不发达阶段上才是可能的。"（《马克思恩格斯选集》第2卷第113页）我认为《江格尔》是原始社会末期的作品，它反映了广大人民群众反对部落之间的混战，渴望得到和平统一局面的思想愿望。当然，在口头流传的过程中，它不可能不打上后来各个社会的烙印。

这部史诗描写了唐苏克·宝木巴地方以江格尔为首的十二名"雄狮"英雄和六千名勇士同侵犯和掠夺他们家乡的形形色色的敌人进行顽强斗争而取得胜利的故事。史诗里塑造了宝木巴地方的首领江格尔、他的右翼首席英雄阿拉坦策基、左翼首席英雄洪古尔以及萨纳拉、明彦等英雄群象。当掠夺者来侵犯宝木巴地方的时候,他们不惜牺牲自己的生命,去与残暴的敌人进行英勇战斗。他们共同的誓言是为了保卫宝木巴地方:

把生命交给刀枪,

把愿望托给江格尔。

除了这一共同点之外,他们每个人都有一种特长,例如阿拉坦策基的"智慧过人",洪古尔的"勇敢过人",哈布图是个"神箭手",赫吉拉干是"雄辩家",等等。这些人物都个性突出,形象生动。在史诗里特别着力描写、而且最成功的艺术形象,便是作品的主人公,"在英雄的宝木巴地方,勇敢过人的雄狮洪古尔"。

一

史诗《江格尔》,是在蒙古族古代短篇和中篇史诗的基础上,产生和发展起来的长篇巨著。蒙古族人民,继承和发展自己早期史诗里的英雄人物的艺术描写,塑造了洪古尔的形象。洪古尔继承了那些古老的史诗中的英雄人物的优秀品质,是一个具有神话传奇色采的人物。在洪古尔的身上,一方面集中概括了氏族社会的现实生活中出现的那些为正义而战斗的英雄人物的典型性格,另一方面作者把这个人物加以理想化,在他身上反映了劳动人民的思想愿望和理想。

洪古尔是为正义,为保卫家乡和人民,而去与掠夺者和奴役者进行不屈不挠的战斗的英雄人物。根据史诗里的描写,英雄们的家乡唐苏克·宝木巴地方似乎象一个部落联盟。在对这个地方的描写中,显示了劳动人民对故乡的热爱。同时,反映了他们对当时社会的不满和反抗,表现了广大人民群众对美好生活的理想。在现实生活中,不可能有史诗里所刻画的那种地方:

盛夏象秋天一样凉爽，

隆冬跟春天一般温暖，

没有炎热的酷暑，

没有严寒的冬天，

时而微风习习，

时而细雨绵绵。

史诗不仅通过对这个地方的自然条件的描写，表现了人民群众的愿望，而且在刻画宝木巴地方的社会面貌和人民生活中，也表达出他们的崇高的理想：

没有死亡，人人长生，

不知骚乱，处处安定，

没有孤寡，老幼康宁，

不知贫穷，家家富强。

这部史诗还说宝木巴地方是由七十处的首领们自愿联合起来创建的。"她有世界上最英武非凡的英雄，她有阳光下最快的战马。"并且指出这个地方的居民是"说七十种语言"的数百万群众，在他们之间"不分你我"，大家一起过着平等和睦的生活。谁都知道，在原始社会末期，或者在后来的奴隶社会和封建社会里，都不可能出现如此美好的社会局面。相反，那些分散的各部落之间的掠夺战争，破坏社会生产力，阻碍蒙古族社会发展，造成了骚乱和不安定的局面。因而给人民群众带来了死亡和贫穷，引起了他们的强烈不满和反抗。人民群众通过自己的想象力，描绘出与当时的现实生活相对立的一个理想的社会的动人的图画，而且塑造了一个为创建和捍卫这个理想的社会而战斗的"勇敢过人"的英雄洪古尔的形象。

《江格尔》的绝大多数故事，都描写了宝木巴地方与其他地区的战争。根据战争的性质来说，这些战争对洪古尔等人而言，是正义的，是被迫进行的保卫自己美好家乡的战争。在这部史诗里看到，总是在宝木巴地方的人们过着和平幸福的生活的时候，某一个敌人为了掠夺和践踏宝木巴地方而发动了战争。譬如，当宝木巴地方的英雄们举行盛大宴会，欢庆自己美好的生活时，突然蛮横的敌人阿里亚芒古莱亲自率部前来袭击宝木巴地方,他以恶毒的语言辱骂宝木巴地方的英雄们,并赶走了他们的一万八千匹血红马。在这种被侮辱被掠夺的情况下,英雄们不得不奋起追击敌人。在同入侵之敌交锋的时候,几个勇士都失败了,可是无畏的洪古尔"不怕骨肉摧残,不惜血汗流尽",和敌人进行殊死的搏斗,终于活捉了这个强大的敌人。再如凶恶的敌人哈尔黑纳斯,为了践踏宝木巴地方,抢夺他们的牛羊马群和活捉"勇敢过人"的洪古尔,特地派遣他的大将布和查干前来侵犯宝木巴地方。在这紧急关头,洪古尔才去迎敌作战,并且取得胜利。

我们知道宝木巴地方的社会面目和战争的性质之后,便可以进一步了解到洪古尔形象的重要社会意义。我们看到,洪古尔是为统一分散的各部落,反对掠夺和奴役,保卫人民群众所理想的社会而进行英勇的战斗的这样一个劳动人民理想的英雄。

创作这部史诗的劳动人民,为了更进一步展现洪古尔高大的英雄形象,有声有色地描绘了各地人民群众对于这位英雄的爱戴和帮助。这里出现的有白发苍苍的老人,有八岁的小牧童,有机智的年轻姑娘,也有善良的中年妇女。他们都热爱英雄的宝木巴地方,爱戴勇敢过人的洪古尔。他们都冒着敌人的刀枪去拯救洪古尔,并帮助他战胜敌人。在史诗里,不但描写了宝木巴地方的人民群众对自己英雄的爱戴和崇敬,而且反映了其他地区的劳动人民对洪古尔的同情和帮助。洪古尔保卫和热爱人民群众,劳动人民爱戴和崇敬洪古尔。洪古尔是人民的英雄,是劳动人民的不可战胜的力量的化身。

二

蒙古族史诗和其他民族的史诗,大都是以其主人公的名字命名的。可是,洪古尔却成为这部以江格尔的名字命名的史诗的主人公。这个形象塑造得最鲜明、生动,而且富有感染力。洪古尔作为宝木巴地方的最出色的英雄之一,他具有为保卫家乡和人民而战斗的古代社会的英雄人物的共性。同时,他也是有着鲜明突出的个性的英雄人物。他是一个"勇敢过人"的英雄典型。马克思说:

"……在野蛮时期的低级阶段,人的较高的特性就开始发展起来。个人尊严、雄辩口才、宗教情感、正直、刚毅、勇敢,当时已成为品格的一般特点,但和它们一同出现的还有残酷、诡诈和狂热。"(马克思:《路易士·亨·摩尔根〈古代社会〉一书摘要》)在原始社会末期产生的史诗的主人公洪古尔身上,集中突出地表现了这种当时已成为人的较高品格的一些优秀特点,即反映了古代人民的大无畏的英雄气概,刚强的毅力和不可战胜的力量。

洪古尔从童年起,就是正直、勇敢、果断的孩子。他的父亲俘虏了五岁的孤儿江格尔,由于嫉妒这个孩子的才干,企图加以杀害。可是小小的洪古尔几次用身体掩护住这个和他同岁的小英雄,他理直气壮地对父母说:"要杀害他,就连我一起杀了吧。"他终于救出无辜的小江格尔,在共同相处的岁月中,两人结成战友,决心为创建和保卫理想的宝木巴地方而斗争。

洪古尔虽然是一个传奇色采的人物,却给人们一种现实生活的真实感。他并不是一生下来就完美无缺,他的英雄性格是在斗争实践中逐步形成的。比如初次到远方去娶妻子的通程中,他表现得有所胆怯和鲁莽。可是经历了一段过程,后来在建立和保卫宝木巴地方的战斗中,他就具有了"勇敢过人"的英雄性格。史诗简单地概括洪古尔创建宝木巴地方的功绩,说:

　　不怕粉身碎骨,

　　不顾皮开肉绽,

　　无畏的洪古尔英勇战斗,

　　统一了七十个汗的领土。

尤其是在保卫家乡的屡次战斗中,充分反映了洪古尔的英勇无比的英雄气概。在每次战役中,洪古尔总是"进攻的时候,他带头冲锋,收兵的时候,他在后面护卫"。当黑拉干汗和芒乃汗各派遣使者来进行威胁的时候,洪古尔首先坚决抵抗这些蛮横的掠夺者;当莎尔古尔古、哈尔黑纳斯和莎尔蟒古思等汗先后都派大军侵犯宝木巴地方时,又是洪古尔一马当先去与凶恶的敌人搏斗;当着其他英雄们抵挡不过敌人时,洪古尔却战胜了强暴的对手。例如,掠夺者莎尔蟒古思汗为了"踏平富饶而美丽的宝木巴地方",妄想"抢走宝木巴地方的牛羊马群"，派他的凶残的大将查干去侵犯宝木巴地方。在紧急情况下，为保卫家乡和人民，无畏的洪古尔坚定地说：

　　我不惜流尽自己的鲜血，

　　我不怕摧残自己的骨骼，

　　我有矫健的铁青战马，

　　我有锋利的金黄宝刀。

说罢，他立即前去迎敌作战。洪古尔与敌将查干二人交锋，酣战好久不分胜负，这时洪古尔跳上去与敌人扭打起来。后来他以自己坚强的意志和过人的力量，战胜了这个强暴的敌将。接着他又往前去突破了蟒古思汗的四万卫兵，直冲进魔宫里，把那个"肩膀七丈宽，具有五大凤凰力气"的蟒古思汗捆绑起来，用一只手把他拎到马背上，然后跨上自己的战马，又冲破了敌人的数万大军。恰巧江格尔已率大军赶来，他们一道粉碎了强大的侵略者。这里出现的洪古尔是一个理想化的英雄。在他身上，既有神话般的超人力量，又有现实生活中的英雄人物应有的勇气。

　　洪古尔这个人物，不仅在战斗中英勇顽强，而且还在经受残酷折磨的时候表现得宁死不屈。有一次洪古尔独自与莎尔古尔古汗的侵略军打了好多天的仗，后来因昏倒而被敌人活捉。他遭受到种种酷刑，被关进了深洞，但他决不向敌人屈服，对自己进行的正义斗争充满必胜的信念，他面对敌人大义凛然地说道："难道我没有生死与共的伙伴，……他们难道不会来报仇雪恨。"又有一次，洪古尔被敌将布赫查干拴在马尾上拖走，"他那日月般光辉的面孔，被折磨得灰土一样，他那檀香树般笔直的腰背，已弯曲得象一张雕弓"。敌人把他拖回去后，又用尽毒辣手段逼他屈服，可是洪古尔表现得不屈不挠：

　　受百年的折磨也不哼一声，

　　挨六年拷打也一句话不讲。

洪古尔这次英勇牺牲，但作者借助于万能药救活了这个理想的英雄。故事结束时，勇敢的洪古尔终于征服了凶恶的敌人。

　　在残暴的掠夺者来威胁的情况下，由于认识不一致，在宝木巴地方的英雄中,有时发生激烈的斗争。斗争的实质,是在侵略者面前表现英勇无畏,还是胆小如鼠？是坚定不移地反抗,还是向敌人做出无原则的妥协？洪古尔主张坚决抵抗侵略。他对江格尔和阿拉坦策基二人的无原则妥协的行动进行了针锋相对的斗争。比如凶残的敌人芒乃汗遣使向宝木巴地方的首领江格尔提出蛮横的五项要求:让江格尔立即交出自己的妻子、战马和最杰出的英雄洪古尔等,否则他就率大军来毁灭宝木巴地方。在这种威胁下,江格尔、阿拉坦策基二人畏惧敌人的势力,被吓得不敢抵抗。他们做出毫无原则的妥协,答应了这些屈辱性的要求。可是无畏的洪古尔挺身而出,他坚决反对江格尔的这种错误的决定,当着敌方使者忿怒地说:

　　我宁愿在战场上流尽鲜血,

　　决不屈从入侵的敌人而偷生。

他这种英雄的誓言激怒了江格尔。敌人的使者出走之后,江格尔下令把洪古尔捆绑起来交给敌人。可是英雄萨纳拉也支持洪古尔的英勇行为,反对江格尔:"我们不能抛弃自己的誓言,我们十二人是生死相共的战友。"又坚决果断地说:"我不能背叛真理,如果谁敢动洪古尔,我就把他摔死在九宵云外。"这样,宝木巴地方的英雄们同意萨纳拉的话,背着江格尔让洪古尔逃走。在这种严重的情况下,淳厚朴实的洪古尔,忠诚于保卫家乡和人民的正义事业,他既不服从江格尔的错误决定去做掠夺者的奴隶,又不是象有的人那样受不了委屈而企图抛弃自己家乡和人民。洪古尔一出门,便去与芒乃汗的先遣部队打仗,夺下了敌人的军旗,把它当作胜利的象征转送给江格尔,自己又继续与敌军搏斗。在他这种英雄行为的鼓舞和鞭策下,江格尔才率领大军与洪古尔一起消灭了敌人。

三

　　洪古尔的艺术形象这样的激动人心,他的英雄性格表现得如此鲜明生动,并富有典型性,这要归功于劳动人民的天才的艺术才能。

　　洪古尔是为保卫家乡和人民而去反抗侵略的英雄。史诗作者紧紧地抓住侵略与反侵略这个矛盾作为主要线索,几乎在每一章里,都把洪古尔放在重大的社会矛盾冲突中,也就是放在战争的艰苦环境中去描写的。这是一种有利于表现英雄人物的英雄性格的环境,在这样的环境中能够检验一个人是英雄还是胆小鬼,大敌当前,或者英勇反抗侵略而取得胜利,或者"屈从入侵的敌人而偷生",此外再也没有第三条道路可走。象这样把主人公放在战争的艰苦环境中去描写,是蒙古族各类英雄史诗中塑造英雄形象的共同特点。但洪古尔形象的艺术成就最为突出。而在战争中被俘受刑的情况下去描写英雄人物,更是洪古尔形象塑造中所独具的特性。

作者选择这种典型环境的同时,还选择了最有说服力的一种表现手法,这就是主要通过有声有色地描绘洪古尔的战斗行动和语言,突出地概括出他的优秀品质。无论直接地描写洪古尔的行动和语言,或者运用别的手法去表现他的威武非凡,史诗里从头至尾充满着富有积极浪漫主义色采的丰富想象,惊心动魄的艺术夸张和优美动听的比喻。

史诗的作者们还巧妙地结合运用各种艺术手法,从各个不同的角度,深刻地表现了洪古尔的英雄性格。譬如,创造环境气氛从侧面烘托;把敌人描写得倔强有力,通过洪古尔战胜强大的敌人的事迹,以展示他的英雄气概;用别的英雄衬托洪古尔,因而更高地显示他的优秀品质;从外貌上表现洪古尔的神威以及对他的战马、弓箭、宝刀、钢鞭等战斗武器的细节描写去表现他的英武非凡,等等。如歌颂洪古尔上阵前的情形,说:

> 洪古尔的心激烈的跳动,
>
> 额上的血管显得象一条鞭杆。
>
> 雪亮的眼睛猛烈的转动,
>
> 咬紧牙齿,捏紧拳头,
>
> 忿怒的雄狮洪古尔,
>
> 象一支扑取野狼的山鹰。

在这里把忿怒的英雄的血管比作一条鞭杆,把英雄的外貌比作扑取野狼的山鹰,这是富有民族特色的比喻和夸张。描写的是外貌,我们看到的却是英雄对侵略者的仇恨和他的神威。作者无论采取什么表现手法,都是为了生动地显示洪古尔的英雄性格。

在创造浓厚的环境气氛,从而生动地烘托人物的英雄气概这个方面,洪古尔的形象超过了蒙古族各种类型的史诗。无论在庆祝胜利的宴会上,在上阵作战的时候,或者是在被敌人俘去受刑的情况下,作者都采取创造环境气氛的手法,也就是通过周围人们对洪古尔的爱戴和崇敬,反映了他在宝木巴地方的作用和他的优秀品质。譬如,有一次八岁的牧童那仁乌兰在草原上放羊时,突然看见了敌人把洪古尔拴在马尾上拖走。他为了营救洪古尔,便跳上自己的两岁小马去追赶敌人,他前后追上几次,但总是抵挡不过敌人。他便说:"如果英武的江格尔还活着,六千零十二名勇士健康安宁,我们一定会毁灭敌人,救出我们的雄狮洪古尔。"他立即转回来,把这个不幸的消息告诉了一个劳动妇女。听到洪古尔被拖走她非常震惊,说:

> 啊呀,多么可怜!
>
> 在那日出的东方,
>
> 他是以力过人的好汉,
>
> 在那日落的西方,
>
> 他是以勇出名的大将。
>
> 在征服蟒古思的大战中,
>
> 他是我们最出色的英雄。

她止不住眼泪,便吩咐孩子飞速前进,向江格尔报告消息。八岁的那仁乌兰骑着两岁马,不分昼夜马不停蹄地走,终于见到宝木巴地方的英雄们,他叫了一声"江格尔",又叫了一声"洪古尔",因为长时间没有休息,身体支持不住,从马背上摔了下来。正是在这牧童的帮助下,英雄们才及时地救出了洪古尔。作者通过如此生动地描绘牧童和劳动妇女对洪古尔的爱戴和帮助,鲜明地烘托了洪古尔这个受人尊敬的英雄人物。作者还用江格尔以及宝木巴地方的其他勇士们的话来歌颂洪古尔:

> 是飞翔在晴空中的雄鹰,
>
> 是支撑宝木巴地方的栋梁,

　　是刺杀敌人的锐利的长枪，

　　是照亮宝木巴地方的太阳。

　　作者通过其他英雄们的话形象地表现出洪古尔在宝木巴地方的地位和他的英雄性格。毛主席说，诗要用形象思维，比、兴两法是不能不用的。这就确切、深刻地总结了我国各民族诗歌创作的客观规律。史诗《江格尔》是蒙古族人民用形象思维的方法进行创作的一个范例。正如前面已说过的，史诗里从头至尾都充满着富有积极浪漫主义色采的想象，惊心动魄的艺术夸张和优美动听的比喻。如把洪古尔比作"雄鹰"、"栋梁"、"长枪"和"太阳"，这是多么有形象的富有游牧民族特色的比喻呀。

　　作者采用创造环境气氛的手法时，不仅描写了宝木巴地方的英雄们和人民群众对洪古尔的态度，而且描写了其他地区劳动人民对洪古尔的羡慕和支持。在一次战斗中，洪古尔因昏倒而被敌人俘去，遭到残酷的肉刑。在敌人的惨无人道的折磨下，他表现出来的宁死不屈的精神，感动了那个地区的人民。无论看到或听到洪古尔受刑的劳动人民不分男女老少都流下眼泪来。从史诗里我们还可以看到，连敌人也不得不承认洪古尔的勇敢无比。哈尔黑纳斯汗的大将抓去洪古尔，虽然他们折磨洪古尔用尽了毒辣手段，但无法使洪古尔屈服，反而有一名敌将被吓得对手下的人说："我们不会使雄狮洪古尔屈服，快把他扶起来敬酒道歉吧。"史诗里就这样鲜明生动地描绘环境气氛，从各个不同的方面，引人入胜地表现了洪古尔的英雄气概。

　　总之，洪古尔的形象，在艺术创造上取得了辉煌的成就，这种成就体现了古代蒙古族劳动人民的卓越的艺术才华。它反映了劳动人民运用形象思维的高超的能力。劳动人民塑造这个形象的时候，继承和发展了蒙古族古老的短篇和中篇史诗中塑造英雄形象的优秀的艺术传统方法。同时，他们熟悉和研究当时生活中的许多无名英雄，对他们的英雄性格进行分析和概括，并加以理想化，从而创作了洪古尔这个古代英雄的典型形象。

四

　　应当指出，史诗《江格尔》里的洪古尔，并不是一个完美无缺的艺术形象。

在这个人物的描写上，存在着前后有矛盾的地方。这是因为史诗在长期的口头流传过程中，一方面受到各个不同时期、不同观点的人们的修改和加工，另一方面则是在一定程度上，与遭到封建剥削阶级的篡改和糟蹋是分不开的。民间口头创作，在很大程度上依赖于讲述者的思想和艺术水平。不同的人讲同一个故事，往往也有很大的差别。现在的《江格尔》的故事，是由几个不同水平的江格尔奇（讲述史诗《江格尔》的民间艺人）演唱的。江格尔奇又常常照顾到他的观众或听者的艺术趣味。同一个江格尔奇，在牧民家和在富人家，所演唱的同一个江格尔的故事，往往都有一些出入。如果不了解这些情况，就很难理解洪古尔身上存在着的前后矛盾的地方。

首先，史诗中有一处存在着严重地损害洪古尔这一理想人物形象的描写。有一次，洪古尔与侵略者布赫查干打仗，两个人在一起扭打了很久，谁胜谁负真是难以确定。可是正在这个关键时刻，洪古尔却对布赫查干说："我们二人从来没有私仇，为了给两个可汗争夺汗位，在这无人烟的深山野地，何必这样流尽我们的鲜血呢？"说罢，他老老实实地躺在敌人脚下，让敌将捆绑起来。可是掠夺者对他却毫不留情，当即把他绑起拴在马尾上拖走了。这种描写显然损伤了这个英雄人物的形象。洪古尔在你死我活的搏斗中，自动放下武器、放弃斗争，向残暴的敌人讲人情，这当然是原则性的错误，是背叛保卫家乡和人民的正义事业，向侵略者投降的行为。但根据整个史诗来看，洪古尔一贯坚持正义，忠实于保卫家乡和人民的光辉事业，是一个仇视掠夺者和奴役者，对敌人毫不妥协的英雄人物。所以，那种向敌人投降的描写并不符合于洪古尔这个人物性格发展的逻辑性。在这一段里，让洪古尔用自己的语言说成是给某可汗"争夺汗位"，以自己同敌将没有"私仇"，来说明交战双方的敌我关系问题。这种描写严重地歪曲了洪古尔这个理想人物的英雄性格，在这个人物身上造成了前后矛盾。我认为这并不是《江格尔》原有的东西，而是被后来的一些江格尔奇所歪曲了的，是某些江格尔奇把小私有者的狭隘观点强加在洪古尔形象上的结果。

其次，在《洪古尔的婚礼》这一章里，看不出洪古尔的英雄气概，却看到一些损害他的英雄性格的行动。史诗里说，远方的占布拉汗有个女儿叫赞丹格日勒,她与天上的勇士托卜斯有感情。可是江格尔去见占布拉汗,同他商量定了洪古尔与赞丹格日勒的婚约。后来洪古尔发现了托卜斯和赞丹格日勒的关系,就追到天上去杀死了托卜斯,回到地上来又打死了赞丹格日勒和她的父亲。

蒙古族各类史诗中,常常出现某英雄战胜天上的凶恶的敌人托卜斯而娶妻子的一种传统的描写。但在那些作品里,都清楚地说明托卜斯是强暴的掠夺者,他带兵去威胁某可汗,企图强娶他的女儿。可汗的女儿不愿嫁给托卜斯,她主动请求她的未婚夫来战胜这个敌人。这类史诗中,通过主人公与托卜斯的斗争,歌颂了为正义而战胜掠夺者的英雄人物。但是,在《江格尔》里,描写洪古尔与托卜斯的斗争,却与其他史诗很不一样。这里的洪古尔,似乎不是正义的。他杀害托卜斯和赞丹格日勒的原因,只是个人的嫉妒。他打死占布拉汗,更是无缘无故的。这种描写,显然降低了洪古尔斗争的社会意义,在一定程度上损害了他的优秀品质。

在塑造洪古尔形象上,尽管存在着一些缺点和问题,这些问题在某种程度上,损害了英雄性格的完整性。但在整个作品中这是次要的,不能因为有这种矛盾的地方,就不看到它的主要的成就,而否定洪古尔这个劳动人民理想的英雄形象。

蒙古族英雄史诗《江格尔》里的洪古尔形象,在思想性和艺术性方面,都有显著的成就。在劳动人民的口头创作中,这是一个比较成功的高大的艺术形象。蒙古族各类史诗中,塑造了不少可歌可泣的英雄形象,其中最出色的就要数洪古尔了。

《玛纳斯》整理与研究

本辑概述

　　《玛纳斯》是柯尔克孜族长篇史诗,讲述了英雄玛纳斯及其子孙后代领导柯尔克孜族人民与外来侵略者勇敢斗争的故事,反映了柯尔克孜族人民的历史,既是柯尔克孜族人民生活的百科全书和生动史料,又是柯尔克孜族文学语言的总汇,还是我国少数民族的三大史诗之一。

　　本辑共收录了四篇关于史诗《玛纳斯》的史料,包括一篇史诗翻译节选、一篇新闻报道、一篇论文以及一篇评论,分别刊登于《新疆日报》《文艺报》《文学评论》《中国民族》。本辑史料数量虽不多,但从内容上看包含了从20世纪50—60年代再到20世纪70年代末80年代初这几个《玛纳斯》初期搜集整理及研究的关键时间点的关键信息。从本辑史料中可以了解到史诗《玛纳斯》搜集整理及研究工作的发展历史。

　　关于《玛纳斯》史诗的研究,国外起步较早,可追溯至19世纪中叶,其中以苏联学者的研究成果最为显著,对我国早期《玛纳斯》研究产生了较深的影响。学界普遍认为20世纪50—80年代是我国《玛纳斯》研究的第一阶段,但其中包含十年"文化大革命",所以实际时间是20世纪50—60年代和20世纪70年代末80年代初。在新中国成立前,国内一些报刊已经刊登了有关《玛纳斯》的评介文章。新中国成立之后,在党的文艺政策指导下,我国的《玛纳斯》搜集整理及研究工作逐步步入正轨。1961年,在国家的支持下,由新疆维吾尔自治区文联和新疆文学研究所组成的"《玛纳斯》调查组"前往柯尔克孜地区开展了大规模的《玛纳斯》搜集整理工作,这也是我国第一次对《玛纳斯》进行大规模搜集整理。此次搜集整理工作最大的成绩是记录了天才玛纳斯奇居索甫·玛玛依所唱的《玛纳斯》。据记载,这位玛纳斯奇从

1961 年 10 月开始连续演唱了《玛纳斯》的五部史诗,耗时 7 个月。在《玛纳斯》研究方面,这一时期学者受国外《玛纳斯》研究影响较大。刘俊发等人在论文中从人民性和思想性的角度出发阐释《玛纳斯》,是当时《玛纳斯》研究的流行视角。"文化大革命"时期,《玛纳斯》同其他民间文学一样被批判,不仅搜集工作中断,而且前期搜集整理的珍贵史料也遭损毁,给《玛纳斯》搜集整理及研究工作造成了极大的破坏。在"文化大革命"结束后,在党和国家以及相关学者的共同努力下,《玛纳斯》的搜集整理及研究工作重整旗鼓,又取得了新的成绩。到 20 世纪 90 年代,我国《玛纳斯》研究迈入了新的历史阶段。

从本辑史料中可以看出,相较于国外,我国《玛纳斯》研究虽然起步较晚,但不管是从史诗的搜集整理、翻译出版,还是从史诗的研究方面,我国早期《玛纳斯》研究都取得了非常可喜的成绩,为史诗《玛纳斯》未来的发展奠定了一定的史料基础。

玛纳斯

—— 柯尔克孜族民间英雄史诗

演唱者　尤素甫·玛玛依

搜集翻译整理者　自治区《玛纳斯》工作组

史料解读

　　该史料为一则《玛纳斯》节选，原载于《新疆日报》1961 年 12 月 15 日。此篇节选是自治区《玛纳斯》工作组根据柯尔克孜族优秀的民间歌手尤素甫·玛玛依说唱的《玛纳斯》所翻译整理的。本篇节选直观地展示了《玛纳斯》的艺术特色。《玛纳斯》叙事广袤而壮丽，描绘了柯尔克孜族的历史和文化景观。通过阅读史诗，人们能够深入了解柯尔克孜族的社会结构、习俗、信仰和价值观。该节选译文对整理、研究《玛纳斯》具有一定的意义。

原文

　　高贵的哈尼凯迎上前来。

　　从勇士手中抓住马缰绳。

　　艾以达尔使者急忙向她探问：

　　"举世无敌的英雄现在哪里？"

　　使者慌忙的神色看在眼里，

哈尼凯呵不由得吟笑微微。

她连忙唤出了里面的卫士：

"把远道来的客人接到家里。"

艾以达尔在马上抚胸答谢，

然后急切地说明来意：

"我身负极重要的使命，

日夜不停地赶到这里，

请求乡亲们告诉我，

英雄玛纳斯他在哪里？"

哈尼凯只是笑微微地说：

"卫士们快端马奶来，

让香甜的奶汁解除使者的饥渴。"

她微微地扬起动人的下颏，

说出的话使人感到十分亲切：

"看你的神色一定有什么急事儿，

使者呵，你不妨对我讲叙明白。

呵，你不说我也能猜着，

你是否从祭典上疾驰而来？

或许是乖戾的卡尔玛克人，

破坏了你们祭祀的秩序，

你们的汗王才命你到这儿求援，

可是你在这儿却很难同英雄会见。"

"怎么我没说她却都猜中？"

小伙子一思索便问她的姓名。

"我的名字叫哈尼凯，

是英雄玛纳斯的妻子。"

一听到她是玛纳斯的妻室，

头发蓬松的艾以达尔才把真情说出：

"哦，原来你是尊贵的夫人，

让我再一次向你致敬！

在玉奇恰特宽敞的草原，

哈萨克乡亲们为汗阔克托衣举行祭典，

从世界各地来了许多客人，

其中有妄自尊大的昆古尔巴衣，

他们不遵守祭祀的规矩，

将煮熟的肉全部抢尽，

昆古尔巴衣带来的苦处，

哈萨克乡亲们岂能忍受。

我们的汗特地命我前来，

向举世无敌的勇士请求援助，

请他去平息那场纠纷，

使乡亲们生活得到安宁，

阔少耶给了我一封信函，

叫我当面呈给玛纳斯汗君。

为了这件事我才日夜地奔驰，

这也是内心焦急的原因。"

哈尼凯听完便把他劝慰，

她的话象蜜糖一般甜蜜：

"勇士，请你不要焦急，

玛纳斯会接受你的邀请，

如今他离开阿依勒去往乌帕尔，

到那儿去谒拜一位先知老人。

他已经去了很久时日，

最近几天里就会返回。"

艾以达尔问明了去往乌帕尔的道路，

便催动马尼凯神驹，

他在马臀后猛抽一鞭，

骏马疾奔得象一阵旋风。

他跨马跃过险峻的达坂，

面前是一望无际的黄土平川。

看到迎面驰来一群武士，

精神抖擞，彪壮威武，

艾以达尔暗自思忖：

"这怕是玛纳斯远方归来。"

他迅捷地跳下马来，

双手抚胸准备恭敬地问候。

为首的勇士骑着淡赭色骏马，

英姿勃发，器宇轩昂，

满面福光仿佛辉映着灿烂的朝阳，

跨下神驹浑身闪动着夺目的光芒，

艾以达尔赶忙迎身上前，

抚胸俯首地问候了一声"撒拉木！"

英雄们接受了他的问候，

在马鞍上躬身曲首：

"在半路上跳下马来，

这对于勇士很不合适，

请你跨上骏马一同回去，

有什么事到家里去商议。"

哈尼凯看到玛纳斯已经返回，

急忙迎上去抓住了马镫，

又转身向艾以达尔问好，

把客人请到家里，

这时，艾以达尔又躬身致敬，

呈上阔少耶交给他的信件，

"如果你是举世无敌的玛纳斯英雄，

请接受我们的汗和乡亲们的问候。

他们命我前来把你邀请，

请你去平息阔克托衣祭典上的混乱。

这儿是鲍克木龙邀请的信函，

英雄呵，请你细细地观看！"

玛纳斯一听说是阔克托衣的祭典，

怨气填膺，怒容满面，

聪明的艾以达尔勇士，

把信函从头至尾朗读了一遍，

豹子玛纳斯仍然没有理睬，

只悄声闷气地坐在一边。

哈尼凯看到这尴尬的场面，

便向玛纳斯解劝：

"我的英雄呵请你静听，

巴哈依大伯呵请你仔细地思忖，

不要使阔少耶感到羞愧，

更不要使哈萨克遭到昆古尔巴衣的蹂躏。

英雄呵，真主会赐给你幸运，

在祭宴上你一定会大吉大利，

我的豹子呵，依我之见，

还是接受阔少耶的邀请。"

听了哈尼凯侃侃的言辞，

巴哈依老人认为入情入理，

便对猛虎玛纳斯说道：

"孩子呵，对于这件事，

你要使用英雄的智慧，

不要因为一时的气愤，

拒绝了人家邀请的盛意，

最好你还是应邀前去，

解救哈萨克人的困危。"

英雄听了巴哈依和哈尼凯的劝说，

准备前去参加阔克托衣的祭典。

他率领着四十位勇猛的"曲洛"；

巴哈依和克尔古洛恰克也跟他前去。

这时，哈尼凯在一旁说道：

"雄狮巴哈依，英雄玛纳斯，

我有紧要的话对你们叙述，

不要因为这些话是出自女人的嘴里，

就丝毫不加理会。

去了请不要直接同敌人争吵，

首先要把自己的乡亲劝说；

自己人之间得到谅解和团结，

敌人看了就不敢再放肆猖獗。

你们要骑着一色的骏马，

穿戴着一样的甲胄，

同对方谈话时不要妥协退步，

要显示出不可力敌的威武。

在那盛大的祭典上，

给昆古尔巴衣看看我们真正的本领。

请你们再耽搁一会，

我还有话同你们讲叙，

昨夜晚我做了一个梦，

梦中的事儿真叫人惊喜：

我骑着追风骏马，

身边是我的英雄的豹子，

乡亲们都向我们祝福庆贺，

我们生了个俊美的男孩。

如果能得到你们的允许，

让我同你们一块儿前去。"

这番话使巴哈依非常敬佩，

不由得打量着哈尼凯公主。

"黝黑的头发，长长的辫子，

她是多么娇美、善良和智慧！

让万能的真主将她保佑，

让她在祭典上得到乡亲们的祝福，

使她梦寐以求的东西能够得到，

生育一个男孩儿全家欢喜。"

巴哈依思索之后，

对猛虎玛纳斯这样说道：

"玛纳斯，我的孩子，允许她吧！

让她同我们一块儿前去。"

无法违逆巴哈依的意旨，

又怎能拒绝爱妻的请求，

这位阔克加尔玛纳斯勇士，

脸上露出爽朗的笑容，

"准备吧！傻婆娘，

巴哈依竟给你说情，

去吧，傻老婆，

同我们一块去参加祭典！"

听到了英雄玛纳斯的允许，

哈尼凯心里说不出的欢喜。

她走进帐幔里面，

换上了华丽的锦衣。

勇士们也备好了鞍鞯，

跨上了骏马准备启程，

他们告别了乡亲，

日以继夜地飞速行军，

疾骤的马蹄把道路踏成深坑，

扬起遮天掩日的灰尘。

艾以达尔骑的马尼凯骏马，

真是一匹追风逐月的快驹，

它跑起来四蹄如飞，

玛纳斯和英雄们在后面驰奔。

他提前赶到了祭典的地点，

给所有的汗传报英雄到来的喜讯。

阔克托衣的儿子鲍克木龙，

哈萨克可汗吾尔布，

率领着乡亲们在路旁站定，

恭迎玛纳斯英雄的莅临。

当玛纳斯远远看到欢迎的队伍，

按照哈尼凯关照的话去做，

命令所有的"曲洛"跳下马来，

换一换服装，整理一下队伍。

他们都穿上红色的盔甲，

都骑着黑色的战驹，

从鞘里拔出闪光的宝剑，

威武的神态真使人惊惧。

魁梧的四十名"曲洛"，

率领着四百八十名卫士，

他们都是可汗的子孙，

都是能征善战的勇士；

他们排成一列雄壮的队伍，

威风凛凛地向欢迎的人群走近。

看到玛纳斯这样威严，

鲍克木龙吓得不敢上前，

哈萨克的吾尔布可汗，

只好躬身迎接道了声"撒拉木！"

怒气汹汹的玛纳斯毫不理采，

扬起马鞭向他的头上抽去，

鞭梢抽中了吾尔布可汗的脸颊，

血水从他的脸上流下。

看到玛纳斯这样凶横，

所有的人都不敢吭声。

"谁在这儿主持祭典？

把所有的客人分为两边！"

在凯太奇这曲弯的崖石之上，

勇士们维持着祭祀的秩序。

祈祷时人们分成一行一队，

使祭祀不发生混乱拥挤。

祭宴的饭菜已经煮熟，

昆古尔巴衣的人又想来抢夺，

他们手里举着戥肉的铁棍，

蜂拥地向灶边围拢。

玛纳斯命令四十个"曲洛"，

把抢肉的人抽打得蒙头逃窜，

将他们往凯太奇平原上驱赶。

从此以后没有人再敢来抢夺，

日落天黑为了使乡亲们安静入睡，

他命令四十个"曲洛"巡逻守卫。

玛纳斯将昆古尔巴衣的人降服，

他的威名远扬，震撼四方。

阔少耶领着许多尊贵的可汗，

同玛纳斯商议举行祭祀上的游戏，

第二天玛纳斯便派人唤来了歌手，

将游戏节目的内容编为歌词，

叫歌手们在人群中演唱，

让前来的宾客事前熟知。

"勇士们的竞技中有比武劈刺，

对优胜者以四万枚金圆作为奖励；

在地上要举行双人摔跤，

胜利者有优厚的奖金作为酬劳。

悬挂元宝比赛射箭，

胜利者除了奖品还可从姑娘中挑选配偶；

此外还有解骆驼的游戏和盛大的赛马会，

想参加竞赛的勇士请准备好战驹。

得到冠军的骏马，

四万枚赤金金圆作为彩礼，

名列前茅的骏马，

尚有一百枚金圆作为馈赠。”

歌手们就这样在客人中演唱，

穆斯林和异教徒都准备参加游戏，

选择好最快的骏马参加比赛，

马尼凯神驹也夹在里面。

昆古尔巴衣看到马尼凯参加竞赛，

皱了皱眉头计上心来，

“假如你们这些穆斯林人，

让马尼凯神驹参加比赛，

赛马这项干脆不要举行，

谁不知马尼凯是匹追风神驹，

世界上没有一匹能和它相比。

马尼凯决不能参加比赛，

这是公众一致的意见。”

这时玛纳斯牵来了阿克库洛骏马，

让它为穆斯林人赢得光荣，

昆古尔巴衣的阿洛卡勒马却没有参加，

他心里正策划着阴谋诡计。

玛纳斯和昆古尔巴衣双方，

选出了一百名彪壮的武士，

管理着参加竞赛的九万匹骏马，

把马群吆赶到赛马的起点。

赛马的队伍已经出发，

射击元宝的比赛便已开始，

参加射击的有双方闻名的勇士，

一个个彪壮豪勇精神抖擞。

在这些勇士当中，

阿里芒拜提却没有出现，

当裁判宣布开始射击，

勇士们便轮流地策马如飞，

瞄准那悬着元宝的细小绳索，

疾飞的箭矢在阳光下闪出眩目的光辉。

虽然勇士们都瞄准绳索，

可是箭矢都没有射中。

最后轮到玛纳斯英雄，

他神态自如毫不慌忙；

这位举世无匹的勇士催动了骏马，

瞄准了目标拉开了弓弦，

只见一道耀眼的电闪，

射断了高挂着元宝的细线。

观众们都为英雄的神箭高声喝彩，

在欢呼声中玛纳斯领得了奖品。

射箭以后举行摔跤，

双方的勇士分成两队，

首先跃身场中的是昆古尔巴衣部下的勇士——

捏士卡拉大力士姿态十分威严。

这边的英雄没有一位出场迎战，

敢于同捏士卡拉对垒相搏。

玛纳斯怎能容忍对方凌人的气焰，

便走到好汉阔少耶的面前，

"阔少耶呵，我的朋友，

你是我们有名的英雄，

在今天的摔跤场中，

你为什么不显示出你的英勇？"

阔少耶走出来以实话相告，

没有摔跤的衣服正在踌躇。

玛纳斯便命令阿吉巴衣勇士，

从鞍褥下取出了康□达戛宝衣，

阔少耶穿上了这闪耀光泽的裤子，

只打到膝盖上显得很窄短，

玛纳斯叫阔少耶把裤子脱下来，

使劲拉了一下再让阔少耶穿上，

康□达戛宝衣已长过脚踝，

阔少耶低头往下一看，

不由得嗬嗬大笑翘开了胡须。

"玛纳斯英雄，我敬爱的朋友，

你从哪里弄到这样贵重的衣服？

裤子的料子是用什么制成？

请把它的底细对我讲明。"

一听阔少耶探问裤子的底细，

玛纳斯便笑容满面地回答：

"缝制衣服的人是我的妻子，

哈尼凯知道全部的底细，

用金线银丝缝织，

上面还镶满了闪光的宝石，

然后染成金黄的色泽。

你看它光彩多么鲜艳夺目，

子弹不能将它射穿，

烈火也不能把它烧毁，

长矛不能将它刺透，

宝剑也不能把它砍坏；

折叠起来便缩为一团，

裤管拉长可以触到地面。"

阔少耶勇士知道了这件宝衣的功效，

兴奋地夸奖哈尼凯的智慧。

他把腰带挂在自己的颈上，

朝着日落的西方向真主祷告：

"请万能的主赐给她一个男孩，

让哈尼凯终生幸福欢快。"

当阔少耶伸出了双手，

所有的穆斯林都同样地张开手掌，

突厥人也照样子举起胳臂，

所有的人都在为她祝福。

哈尼凯站在猛虎玛纳斯的身边，

微风吹动着美丽的发辫，

脸上的福气如同彩霞萦绕，

她曲身低首感谢乡亲们的祝愿。

"胡大"接受了人们的祈求，

不久以后哈尼凯便生育了赛麦台依。

阔少耶跳到摔跤场中，

腰上系着的铁环发出叮当的响声，

场上的两位武士便扭抱起来，

象铁叉般的双手抓紧了对方的腰带，

彼此用力地扭来掼去，

腰上的铁索都给挣断；

地面上被勇士踏成深坑，

扬起的浮尘遮掩了天空，

大地在勇士们的脚下颤动，

禁不住绽开了一条条裂缝。

这两个撕扭的巨人，

头抵头发出了怒吼，

象豹子的爪子抓紧了对手的皮肉，

摔来掼去一直不分胜负，

观众们看得目瞪口呆，

凶狠的摔跤惊得他们胆战心裂。

那位勇猛绝伦的捏士卡拉，

突然间把对手举起，

阔少耶双脚在空中踢动。

正在这千钧一发的当儿，

玛纳斯扬起马鞭高声怒吼：

"要当心呵，阔少耶勇士，

今天你无比的力量去往何处？

蹲下来！蹲下来！

赶快扭紧敌人的胳臂！"

剽悍的玛纳斯，

就象一团炽烈的火焰，

他高吼的声音摇动了山岗，

捏士卡拉由于恐惧失去了力量。

他一下松懈了臂膀，

阔少耶的脚便稳踏在地上，

勇士乘机运足了力量，

用脚踢了一下对方的臀股，

象山一样的捏士卡拉武士，

便"哐当"一声扑倒在地上。

阔少耶从他身上跳过，

他的脚碰了对方的头颅，

这情景被英雄昆古尔巴衣看在眼里，

便气冲冲地赶上来向他们责问：

"你们这些人竟不知规矩，

为什么侮辱摔倒的武士！

输赢是常见的事情，

哪有脚踢倒者的道理？"

尽管他在那儿咆哮指责，

玛纳斯却毫不加理会。

卡尔玛克可汗交劳依勇士，

看到这情景怒气难平，

他纵身于摔跤场中，

指名要同阿艾西英雄决一雌雄。

他象单峰驼蹲在中央，

威风凛凛，使人畏惧，

他那超人的勇敢四处传闻，

有谁敢同这位勇士对垒。

阿艾西今天却未到比武场中，

玛纳斯到处把他打听，

看见阿艾西的人告诉他：

"阔克托依的女儿阔葛姆恰克，

是阿艾西可汗的未婚妻，

他可能同她相会，

和情人调笑嬉戏。"

玛纳斯毫不怠慢，

拨转了马头向他们的毡房驰去，

走到门前高声喊叫：

"阿艾西在不在这里？"

看到玛纳斯亲自找来，

和姑娘在一起的阿艾西非常羞愧，

他赶忙穿好了摔跤衣裤，

毫不迟慢地直奔摔跤场地。

这个矮小的阿艾西勇士，

全身的肌肉好象钢铁炼铸，

他的意志似石满身是劲，

沉重的打击也毫不在意。

他俩一见面便相互揪扭，

用尽吃奶的力气推来搡去，

一想起过去结下的仇恨，

都恨不得立刻把对手掐死。

勇士们撕拉着腰下的铁铠，

双方的脚不停地转动，

就象锐利的铁犁，

把泥土层层地剥开。

彼此怒目瞪视，

毫不停顿地摔扑，

洼地被他俩踏成高低不平的丘陵，

丘陵却踏成为平地，

草滩上渗满了泥浆，

盛满深坑的是他俩流出的汗水。

口里喷出的热气，

在空中凝成一团团的云雾，

猛然交劳依把阿艾西举起，

向远处凶狠的掷去，

灵巧的阿艾西勇士，

却稳稳地在地面上站立。

他俩又重新扭摔，

惹得交劳依怒不可遏，

把对手一把抓紧用力扭转，

准备将阿艾西摔倒在地。

看到这种情景的玛纳斯呵，

又高声喊叫给阿艾西助威：

"英雄阿艾西请振作精神，

剖开他的肚皮挖下他的眼睛！"

阿艾西听到玛纳斯天崩地裂的呼叫，

知道这位举世无敌的英雄怒气横生，

阿艾西的勇气陡增百倍，

慌张的交劳依却力气减损。

这个强悍敏捷的阿艾西勇将，

对准交劳依的双腿用力踢去，

只见象巨石一般的交劳依汗王，

身子失去平稳仰跌在地，

阿艾西毫不怠慢将他捺住，

又朝他的屁股踢了一脚。

昆古尔巴衣看了怒火万丈，

纵马闯入摔跤场中，

他的脸色象乌云凝聚的天空，

对着玛纳斯高声地怒吼：

"两次摔跤都是你方得胜，

你为什么唆使手下的勇士踢人的屁股！

为了这种不平我来到你的面前，

玛纳斯你要深深地悔悟！"

这时玛纳斯开口说话，

英雄这样将他反斥：

"昆古尔巴衣你说的不是真话，

只是为了向人挑衅寻找借口！

我不是胜者你为什么对我指责！

你是否想掀起祭典的哄乱？

我劝你保全自己的声誉，

难道你没看见你的勇将全部败北。

勇士只要摔倒了对方，

可以允许他自由地摆布，

如果双方曾经结下怨恨，

胜者可以乘机报仇，

这是老一辈子留下的规矩，

你为什么要对我疯狂地怒吼！

如果不服气你就来吧，

我有善战的猛将同你搏斗！"

双方都说出了反目的话语，

决定明日在比武场中决斗。

夜晚阿吉巴衣在外面巡逻，

听见了一匹战马发出长啸，

勇士悄悄地走进圈棚，

一匹金鬃烈马正仰首嘶鸣，

这是阿里芒拜提带来的骏马，

膘肥腿粗受过严格的训练。

第二天晨祷以后，

观众们都站在比武场的四围观看，

象毡房一样庞大的昆古尔巴衣，

已经在比武场上出现，

他乘骑着阿勒卡拉骏马，

巨大的皮靴跨蹬两边，

手里端着花矛钢枪，

马身漆黑象单峰驼一般膘肥，

喷着鼻息举起前蹄，

扬起的浮尘将太阳掩蔽。

昆古尔巴衣双目圆睁，

就象两座掀起怒涛的深湖，

鼻梁象一座高峻的山岗，

胡须如同苇草杀气腾腾，

鼻孔如同风箱呼呼地喘气，

张大着嘴巴象要把人生吞。

他身上的铁甲光芒闪闪，

手里高擎着大纛旗迎风漫卷，

腰中横插着月牙利斧，

佩挂的宝剑寒光闪闪，

武器碰着马鞍发出叮当的巨响，

那声音真使人心惊胆战。

玛纳斯怎能容忍敌手如此耀武扬威，

可是没有好马骑怎能迎战，

"为什么要使阿克库洛参加赛马？"

他心内苦恼如烈火烧煎。

看到玛纳斯紧锁着眉头，

阿吉巴衣走到了他的身边，

"昨晚我看见一匹金鬃烈马，

它对天长啸在拴马的柱边，

这是一匹最好的战马，

在世界上真是罕见，

可我还没有探听明白，

它的主人到底是谁？"

闻得战马的讯息，

玛纳斯怎能迟疑踌躇！

他急忙地叫阿吉巴衣领路，

去寻找那匹金鬃战驹；

当英雄看到了那匹剽悍的骏马，

也不询问谁是主人便解开了缰绳。

看到这样情景的卫士，

慌忙给阿里芒拜提传禀：

"你那匹金鬃烈马，

有人前来偷牵！"

阿里芒拜提急忙走出窥探，

他们正准备把马牵走；

阿吉巴衣一看到阿里芒拜提，

连忙躬身问候："撒拉木！"

告诉他玛纳斯看中这匹骏马，

要骑着它同昆古尔巴衣战斗。

阿里芒拜提虽然喜爱这匹神驹，

英雄玛纳斯要借乘怎能拒绝。

"阿吉巴衣请你听我讲讲

这匹金鬃烈马的本领，

这是匹追风赶月的千里快驹，

它一渗出汗水就能纵蹄如飞。

如果遇到悬崖峭壁挡住去路，

只要拉一拉缰绳便可举蹄跃过。

当昆古尔巴衣留下了他的战马，

我便知道了他的用意，

我也将金鬃烈马留下，

准备战斗时将它乘骑，

既然玛纳斯要同昆古尔巴衣比武，

世上再没有比这匹更合适的神驹。

牵去吧！我向你们预祝

在比武场中赢得胜利！”

阿吉巴衣走回玛纳斯的身边，

把阿里芒拜提所说——对他禀明。

英雄便命阿吉巴衣试一试这匹快马，

勇士跨上马驰骋如飞，

它遇到了深涧便纵蹄越过，

就好象在平坦的大道上驰奔。

这真是世上罕有的战马，

玛纳斯心里无比的欢喜；

给战马备上卡尔玛克式银镀的鞍鞯，

玛纳斯跃身马背扬鞭驰去。

他手里舞动着钢枪，

蓝色的巨靴穿在脚上，

腰上紧勒着镀金的皮带，

脸上闪动着太阳般的红光，

他穿着银白色的战袍，

象恶豹般地勒紧马缰。

阿奇阿尔巴各斯宝剑寒光闪烁，

腰插的月牙斧碰着马鞍叮当作响，

头上戴的帽盔象一座山岗，

手里擎着的钢盾光芒耀眼，

他喘出的气息就象刮起一股旋风，

眼里闪动凶光就象两团大火熊熊。

看他的雄姿如同凶悍的巨龙，

又象巨鹰叼抢小鸟一样勇猛，

这样的英雄世上真是罕见，

玛纳斯已策马闯进竞武场中。

这两位勇士在场中央相遇，

一场激战使大地在他们的脚下晃动。

毫不留情的凶猛的刺击，

枪碰枪迸发出簌簌火星，

双方交战了好几个回合，

嘴里呼哨象沉雷在吼鸣。

手中的枪都象蛟龙飞舞，

咬着白齿恶狠狠地劈刺，

彼此内心都异常焦急，

恨不得立即将对方刺死。

只见玛纳斯一声长哨，

钢枪象闪电一样向对方刺去，

昆古尔巴衣急忙地闪身，

腰上的铁环已被刺得寸寸折断。

他的阿勒卡拉是一匹剽悍的战马，

一溜烟地疾奔逃窜；

玛纳斯准备策马跟踪追赶，

汗阔少耶赶来抓住了英雄的马辔，

牵着玛纳斯的马绕场一圈。

由于英雄的神勇赢得了彩礼，

玛纳斯把奖金分赠给乡亲，

金鬃烈马也奉还给阿里芒拜提。

（续完）

喜看玄壤出明珠

——祝柯尔克孜族史诗《玛纳斯》的整理工作初步完成

史料解读

　　该史料为一则新闻报道，原载于《文艺报》1962年第6期。该报道的主要内容是柯尔克孜族史诗《玛纳斯》经过初步的搜集整理，其中主要部分已经译成汉文初稿。《玛纳斯》是柯尔克孜族长篇史诗，描写了英雄玛纳斯一家的丰功伟绩，反映了过去柯尔克孜族人民的理想、愿望、斗争和生活习俗。《玛纳斯》不仅是描述柯尔克孜族人民生活的生动史料，也是柯尔克孜族文学语言的"百科全书"。史诗《玛纳斯》在主题思想以及英雄形象上都具有高度的人民性，同时其语言生动优美，人物形象鲜明，具有独特的民族风格和极高的艺术价值。《玛纳斯》的科学记录与研究工作开展时间较晚，此次由新疆维吾尔自治区党委宣传部领导的《玛纳斯》工作组深入民间，经过搜集发掘，初步整理共十二万行，分五部。汉文初稿正在翻译过程中。

　　可以说，这则新闻报道反映了《玛纳斯》整理工作的进程和取得的成果。

原文

　　最近,柯尔克孜族的一部规模宏伟的英雄史诗《玛纳斯》已经初步被搜集和整理出来,其中主要部分已经译成汉文初稿,这是我国兄弟民族文学工作中一件值得大书特书的喜事。

　　柯尔克孜族是我国历史悠久的兄弟民族之一,全族有七万多人,主要居住在新疆维吾尔自治区克孜勒苏柯尔克孜自治州境内。《玛纳斯》是一部在柯尔克孜族民间流传了千百年之久的长篇史诗,主要内容描写英雄玛纳斯一家五代抗击异族侵略者和团结本族各个零散的部落走向统一的丰功伟绩,反映了过去柯族①人民的理想、愿望、斗争和生活习俗,诗中不仅有对于战争场面、宗教仪式、风土人情、自然风光等生动而精确的描绘,还采用了本民族的许多神话传说、礼歌恋歌、谚语格言。可以说,这部史诗是柯族人民生活的百科全书和活生生的史料,也是柯族文学语言的总汇。

　　史诗《玛纳斯》是一部具有高度人民性的作品,这首先表现在它的主题思想上。史诗歌颂了玛纳斯和他的后代为了反抗异族统治者的奴役,为了肃清出卖民族利益、勾结敌人的内奸,为了歼灭残害人民的恶魔,不仅团结了本族的各个部落,而且联合了各族人民,向共同的敌人进行了英勇顽强的正义斗争,歌颂了领袖和人民群众之间血肉相连的关系,也歌颂了各民族之间的友谊和团结。史诗的主人公玛纳斯对敌人勇猛如虎豹,对人民却慈爱如父母,他很关心人民的疾苦,把家里的财产、牲口和自己的战利品都分给生活困难的牧民。当他被推选为"可汗"以后,还是那样的平易近人,甚至在自己的帐幕外都不设岗卫。当他出征到异族地区时,曾向将士颁布过不准侵犯人民利益的命令。他还领导士兵屯垦自给,以免增加人民的负担。正因为这样,他才赢得了人民的尊敬和热爱。

　　史诗的艺术成就也有很多值得击节赞赏的地方。它的语言是丰富、生动而

---

① 　编者注:"柯族"应为"柯尔克孜族",后同。

优美的，不但能够刻划出鲜明突出的人物形象，描绘出多姿多采的生活图景，而且还能够赋予作品以奇妙的浪漫主义色彩和艺术魅力。王国维曾称许满族词人纳兰容若"以自然之眼观物，以自然之舌言情"，这部史诗的艺术特色也与此相近似，而其精力弥满、刚健遒劲之处，更能表现出独特的民族风格。

《玛纳斯》在柯族人民群众中间，虽然世代相传，家喻户晓，但是除了存有一些不完整的手抄本外，一直没有进行过科学的纪录和研究工作。近年来，苏联出版了经过加工整理的《玛纳斯》前三卷，引起研究者极大的兴趣。从去年春天开始，在中共新疆维吾尔自治区党委宣传部领导下，由新疆文联、科学院新疆分院文学研究所、克孜勒苏柯尔克孜自治州州委宣传部和中央民族学院等单位共同组成了《玛纳斯》工作组，深入到克孜勒苏柯尔克孜自治州所辖的四个县内，进行大规模的搜集和发掘工作。经过半年多辛勤的劳动，共搜集到有关史诗的材料二十五万行左右，除去重复的部分，初步整理出来的约有十二万行，共分五部。译成汉文部分的初稿，正在加工。我们深信，这一颗从柯尔克孜族人民中间发掘出来的明珠，一定会在我国的文学宝库中放出夺目的异彩。

柯尔克孜族民间英雄史诗《玛纳斯》

刘俊发　　太白　　刘前斌

史料解读

　　该史料为一篇论文,原载于《文学评论》1962 年第 2 期。《玛纳斯》是由柯尔克孜族人民口头创作、代代传唱的英雄史诗,其在口头传承的过程中产生了各种变体。《玛纳斯》在柯尔克孜族人民中家喻户晓,不仅在柯尔克孜族文学史上占有重要地位,还具有极高的史学价值。通过分析此次搜集整理并译成汉文的史诗材料可以看出,《玛纳斯》是具有深刻的人民性和思想性的民族史诗。这主要表现在:第一,它深邃地反映了柯尔克孜族人民反对异民族统治的斗争,反映出被奴役的人民群众不可战胜的精神面貌;第二,歌颂了民族的团结与友谊,强调受欺压受奴役的民族联合起来,共同对强劲的侵略者进行百折不回的斗争;第三,歌颂了纯洁忠贞的爱情。《玛纳斯》在艺术风格上也具有强烈的民族特色,史诗中呈现出的丰富联想和运用的生动比喻,都是和柯尔克孜族人民独特的生活方式及自然环境相联系的。诚然,这部史诗也有不足之处,但只要遵循批判继承的原则整理就可以正确处理。

　　这篇文章说明了整理《玛纳斯》的同时,相关研究也在同步展开,并反映了《玛纳斯》研究初期的话语方式、研究方法等方面的基本特征。

原文

　　柯尔克孜是聚居在新疆境内帕米尔高原上的一个勤劳勇敢的民族,历代以游牧为生。解放前,柯族劳动人民在封建统治者伯克、巴依们的压迫和剥削下,被抢走了劳动果实,被剥夺了享受文化的权利,甚至连文字也没有。可是罪恶的社会制度并不能压抑人民口头创作的才能和智慧,柯族劳动人民口头创作了许多民间故事、歌谣和长诗。最近正在搜集整理的《玛纳斯》就是这样的一首英雄史诗。由于目前资料不足,暂时尚不能将其产生的年代考证出来,但从它反映的生活内容来看,可能产生在柯族人民反对外民族统治的斗争最激烈的年代。经过一代一代的民间口头文学家流传演唱,丰富发展,构成了这部巨大的史诗。正如史诗的序歌中所唱的:"多少世纪已经过去,英雄玛纳斯的名字永不消逝","一切的一切都在变化着呵,可是祖先留下的史诗,仍在一代代的相传"。

　　由于生活和斗争的需要,由于史诗中的英雄深受广大人民的喜爱,便在柯尔克孜族人民中形成了一种专门以演唱《玛纳斯》为职业的玛纳斯奇,他们广泛地分布在牧民居住的地方。现在克孜勒苏柯尔克孜族自治州境内阿合奇、乌恰、阿克陶等县,都有人数众多的玛纳斯奇。由于史诗凭着口头演唱,因此在它流传的过程中,各个历史时期、各个不同的地区和各部落的人民,就必然会根据自己不同的生活遭遇、斗争经历以及不同的理想,对史诗进行加工和再创造,这就必然会产生各种不同的变体。这次初步的发掘中,就搜集到有韵文的、有散文的,也有韵文中夹着散文的;绝大部分是口头流传,但也发现了手抄本;有的只有几个片断,有的只有一个情节。而且不仅在体裁和语言上有所不同,就是在内容和情节上也有差异,例如对于英雄玛纳斯的诞生就有两种不同的说法:乌恰县的歌手艾西玛特所演唱的材料说玛纳斯诞生是难产,胎儿自己伸出手来,抓住树枝从母体中出生;阿合奇县歌手玉素甫·玛玛依则说他一生下来只是一个肉袋,划破肉袋后,手掌上印有玛纳斯的名字。尽管说法不同,却都表明了人民对英雄人物朴素的艺术想象,赋予不平凡的经历,显示人民对这部史诗中的勇士的景仰和热爱。

　　《玛纳斯》在柯族人民群众中可以说是家喻户晓的，这一次访问记录的歌手就有老有少，有男有女，除了专业的玛纳斯奇之外，也有干部、教员和牧民。这足以证明史诗流传的广泛性和群众性。柯族人民群众十分珍视和喜爱这部作品，在节日的游戏和婚礼的喜庆上，或者在劳动之余，总喜欢把玛纳斯奇非常尊敬地请至毡房中，长夜达旦的歌唱。

　　这部史诗在柯族民间文学史上占着极为重要的席位，它吸收了口头创作中的精华，里面有神话、俗歌、谚语、格言。它直接影响和滋育着柯族其他的口头创作，如另一部英雄叙事诗《吐西吐克》，就是从《玛纳斯》中一位勇士的事迹发展而成。《玛纳斯》长篇巨帙，事件纷繁，主要描写玛纳斯祖孙三代创业的伟绩，描写柯族人民长期与卡尔玛克族侵略者斗争的经过，并把远古有关柯族的起源传说与后来的现实生活溶合在一起，并且保存了民族交往和文化交流的资料，具有一定的史学价值。

　　《玛纳斯》的开始是以一个悲惨的故事和神奇的传说解释柯族的起源。相传一个叫作坎西米尔的王国，有一对兄妹被人诬告发生淫乱关系，国王不仅不为这一对无辜的兄妹洗雪冤屈，反想霸占那个纯洁美丽的民间少女，激起了姑娘的拒绝和反抗。在暴君的盛怒之下，兄妹二人横遭惨死，烧化的骨灰被倾倒于溪水中，结成银色的泡沫流入国王的花园，公主和众大臣的四十个女儿饮了这水，全部受孕。国王发觉后，将她们驱逐于荒野穷山中，生下了二十个男孩和二十个女孩，互为配偶，世代相传，聚族而居，遂成为柯尔克孜族。按柯族"柯尔克"为四十，"克孜"为姑娘；柯尔克孜意译为四十个姑娘。史诗第一部《玛纳斯》主要描写英雄玛纳斯诞生成长，聚集众勇士，统一部落，联合哈萨克人，反对卡尔玛克人的欺凌与奴役，其中有他同敌人征战的过程，也有他同妻子哈尼凯爱情的经历。最后在英雄阿里芒别特[①]的帮助下，击败了当时占据京城的卡尔玛克的统治者。玛纳斯就在这次远征中，身负重伤，回到故乡之后病逝。第二部《赛麦台依》叙述玛纳斯死后，发生了内哄，由他的儿子赛麦台依平复内乱，继续

---

① 　阿里芒别特：又名苏少耶，柯族老乡一致认为他是汉族勇士。

同卡尔玛克侵略者战斗。其中以他与阿依曲茹克曲折离奇的爱情生活，以及巴哈依的儿子在对敌斗争中牺牲等情节最为动人。在结尾时，勇士手下的将领坎曲茹出卖了本族利益，同敌人勾结，将赛麦台依杀死，柯族人民又遭到异民族的统治。第三部《赛依台克》是讲述赛麦台依的儿子赛依台克如何挽救颓势，惩处内奸，抵御外患，驱逐敌人，振兴柯尔克孜族的英雄伟绩。第四部《凯耐尼木》主要描写凯耐尼木平息内患外侮，进行政治改革，弹压富豪巴依们的气焰，扶助穷人，让贫苦的牧民当头人，缔造了欢乐幸福的生活与自由的社会秩序。第五部《赛依特》着重描绘勇士赛依特斩除恶魔的经过，富有浓厚的神话色彩。

这次搜集的工作，是从克孜勒苏自治州境内各县七十七位玛纳斯奇演唱中，记录了将近二十五万多行唱词。那些民间艺人，有的只能唱史诗的第一部《玛纳斯》；有的只能唱《赛麦台依》；有的只能唱《赛依台克》；而能完整地连唱五部的，只有阿合奇县歌手玉素甫·玛玛依一人。尽管所搜集的材料在内容上有重复的地方，但是艺术风格却各不相同。例如乌恰县的艾西玛特在演唱第一部中"阔克托依祭典"时，就大量运用重叠、比喻；在人物刻划和抒情气氛上就要比玉素甫·玛玛依的材料细致、浓郁。可是他所演唱的"赛麦台依与阿依曲茹克结婚"，又没有他同县的歌手铁木尔所演唱的丰富多彩。由于还没有将这批原始材料全部译成汉文，进行整理、分析和研究，因而很难对它作出恰如其分的估价和认识，但从已译成汉文的十一万多行材料看来，应该说它是具有深刻的人民性和思想性的民族史诗。这主要表现在：

第一，它深邃地反映了柯族人民反对异民族统治的斗争，反映出被奴役的人民群众不可战胜的精神面貌。史诗的前三部着重描绘柯族人民在玛纳斯祖孙三代以及其他英雄人物的领导下，同强敌卡尔玛克人进行不屈不挠的斗争，通过英雄人物的性格和行为的描绘，歌唱了柯族人民对侵略者的反抗精神和斗争意志。玛纳斯是柯族人民的英雄，他一诞生就处在复杂矛盾的社会环境中，卡尔玛克统治者听信了预言家的话，想在摇篮中扼杀这位举世无双的勇士，勇士的父亲虽然依附于敌人，却因年老好不容易才生一子，想尽办法使他不致被害。童年的玛纳斯就同情人民的疾苦，他看不惯父亲的吝啬，将大量的财产和牲畜分赠给穷苦的牧民,引起了和他父亲的冲突,结果被逐出家庭,至吐鲁番种麦。他从养尊处优的巴依伯克的家庭中,走入广阔的社会,看到了惨绝人寰的现实生活。玛纳斯一生战斗的目的,就是要统一内部,联合哈萨克,驱赶卡尔玛克,振兴柯尔克孜族。玛纳斯深谋远虑,看准了现实斗争的局面,知道要打败卡尔玛克人,就必须统一分散的部落,联合其他民族,因此他一方面用武力威胁,另一方面又进行说服,平定六可汗的叛乱,奠定内部稳定的局势。玛纳斯礼贤下士,胸襟开阔,他对于巴哈依是那样尊敬,采用他的计谋,接受他的批评;对于阿吉巴依是那样信任,让他处理一切事务;对于曲瓦克、色热阿克那样忠厚;特别是对阿里芒别特是那样珍重,因为他知道这位来自东方的英雄,是他置强大敌人于死地的有力助手。这一切使他像一座大海,使众流归向,使英雄们能团结在他的身边。当然在他身上还表现出某种缺陷,有时非常凶横和跋扈,对于妻子哈尼凯的爱情有时也不信任,听信谗言以后,就折磨她等等。

第二,歌颂了民族的团结与友谊,强调受欺压受奴役的民族联合起来,共同对强劲的侵略者进行百折不回的斗争。史诗叙述了柯族与哈萨克族结成联盟对付共同的敌人——卡尔玛克的情形。在这结盟的过程中,使我们看到这两个民族唇亡齿寒、休戚相关的兄弟般的关系。特别使人珍视的是,史诗通过阿里芒别特(苏少耶)形象的塑造,揭示了柯族人民同汉族人民之间的传统友谊。史诗十分具体地描写了苏少耶受不了卡尔玛克统治者的奴役与欺凌,逃至哈萨克地区,帮助他们进行政治改革,整顿社会秩序,激发人民劳动的热情,改变了穷困的生活面貌。然后又到塔拉斯,受到玛纳斯热忱的欢迎与尊敬。在远征京城讨伐卡尔玛克人的战斗中,显露出他超人的英勇和智慧,那种置敌人于死地的计谋和策略,使玛纳斯取得了节节的胜利。柯族人民把自己心目中最景仰的英雄,说成是汉族人,说明柯族人民与汉族人民传统的交往与深厚的友谊。除此以外,在史诗里还可以找到其他例证说明它十分重视表现民族团结的主题思想。史诗第五部写到萨依特要到京城去,受到他父亲的阻拦,通过凯耐尼木的口不仅叙述了汉族人所居住的中原地带美丽富饶,而且赞美了汉族人民勤劳勇敢、坚贞不屈的斗争精神和英雄气魄。

　　第三，歌颂了纯洁忠贞的爱情。《玛纳斯》中所描述的英雄人物的爱情生活，不是游离于人民对敌斗争之外的，例如玛纳斯同哈尼凯、赛麦台依与阿依曲茹克、赛依台克与库亚里的恋爱，都紧密地联系着斗争，有的甚至在对敌战斗中结为伴侣的，他们既是夫妻也是战友，这就使史诗所揭示的爱情注入了深厚的思想内容，反映了柯族人民丰富的精神世界和优美的道德情操。

　　《玛纳斯》在艺术风格上也具有强烈的民族特色，史诗中呈现出的丰富的联想，和运用的生动的比喻，都是和柯族人民独特的生活方式及自然环境相联系的。我们在史诗中常常见到以雪山、戈壁、急流、怒风、雄鹰、猛狮来象征英雄人物。例如阿吉巴依奉玛纳斯之命，来到哈拉汗面前为其求婚时说道：

　　　　我的汗呵，你身边有一只俊美的小鸭，

　　　　我的汗呵，我们那里有一只黑色的雕鹃，

　　　　你让你的小鸭飞走吧！

　　　　让我们的雕鹃去抓攫。

　　　　我的汗呵，你身边有一只洁白的天鹅，

　　　　我的汗呵，我们那里有一只勇猛的雄鹰，

　　　　你让你的小天鹅飞走吧！

　　　　让我们的雄鹰去找寻。

把"小鸭"、"天鹅"隐喻为美丽的哈尼凯公主；把"雕鹃"、"雄鹰"隐喻为英武的玛纳斯，是那样贴切和别致。史诗还运用了节奏鲜明、富有音乐美的诗句，描写草原上的赛马会，峻险的山岩上的狩猎，盛大的游戏宴礼和歌手们演唱的情景，从中揭示了柯族人民勤劳英勇的性格，乐观向上的心理状况。与此同时还描绘了柯族人民生活的环境，帕米尔高原上巍峨的山川，草原上辽阔的风光，而这一切都交织成一幅幅色彩缤纷的风俗画和风景画，衬托出人物的活动和情节的发展。

　　无可否认，这部史诗也有它的糟粕，如有的章节有民族扩张的成分；有些地方夹杂了过分浓厚的宗教色彩；也有些不适当的性生活的描写。我们认为只要遵循批判地继承的原则，在整理中间是可以得到正确处理的。从总的看来，精华无疑地是这部史诗主要的部分,因而它是我们伟大祖国各民族文化宝库中的瑰宝。

一九六二年二月于乌鲁木齐。

柯尔克孜族英雄史诗《玛纳斯》

爱 柯

史料解读

　　该史料为一则评论，原载于《中国民族》1979 年第 2 期。史诗《玛纳斯》为柯尔克孜族民间文学的代表作，是由"玛纳斯奇"口头传承的英雄史诗。《玛纳斯》描绘了玛纳斯家族英雄们的生活和业绩，"玛纳斯"既是全史诗的总称，也是第一代英雄的名字，每部史诗都以主人公英雄的名字命名。众所周知，民间文学会反映一定的历史事实，所以《玛纳斯》对研究柯尔克孜族人民的历史具有一定的参考价值。《玛纳斯》中包含了大量柯尔克孜族人民历史、地理、生活习俗、语言文字等方面的材料，它不只是一部规模宏伟的文学遗产，也为历史学、民族学、语言学等方面的研究提供了宝贵的资料。1949年后开始的《玛纳斯》搜集整理工作成果丰富，但由于林彪、"四人帮"的破坏，中断了搜集工作并损毁了搜集成果。1979 年以后，《玛纳斯》工作组又恢复了工作，重新开启了对英雄史诗《玛纳斯》的整理研究。

　　该史料为一则短评，虽简明扼要地介绍了《玛纳斯》的基本情况、主要特点及重要的历史地位，但从该文中不难发现，学界对《玛纳斯》的了解和认识变得逐步深入和全面。

原文

史诗《玛纳斯》，是新疆柯尔克孜族民间文学的一部重要代表作。它千百年来，在柯族人民中间，由专门演唱《玛纳斯》的民间歌手——"玛纳斯奇"靠着口头演唱，一代一代流传，并在流传中不断丰富、不断再创作，成为今天的规模宏伟、色彩瑰丽的英雄史诗。它深受柯族人民的喜爱。人们虽然不止一次、十次、百次地听唱，每当节日或劳动之余，还是要邀请"玛纳斯奇"来演唱，甚至通宵达旦。

现在正在整理的《玛纳斯》，就是根据"玛纳斯奇"的演唱，特别是最著名的"玛纳斯奇"朱素普•玛玛依的演唱而整理的。

史诗《玛纳斯》，是描绘玛纳斯家族英雄们的生活和业绩的长诗。它既是全史诗的总称，也是第一代英雄的名称。其他各部也都是以该部主人公英雄的名字命名，如史诗的第二部为《赛麦台依》，第三部为《赛依台克》，第四部为《凯耐尼木》……史诗通过动人的情节和优美的语言，不仅生动地描绘了玛纳斯家族世代英雄的生活和业绩，而且反映了历史上柯族人民反抗卡勒玛克人、克塔依人奴役的斗争，表现了古代柯族人民争取自由、渴望幸福生活的理想和愿望。

柯族人民历史上曾经多次遭受外族的侵略和统治，并对侵略者和统治者进行过无数次反抗斗争。他们在历史上所经历过的这些斗争，不可能不在民间创作中用优美的形式反映出来。虽然史诗中所涉及的事件不一定符合史实，但我们认为史实会在民间文学中留下痕迹。因此，《玛纳斯》对研究柯尔克孜人民的历史是有一定的参考价值。例如，我们可以从中找到柯族人民迁移到天山一带的路线，以及他们在历史上活动的地区，还可以从中了解到历史上许多交通路线和关于玛纳斯、伊犁等地名来源的传说，也可以从中找到一些民族在历史上的地理分布、风土人情以及民族关系等材料。

史诗《玛纳斯》中还有大量的有关经济结构、游牧生活的材料，有关于家庭成员的关系、生产工具、武器的制造等材料，有关于衣服、饮食、居住、婚丧、祭典、游戏以及人们的心理状态、宗教信仰和其他习俗的材料，也有民族间的相互称谓的材料，还有对勤劳、智慧的柯族妇女和英雄的性格、形象的描绘。总之，《玛纳斯》不止是一部规模宏伟的文学遗产，简直可以说是反映柯族人民历史、地理、生活习俗、语言文字等方面的一部百科全书，它给历史学、民族学、语言学等方面的科学研究提供了宝贵的资料。

当然，这么浩繁的一部史诗，也难免有糟粕，例如史诗宣扬了大伊斯兰主义、扩张主义等等，但剔去糟粕，仍不失为一部优美的英雄史诗。它确是我国民族文化的珍贵遗产。

搜集、翻译、整理这部史诗，有利于民族间的文化交流，能够吸取其精华，起到艺术借鉴作用。对史诗《玛纳斯》的搜集记录工作，解放后就已开始，到"文化大革命"前曾进行过两次，共访问民间歌手七十多人，搜集史诗的各种变体材料五十多万行。但是由于林彪、"四人帮"的疯狂破坏，这一工作不但中断，而且使大部分珍贵资料和汉文译稿下落不明。现在，《玛纳斯》工作组又恢复了工作，英雄史诗《玛纳斯》不久将与读者见面。

第四辑

其他民族史诗、叙事诗整理与研究

本辑概述

　　20世纪50—70年代是我国民间文学的资料建设初级阶段。这一阶段的主要任务是在党和国家主导下进行第一次大规模的民间文学搜集整理工作。在此次民间文学搜集整理工作中，除了三大史诗的发现成果，各民族其他民间文学的搜集成果同样丰富，内容包括了史诗、叙事诗、古歌、故事等文类。本辑展示了其他民族的民间文学搜集整理情况。

　　本辑共收录四十六篇（各民族民间文类）史料，类型包含论文、报道、整理原文等。本辑史料按民间文类的地理位置分为了两大节，每节又基本按照民族进行了再分类。第一节"南方其他民间史诗与叙事诗"的第一部分是综合类史料，包括两篇论文、一篇评论，分别发表在《文艺报》《民间文学》《思想战线》。第二部分是关于彝族史诗、叙事诗的史料，包括五篇介绍、一篇论文、三篇评论、一篇总结、一篇经验介绍，分别刊登于《民间文学》《读书》《思想战线》《文学评论》《人民日报》《西南文艺》《文艺报》《边疆文艺》。第三部分是关于傣族史诗、叙事诗的史料，包括两篇论文、两篇介绍和一篇评论，分别发表在《读书》《思想战线》《云南日报》《边疆文艺》。其中，本部分傣族叙事诗《娥并与桑洛》的讨论史料较多，专门撰写了专题性综述，在此不作赘述。第四部分是关于纳西族民间史诗《创世纪》的史料，仅有一篇图书介绍，原载于《读书》。第五部分关于瑶族史诗的史料，是一篇刊登在《民间文学》上的古歌原文。本辑史料的第二节"北方其他民间史诗及叙事诗"的第一部分是关于蒙古族叙事诗的史料，包括一篇评论、一篇论文，分别发表在《内蒙古日报》《草原》。第二部分是关于维吾尔族的史诗《乌古斯传》的史料，包括一篇译注、一篇论文，分别发表在《新疆大学学报》《新疆文艺》。第三部分是一篇土族蟒古斯故事的原文，发表在《青海民族学院学报》上。

通过本辑史料，可以清晰了解 20 世纪 50—70 年代我国少数民族民间文学的评价标准与研究思路。本时期的少数民族民间文学在现代民族国家意识形态构建的要求下，在参与新中国社会主义文艺体系建设的目标指引下，在搜集整理以及研究上体现了阶级意识以及人民中心意识等浓厚的意识形态色彩。

晓雪与白木多是从思想内容、创作手法、艺术特色等角度，对南方各少数民族民间文类展开了评介与论述。在他们看来，民间史诗与叙事诗都歌颂了劳动和斗争，歌颂了劳动人民征服大自然的坚定意志，在创作方法上则将现实主义和浪漫主义相结合，表现了与自然和阶级斗争相关的各种深刻关系，彰显了人民的力量。在彝族民间文类的整理研究中，以《梅葛》《阿细的先基》《阿诗玛》这三部民间叙事文类最具代表性。除了从阶级性及人民性等角度进行评介外，云南省民族民间文学楚雄调查队对《梅葛》的叙事结构和语言结构等问题进行了讨论。而云南省民族民间文学红河调查队则是将《阿细的先基》搜集整理过程中出现的问题进行了介绍。方云关于《阿诗玛》的评论直接体现了当时对民间叙事文类的评价标准。在傣族民间叙事文类方面，史宗龙与赵自庄从艺术风格、语言特点、人物形象等方面对几部傣族古代叙事长诗展开了讨论，还对叙事长诗口头演唱的特点进行了关注。在本时期进行的搜集整理工作中，有部分叙事诗是在民族传统故事基础上进行的二度创作，长诗《葫芦信》就是其中之一。李丛中对叙事长诗《三只鹦哥》的情节结构、人物特征等方面进行了讨论。关于此时期诸多学者围绕傣族叙事长诗《娥并与桑洛》展开的激烈讨论已另成综述。

在"北方其他民间史诗及叙事诗"部分，主要有蒙古族、维吾尔族、土族三个民族的民间叙事文类。在蒙古族民间文学研究方面，关于叙事长诗《嘎达梅林》的研究较多，如陈清漳对《嘎达梅林》进行了评介，并对整理过程中出现的问题进行了说明。在维吾尔族民间文学方面，秀库尔和郝关中将史诗《乌古斯传》用维吾尔新文字进行转写，还参考俄译文，将其译成现代维吾尔语和汉语，并加以注释，对相关的历史、文学、语言研究具有较大的参考价值。胡振华在论文中论证了《乌古斯传》的史学价值以及文学价值。关于土族的史料是一篇整理蟒古斯故事的原文，展现了土族人民的生活方式、传统价值观和信仰体系。

从空间上看，本时期的少数民族文学搜集整理工作中，南方少数民族民间文类较为丰富，而北方除三大史诗之外其他民间叙事文类较少，这也从侧面说明了三大史诗的研究地位。从时间上看，20世纪50—60年代所进行的搜集整理工作成果突出，但翻译出版的时间集中在20世纪70年代。从本辑史料还可以看出，本时期少数民族民间文学研究受苏联文学理论以及政治环境的影响，普遍从故事内容、艺术风格、人物形象等角度进行讨论，民间文学研究话语同质化倾向严重，研究理念、研究方法亟待拓展和优化。

一、南方其他民间史诗与叙事诗

（一）综合类史料

略谈十年来的兄弟民族民间叙事诗

晓　雪

史料解读

　　该史料为一篇论文，原载于《文艺报》1957年第24期。本文论述了云南少数民族民间叙事诗的思想内容和艺术特征。这些民间叙事诗是各民族在特定历史条件和地理环境中创作出来的，因而各民族的民族情调、心理素质、生活方式和风俗习惯等都有所展现。文章强调了各民族民间叙事诗中对劳动的热爱和渴望自由幸福生活的共同主题，反映了各族劳动人民在不同历史时期的意志、理想和愿望的相通性。无论在现实斗争中是否能够战胜困难，各族人民都相信自己具有足够的力量，并以乐观的浪漫主义艺术形象表达勇敢思想、豪迈意志和善良愿望。这些民间叙事诗多数运用了现实主义和浪漫主义相结合的创作方法，表现了与自然和阶级斗争相关的各种关系，彰显了人民的力量。各兄弟民族民间叙事诗具有独特的民族风格和艺术特色，它们通过广阔的生活反映、多彩的表现手法和丰富的民族语言塑造了具有代表性的人物形象,展示了独特的民族精神,代表了一个民族的艺术修养、文学创作和精神文化的高度。本文认为深入研究和学习民族民间叙事诗的传统和风格对于发展各民族的社会主义新文学具有重要意义。最后,本文展望了未来发掘和发展民族民间叙事诗的前景,认为这将丰富祖国的文学宝库,提高民族自信心,并推动各民族独具风格的社会主义新文学的繁荣和发展。

这篇论文是对于自新中国成立以来近十年的各兄弟民族的民间叙事诗的一个梳理,总结了各兄弟民族的民间叙事诗的特点,并提出了对各兄弟民族的民间叙事诗深入研究的重要意义,是一篇研究民间叙事史诗不可不读的重要文献。

原文

一

我国是一个多民族的国家。千百年来,各兄弟民族人民也象汉族一样,创造了自己民族的色彩鲜明的丰富的精神文化,各兄弟民族民间文学创作就是其中一个重要部分。然而在过去漫长的黑暗的历史年代里,各兄弟民族民间文学却一直受着本族和异族的反动统治阶级的鄙视和摧残,它只能象深深的河水一样在本族人民的生活的河床里静静地流淌,而得不到广泛的传播和更为波澜壮阔的发展;其中有不少珍珠蒙上了泥沙,被埋没甚至失传了!

从"五四"新文化运动积极提倡人民创作开始,民族民间文学逐渐引起注意;我国文化革命的伟大旗手鲁迅正确地论述和积极地宣传了民间文学的价值及其意义;后来毛主席的《在延安文艺座谈会上的讲话》奠定了新文艺的发展方向,也同时把我国的民间文学事业引上了广阔的健康的发展道路。中华人民共和国成立后,党和政府把发掘、整理和研究各族民间文学艺术遗产的任务列入第一个五年计划,于是,在全国范围内的、大规模的民族民间文学遗产的发掘、整理工作,就在党的领导下展开了。

我们的工作取得了光辉的成绩。十年来,据不完全的统计,光是各兄弟民族的民间叙事长诗(包括各兄弟民族民间艺人和诗人歌手创作演唱的古典叙事诗和民族史诗)搜集、翻译、整理出的就超过五、六十部;有的已经介绍到国外,被列入世界文学宝库。这是我们贯彻党的民族政策和文化艺术政策的一个胜利,也是帮助各族人民继承优秀的文学遗产、建设社会主义新文学的一个重要收获。

我们无妨把十年来发掘整理出来较优秀的各兄弟民族民间叙事诗(包括抒情长歌)开列如下:

蒙古族的《嘎达梅林》、《陶克陶》、《英雄的格斯尔可汗》、《红色勇士谷诺干》、《聪明的希热图汗》、《洪古尔》、《都楞札那》、《英雄与格勒》,僮族①的《布伯》、《百鸟衣》②,傣族的《召树屯》、《葫芦信》、《娥并与桑洛》、《松帕敏和嘎西娜》,维吾尔族的《热碧亚·塞丁》、《季帕尔汗》、《塔依尔与祖赫拉》,哈萨克族的《萨里哈与萨曼》,彝族的《阿诗玛》、《阿细的先基》、《逃到甜蜜的地方》,苗族的《红昭和饶觉席那》、《勒加》、《虹》,傈僳族的《逃婚调》,藏族的《茶和盐的故事》,白族的《创世纪》、《望夫云》,土家族的《哭嫁》,纳西族的《玉龙第三国》等。

这仅仅是见诸报刊和出了单行本的一部分,还不包括已经整理出来即将发表出版的如象彝族史诗《梅葛》,也不包括许多篇幅较小的民族民间叙事诗。要想对这样一大串金光闪闪的民族民间叙事诗进行深入细致的思想分析和艺术分析,不是一篇文章、也不是作者所能胜任的,本文只就几个主要方面略作论述。

二

读了开国十年来发掘整理出来的这二十多部民族民间叙事诗,我感觉到我

---

① 　编者注:僮族于 1965 年改名为"壮族"。文章因发表年代关系,沿用旧称。
② 　《百鸟衣》是韦其麟根据民族民间传说创作的。在某种意义上说,作者是人民创作的最后完成者和定稿人。所以放在这里谈并非贬低个人创作的意义。

国各兄弟民族的文学宝藏是很丰富的，同时也深深感觉到各族劳动人民在各个历史时代的意志、理想和愿望又是多么的相通而且相同！各族劳动人民都是那样的相信自己的足以战胜任何敌人的巨大力量，都是那样充满激情地赞美自己劳动的智慧和威力，都是那样势不两立、永不妥协地与一切自然的灾害和社会的罪恶势力斗争到底；而当他们在现实斗争中暂时还不能战胜黑暗的罪恶势力的时候，也都是那样必然地将自己的勇敢的思想、豪迈的意志和善良的愿望寄托在美丽的幻想中，寄托在充满乐观精神的浪漫主义的艺术构思和艺术形象里……

各族人民在各个时代的理想和愿望，尽管具体的历史内容和表现形式不一样，但总括起来不外乎：自觉愉快的劳动和自由幸福的生活。这个愿望在中国共产党的领导下，在我们伟大的社会主义祖国的怀抱里，已经完全实现了。然而在漫长的历史年代里，我们的祖祖辈辈却是求之不得的。在阶级社会出现以前，人们碰到的是不可征服甚至在当时还不可理解的大自然的威力，阶级社会出现后，又加上了历代反动统治阶级的压迫、剥削；真正创造世界、应该作为历史主人的劳动人民却过着不自由的浸透血泪的苦难生活。这种生活，人民是从来不甘心的，人民一直在幻想着，劳动着，斗争着；并且通过自己的歌声，通过歌谣、民间故事、神话传说和叙事诗，歌颂、赞美从而鼓舞着自己的生活斗争。每一个民族都有自己的长流不断的民间文学，都在民间文学创作中塑造了自己民族心目中的代表人物和英雄形象。这些英雄形象往往是人民的智慧、力量和愿望的化身，既富于亲切的现实感，又充满神奇的浪漫色彩；它活在人民的心中、口头文学中，人民用集体的艺术天才不断地丰富它，使它更完整、更美丽、更有力量，而它又反过来动员和鼓舞人民和大自然斗争，和阶级敌人斗争，和一切暂时还十分强大的罪恶黑暗势力作斗争……傣族人民的娥并与桑洛，蒙古族人民的格斯尔可汗、谷诺干、希图热汗、嘎达梅林，彝族人民（包括撒尼人）的阿黑和阿诗玛，僮族人民的布伯、依俚和古卡，藏族人民的阿金措（《茶和盐的故事》）和格萨尔王(《格萨尔王传》①),维吾尔族人民的季帕尔汗、塔依尔与祖赫拉以及苗族人民的红昭和饶觉席那等等,就是这样的英雄形象。这些英雄形象都在各兄弟民族民间叙事诗中被光辉地塑造出来了。他们从头到脚、从服装到性格、从声音笑貌到心理素质都是自己民族的,各不相同的,然而他们却又都有着显著的共同之处,那就是他们的勇敢的精神和美丽的灵魂,他们的可敬的品质和闪光的人格——他们都为战胜反动势力争取自由幸福的生活尽了力量,甚至献出了生命,他们都代表着人民的意志和愿望。所以这些英雄形象不光受到本族人民的赞美、尊敬和喜爱,也普遍受到各民族广大读者的赞美、尊敬和喜爱。愈是民族的,愈是性格突出、色彩鲜明,就愈有资格进入全国的以至全世界的艺术群像的画廊中。正是首先在这个意义上,我们认为各族民间叙事诗的整理大大丰富了我们伟大祖国的多民族的文化艺术宝库。

当然,各族劳动人民并不是仅仅根据自己的"意志"来创造英雄形象的,人民创造英雄形象(哪怕它是具有多么神奇的浪漫色彩)完全不是根据什么概念,而是根据自己的劳动生活和历史斗争经验。所有的民族民间叙事诗中的英雄形象都是深深地植根于人民的生活斗争和历史土壤中的,这就使得这些英雄形象具有不朽的生命力,具有永远使人民感到亲切的生活内容和思想光辉,具有足以代表人民和鼓舞人民的勤劳、勇敢等崇高品质。

例如阿诗玛,她从小热爱劳动,她的性格、爱好都是在劳动生活中形成的,她的迷人的美也是和劳动分不开的:"长到六、七岁,就会坐在门槛上,帮母亲绕麻线了。长到八、九岁,就会把网兜背在背上,拿着镰刀挖苦菜去了。"

又如《百鸟衣》中的古卡,十岁就上山砍柴,自己造弓箭打猎,"砍了一根椽木,修了一根软藤,花了一天工夫,一把弓就做好了。用茅草做箭尾,用利刺做箭头,用竹枝做箭身,一枝一枝的箭做好了。"

再如维吾尔族民间叙事诗《季帕尔汗》中的女主人公:"季帕尔汗学会了骑马,在草原上放牧群羊,羊群象飘浮在草原上的白云,季帕尔汗是淹在白云里的

---

① 格斯尔可汗和格萨尔王,本是一个人,他的故事同时在蒙古族和藏族人民中间流传,作为艺术形象,是可以分开谈的。

月亮。""季帕尔汗学会了劳动,她种的玉米象金铸的一样,她种的瓜儿,象珍珠播撒在地上。"

正是这些关于劳动和劳动生活的描写,构成许多民族民间叙事诗的精彩的艺术内容。各兄弟民族民间叙事诗中的许多英雄形象,它们的性格的基础、力量的源泉和灵魂的迷人的美都是和劳动、劳动生活联系在一起的。从这里我们可以看出人民喜爱什么、希望什么、追求什么。在过去的黑暗社会里,劳动所得被剥削者抢去了,甜蜜的爱情被破坏了,创造一切财富的劳动者过着饥寒交迫、痛苦不堪的生活,劳动成为一种负担。但表现在许多民族民间叙事诗中人民对劳动始终是热爱的,这是因为人民在任何时候都是相信自己的不朽和自己的劳动的力量的,这里反映着劳动人民对自由劳动的梦想,反映着人民希望过一种人人从事创造性劳动的幸福生活。

有些民族民间叙事诗的主人公不是劳动人民,而是公子、公主或国王等等,诗中也缺乏关于劳动和劳动生活的直接描写,但人民所歌颂的还是叙事诗主人公与劳动人民愿望一致或基本一致的英雄行为,他(她)为争取自由幸福的爱情而冒险、牺牲的勇敢精神,以及他(她)借以战胜丑恶敌人的聪明才智和武功骑术等等。在这个时候,他或她已经不仅仅是贤能的国王或聪明美丽的公主,而是人民力量的化身和人民愿望的某种程度的体现者了。因此即便是这样的叙事诗形象,也仍然是在劳动人民的生活土壤中生长起来的,它的基础仍然是劳动和劳动生活。

《英雄的格斯尔可汗》是蒙古族民间艺人琶杰根据《格斯尔传》和蒙古民间传说创作的一部英雄史诗,史诗描写古代社会"十方圣主"格斯尔可汗战胜十二个头颅的魔鬼的故事,情节曲折复杂,人物也比较多,但都环绕着英雄主人公和万恶魔鬼的斗争这一事件。显然,这十二个头颅的魔鬼最初是作为充满恐怖的自然力的化身被创造出来的,但经过各个历史时代的补充和丰富,这个魔鬼就逐渐变成一切自然的和社会的罪恶暴力的代表了;他的十二个头颅分别从事"啮咬"、"看望"、"诅咒"、"贪婪"、"骄横"、"毁灭"、"散瘟"、"降凶"、"犯罪"、"放臭"、"害马"、"毒婴"等罪恶活动,他"张开巨口阴冷的一笑,世界上顿时大雪横飞",他"闭着眼睛打了三个嚏喷,世界上降了三年血雨",他"裂开巨口喷出的毒液,化成散布瘟疫的浓雾",他还有各种各样的变形和"附身"。然而在这残暴凶恶的巨大妖魔活动的领域里,人民同时充满信心地塑造了自己的代表人物——格斯尔可汗。英雄的格斯尔可汗最后终于战胜了魔鬼,救出他的夫人,消除了"北方三个部落"的灾难。史诗从头到尾贯串着人民要战胜一切恶势力的雄心,它的基调就是人民的高度的乐观主义精神。十二个头颅的魔鬼在蒙古族其他的叙事诗如《红色勇士谷诺干》《聪明的希热图汗》等中也出现过,最后也仍然是英雄主人公战胜了魔鬼。人民的高度乐观主义精神是贯穿在一切叙事诗、歌谣和神话传说中的。人民根据自己的历史经验和丰富的斗争生活,也根据自己的意志和幻想,创造了自己的英雄形象。

三

各兄弟民族民间叙事诗的又一个共同之处是在创作方法上,几乎所有的作品,都是运用现实主义和浪漫主义相结合的创作方法创作出来的,或者说,这些叙事诗,都不同程度地体现了现实主义和浪漫主义相结合的精神。这是一个饶有趣味的问题。为什么各个民族社会历史发展程度并不一样,各族民间叙事诗的艺术内容也不相同,而在艺术创作方法上却都在不同的程度上达到了一致或具备显著的共同点呢?

有的民族民间叙事诗(史诗)比较侧重表现对自然的斗争,有的侧重表现阶级斗争,有的则是通过自然斗争和阶级斗争错综复杂的关系,表现出人民战胜恶势力的伟大力量。但不论属于哪一种,叙事诗中都贯穿着人民的意志和愿望。人民的理想和信心照亮了各个民族的全部民间叙事诗创作。光彩夺目的积极浪漫主义就是从这里产生出来的。基于自己的生活斗争,基于自己在劳动斗争生活中获得的朴素的(有时甚至是模糊的)唯物主义世界观,人民充满信心地幻想着自己的灿烂的未来……所以许多民族民间叙事诗中的英雄形象常常具有"超人"的力量,仿佛是超越他的时代而存在于未来,存在于人民的渴求、期望和想象中。僮族民间叙事长诗《布伯》这样描写它的主人公布伯:"双手抱不过的大栗树……别人三天砍不断，布伯三斧就（砍）断了"；"一丈多宽的河，……布伯挑着千斤担，一步跨过河……"

这已经是够夸张的描写了，然而这还不算。布伯见田里没有水，就带人去斗龙王，把龙王的六根须拔了四根，使龙王逃下海，又"上到天河边"，打开了天河的铜闸门。触怒了天上的雷公，雷公"塞起天河水"，叫人间遭大旱。但是对雷公，劳动人民的英雄布伯毫无惧色，他一直冲到天上去"擒雷"。最后由于敌人（雷公）的狡猾阴险，布伯牺牲了。但是他化为天上的启明星，"光芒永远照人间"。他的一系列"超人"而又可敬可信的英雄行为永远鼓舞着人民，永远动员着人民为实现自己的幻想而斗争。早在千百年前，僮族劳动人民就相信自己能够斗垮龙王、战胜雷公，就希望而且相信自己能用劳动和智慧支配天地万物和宇宙世界。从这里，从这样的民间叙事诗中，我们发现了多么光辉灿烂的思想宝藏啊！

布伯是一个神奇伟大的英雄，同时也是一个普普通通的勤恳朴实的劳动者。他上天，一方面是凭自己的勇敢和意志，另方面也是依靠了神仙"老公公"的指点帮助的；首先因为他勤劳、勇敢、肯为人民办事，然后才能跨过千山万水走到仙洞门口，得到"老公公"的神助，也正如蒙古人民的格斯尔可汗得到"三位神姐"的帮助和别的民族的英雄得到别的神仙的帮助一样。在这里，与其说人民把希望寄托在神仙身上，求助于神仙，不如说人民是把希望寄托在自己的未来，是求助于自己身上具有的将来总会充分地发挥出来的伟大潜力。什么"老公公"、"神姐姐"，固然是人民的富于神话色彩的浪漫主义想象，但按其思想实质来说，也还是人民意志和人民力量的化身。积极浪漫主义体现着人民的理想；人民的理想也正是民间叙事诗的浪漫主义翅膀的活力的源泉。布伯死后化为一颗启明星，南诏公主死后化为一朵望夫云，阿诗玛死后化为岩石上的回声，古卡和依俚"象一对凤凰，飞在天空里"，娥并与桑洛死后化为两颗又大又亮的星星，这些结尾当然是富于鲜明美丽的浪漫主义色彩的，但积极浪漫主义特色不仅表现在各兄弟民族民间叙事诗的结尾或某些章节，而是作为一种创作方法和深刻的现实主义结合在一起，象一条红线贯穿在这些作品中的。

民族民间叙事诗按其所创造的英雄形象和总的思想倾向看,都是既忠于现实而又高于现实,既反映了各民族特定的历史时代而又"赶过"了特定的历史时代(当然有历史局限性,不能和今天的社会主义现实主义相比)。这也就是为什么我们可以这样说,民族民间叙事诗不但在它产生的时代对人民起过鼓舞教育作用,就是现在和将来也能够永远保持艺术生命和思想活力,不断地给人民以美感享受和思想教育。而这,也体现了各族劳动人民的朴素的美学思想。人民所喜爱的就是美的,人民所希望的就是美的,人民所敬仰的英雄和所渴求的生活就是美的。人民按照自己的美学要求创造着自己的文学艺术。

四

普希金和高尔基都曾经一再号召作家们学习人民的语言,学习民间文学的语言。高尔基甚至说:"不懂得民间文艺的作家是不好的作家,民间文艺里隐藏着无穷尽的财富。有良心的作家必须熟悉民间文艺。只有在这里,才能研究祖国的语言,而我们祖国的语言是最丰富多采的。"

民族民间叙事诗,由于篇幅长、规模大,要比较完整地塑造人物形象、展现一个民族的社会生活风貌和人民精神世界,这就需要概括更广阔的生活,需要运用更多彩的表现手法和更丰富的语言。所以民族民间叙事诗创作在某种意义上,往往代表着一个民族的艺术修养、文学创作乃至于精神文化的高度。民族民间叙事诗即使不是人民的文学语言的宝库,那么也是珠玉般的语言宝箱。让我们随便打开一个"宝箱"吧!——"你在这里可以看见惊人的丰富的形象,比拟的确切,有迷人力量的朴素,和形容的动人的美"(高尔基)。

在叙事诗《阿诗玛》中,阿诗玛刚生下地时,诗篇并没有直接写她怎样漂亮,只写了用"三塘水"给小姑娘洗身子,"洗得小姑娘又白又胖",怎么样的"白"呢?

脸洗得象月亮白,

身子洗得象鸡蛋白,

手洗得象萝卜白,

脚洗得象白菜白。

多么朴素、简洁而又生动的比喻啊！仅仅四句，一个活泼的漂亮可爱的小姑娘就在读者眼前动起来了，它会唤起你的多少美丽的联想啊！这就是人民的语言，这就是民间叙事诗的语言，这就是真正来自生活中的、和人民的（民族的）生活经验习惯爱好分不开的文学语言！这样的语言，这样的比喻，是无法更替的。这样的语言确乎是"在我们的杂志里决找不到的东西"（普希金）。而这样的语言是充满在《阿诗玛》以及别的民族民间叙事诗中的。

各兄弟民族民间叙事诗不但在思想倾向上甚至在主题题材上、表现方法上都有一些共同的东西，有些是互相影响的，有些是由于人类社会发展的必然规律"不谋而合"的，但更为重要的是各兄弟民族民间叙事诗都是生根在自己民族的历史生活的土壤中的，它们从语言形式到思想内容、从人物形象到每一个细节，都是首先渗透了自己民族的血液、民族的传统和民族心理素质的。我们把这个叫做民族风格。各兄弟民族民间叙事诗都是色彩鲜明，具有独特的民族风格的。

周扬同志说："语言是文艺作品的第一个因素，也是民族形式的第一个标帜。"而民族风格的特色也首先表现在语言上，各兄弟民族民间叙事诗翻译成汉族的语言后，尽管译者如何忠实（何况由于条件限制目前还往往不能做到很忠实），也还是会失去一些东西，减少一些色彩的。从一部或几部叙事诗中，当然也很难概括出一个民族的文学语言或民族风格的特色。但即使这样，我们在研究了部分民族民间叙事诗后，也还是可以看出各兄弟民族民间文学在语言风格上的某些特色的。一部叙事诗不能代表一个民族的文学的民族风格，但却是总要表现这个民族风格的某些特色的。例如在语言上，我们就觉得《召树屯》《松帕敏和嘎西娜》（傣族）的语言更艳丽一些，《布伯》（僮族）的语言更简朴一些，而《阿诗玛》的语言则又比较更为自然和朴素。这些都是和民族的社会环境、地理环境以及整个历史发展过程分不开的。语言是一个民族的全民性的交际手段，也是社会发展必不可少的工具，语言的形式、发展、变化及其特色是和民族历史发展的整个过程直接有关的。

当然，构成民族风格的，除语言外，还有其他条件。各兄弟民族民间叙事诗之所以具有独特性和独创性,还在于叙事诗中所表现的民族情调、民族心理素质、生活方式、风俗画、风景画以及叙事诗的艺术结构、表现手法等等。傣族民间叙事诗《召树屯》中,王子召树屯向孔雀公主唱着求爱的情歌,诗篇写他的动人的歌声,"象一只蜜蜂落在喃喏娜的心上",这是优美的比喻,但也是和民族的爱好有关的,是有民族特点的。《娥并与桑洛》(傣族)中,桑洛对他的情人说:"把我俩的爱情包起来,紧紧地锁在箱子里吧,不要让别人抢去。"把爱情包起来锁在箱子里,这也是绝妙的而又富有民族特点的说法,是和傣族人民的生活习惯分不开的。在《英雄的格斯尔可汗》(蒙古族)中,写可汗的骏马"有山一般高的身躯","湖一样大的眼睛","沙原似的阔背"和"五百丈长的疏尾",格斯尔可汗"夸上神赐的骏马,刚刚披上前衣襟,就飞过了十个草原","刚刚披上后衣襟,就飞过了二十个草原。"于是:

> 昆仑山显低,
>
> 洼湿地流平,
>
> 黄河水变窄,
>
> 格斯尔走得比流星还快。

这样夸张的描写,是必须以大草原上飞马扬鞭的生活为基础的,这里表现出蒙古人民在特定生活环境中养成的胸襟、气魄和民族性格。这样的描写不会出现在傣族的民间叙事诗中。傣族叙事诗中也有夸张描写和浪漫主义想象,但那是别具特色的。在亚热带的鲜丽如画的自然境界中,美丽的七公主喃喏娜插上孔雀的羽毛在彩云中飞翔(《召树屯》),这种生活情调和艺术想象就和蒙古民族的粗犷豪迈大为不同。

就是从以上这些方面,我们看出各兄弟民族民间叙事诗的各不相同的民族色彩和民族风格。民族民间叙事诗不但在思想内容上反映着各族人民在各个历史时代的意志和愿望,而且在艺术特色和语言风格上也是刻满了民族社会历史发展过程的烙印的。好好研究和学习这种传统和风格,将大大有助于发展各族人民的社会主义新文学。

总的说,这十年我们在发掘整理民族民间叙事诗方面,成绩是十分可观的。

现有的这数十部民族民间叙事诗已经大大丰富了我们伟大祖国的文学宝库。在这样一个良好的基础上，各个民族的丰富多采的文学宝藏将更多更好地被发掘出来，为各族人民乃至于世界各国人民所共赏，从而大大提高各族人民的民族自信心，大大推进各民族独具风格的，社会主义新文学的发展和繁荣！

1959 年 9 月，昆明。

喜读云南出版的四部民间叙事诗

《梅　葛》——彝族史诗

《阿细的先基》——彝族史诗

《娥并与桑洛》——傣族民间叙事诗

《葫芦信》——傣族民间叙事诗

白　木

史料解读

　　该史料为一篇评论,原载于《民间文学》1960年第1期。1960年前后,云南人民出版社出版了四部重要的民间史诗和叙事诗,分别是彝族史诗《梅葛》和《阿细的先基》,以及傣族民间叙事诗《娥并与桑洛》和《葫芦信》。这是云南省民族民间文学调查队多年深入调查的成果,凸显了我国云南少数民族人民口头文学的优秀和丰富。其中,《梅葛》叙述了彝族的创世、生活和婚丧礼俗,展示了彝族人民生活的本质;《阿细的先基》以史诗形式描绘了阿细人对天地万物的起源的认识和男女之间的纯真爱情,反映了阿细人社会生活的侧面,具有较高的研究价值;《娥并与桑洛》则剖析了封建家庭制度下的罪恶,并歌颂了反抗和爱情的力量;《葫芦信》讲述了人民反对侵略、热爱和平的故事。这些史诗和叙事诗以丰富的语言和艺术手法吸引了广大读者的关注。这些民间史诗和叙事诗的出版是贯彻党的民族政策和文艺政策的胜利,对于继承民族优秀文学遗产,建立新文学具有重大意义。

　　这则短评集中展示了云南出版的四部民间史诗和叙事诗的历史背景、

历史渊源、艺术特点、重要意义等内容，对于研究者深入研究云南民间史诗和叙事诗具有参考价值。

原文

著名的彝族史诗《梅葛》、《阿细的先基》，和傣族的民间叙事诗《娥并与桑洛》、《葫芦信》，已经由云南人民出版社作为庆祝建国十周年的献礼出版了。这是民间文学工作的一件喜事。这四部长诗是云南省民族民间文学调查队，在"大跃进"以来深入省内少数民族地区发掘整理出来的十六部长诗中的一部分。它们的整理和出版，不仅进一步地显示了我国各族人民口头文学的优秀和丰富，而且彻底地粉碎了民间文学工作不能贯彻"多快好省"的谬论。

《梅葛》（云南省民族民间文学楚雄调查队搜集翻译整理）是长期流传在云南楚雄彝族自治州姚安、大姚、盐丰等县彝族人民中的一部史诗。分为《创世》、《造物》、《恋歌》、《婚事和丧事》四大部。它叙述了开天辟地、日月星辰、人类起源以及飞禽走兽的产生过程；叙述了彝族祖先征服自然的斗争，和彝族的婚、丧、嫁、娶等礼俗，反映了彝族的"氏族社会人民生活最本质的面貌"。史诗《梅葛》和一切神话一样，都是起源于人类与自然作斗争时"借助想象以征服自然，支配自然力，把自然力加以形象化"的企图。它充分表现了人类童年时代人们的生活、想象和愿望。

史诗《梅葛》的语言很丰富，具有迷人的力量。由于史诗世世代代流传在民间，因而它与人民生活有着血肉的关系。当我们读到经过翻译的本子的时候，它那朴实而生动的语言，仍然在感染着我们，吸引着我们。语言朴实，是史诗《梅葛》的特点之一。

史诗《梅葛》是彝族人民精心创造出来的艺术珍品。它概括了彝族人民生活历史的主要轮廓，可以说是彝族人民的百科全书；它是文学，也是历史。无论从科学的意义或是美学的意义来说，都有很大的价值。

《阿细的先基》（云南省民族民间文学红河调查队搜集翻译整理）是彝族支

系阿细族①的史诗。它广泛流传在云南弥勒县西山一带的阿细人的口头上。关于这部长诗，早在 1944 年光未然同志就曾经搜集和整理过。当时在昆明出版，叫《阿细的先鸡》。现在的整理本是调查队根据在实地记录的许多份材料整理成的，从规模来说，比光未然同志整理的《阿细的先鸡》大得多了。

"先基"是阿细语，是"歌"的意思，也是一种调子的名称。阿细人运用它来歌唱祖先、赞美祖先的劳动，也运用它来歌颂革命斗争和社会主义的伟大建设。

史诗《阿细的先基》所反映的内容是非常广阔的。总的可分为两大部分：《最古的时候》和《男女说合成一家》。前一部分主要是叙述天地万物的来源，各种自然现象的成因，人类的早期生活及其经受的历史苦难；以及风俗习惯等等。后一部分以男女谈情为线索，真实地反映了男女之间的纯真爱情。其中穿插了许多古代的神话故事，表现了阿细人在婚姻上的独特风俗。《阿细的先基》反映了阿细族人民从原始社会到阶级社会生活的一个侧面。它具有较高的科学研究价值。

《娥并与桑洛》（云南省民族民间文学德宏调查队搜集翻译整理）是一篇具有强烈的反封建的优美生动的叙事长诗。它通过娥并与桑洛相爱，遭到桑洛母亲破坏的爱情悲剧，大胆而尖锐地揭露了以桑洛母亲为代表的封建家长制包办婚姻的罪恶，歌颂了娥并与桑洛这一对为争自由、爱情而反抗的叛逆者，表现了人民反封建的愿望与意志。长诗在艺术上的成就，也是很高的。它成功地运用了傣族文学传统的独特的表现手法，以朴素、形象的语言，表现了反封建的内容。达到了内容和形式的高度统一。长诗广泛流传在云南德宏、西双版纳等地的傣族聚居区，有极深广的影响，傣族青年男女不仅把它看作优秀艺术珍品，还看成是他们的愿望与感情的寄托。

《葫芦信》（云南省民族民间文学西双版纳调查队搜集翻译整理）是流传在云南西双版纳傣族人民中的一篇优美的叙事诗。这个故事大约发生在一百多年以前的勐遮和景真地区。故事的内容是这样的：勐遮领主召捧麻企图吞并景

① 编者注："阿细族"应为"阿细人"，后同。

真,勐遮领主的儿媳景真的爱国女子南慕罕以葫芦传信,拯救了景真的人民。勐遮王因此大怒,把南慕罕杀害了。勐遮小王子召罕拉,为了正义和爱情,也同时被父亲杀害。长诗表现了傣族人民反对侵略战争、热爱和平,反对强权掠夺,痛斥欺弱凌小,歌颂了爱祖国、爱人民、爱乡土,以及为正义而斗争的精神;同时也歌颂了对爱情的忠贞。长诗《葫芦信》在傣族人民中影响很深。直到解放以后,每逢傣历正月,景真地方的青年男女,还成群结队地拿着鲜花去公主和王子的坟上祭奠,以表示对他们的忠贞相爱、壮烈牺牲的敬仰和怀念。

这四部长诗,在出版以前,都曾经分别在《人民文学》、《民间文学》、《边疆文艺》等刊物上发表过一部分或全部。《云南日报》、《边疆文艺》等报刊还发表了评介的文章,给予了很高的估价。

除云南以外,广西、贵州、四川、新疆等许多地区,在"大跃进"以来,也都发掘整理出了不少史诗和民间叙事诗。例如:藏族的《格萨尔王传》的一分部(《青海湖》连载),僮族的《布伯》(《红水河》1959年5月号,现已由广西人民出版社出版)、《甫姬歌》(《红水河》1959年10月号),维吾尔族的《塔依与祖赫拉》(《天山》1959年5月号),哈萨克族的《萨里哈与萨曼》(《天山》1959年9月号)、《阿尔卡勒克》(《天山》1969年12月号),彝族的《妈妈的女儿》(《星星》1959年11号),土家族的《哭嫁歌》(《湖南文学》1959年11月号),等等,都为广大读者所喜爱。

兄弟民族民间叙事诗的大量被发现和整理出版,这是我们贯彻党的民族政策和文艺政策的一个胜利,对于继承兄弟民族优秀的文学遗产,建立社会主义的新文学,都具有十分重要的意义。让我们继续鼓足干劲,更多更好地把兄弟民族的民间叙事诗发掘整理出来!

一九六〇年一月五日

谈云南的几部民族史诗

晓 雪

史料解读

该史料为一篇论文,原载于《思想战线》1978 年第 4 期。民族史诗在各民族民间文学中占有重要地位,是劳动人民的集体创作,体现了劳动人民的历史发展和对世界的认识。在"十七年"时期,云南文艺工作者搜集整理了许多民族史诗,先后出版了《梅葛》《阿细的先基》《创世纪》《开天辟地》四部民族史诗。作者在这篇文章中主要概括了四部史诗在思想上和艺术上的特点。在思想内容上,四部史诗都歌颂了劳动和斗争,歌颂了劳动人民征服大自然的坚定意志,歌颂了古代人民的劳动生活和战斗业绩。在艺术方法上强调现实主义和浪漫主义相结合,是几部民族史诗的又一重要特色。在《梅葛》和《阿细的先基》中,现实主义占比较大;在《创世纪》和《开天辟地》中更多凸显了浪漫主义。在艺术特点上,四部史诗各具风格,《梅葛》与《阿细的先基》结构宏伟,篇幅巨大;《创世纪》篇幅短小,结构精密;《开天辟地》语言凝练,朴素轻巧。总之,四部民族史诗在内容和艺术上都别具魅力,是我国民间文学宝库中的珍宝,要批判地继承这份宝贵遗产。

晓雪对云南的四部史诗《梅葛》《阿细的先基》《创世纪》《开天辟地》从思想上和艺术上进行了深入的概括,对于读者从整体上认识和把握云南史诗具有参考价值。

原文

在各民族的民间文学创作中，民族史诗占着相当重要的地位。民族史诗是一个民族的劳动人民最早集体创作的长篇作品，它不但永远留下了这个民族在社会发展最初阶段的生活斗争图景，永远留下了这个民族在他的童年时代对宇宙万物、人类社会的种种解释和看法，而且也往往以它提供的美妙的神话、丰富的形象、富有特色而引人入胜的艺术故事和生动朴素的诗歌语言，显示着这个民族在艺术创作上的卓越智慧和光辉才能。

我们民族史诗的搜集、整理、翻译和研究工作，同其它民族民间文学工作一样，主要在解放后才开始的。在"四人帮"篡夺文艺工作领导权，大搞法西斯文化专制主义以前的十七年里，我们云南文艺工作者在毛主席革命文艺路线指引下，在党的民族政策的光辉照耀下，曾收集、整理了许多民族史诗，先后由云南人民出版社和人民文学出版社出版的就有四部：彝族的《梅葛》、彝族支系阿细人的《阿细的先基》、纳西族的《创世纪》和白族的《开天辟地》（见杨亮才、陶阳整理的《白族民歌集》）。这些"在艺术发展的不发达阶段上"出现的"有重大意义的"艺术杰作（马克思语），不仅具有不朽的艺术生命、美学意义和历史价值，而且也将以其所表现的古代劳动人民乐观向上、排除万难的英雄气概和思想精神，教育着一代又一代的读者。这里，我想概略地谈谈四部史诗在思想上和艺术上的主要特点。

一

歌颂英勇顽强的劳动和不屈不挠的斗争，歌颂劳动人民征服大自然的大无畏精神和坚定意志，歌颂古代人民艰苦曲折地开辟天地、创世立业的劳动生活和战斗业绩，是几部史诗在思想内容上的首要特色，也可以说是它们的共同主题。

不论是纳西族的《创世纪》、白族的《开天辟地》或彝族的《梅葛》、《阿细的先基》，一开始都把我们引入奇妙有趣的神话世界。在那个世界里，最初总是"没有天也没有地"或"天地混沌未分",然后有一个神出来"开天辟地","布置万物",以至于"造人"。这是古代劳动人民对于万物起源的一种天真解释,但这个神却并不是抽象的存在,不是基督教所宣扬的那个造人的"上帝",这个神是人们根据自己的形象创造出来的,他具有普通劳动者的许多特点,他往往是古代人民心目中理想化了的自己祖先的形象。《阿细的先基》中那一对造人的"男神阿热"和"女神阿咪","拿露水给人喝","拿黄泡果给人吃","把树皮剥下,拿给人们当衣裳穿","把石皮剥下,拿给人们当裤子穿",这与其说是什么超人的神,不如说是人们根据自己的生活经验,按照自己的样子设想出来的"长者"的形象。《梅葛》中那位造人的格滋天神,白族打歌《开天辟地》里那一对变天变地的"盘古盘生两兄弟",显然地是按照普通劳动者的形象创造出来的。纳西族史诗《创世纪》,更是通过对"神的九兄弟"和"神的七姊妹"的歌颂,把古代劳动人民百折不挠地改造自然、征服自然的劳动斗争表现得多么真实有力,生动感人!"神的九兄弟去开天,把天开成峥嵘人所挂的;神的七姊妹去辟地,把地辟成坎坷不平的"。因为他们最初还缺乏经验,没有开辟好,但他们"不会开天不灰心,学成了开天的工匠","不会辟地不灰心,学成了辟地的工匠",终于"把天补得园园满满的,把地补得平平坦坦的"。后来天地又摇荡起来,人们又互相商量:"不辛苦就开不了天,不劳动就辟不了地,要使天地永不摇,一定要把神山造。"最后人们造成一座"象东神色神一样巨大,象神狮一样雄伟,象神像一样庄重,象大力士一样英武,象白螺一样圣洁,象松树一样青绿"的"若倮"神山,这座山"顶住天","镇住地",使"万物生长",从此才出现了永远不再"摇晃"和"震荡"的新天地。在各民族的史诗中,在劳动人民的神话传说中,天地就是这样辛辛苦苦开拓出来的,世界就是这样流血流汗,用劳动创造出来的。

高尔基说得好:"原始人的观念中,神并非一种抽象的概念,一种幻想的东西,而是一种用某种劳动工具武装着的十分现实的人物。神是某种手艺的能手,是人们的教师和同事。神是劳动成绩的艺术概括……把人们的能力加以理想化,同时好象预先就感到它们的强大的发展,神话的创造就基础讲来是现实主义的。"(高尔基:《文学论文选》322页)各族史诗中塑造的开天辟地的神的形象，"男神阿热"、"女神阿咪"也好，"格滋天神"或"盘古盘生两兄弟"也好，"神的九兄弟"、"七姊妹"也好，都是这样一种作为"劳动成绩的艺术概括"的，"用某种劳动工具武装着的十分现实的人物"。他们本领很大，有惊人的智慧和无比的威力，但并非虚无飘渺，不可捉摸，而是可亲可敬，颇有现实感的。在史诗中，除了代表劳动人民的神之外，也还有另外一种神——一种代表大自然、恶势力或者代表某种尚未认识的客观规律的神，他们是作为人类的对立物，作为人们劳动和斗争的对象而出现的，他们曾一时显得神通广大，威力无边，他们似乎专门跟人作对，给人出各种各样的难题，设置各种各样的险关，但不论经受多少灾难，多少痛苦和牺牲，伟大的劳动者总是不断取得斗争的经验，不断增加战斗的智慧和力量而最后胜利。

纳西族史诗《创世纪》中，那个千方百计阻挠从忍利恩和衬红褒白结婚的子劳阿普，就是这种代表恶势力的神。衬红褒白是他的女儿，从忍利恩是传说中纳西人的祖先。从忍利恩在洪水翻天，山崩地裂那一年没有死，天上仙女衬红褒白就把他接到天上去要和他成亲，但她的父亲——子劳阿普坚决反对。最初，阿普要把利恩杀掉，女儿衬红再三请求，他就给利恩出各种难题，叫利恩办各种凡人根本办不到的事。只要有一样办不到，他就可以把利恩杀掉。但聪明勇敢的利恩在他爱人的帮助下，所有难事都办到了，所有障碍都克服了，阿普"吓得目瞪口呆"，只好把自己已经许给了凶神的女儿衬红嫁给他。当阿普问他："从忍利恩啊，你是什么种族呀，你是谁的子孙？"时，利恩是这样回答的：

　　我是开九重天的九兄弟的后代，

　　我是辟七层地的七姊妹的后代，

　　我是白海螺白神狮的后代，

　　我是黄海鲸黄大象的后代，

　　我是大力士的后代，

　　是翻越九十九座大山力气更大的种族，

　　是翻越九十九座大坡精神更旺盛的种族，

　　我把居那若保山放在肚里也不会饱，

我喝完金沙江的水也不解渴，

三根腿骨一口吞下哽不住，

三升炒面一口咽下不会呛，

是所有会杀的人来杀也杀不死的种族，

是所有会敲的人来敲也敲不死的种族。

这是顶天立地、不可战胜的巨人形象，这是气吞宇宙、旋转乾坤的英雄种族，这是劳动人民充满自豪感的自我表现和自我歌颂。古代劳动人民尽管对客观世界还不能作科学的解释，但他们从来没有被吓倒过。劳动人民对自己劳动斗争的无限智慧和无穷力量是充满信心的，劳动人民对自己终将克服种种困难，战胜种种敌人这一点是充满信心的。他们在史诗中创造出那种残暴、强大的凶神，也是为了突出地表现和歌颂自己的更加强大。

在几部史诗中，开天辟地反复了几次，洪水泛滥反复了几次，人类的出现、生存及其斗争的胜利和失败也要反复几次，古代劳动人民和大自然作斗争的艰苦性、复杂性和曲折性，被表现得非常真实、生动和充分。他们学会在今天我们看来是平平常常的劳动、知识和技术，如计算年月，撒种犁田，造房子，做衣服等等，也很不容易，也要反复多次地摸索、试验，不断地总结实践的经验——这个过程也被表现得非常真实、生动和充分。这一点很重要。开天难，辟地难，创世难，创业难！人类生存和发展繁荣的历史，劳动人民建设社会生活，推动时代前进的历史，就是一部充满艰苦斗争，人们运用集体力量排除万难，不断战胜强敌的历史。几部史诗都从不同角度表现了这一深刻真实和伟大真理。这也就是为什么我们觉得史诗的内容如此深厚扎实，思想如此深刻有力。今天，我国各族人民在全新的历史时期，为建设伟大的社会主义现代化强国而奋斗，条件比起我们的祖先来已优越千百万倍，但斗争生活的复杂性、艰苦性、丰富性和多样性，则是有过之无不及的。所以各族史诗不光在艺术上具有永久的魅力，在思想上对我们有教育作用，就是在真实而充分表现人民群众如何战胜重重困难，压倒一切敌人这一点上，也是值得我们当代的作家诗人们学习和借鉴的。

二

民族史诗象其他的原始艺术一样，它的基础和源泉是人们的劳动生活，是古代劳动人民群众的集体的劳动斗争和社会实践。劳动实践使人们懂得了许多东西，创造了许多东西，也使人们对于和自己发生直接联系的客观世界（自然和社会）有了许多实事求是的认识和理解，于是人们有了朴素的唯物主义思想；另一方面，劳动实践也使人们对自己，对自己的智慧和力量有了认识，有了信心，从而产生了进一步征服大自然，进一步支配自然力，进一步掌握宇宙万物客观规律的种种幻想，于是人们有了积极浪漫主义的想象。朴素的唯物主义思想和积极的浪漫主义精神相结合，在艺术方法上的现实主义和浪漫主义相结合，就成为几部民族史诗的又一重要特色。

几部史诗都不同程度地、艺术地表现了劳动创造世界这一思想。这是史诗的现实主义的基础，也是它的浪漫主义的灵魂。史诗是劳动人民对自己的劳动过程和劳动经验的艺术概括，是劳动人民对自己的斗争实践和生活理想的生动反映，是劳动人民对自己的坚强意志和巨大威力的热情歌颂。这概括、反映和歌颂，既是现实主义的，也是浪漫主义的。在四部史诗中，现实主义和浪漫主义相结合，有不同的表现和特点；《梅葛》和《阿细的先基》，现实主义的真实描绘和生动刻划更多一些；《创世纪》和《开天辟地》，则又有更鲜明多彩的浪漫主义想象和幻想，但从总的思想精神和艺术境界来看，它们都是把现实主义和积极浪漫主义结合起来，而且都是以现实主义为基础的。

《梅葛》被称为古代彝族人民生活的"百科全书"，首先就因为它以现实主义的笔触，描绘了古代彝族人民社会生活的巨幅画卷，表现了古代彝族人民劳动斗争的广阔图景，写下了彝族人民从原始社会到奴隶社会和封建社会初期的各方面的习俗风尚和整个生活进程。几乎人民生活的所有方面都在史诗中得到了现实主义的生动描绘和真实反映。彝族人民把史诗《梅葛》看成是"彝家的'根谱'，逢年过节都要唱三天三夜，并把会唱《梅葛》的朵觋和歌手尊为最有学问的人"（见《梅葛》后记），并不是偶然的，它是彝族人民长期的劳动实践、斗争历史和艺术智慧的结晶。《阿细的先基》也是如此。长诗朴素而真实地抒写了阿细人民劳动生活的各个方面。

纳西族的《创世纪》和白族的《开天辟地》，只写到人类迁徙的胜利，第一对男女或兄妹结合，生出几个民族的祖先为止，两部史诗都没有正面展开古代社会生活的广阔背景，没有详细描写古代人民生活的各个方面，但贯穿在古老神话和天真幻想中的，仍然是现实主义精神。《开天辟地》中，第一对兄妹成亲，以及他们成亲时的种种礼节（"用青栗叶子搭彩房"、"请梅树做媒人"等等），都是关于白族人民原始社会生活的真实描写。《创世纪》中那些关于天上神仙的描绘，实际上也是对纳西族人民农村生活的真实写照。仙女衬红对他父亲说：

天不会不晴，天晴要搬粮晒谷；

天不会不阴，天阴要理水清沟；

留下他来晒谷子，留下他来理水沟。

这话就象是一个普通农村姑娘说的，"搬粮晒谷"、"理水清沟"，正是地上人间农村的劳动生活图景。

各族人民在和大自然的斗争中，在劳动、生产、生活各方面，长期相处，相互来往，共同战斗，就自然而然地建立起亲密的友谊和兄弟般的关系，这一点也现实主义地反映在几部史诗中。我们看到，几部史诗在解释人类和民族的起源上，有个非常有趣的共同点：都认为各民族是同一个母亲所生的。彝族史诗《梅葛》写第一对兄妹成亲后，生下一个怪葫芦，"天神用金锥"打开葫芦，里面先后出来了汉、傣、彝、傈僳、苗、藏、白、回等八个民族。纳西族史诗《创业纪》这样写："同一个母亲，生下三个民族的祖先。""老大是藏族"，"藏族的后代，象树叶一样繁盛"。"老三是白族"，"白族的后代，象雪花一样昌达"。"次子是纳西"，"纳西的后代"，"象青叶一样茂密"，"象马鬃一样昌盛"。白族打歌《开天辟地》中说兄妹结婚，生了十个儿子，十个儿子又生十个，每个取一姓氏，于是有了百家姓。这也包含了各民族同一个祖先的意思。这种天真解释和传统想法，反映了我国各族人民在长期斗争中结成的亲密友谊和兄弟关系。《梅葛》和《创世纪》还对其他民族的劳动生活，他们的特长以及互相支援的关系，作了一些描写。例如说白族"养着骑马、养着驮骡"；藏族"养着成群的牧牛，养着长角的犏牛，养着长耳的鹿子"（《创世纪》），说汉族"盘田种庄稼，读书学写字，聪明本事大"。说傣族"种出白棉花"，白族就"纺线弹棉花"；"傈僳族气力大，出力背盐巴"（《梅葛》）等等。这些史诗告诉我们，我国各个兄弟民族，自古以来就团结在一个大家庭里，团结在祖国富饶美丽的土地上，是兄弟般地互相支援，亲密相处的。到阶级社会里，由于反动统治阶级的剥削压迫和挑拨离间，才出现了以阶级斗争为实质的民族歧视和民族仇杀。

应该指出，不论是神话色彩比较浓烈的《创世纪》和《开天辟地》，或更多地以朴素的现实生活画面引人注意的《梅葛》、《阿细的先基》，都有着鲜明的浪漫主义特色，这是那种根源于斗争生活实践的积极浪漫主义，是和坚实的现实主义结合起来的美丽迷人的浪漫主义。

在白族《开天辟地》中，那一对象普通人一样"砍柴"、"钓鱼"的盘古盘生两兄弟，后来变成巨人木十伟，木十伟又才变成了天地万物，他的"左眼变太阳"，"右眼变月亮""心变启明星"，"气变成风"，"肝变成湖泊"，"肺变海洋"。这从历史或科学的角度看，当然是荒唐可笑的，但它是艺术，它是神话，它作为人类童年时代的浪漫主义想象，却是不可重复、不可企及，具有永久魅力的。

人类到底怎样学会和向谁学会"盘庄稼"的呢？彝族人民设想最先是向勤劳的蜜蜂学会的。在《梅葛》里，我们看到"这个大蜜蜂，到红花顶上盘庄稼"，"这个二蜜蜂，到黄花顶上盘庄稼"，"这个三蜜蜂，到黑花顶上盘庄稼"，"这个四蜜蜂，到白花顶上盘庄稼"。"他们没有脚，就用翅膀当脚走。他们没有刀，就用嘴当刀使。他们没有口袋，就用脚肚子当袋装。庄稼盘好了，盘着回家去了。"于是"世上的人们"就去跟蜜蜂学——象蜜蜂那样"做活计"，象蜜蜂那样"盘庄稼"。这是十分有趣，诗意盎然的浪漫主义想象。而这样的写法，这样的想象，在几部史诗中真是俯拾即是，举不胜举。我们随便引几句：

> 我们烤火的火烟，变成了四朵云彩；
>
> 那朵红云彩，是下雨的云花；
>
> 那朵黄云彩，是下雨的云边；

那朵白云彩,是下雨的引路人;

那朵黑云彩,是下雨的云了。

——《阿细的先基》

世间万物都发芽,发芽要开花,

八月十五到,日月要开花。

十冬腊月到,星星要开花。

六月七月到,白云黑云朵朵开。

——《梅葛》

多么奇妙有趣,多么独特新颖,多么优美迷人,又是多么天真绝妙而耐人寻味的浪漫主义想象啊!下雨是黑云而不是白云,开花的是星星、月亮而不是黑土、怪石,这就象白族《开天辟地》中说"天不满用云补"、"地不满用水补"一样,是大胆,奇妙而又朴素,准确的。浪漫主义绝不等于漫无边际,毫无规律地胡思乱想一通,它必须根源于生活,根源于人们的斗争实践。劳动人民在创造神话,运用各种浪漫主义手法的时候,也是根据自己的生活经验和社会实践,是从生活出发,而不是从某种概念或意图出发。如果把"天不满用云补"改为"天不满用水补",把黑云下雨改为白云下雨,那就不伦不类,或者至少是大为减色。

纳西族《创世纪》里面,利恩和衬红骑着白鹤从天上飞下来,"一天晚上,太阳里面歇,阳光虽然火辣,他俩还有露水帽。又有一晚上,月亮旁边歇,月亮比冰寒,点起松柴来取暖"。这又是多么大胆别致,奇丽无比的艺术想象!按"人间"设想"天上",从现实联到理想,劳动人民和民间歌手们的幻想的才能有多么辉煌灿烂,他们的浪漫主义翅膀从现实主义的土壤上起飞,飞得又是多么神奇幻丽和无比高远啊!

四

在艺术上,四部史诗各具风格,争放异彩。

《梅葛》和《阿细的先基》结构宏伟,篇幅巨大,包罗万象,富于变化,有如层峦叠翠的群山,波浪起伏的海洋;《创世纪》篇幅短小,结构精密,清秀明丽而又缤纷多彩，有如花红柳绿、百鸟欢唱的金沙江河谷；《开天辟地》用的是白族古老的"打歌"形式，语言凝炼，朴素轻巧，一问一答，余音缭绕，使人想起洱海边一串风趣的歌，苍山下一条清亮的河……

四部史诗尽管各备风彩，格调互异，但语言朴素，单纯而优美，比喻丰富，生动而有趣，则又颇有相似之处，这方面，它们似乎是在互相比赛似的。

你不是摩天大树，只是石头上的小草，

石上的小草啊，很快就焦枯。

你不是大河里的流水，只是草上的露珠，

草上的露珠啊，太阳一出就消失。

这是《创世纪》中，子劳阿普对从忍利恩说的话，连人物的对话都如此讲究比喻，富有诗意，难怪人们认为"《创世纪》是《纳西族叙事长诗选》中最为优秀的一部"（见《〈创世纪〉后记》）。

《梅葛》第三部第三节《请客》，主人问客人："哪个带信来？你才到我家。"然后一问一答，客人连续说了凤凰、大雁、岩鸡、老鹰、竹鸡、箐鸡、老鸹、喜鹊、画眉、绿斑鸠、布谷鸟、鹦哥、飞天鸟、小蜜蜂、山兔子、马鹿、豪猪、狐狸等等数十种带信的飞禽走兽，问答似乎重复，新意却层出不穷，单调中富有变化，朴素里诗情四溢，使你不能不为彝族人民丰富的知识和喷涌不止的歌唱的灵感拍案叫绝！《梅葛》第三部第一节《相配》中，那些关于万物相配的想象和比喻，也新美风趣，绝妙无比：

百草百木都开花，百鸟百兽都开花，

开花结果要相配，……

六月七月天，白云黑云来相配。

正二三月到，春风空气来相配。

在"千里莺啼绿映红"的季节里，"春风空气来相配"，这是多么天真动人，别有风趣的联想,又是多么甜蜜美妙,逗人遐想的"结合"! 新美的想象,朴素的语言,丰富的比喻,浓郁的诗情,是几部史诗都兼有的特色。而《阿细的先基》在比喻的新巧富丽和多种多样方面,似乎是更突出一些。我们看。

> 山上老鼠穿洞,我们的爱情不能有洞。
> 山中树枝分杈;我们的爱情不能分杈,
> 路边的小草随人踩,我们的爱情不能践踏。
> 亲爱的姑娘呃! 院子里长柳树,爱情应长苗!

这是长诗中随手拾来的片断——多么深情的恋歌! 一连串的联想,一连串的比喻,简直象金子的河流,珍珠的瀑布,金光闪闪,奔腾直泻! 又如:

> 核桃树长在埂上,你长在我的心上。
> 雨水滴墙脚,你的话浸透了我的心。

再如:

> 山上有明草,草丛里边小兔跳,
> 不是小兔跳啊! 是我的心在跳。

这样新颖绝妙而富有生活气息的比喻和联想,在长诗中真是举不胜举。史诗不仅结构宏大,内容广博,在艺术语言和诗歌的比喻方面,也给人"万汇汪洋"的感觉。它象一个大海,彝族人民千百年来创造的多少优美的诗句和动人的歌,都象无数条小溪小河汇合到里面来了。时而波涛汹涌,时而霞光万道;时而节奏如急风骤雨,音调如鼓响雷鸣;时而气氛如微风拂柳,旋律如月下清溪——史诗的语言音韵,或急或缓,或高或低,长短相宜,轻重适度,为博大的史诗内容服务得很好。史诗的比喻,在统一的风格情调中呈现着多种多样,非常富于变化。有映衬，有烘托；有"正比喻"、有"反比喻"；有的惜墨如金，只用一个极生动的比喻，就出色地完成了表达某种心境，抒发某种感情的任务，如上面所举的例子；有时则又连续用几个，十几个甚至几十个比喻来抒情叙事或状物写景。如在《男女说合成一家》那一部分的《喝水》一节里，为了渲染姑娘请小伙子喝水这件事，就一连用了豹子请老虎喝水，豺狗请野猪喝水，野公鸡请菁鸡喝水等许多比喻来加以烘托。同一部分第二节《唱调子的路不能断》中，为了形容男女不愿分离，先写白露水如何滴在绿草上，绿草和白露水如何"永远不想分离"，由于"太阳照到土山上"，"露水要掉到草根上"，绿草和白露水"不能分离了"；接着又写露水如何沾在树木的绿叶上，绿叶和露水又如何从"永远不想分离"到"不能分离"；后来又写由于"花椒树的叶子一发"而"断了下雪的路"，"断了下霜的路"，最后才说：

下雪的路可以断，下霜的路可以断，
刮风的路不能断，下雨的路不能断。
我们两个啊，
说话的路不能断，唱调子的路不能断。

这就把热恋的感情表现得重重深入、层层深入、真挚无比、浓烈无比了。《要象天上的彩虹，生死不分离》和别的许多章节里，也常用这样的手法。这种手法的精巧运用，使得史诗具有了这样的特色：抒情淋漓尽致，音韵回环缭绕，诗味四面横溢，语言（比喻）丰富多彩。

总之，几个民族史诗不论在内容或艺术上都具有"永久的魅力"。它们是兄弟民族民间文学的"源头"之一，是兄弟民族劳动人民生活思想和智慧的结晶，是我国各民族诗歌宝库中独放异彩的珍宝，永远值得我们珍视和学习。我们一定要好好研究，批判地继承这份宝贵的遗产。

（二）彝族史诗、叙事诗

《梅葛》简介

长　山

史料解读

　　该史料为史诗《梅葛》的介绍文章，原载于《民间文学》1959 年第 9 期。"梅葛"原是彝族人民歌舞中一种调子的名称，歌唱内容十分丰富，包含了从开天辟地、创造万物等内容到婚丧嫁娶等生活习俗。史诗的每个主题都可独立成章，但又互相联系，一唱"梅葛调"就是史诗的一章、一节或全部，因此这部史诗被称为《梅葛》。史诗《梅葛》反映了彝族人民童年时代对自然的认识和斗争的丰富想象。这些想象与人们的日常生活有着非常密切的联系，给人以朴素、自然的美感。同时，史诗《梅葛》还描绘了彝族人民的婚、丧、嫁、娶等风俗习惯。千百年来，史诗《梅葛》靠世世代代的彝族人民口耳相传保存下来，经过了各时代彝族人民的加工和创造，留下了不同历史时期人民的生活及思想的烙印。从音乐、舞蹈中脱离出来，经过整理的文字，虽已不可避免地丧失了它在流传中的很多特色，但这样的整理本仍具有一定的美学价值和历史意义。

　　这是一篇对《梅葛》进行简要介绍的文章，也是对《梅葛》进行全面研究的基础资料。

原文

　　很久以前就听说的彝族史诗——《梅葛》，现在已经由云南省民族民间文学楚雄调查队的同志们搜集并整理出来了。这是一件很有意义的工作，感谢这些同志们使我们看到了这部久已闻名的史诗。《梅葛》的搜集、整理，是党的民族政策和文艺政策的胜利，也是"大跃进"带来的成果之一。

　　同我国其他的兄弟民族一样，彝族也是一个能歌善舞的民族，歌舞已经成了彝族人民生活中不可缺少的一部分。《梅葛》原是彝族人民歌舞中一种调子的名称，在这个调子中所歌唱的大都是开天辟地、创造万物，……直到人们的婚、丧、嫁、娶，生活习俗等等。这些内容，每一种都可以独立成章，单独咏唱；但它们之间又有一定的联系，每一章又是这一史诗的有机构成部分。一唱"梅葛调"就是史诗的一章、一节或全部，因此人们就将这部史诗也称为《梅葛》了。

　　史诗——《梅葛》中，反映了彝族人民童年时代对自然的认识和斗争的丰富想象。这些想象自然、生动，与人们的日常生活有着非常密切的联系，是人民劳动、生活、斗争的产物。这些想象的出现，在当时是有它的现实基础的。例如天神的几个儿子造天的时候，没有模子，就用伞来做天的模子，这就使人联想到登高远望时，天象一口大锅扣在地上一样，撑起来的伞与这很相象。天地造好了，不知牢不牢，就用"打雷来试天，地震来试地"，于是"试天天裂开，试地地通洞"，这怎么办呢？人们（神）又想出了办法："用松毛做针，蜘蛛网做线，云彩做补钉，把天补起来。用老虎草做针，酸绞藤做线，地公叶子做补钉，把地补起来。"地补好了，天补好了，但是天地都在摇晃，于是就让大鱼来驮地，用虎骨来撑天，"捉来公鱼撑地角，捉来母鱼撑地边"。这样一来大地牢稳了，"公鱼不眨眼，大地不会动，母鱼不翻身，大地不会摇"。虎骨把天撑起来了，天也稳实了。看了这些，使我们禁不住地想起炼石补天，断鳌足以立四极的传说，也想起了在汉族地区广泛流行的地动就是大鱼眨眼的传说。更重要的是这些想象是那么自然，纯朴，它与各种自然事物结合得那么紧密，对各种事物的形态、性质、特殊能力、动作，……描绘得是那么恰切，这就说明了这些想象是人们在劳动、生活、斗争中，对事物有了仔细的观察和认识之后产生的。虽然总是神来创造天地万物,但是,实际上是人根据对事物的认识,而想象出一种更高超的力量来进一步认识自然、征服自然。这里的神就是人民及其创造力的化身。这些想象,给人一种朴素、自然的美感。

此外,史诗——《梅葛》以同样的表现手法和艺术风格还反映了人的来源、盖房子、打猎、畜牧、耕种、造工具、煮盐、养蚕缫丝等等,对彝族人民生活历史中的重大事件和变化,差不多都有反映,也给我们描绘了彝族人民的婚、丧、嫁、娶、怀念亲人等等的风俗习惯。象这样的长篇史诗,不是一时一刻,一个时代和少数人可以完成的,它是经过世世代代的流传,逐渐创造,逐渐丰富而成的。可以说《梅葛》概括了楚雄彝族人民生活历史的主要轮廓,它是楚雄彝族人民的历史教科书,也是楚雄彝族人民精心创造出来的艺术珍品。所以楚雄彝族人民非常珍视它,把它看成为彝家的"根谱",并把能唱全部《梅葛》的歌手称为最有学问的人。

史诗——《梅葛》广泛流传在云南省楚雄彝族自治州的姚安、大姚、盐丰等地的彝族人民口中。彝族虽然有古老的彝文,但能够认识和掌握这种文字的人极少,广大人民仍然必须从生活和歌舞中取得经验、寻求知识,仍然依靠歌舞来进行教育,得到娱乐。《梅葛》就完全是靠千百年来世世代代的彝族人民口耳相传地保存下来的。它既经过了各时代彝族人民的加工和创造,也就必不可免地打上了各个时代人民的生活及思想的烙印。它在流传的同时,还伴随着音乐和舞蹈,要想全面研究它,得出一个真实、准确的评价,就必须将彝族的社会历史、语言、音乐、舞蹈等等,作综合的研究。从音乐、舞蹈中脱离出来,经过整理的文字,已经不可免地丧失了它在流传中的很多特色。但是,这样的整理本还是很必要的,它有一定的美学价值和历史意义;给我们一定的艺术享受,也是对它进行全面研究的基础。

59.9.3

论彝族史诗《梅葛》

云南省民族民间文学楚雄调查队

史料解读

　　该史料为一篇论文，原载于《文学评论》1959 年第 6 期。该史料分三部分进行论述：第一部分"史诗的流传和演变"，详细介绍了史诗《梅葛》的来源、流传与演变；第二部分"史诗的内容"，分《创世》《造物》和《风习》三部分，依次展开介绍，生动、朴实地描绘了楚雄彝族自治州彝族人民原始社会、封建社会时期的社会面貌；第三部分"史诗的艺术特点"，深入分析了史诗《梅葛》的文学创作方法。

　　总之，文章对《梅葛》进行了深入的讨论，揭示出《梅葛》的价值：它反映了彝族人民早期的世界观和对事物的丰富想象，反映了彝族人民的生产和生活的变化过程，反映了奴隶社会和封建社会时期彝族人民的贫困生活，以及恋爱、婚姻、丧事、怀亲等习俗，同时也反映了历史上彝族人民与其他兄弟民族，特别是与汉族在经济、文化上的亲密关系。

原文

一　史诗的流传和演变

　　史诗《梅葛》是彝族人民的口头创作，流传于楚雄自治州的大姚、姚安、盐丰等地。彝族是善歌善舞的民族，每逢佳节，或遇婚丧、架屋，或在劳动之余，他们都要跌脚、打跳，于是《梅葛》就成了这种娱乐的主要唱词。它不但能使人享受到无穷的美，使人心情愉快，精神抖擞；并且获得极其丰富的关于自然斗争和阶级斗争的知识。所以《梅葛》不但是彝族人民生活的伴侣，同时也是教科书。由于流传地区较广，《梅葛》的内容，各地所述，大同小异，不同的仅仅是各有其鲜明的地方色彩而已。

史诗是伴随着历代劳动人民的生产斗争和阶级斗争而产生、而发展、而丰富起来的。在世世代代口耳相传的过程中，人们一方面对原有的部分进行组织、加工和提炼；一方面又源源不断地注入了新的内容，新的血液，形成了不同历史时期的不同色彩。

"梅葛"是一种调子。"梅葛调"的唱腔颇多，大约不下十种。总的分为"赤梅葛"和"辅梅葛"两类。"赤梅葛"一般是悲调，格调比较忧伤低沉，多用于死葬和祭祀。史诗《梅葛》中的《丧事》部分，全是用这种调子唱的。"辅梅葛"一般是喜调，格调较为婉转抒情，多用于婚嫁、生产与放牧。《梅葛》中的《创世》《造物》《婚事和恋歌》部分，都是用这种调子唱的。姚安马游一带流传着的《梅葛》，又分正调和慢调来唱。悲怨部分用慢调唱，喜悦部分用正调唱。恋歌部分还有用"过山调"（是"梅葛调"中的一种）唱的。另外还有一种格调轻快活泼的"梅葛调"，儿童用它来唱儿歌，所以又流传着一种"娃娃梅葛"。

《梅葛》是在传唱中保存下来的，借"梅葛调"得以流传和发展。熟悉《梅葛》的多数是朵觋（即贝玛①），由于他们在宗教或祭祀上的需要，到处去传唱，对《梅

---

① 贝玛又叫朵觋或西波，他是彝书和口头文学的保存者和传播者，又是宗教迷信的信奉者。他在一定程度上宣扬宗教迷信，从知书（彝书）认字（彝文）上讲，贝玛可以说是彝族人民中的知识分子。由于他们熟悉彝文，懂得彝书上所记载的东西，因此在他们那里实际上保存了一部分彝族人民文化遗产。

贝玛究竟什么时候产生，现在考查不清，但从彝书翻译出来的叙事诗《伯罗贝根和西伯尼那》上，可以找到一点对贝玛的记载。

很古的时候有两个人，一个叫伯罗贝根，一个叫西伯尼那，彝书是他们两个作的，贝玛的称呼就是从他们两个开始的。西伯尼那是个仙人，伯罗贝根则是个什么地方都走过的人，凡是做斋都请他。这些传说都没有充分的资料来印证，因此不能轻易作结论。我们认为彝文并非出自个人独创，贝玛也并非某一个时候所产生，而是和宗教的产生和发展有密切关系的。由于贝玛在彝族人民中有一定的地位和影响，因此人们对他有一定的看法。

葛》广泛地流传起了一定的作用。在世代相传中，经过人民长期的加工，直到解放前，才算基本定型。现在提到"梅葛"这个名字，就意味着史诗，人们就直接把史诗管叫"梅葛"。这个名字已深入人心，为人们所共知，所以整理、写史时，也就用这个名字。

这里所整理出来的《梅葛》，产生在姚安县的马游，大姚县的直苴，盐丰县的昙华山、土枧槽等地。原始资料约二万余行，我们写史时是依照原材料稍加整理的第一次成稿来写的。

二　史诗的内容

史诗《梅葛》的内容分《创世》、《造物》和《风习》三部分。它从不同的方面，以优美而抒情的语言，生动、朴实地描绘了楚雄自治州彝族人民原始社会、封建社会时期的社会面貌。它是一件精心镂刻的艺术品，是彝族人民在长期的劳动和斗争中所产生的理想和智慧的结晶，是彝族人民最可宝贵的文学遗产。在这里，只打算作一简单的介绍。

甲　《创世》：这是叙述天地、万物、人类起源的故事。天神格子若叫九兄弟造天，七姊妹造地，七姊妹辛勤劳动的结果，把地造得比天大，天盖不住地。天神格子若"放三对麻蛇来箍地"、"放三对野猪来拱地"、"放三对大象来拱地"，地被拱皱了，成了高山深箐，地缩小了，天地合起来了。

天神考查天地造得牢不牢，就用打雷来试天，地震来试地，天震开了裂缝，地拉开了窟窿，用云彩来补天，地瓜叶来补地，天地补好了。但天地还动摇不稳，于是就把三千斤的公鱼、七百斤的母鱼杀了支在地角边，鱼不眨眼睛，地稳了。再把老虎杀了，用虎骨来撑天，天也就不晃荡了。

天神拿虎的左右胯化为日月，虎眼化为星星，从此地上有了光明。天神又拿虎的肠胃化为江海，虎的皮毛化为草木，从此，地下才有了万物。昆虫禽兽分虎肉，饿老鹰没有分着，飞上天去就把日月遮住了，地面上一片黑暗。天神叫绿头苍蝇飞上天去，在饿老鹰的翅膀上生蛆，饿老鹰的翅膀掉下来，地上恢复了光明。

有了天地、日月、山川、草木、禽兽，还没有人烟。天神抓几把雪，撒下的第一把是头一代人。头一代人是独脚人，不成；撒下第二把换成第二代人，这代人是独眼睛，也不好；再撒第三把换成第三代人，这代人是横眼睛，他们懒惰，不爱惜粮食，还是不好。于是天神放洪水淹天下，洪水淹起来的时候，只有一对善良的兄妹得到天神的帮助，躲进大葫芦里才得生存。他们做了夫妻，妹妹生下了一个葫芦，仙人用金锥戳葫芦，戳开第一道，出来的是傣族；戳开第二道，出来的是彝族；……这就是人类和各个民族的由来。

乙 《造物》：分《狩猎和畜牧》、《盖房子》、《农事》、《造工具》等四类。

《狩猎和畜牧》：叙述彝族祖先的狩猎和畜牧生活，诗中说，那时没有狗，没有网，由于狩猎的需要，后来发现了麻，结了网；开始驯养了狗。打来的野物不够吃，就开始了牛、羊、猪的饲养。畜牧业就这样开始了。

《盖房子》："要盖房子啦，盖房子没有树和草"，于是，"高山顶顶上撒了白菀树，高山梁子上撒了青松和赤松，撒了椎栗树"，"高山顶顶上撒了芦苇草，高山箐底撒了鸡脚菜"。……天神的九子来养树，树长大了；天神的七女来养草，草长大了。天神的九子来盖房子，"白菀树盖两间，哪个来住房？傣族来住房。……高山梁子上，青松赤松盖三间，哪个来住房？彝族来住房"。还为昆虫鸟兽都盖了房子。结果各样房子都盖齐，各样房子都盖好，天神很喜欢，人人都快活。

《农事》里说："人类盘庄稼，按着节令盘"，就分出了年月日，也分出了四季。但"山坡杂树多，根多不好盘"，就得把树砍掉。"兔子争了先，先来砍树枝。兔子来砍树，砍树砍不倒。"接着老虎、猴子、凤凰都来砍树枝，还是砍不倒。人来了，"先把刀磨好，用刀来砍枝，一砍就砍倒"。天神吩咐盘庄稼就得烧地、养地。兔子先来烧，烧不着，老虎、猴子来烧，也烧不着，还是人烧着了。"男人来开地，女人来撒种，结果包麦像牛角，荞子像葡萄。"

《造工具》："盘田要农具，做农具要用铜，做农具要用铁"，但铜铁都没有。后来"花鸟石崖上面飞，看见铜水了，找岩蜂去采花，采来铁花汁"。花鸟和岩蜂发现了铜铁矿，人们把它拿回来，炼出了铜铁。但不会做工具，就驮到大姚、姚安、永仁等地去找铁匠打，没有；又驮到牟定找到了打铜人，找到了打铁人；于是

"先打犁头三大把"，"后打镰刀三大把"，"锯子打一把"，锻锯、剪子都打齐了，拿来盘庄稼，"荞子长得好，颗颗像葡萄"。

丙　《风习》：分《婚事》、《丧事》和《请客》三部分。

《婚事》，又分《相配》、《相好》、《成婚》和《理家》四小部分。

《相配》是彝族人民对男女相配认识的一部哲理性诗章。它是一本让人认识昆虫鸟兽和各种花草树木特征的教科书。正月二十五，男男女女吹唢呐、吹葫芦笙、吹笛子，在街头巷尾吹吹唱唱迎春牛。春牛迎来了，春风也起了，"春风吹到河两岸，河边柳树先发芽，吹到白樱桃根，樱桃就发芽"，于是松树、桃李……都发芽了。"世间万物要发芽，发芽要开花"，于是日月开花、星星开花、万物都开了花。"世人也开花，开花要相配"，于是日月、星辰、风云、树木、昆虫、鸟兽……都相配了。大自然是一片春天景象，这是最美好的时光。万物都相配了，人也要相配，这是天经地义的。

《相好》：叙述的是彝族青年男女的娱乐和恋爱方式。彝家出了两个人，一个叫阿省莫若，一个叫阿底莫若，他们"雷声隆隆忙撒种"，把竹子栽好了，竹子长大了。傣族栽葫芦，葫芦长大了，傣族把竹子和葫芦做成了葫芦笙，又用竹子做成了笛子和响篾。乐器做成了，男女青年就"响篾胸前挂，笛子插在腰带上，男在高山吹笛子，女在箐底吹竹叶，男在高山唱，女在箐底来回音，女在箐底唱，男在高山来回音"。在娱乐中，男女产生了爱情，相好了，女的生了孩子。

《应婚》：通过男女对唱的形式，叙述了男女双方从认识、请媒说亲到成婚的过程。男的瞧见女的后，想娶她为妻，就"媒人找两个，上门来说亲"，说定了礼银和鞋子、衣裳的数目，于是"鱼儿跟水走，水顺枧槽流，竹鸡跟着野鸡走，妹妹跟在哥后头"，两个成婚了。女的来至婆家，婆家就把油盐柴米交给她，家中五谷交给她。开头，在这个新的家里，女的很不习惯，后来习惯了，成了"庄稼种得好，牲畜养得好"的"彝家小媳妇"。

《理家》：通过男女对唱的形式，叙述了一对男女青年，从相好、成婚到治理家务的整个过程。男女相好了，女的说："我爹把我出嫁了，我妈把我出嫁了"，可是爹妈却并没有立刻让她离家，男的就去下麂子、下狐狸，把好的兽肉送给她爹妈吃,并用金银把她赎了回来,成了家。两口子盖起了房子,绵羊、山羊样样都买齐了,女的放牛羊,男的犁地,两个一起盘庄稼,于是"楼上谷子堆满仓,楼下荞子堆满囤",生活过得很和谐、很好。

《丧事》分《死亡》和《怀亲》两部分。

《死亡》是优美的哲理性的诗篇:"天神撒下活种籽,天神撒下死种籽,活的种籽撒一把,死的种籽撒三把,活的种籽筛一筛,死的种籽筛三筛,死种筛出去,会让的就能世上活,不会让的就会死亡。于是,除了日月星辰……不死,昆虫、鸟兽、万物都要死。早晨太阳出,晚上太阳落,太阳会出也会落,人和太阳一个样,会生也会死。"总之,有生就有死。

《怀亲》:爹妈勤劳辛苦,他们管家"事事有头绪,事事都顺利,样样都兴旺"。一天,他们突然病了,儿女请朵觋来送鬼祭神,但都不见好,仍然死了。后代怀念他们,拿松树刻了一个木像,供在家堂上,逢年过节要祭它一次,这样,它就能帮助儿女搞好生产,五谷丰登,人畜兴旺。

《请客》:主人把客人请来了,主人问:"哪个带信给你,你才来我家?"客人说:"……凤凰带信我才来。"主人说:"不是。"客人说:"大雁带信,……画眉带信,……"都不是,后来客人说:"地瓜根根带信来,我才到你家。"主人说,的的确确是请地瓜根根带信的,于是就把酒肉摆了出来,主人和客人团团坐桌边,喜喜欢欢来划拳。表现了彝族人民喜酒好客的性格。

通过史诗《梅葛》内容的介绍,它所反映的彝族人民从原始氏族社会到封建社会的历史面貌,复杂广阔的生活内容和它的庞大的结构,就突现出来了。怎样理解它呢? 可以从几方面来看。

一翻开《梅葛》史诗,就把我们带到人类幼年时期的世界里。在当时的人们的观念中,地就是用三千斤的公鱼、七百斤的母鱼在下面垫起来的;天就是用老虎的骨头撑起来的。大自然中的一切,都是老虎变成的:

老虎左膀变日,

老虎右膀变月,

虎眼变星星，

虎皮变地皮，

硬毛变成树，

软毛变成草，

血管变水沟，

肠子变江河，

肚子变海洋，

脑髓变成盐，

心肝五脏变矿物，

尾巴上的虱子变五谷。

描绘得形象生动，解释得幼稚天真。古代的人生活在自然中，大自然中的一切，不能不使他们感到兴趣，他们企图把它解释清楚，但知识十分贫乏，不足以认识它的本质，于是，就把感性的知识组织在虚构和幻想中了。

原始时期，人们看见天空云彩的变动，看见乌云遮住了太阳，就想象一定是一只举世无双的饿老鹰飞上了天，"遮住了太阳，地上没有了亮光，分不出白天，分不出晚上"。漫长的黑夜会给人带来饥饿、寒冷和猛兽的威胁，人们要求改变这种自然现象，于是就产生了绿头苍蝇治死饿老鹰的故事。高尔基说："在古代幻想的每一飞翔之下，我们容易发现它的推动力，而这个推动力总是人们想减轻自己的劳动的愿望。"[1]当然也包括了人们想征服大自然的愿望。

史诗除反映彝族祖先对自然的认识和征服自然的志愿而外，也反映他们把这种歌颂集中到了神的身上。在人们的思想意识里，人的胜利往往是在神的庇护之下获得的；洪水淹天后，得以生存的兄妹的胜利，是天神母勒娃一手帮助下的结果。神高于一切，这种现象很奇怪，但并不难理解。原始时期的人们，摄于大自然的威力，他们只有通过神的庇佑，来歌颂自己的成就；神在他们的观念

---

[1]　高尔基：《苏联的文学》。

中,并非一种抽象的东西,它是人们的"教师和同事",是人们集体力量的体现,集体智慧的化身。神与人的区别,只不过是神有较大的威力,较多的法术,能呼风唤雨,预卜未来和长生不死而已。

对于神和宇宙万物来源的这种解释,是原始蒙昧时期社会生产力极其低下,人们在大自然面前所处的被动地位的反映。

但是,通过人们的劳动和斗争,随着社会生产力的逐步发展,这种被动地位也就有所改变了。在史诗的《狩猎和畜牧》、《盖房子》、《农事》和《造工具》几部分里,对于这种变化发展有着具体、生动的描写。在这里,人们种植了麻、荞、包谷,驯养了狗、猪等家畜,开始制造和使用了镰刀、锄头等各种铁器。人们的生产活动,已经从狩猎、畜牧逐步进入农业了。

那么,在这个社会阶段,人们的思想意识怎样呢?人们和神的关系怎样呢?从他们对于家畜的来历,一些事物的发现和一切自然现象、社会现象的解释上,就可以看出来了。在《狩猎和畜牧》里,史诗对于猪的来历的描写是这样的:

白云彩成白露,

黑云彩成黑露,

天上下白露,

天上下黑露,

露水扎了地,

白露扎出白石头,

黑露扎出黑石头,

天神下凡来,

打烂白石头,

白猪钻出来,

打烂黑石头,

黑猪钻出来。

只因天神下凡来，打烂了白石头和黑石头，白猪和黑猪才钻出来。世上才出现了白猪和黑猪。很显然，这也是对天神的信仰和崇拜。但是，这里的白猪和黑猪已经不像《创世》里的独脚、独眼睛和横眼睛三代人是天神撒种子变出来的了。猪的出现不是天神创造的结果，而是天神帮助的结果。人还离不开神，但神的地位显然下降了。

在《盖房子》里，我们看到了彝族祖先构木为巢的折光反映，也看到了当时人们与野物鸟兽的频繁交往。但更重要的却是人与神的关系：

哪个来盖房？

天神来盖房。

盖房没有树和草，

要去找树种，

要去找草种。

哪个有树种？

哪个有草种？

东方山坡小姑娘，

树种草种她都有。

天神只好去向"东方山坡小姑娘"要了树种和草种，才完成了它的事业，给各族人民、各种鸟兽盖起房子来。人的活动，仍然离不开神，可是神的力量却比以前小得多了。它要为人、为鸟兽盖房子，后来盖起了，而且也盖得很多，说明它还有一定的力量。但最根本的一个东西——种子，确实是掌握在人，即"东方山坡小姑娘"的手里。如它不去向这个人要得种子，它要盖房子也无能为力。天神——这个在《创世》里曾经创造一切，掌握一切，在人们心目中也高于一切的巨大的超自然力量，在这里终于现出了它的没落和被动的面目。这是人类社会生产力逐步提高，人在大自然面前取得局部的主动地位的反映。但尽管如此，神的权威地位，在人们的思想意识中也还没有完全消失。这一点，在《造工具》

里又是另外一回事了，人们要盘田种庄稼，可是没有铜铁的农具，而要做这种农具，就必须有铜铁。史诗对于铜铁的发现，有一段很精采的描绘：

> 花鸟石岩上面飞，
>
> 看见铜水了；
>
> 早晨岩蜂去采花，
>
> 采来铁花汁；
>
> 石岩下面铜水流，
>
> 石岩对面铁水淌；
>
> 拿也拿不起，
>
> 挨也挨不得；
>
> 哪个采铜花？
>
> 哪个采铁花？
>
> 阿查阿嘎颇，
>
> 拿起竹帚扫铜花，
>
> 拿起竹帚扫铁花。

这段优美的文字里，所反映出来的思想是十分幼稚的。铁的发现和铁器的使用，已经是氏族社会晚期的事情了。不用说，人们对自然界的认识，比起原始蒙昧时期和氏族社会早期来，已经有了很大的提高。但对一些新事物，比如铁、铜的发现还是较难理解的。所以他们把这一巨大的功绩归在花鸟和岩蜂的身上了。但无论如何，在这里拿起竹帚扫铜花，拿起竹帚扫铁花的是人，是阿查阿嘎颇，而不是天神。可见，在这里已经没有神的插足处了。神被撇在半边，人代替了它的地位，这就是对于人的直接肯定和歌颂，也是对于神的直接摒弃和否定。这是人们和自然的斗争取得巨大胜利的鲜明标记。从相信神的力量，到肯定人自己的力量，这是社会生产力大大提高，人的思想从蒙昧状态中解放出来的结果和反映。这一点，在《农事》中尤其鲜明突出。在这里，我们看到了古老的农业，一片刀耕火种的景象；也看到了建立在劳动生产基础上的人与人之间的亲

密关系和明显的男人开地、女人撒种的社会分工。但更重要的是,我们更清楚
地看到了人在自然面前的主人公地位的增长和他们的思想意识的发展。有一
段关于分年月的描写,是一个强有力的说明:

> 一年十个月,
>
> 一月四十天,
>
> 分了年月日,
>
> 盘田种地收五谷,
>
> 五谷不成熟,
>
> 年月分错了。

这是人的主动精神和思想意识大大发展的结果。

　　氏族社会晚期,由于铁的发现和铁器的使用,促进了农业生产的发展,随着
农业的发展,人的时间观念也逐渐加强。经过长期的探索,于是古老的历书出
现了。这个"历书"显然很不成熟,可是,在当时,它确是一门了不起的、直接为
农业生产服务的自然科学。虽然史诗说:这是天神分出来的,企图把人的一切
生产经验和斗争知识放在神的羽翼之下,来加以传授,加以歌颂。但这里的天
神,早已成了一个没有血肉的偶像,不但失去了它的高于一切的地位,同时它的
灵魂也已经消失。史诗在叙述彝族氏族社会晚期农业生产的整个过程中,天神
仅仅不明不白的出现了一次,难道不是有力的证明吗? 人们歌颂的并不是天
神,而仅仅是他们在歌颂自己巨大成就的同时,思想感情和神有着一定的联系,
顺便也把它提一提而已。

　　谈到这里,有两个问题引人十分注意:一是史诗中所反映出来的人们的劳
动态度;一是史诗对于各民族关系的描写。

　　从生产力极其低下的原始蒙昧时期到生产力大大发展了的封建时期,所有
的社会物质财富都是人的劳动创造的。从史诗中我们看得到:只是由于人的劳
动和丰年,物质财富才逐步增长起来,社会才得以发展和进步。《创世》所反映

的如此;《狩猎和畜牧》所反映的如此;《盖房子》、《造工具》以及《风习》里所反映的,也都如此。劳动是史诗贯串全篇的一根红线,在原始社会里,劳动是人们活动的全部内容。在劳动中,人人欢乐,人人高兴。今天,我们还能听得到他们的笑声。例如在描写他们搓绳结网时,就有这样一段:

一日搓三丈,

三日搓九丈;

一日结三丈,

三日结九丈;

越搓越喜欢,

越搓越高兴!

还有一段是:

猪长得好,

羊长得胖;

放猪的女人喜欢,

放羊的男人喜欢!

这里说的是人们的劳动成果,可也是对这些劳动成果的激情歌颂。劳动不但创造了社会财富,也给人们带来了愉快和喜悦,人人热爱劳动,在劳动中充满了热情,充满了征服大自然的雄心和信心。把劳动视为“下贱”的事,是阶级社会中反动统治阶级的腐朽观念。

史诗对于各族人民亲密关系的描写虽然不多,但也实在鲜明突出。史诗说,从开天辟地时起,各族人民都是一个母亲生的,只是由于母亲没有奶喂,各个婴儿吃了不同的食物,才形成了后来的各个民族;而各个民族都是相处在一起,交往频繁,毫无隔阂,处处透露出他们之间的真挚、深厚的情感。这一点,在

《盖房子》中尤其显得突出：

> 白菀树盖三间，
>
> 哪个来住房？
>
> 傣族来住房。
>
> 罗汉松树盖三间，
>
> 哪个来住房？
>
> 回族来住房。
>
> 高山梁子上，
>
> 青松赤松盖房子，
>
> 哪个来住房？
>
> 彝族来住房。
>
> 坝区平地上，
>
> 香树盖了三间房，
>
> 哪个来住房？
>
> 汉族来住房。
>
> ············

接着还给藏族、白族、苗族、傈僳族都盖起了房子。各族人民有了房子住，"天神好喜欢，人人都快活"。那时候各族人民都是和睦相处的，他们互相帮助，互通有无，在劳动中共同建设着新生活，缔造新世界。这是历史的现实在史诗中最真实的反映。史诗的这个思想是很光辉的。它告诉人们：一切民族隔阂都是由于反动统治阶级为了转移人民的视线，麻痹人民的斗争，煽动民族仇恨，企图达到其"分而治之"的目的造成的。史诗对统治阶级及一切想煽动民族情绪的反动家伙，是一个有力的驳斥。这一点，今天还有着很大的教育意义。

　　人类历史进入了阶级社会以后，阶级关系日趋复杂，人与人间的社会关系也日趋复杂了。原始氏族社会时期，人与人建立在生产劳动基础上的平等关

系,已经被阶级社会以金钱为基础的不平等的关系所代替。这种关系的最典型的描写是:

> 死人眼不闭,
>
> 死人嘴不合,
>
> 死人想活人。
>
> 外家说:
>
> 你爹你妈眼不闭,
>
> 你爹你妈嘴不合,
>
> 是想着家里的银,
>
> 合口银快拿来。

这当然不是对死者的讽刺。在彝族人民的生活里,本来就有这样一种习惯。但是,这种习惯极其深刻地道破了人与人之间的这种赤裸裸的金钱关系。

那么,在婚姻问题上,又是怎样一种情况呢?在《成婚》一章里,有这样一段描写:

> 媒人找两个,
>
> 上门说亲,
>
> 礼银要多少?
>
> 先要说定规,
>
> 金银和布匹,
>
> 鞋子和衣裳,
>
> 先把款定下,
>
> 你有力量嫁给你,
>
> 没有力量不成亲。

在阶级社会里，金钱成了衡量一切的标准，成了婚姻的基础，"你有力量嫁给你，没有力量不成亲"，这就是阶级社会中人与人的关系。为了维护这种落后的封建婚姻制度，又产生了许多与此相适应的道德感。比如，在婚姻问题上，反抗或违背这种包办和买卖的婚姻制度的，就要遭到惩罚和社会舆论的谴责：

> 我爹我妈说，
> 岩上的伯么①有三对，
> 回坝山灵②有三对，
> 人人见了都喊打。
> 要是我的女儿，
> 变成了伯么，
> 变成了山灵，
> 她就永远不能活在世间。

像这样的话是充满了冷酷和暴戾的，于是"嫁女招姑爷，天有天的规，白云嫁黑云，月亮嫁太阳"的以封建包办婚姻为中心的一套道德观念就形成了。这对于男女的束缚压迫是严酷的，因此，不能不激起他们的反抗。在《相好》里，我们看到了男女青年们从"响篾胸前挂，笛子插在腰带上，男在高山吹笛子，女在箐底吹竹叶，男在高山唱，女在箐底来回音，女在箐底唱，男在高山来回音"的娱乐场合中产生了爱情，发展到吹起笛子回家来，当晚就成双的故事。这就是人们要求婚姻自由的生动标记；也是人们用自己的行动来摧毁这种残酷的封建包办买卖婚姻制度和与之相适应的一切封建道德观念的强烈反映。

　　在封建社会里，人们在生死问题上，也有种种的反映，在《死亡》里认为人死的唯一原因是天神撒死种时不会让，所以非死不可，无可救药：

---

① 　一种虫，性淫。
② 　一种鸟，性淫。

天神撒下活种籽，

天神撒下死种籽，

…………

活的人会让，

就能留人间；

死的人不会让，

死种撒在他身上。

其实，并非会不会让的问题，根本点是，人的生死都是由天神掌握着的，人的命运完全由天神的意旨决定，而天神的法力是不可抗拒的。史诗还描写了一连串的万物死亡的例子来证明人必死的道理。当然，人是一定要死亡的。但这个理论的涵义，却远远超过了这个范畴。有一个典型的例子，可以帮助我们理解这一点：父母病了，儿女着急了，想方设法要治好父母的病，但他们不是去请医吃药，而是把朵觋请了来，于是就开始祭神祭鬼：

房后要祭土主老爷，

老绵羊来祭它，

酒酒肉肉来祭它，

蜡烛白纸蔬菜样样齐，

绵羊山羊来祭它，

松树做卦来祭它，

要用小猪来祭它，

青杨柳树来祭它，

母鸡来祭它，

鸡蛋来祭它，

花枝来祭它；

父亲母亲祭不好；

又拿红公鸡来祭它，

六棵青杨树祭它，

三年大公猪祭它，

一棵大竹子来祭它，

酒酒肉肉祭它，

做石团祭它，

…………

紧接着还祭灶君老爷，过往神仙等等。这里祭神的规矩是很严格的。这和他们对于生死看法的哲理观念有着密切的关系。既然人的生死都是由天神掌握的，那么，要治病，人要求得以生存，就只好请"神"了，药是无济于事的，这正是一种封建迷信观念。在生死问题上，人们所表现出来的这种极其被动的地位，正是阶级社会的阶级统治和阶级压迫在人的思想意识中的反映。当然，在当时的历史条件下，也是人们对于生死认识不足的直接描写。《相配》一节里，对于万物的性交繁殖是给予一种较科学的解释的。在《死亡》一节里，对于死的必然性，也给予较朴素的科学认识。

在封建社会里，尽管人民受着统治者的奴役和愚弄，使人们产生了某些落后的思想意识和道德观念；但随着生产力的不断发展，人们对自然界的认识便日趋深刻，例如：

咋个分四季？

杨柳发叶了，

大山梁子松树上，

布谷鸟叫了，

大山菁头李桂阳叫了，

春季到了。

山脚水田里，

> 蛤蟆叫三声，
>
> 大山水箐里，
>
> 青蛙叫三声，
>
> 夏季到了。
>
> 山上山下游居里（蟋蟀）叫，
>
> 秋季到了。
>
> 天上雁鹅飞，
>
> 飞飞地上歇，
>
> 雁鹅叫三声，
>
> 冬季到了。

昆虫、树木、鸟的这些特点，就构成了彝族劳动人民的历书的科学内容。这就是彝族人民从长期的劳动斗争中总结出来，并长期的用以指导他们的生产的自然科学。这种科学是朴素的，比较可靠的，它基本上是符合大自然的客观规律。

> 三月二十七，
>
> 石蚌叫起来，
>
> 放火烧荞地，
>
> …………

有了科学的指导和保证，人们的生产劳动就摆脱了盲目和混乱状态；于是，生产劳动就有规律、有安排、有节奏地进行了。

三 史诗的艺术特点

史诗《梅葛》概括而又形象生动地反映了彝族人民从原始社会到封建社会的全部面貌，对后人来说具有较深刻的教育意义。它之所以如此，正如前边所说，是由于它汇集了彝族的许多优秀的神话故事，经过长期的加工，提炼，组织而成的。比如关于洪水漫世的神话故事，禄劝、武定、楚雄、双柏等地都有。虽然，它们也有不同的地方色彩，但仅仅是地方色彩的不同而已。史诗的《创世》部分，可以说是它们的优秀的代表。又如史诗的《怀亲》，当中的刻木祭父母的故事，在民间作为一个单独的故事也广为流传。在姚安很有影响，为人们津津乐道的《还婆家的礼物》，也跟史诗中的《成婚》、《理家》相似，只是史诗集中了这类诗篇的精华，作为自己长期地加工和提炼的有机组成部分而已。同时它对彝族各个历史时期的文学，也有着很大的影响。比如《诉苦情》和《铜是哪里出》等等，从它的现实主义精神和风格等方面看，都是受着《梅葛》的很大影响的。

史诗《梅葛》的浪漫主义和现实主义精神，表现得比较复杂，这里只能提出一点粗浅的看法和意见。在《创世》和《造物》里，我们看到了，由于生产力低下，人与大自然的矛盾是主要矛盾。人们要和它斗争，企图理解它，征服它；但认识不足，于是通过幻想、夸张和虚构，就把那时人们的生活和意愿，以及孩童般的精神面貌，在神话中反映出来，永远提供人们以无穷的美的享受，永远显示着不朽的魅力，具有浓厚的浪漫主义色彩。当然，这种浪漫主义，是深深植根于现实生活的。随着社会生产力的不断提高和发展，随着阶级的出现和统治阶级对人民的压迫和剥削，阶级的对立和矛盾的加深，人与人之间的社会关系也日趋复杂，人与自然的矛盾和斗争，已经退居次要的地位。复杂的现实生活要求在文学的领域内得到反映，这一点，史诗《梅葛》是尽到自己的职能的。在《风习》里，史诗真实地、形象地给我们描绘了封建社会时期一系列的生活画面，使我们不但享受到无穷的美感；同时也看到了那时彝族人民的劳动与斗争，以及风习和道德、愿望和理想。而且这些都是从对于现实生活的活生生的具体的描绘中，反映出来的。所以，史诗的这一部分，又是现实主义的。说它是浪漫主义的和现实主义的，当然是指主要倾向，两者是不可分割的。在《创世》里，浪漫主义色彩，是它的突出的光辉。浪漫主义和现实主义的有机结合，是《造物》的特点。到了《风习》，现实主义成分大大增加，又成了《风习》的特点。

从这里，我们看到了彝族文学创作方法的发展过程。这个发展是社会发展的产物，也是彝族文学从幼稚走向成熟的结果和标志。

史诗《梅葛》的结构是比较完整、谨严的,它的每一部分,都是史诗不可缺少的有机组成部分,抽掉了其中的任何一部分,史诗就不成其为史诗了。比如天神这个形象,只有当史诗的每一部分作为史诗的有机组成部分,而对它作统一的多方面描写的时候,我们才看到它的完整性。如果没有《造物》,它的形象就不如现在这样完整了。

从较小的部分来看,它们之间的结构也是很谨严的。如《风习》分为《相配》、《相好》、《成婚》和《理家》四小部分,表面看来内容虽然很相近,甚至个别地方还相同,但它们的"个性"却是突出的。《相配》表述了彝族人民关于男女相配的哲学观点;《相好》描写了彝族青年男女娱乐和恋爱的生活;《成婚》是有关婚姻的各种礼俗的大汇集;《理家》则着重婚后治理家务的刻划。如果单有其中任何一部分,都是不足以反映如此复杂的现实生活的。至于一章之内的结构,就更是一气呵成,一环扣一环地构成了一个完整的画面。例如《相配》,就是如此。

从描写和叙述方法上看,史诗往往采用的是一种"连锁"式"挂钩"的手法。比如第三部分《请客》,主要是描绘客人到了主人家,主客之间的亲切、热情、谦虚和主人款待客人的这么一个场面。事情很简单,并不复杂。如果我们撇开占全文十分之七以上的主人问客"哪个带信"那一大段,而只看最末描写主人款待客人的场面,那短短二十行诗句似乎就够了。但不然,史诗不愿意那么简单的表现主客之间的深情厚意,所以一开始,就把场面大大地铺开了:

主:哪个带信来,

　　你才到我家?

客:什么是鸟王?

　　凤凰是鸟王;

　　请来凤凰鸟,

　　凤凰带信我才来。

主:凤凰只是飞过房头上,

　　没有带信到你家。

客：大雁带信来，

　　我才到你家。

主：大雁只从天上过，

　　没有带信到你家。

就这样一问一答，一环套一环，一钩挂一钩，所有的鸟都说到了，还是不是。最后客人说："地瓜根根带信来，我才到你家。"于是就酒酒肉肉，把所有的好东西都摆出来了。但直接描绘这场面的文字很少很少。上边说过，只有寥寥二十行。尽管如此，我们却并没有什么不足之感。现在，我们才明白，前边那些描写，原来并不是没有作用的。它把一种极深沉的感情，概括在这幅美丽的艺术画面中了。这样才显得出客人的高贵和来之不易，也才显出主客之间的谦虚、亲切和相互崇敬之情。这就是史诗独特的"连锁"和"挂钩"的手法所达到的独特效果。这种手法，是跟彝族人民生活和性格有着密切联系的。在史诗里，这种手法运用得很普遍，这里就不多说了。

至于环境气氛的烘托，在史诗里也用得很出色。《理家》里有这样一段：

不料不料实不料，

好家不出好事情：

房顶上有蜘蛛网，

房前梁上挂着葫芦包，

屋里老鼠吱吱叫，

屋里蚂蚁出了窝，

马鬃虫来吃，

马尾耗子咬，

……………

牙狗半夜三更哭，

公鸡叫不出声，

母鸡不赖蛋，

小鸡毛上挂泥巴，

…………

柜中花衣花布起灰尘，

尽被虫吃老鼠咬，

麻布团中有苍蝇，

衣裳缝起是歪的，

…………

我爹属龙那天病，

我妈属蛇那天病，

我爹病倒在床头，

我妈病倒在床尾。

所有这些奇怪现象，彝族人民都把它看成是反常的，预示着不幸。这里边，有一定的封建迷信色彩，应该指出来。但作为文学的表现手法，却很值得重视。通过这一连串形象的反常现象的描写，一个阴森恐怖的不祥的气氛就烘托出来了。人们听（读）到这里，禁不住要打个寒战，这就为下面马上就要碰到的不幸事件作了精神准备，使人读了不至于感到突然。

史诗的比喻用得不少，例如："早晨太阳出，晚上太阳落，太阳会出也会落，人和太阳一个样，会生也会死。""做饭小米小，小妹的胆子比小米小。""谷子长得像马尾，大麻长得像竹林。"人必死，小妹胆子小，都是一些比较抽象的概念；但经过这么一比，就很形象、很生动了。至于"谷子长得像马尾"之类，更是充满了激情，它不但使形象更加鲜明突出，也巧妙地传达了隐藏在这个形象后面的劳动人民的喜悦和意愿。

史诗里常用的夸张手法，也是十分突出的。例如："二人动手杀老熊，血淌成大河，尸体丢河中，脑袋顺水淌，淌到东洋大海，塞住出水洞，水就漫起来。恶风暴雨，越淹越厉害。大哥筑道围墙，水涨到山腰；二哥筑道围墙，水涨到山顶，

305

涨到南天门。麂子天上跑，鱼儿吃星星。"又例如："天上下白露，天上下黑露，地着露水扎，白露扎出白石头，黑露扎出黑石头。天神下凡来，打烂白石头，白猪钻出来；打烂黑石头，黑猪钻出来。"前者说的是洪水漫世，后者说的是猪的来历。但前者只用了十六行诗句，后者只用了十行诗句，就分别把一切惊天动地的洪水淹天的原因和景象，猪的奇妙的来历，以及大自然的无穷的变幻描绘得有声有色。这是大胆夸张的结果。它和丰富的想象、澎湃的热情相结合，增加了作品的感染力量，使得它的形象优美、丰满而富有生命力。

在史诗的句法上，一般都是单句，复句很少；因此，排比句子就很多。例如："房子格，多又多，一格老爹睡，一格老奶睡，一格阿爹睡，一格阿妈睡，一格阿哥睡，一格阿妹睡，一格阿弟睡，一格客人睡。""家里小花猫，小妹舍不得；家里大白鹅，小妹舍不得；……"这样的例子俯拾即是。当然，这和彝族语言特点和史诗的激情有着很大关系。这里就不多说了。

在史诗中，这样的偶句也是屡见不鲜的。例如："天上出九个太阳，天上出七个月亮；地上只有白天，地上没有黑夜"，"家里水牛和黄牛，小妹舍不得"，"男在高山唱，女在箐底来回音；女在箐底唱，男在高山来回音。"……两行诗句构成了一个形象和一幅画面，给人一个完整的印象和一气呵成的感觉，加强了诗的旋律和自然美。

在史诗里，昆虫、鸟兽、星星、月亮、太阳、云彩……都被拟人化了。例如："哪个来壅土？凤凰来壅土"，"哪个来炼铜，哪个来炼铁？啄木鸟来炼铜，啄木鸟来炼铁"，"兔子争了先，先来砍树子"，"天上黑云嫁白云"，"草地开花"，这样的例子很多，举不完。这里的形象有声有色，还有一定的内心活动，有它们自己的特点。

史诗《梅葛》是民间的口头文学，世世代代，口耳相传，使它的语言跟人民生活有着血肉关系。当我们倾听彝族人民唱述它的时候，我们首先感觉到的是：诗的语言像音乐旋律一样的协调。例如："天上黑云嫁白云，天上绿云嫁黄云，天虹嫁地虹，天亮星嫁过天星"，"芦笙吹得响，唢呐吹得响，吹吹打打讨媳妇"等等。它之如此和谐，如此富于音乐性，当然是跟它本身就是靠调子保存下来这一点有着极为密切的关系。

　　史诗的语言是极其丰富的，特点也是很鲜明的。例如："鱼儿跟水走，水顺枧槽流，竹鸡跟着野鸡走，妹妹跟在哥后头"，"房后马樱花树下，马樱花下清水流，流水挑来洗娃娃，娃娃就像马樱花"等等。一读就使人大大感到它的形象的跳动。这些语言，天真活泼而又明朗轻快，纯朴而不浮艳。别林斯基说："最大的美是纯朴。"史诗的这种纯朴，也就是它最大的美。

关于《阿细的先基》的几个问题

云南省民族民间文学红河调查队

史料解读

　　该史料为一篇经验介绍，原载于《读书》1960 年第 2 期。《阿细的先基》是彝族支系阿细人的史诗，其中"先基"为"歌"之意，是阿细语"Sei ji"的译音。《阿细的先基》内容广博，结构庞大，分两大部分：一为"最古的时候"，包括天地万物的来源、各种自然现象的成因、人类的早期生活及其经受的历史苦难等内容，反映了人类试图认识自然进而征服自然的进取精神和始终顽强不屈的斗争意志；二为"男女说合成一家"，即以男女谈情说爱为发展线索，真实地反映了阿细人纯真的爱情和他们对现实社会的各种见解。前面有开场白性质的"引子"，后面有"尾声"，二者根据歌唱者的实际需要而变化。《阿细的先基》这部长诗是神话和现实的交织，是理想和事实的融合，生动形象地反映了阿细人从原始社会到阶级社会生活的一个侧面。在对《阿细的先基》整理过程中，云南省民族民间文学红河调查队获得了现代诗人、文学评论家光未然的启示，以及盲歌手潘正兴等人提供的大量材料，逐一解决了多个难题，为民间文学的搜集整理工作提供了宝贵经验。史诗《阿细的先基》整理成果于 1959 年由云南人民出版社出版。

　　云南省民族民间文学红河调查队整理的这部《阿细的先基》，很全面、很深入、很系统，对读者和研究者来说，既是了解和研究《阿细的先基》这部作品的重要史料，也是了解和研究彝族支系阿细人的重要史料。

原文

《阿细的先基》是彝族支系阿细族的史诗,流传在云南弥勒县西山一带的阿细族人民口头上。"先基"是阿细语"Sei ji"的译音,为"歌"之意,是这一作品诗歌和曲调的总称。用"先基"调唱的传统的诗歌,内容基本上是固定的、系统的,它构成了一部完整的叙事长诗。

关于这部长诗,早在一九四四年光未然同志就曾经收集、并整理过。当时在昆明出版,叫《阿细的先鸡》。十多年前,在国民党反动派黑暗统治下,光未然同志在极困难的条件下,对这部长诗进行搜集和整理,把它介绍出来,是非常有意义的。他的搜集整理工作,给了我们许多启示和鼓舞。

一九五八年九月,由中国作家协会昆明分会和昆明师范学院,共同组织了以昆明师范学院一九五五级部分学生为主的云南省民族民间文学红河调查队,部分队员于十月下旬深入到弥勒县西山一区、二区。用了两个多月的时间,对阿细"先基"作了较全面系统的调查搜集。

这次搜集中,供给我们材料最多的最系统的是盲歌手潘正兴。他的家在西山二区东南角深山中的罗多下寨。据传说,罗多是《阿细的先基》的发源地,西山一区(磨香井、烂泥箐一带)流传着的"先基"都是从罗多学去的。罗多寨子的人唱"先基"一向都很出名,但由于交通不便,外地人很少到那里去。我们在罗多搜集到的"先基",它保存着较为古老的风貌。

盲歌手潘正兴出生于一个中农家庭,今年已经六十多岁了。他在二十七岁时,不幸眼睛瞎了。从年轻的时候起,他就是那一带唱"先基"最有名的能手,他能把洋洋数千行的长诗系统地背诵出来。在那一带地区,他有着很高的声望,只要一提到唱"先基",人们就会翘起大拇指连声称赞他那惊人的记忆力。他的歌喉很好,唱起"先基"来清脆、响亮。除了唱"先基"外,他还精通阿细族的各种乐器,能说流利的汉语,他所唱的"先基",都能自己全部译成汉语。因此,他既是歌手,又是翻译。把"先基"保存下来,使它今天能够成为祖国各族人民的共同财富,他和其他许多歌手是有功绩的。

由于"先基"流传年代的久远和流传地区及歌唱者的不同，因而情节上就有若干的差异。一般地说，流传于西山二区罗多一带的"先基"，在内容和形式上都保留着较为古老的风貌，具有鲜明的民族特色。

史诗"先基"的内容异常广阔，结构极其庞大。总的说来，可分为两大部分："最古的时候"和"男女说合成一家"。另外，前面的"引子"，其性质等于开场白；后面的"尾声"，是歌唱结束时的余韵，这一头一尾都是根据歌唱者的实际需要而变化的。"最古的时候"包括：天地万物的来源；各种自然现象的成因；人类的早期生活及其经受的历史苦难；风俗习惯。它的大部分内容是反映原始社会时期人们的生活状况，以及人们对自然现象的想象和解释。人和自然的矛盾贯穿全诗，它反映出人类试图认识自然和征服自然的进取精神和始终顽强不屈的斗争意志。朴素的唯物观在诗里也有所显现。它既是文学，也是历史。"男女说合成一家"是以男女谈情说爱为发展线索，真实地反映了阿细人民纯真的爱情和他们对现实社会的各种见解。在男女谈情中引用了许多古代的故事，叙述了他们在婚姻上的独特风习。对劳动的歌唱贯穿全诗，和谈情说爱部分交织在一起，劳动是选择对象的标准，是婚后生活中的重要内容。诗中对生产过程有着细腻的描绘，并用大量的篇幅抒发了人们在劳动中的痛苦和欢乐。这一部分诗，很明显是在阶级社会形成和丰富起来的，现实性很强，诗中主人公虽然是在谈爱，但总免不了要流露出对穷困处境的忧虑和为未来命运的耽心，这是阶级社会中阿细人民贫困痛苦生活的反映。

总起来说，这部长诗是神话和现实的交织，是理想和事实的融合。它形象地、生动地反映了阿细人民从原始社会到阶级社会生活的一个侧面，具有很高的美学意义。

在整理过程中，我们碰到了一些具体问题，按照我们的认识水平，进行了初步的研究和处理：

第一，"先基"的材料很多，不同的地区不同的歌手唱的，都有若干差异，整理时不能不有所选择。"先基"的所有材料中，以罗多潘正兴供给的材料较为完整。因此，我们便采取了以一份材料为主，其余则以详补略的办法。即以潘正兴供给的材料为基干,吸取其他材料中的最具有民族特色的生动、细腻的情节加以补充。

第二,对同一事件说法不同和细节描写差异的处理,我们是从史诗反映的时代性和民族特点来考虑,采用了阿细人中最古的、最具有民族特色的说法。例如在一些材料中,有"女娲炼石补天"、"燧人氏钻木取火"、"嫘祖养蚕"等情节,这很明显是在流传中吸收了汉族神话的结果。整理时,我们没有采用,而是采取了潘正兴供给的材料的说法:"用云补天"、"撬大树出火"、"绿虫抽丝织布"等。

第三,精华与糟粕的鉴别,这是个复杂的问题,也是整理时必须解决的重要问题。如"最古的时候"里有的地方渲染了拜佛的好处,说古时候有三年天不亮,人们没法盘庄稼,于是天神就叫汉人塑佛像拜佛,这样天就亮了,从此人们才能种庄稼。这样一些个别的细节,我们把它删了。另外一种情况是过于夸大祭神的作用,宣扬了"神灵功德",如说祭神以后牛羊就长得胖了,就五谷丰登了,等等。对于这种消极的东西,我们的办法是冲淡祭神效果,保留人们的祭神愿望,只稍稍作了些修改。因为祭神反映了阿细族人在一定历史条件下的部分生活状况和精神面貌。在"男女说合成一家"里,有的地方也混杂有迷信色彩。诗中有一段描写了男女"在阴间相爱"的生活情况,气氛相当阴暗,我们把它删掉了。

第四,原诗有些地方重复较多,这是民间歌唱形式常见的特点,有它独特的意味。但以文字方式介绍给广大读者就嫌啰嗦一些。还有某些地方绕的弯子太大,容易使作品主线不突出,延缓了情节的进展。整理时,在不伤原意和其艺术表现特点的原则下,我们稍稍作了些删节。另外,在原诗中有前后颠倒和矛盾的地方,这显然是口头流传中难于避免的。整理时,为了使之系统化和合理化,也适当地作了一些小的调动。

第五,原诗都是五言韵诗,但由于翻译成汉语后,不可能完全保持原状,就形成了长短句,由于逐句直译,在语言上有不少晦涩之处,加上方言土语较多,有些难懂。因此,在不损害原意和原作风格的情况下,我们在语言上也作了适当的加工,并在不因辞害意的前提下,尽可能使其押韵。

读《阿诗玛》的一些体会

雪　蕾

史料解读

　　该史料为《阿诗玛》的评论，原载于《西南文艺》1954 年第 9 期。该文的价值不在于对《阿诗玛》的艺术分析——该文在这方面与其他评论相比是有差距的。但该文的一个观点在今天仍有借鉴意义：事实上，我们对兄弟民族民间文学作品还是比较生疏的。但是，作为诗歌工作者，我们应当重视对于这样的诗篇的学习。哪怕是只有一点一滴的所得，对于我们理解、研究祖国文化的宝藏，特别是理解、研究兄弟民族文化史或是帮助他们进行整理工作，同时从中汲取养料来丰富我们的创作，都是有益处的。

原文

一

　　读过《阿诗玛》的人，谁也会被阿诗玛与阿黑两个壮丽的性格，在自己的内心唤起崇高的感觉！谁也会被它的艺术魅力慑服而惊叹！因为这篇诗歌颂了劳动、勇敢、自由和爱情，表现了撒尼族[①]人民反抗压迫的坚强意志与英勇智慧。而这样的英勇事迹与英雄人物经过撒尼人民的长期的集体创作，形象地活在我们面前了。

----

① 　编者注：撒尼为彝族的一个支系，"撒尼族"应为"撒尼人"，后同。

　　诗篇以热布把拉家强娶格路日明家的女儿阿诗玛为媳的事件，展开了阿诗玛、阿黑与热布把拉家的斗争，这样的斗争也就是反映的撒尼人民与撒尼统治阶级的斗争。同时通过格路日明家，显示了撒尼人民勤劳、朴素和善良的生活面貌，通过热布把拉家，揭露了撒尼统治阶级剥削生活的可耻。这在诗篇某些章节中有极其生动的、尖锐的对照的描绘。虽然斗争是以悲剧结束，但胜利始终是属于人民的。热布把拉父子使尽了唬吓、利诱、欺骗、阴谋的手段都难以屈服他们，相反的却是暴露了统治阶级的丑恶与低能，纵然使用决堤或是央求洪水神（关于阿诗玛被洪水卷走，在《回声》中有不同的两种处理，参看《人民文学》、《西南文艺》一九五四年五月号）的最阴毒的手段，也不过是表示统治阶级的强力最后破产罢了。在《回声》中正是集中的表现了这种精神。为什么？正如高尔基在谈到民谣时所说："民谣是与悲观主义完全绝缘的"，接着并指出，"……但是不管这一切，这个集团（指被剥削阶级。——笔者）可以说是特别意识到自己的不朽并且深信他们能战胜一切仇视他们的力量的"。

　　诗篇包含的内容是丰富的、真实的，但是充满着强烈的浪漫的、传奇的色彩。如在《天空闪出一朵花》中关于为阿诗玛做满月酒的两段描写——

　　这天，请了九十九桌客，
　　坐满了一百二十桌，
　　客人带来九十九坛酒，
　　不够，又加到一百二十坛。

　　全村杀了九十九个猪，
　　不够，又增加到一百二十个。
　　亲友预备了九十九盆面疙瘩饭，
　　不够，又加到一百二十盆。

这是可能的吗？不。这只是他们的愿望。而在那样的社会环境，撒尼人民不可能实现这样的愿望,但有这样的愿望则是合理的。事实上,人的诞生,在人民的心怀中才是真正贵重的。其次在《打虎》中阿黑三箭射死三只老虎,是富有传奇意味的。——

　　三只老虎冲上楼,

　　阿黑闪过楼梯口,

　　"嗖""嗖"三箭射过去,

　　老虎立刻倒下地。

它如《回声》;拔箭;在灰斑鸠的膆子里找到丢失的细米,就不多谈了。由此我们看出人民的美丽的理想,人民的豪迈的气魄和雄伟的力量! 正是这样的理想、气魄和力量,在鼓舞并激励人们前进。因为这些色彩而赋予了诗篇以不朽的光辉,给予了诗篇以蓬勃的生命力。我们常说的现实主义浪漫主义,可以说在这诗篇表现得如此的充分和完整的了。

二

　　虽然《阿诗玛》的整理、编译未臻于完善,但是其中真实的情节、朴素的语言、准确的比拟、动人的形象,是怎样在吸引着我们呵! 这些正是表明人民的艺术才智是丰富的。因为他们是有生活实感的,他们善于从自己的生活环境和人生经验去捕捉最有典型性的形象来表达他们的感情和愿望。这就是产生艺术魅力的根基。我们看民间诗歌,在描绘人物形象,表现人物思想活动,描写自然景色,虽然有它常用的一些手法或叫作技巧吧,如对比、比喻、重复,总是离不开生活并从生活实感出发的。

　　现在举些例子来看——

　　撒尼人民将阿诗玛比做桂花,阿黑比做青松,将阿支比做格格权权的树子或者猴子,以黄老鼠和黄蜜蜂比嘴尖舌巧的海热,这是符合人民的生活实际的,同时也赋予了人物不同的性格和外貌的特征。为什么说合于人民的生活实际,因为只有人民深知一切美好的事物是自己的,一切的丑恶只有统治阶级做得出来,所以在歌颂或讽刺的时候,人民的爱恨是鲜明的也是有分寸的。像这样的例子,在诗篇里是很多的。

概括的、理想化的描写英雄人物,这也是民间诗歌的特色。如描写阿黑是一个勇敢、劳动、聪明的青年,而这样的青年形象,从性格、喜爱、外貌看来,几乎每个青年都或多或少具备有的。例——

格路日明家,
儿子叫阿黑,
像高山头上的青松,
断得弯不得。

圭山的树木青松高,
撒尼小伙子阿黑最好,
万丈青松不怕寒,
勇敢的阿黑吃过虎胆。

大风大雨天,
他砍柴上高山;
石子地上他开荒,
种出的玉米比人旺。

从小爱骑光背马,
不带鞍子双腿夹;
拉弓如满月,
箭起飞鸟落。

他唱山歌，

画眉飞来和；

他吹笛子，

过路马鹿也停脚。

其次在《成长》中的处理阿诗玛，也因人物成长过程带来的特点而有不同的描写。如只选择"知了"、"耙齿"、"麻团"这些生活中不可缺少的和喜爱的东西作比拟，就把一个不满周岁的婴儿模样表现了。再如描写她长到十四岁的那几段，不仅表现了阿诗玛过着愉快的劳动生活，而且也概括的表现了所有小姑娘的生活。其中有三段描写自然景色，抒情、优美、生动地表现了小姑娘们当时的活动情境。仅仅三段，确是一幅色泽明朗的画图。真是诗中有画了。例——

荒山上面放山羊，

荒地上面放绵羊，

风吹草低头，

羊群吃草刷刷响。

大树底下好乘凉，

小伴做活忙，

拼起五彩布，

做成花衣裳。

微风轻轻地吹，

传来松子的香味；

一面做活，一面讲知心话，

个个都夸奖阿诗玛：

　　至于描写海热的嘴尖舌巧和丑恶，当我们读到《说媒》、《马铃响来玉鸟叫》两章，不得不想到《梁山伯与祝英台》中的媒婆。你看他吹嘘热布把拉的有钱有势，真是绘声绘色的了。例——

阿着底下边，
热布把拉家，
银子搭屋架，
金子做砖瓦。

左门雕金龙，
右门镶银凤，
粮食堆满仓，
老鼠有九斤重。

黄牛遍九山，
水牛遍七山，
山羊遍九林，
绵羊遍七林。

　　只从他说的话，我们就知道海热是个怎样的人，用不着加任何注解。描写是否夸张？回答是肯定的。但是这样的夸张是符合生活的真实。

　　还有，当阿支看到阿诗玛的那一段，把他的流氓丑态刻划的也真是淋漓尽致。例——

饿狼见绵羊，
口水往外淌，
阿支看见阿诗玛，

猴子眼睛乱眨巴。

关于民间诗歌常用的对比、比喻、重复的表现手法，我们在诗篇里见到的很多。这里举两个篇章来看——

《盼望》是很优美的抒情篇章。它表现了撒尼人民对阿诗玛被抢走的思念，对阿黑的期盼，及对热布把拉家愤怒的谴责。这样复杂的思想感情，是通过父母、小伴、老人去表现的。当我们一读到这章诗，我们的整个心灵就被攫住了。例——

阿着底上边，
没有了阿诗玛，
像春天草木不发芽！
像五月荞子不开花！

试想春天的草木不发芽，自然景象是怎样的凄凉！试想五月荞子不开花，农民的心情是怎样的焦虑啊！因此，使用这样的比喻就生动的表达了撒尼人民所遭遇的不幸。

虽然整章交织着这样的感情，但调子并不低沉，却充满着坚定的信念。

其中的重复段落是值得注意的。如"玉鸟依然叫，白云照样飘，可爱的阿诗玛啊，爹妈见不着她了！"重复三次，在二、三次时其中只更换思念的人。"天空的玉鸟啊！替我们传句话，要阿黑快点回家，救他的亲妹阿诗玛。"亦重复三次。试想在黑夜，一群人围着篝火，倾听拨动琴弦的人唱它时，人们的思想感情不也是随着调子的缓慢、奋激而变化着吗？因此，这里的重复，对弹琴的人和听的人，在感情上就有回旋的余地。同时也加深了情节的生动，渲染了调子的气氛。

在《马铃响来玉鸟叫》一章中表现了阿诗玛与热布把拉父子和海热面对面的斗争，这样的斗争是尖锐的。在斗争中的阿诗玛不为"富贵"所移、不为"威武"屈服的意志，及对敌人的嘲讽、蔑视的无畏精神，狠狠地打击了敌人。而敌人在她面前的束手无策，惊惶失措的样子着实可笑。再者阿黑的赶来，就显示了人民的力量是无敌的。整个章节随着斗争的开展，形成紧张的气氛，而有些情节也富于戏剧性，如阿诗玛和海热的对话。但是它在处理这场尖锐复杂的斗争和在表现人物的性格方面，是很不简单的。

在开头一段的前两行虽然描写的自然景象，像"旋风"和"黑云"，但却陪衬了热布把拉家那群抢亲人的凶焰万丈，表现得更是有声有色，使人读到心情沉重因而引起憎恨。——

> 旋风在山林中滚动，
> 黑云盖满天空，
> 一群人拥着阿诗玛，
> 去向热布把拉家。

要是将阿黑路过三个村子所碰到的那些人的一致的答话对照来看，是有意思的。例——

> 阿诗玛我没有看见，
> 讨媳妇的倒是过了一蓬人，
> 身穿绸缎衣，
> 好像一堵黑云。

很明显的是前后相呼应。可是这里的"黑云"与前面的"黑云"的用法有区别的。由此可以知道同一比拟，它是有不同的用法。

还有表现阿黑急追猛追的前两行，虽然是属于自然景色的描写，但与人物当时活动的情境是合拍的，这样使人物的形象更加鲜明，感染人的力量更是加强了。例——

> 玉鸟天上叫，
> 太阳当空照，

满头大汗的阿黑，

急追猛赶好心焦。

再与描写热布把拉家阴森可怖的景象对照，我们就知道，人民的爱憎是很
鲜明的。本来"玉鸟"和"太阳"是美好的象征，可是因对象的不同，在使用上稍
有变化就具有不同的意思了。例——

太阳不愿照，

玉鸟绕路飞，

热布把拉家阴森森，

好人不跨他家门。

再者表现阿诗玛的理直气壮和热布把拉束手无策的小丑样子，仅仅用"竹
子"、"青蛙"就恰如其分的描绘了。例——

可爱的阿诗玛站在那里，

像竹子一样笔直，

她的眼睛闪着光，

没有半点畏惧。

……

热布把拉听见这话，

气得乱跳像只青蛙，

他把阿诗玛推倒，

狠毒地用皮鞭抽打。

为什么整章的气氛如此紧张，调子急促，而读来觉得明快呢？因为斗争是
在两条不断交替的线索上展开的，一条线索是阿诗玛与敌人的面对面斗争（这

是主要的),一条线索是阿黑赶救阿诗玛。因为这样,在表现方法上不能不是对照的描写,这应该是造成气氛紧张的主要的方面。可是,在使用一些重复的手法,像阿黑路过三个村子,与此对照的则是热布把拉的对待阿诗玛(例子从略),这也是造成紧张气氛的一方面。由此我们可以知道,民间诗歌常有的重复的图景或形象的作用了。至于说调子急促读来还明快,我想,与事件本身以及如何表现它是分不开的。

三

前面谈的一些只是就我读《阿诗玛》的体会,当然这样的体会是远远不够的。因为要研究它就不能不涉及民间歌谣的领域或者说整个民间文学领域,何况这是兄弟民族民间文艺作品,事实上在我们还是比较生疏的。但是,作为诗歌工作者,对于这样的诗篇的学习是应该重视的。那怕是只有一点一滴的所得,在对于我们理解、研究祖国文化的宝藏特别是理解、研究兄弟民族文化史或是帮助他们的整理工作,是有头等的意义,同时从中汲取养料来丰富我们的创作都是有益处的。

究竟抱着什么样的态度学习这样的诗篇呢?或者在我们创作实践中怎样运用学到的东西呢?我想,在我们学习过程中不会不感到的,但是要想解决这样的问题是不太容易的。可是,我们温习下苏联著名诗人伊萨柯夫斯基写给我国诗人李季同志的那封信(参看《文艺报》第六十期,或文艺理论学习小译丛第一辑)是有好处的。信里他谈到,学习民间歌谣的心得以及如何在创作实践中运用的问题。他说:"我认为,模仿、抄袭和伪造民间文学——那是没有多大益处的,是不必要的工作。诗人不应该奴隶似的追随在民间文学之后,而是应该当它的主人。诗人应该富有创造性地利用它,按照他自己诗的构思所要求的那样来利用它。"话说的很明白了,用不着再去解释,问题在于怎样将这种精神贯彻到我们学习和创作实践中去。

一九五四年六月
载《人民文学》及《西南文艺》一九五四年五月号

《阿诗玛》的整理工作

公　刘

史料解读

　　本史料系《阿诗玛》主要整理者、诗人公刘对《阿诗玛》整理工作的总结，原文载于《文艺报》1955 年第 2 期。该文有三个观点值得重视。第一，阿诗玛和阿黑这两个人物必将成为正面的典型形象而进入我国多民族的、丰富多彩的文学领域。第二，以《阿诗玛》的发掘、整理工作为例，各民族群众能更好地认识自己的文化传统，从而开始对其产生比较正确的估价。第三，在《阿诗玛》产生的年代，光明并不存在。如果我们拿现代人在现代中国的生活中得出的结论去替代过去那个时代所能得到的结论，那势必造成歪曲。这些观点在今天看来仍具有借鉴意义。当然，《阿诗玛》的翻译也备受关注并引发讨论，这一问题则是"整理"还是"改编"的另一个话题。

原文

　　我国是一个多民族的大国。各民族都以她自己特有的文化——精神上的财富丰富了我们共同的宝库。但由于旧中国的长期的封建反动统治，少数民族不但在政治上、经济上处于落后状态，在文化上也处于屈辱的地位。少数民族的许多极有价值的精神财富，得不到应有的重视与珍爱。

　　中国人民革命的胜利，从根本上改变了各民族之间的关系。我们的国家已经变成了各民族人民友爱团结的大家庭。汉族不再是压迫别人的民族，她有责任去帮助兄弟民族发展他们的文化。发展兄弟民族的文化，并且向汉族介绍这些文化，就可以更加深各族人民之间的相互了解，加强各族人民之间的在新的基础上的精神联系。提高各少数民族人民在汉族人民的帮助下建设自己的新生活的信心。

居住在云南省圭山区的撒尼族，是我国勇敢、勤劳、优秀的民族之一。撒尼族有着光辉的斗争历史。在第三次国内革命战争时期，云南革命游击战争的第一枪就是在圭山区打响的。撒尼族人民全力参加了和支持了云南的革命游击战争。在中国共产党的领导下，在血与火的锻炼中，撒尼族当中出现了本民族历史上第一批有革命觉悟的先进战士。

这样的民族产生了《阿诗玛》是毫不足怪的。长篇叙事诗《阿诗玛》歌颂了劳动、勇敢、自由与反抗，体现了撒尼民族善于悲叹自己的奴隶命运、善于梦想自由和平等、善于反抗压迫的民族性格，充满了对未来胜利的乐观信念。

《阿诗玛》是长期而广泛地流传在撒尼族人民当中的一部口头文学作品。在残存的、为数极少的撒尼文字的书籍中，也可以找到片断的记载。此外，据说滇西民家族①也有类似的传统。

《阿诗玛》是撒尼族人民的集体创作，它像一股甘美的活水，万古常新。在这部叙事长诗中，撒尼族人民塑造了两个庄严、美丽的人物——阿诗玛和阿黑，并且赋予了他们以如同撒尼民族一样顽强的生命力。阿诗玛和阿黑是作为撒尼族整个民族的代表人物出现的。撒尼族的姑娘们至今还骄傲地宣称："我们个个都是阿诗玛。"这是一种正当的民族自豪的感情。因此，我们深信，阿诗玛和阿黑这两个人物，必将成为正面的典型形象，进入我国多民族的、丰富多采的文学领域。

《阿诗玛》是一宗全民性的财富。清理这宗财富，是有益于人民的工作。云南解放以后，杨放同志和朱德普同志均曾先后作过片段介绍（见《新华月报》第

---

①　编者注：即现今的白族。

十三号、《西南文艺》一九五三年十月号），云南军区京剧团金素秋同志和吴枫同志也曾作过改编《阿诗玛》为京剧的尝试。但是，《阿诗玛》的正式发掘、整理工作，是自一九五三年五月，云南省人民文艺工作团圭山工作组深入撒尼族聚居地区时开始。参加这个小组工作的有杨知勇、刘绮、杨瑞冰、马绍云、朱虹、徐守廉、杨放、杨戈、杨素华等同志，黄铁同志负责领导并亲自参与了整理工作。本文作者是在整理工作的后一阶段参加工作的。在发掘工作的过程中，路南县县长普云有同志（撒尼族）和其他负责同志给了我们以很多帮助；虎占林同志（撒尼族）和毕老师（撒尼族）在繁杂的翻译事务上，也十分辛苦。

在云南有关领导密切关怀下的《阿诗玛》的发掘、整理工作，一开始就引起了撒尼族和云南省其他各民族人民群众的注意。当着这部长诗的第一次定稿在《云南日报》发表以后，立刻就受到了各民族人民和正在民族学院学习的各族人民的优秀子弟的热烈欢迎。他们读到《阿诗玛》后的第一个反映是："原来我们兄弟民族也有这样好的东西！"撒尼族同学并组织了一个小组，对这首长诗讨论了六七个钟头，他们兴奋的说："这是我们的歌。"西双版纳傣族自治区人民政府副主席刁有良同志对我说："我们傣族也有自己的史诗，也应该把它介绍出来。"由此可见，《阿诗玛》的发掘、整理工作，使得各民族人民更好的认识了自己的文化传统，从而开始对它有了比较正确的估价。我们认为，由于《阿诗玛》的发表而产生的这个政治效果，和《阿诗玛》在艺术上的贡献具有同等的重要意义。甚至于可以说，在我们大力提倡发展各民族的革命文化的现阶段，针对着当前各民族人民的文学艺术发展的不平衡状况，前者还特别值得强调。

在《阿诗玛》的整理过程中，我们曾经遭遇到许多困难。首先，在全体从事搜集和参加整理工作的同志们中，就没有一个是懂撒尼话的。当地担任翻译的人员，一般说来，汉文程度是不高的。而我们自己在文学语言方面的本钱也十分有限，特别是缺乏诗的修养。同时，大家都没有整理民歌，尤其是整理这样巨大的长诗的经验。在这种条件下，就不得不花费较长的时间去摸索。搜集《阿诗玛》的原始材料和研究这些材料，一共经过了三个月。正式着手整理，以至定稿，又是三个月。这部口头文学作品之所以终于能够初步定型，应该归功于撒尼族人民千锤百炼的伟大创造,归功于云南省委、云南省人民政府、云南军区的指导与关怀,各族人民群众的支持与督促,和文艺界先进们的鼓励与帮助。至于担任具体任务的我们,则把整个的整理工作过程当作一个学习的过程。我们认为这是一桩严肃的工作,它在本质上就排斥一切非实事求是的、反美学的、轻率的态度。

正因为《阿诗玛》是最广义的集体创作,每一个参加了这个创作的无名的作者,也就必然要通过它来表现自己的个性、愿望与思想。拿我们搜集到的二十份有关《阿诗玛》的原始材料看来,就不难发现,它们相互间在内容上是有着若干分歧的,其中特别是关于斗争结局的部分,更存在着绝对对立的说法。如:有一份材料竟然让"应山歌"(即诗卡都勒玛)姑娘帮助热布把拉家"劫路",向阿黑索取白羊、白猪各一对,方才准许他把妹妹阿诗玛带领回家。于是阿黑被迫到各处去物色供物,找了许久,只找到了白羊,终于找不到白猪;结果如何,自然是可想而知的了。

这样,就要求做一番比较、批判和选择的工作。如何保留其人民性的精华,剔除其封建性的糟粕,就成了一个带有关键意义的问题。

应该指出,《阿诗玛》的整理工作决不是单纯翻译。认为《阿诗玛》不过是把撒尼族现成的东西用汉文译了一遍的揣测是不符合事实的。翻译过来的是《阿诗玛》的原始材料,在这些原始材料中,有十九份是口述经翻译笔录的,其中只有一份是先以撒尼文字记录下来,然后再加翻译的(这些材料中具有代表性的若干份,经我们稍加整理后,已送交中国民间文学研究会,可能将作为参考资料出版)。在对这些材料作了充分研究之后,接着就要做许多复杂的、细致的综合、组织、编写和加工的工作。实际情况是,《阿诗玛》的原本(不论这二十份"异文"中的哪一份)在故事的完整性和情节的合理性上,都是有缺陷的。有些地方显得比较粗糙和简单,有些地方甚至于显得不够健康,流露了显然与全诗的基调不相吻合的宿命论的绝望情绪。那么,这是什么原因呢?我们认为,造成粗糙和简单的根本原因是历代反动阶级对少数民族人民(对汉族人民又何尝不是一样!)推行的愚民政策,以及由此造成的文化上的无知。当然,社会文明条件的限制也应该估计在内。其次，由于人民的作品不是载在书籍中，而是凭借记忆在口头上承传，因之，它无法作十分细腻的毫无遗漏的描写，乃是完全可以理解的。至于不健康的部分，只是个别地存在的，而且，我们认为，这是从外部"硬贴上去的"东西。如所周知，历代的反动统治阶级总是力图从外部去影响民歌、歪曲民歌、毒化民歌，如果这样做还不见效，他们就下令禁止，企图加以扼杀。另一方面，民歌的无数作者也不是孤立地生活着的，他们不自觉地经常地或多或少地要受到反动统治阶级思想意识的侵蚀，并且由于自身认识上的局限性，而错误地接受了它。既然不少民歌都是如此，《阿诗玛》也就难以例外。但是，这些不健康的成分是可以而且应该加以清除的，正如钢铁上的锈斑，人体上的疥癣是可以而且应该加以清除的一样。

对于那些应该保存的部分，也必须作适当的调整，甚至于重新加以组织。应该把每一段每一句都安排在最恰当的位置上。整理者要做到像熟悉自己的手指那样熟悉需要整理的对象，熟知它们的每一个优点和特色，揉合各家不同的唱词的长处，融汇贯通，然后才有可能在最大限度上表现它们最充分的美。

自然，上面所说的话决不应该被了解为整理者可以抛弃原诗，而去另行创作。事实上，只要我们能带着思索的眼光，翻开《阿诗玛》的原始材料，就"可以看见惊人的丰富的形象，比拟的确切，有迷人力量的朴素和形容的动人的美"。（高尔基致雅尔采娃的信）如果想要另起炉灶地去创作，那显然是错误的。

高尔基说："真实和朴素是亲姊妹，美丽是第三个妹妹。"在《阿诗玛》的整理工作中，我们始终恪遵着这一教言。只是不但在理性上、逻辑上有必要，而且在情感上、形象上也有必要时，我们才在原诗的基础上，作了适当的补充、发展、加工和润饰。这样做的目的只有一个，那就是求得全诗的更加充实和完整。与此同时，我们也作了若干删节和合并，其目的在于求得全诗的更加精练和集中。只有一、二段个别地方，由于原诗意义不清，由我们把要求和意图告诉撒尼族群众，请他们即兴创作，再经我们修改采用的。一般的新增添的段落和句子都是我们自己动手。但这种补充、发展、加工和润饰并不是凭空而来的，我们引用了撒尼族的俗谚和俚语，并且从撒尼族的民歌的土壤中汲取了大量的营养。有些则是在熟读民歌后,根据民歌的格律和我们在生活中的感受来进行创作的。

为了具体地说明问题,在下面我试举一些例子。

属于补充和发展的,如:

路边的荞叶,

像飞蛾的翅膀,

长得嫩汪汪,

阿诗玛高兴一场。

阿诗玛像荞叶,

长得嫩汪汪,

只知道高兴,

不知道悲伤。

路边的玉米,

叶子像牛角,

长得油油亮,

阿诗玛高兴一场。

阿诗玛像玉米叶,

长得油油亮,

只知道高兴,

不知道悲伤。

这一节引诗中,第二、第四两段就是我们根据第一、第三两段(这两段本身也并非《阿诗玛》原诗中所有,而是从民歌中吸收进来的。)加以引伸的。用意在于借此衬托出阿诗玛这一善良、纯洁、天真无邪的少女的无忧无虑的心情,从而作为一根伏线,与突然覆盖到她头上来的命运的乌云作成鲜明的对比,唤起读者对女主人公的深厚的同情。

属于加工、改写的，如：

没有割脐带的，

去到陆良拿白犁铧，

没有盆来洗，

去到泸西买回家。

泸西出的盆子，

盆边镶的银子，

盆底嵌的金子，

小姑娘赛同金子、银子。

同一节的原诗如下：

没有割脐带的，

陆良有白犁铧，

割断了脐带，

没有盆来洗，

去到泸西城，

盆边用银子镶，

盆边用金子镶，

用这个盆子洗小姑娘。

属于某一特定思想的继续完成的，如《阿诗玛》原诗中在谈到撒尼族聚居的地方时，总是这么三句：

苦荞没有棱，

甜荞三棱子。

兄弟民族山垒山。

我们反复吟咏体味，老觉得这当中隐藏着一种没有说出的情感，这就是：尽管我们在山里的日子过得很苦，但我们还是离不得这块土地（显然，这里用的"兄弟民族"的字眼是解放后进入生活的新词汇）。于是，我们便将它改为：

苦荞没有棱,

甜荞三个棱。

撒尼族住在山垒山的地方,

我们爱自己生长的家乡。

属于一般的修辞上的润饰的,这里就不必列举了。

属于合并的,这里也不提它。

下面再举两个属于删节的例子,如原诗描写阿诗玛诞生以后迅速成长的情形,是用的比较老实的手法,从一月说到十二月,显得琐碎。我们将它作了局部的精减。还有一种是属于歌唱者个人生活经验性质的东西,大概是作为传授知识和智慧而无意中掺杂进去的,如原诗有这样的句子:

宜良河水深,

路南河水浅,

深浅都不管,

我们一齐过。

前两句,纯粹是出门行旅的经验的总结。第一,它们和阿黑、阿诗玛兄妹斗争胜利后回家的情节缺乏有机的联系,第二,它们在阿诗玛的生死关头出现,可能会起到冲淡严重的气氛的副作用。结果,我们便舍弃了它们,改作:

兄妹两人啊,

不管小河还是大河,

不管水浅还是水深,

都要一起过。

此外,属于创作的,以《盼望》这一章来说,为了强调阿诗玛兄妹与群众的联系,我们便根据父母、老年人、小伴对阿诗玛有不同的怀念情绪,依照他们民歌的朴素风格和口语,运用叠句适当地进行了创作。

但在描写方法上原诗多系平铺直述,一般都只是叙述了一个人的活动。如《追赶》一章,只写阿黑的追赶,而没有提及阿诗玛。我们把阿黑的追赶和阿诗玛受折磨的部分交错起来描写,这样就加强了追赶的紧张气氛,也有助于阿诗玛形象的完整。

为了使情节更趋于合理化，有说服力，使人们乐于接受，也需要做重大的工作。在处理《阿诗玛》的斗争结局时，这个工作的重要性，显得特别突出。

根据二十份"异文"看来，结尾部分是各有不同，有的差别大些，有的差别小些。这是一个饶有意义的现象。它说明了撒尼族人民群众在这个问题上是有过很大的苦恼的。怎样援助他们热爱的英雄人物呢？为她寻找一条什么样的出路呢？实质上，这样的问题并非仅仅是因阿诗玛的不幸的境遇而引起的，更多地倒是因撒尼族人民的不幸的境遇而引起的。因而，与其说他们的苦恼是来自神话传说，还不如说他们的苦恼是来自现实生活。

于是，有的人由于在世上看不到希望，但又不愿向恶势力（以热布把拉家为象征）低头，只得听任神的摆布。他们的痛苦是深重的，而思想却是单纯的。他们以为神在冥冥中主宰着一切，人，是无能为力的。正因为这样，才相继出现岩石坍下来，把阿诗玛压死；山洪爆发，把阿诗玛淹死；或者更玄一点，阿诗玛的耳朵忽然与岩石粘在一块，分也分不开了，等等（这里，已经不难闻到"天谴"、"神的惩罚"的味道了，是非的界限模糊了，阿诗玛似乎变成了罪囚了）。

我们不能责难这些作者。在那个时代，他们还远没有可能去认识真理。他们不会知道，所谓天上的权威、天上的统治秩序，其实正就是地上的权威、地上的统治秩序的反映。这是一种观念的伪装。在这种伪装的掩盖下，天上的神与地上的王缔结联盟来反对人民、镇压人民。他们当然也不会知道，人民对神祇让步，实际也就是对反动统治阶级让步。反动统治阶级把神的胜利一贯看作自己的胜利。只要能达到剥夺阿诗玛、剥夺人民的幸福的目的，采取什么样的手段，由神出面抑或由他们自己出面，对他们说来，全都是一样。

显然，我们不能采用这一类型的结尾。这一类型的结尾，只能导致把人民引向消极悲观、丧失信心的后果。

但我们也不能采用违背历史生活的真实的、过分"光明"的结尾。如讲述人之一的普育南，他是以阿诗玛出走、找到自己理想的爱人，共同劳动为结尾的。这是根据他自己在爱情上遭遇不幸和他现在的愿望来加以发展的。我们认为在《阿诗玛》产生的年代,光明并不存在。如果我们拿现代人在现代中国的生活中得出的结论,去替代过去那个时代所能达到的结论,那势必造成歪曲。

因之,经过再三再四的研究、分析,我们决定运用另一个民间传说的素材,即关于"应山歌"姑娘诗卡都勒玛的民间传说的素材,大胆加以改造,以阿诗玛遇救、变为回声作结局(材料中只有少数几份提到阿诗玛变成了回声,有两份与"应山歌"姑娘有关。但这简单的一些材料却给了我们以极端重要的启示,可以说,它是我们全部灵感的源泉)。我们认为,这种结局是比较适当的。它不但符合于人民的愿望,而且显示了人民的预感,——对于未来必将属于人民的预感。在圭山石林之中,在撒尼族人民心田之中,回声是永远缭绕不绝的,它是对旧生活的勇敢的反叛,也是对新生活的乐观的预言!

在整理《阿诗玛》,使之合情合理的工作过程中,还有一个问题引起过较大的争执,这就是阿黑与阿诗玛究竟是兄妹关系还是爱人关系的问题。我们接触到的一些撒尼族朋友,都愿意看见而且认为他们是兄妹关系。而且,现今撒尼族当中流行的"舅舅为大"的说法,以及撒尼、民家族中传统的兄妹关系(凡是妹妹遇难,或者遭遇到其他困难,哥哥总是尽力援救,甚至倾家荡产),也与《阿诗玛》的传说不无干连。但是,另一方面,兄妹关系也的确又有值得怀疑的地方。譬如吹奏口弦一事,这就有点出乎常规;大家都知道,在云南的数十种兄弟民族中,以口弦作为男女传情的工具的,总要占居半数以上,包括撒尼族本身在内。在《阿诗玛》初稿座谈会上的发言中,就有人提出:"原始部族中兄妹是否可以结婚,我现在还在怀疑……"其他对这个问题保留自己的看法的同志,也有人在。不过,为了尊重撒尼族群众的意见,和现在撒尼族的生活习惯,以及故事的主题思想,我们仍然按照兄妹关系处理,撒尼族群众对这样的处理也表示满意。

根据我们的经验,最困难的问题是如何使译文准确、流畅和富有诗意。

《阿诗玛》原诗是五言诗,许多段落采取第一人称自述的办法。撒尼族文字总共只有两百多个,如果要一模一样地译成汉文,事实上有困难;此外,又考虑到《阿诗玛》长诗的对象毕竟是广大的汉族读者,在尽量保存原诗的民族特色(风格的、语言的、风土人情的……)的前提下,是可以照顾到汉族读者的习惯与爱好的。因此，我们在整理时，为自己确立了这么一个原则：大胆，但是不粗暴；谨慎，但是不怯懦。

譬如，有一种传说这样唱道：

母亲来梳头，

梳得像落日的影子。

这个"落日的影子"，在汉文的语法中是说不通的。然而，撒尼族却的确有这样的形容。当我们体会到那意思是指乌黑而有光泽的事物时，我们便根据辞意，根据汉族习惯，也根据劳动人民乐于选择日常生活中常用的朴素的名词来作比喻的爱好，将它改为：

母亲给她梳头，

头发闪亮像菜油。

我们认为，这样的翻译仍然是忠实的，可以被允许的。我们没有拘泥于细节，而是尝试着力图以汉语的趣味和感觉，去表现原诗的旋律与风格。

在《阿诗玛》发表以后，我们又高兴地读到了苏联大诗人马尔夏克同志对译诗的意见（《文艺报》一九五四年第八号）。他在谈到什么是真正的准确时说："不，逐字逐句地译诗是不行的。我们对译诗要求是严格的，但我们要求的准确，是指把诗人真实的思想、感情和诗的内容传达出来。有时逐字'准确'翻译的结果并不准确。"他又说："假如翻译政治文件要求百分之百的逐字逐句的准确，翻译一般文章可以稍稍自由些，那么，译诗就得给以更大的自由。对各种不同性质的翻译，不能用一个法则去要求。"接着，他又要求译者大胆，"常常这样：最大胆的，往往就是最真实的。艺术在这点上有些和军事相似，它是大胆精神与实际精神的结合"。

诚然，《阿诗玛》并非我们直接从现成的撒尼文翻译过来的。但在搜集、记录、整理和修改过程中，我们自信我们的工作态度和上引马尔夏克同志谈话的精神是互相吻合的。马尔夏克同志的有价值的意见给了我们莫大的安慰。因为在这之前，我们还不敢肯定自己的做法是否正确。

至于诗的形式，我们追求的目标是工整和严谨。在二十份原始材料中，本来并没有分章、分段、分节的情况,同时,既没有小标题,也不是四句一小节,这样,就使得我们在形式上也必须认真做一番调整和固定的工作。我们觉得,这一工作对于传达原诗的情绪有所裨益。但凡是遇上内容与形式发生矛盾时,我们也决不削足适履,而是抛弃四行一段、行与行间字数(音节数)不太悬殊的守则,努力试探着去创造新的适应内容的新形式。至于韵脚,押的是大致相同的韵,没有受那些一东二冬的陈腐的规律的束缚。

在《阿诗玛》这部长诗中,一如其他的民歌,也具有人民作品的特征:人民的幽默与夸张,来自劳动生活中的朴素的形象、和便于记诵、反复达到高潮的鲜明的节奏感。

在撒尼族和其他许多兄弟民族中间,我们都可以听见,三、九、九十九、一百二十……这些数字常被使用,这些数字对于他们来说,已经不仅是代表一种观念,而且是成为一种习惯了。有的同志曾经提出意见,说阿诗玛诞生时,格路日明家请客的排场太大了,似乎富裕得很,不符合那"盘三块地"的身份。我们的看法是,这是一种艺术的夸张,用意在于造成隆重、热闹的气氛,来说明婴儿(阿诗玛)的百般受人宠爱。同时撒尼族还有互助的习惯,那家生了孩子,全村人会自带食物来庆贺。运用这些为撒尼族人民所惯熟的数字,还能起到便利记忆、流传的作用,这是不足为病的。因此,我们也就保持了原诗的本色,没有加以改动。

《阿诗玛》原诗中,一再运用了"重叠"和"雷同"的手法。如《应该怎样吹呀?》和《成长》两节中,就因为成功地运用了"重叠"和"雷同",给人造成了强烈的印象。

在"形容"和"比喻"上,《阿诗玛》也处处显示了劳动人民的精神的美。我们在整理过程中,就一再为这种深刻的动人的美所震动。如形容"小姑娘又白又胖"时,他们唱道:

脸洗得像月亮白,

身子洗得像鸡蛋白,

手洗得像萝卜白,

脚洗得像白菜白。

这是多么朴实、多么刚健、多么亲切！

《阿诗玛》的作者们在描写阿黑快马加鞭追赶热布把拉家抢亲的行列时，没有特意作过多的描写，也没有因袭鸣雷闪电的俗套，而只简洁地说了两句：

铃子敲在马脸上，

阿黑飞赶阿诗玛。

但仅此两句，动的状态便刻划入微了。

《阿诗玛》的比喻也有着惊人的准确性。如描绘阿黑与阿诗玛兄妹二人下地犁田时，唱道：

泥土翻两旁，

好像野鸭拍翅膀。

又如：

雁鹅不长尾，

伸脚当尾巴，

我唱得不好，

也要来参加。

这个比喻也是再贴切不过的了。它道尽了一个热情而又显得有点腼腆的歌人的心情。

总之，《阿诗玛》是一部光采夺目的作品，我们幸运地参加了它的整理工作，不能不特别深切地受到感动。

《阿诗玛》的整理工作，不过是云南方面对发掘兄弟民族文化宝藏的一个初步尝试；上面所谈的，也只是一些肤浅的认识与感受，仅供研究民族民间文艺的专家同志们和爱好《阿诗玛》的读者同志们参考而已。我们站在丰富的民族遗产面前，还是一群幼稚而又惶悚的小学生，错误是在所难免的，希望大家教正。

一九五四年八月二十三日

写于大理驻军营房

有关《阿诗玛》的新材料

公　刘

史料解读

该史料为公刘在发表《〈阿诗玛〉的整理工作》后,基于新发现的《阿诗玛》的若干新材料写成的,原文载于《民间文学》1955 年第 5 期。该史料的主要内容分为两部分:一是在不同的民间叙事中之所以对阿诗玛与阿黑的关系有不同看法,是因为民间口头文学的异文现象;二是与《阿诗玛》有关的风俗礼仪的介绍。

原文

最近,我获有机会去云南圭山撒尼族地区住了一个半月,在与群众、干部、青年学生接触中,又对《阿诗玛》作了一些了解,发现了若干新的有趣的材料。过去我们不曾搜集到这些材料,因而在我写的《〈阿诗玛〉的整理工作》(刊《文艺报》一九五五年一、二月号合刊)一文中,也就没有提起。我个人认为,这些新发现的材料,对《阿诗玛》的研究工作和今后将《阿诗玛》写成其他文艺样式的改编工作,都有参考价值。因此,我愿意择要加以介绍,并且以此作为《〈阿诗玛〉的整理工作》一文的补充。

(一)阿诗玛与阿黑的关系问题

在《阿诗玛》的整理过程中,阿诗玛与阿黑的关系问题,一直是有着不同的看法的。但当时作为依据的二十一份原始记录，全都主张兄妹关系一说。怀疑他们是爱人关系的同志，仅能从理论上和原诗的一般情调与个别矛盾上去寻找线索，并没有能从撒尼族的传说和风习中得到什么有力的佐证。在那样的条件下，我们从材料本身出发，按照兄妹关系处理，应该说是正确的、妥善的。然而，究竟撒尼族中间，有没有不同的说法呢，根据我这次的采访，显然还是有的。

不同的说法之一是：故事当中的主要人物阿诗玛与阿黑并不是一家人。阿诗玛的父亲名叫格路日明，母亲名叫洛娜；阿黑的父亲名叫斯佐哈木，母亲名叫若妮。格路日明家住在都鲁木山（传说即大理点苍山）的北山坡；斯佐哈木家住在都鲁木山的西山坡。整个的都鲁木山都坐落在阿着底境内，而阿着底是归酋长热布把拉家管辖的。此外，阿诗玛有个名叫阿和布的亲哥哥，他在故事当中仅仅占了一个很不重要的地位。

阿黑与阿诗玛两人的命运是怎样纠结到一起去的呢？原来是这样：在阿黑长到十二岁那年，阿着底闹旱灾，斯佐哈木和若妮相继死去，阿黑变成了孤儿，被热布把拉家抓去服劳役。有一天，他为主人上山去采摘鲜果，迷失路途，在密林大箐之中过了一夜，受尽惊骇，又冻又饿，却又唯恐热布把拉责罚拷打，不敢回去。正在昏迷绝望之际，一个放羊的小姑娘发现了他，把他救了回家。这个小姑娘就是阿诗玛。阿诗玛的父亲母亲都是慈善的老人，他们收养了阿黑，认作义子，于是阿黑与阿诗玛便以兄妹相称了。阿诗玛与阿黑二人从小就相亲相爱，互相体贴，等到都长到了十八岁的那年，彼此便吐露了真实的情感，愿以终身相许了。同时，阿诗玛的父亲格路日明又将自己的神箭传授给了阿黑……以下情节与一般传说大致相同。

这一说法流传于当甸一带。

不同的说法之二是：阿黑与阿诗玛是情兄妹（干兄妹），不是亲兄妹。阿诗玛有个同胞哥哥，名叫阿沙。有一次，阿沙领着他妹妹去赶街子（赶集），遇见热布把拉的儿子阿支。阿诗玛是个美丽的姑娘，阿支一见就着了迷。回家后，立刻要他父亲热布把拉找媒人去阿诗玛家议婚。这时，阿诗玛已经和阿黑相爱，立誓不嫁旁人。可是阿黑放羊外出，等他赶回来，阿诗玛已被抢走……以下情节与一般传说大致相同。不过结局是阿黑救出阿诗玛,双双由阿着底逃到圭山,安下家来,繁衍子孙,于是圭山才有了撒尼族。至于阿沙,则"上天学习唱歌去了"。

这一说法流传于耀宝山一带。

不同的说法之三是:阿诗玛与阿黑在生不能配夫妻,山洪爆发,他们双双被淹死,死后便一起升天成了仙家。

这一说法流传于额勺衣一带。

(二)几种与《阿诗玛》有关的风俗习惯

其次,还了解到如下三种行将失传的古礼。

其一是"恩杜密色达"。凡遇新婚妇女头胎怀孕,为了保佑婴儿平安落地,须在旷野中行"恩杜密色达"礼。由孕妇的丈夫采摘栎树枝、柏树枝一捆,分别插入土中,象征热布把拉家的大门、柱子和神主牌。然后将祀神的饭、菜、酒一一摆好,请"毕穆"(巫师)念经,念毕,丈夫连射三箭,第一箭表示射穿大门,第二箭表示射穿柱子,第三箭表示射穿神主牌,至此,邪气已被镇慑,就可确保生育顺利。据说,射箭者为阿黑,孕妇为阿诗玛。

其二是"博巴密色"。凡祭祀、祈求福佑,概行"博巴密色"礼。在这一类礼仪中,祈祷、供奉的对象就是阿黑。在撒尼族人民心目中,阿黑已神化,相当于汉族的关公。

其三是婚娶中的忌讳。凡遇新媳妇出嫁时,如在途中遇有石岩,必须绕道而行,其用意在于避免遭受与阿诗玛同样的命运。

以上两方面的新材料,给我们提供了一些线索,使得我们有可能从另一个角度去观察故事的全部矛盾和情节。我想,我们没有理由不对这些新材料加以注意。

——一九五五年三月十四日·北京

《阿诗玛》在日本

紫　晨

史料解读

该文原载于《民间文学》1964年第3期，是一篇《阿诗玛》海外传播极为珍稀的史料。该文详细介绍了《阿诗玛》在我国的版本以及《阿诗玛》在日本的三个译本。此外，该文还介绍了日本对《阿诗玛》的研究情况，尤其是在《阿诗玛》的思想艺术和整理翻译方面，对我国《阿诗玛》研究，以及对中国少数民族文学经典对外传播都具有重要参考价值。

原文

日本对于我国民间文学的翻译工作，是做了很多的。可以说，从神话传说到民间故事，从抒情短歌到长篇叙事诗，比较重要的，大都进行了翻译，特别是近几年来，这种翻译工作更加多了起来①。在这中间，尤其是云南彝族撒尼人民间叙事长诗《阿诗玛》更是得到了日本读者的广泛称赞。现趁《阿诗玛》出版十

---

① 就我个人偶然所见，在故事方面，日本就曾翻译出版了两个比较重要的集子：一个是《中国民间故事》（中国民话）；一个是《中国童话集》。前者列为《世界民间故事全集》第一卷，共收入我国汉族和少数民族民间故事24篇；后者列入《世界童话文学全集》第14卷。在民族民间文学方面，曾出版了《中国少数民族文学集》。这个专集列入《中国现代文学选集》第20卷，共收入我国20个民族的歌谣故事69篇。

周年之际,将它在日本的情况和日本朋友对它的评论,简要的介绍如下:

《阿诗玛》的日译本

《阿诗玛》在我国共出版五次,有五种单行本①,而在日本却连续出现了三个不同的译本。一个译本是在 1957 年(昭和三十二年)11 月,由东京未来社出版的。书名仍为《阿诗玛》,译者为宇田礼先生。这是《阿诗玛》在日本的第一个译本。继此之后,1960 年(昭和三十五年)6 月,东京讲谈社又出版了《应山歌姑娘》,这是一部《阿诗玛》的散文译本。译者为松枝茂夫,收在伊藤贵磨、松枝茂夫编译的《中国童话集》,列入《世界童话文学全集》第 14 卷。

上述《阿诗玛》的两个译本,都是根据云南人民文工团圭山工作组搜集整理的本子。此后,1960 年,由中国民间文艺研究会主编的《中国民间叙事诗丛书》中,又重新出版了中国作家协会昆明分会的重新整理本。日本又根据这个新整理本重新进行了翻译。译者为千田九一先生。这个译本,于 1962 年(昭和三十七年)11 月,由东京平凡社出版,载入《中国现代文学选集》第 19 卷。这个译本是诗体的。插图皆按原本复制。目前,它在日本是最新的一个译本。

论《阿诗玛》的思想和艺术

由于上述这些热心朋友的翻译介绍,《阿诗玛》和日本的广大读者、研究者见了面,并且得到了很大的反响。从已经见到的发表文字看来,他们给予《阿诗玛》的评价是比较高的。

首先,指出了《阿诗玛》的出现,对于我国民间文学的搜集整理工作具有很大的意义。重新整理本的译者千田九一说:《阿诗玛》的出现,"不仅使人们对于少数民族具有优美文学的事实,增加了认识,而且也使人们把眼光扩展到其他

---

① 1954 年 7 月云南人民出版社本、同年 12 月中国青年出版社本、1955 年 3 月人民文学出版社本、1956 年 10 月中国少年儿童出版社本、1960 年人民文学出版社本。

少数民族的文学遗产方面,促进了这方面的发掘工作。"他认为《阿诗玛》出现以后,"在少数民族内部也引起了对于已经消歇的文学传统尽力寻求的愿望"。他指出《阿诗玛》的整理工作具有很大意义,他说:"《阿诗玛》的整理工作本身,在民间文学的研究上,提出了许多重大问题。"

在谈到《阿诗玛》受到读者欢迎时,千田九一说:"在《阿诗玛》出版以前,受到读者欢迎的少数民族长诗,有阿细人的《阿细人的先基》和蒙古族的《嘎达梅林》,但是《阿诗玛》出现之后,读者对于它,却更加喜爱,更加欢迎。"他说,美丽的阿诗玛,"这个朴素健康美丽的少女形象,受到了广大读者的爱戴"。

另一位读者田野心平在《关于阿诗玛》一文中,谈出了他读《阿诗玛》的心情和对这部长诗思想艺术的估价。他说:"《阿诗玛》,只要你读起来,便欲罢不能,不忍释手,它使你非一口气读完不可。"他已经连续读了几次。他说:"去年我读了这个日译本,就非常感动,今年再度通读,就更加体会出它的味道。"他是喜欢中国现代诗的。他说:"撒尼人这部叙事长诗,也许不能算做真正的现代诗,但是这部叙事诗给人的新鲜感,却是胜过现代诗的。"他对长诗的单纯、直率,大加赞扬,他说:"这部叙事诗,与其说它是把善恶贫富对照得很鲜明,不如说它在内容上具有单纯直率的特点。"他一再提出《阿诗玛》全诗的结构具有单纯的美,直到最后,整个故事的开展都是这个样子。他说:"我读完以后,首先一个感觉是,象这样类型的故事诗,在日本是没有的。它和北海道、库页岛一带的虾夷人的叙事诗也是很不相同的。"他认为这部诗并不是个别诗人写下的,而是口传的群众创作。他赞叹地说:"原文是不是这样讲的,不得而知,仅据我读到的这个译本,可以说它全部都是流畅的,具有鲜明的节奏、格调和韵律感。"他认为在《阿诗玛》中,《楚辞》的雄劲、北方的浪漫主义手法以及南方的形式特点,兼而有之。他很欣赏《阿诗玛》的艺术表现。他说,这部长诗"每一节都有鲜明的形象贯穿着。无论主人公阿诗玛一家,无论热布巴拉一家及其爪牙海热等等,也无论是玉鸟和老虎……各种各样的鲜明形象,都可从其艺术描写中领会得到"。甚至"那三只猛虎扑上来,阿黑举弓射去以及其他许多豪壮的行为","都具有幽默的现实主义的气息"。他分析长诗的结尾说:"诗是一种悲剧的结尾,但却不阴暗,不低沉,最后是阿诗玛可爱的呼声响遍了山林,这是令人喜悦的。"他说:"这部作品是大人的作品,但同样也可以引起少男少女的喜爱,使他们感到亲切。"而这个特点是因为作者事先考虑到它不仅是诗,而且是出声可读的。因此,它"会使孩子们心里高兴",而且"眼睛也会发亮,眉开眼笑的"。这位评论者,曾就这一体会,向日本的中小学教师,推荐过这部作品。

论《阿诗玛》的搜集和整理

《阿诗玛》的译者和研究者,很注意这部长诗的搜集整理工作,并且发表了不少的意见。这些意见归纳起来可以分做以下几个方面:

(一)重视我云南文工团圭山工作组的搜集调查工作,并向读者作了积极介绍。重新整理本的译者,千田九一在译后记中详细地举述了这个工作组的调查经过。对于他们广泛采录《阿诗玛》歌词和口头传说的事实表示赞扬。他说:"1953年3月,云南省人民文工团,由文学、音乐、舞蹈、资料等各方面的人,组成圭山工作组,到昆明市西南路南县圭山区(撒尼人居住的地区)长期生活,开始了这个至少在百年前就广泛流传的《阿诗玛》的发掘工作。实地采录了二十种《阿诗玛》歌词和口头传说。这些采录的原稿,大部分是根据口译,用汉文笔录的,仅仅一种是用撒尼文字记录,而后进行翻译的。"千田九一对于这个工作组顺便搜集故事38种,民歌300余首的成绩也很感到高兴。特别是对所进行的关于撒尼人的政治、经济、文化生活、风俗习惯、婚姻制度、民族特点等的全面调查,更为重视。他认为这是整理长诗、确定主题、把握故事情节发展的不可缺少的根据。他说:"云南的原住民,住在山间僻壤,多年过着闭关自守的生活,保持着自己独特的语言、文字、风俗习惯和宗教。清朝时代的分割统治,民国以来的同化政策,以及经济上的压迫,使他们的生活水准很低,古老的社会体制仍然残存着。"他说:"中国革命在使汉族得到解放的同时,也使这些少数民族获得了自由和幸福。"至于撒尼人具有优美的口头文学的情况,他们也总是注意详加介绍的。

（二）对于原整理本，肯定其功绩，也指出其缺点。日本的研究者把云南人民文工团圭山工作组的整理本叫做原整理本，把作家协会云南分会的整理本，叫做重新整理本。千田九一认为原整理本有功也有过。它的功绩在于：（1）深入调查之后，根据 20 种异文确定主题，并按主题安排情节的发展，理出基本结构，这是做了很大努力的；（2）在对勇敢、聪明的阿黑和阿诗玛的性格塑造上，在阿诗玛成为回声的处理上，也有很大功绩，表达出了撒尼人民的希望和理想；（3）在原整理本中，关于撒尼人特有的民族习气，也还是可以看得出来的。但千田九一说："尽管如此，原整理本还是存在缺点的。"它的缺点在于有些情节处理不得当，离开了原文，加进了知识分子现代抒情诗的东西。他说："关于原整理本的缺点，在发表当时，就有人指出过，其中孙剑冰同志通过对《阿诗玛》原材料的分析，判断长诗的原形，就一一论证了原整理者在整理中所犯的歪曲事实的错误"[①]，他说："重新整理本，参考孙剑冰的意见之处很多，而参加重新整理工作的李广田同志，他的鉴赏眼光也是很高的。"他认为，原整理本这些缺点"是原整理者，特别是诗人公刘，应该负责任的"。

（三）在两种不同整理本的比较中，给新整理本以高度评价。他们对照了两种不同的整理本，参考了李广田同志在重新整理本的序文中的分析，指出两者在下列几个方面有所不同。而这种不同，正可说明原整理本之所短，和新整理本之所长。

（1）在阿黑为救阿诗玛来到热布巴拉家处的情节处理。重新整理本是把阿黑与热布巴拉的斗争，按"比赛"、"打虎"、"射箭"的次序加以调整，排列下来。而原整理本，则是把"射箭"一节，放在"打虎"之前和"比赛"之后，而且是在《兄妹相见》的题目之下，附带描写打虎的。他们认为，在这里，孙剑冰同志指出的把箭射在祖先桌上是撒尼人的民族习惯这点，不可忽视，具有重要意义。因此，原整理本的处理是不合理的，而重新整理本的处理则是合理的。

此外，原整理本，在阿黑射箭处，没有按原材料分三次描写，而重新整理本

---

① 　《"阿诗玛"试论》见北京大学文学研究所编《文学研究集刊》第三册。

采用了原材料,恢复了这一段。对于这点千田九一十分称赞,他认为,这里把射箭分作三次描写,可和《马铃响来玉鸟叫》章中,与阿黑的三次上路及在热布巴拉家的三次比赛等重复三次的节拍,前后呼应。

(2)最后的《回声》一章,也有很多不同。他们认为其中最重要者,是重新整理本,删除了原整理本中关于诗卡都勒玛的说法。千田九一说:阿诗玛之变成回声,从长诗的发展来看,是自然合理的。这是一种想象的艺术的处理。但是把应山歌姑娘诗卡都勒玛的传说插进去,使其救了阿诗玛的命,成为两个姊妹的结局,不仅理由不足,且要产生混乱,损害艺术的完整性,降低思想的深度。而重新整理本使阿诗玛被大水冲走,变成回声的处理,则"单纯明朗"。千田九一还认为,原整理本中有一段小山上灌溉湖的描写,热布巴拉从此决堤放水,这也是为原材料所无,硬加上去的。他认为重新整理本删去这段,改成崖神帮助热布巴拉使阿诗玛被大水冲下,是应该的。

(3)在语言字句上也不同。如《天空中闪出一朵花》一节,形容阿诗玛的头发所用的比喻,原材料是用"落日的影子",而原整理者却认为"这在汉族文法中是不通的",于是以此为理由改成"头发闪亮象油菜"。千田九一认为,这是"使居住在山区的撒尼人的诗句,汉族化了"。而重新整理本,则根据原材料,重新进行了选择。千田九一还指出:"在原整理本中,撒尼人的口头文学特殊的风格失掉了。而知识分子现代抒情诗的风格却随处可见。"他举例说:在《马铃响来玉鸟叫》中,阿诗玛在热布巴拉家被囚悲叹时,有风啊,小鸟啊,太阳啊,月亮啊……等描写,而阿诗玛听见阿黑的叫声时又是"阴暗的牢洞出现了光明,冰凉的身体感到了温暖"。他认为这是不合适的,而重新整理本,则完全改成了朴素的语言。

千田九一还认为,原整理本的《兄妹相见》一节,形容阿诗玛拔动阿黑的箭时的描写,也是不妥当的。例如说"阿诗玛的手赛过五条牛",这是夸张。他说:"在民间叙事诗中,夸张是不能一概排斥的,但这种夸张,使人看不出其必然性,而是堕入了庸俗的写实之中。"千田九一颇有感慨地说:"原材料中,有些优美的诗句,原整理本都将它减弱或改掉了。这是非常可惜的,幸运的是重新整理本加以恢复了。"

（四）对于李广田同志在序言中举出的整理少数民族文学的四点体会很赞成。这四点是：

不要把汉族的东西，强加到少数民族创作上去；

不要把知识分子的东西，强加到劳动人民创作上；

不要把现代的东西，强加到过去的事物上；

不要用日常生活中的实际事物，代替或破坏民族民间创作中那些特殊的浪漫主义色彩的表现方法。

千田九一认为，这四条正可以做为重新整理本再整理的方法的说明。它是重新整理本的好处，也是原整理本的缺点。

批判地继承民间文学遗产

——纪念《阿诗玛》发表十周年

方　云

史料解读

该史料为一篇评论，原载于《边疆文艺》1964 年第 2 期。作为一部优秀的民间叙事长诗，《阿诗玛》以丰满的艺术形象、朴素优美的语言和鲜明的民族特色，描绘了撒尼人（彝族一支）过去的阶级矛盾和阶级斗争，歌颂了劳动人民的勤劳及其在反抗压迫中的英勇和智慧，具有积极影响，此乃该部作品值得社会主义新文化继承和发扬之处。在党的领导和重视下，《阿诗玛》的发掘整理工作有着明确的方向、严肃的态度、科学的方法，为民间文学工作提供了许多宝贵的经验。但作为旧时代的产物，《阿诗玛》同其他优秀文艺遗产一样，有其历史和阶级的局限性。作者认为，对待一切文艺遗产，需要用阶级分析和历史唯物主义的方法来进行评估，避免盲目地排斥或盲目地肯定，从而得出正确的结论。加强民族民间文艺工作，发掘、整理民间文学遗产，是为了古为今用和促进各民族社会主义新文学的发展，这就要求我们必须认真地贯彻批判地继承文化遗产、推陈出新的方针。只有提高思想水平和艺术水平，加强各民族之间的文化交流，才能促进民族文学发展，更好地为社会主义事业服务。

方云的这篇文章，提出批判地继承民间文学遗产，这是一种科学的态度，但是主张运用阶级分析的方法来评价《阿诗玛》，将文学与政治生硬捆绑在一起，未免存在过于简单化的嫌疑。但是，这也确实比较突出地体现出那个时代的特征。

原文

撒尼（彝族）民间叙事长诗《阿诗玛》发表到现在，整整十年了。《阿诗玛》的整理出版，是我省民间文学工作贯彻党的民族政策和文艺政策，是贯彻批判地继承文化遗产，推陈出新，古为今用的第一个成果。当前为了更好地贯彻毛主席的文艺方向，充分发挥文学艺术的战斗性，为社会主义工农兵服务，为社会主义经济基础服务，我们正在进行着一次文艺上的大革新、大创造；民间文学工作也必须明确要怎样才能更好地为社会主义经济基础服务，怎样才能有利于推动阶级斗争、生产斗争和科学实验三项伟大的革命运动；也就是说，民间文学工作，必须更加坚定的贯彻批判地继承文艺遗产，古为今用的指示，才能适应革命的要求和社会主义时代工农兵的要求。

纪念《阿诗玛》发表十周年，必须用以上的要求来总结检查我省的民间文学工作。也只能用这个要求，才能正确地肯定《阿诗玛》和指出它存在的局限性。

《阿诗玛》是一部比较优秀的民间叙事诗。它反映了彝族过去的阶级矛盾和阶级斗争，歌颂了劳动人民的勤劳勇敢，歌颂了劳动人民在反抗阶级压迫的斗争中所表现的英勇机智和他们追求幸福的坚强意志。《阿诗玛》以丰满的艺术形象、朴素优美的语言和鲜明的民族特色，显示了劳动人民的艺术天才，体现了劳动人民文艺创作的战斗传统。这正是它在今天仍具有积极意义，值得社会主义新文化继承和发扬的地方，也是它受到人民的欢迎，被列入祖国优秀文学宝库的根本原因。这是应该充分地予以肯定的。但是，《阿诗玛》同其它优秀文艺遗产一样，毕竟是旧时代的产物，有着历史的局限和阶级的局限，它没有也不可能指出劳动人民斗争的出路，它所表现的英雄人物及其斗争的方法，也不可能同今天的英雄和今天的斗争相比。我们对待一切文艺遗产，都应该运用阶级分析的方法和历史唯物主义的方法加以分析批判，才能得出正确的结论。盲目的排斥和盲目的肯定都是不对的。我省有二十多个兄弟民族，它们的文艺遗产,由于长期以来受到反动统治阶级的歧视和排斥,一直被埋没着,我们应当在现有工作的基础上,进一步统筹规划,有计划、有步骤地加强发掘、整理工作。但是,必须从社会主义革命和建设的需要出发,分别轻重缓急,有重点地进行。十年来,在我省所整理的各民族民间长诗中,象《阿诗玛》这样的作品还不多;有些作品基本是好的,但也夹杂有阶级观点模糊或思想感情不够健康的成份;有的作品精华糟粕并存;个别作品主要表现了宿命论和因果报应的思想,对今天的经济基础还起着破坏作用。这些作品,有的不宜整理出版;有的不宜大量发行。出版的作品,也必须有正确的序跋和评注,及时地指导读者正确地接受其中有益的东西,批判其有害的东西,才能避免消极影响。

发掘、整理民间文学遗产,是为了古为今用,这就必须认真地贯彻批判地继承文化遗产、推陈出新的方针。由于党的领导和重视,在《阿诗玛》发掘整理的工作中,方向是明确的,态度是严肃的,方法是比较科学的,这为我省的民间文学工作提供了许多有益的经验。例如:在搜集工作中坚持与劳动人民实行"同吃、同住、同劳动",深入劳动人民的生活,把搜集整理工作和思想改造结合起来;边搜集边研究,尽力搜集《阿诗玛》传说的一切口头和文字资料,搜集与作品有密切关系的政治、经济、文化生活、风俗习惯、婚姻制度等各种资料;反复研究、多次讨论,第一次整理出版后听取了各方面的意见又进行重新整理,这些经验都值得认真加以总结和发扬。但是,在过去有的民间文学工作者并没有在工作中重视这些经验。他们在工作中并没有贯彻批判的精神,或是抱着虚无主义的态度,或是从为名为利的个人主义出发,盲目地整理介绍,他们的态度既不严肃,方法当然也不可能科学。这种对民间文学工作不严肃认真的态度,我们必须给予批判和纠正。

要使民间文学遗产能够真正地古为今用,必须经过科学的分析研究,也就是要经过马克思列宁主义的批判。《阿诗玛》发表后,受到了国内外学者的注意和研究,发表了不少有益的意见,这不仅推动我们重新整理《阿诗玛》,也推动我们去总结发掘、整理工作的经验,推动我们进一步去深入调查(最近我们又搜集到两份根据撒尼文本译出的诗体资料及有关《阿诗玛》的流传情况等),以便进一步研究它产生的时代及其它问题。但是，十年来，我们对整理出来的好些作品没有作过认真研究和批判；对于十年来的工作经验也未作过系统地总结；对各民族文学优秀传统及其发展规律的探讨则更少。我们的研究工作远远不能适应形势的要求。我省的民间文学工作者、文艺理论工作者和科学研究人员，有责任及时地扭转这种情况。要知道，收集整理，只做了工作的一小半，更重要的是要分析研究，才能使民间文学古为今用，才能推陈出新，有利于创造新的社会主义的民族文学。

为了适应当前形势的要求，及时地克服存在的问题，加强批判研究工作，建立一支又红又专的民族民间文学队伍，是作好工作的关键。十多年来，西双版纳、德宏、丽江等地区在培养民间歌手、翻译和民间文学工作者骨干方面，已经积累了一定的经验。新的形势，要求我们在全省创造条件，培养人材，逐步形成一支马克思列宁主义的民间文学队伍，以推动我省的民间文学工作，只有这样，才能促进我省各民族的文化交流，促进各民族社会主义新文化的繁荣和发展。

我们之所以要加强民族民间文艺工作，更好地开展民间文学的发掘、整理、出版和研究工作，目的是为了有助于发展各民族的社会主义新文学。社会主义的文艺固然是在传统文艺的基础上发展起来的，但它与封建时代、旧民主主义时代、新民主主义时代的文艺，都有根本性质的不同。"大跃进"以来的新民歌，就是在各民族传统歌谣基础上发展起来的反映劳动人民社会主义思想感情的作品，它促进了各民族文学的大发展。《流沙河之歌》、《傣家人之歌》、《彩虹》等歌唱社会主义的新的长诗，就是在这样的群众创作运动基础上出现的。这些社会主义文学的优秀长诗，创造性地继承了民族文学的优秀传统，从中吸收了有用的表现方法和民族风格，反映了社会主义时代的新人新事新思想。这是打破旧传统，建立社会主义民族文学的良好开端。我们应该大力提倡"老歌手唱新生活"。几年以来，我们社会主义革命和社会主义建设的丰富多彩的斗争生活，大批涌现的社会主义的新英雄人物，在作品中还反映得太少太少。因此，如何推动民族文学的大发展和大革新，就成为目前发展民族文化极为迫切的任务。这就要求我们有计划地大力培养兄弟民族自己的歌手、诗人和作家，帮助他们学习文化、提高思想水平和艺术水平，更好地为社会主义而歌唱。这是促进民族文学发展必须注意的重大问题。我们相信，只要及时抓紧这一工作，加强各民族的文化交流，相互帮助，共同提高，云南各民族的社会主义文学一定会在不久的将来得到蓬勃的发展，为祖国社会主义文学的发展，作出自己应有的贡献。

撒尼人民与长诗《阿诗玛》

——谈谈我参加整理《阿诗玛》的体会

刘 绮

史料解读

　　该史料为一篇经验介绍，原载于《思想战线》1978年第1期。《阿诗玛》是撒尼人（彝族一支）长期口头流传下来的集体创作的叙事长诗，也是我们国家文学遗产中的一件珍宝。《阿诗玛》深刻且生动地描绘了撒尼人反抗剥削阶级的英勇斗争，歌颂了他们的勤劳和勇敢，展现了他们对自由和幸福的向往。作品刻画了阿诗玛和阿黑等典型人物形象，具有鲜明的民族特色，受到了广大读者的欢迎，并且先后翻译成几国文字传播至国外。在主题思想、人物塑造、艺术风格和语言运用等方面，《阿诗玛》达到了一定水准，具有较高的文学价值和历史价值，至今仍具有一定的教育意义。《阿诗玛》在思想和艺术上的成就，为我们发展中华优秀传统文化、创作吸引广大读者的新体诗歌提供了灵感与借鉴。然而，在20世纪60—70年代，《阿诗玛》被污蔑为"毒草"，这是必须给予批判的。我们党一直重视各民族文化的发展，采取各种措施帮助少数民族在政治、经济和文化上实现进步。许多优秀的民族民间文学作品得到了发掘、整理和出版，为创造社会主义的民族新文化做出了贡献。《阿诗玛》的整理出版，是贯彻执行党的民族政策的一项光辉成果。

　　刘绮参加整理《阿诗玛》的个人体会，是发自内心的，很诚恳、很真挚，尽管由于发表时已经步入了新时期，思想上比较深刻，有一定的价值，但是仍不免带有转型期的时代烙印。

原文

毛主席在给陈毅同志谈诗的一封信中，又一次给民歌以高度的评价。毛主席指出："民歌中倒是有一些好的。将来趋势，很可能从民歌中吸引养料和形式，发展成为一套吸引广大读者的新体诗歌。"回顾我参加整理撒尼（彝族支系）长诗《阿诗玛》的过程，深深感到毛主席的教导是多么亲切，意义是多么深远！

长诗《阿诗玛》整理出版，至今已有二十四年了。由于它深刻而生动地反映了过去时代撒尼劳动人民的斗争和生活，塑造了阿诗玛和阿黑这样的典型形象，具有独特的民族风格，受到了广大读者的欢迎，并且先后翻译成几国文字介绍到国外。这是撒尼人民长期口头流传下来的集体创作，是一首优美的叙事长诗，也是我们祖国文学遗产中的一份珍宝。这部长诗的发掘、整理、出版，是坚持毛主席革命文艺路线，贯彻执行党的民族政策的一个收获。

一九五三年，省委组织了大批文艺工作者深入少数民族地区，宣传党的民族政策，开展民族工作。我们遵照毛主席关于"中国的革命的文学家艺术家，有出息的文学家艺术家，必须到群众中去，必须长期地无条件地全心全意地到工农兵群众中去，到火热的斗争中去，到唯一的最广大最丰富的源泉中去，观察、体验、研究、分析一切人，一切阶级，一切群众，一切生动的生活形式和斗争形式，一切文学和艺术的原始材料，然后才有可能进入创作过程"的指示，到路南圭山地区和撒尼人民同劳动，同生活，同斗争，同学习。每当天还不亮，我们就起来和他们一起挑水、做饭。清晨，和他们一起赶着牛上山，在贫瘠的土地上种玉米、撒荞子。晚上围坐在火塘边，共同学习党的民族政策。月光下，和撒尼青年一起"跳乐"。这样，我们逐渐对撒尼人民的社会制度、经济状况、宗教信仰、风俗习惯有了初步的了解，并且深深地爱上了勤劳、勇敢的撒尼人民，同时也为他们优秀的叙事长诗《阿诗玛》所吸引。

　　《阿诗玛》这首民间叙事长诗，在圭山地区，是家喻户晓，广为传诵的，它和撒尼人民有着血肉相连的密切关系。它已经渗透在日常生活之中了。每当举行婚礼的时候，作为对新婚夫妇的祝福，老人总要举起酒杯，放声歌唱《阿诗玛》。过去，当青年们在婚姻问题上遭遇挫折时，他们从《阿诗玛》的斗争中得到鼓舞和力量。他们骄傲地说："我们的姑娘都是阿诗玛。小伙子都是阿黑。"长诗歌颂了撒尼人民的勤劳和勇敢，表现了他们反抗剥削阶级的英勇斗争，以及对自由和幸福的向往。它在主题思想、人物塑造、艺术风格、语言运用等方面，都达到了一定的水平，具有较高的文学价值和历史价值，它是撒尼人民集体创造的精神财富。

　　在上级党委的组织领导下，我们跑遍圭山地区，收集到十九份口述的原始材料，和一份用撒尼文记载的原诗。由于口述者的阶级成分、思想感情不同，也就形成了主题、人物、内容、情节各不相同。比如一份讲述材料说，阿诗玛不该结了婚又跑回娘家，因此老天不容。还有一份原始材料中，把阿诗玛写成在热布巴拉家逆来顺受，把阿黑写成看到官家就不敢走路，听到热布巴拉家有钱就喜欢的贪财懦夫，这很显然是封建统治阶级的观点，用来维护不合理的封建制度和婚姻制度。而大多数原始材料，是赞美阿诗玛和阿黑坚强的斗争意志，倾注了劳动人民的阶级感情。面对这些原始材料，我们遵照毛主席"中国的长期封建社会中，创造了灿烂的古代文化。清理古代文化的发展过程，剔除其封建性的糟粕，吸收其民主性的精华，是发展民族新文化提高民族自信心的必要条件；但是决不能无批判地兼收并蓄"的教导，进行深入的分析研究，分清哪些是民主性的精华，哪些是封建性的糟粕，从而决定取舍，进行综合的整理。有些地方，原材料比较简单，为了突出主题，刻划人物，在忠于原作的基础上，根据我们生活中的体验及学习了撒尼民歌的风格和特色，作了适当加工，如《回声》一章中：

　　　"勇敢的阿黑哥哥啊，　　　不管绣花还是织麻，

　　　每天吃饭的时候，　　　　你们来叫我，

　　　盛了金黄色的玉米饭，　　　我就答应你们。

你来叫我，

我就答应你。　　　　　　　　"告诉我的小伴，

　　　　　　　　　　　　　　　每次出去玩耍，

"告诉我亲爹妈，　　　　　　　不论是六月二十四还是三月初三，

　每天做活的时候，　　　　　　吹着清脆的笛子，

　不管天晴还是下雨，　　　　　弹着悦耳的三弦，

　不管放羊还是犁地，　　　　　你们来叫我，

　不管挑水还是煮饭，　　　　　我就答应你们。"

原材料中，只有阿诗玛"不变也变了，变成回声了"这样两句。但是，"回声"这一情节，含义是较为深远的。撒尼人民住在山区石林，唱歌、说话、赶羊的呼唤，都会引起四山呼应，回声缭绕，这个变成回声的充满浪漫主义色彩的结尾，真是再确切不过了，也是整理者想象不出来的。我们抓住这一点，增写了三段阿诗玛对亲人的嘱咐，加强了抒情气氛，丰满了人物形象。劳动人民的语言是极其丰富的。他们在自己的民歌创作中，比、兴两法用得相当出色，这是需要我们认真学习的。比如原材料中说阿诗玛长到三个月，"笑声像知了叫"，阿诗玛长到七个月，"跑得像麻团滚"。开始时，翻译的同志为了适应我们，把它译成"笑声像留声机"，"跑得像皮球滚"，这就失去了原来的风格，经我们说明翻译要求忠实准确，后来作了纠正，"知了"和"麻团"，正是撒尼人民日常生活所见，这是多么形象的比喻。从这些实践中我体会到，如果不深入少数民族地区，不熟悉撒尼人民的思想感情，是无法完成这一任务的。《阿诗玛》的整理出版，是贯彻执行毛主席革命文艺路线的一个成果。长诗在思想内容上到今天也有一定教育意义。它使我们形象地看到旧社会的黑暗腐朽，看到劳动人民不屈不挠的斗争，看到我国各族人民在长期的历史发展过程中，不仅创造了丰富的物质财富，也创造了灿烂的文化艺术。长诗在思想、艺术上的成就，完全可以成为我们发展民族新文化，创造吸引广大读者的新体诗歌的养料和借鉴。可是，叛徒江青伙同卖国贼林彪炮制了"文艺黑线专政"论，全盘否定建国以来革命文艺的巨大成就，长诗《阿诗玛》也被当成封资修的毒草而打入地下，然而，这是劳动人民

集体创作,是深受各族人民喜爱的作品,"四人帮"要否定也是否定不了的。

《阿诗玛》的整理出版,是在各级党委的领导和关怀下进行的,是党的民族政策光辉照耀下的产物。我们党历来重视各民族文化的发展,采取各种措施帮助少数民族不仅在政治、经济上翻身,而且在文化上翻身。许多优秀的民族民间文学作品得到了发掘、整理、出版,创造社会主义的民族新文化。当《阿诗玛》初稿整理出来后,曾广泛征求意见,云南民族学院的撒尼学员讨论了七小时之久,认为"这是我们民族的歌"。当长诗首先在云南发表以后,受到了各民族人民的热烈欢迎,纷纷反映:"我们族也有这样的长诗,也应该把它整理介绍出来。"圭山的撒尼群众奔走相告:"有了毛主席、共产党的领导,我们撒尼人民的《阿诗玛》才得出世。"这句话说得多么好呵! 世世代代受苦受难的撒尼人民,有了毛主席、共产党的领导,才见到光明,过上了幸福的生活,他们创造的艺术作品才得出世,受到尊重,这在旧社会里是不可想象的。一九四五年,昆明地下党员和进步文艺工作者组织了一次文艺演出,曾将撒尼族说唱《阿诗玛》和舞蹈《阿细跳月》搬上舞台。这是一次革命的行动,是对国民党反动派压迫、歧视少数民族的一次示威,国民党反动派如临大敌,惊慌失措,下令禁演,充分暴露了他们敌视人民、摧残文化的反动嘴脸。"四人帮"也和当年的国民党反动派一样。他们出于篡党夺权的反革命目的,分裂祖国,破坏民族团结,不惜一切手段,扼杀少数民族民间文艺,这是必须给予彻底揭露和批判的。粉碎了"四人帮",文艺得解放,《阿诗玛》获得新生,少数民族文学又重放光彩!

我们要在以华主席为首的党中央领导下,沿着毛主席的革命文艺路线奋勇前进,让民族民间文学的鲜花,盛开在祖国百花齐放的大花园中。

"山林中的花"

——评撒尼人民间叙事长诗《阿诗玛》

子　弦

史料解读

　　该史料为一篇评论，原载于《思想战线》1978 年第 2 期。《阿诗玛》是与撒尼（彝族）劳动人民的生活紧密相关的作品，通过描写历史上撒尼人在婚姻问题上与对立阶级之间发生的直接冲突，反映了劳动人民追求自由幸福生活的强烈愿望，展现了阶级斗争的主题。在揭示婚姻问题的阶级实质时，《阿诗玛》强调了被奴役者反抗和斗争的意志与力量。通过激烈的社会冲突，《阿诗玛》成功地刻画了阿诗玛和阿黑这两个不妥协地反抗压迫者的典型形象，清晰展示了撒尼人对现实的观察与反抗意识。《阿诗玛》在创作过程中，并未堆砌华丽的词藻，而是选用撒尼人的日常用语，以含蓄精练的表达方式，使诗充满了新鲜活泼的气息。从思想内容和艺术形式上来看，《阿诗玛》是中华民族民间文学中的珍品，然而在 20 世纪 60—70 年代，《阿诗玛》却被污名化。随着新时期的到来，文艺工作者要积极开展对民间文学的挖掘、整理和研究工作，为社会主义文艺的繁荣贡献力量。

　　子弦的这篇文章，对《阿诗玛》的评价很细致、很深刻，但是，与前文一样，明显地带有转型期的时代烙印。

原文

　　二十四年前，当撒尼人（彝族）民间叙事长诗《阿诗玛》经过收集整理出版后，便受到了广大读者的欢迎，引起了国内外研究者的重视。一九五九年，长诗经过再次整理，更加臻于完美。可是，祸国殃民的"四人帮"出于篡党夺权的需要，扼杀民族民间文学，长诗《阿诗玛》，也不能幸免被抛进冷宫、打为"毒草"的命运。在深入揭批"四人帮"的斗争中，我们通过对《阿诗玛》的思想内容及艺术形式的分析，看一看《阿诗玛》究竟是香花，还是"毒草"，对于肃清"四人帮"炮制的"文艺黑线专政"论的流毒，促进民族民间文学发掘、整理、研究工作的开展，繁荣各民族的社会主义新文化，是很有现实意义的。

　　《阿诗玛》通过描写历史上撒尼人对立阶级之间围绕着婚姻事件展开的直接冲突，反映了撒尼劳动人民追求自由幸福生活的强烈愿望，表现了阶级斗争的主题。因此，它是和撒尼劳动人民的生活紧密联系在一起的。撒尼人民说："阿诗玛的苦就是我们撒尼人民的苦。"撒尼人的民间诗人，正是把历史上撒尼劳动人民的苦和恨，愿望和要求，化为不朽的诗篇。

　　在历史上，当劳动人民在进行诗的构思时，是很善于将自己的思想通过普遍存在于社会生活中，而又最能揭示阶级压迫实质的某种社会现象，加以形象化典型化的表现。自进入阶级社会以后，广大劳动妇女备受阶级压迫的一个突出表现，便是在婚姻问题上受政权、神权、族权、夫权的奴役，成为家庭的奴隶。恩格斯指出："在历史上出现的最初的阶级对立，是同个体婚制下的夫妻间的对抗的发展同时发生的，而最初的阶级压迫是同男性对女性的奴役同时发生的。"（《家庭、私有制和国家的起源》，第 63 页）在阶级社会里，有什么样的政治制度，就有什么样的婚姻制度，婚姻问题总是与阶级斗争密切联系在一起的。《阿诗玛》在揭示婚姻问题的阶级实质时，不像有的作品那样，只单纯地叙述劳动妇女的悲惨遭遇，以消极的方式抨击不合理的社会制度，而是着力表现被奴役者向社会恶势力的反抗和斗争。这是贯穿在《阿诗玛》中的一根红线。长诗清晰地展示了以压迫者热布巴拉家为一方，同以被压迫者阿诗玛、阿黑为另一方的矛盾和斗争,并以这一斗争为轴心,展开了故事。

当纯洁、美丽的阿诗玛长大后,横蛮凶残的热布巴拉家便垂涎三尺,起了歹心:"热布巴拉一家人,想给阿支娶亲,要娶就娶阿诗玛,娶到阿诗玛才甘心!"(一九五九年整理本,下同)于是热布巴拉家找其帮凶海热去说媒,但遭到阿诗玛的严辞拒绝。这场尖锐的社会冲突,以短兵相接的方式急遽地展开了。热布巴拉家说媒不成,便凶相毕露,对阿诗玛进行野蛮的抢亲。处于灾难中的阿诗玛,并没有听任命运的安排而屈服于热布巴拉家的淫威之下。她一方面与热布巴拉家进行不妥协的斗争,一面盼望着哥哥阿黑来拯救自己。在这个关键时刻,阿黑挺身而出了。他以超人的智慧和力量,奋力营救阿诗玛。在阿黑的斗争面前,热布巴拉家丑态百出,终于黔驴技穷,不得不求助于岩神暗害了阿诗玛。作为被压迫阶级精神力量的象征,阿黑的斗争锋芒直指社会恶势力的代表热布巴拉家,就使这场以婚姻事件引起的社会冲突具有更深刻的阶级斗争内容,长诗的思想性也因此而升华了一格。

表现阶级斗争的主题,是民间创作的一个重要特点。但是,像《阿诗玛》这样直接反映劳动群众反抗压迫者的不屈斗争的作品,却是不可多得的。它使我们清楚地看到历史上撒尼人民对现实的清醒的观察和认识,以及他们对旧制度的反抗情绪和潜在力量。这犹如闪耀在黑暗里的火种,有朝一日会在新的条件下燃烧起来,焚毁旧制度的大厦。这正是《阿诗玛》这一优秀文学遗产的思想价值所在。

诚然,在阿诗玛的时代,被压迫的人民是无法找到获得彻底解放的道路的。即便像阿黑这样驰骋在理想王国里的英雄,也不能使阿诗玛避免悲剧的结局。这是历史的局限,时代的悲剧。但是,劳动人民的口头创作是与悲观主义绝缘的。阿诗玛在严酷的斗争中牺牲了,却变成了永生不灭的回声,生动地体现了人民期望以不屈的斗争去追求光明自由的坚定信念。列宁在谈到《出征兵士的哭述》这本民间创作时深刻地指出:"要知道根据这些材料可以写出极好的研究人民的希望和期待的论文","因为许多世纪以来人民的创作反映了各个时代他们的世界观"。(转引自《苏联民间文学论文集》、《列宁论民间口头文学》)在我国各族人民得到了彻底解放的今天，再回过头来认真研究历史上撒尼人民通过《阿诗玛》所反映出来的希望和期待，可以加深我们对社会主义制度是人类历史发展之必然的认识。因为只有通过毛主席、共产党领导下的人民革命，才能结束阿诗玛的悲剧，使各族劳动妇女获得彻底解放。

《阿诗玛》通过激烈的社会冲突，成功地塑造了阿诗玛和阿黑这两个不妥协地反抗压迫者的典型形象。

阿诗玛是在劳动中成长的。她热爱劳动人民，热爱劳动生活。"春夏来播种，秋冬来收获，会盘田的人我才中意。"应该说，这是她对生活的最基本的要求。但在阶级压迫面前，阿诗玛的希望破灭了。同意海热的说亲，就意味着将永远沦为热布巴拉家的奴隶。所以，她义正辞严地回答："不嫁就是不嫁，九十九个不嫁。"在阿诗玛的身上，不仅有勤劳、智慧、淳朴的美德，而且具有撒尼人民最可宝贵的品格：对一切社会恶势力进行不屈的反抗。当她被热布巴拉家抢走后，并不是一种诚惶诚恐，临刑鷇觫的心情，而是以坚定的信念和巨大的勇气去迎击命运的挑战。在阿诗玛所处的时代，她是不可能认识造成她的悲剧的阶级根源的。但凭着朴素的阶级意识，她却能看透热布巴拉家的凶狠歹毒，懂得在她与热布巴拉家之间，正如清水与浑水，绵羊与豺狼不能够在一起一样，是没有什么调和的余地的。因此，她临危不惧，奋力抗争。对于热布巴拉家的物质利诱，她坚定地回答，"你家的谷子堆成山，我也不情愿。你家的金银马蹄大，我也不稀罕"；在热布巴拉家的皮鞭下，"可爱的阿诗玛，她还是那句话：不嫁就是不嫁，九十九个不嫁"，即使热布巴拉将她投入黑牢，也丝毫不能动摇她反抗压迫者的意志。为了追求光明与自由，她决心与阶级的、传统势力的压迫进行不妥协的斗争，那怕牺牲自己也在所不惜。

这就是阿诗玛性格中的特色，是这个艺术形象的难能可贵之点。在某些民间创作中，由于时代、阶级的局限，女主人公为了追求婚姻自由，往往在社会恶势力面前表现得无可奈何，不得不以自杀身死以示抗议。阿诗玛则不然。她响亮地喊出了"热布巴拉势力大，不能一辈子压住阿诗玛"的誓言，以火焰一般的热情，始终为争取生存条件而斗争，以至死后也变为"日灭我不灭，云散我不歇"

的回声。这便在某种意义上突破了时代的局限,使阿诗玛这个光彩夺目的艺术形象,耸峙在同时代、同类作品的人物之上。

如果说阿诗玛死后变为永生不灭的回声,象征着撒尼人民不朽意志的话,那么,近乎神人的阿黑则是撒尼人民精神力量的化身。在与热布巴拉家的较量中,阿黑总是以超人的智慧和力量,使骄横的压迫者陷于败北的境地。阿黑理所当然地成了处于黑牢之中的阿诗玛的希望之光。为了战胜敌人,劳动人民在塑造自己的英雄时,总是在他身上赋予集体的智慧和力量,"使他能够与神对抗,甚至把他看作与神同等"。(高尔基:《个性的毁灭》)阿黑正是这样的人物。在他身上,充满着为拯救被奴役的妇女勇于向社会恶势力宣战的英雄气概。当他放牧回家,知道阿诗玛被热布巴拉家抢走后,便立即"背起了弓和箭,跳上了黄骠马",直奔热布巴拉家。他不仅蔑视权势,甚至敢于冒犯热布巴拉家用以维护其反动统治的"神灵",一箭射中了热布巴拉家的供桌,几乎轰毁了热布巴拉的精神支柱。阿黑的英雄行为,正是历史上撒尼人民正义要求:人们不仅希望自己有力量战胜神秘莫测的自然力,而且希望能够战胜比自然力更凶恶可怕的社会恶势力。阿黑就是基于这种要求而被理想化了的英雄。正因为有了阿黑这个代表人民意志的坚强后盾,阿诗玛才能以最大的勇气向剥削压迫者进行不屈的斗争,这就使阿黑、阿诗玛这两个人物形象,具有更高的典型意义。

阿黑和阿诗玛,就是这样交相辉映,闪耀着不灭的艺术光辉。《阿诗玛》再一次证明:"最深刻、最鲜明、在艺术上达到完美的典型乃是民谣,劳动人民底口头创作所创造的。"(高尔基:《苏联的文学》)

劳动人民的口头创作,总是在长期辗转流传的过程中,形成了自己独特的艺术风格。我们一打开长诗,就会被那丰富的想象,浓厚的民族情调及栩栩如生的人物形象所吸引。《阿诗玛》确乎是一朵独具香色的"山林中的花",同其它优秀的民间创作一样,"它们还继续供给我们以艺术的享受,而且在某种意义上还存在着一种规范和不可企及的标本的意义"。(马克思:《政治经济学批判》导言)

《阿诗玛》为什么有那么巨大的艺术魅力,能够一下子就进入人们的心坎?

这首先是它所塑造的人物形象是新鲜、生动、吸引人的。人物形象的塑造，离不开丰富的想象；而丰富的想象，又不能脱离特定的、深厚的现实生活。撒尼人的民间诗人，很善于从生活出发，选择那些为撒尼人民生活中所特有的事物，或"引类譬喻"，或"借物发端"，创造具有独特风貌、个性鲜明的人物形象。长诗在叙述阿诗玛的整个降生、成长过程中，都是借撒尼人民生活中特有的物象，形声绘影地刻划出了阿诗玛纯洁美丽，酷爱自由的个性特征。在塑造阿黑这一形象时，虽然作者尽情展开想象的翅膀，让阿黑在幻想的世界中翱翔，但是，阿黑与热布巴拉父子赛歌，赛劳动技能，以及阿黑打虎剥皮等一些带奇异性的情节，无一不是从撒尼人民的生活中提炼、概括出来的。长诗以阿诗玛死后变为回声作结局这一独具匠心的构思，充分表现了撒尼民间诗人想象力的丰富和高远，但这仍然是建立在撒尼人民的生活基础之上的。因为撒尼人民居住的地方，山峦重叠，遍布石林，这才有可能使空谷回声这一自然界的物象人格化，成为《阿诗玛》积极浪漫主义因素的现实依据。

由于撒尼民间诗人的艺术想象是建立在深厚的生活基础之上的，因此，《阿诗玛》在比、兴两法的运用上，是独具特点的。长诗在比喻、起兴时所引、所借之物，不仅是撒尼人民生活中特有的，而且是经过选择、提炼的。它总是以准确、鲜明的形象，去恰当地表现客观事物，突出事物的本质特征，做到"使味之者无极，闻之者动心"。如长诗在表现格路日明家与热布巴拉家的尖锐对立时，二者比、兴所借之物就各具特征："格路日明家，花开蜜蜂来，蜜蜂嗡嗡叫，忙着把花采"；而"热布巴拉家，有势有钱财，就是花开蜂不来，就是有蜜蜂不采"。在表现阿黑和阿诗玛的高尚纯洁时，长诗以直挺挺的青松，放清香的桂花这样美好的事物作比喻；而写阿支的龌龊卑劣时，则比作丑陋的树叉叉及猴子。这不但把具有不同特征的事物通过个性鲜明的形象把他们区别开来，而且表明了作者的爱憎，增强了长诗的感情色彩。《阿诗玛》在运用比、兴等手法叙事抒情时，是做到了高度诗意化的。在海热已来说亲，而阿诗玛却还不知道灾难即将降临之前，长诗以"路边的荞叶，像飞蛾的翅膀，长得嫩汪汪"，"路边的玉米，叶子像牛角，长得油亮亮"比喻阿诗玛"只知道高兴，不知道悲伤"的心境，真是"迁想妙得",随着情节的发展,便造成了极强烈的艺术效果。长诗在人物对话上,大量运用比、兴,通过诗的境界形象地展现人物的个性特征。当海热在向阿诗玛炫耀热布巴拉家的金钱富贵时,阿诗玛答道:"山上的千年松,长得直挺挺,大树不弯腰,好比穷人心。穷人知道穷人的苦,穷人爱听穷人的话,穷人喜欢的是一样,受冻受饿我不怕!"通过比兴,阿诗玛蔑视金钱富贵,热爱劳动生活的精神特质,就得到了个性化的艺术表现。长诗中阿诗玛、阿黑、格路日明夫妇,乃至海热、热布巴拉等人的口中话,都"各各肖其声情",原因就在这里。

《阿诗玛》运用比、兴等表现手法的成功,与注意选择朴实无华,富有表现力的群众语言去写景状物是分不开的。诗歌的语言应尽量做到精练含蓄,以少胜多,《阿诗玛》在这一点上是十分出色的。其特点就是不堆砌华丽浮泛的词藻,只求选择、提炼新鲜活泼的撒尼人民日常用语写入诗中。如在描绘阿黑与阿诗玛一道劳动的情景时,长诗唱道:"哥哥犁地朝前走,妹妹撒粪播种紧跟上,泥土翻两旁,好像野鸭拍翅膀。"在刻划阿支的丑态时,长诗是这样写的:"饿狼见绵羊,口水往外淌,阿支看见阿诗玛,猴子眼睛乱眨巴。"这纵虽是乡土话,口头语,却形象如画、各具风貌。这样绘声绘色的群众语言,在长诗中是美不胜收的。《阿诗玛》正是以这样的口头语深入到诗的内容中去,将诗的内容作高度集中、形象的表现。

通过以上粗略的分析,我们可以看到,无论从思想内容还是艺术形式看,《阿诗玛》都是属于我国民族民间文学遗产中的珍品。可是,"四人帮"却把它诬为"毒草"。这就充分暴露了"四人帮"反对毛主席的革命文艺路线,破坏党的"双百"方针的丑恶面目。打倒"四人帮",民族民间文学得解放。我们要响应英明领袖华主席关于"发展各民族具有独特风格的文艺"的伟大号召,积极开展民族民间文学的发掘、整理、研究工作,为繁荣社会主义文艺贡献力量。

(本文有删节)

彝族民间史诗梅葛

史料解读

　　该史料为一篇介绍，原载于《读书》1979 年第 3 期。彝族民间史诗《梅葛》经云南省民族民间文学楚雄调查队深入民间收集、翻译、整理后，由云南人民出版社出版，分《创世》《造物》《婚事和恋歌》《丧葬》四部。史诗《梅葛》概括了彝族人民历史发展的轮廓，它是文学，也是历史。无论从科学的意义或是美学的意义来说，都有很大的价值。

原文

　　本书云南人民出版社出版，由云南省民族民间文学楚雄调查队收集、翻译、整理。梅葛是彝族的一种"调子"，在云南楚雄彝族自治州姚安、大姚、盐丰等县广泛流传。收集者曾深入民间。一九五九年整理完成。分创世、造物、婚事和恋歌、丧葬四部。在诗的语言上，李鉴尧作了润色（本书由张守义设计插图）。

（三）傣族史诗、叙事诗

读优美的傣族民间叙事长诗《葫芦信》①

朱宜初

史料解读

该史料为一篇介绍，原载于《云南日报》1960 年 1 月 24 日。《葫芦信》是一首傣族民间叙事长诗，流传了一百多年。全诗描述了勐遮的王子召罕拉与景真的公主南慕罕的爱情故事和勐遮王的野心。故事逐渐从喜剧转向悲剧，勐遮王暴露出侵略景真的野心。公主南慕罕展现出与王子不同的主动性和积极性，采取机智行动阻止勐遮王的计谋。勐遮王对景真发动了侵略战争，但遭到景真百姓的抵抗，战争以失败告终。最终，勐遮王知道泄露秘密的是他的儿子，残忍地杀死了王子和公主。整个长诗歌颂了王子和公主的坚贞爱情，以及他们与景真百姓站在一起反对侵略战争的英雄行为。他们的牺牲保护了百姓的生命和财产，为景真和勐遮带来幸福。这首长诗在傣族人民中广为流传，并受到赞美。

朱宜初的这篇文章，通过简练的文字对傣族民间叙事长诗《葫芦信》进行了介绍，对于读者了解和研究《葫芦信》有一定的参考价值。

---

① 编者注：原文书名用的是引号，为符合现行阅读习惯，改引号为书名号，全文同改。

原文

　　《葫芦信》是一首傣族民间叙事长诗。它流传在傣族人民中大约有一百年了，经过多少劳动人民、多少赞哈（歌手）的反复锤炼和加工，使它成为傣族文学宝库中一颗晶莹闪亮的珍珠。

　　故事从"勐遮王象一只凶恶的鹰"开始，写到勐遮的王子召罕拉与景真的公主南慕罕相爱、勐遮王子对公主的求婚，接着就转入写勐遮王在这台亲事上的居心——"对景真这块肥肉早有野心"。这时长诗的情调，由喜剧情调逐步增加悲剧情调。从第一节到第六节喜剧与悲剧常常是穿插起来写的。一面写王子与公主纯洁的爱情的欢乐，一面写勐遮王对儿子的婚姻，只是想从中捞一把。这就给全部长诗的悲剧性埋下了一颗种子。从第六节开始，长诗就更进一步暴露了勐遮王侵略景真的野心：

　　"景真宫殿的珠宝越来越使他眼红，景真遍山的牛马越来越使他昏眩。"

　　他定下诡计，想在宴会上给景真王喝下毒酒。勐遮王子与他父亲的矛盾，就第一次展现出来，勐遮王子"吓坏"了，"他跪下来拜了又拜"，请他的父王不要为了土地和黄金"给百姓带来不幸"。这时的王子是站在人民一边的，是主持正义、反对侵略战争的。然而这时王子的反对侵略，却还是显得软弱无力，所以当他父王说"从墙上摘下金刀，谁敢不听我的话，我要叫他死在刀下"时，他就只好哭泣着说："就照你说的做吧。"这决不是王子真的就同意"照你说的做吧"，而只是表现他的无力而已。在公主的询问之下，他才将父王要毒死公主的父亲的事说了出来。这时公主就卷入到这场斗争里面来。

　　公主南慕罕一卷入到这场斗争里面来，就显示了她和王子迥然不同的主动性、积极性。她不像王子那么的软弱，去求情，长诗善于剪裁地没有写她过于哀痛，只是这样写她与王子"像一对受伤的大雁，整夜焦虑不安"。紧接着就写她采取了机智的、积极的行动，她在宫外从黑夜等到天明，直等到她父亲来时，将勐遮王的毒计告诉了她父亲。勐遮王的毒计就这样破灭了。

　　矛盾并没有因此中止，新的矛盾又展开。勐遮王并不甘心他的失败，他派了四个凶手去暗杀景真王。景真王早有防备,勐遮王在正义的面前又一次遭到可耻的失败。这次的失败使他老羞成怒,他捏造一些谎话,说他派去的四名信使已被景真王杀害,骗得一些官吏对他的同情。他要对景真发动一次大的侵略战争,要大家保守秘密,"要大家喝菩它水,要大家按印手赌咒"。到这里勐遮王的狰狞、狡猾的性格进一步被揭露。王子在这样的形势下,虽没有沉默,但仍旧带有他的软弱性地向勐遮王求情。然而当他们由于不同的立场,根本利益不相容的时候,父子之情也就破灭了。勐遮王的发动残酷的侵略战争,与王子的思想完全是对立的。

环境迫使着王子性格的转变与发展,他不待询问就痛切淋漓地将秘密告诉了公主。这时,公主变得更勇敢、机智。她用一个葫芦送信给她父亲——景真王。她说:

"树木要成林,

才挡得住狂风暴雨;

大伙要齐心,

才抵得住凶恶的敌人。"

葫芦顺水飘到景真,勐遮王要发动侵略战争的阴谋,激起了景真百姓的愤愤不平:"我们的土地,宁死也不让给仇敌!我们的宫殿,绝不能升起勐遮王的旗!"

由于景真的百姓万众一心,同心协力抵御外侮,"景真的阵地比铁硬,勐遮的军队寸步难进",勐遮王挑起的侵略战争得到了可耻的失败。但是勐遮王并不因阴谋失败而罢休,反而变本加厉,叫嚣"你们连小小景真都消灭不了,叫我在世上丢尽了脸面",侵略者的狰狞面目暴露无余。"为什么敌兵早已布满城头,一定是谁把秘密泄漏。"勐遮王要找出泄露秘密的人,当他知道是他儿子的时候,勐遮王顿时变了脸色,他拔出长刀鼓起眼睛:"捆起这个畜生,把他拖进龙林!"

公主听说王子受难时,挺身而出,说:"是我把秘密传到景真,是我把消息告诉父亲,你们来捆我吧,你们来杀我吧,我宁愿死在你的刀下,也不让你们把景真糟蹋！"勐遮王就这样残暴地命令将他们两人活活地埋葬在勐遮和景真的边界上。

从这些看来，《葫芦信》不但歌颂了王子和公主的坚贞爱情，更主要的是赞美了他们为了景真百姓的利益，和人民站在一起反对残暴、反对侵略战争的英雄行为。这对青年人，反映了景真人民的意志，因此，他们的壮烈牺牲，得到了傣族人民的同情。他们死了，但保全了无数百姓的生命财产，给景真和勐遮带来了幸福平安。这首叙事长诗能够金光闪闪脍炙人口，在傣族人民中广为流传绝不是偶然的。

试论《葫芦信》

吴德辉

史料解读

　　该史料为一篇论文,原载于《读书》1960 年第 3 期。《葫芦信》是一部展现傣族人民反抗专横统治者的叙事长诗。作品以勐遮王的专横统治为开端,揭示了他对百姓的剥削和压迫。之后,勐遮王的儿子召罕拉与景真公主南慕罕结婚,过上幸福生活。然而,为了阻止勐遮王发动侵略景真的战争,他们献出了生命,最终人民和正义获得了胜利。在《葫芦信》中,王子和公主的性格通过与勐遮王的斗争逐渐发展和明朗化,他们的行动体现了人民的理想和愿望。王子和公主的牺牲不仅仅是个人的悲剧,更具有广泛的社会性和深厚的人民性。故事表达了傣族人民把王子和公主视为理想与愿望的化身,对他们的忠贞表示尊敬和怀念。《葫芦信》采用了大量的比喻来描写人物和心理状态,形象地表现了王子和公主甜蜜幸福、纯洁坚贞的爱情,使作品具有独特的民族风格。作品还巧妙地揭示了人物内心的活动,通过书信的往来展示了主人公的心灵美。书信不仅推动了故事情节的发展,还传达了团结起来依靠人民才能打退凶恶的敌人的真理。然而,结尾对勐遮王的处理较为平淡,可以考虑更符合人物性格发展的结局。总体来说,作品在艺术描写和心理刻画方面取得了成功,语言生动形象,展现了傣族风格,具有较高的美学价值和史学价值。

　　吴德辉的这篇论文，从思想内容和艺术特色等方面对《葫芦信》进行了比较深入的研究，对研究《葫芦信》具有一定的参考价值。

原文

　　长诗《葫芦信》一开始就给我们介绍了一位专横的统治者——勐遮王召捧麻。他不但拥有无限的财富，奢侈生活所需的一切都需要老百姓供给，反而"所有的百姓要向他买水吃，所有的百姓要向他买路走，死了的人呵，也要向他买土盖脸"。通过这几句简朴的话，一个专横的统治者的凶恶本质就深刻地揭露出来了。长诗接着叙述勐遮王的儿子召罕拉爱上了景真公主南慕罕，结婚后过着自由幸福的生活，但是勐遮王野心勃勃，妄想吞并景真地方，发动了战争。他的阴谋诡计遭到了王子和公主的坚决反对。这对情侣就在反对强权和战争的正义事业中牺牲了年青而宝贵的生命，但是人民和正义最终得到了胜利。

　　在长诗《葫芦信》中，王子和公主的性格是在与勐遮王的斗争中逐步发展和明朗化起来的。起初，他们都只是具有一般的善良愿望，愿他们的幸福结合"能给两勐的百姓带来福气"，"两勐的百姓就会变得更亲"。随着事件的发展和斗争的尖锐化，他们逐渐看清了勐遮王的狠毒阴险，斗争的决心也就越来越坚定。他们性格上所具有的对自由的渴望，对爱情生活的留恋，以及思想上对人民的同情，促使他们坚决地反对勐遮王所发动的侵略战争。王子把勐遮王偷袭景真地方和要毒死景真王的消息告诉公主，公主用葫芦信告诉了她父亲景真王，使景真王和景真的老百姓得免于祸。勐遮王见自己的阴谋未能得逞，疑心是宰乃（宫廷中的男仆）泄漏了秘密，便抓了两个宰乃来拷问。王子看见无辜的宰乃被打得遍身伤痕，"他痛恨父亲太残忍"，他挺身上前，替宰乃松开了夹棍。他压不住心头的怒火，他压不住心头的气愤："是我泄漏了秘密，你们为什么要冤枉别人？"这样的责问多么有力，多么尖锐！至此，最初他在勐遮王面前所表现的那种懦弱和他的矛盾的苦恼心情，半点也没有了，完全表现了一个为正义而赴汤蹈火的战士的灵魂。当我们看到公主南慕罕听到王子受难，她冲向勐遮王替王子承罪,听到她对勐遮王那种义正词严的控诉的时候,我们再也认不出这是含情脉脉的漂亮公主了,她在我们面前高大起来,变得庄严肃穆。她的这种勇敢的举动,难道能用"这是爱情的力量"所能概括得了的吗?这时南慕罕姑娘的忠贞不屈,已经体现了人民的理想和愿望。

他们的死,是人民的美好愿望遭到了践踏,他们的悲剧,就不能只是个人的悲剧,而是具有广泛的社会性和深厚的人民性。

通过对召罕拉与南慕罕的斗争道路的叙述和对他们的性格分析,可以看出,傣族人民是把召罕拉与南慕罕看作人民的理想与愿望的化身的。所以,"直到解放后,每年傣历正月,景真的青年男女,还成群结队地拿着鲜花去公主和王子的坟上祭奠,以表示对他们的忠贞相爱,壮烈牺牲的敬仰和怀念"(见《葫芦信》附记)。衡量一部作品,评价它的美学价值,重要的条件之一,应该是看其所具有的人民性的程度如何。《葫芦信》这部叙事长诗的全部内容表明,它是具有较高的美学价值的。

长诗《葫芦信》的艺术描写是成功的。对几个主要人物的描写,除了已经分析过的召罕拉与南慕罕以外,还有一个主要人物就是勐遮王召捧麻,这是一个反面形象,诗中对他的描写,处处都符合他的性格和身份。例如写到他"欣然应诺"王子和公主成亲时,就活画出了一个伪善者的嘴脸,使人们通过他的笑脸看出他的阴毒。再如对景真王的描写,则表现出他的软弱善良,只有依靠着人民的时候,他才有力量。通过这些描写,我们看见了人民的爱憎分明。旧时代的人民由于还没有先进思想的指引,他们对比较贤明的君王表示好感是可以理解的,因此,长诗对景真王的描写也是可信的。从这里可以看出,艺术描写往往是和思想内容结合在一起的。

《葫芦信》和其他傣族民间叙事诗一样,广泛地采用了傣族人民日常习见的事物来作比喻,来描写人物、刻划心理状态。例如用"蜂蜜"、"菠萝"来形容甜蜜幸福的心情,用"象牙"、"江边的岩石"比喻爱情的纯洁坚贞。就是对坏人的描写也有恰切的比喻。例如把巴塔玛和勐遮王两个坏人相会在一起,比作——"两条毒蛇尾巴缠尾巴",只几句话就把他们的本质道破了。由于语言运用的确切、生动和富于形象性，便增加了长诗的艺术魅力和表现出了它的特殊的民族风格。

长诗艺术成就的另一个方面，是惟妙惟肖的心理刻划。例如，当王子和公主相遇，王子走近南慕罕身边表示了热烈的爱情之后，长诗对于公主的一连串行动的入微的描写，很巧妙地揭示了人物的内心活动。

这部长诗的艺术描写的另一特点，是大量地采用书信。王子与公主的爱情发展靠了书信的往来；关系到整个故事情节的发展转变的是依靠了葫芦信。通过这些书信，读者不但看到了故事的进展，更重要的是窥见了主人公的美丽的心灵。南慕罕给她父亲写的葫芦信既显示了她的心灵的美，同时也是在宣传一个真理：只有依靠人民，团结起来，才能打退凶恶的敌人。

《葫芦信》艺术描写的成功和一些艺术特色，当然不是这样的简单分析所能全部说明的，但是，我们要注意到一点，这就是长诗的形式上的优点是和内容紧密联系的。如果离开了思想内容去追求艺术形式的美，当然不可能获得成功。

《葫芦信》的故事结局，叙述了代表封建邪恶势力的勐遮王召捧麻和巴塔玛的死，这是大快人心的，是人民善良愿望的表现。巴塔玛的战死，虽带有偶然性，可是，这种偶然性是包含了必然性，因此是允许的也是可信的。现在要讨论的是勐遮王召捧麻。他为什么要饮毒而死呢？诗里说他"想到自己作的丑事，再没脸去见头人和百姓，他心里万分懊悔"；"他受不住痛苦的折磨"，"他喝下一杯毒酒，结束了自己的生命"。诗篇对召捧麻的这种处理结果，削弱了作为反面形象的意义。希望统治者最后"良心发现"，是某些写定者的幻想，在十三份口述记录原始材料中，有一部分是有此一说的，但并不是全部。因此，整理者是否可以采用更合乎人物性格发展的结局处理，是值得考虑的。

《葫芦信》从整部长诗看来，还显得平淡些，有些平铺直叙。再从目前发表的整理本看来，在语言上虽然基本上表达出了傣族的风格，但也多少渗入了一些知识分子的腔调，显得不够和谐。

傣族人民喜爱的长诗《松帕敏和嘎西娜》

陈贵培

史料解读

　　该史料为一篇介绍文章,原载于《读书》1960 年第 2 期。在祖国西南边疆,居住着具有悠久文化传统的傣族人民。傣族人民用枳叶记载了许多流传在各村寨里的故事传说,并收藏在各个村寨的佛寺里来传承自己的历史和文化。这些长诗以优美的语言、动人的情节真实地反映了傣族人民的风俗习尚、生活面貌、迁徙、战祸,以及他们善良淳朴、热爱和平的性格特征。其中,《松帕敏和嘎西娜》是傣族人民非常喜爱的一部长诗,他们经常在夜晚和宴会上聆听赞哈讲述这部长诗,认为朗诵这部长诗可以消灾免难。《松帕敏和嘎西娜》描写了统治阶级的内部矛盾,讲述了英明的国王松帕敏为保护百姓而放弃王位,历经困苦并最终获得胜利的故事。傣族人民热衷于这部长诗的原因在于它与听众的生活紧密相关,突出了善与恶的斗争,表达了傣族人民的政治愿望和对理想生活的向往,塑造了理想的君王形象,赞美了对爱情的忠贞和对邪恶的抗争。这部长诗虽然是一部虚构的作品,但却非常真实地展现了傣族人民的精神追求。

　　陈贵培是《松帕敏和嘎西娜》的译者,他撰写的这篇文献对于我们了解和研究《松帕敏和嘎西娜》具有重要的参考价值。

原文

　　在祖国西南边疆,沿着汹涌的澜沧江两岸居住着的傣族人民,是具有悠久文化传统的民族。傣族人民智慧的祖先,"帕召古塔玛"①在茫茫的森林里,采下了翠绿的枫叶,把许多流传在各村寨里的故事传说,刻写在绿色的枫叶上,留给他的子孙。这些用枫叶记载的故事诗,从远古的年代起,一直就被自己民族珍惜地收藏在每一个村寨的佛寺里,作为教育后代的诗章。据说在西双版纳傣族自治州村寨里有一个完整的佛寺收藏着四万多册这样用民间传说组成的叙事诗。这些叙事诗一般语言优美,情节动人,而且真实地反映了当时傣族人民的风俗习尚、生活面目、迁徙、战祸,及傣族善良纯朴,热爱和平的本质。因此这些长诗几千年来就像澜沧江边上一颗颗耀眼的宝石,被自己民族无限地珍爱着,一代又一代传诵着。

　　在傣族人民无数耀眼的宝石里,《松帕敏和嘎西娜》这颗宝石闪射的光芒是比较惹人喜爱的。只要我们脱下鞋子走到傣族居住着的每幢竹楼上,好客的主人总是首先向你献上烟茶水果,然后从柱子上取下手抄本《松帕敏和嘎西娜》,向客人们朗诵,为客人祝福……

　　傣族人民极其喜爱的这一部长诗——《松帕敏和嘎西娜》——的题材虽然是描写了统治阶级的内部矛盾;残暴淫乱的王叔召刚,为了争夺勐藏巴的王位,制造了战乱,英明的国王松帕敏,不忍心看到自己的百姓在这一场骨肉相争的战祸里,遭到灾难,他宁愿丢下王冠,率妻携子走进茫茫的森林,不幸妻离子散历尽了人间辛酸,贤名四传的松帕敏,又被邻国勐西纳的百姓拥为国君。经过悲惨曲折,松帕敏终于与自己失散了的妻儿团聚在一起。历经这一场惨痛的教训后,当松帕敏听到自己祖国人民被召刚践踏得连村寨的竹楼上没有了炊烟,因而他深深觉醒了,"对魔鬼及毒蟒不能讲让";又随着苦难的百姓一道赶走了暴君召刚,使勐藏巴村寨又有了笑声。

----

①　帕召古塔玛,是傣族传说中最聪明的祖先,后人称他为佛祖。

傣族人民喜爱这部长诗的情况是惊人的,我们无论到遍地是咖啡、橡树的勐罕坝子;或者茶叶的故乡勐海地方时,傍晚在高大的菩提树下,篝火像绿色海洋里的莲花一朵一朵的闪着,人们喜欢在这样的夜里聆听自己民族的歌声,把赞哈团团围在火塘中,聆听他唱述着《松帕敏和嘎西娜》这诗篇来渡过夜晚。当我们在勐海星曼兴村茭章家做客的时候,这位六十多岁的老人向我们介绍关于这部长诗的情况,他说:朗诵这部长诗,在傣族的风习里一向认为可以消灾免难,因此每户竹楼的主人都将这部长诗抄来挂在自己家里为亲友欢聚的时候朗诵;同时过去在发生部落战争的时候和外敌侵入的时候,全村的百姓总是跪在佛像前,聆听着佛爷们朗诵着这部长诗。

为什么傣族人民会这样热衷地喜欢聆听《松帕敏和嘎西娜》呢?因为这首长诗描写了老年,青年,小孩,贵族,卫士,君王,渔人,各式各样的生活遭遇,因此能够和听众的生活情况紧密地联系起来。其次,这部长诗描写的内容,突破已往的那些纯粹以歌颂爱情为主题的圈子,而突出的写出善与恶的斗争,所以一如说是写具体的君王,不如说是写傣族人民的理想中的善政。但是作为艺术的特点来说,傣族人民用艺术的表现手法,通过这一长诗表明了自己民族对政治愿望及对生活理想的向往。从松帕敏的性格特点中,体现了傣族人民在古老的年代里拥护的是什么样的君王;从嘎西娜的性格中体现了当时傣族人民赞美的妇女形象,赞美了她对爱情的忠贞。相反的从暴君召刚身上体现出了傣族人民的憎恨和抗议。因此在那古老的年代里,傣族人民希望着英明的君王把自己部族带入幸福的生活境地,因此塑造了一个理想的君王。若说这一长诗是具体歌颂松帕敏的,不如说是歌颂自己的民族,歌颂自己民族的理想,歌颂他们爱好和平,爱好一切美好的事物;憎恶邪恶,反抗一切残暴的精神。所以谁也不会认为这个故事是真实有其事的,松帕敏真有其人的。然而它却又表现得非常的真实。

略论几部傣族古代叙事长诗的思想性和艺术特色

史宗龙　　赵自庄

史料解读

　　该史料为一篇论文,原载于《思想战线》1978 年第 4 期。傣族叙事长诗是傣族人民口头传承的文学作品,具有独特的艺术风格和深刻的主题思想。这些长诗反映了当时的社会生活和阶级矛盾,描述了劳动人民的苦难和斗争精神,同时也展现了傣族人民对纯真爱情的歌颂和对封建压迫的反抗。这些作品被傣族人民视为宝贵的文化遗产,展现了人民的智慧和追求。傣族叙事长诗以其独特的艺术风格而著称,包括独特的比兴手法、富有旋律的音韵和曲折动人的情节等。它们的语言朴实无华,尤其在情歌中表现得更为朴素。人物形象栩栩如生,个性鲜明,充满活力,描写细致入微,使读者能够深入了解他们的内心世界。叙事长诗中的神话色彩浓厚,体现了人民的愿望和追求,特别突出了人与自然的关系。傣族叙事长诗在口头文学中具有独特的演唱特点,歌手们会在叙述过程中插入自己的评价和提示,与听众进行情感交流,提升了艺术效果。这些叙事长诗多数在 1958 年至 1962 年间被发掘整理出来。

　　总的来说,傣族叙事长诗是充满艺术色彩和思想光辉的作品,体现了傣族人民的思想感情、征服自然的意志和创造新生活的决心。这篇文章对傣族古代叙事长诗的梳理既突出重点又清晰明了,具有重要的参考价值,是研究傣族古代叙事长诗的重要文献。

原文

　　傣族，是一个能歌善舞的民族，主要聚居在我省群山环抱、风景秀丽的西双版纳、德宏地区。在长期的阶级斗争和生产斗争中，傣族人民创造了许许多多优美动人的神话、传说、诗歌，深受各民族人民的喜爱。在粉碎"四人帮"后的今天，我们重读几部傣族古代叙事长诗，仿佛从这里看到在傣族古老的艺术长河中，几朵雪白透亮的浪花在灿烂的阳光下闪耀；好像被从田野上吹来的带着野花、青草和泥土气息的微风轻轻吹拂，顿觉耳目一新。这些经过傣族人民口口相传，傣族民间歌手历历吟咏的诗歌，以它鲜明的主题思想和独特的艺术风格，为民族民间文学宝库增添了光彩。

一

　　"一切种类的文学艺术的源泉究竟是从何而来的呢？作为观念形态的文艺作品，都是一定的社会生活在人类头脑中的反映的产物。"（毛主席《在延安文艺座谈会上的讲话》）由傣族人民民间口头创作整理出来的叙事长诗，同样是以艺术的形式反映着当时的社会生活。这些作品大都产生于傣族的封建领主社会，特别是它的上升时期。那时，一方面社会生活的领域大大扩大了，另一方面，阶级矛盾却日趋尖锐和复杂。人民的口头文学创作，不可避免地要融注进人民的爱和恨，反映出残酷的封建剥削以及劳动人民的苦难，同时，也反映出人民的憧憬和理想，颂扬他们不屈不挠的斗争精神。有些长诗，歌颂纯真的爱情，刻画封建领主骄奢淫逸的丑恶嘴脸，诉说不义战争的凶残，有的写了统治阶级内部的矛盾和斗争，客观上表现了人民厌恶残暴统治，追求贤明君主与和平生活的愿望。这些作品之所以有旺盛的生命力，至今仍被广大傣族人民视为珍品，正是因为它们是人民的歌。正象列宁指出的"艺术是属于人民的。它的最深的根源，应该是为这些群众所了解和为他们所挚爱的"。（转引自《马克思主义与文学》第二六页）

在《朗鲸布》（又名《一百零一朵花》）里，歌者一开头就这样明确地提出了长诗的主题：

哎，抬头望吧，傣家人，

天上最多的是星星，

地上最多的是穷人。

这是一支悲伤的歌哟，

它要诉说，穷人呀，

为什么用泪水洗眼睛。

请你们想吧，傣家人，

天上最高的是太阳，

地下最亮的是水晶。

这是一支悲伤的歌哟，

像一面没有灰尘的明镜，

它使人看清穷苦人的辛酸，

它要揭穿坏人的狠心。

确像歌者所说，这部富有浪漫主义色彩的叙事长诗，就是当时社会的"明镜"。它不但用清晰的笔触勾画出了在对百姓像虎狼一样的国王别姆玛达统治下，"穷苦的百姓眼泪汪汪，寨子里的米粮被搜刮尽，寨子里的牛羊被他抢光"，在七年不下雨的大灾害面前，"穷人在寨子里吃芭蕉根，国王在王宫里杀牛宰羊"的充满阶级矛盾的社会生活图景，而且精心刻画了嘎梅西这个穷人女儿的典型形象，通过她被选进王宫后受到种种迫害而最后毅然离开王宫的遭遇，道出了"王宫里的人和我们不是一条心"这个真理。她出生在贫穷的人家，"十二岁养活着瞎了眼的妈妈，白天上山打柴，夜晚点着松明纺纱"，但是打柴和纺纱只能糊口，不能为阿妈医病，所以当贤明的国王喜德加传下命令——找人吃螃蟹，说谁吃下一百另一只螃蟹，男的当国王，女的当王后时，嘎梅西就去到京城，当着满城的人一口气吃下了一百另一只螃蟹。她只有一个愿望："只要阿妈能医好病，一万只螃蟹我也要吃，天大的难处我也不怕。"这时的嘎梅西，纯真而又勇敢,然而这个形象之所以突出感人,更重要的是她始终保持了劳动人民的品质,维护劳动人民不可侵犯的尊严。嘎梅西虽然和喜德加互相爱慕,但在王宫里,穷人的女儿却是没有立足之地的:六个妃子嫉妒她,奸狡的巫师痛恨她,连最忠心的白胡子西纳(大臣),也说"依照古老的习惯,王宫中不能养着穷人",在他们的头脑里,"穷人"的词义是和"灾难"连在一起的。为了陷害嘎梅西,六个妃子和巫师串通一气,乘嘎梅西怀孕即将生产之际,用金钱买通战事,逼使喜德加出征,又用小花狗换了她生下的娃娃,并把娃娃丢进深坑准备活埋。喜德加战罢归来,看见妻子生的是狗不是人,深深被刺痛了心,在巫师和六个妃子的恶言怂恿下,他把嘎梅西赶出了王宫。嘎梅西从此颠沛流离,走遍高山森林,到处寻找她心爱的孩子。很显然,导致嘎梅西落到痛苦深渊的那个"古老的习惯",就是封建社会里森严的等级制度,就是不可越逾的阶级鸿沟。沉重的打击和痛苦的磨炼,使她终于懂得了"金色的王宫贫穷人不能住下",正是这个朴素的阶级意识,使得她对宫廷的豪华生活采取坚决拒绝的态度。当喜德加请她转回宫廷的时候,她回答"让甜言蜜语随风飘走吧","断了的弦结起来有一个疙瘩,破了的镜子合起来有裂痕","嘎梅西不会再进京城,她要领着她的孩子,到贫苦的寨子里,去做贫苦的人",她和喜德加决裂得多么彻底!看到这样的结局,我们不禁看到了创造长诗的傣族人民高尚的思想。此时此刻,嘎梅西留给读者的,不再是一个幼稚姑娘的形象了。

歌颂纯洁真挚的爱情是傣族叙事长诗一个突出的主题。从《召树屯》到《娥并与桑洛》,一首首爱情的诗篇,既淳朴动人,又绚丽多采,复杂纷纭的社会生活中的真、善、美与假、丑、恶通过这些诗篇显现得那么形象具体和鲜明醒目,这是长诗思想意义的又一个重要方面。

婚姻制度是整个社会制度不可分离的一个环节。在封建婚姻制度和封建礼教的约束下,青年男女的爱情与婚姻深受压抑,对自由与幸福的追求与残酷的社会现实产生尖锐的矛盾,爱情的悲剧便具有了典型的思想意义和深刻的社会根源。不少诗篇以生动感人的艺术形象,显示了这个意义,揭示了这个根源。

在《葫芦信》里,景真公主与勐遮王子的爱情是美好的,因为他们真诚相爱,还因为他们用爱情为两勐架起友爱的金桥。但是，野心勃勃的勐遮王却"象一只饥饿的老鹰"，想吃掉景真这块肥肉，他企图用毒酒毒死景真王，又准备发动战争进犯景真。勐遮王子和景真公主知道这个阴谋，便托葫芦带信给景真王，景真人民得信后做了充分准备，奋起抵抗，终于战败了勐遮。勐遮王恼羞成怒，把泄漏机密的一对青年人活活处死了。是什么力量促使他们冒着生命危险帮助将要受到侵略的人民呢？是因为他们看到"这场可怕的战争啊，不知有多少男人丧命，不知有多少女人守寡，不知有多少竹楼被烧毁，不知有多少田园被践踏"，在这里，他们的爱情已跳出个人狭小的圈子，和对人民的爱紧紧结合在一起了。这样的爱情应该受到赞美。

在《娥并与桑洛》中出现的桑洛母亲，是一个封建礼教卫道者与浑身散发着铜臭气的市侩的典型，正是她一手制造了娥并与桑洛的爱情悲剧。桑洛是景多昂沙铁（有钱的商人）的儿子，娥并是勐根一个普通人家的姑娘。两人相爱至深，"已像扭在一起的藤子，没有什么能拆散"。桑洛的母亲看不起娥并，她喝斥桑洛："你是景多昂沙铁的儿子，怎么会爱上勐根的穷姑娘"，逼着桑洛娶有钱而又粗俗的阿扁，硬要把扭在一起的藤子活活拆散。当娥并千里迢迢从勐根来景多昂找桑洛时，桑洛的母亲有意把桑洛支开，连忙"收藏了家里的金银，锁上了家里的箱柜"，"锁上装米的柜子，藏起了装菜的罐子"，然后，"脸酸得像木瓜"似的去接待娥并。她暗中装下的竹针和尖刀刺得娥并鲜血淋淋，最后，娥并被赶出家门，一步一滴血泪，回到勐根便含恨死去。桑洛闻讯赶到娥并家，悲痛欲绝，举起长刀，寻死在娥并身边。这悲惨的结局，实在是对封建礼教的深沉控诉，谁读了能不动情、能不悲愤呢？长诗在结尾时意味深长地写到"为了让两个情人永难相见，桑洛的母亲把坟墓也隔断，放了三筒竹子隔开棺材，用挑水的扁担挡在中间"，后来，两个坟头上长出根根相连的芦苇，桑洛的母亲又放火烧了芦苇，娥并与桑洛于是变成两颗星星，从火光中升腾而起，永不熄灭。傣族人民对桑洛母亲揭露得多透彻啊，一对好儿女双双被逼死，丝毫没有打动她那凶残丑恶的灵魂，于是，人民只能用不灭的星星来寄托对娥并与桑洛的美好感情，来鞭笞像桑洛母亲那样的刽子手。

情死是对封建礼教的反抗,但还不是最彻底的反抗。要争取自由与幸福必须依靠暴力的斗争。叙事长诗《线秀》所展示的主题,又比《娥并与桑洛》更深了一层。当线秀与线玲相爱后,线秀到远方寻找要赠送线玲的珍贵礼品,荒淫无耻的国王却趁机强娶线玲,线玲在国王的威胁利诱面前,坚贞不屈。而线秀则在他的朋友与人民群众的支持下,向国王发起了进攻,最后打败了国王,夺回了线玲。在这场战争中,人民的旗帜是非常鲜明的,他们说:"往日我们背上长刀,是为了砍伐高大的树木,为了征服凶猛的虎狼,今天我们举起长刀,是要去惩罚残暴的国王!"这是人民的意志,这是人民的呼声,其思想意义已远远超出了爱情的范畴,而涉及到对封建领主制度,必须用人民的力量来推翻这样一个根本性的问题了。

通过以上分析可以看出:傣族古代劳动人民世代流传,经过文艺工作者发掘整理的叙事长诗,并不像"四人帮"所污蔑的都是"四旧",都是为"帝王将相"歌功颂德的"毒草"。它是傣族劳动人民思想智慧的结晶,表达了傣族人民美好的理想和愿望;它无情地嘲讽和鞭挞了反动统治集团,揭露和批判了暴戾恣睢的剥削阶级,在历史上起到了一定的积极作用。

二

李广田同志在他整理的傣族叙事长诗《线秀》的"序"中说:"《线秀》的艺术特色是非常明显的,就是朴素的美,或美的朴素。"这个概括很凝炼,也很贴切,它是《线秀》的艺术特色,也可以说是其它傣族叙事长诗共有的艺术特色。的确,优美的傣族叙事长诗在艺术上有很多独到之处:独特的比兴、富有旋律的音韵、曲折动人的情节、惊人的想象和夸张、具有说唱特点的结构等等,而这一切,都是建立在朴素自然这样一个基础上的。

这些叙事长诗的语言非常朴素,朴实无华正是一种美。尤其是在许多情歌对唱里,极朴素的语言和比兴会使你一眼就看到歌者水晶般的胸怀,一行行诗句,简直落地有声。在有的地方,小伙子把姑娘比做"灿烂的宝石",然后唱道:"但愿我是一个银匠,把宝石镶在我的心上,世间所有的金银珠宝啊,再也不会在我眼前放光。"本来,把姑娘比做宝石倒也平常,可是,坚贞的爱情使他渴望做一个银匠,以便能把宝石镶在心上。有了这颗心上的宝石,世间所有的金银珠宝就随之黯然失色,这样新奇的联想却一点不落俗套。在《线秀》里,有这样的情节:线秀接连好几天晚上去线玲家竹楼旁弹琴表示自己爱慕之心,可线玲却一直沉默不语。这天,线秀又去了,唱道:"亮晶晶的宝石啊,开口回答吧,不讲满一个箩箩,也要讲碗豆粒那么大,我就把它包好带回家。轻轻地笑一下吧,不笑月亮那么多,也要笑一颗星星那么多,我就小心地把它放进我的心窝。"取农家常用的箩箩、碗豆做比,这真是朴素得不能再讲什么了。读着这样的诗句,能不为线秀那憨实的思想品质、那纯洁真挚的爱情所感动吗? 在一些情歌里,男女青年互相表示感情是非常微妙而含蓄的。而这种微妙的感情,则又寄托在朴素的语言里。《葫芦信》里南慕罕与召罕拉初次见面,虽互相倾心但又不知道对方是否已有别的爱人,召罕拉把南慕罕比做远方飞来的千瓣莲花,唱道:"我不知道花儿的香蕊,有没有蜜蜂飞来先尝? 就怕远方飞来的金壳虫啊,只能白白睁着眼睛在望。"南慕罕则把召罕拉比做高高的大树,然后感叹:"可怜小小的绿豆雀啊,只能绕着低低的树叶飞过。"他们一个自比"金壳虫",一个自比"绿豆雀",并非故作谦卑,恰恰是因为互相都觉得对方是美好的伴侣,对理想中的爱情既有热切的渴望又有小心翼翼的追求,既是那么大胆地表白心地,又如此微妙地传递爱情。长诗中许多表示爱情坚贞的语言,恐怕是一些文学家想象不到的,比如"你好象山上一棵大树,我是只喜鹊在树上叫喳喳;你是一口人人喜欢的井水,我是块大石头垫在底下";"你在面前,就象在冬天的火塘旁"等等。极普通、极平凡的比喻,给人的艺术感受却极清新。还有一些叫人珍惜爱情的话,比如说要把爱情"包起来"、"锁起来"等等,也恐怕是一些文学家们想象不到的。这些话乍看起来似乎有点太天真,但仔细回味一下,你就会觉得这些话里包含的炽热的情感和质朴的思想,是任何绚丽的词语也代替不了的。有些诗句连续取譬,例如:"雁儿飞出芦苇,芦苇草要摇动,星星出在天上,池塘里有它的亮影,姑娘们的话语,使线秀心里感动";"小鸟吃了果子,飞起来高高的,马儿喝了清水,跑起来快快的,线秀有了爱情,眼睛是亮亮的"。使作者要表现的东西通过常见的生活图景一下子变得明朗起来,具有一种盘旋而上的气势。傣族叙事长诗的语言之所以如此朴素,又如此妥帖、生动、传神,是因为傣族人民善于用日常生活中常见的事物来作比兴。傣族人民有这样的艺术才能,他们可以将信手拈来的事物加以改造,使它显示了"化腐朽为神奇"的艺术魅力,像上面所提到的箩箩、碗豆、金壳虫、绿豆雀等皆可入诗。一入诗,便显现出浓烈的生活气息和朴质的美感来。

傣族叙事长诗所塑造的人物形象,性格鲜明,面目各殊,在艺术手法上有很多值得借鉴的地方。

一是抓住人物的性格特征,用简炼的笔墨勾画人物的轮廓,这种勾画深深融注着作者鲜明的爱憎感情。在《线秀》里,作者对线秀忠实的朋友罕坦和岩景是满怀热爱的,当他们在人民帮助下去攻打国王时,长诗写到:"罕坦和岩景,本领最高强,走路像闪电,呐喊像雷响,弄起刀和枪,谁也不敢挡",寥寥几笔,就在激烈的战场这个背景上,勾画了两个英雄的形象。《娥并与桑洛》有一段这样写娥并:"街子上的人们看见她,想买东西的人忘了买,想卖东西的人忘了卖,拿着称秤的人,忘了把秤锤挂上,吃饭的人放下碗,错把菜盒端起。喝茶的人见了她,往碗里丢进了烟草,抽烟的人见了她,烟叶掉了还不住地吸",这里并没有一个字直接写到娥并的美丽动人,但从街子上的人们看到她的几个典型的"特写"镜头里,却足见娥并的美丽动人了。对另一个有钱人的姑娘阿扁,长诗又这样写:"她脚上的藤圈(注:带在脚上的装饰品)有绳子粗,她嘴里讲的,都是别家姑娘的坏处,她头上天天戴花,多得发髻也插不下,看见男人口水特别多,走路也要扯扯裙子和衣角",显然,在这样的姑娘身上,浮华的外表和不堪容忍的粗俗品质那么紧紧地粘合在一起,令人作呕。两个形象相比之下,我们就很容易理解桑洛为什么喜欢娥并而厌恶阿扁。长诗所讴歌的人是外貌美、内心美高度统一在一起的,它体现了傣族人民的美学理想。内心丑恶的人,往往在外貌上、动作以至表情上都是丑恶的。有些地方对反面人物的描绘,简直是一幅绝妙的漫画,在《朗鲸布》里,六个妃子挖好坑,把嘎梅西的孩子从楼上丢下,准备活埋。后来,奴仆救出孩子,妃子们发现深坑里不见了小孩时,"大山上的浓雾,没有大妃子的脸色苍白;雄鸡的冠子,没有二妃子的脸红;三妃子的眼睛没有了光;四妃子的汗水呵，像河水在淌"，阴谋败露使她们惊慌失措，但惊慌失措在各个人身上，表现形式又各不相同：一个脸色惨白，一个脸色通红，一个眼睛无光，一个汗水满面。我们似乎可以从她们的脸色窥视她们的内心：脸白的由于畏罪；脸红的出自羞愧；眼无光的已濒临半死；汗如水淌的在紧紧思谋后路……简洁的笔墨，包含着多么生动的褒贬啊。

二是长诗善于在典型环境中展开生动的细节描写，细腻地刻画人物的内心世界，以揭示其思想品质，使人物形象有血有肉，丰实饱满。在镜子般的金湖边，召树屯满怀深情向喃婼娜倾吐爱情，而喃婼娜因为胆怯，因为羞涩不肯开腔。在这里，她思想脉络的发展是靠一系列微小的动作表现出来的。开始，她的孔雀衣被召树屯藏起，她不知猎人将对她怎样，于是"微微打颤，就像风雨飘到她的身上"。当召树屯轻轻脱下自己的衣裳，把它披到喃婼娜身上，又对她轻轻歌唱时，她仍然一声不响，"但是她的眼睛，却像湖水一样波动"，眼睛是心灵的窗户，显然喃婼娜心里已翻腾起感情的浪花。当召树屯一再表明自己的忠心，并说出了名字后，喃婼娜才知道，他"原来是个勇敢善良的人"，不由得"心中暗暗喜欢"。最后，当召树屯向她起誓不管天崩地裂也不能动摇他对她的爱情时，喃婼娜才"又羞又喜，低声歌唱"，吐露了她的真情。这一系列描绘，生动细腻，层次分明，把喃婼娜善良、多情、温柔、羞涩的傣族少女的性格，描绘得惟妙惟肖。如果没有这些细节描写，召树屯与喃婼娜一见钟情，一个说"我爱你呀，美丽的姑娘"，另一个说"我也爱你呀，多情的王子"，那就索然无味了。当喃婼娜被赶走，召树屯不辞千辛万苦去追赶她的途中，成功的细节描写也一再显示了它在塑造人物形象上的重要作用。召树屯在战胜了能溶化宝剑的黑水河及互相摩擦撞击的三座石山后，来到沸腾滚卷、一片烟雾的沙石的海洋旁边，尽管召树屯英勇过人，尽管他前面已战胜了两道险关，这时却犯愁了。大风飒飒，白云飘飘，他触景生情，任凭自己的思想自由奔驰：我要是大风该多好，轻轻一吹就越过了砂石的海洋；我要是白云又多好，轻轻一飘就到了喃婼娜身旁。要是我不能过去，就让我死在这里，我死了也要化为一阵风，吹进她的屋里；要不然我就变成一朵白云，飘到她的屋顶，"早上我看她梳妆，白天我听她歌唱，晚上啊,我会感觉到,她对我的怀想"。一系列富有浪漫主义的遐想,肝胆照人,又真实又自然,使我们对长诗的主人公有了更深的了解,他的勇敢,他的坚贞,他对自由幸福的向往和追求就附丽在一个个这样感人的细节描写上。

娥并与桑洛爱情悲剧的艺术效果,集中体现在长诗的尾声上,尤其是娥并临死前的一段描写,真是惊天地、泣鬼神。临产的娥并被桑洛的妈妈暗中刺伤,又没有见到桑洛,她极度悲哀,来到森林里,生下了孩子。可是孩子却死去了。怎么处理孩子的小尸体呢? 娥并的心情充满了矛盾:"刚生下的孩子啊! 我怎舍得用泥土掩埋? 放在河里鱼要吃,放在地上蚂蚁要搬,放在池塘里青蛙要咬,只好把你放在树上,用树叶轻轻覆盖。"从这细致的心理活动上,我们看到了娥并那破碎的母亲的心,看到了她对孩子的深切的爱,而这种深切的爱表现得越充分,人们对封建礼教就越痛恨。或者说,悲剧效果越强烈,长诗的主题也就越鲜明。这样的细节描写丰富了人物形象,烘托了主题。

傣族叙事长诗中浓厚的神话色彩也是一个重要的艺术特色。不仅产生得较早的《召树屯》等长诗中,充满了引人入胜的神话传说,就是一些产生较晚的、现实主义倾向比较突出的诗篇,如《娥并与桑洛》、《葫芦信》等,也不时闪现出神话的光彩。这些神话传说,体现了人民的愿望与要求,在长诗中起了积极浪漫主义的作用。长诗所歌颂的主人公,或是自己有征服自然的超人力量,或是自己无力抵抗自然力和恶势力时,即有"天神"来保护他,这和人民的理想是紧紧连在一起的。召树屯能战胜千难万险找到喃婼娜,那是因为他追求的,是符合人民愿望的自由与幸福,人民希望他智勇双全,希望他把一切艰难困苦踩在脚下。在《苏文纳和她的儿子》里,苏文纳被禁锢在高楼深院里不能与凡人接近,就与高在天上的月亮公子成婚,这件事本身就是对高楼深院的否定,也就是对禁锢青年婚姻自由的封建势力的否定。娥并与桑洛死后变成两颗明亮的星星,同样表现了人民对他们的赞美。他们虽然死了,但在人民心目中,他们应当永生。有趣的是,"天神"虽然主宰万物,魔力无边,但他对长诗主人公的保护和帮助,却往往是受到人的召唤和感动。嘎梅西的孩子们受到陷害,最初是宫廷中正直的奴仆救了他们,奴仆为此被摩古拉杀害,他死前,乞求天神,天神就派一只神象来到森林,卷起包着孩子的大布包,把它送进了深山。在深山里,佛僧收留了孩子,但他不能养活孩子,于是他又恳求天神,天神就让他十指出奶,把一个个孩子养得又白又胖。当孩子们被摩古拉毒死后,天神也是因为同情嘎梅西,才用生命的泉水使孩子死而复生。这样的神话虽然在一定程度上溶进了宗教色彩,但它的倾向基本上是健康的,要把它们和带有宿命论的、悲观消极的宗教思想区别开来。

在分析傣族叙事长诗的艺术特色时,我们还要特别提一提它口头文学的演唱特点。傣族叙事诗和傣族人民的民间口头文学,是傣族歌手们演唱给大家听的,是人民口口相传的,因此,它具有说唱的特点。歌手们的"序歌"和穿插在故事情节发展中的歌,在其它民族文学中是少见的。它充分表现了演唱者——赞哈在叙事长诗的叙述过程中的独特作用。赞哈常常在故事的发展过程中,插进自己对故事或人物的评价,对听众的提示和关照,有的点明主题,有的起连接或转换故事线索的作用,和听众有水乳交融般的情感交流,使唱的人、听的人很自然地融为一体。

"序歌"往往开门见山地点出长诗的主题。例如《召树屯》是"献给真心相爱的人";《葫芦信》是"老人传下来的悲歌";《朗鲸布》是"看清穷苦人的辛酸,揭穿坏人的狠心"等等。此外,它还为我们描绘讲故事时的自然环境。有时,故事开始在"太阳疲倦得闭上了眼睛,雀鸟阵阵飞向森林,月亮带着星星爬上山顶"的夜晚;有时,动听的故事吸引得"太阳从树林里伸出头","公鸡也朝我搧开翅膀",把我们带进一个美妙的环境,只想听歌手娓娓动听地讲述古老的故事。

歌手们穿插在长诗中的歌,能扣住情节的发展,抓住听众的感情,适时地插进几句话,和听众交流自己的感情,加强长诗的艺术效果。当长诗叙述到娥并已经怀孕,但桑洛的母亲坚持不准桑洛娶娥并时,歌者插道:"年轻的姑娘和小伙子们,他俩的痛苦多么深! 好好听吧,我要让我的歌,打动人们的心!"当长诗叙述松柏敏与嘎西娜在躲避战乱途中妻离子散时,歌者插道:"慈爱的母亲揩干眼泪吧,你的儿子还在你身边,焦急的小伙子请你放宽心,今晚你一定会遇到心爱的姑娘,伤心的姑娘请你别失望,嘎西娜还会重见她的君王。"很显然,这段插话是歌者在不断吟唱过程中,看到人们每听到这里就心酸落泪而加上去的,听众这时感到多亲切啊,可能会破涕而笑,接着专心致志去聆听松柏敏一家人失散后又怎样团圆的吧。歌者的歌同长诗本身一样,是非常优美的。当他叙述的故事线索一段暂时停止,另一段要起头时,往往用"一枝花谢了,另一枝花又接着开"这样形象的比喻,把人们的注意力引向"另一枝花"。在一些情节有转折的地方,歌者往往想告诉人们:我的故事还长,你们好好听下去吧。可是,长诗的篇幅这样长,同样的话讲多了不是乏味得很吗? 于是,各种新巧的比喻出现了:"故事永远讲不完,像月亮落下去,第二天又升起来";"我的歌啊,像露水淋湿的树枝,又发出了嫩绿的芽";"像姑娘坐在织布机前,永远织不完那长长的线";像"漂亮的花苞,一串串垂在树上"……这些插话就象一根纤巧的针线,把长诗一部分一部分有机地穿织起来,成为一件完整的艺术珍品,显示了傣族歌手高度的组织才能。

三

通过以上分析,我们可以看出色彩缤纷、绚丽多姿的傣族叙事长诗,渗透着傣族人民纯真的思想感情及征服、改造自然和创造新生活的坚强意志,闪烁着光彩夺目的艺术光辉。这些叙事长诗大都发掘、整理于一九五八年至一九六二年。当时,伴随着生产大跃进而出现的民族民间文学的大量发掘整理,使采风运动进入了一个繁荣的时期,为诗歌创作开辟一代新风,这充分说明十七年中,毛主席革命文艺路线在民族民间文学中始终是居主导地位的。毛主席、周总理十分关心和重视少数民族民间文学的发展。毛主席很早就指出:"中国文化应有自己的形式,这就是民族形式。"周总理一九五五年春天在视察云南大学时,对从事民族历史和文学研究的教师说:"云南是多民族省份,要着重研究少数民族的历史、语言文学,过去国民党反动派压迫他们,今天我们不仅要帮助他们发展生产,而且要帮助他们提高文化。"五八年以来我省民族民间文学的收集、整理工作所取得的巨大成就,都是在毛主席、党中央和各级党组织的关怀下取得的。万恶的"四人帮"却完全否认这个事实,他们颠倒黑白,混淆是非,对民族民间文学采取全盘否定的虚无主义态度，把建国以来的民间文学工作污蔑为"黑线专政"；把许许多多优秀的民间文学作品一概戴上"封资修黑货"，"为帝王将相，才子佳人树碑立传"的帽子。白骨精江青就曾恶狠狠地说："我不喜欢民歌，我恨死了民歌。"这样，在"四人帮"的棍棒下，我省过去研究民族民间文学的机构被撤散，研究工作者被迫害赶走，傣族民间歌手"赞哈"也不敢再唱"赞哈调"了，就连傣族人民一年一度的泼水节也不能欢度了。

"四人帮"为什么这样仇恨各少数民族劳动人民创造的民间文学呢？其根本目的是挑拨民族关系，破坏民族团结，制造新的民族分裂，以此达到他们篡党夺权的罪恶目的。

当然，在阶级社会里，反动统治阶级为了维护自己的统治，或者直接宣传反动的道德观念来欺骗人民，或者歪曲、篡改劳动人民的口头创作，在人民的口头创作中塞进他们的黑货来为反动统治阶级服务，加上作者世界观和历史局限性的影响，这就不可避免地在旧时代的民间文学遗产中，掺杂进了一些封建性的糟粕及其落后观念的东西。正因为这样，毛主席才多次教导我们："中国的长期封建社会中，创造了灿烂的古代文化。清理古代文化的发展过程，剔除其封建性的糟粕，吸收其民主性的精华，是发展民族新文化提高民族自信心的必要条件；但是决不能无批判地兼收并蓄。"（《毛泽东选集》第 667—668 页）毛主席的这段教导，就是要我们对待古代的文学遗产，既不能全盘肯定，不论精华糟粕，一概"兼收并蓄"；也不能像"四人帮"那样，全盘否定，割断历史，搞民族虚无主义。

今天，华主席领导我们粉碎了"四人帮"，民族民间文学得到第二次解放，过去被"四人帮"陷害打入冷宫的优秀文学作品应该为它们恢复名誉。蕴藏在人民群众中的民间文学珍宝，我们要继续发掘整理，因为它储藏了劳动人民创造历史的丰富斗争经验和智慧，反映了各族人民的历史和斗争，收集整理这些作品是进行马克思主义的社会科学理论和历史研究工作的需要，我们要拨乱反正，正本清源，在华主席为首的党中央领导下，为繁荣祖国各民族的文学艺术作出更大的贡献。

（本文有删节）

美好的愿望　神奇的故事

——评傣族叙事长诗《三只鹦哥》

李丛中

史料解读

　　该史料是一篇评论，原载于《边疆文艺》1979 年第 7 期。《三只鹦哥》是一部傣族民间叙事长诗，展现了傣族人民的理想和愿望。尽管它不是傣族叙事长诗中的最佳之作，但它的问世标志着 20 世纪 60—70 年代遭受摧残和破坏的云南民族民间文学已经迎来转机，发掘整理工作取得了新成果。《三只鹦哥》歌颂了傣族人民的斗争精神和对幸福美好生活的追求，体现了傣族人民的理想和愿望。长诗散发出强烈的理想主义光辉，充满自信、乐观和进取的精神，风格刚健、清新且诙谐。除此之外，《三只鹦哥》以三兄弟历尽艰辛、学本领和寻找幸福的故事为主线，并且这些故事与国王斗争的基本矛盾相联系，同时又独立存在，最终在解决基本矛盾的基础上统一起来。但是，也应该看到《三只鹦哥》的不足：以情节为主，相对缺少抒情色彩；过于注重体现傣族人民的理想和愿望而忽略了人物个性的发展，使人物在作品中缺乏鲜明的个性特征。尽管存在缺点，但《三只鹦哥》展现了美妙而大胆的艺术想象，是傣族文学史中一颗闪亮的宝石，散发着耀眼的艺术光彩。

　　李丛中的这篇论文，不仅比较全面深入地讨论了《三只鹦哥》的思想内容和艺术特色，还指出了《三只鹦哥》存在的不足，比较客观，是研究《三只鹦哥》的重要参考文献之一。

原文

　　《边疆文艺》二月号发表的傣族民间叙事长诗《三只鹦哥》，是从丰富的傣族文学宝藏中发掘出来的一颗晶莹闪亮的文学明珠。

　　《三只鹦哥》在傣族的叙事长诗中，自然不能算最佳之作。但是，它的问世却表明这样一个事实：遭受"四人帮"摧残和破坏的云南民族民间文学，已从濒临绝境的状况中摆脱出来，开始有了新的转机；发掘整理民间文学作品的工作已经冲破重重藩篱，取得了可喜的成果，并预示着更加美好的前景。因此，单从这个意义来讲，也是值得高兴，值得庆贺的。

　　《三只鹦哥》是傣族人民理想和愿望的一曲颂歌。它歌颂了傣族人民与封建主势不两立的斗争精神，歌颂了傣族人民对幸福的追求，对美好生活的渴望。千百年来，在封建领主统治下的傣族人民，虽然备受压迫和剥削，但他们始终怀着一个坚定的信念：正义必然战胜残暴，美好必然压倒邪恶。同时，傣族人民也清醒地认识到：斗争的道路是坎坷曲折的，必然会遇到各种各样的困难和波折。傣族人民从生活与斗争中体味到的这些真理，必然反映到民间文学作品中，也反映到《三只鹦哥》中。《三只鹦哥》里摩罗门三兄弟的经历和遭遇，他们的困难与曲折，成功与胜利，正是傣族人民命运和遭遇的真实写照。傣族人民把他们的希望和理想，寄托在自己的英雄人物——摩罗门三兄弟身上，而摩罗门三兄弟，也正是以傣族人民希望与理想的化身而出现在叙事长诗中的。

　　长诗一开头，便明确地表示出三兄弟与傣族人民的血肉关系：

　　　　棵棵翠竹根连着根，
　　　　三兄弟和贫苦乡邻想的是一样。
　　　　乡邻的忧愁三兄弟分担，
　　　　乡邻的欢乐三兄弟共享。
　　　　…………

远乡近邻人人把三兄弟称赞:

"他们是勐不那兰西的希望!"

很清楚,叙事长诗中的三兄弟,并不是高踞于傣族人民头上的神灵,而是与傣族人民休戚与共,"根连着根"的普通人。然而,他们又不是一般的普通人,而是人民"希望"的寄托者。如果说,在傣族叙事长诗《松帕敏与夏西娜》中,傣族人民把希望寄托在贤明的君王松帕敏身上的话,那么,在《三只鹦哥》中,傣族人民则抛弃了这种不切实际的幻想,而把自己的全部热忱,全部理想,寄托在本阶级的英雄人物身上。如果说,在《松帕敏与夏西娜》中,傣族人民希望有一个贤明的君王给他们带来和平与安宁的话,那么《三只鹦哥》中,傣族人民却借助于本阶级的英雄人物的神奇力量,去推翻残暴的统治者,以求得"幸福的花朵永远开放"。塑造本阶级的英雄形象,赋予他们"英俊而倔强"的外貌与性格,让他们在经历了各种困难和曲折之后,终于以压倒一切邪恶势力的神奇力量战胜人民憎恶的统治者,在这一点上,《三只鹦哥》的思想性比起傣族的其他叙事长诗来,是略胜一筹的。

正因为摩罗门三兄弟代表了人民的理想和愿望,因此,尽管他们只是"住在朽烂的竹楼上"的普通百姓,却招致勐不那兰西国王的极大恼怒和恐惧。因为国王敏感地认识到,凭借自己的权力可以压迫人民于一时,却无法永远征服人民的心。谁掌握了人民的心,谁代表了人民的愿望,谁就最有力量。有两句诗,正好道出了国王恐惧和仇恨三兄弟的原因:"摩罗门兄弟吸引了百姓的心,我怎么当稳勐不那兰西国王?"这就说明,人民的理想和愿望,是在三兄弟一边,而违背人民愿望的国王,他的地位是岌岌可危的。国王在恼恨和恐惧之余,把三兄弟抓来,打得遍体鳞伤,这实际上是在扼杀人民的理想,扑灭人民的希望。而人民的理想和希望是绞杀不了的。因此,必然火上加油,使这种理想和愿望之火更加高燃起来,三兄弟终于立下了为人民报仇的坚强决心:"干涸了的水潭哟,终究要被洪水填满;国王欠下的血债,总有一天要他偿还!"就这样,三兄弟便到远方去学本领去了。经过了种种的困难与曲折,三兄弟不但寻找到了幸福,而且学到了战胜国王的本领,终于杀死了国王,让"久旱的土地降甘霖",让"大地又披上了绿色的衣裳",让"幸福的花朵永远开放",傣族人民的理想和愿望终于得以实现。《三只鹦哥》中的这个美满的结局,体现了傣族人民乐观主义的民族性格,同时,也"强固人们对生活的意志,在人们的心中,唤醒对现实及现实的一切压迫的反抗心"。

由于《三只鹦哥》体现了傣族人民的理想和愿望,放射着强烈的理想主义的艺术光辉,因此,就使得整个作品充满一种自信、乐观、进取的情绪,具有一种刚健、清新、诙谐的风格。傣族诗歌中那种常见的缠绵悱恻的词句,哀婉凄清的情调,在《三只鹦哥》中几乎很难发现。这一点,不能说不是长诗的一个与众不同的特色。

列宁很重视民间文学。他认为,民间文学是研究"人民心理","人民的理想与愿望"的重要材料。《三只鹦哥》的思想价值,正在于它是研究傣族人民的心理与愿望的极好材料。我们从《三只鹦哥》中,既看到了傣族人民的理想与愿望的积极方面,同时也看到了这种理想与愿望的局限性;既看到这种理想与愿望是如何的美好,又看到它是那样地朦胧和虚幻。一方面,傣族人民通过自己理想中的英雄人物的神奇力量,战胜反动的统治者,这是积极向上,充满进取精神的;另一方面,人民与反动统治者的斗争,决不是少数具有神怪力量的英雄人物所能包办得了的,只有把穷苦的人民组织起来,才能战胜强大的反动统治阶级,因而《三只鹦哥》中的理想与愿望又免不了有些虚幻。一方面,摩罗门三兄弟出身贫苦人民,确能代表人民的理想和愿望;另一方面,当他们战胜了旧的国王之后,他们又成了新的国王,人民的理想与愿望仍不免落在一个贤明君王身上。这两方面的局限性,是创造《三只鹦哥》的傣族人民无法突破的。因为这是时代的局限,历史的局限,阶级的局限。我们指出这种局限性,并非是要否定傣族人民美好的理想和愿望,也不是要超越历史的发展阶段,去苛求《三只鹦哥》中的理想人物摩罗门三兄弟,要他们具有无产阶级英雄的本质特征。恰恰相反,我们指出这种局限性,正是为了说明《三只鹦哥》是傣族社会发展的一定阶段的产物,是傣族人民在特定时代的理想和愿望、心理和情绪的历史的真实的反映。

　　傣族人民的美好理想和愿望,还渗透在长诗的人物塑造和情节结构里。傣族人民通过奇妙无比的想象,使长诗中的英雄人物带上了一种浓重的理想色彩。别的且不说,单说三兄弟化成鹦哥这一节,就够新颖别致,富于理想色彩了。它让三兄弟系上金绳,立即变成三只展翅飞翔的鹦哥,而解去金绳,又奇妙地现出英俊的青年的本相,这样的想象,不但使人感到惊奇,而且给人以诗意般的美感。尤其是长诗对美丽的鹦哥的描写,更激发了读者美的想象力。你看,那是一种多么美丽的鸟类呀:"翡翠般的羽毛,红红的嘴巴,淡红的胸脯象蓝天的一朵红云。"在这三只鹦哥身上,傣族人民赋予了多么美好的形象和多么真挚的诗情呀!傣族人民写美丽的鹦哥,其实是在抒发自己美好的理想;傣族人民抒发自己美好的理想,又不能不时时都在将这种理想倾注在自己的英雄人物身上,因此,三只鹦哥变为三兄弟,三兄弟变成三只鹦哥,在这奇妙的变幻里,我们可以体会得到傣族人民的美学理想和艺术匠心。

　　现在来谈一谈长诗的情节结构。长诗情节的主干,是三兄弟历尽艰辛,学本领、找幸福的三个故事。从表面上看,这三个故事似乎游离于长诗的基本矛盾(即三兄弟与国王的矛盾)之外,但实际,它们恰恰是为解决这一基本矛盾铺平道路的。因为,傣族人民既然把战胜凶残的国王的希望寄托在三兄弟身上,那么,三兄弟能否学到神奇的本领,便成为能否战胜国王的关键。长诗在着力描写了三兄弟学本领、找幸福的故事之后,突然笔锋一转,转到与国王斗争这一基本矛盾上,也就水到渠成,顺理成章了。这样看来,这三个故事,是与长诗的基本矛盾紧紧相连的,是长诗不可缺少的有机组成部分。

　　然而,单就三兄弟的遭遇而言,这三个故事又有其各自的特点,可以形成独立的故事。既独立,又联系,既有各自的特点,又相互制约和关联,最后统一在总的基本矛盾之上,这就是《三只鹦哥》情节结构上的特点。第一个故事,是讲大哥摩罗门的遭遇。变成鹦哥后的摩罗门被勐花董公主下的扣子套住了,读者正在为摩罗门担心的时候,突然峰回路转,不幸变成了幸福,摩罗门反而在变成英俊的少年之后,获得公主的爱情。这个优美动人的故事,一下子就把读者吸引住了。第一个故事既然一开始就把长诗的情节推到如此高的基点上,那就要求第二个故事必须更加引人入胜的艺术效果，才能使情节的发展逐步推向高潮，不致中途跌落下来。长诗的第二个故事，基本上达到了这一要求，使长诗的情节从一个高潮推到另一个高潮。摩柳面临的困难，显然比摩罗门更为艰巨，他为了戳穿莫达拉国王的诡计，几乎丧失了生命。但由于他有了魔王女儿教给他的魔法，终于使他战胜了莫达拉国王，救活了一百零一个王子，自己也获得了幸福的爱情。

摩罗门在不幸之中意外地获得幸福的故事，虽然离奇和优美，但摩罗门却处于被动地位，并非由于他主动争取而得到美满的结局。而摩柳则相反，他是从极大的危难中经过一番与邪恶势力的激烈交锋才得到幸福的，因此比起摩罗门的遭遇来，摩柳的故事更能抓住读者。故事情节发展到了这里，又怎样继续推向高潮呢？摩哄获得幸福的过程，比起摩罗门摩柳来，怎样才能具有更强烈的艺术魅力呢？这是读者关心的问题，也是长诗情节发展的成败的关键。遗憾的是，长诗在这一点上却没有满足读者的要求。摩哄的遭遇显得那样平淡，他幸福的获得，既没有遇到任何困难，也不曾经历过半点磨难，只是在一阵轻松的情歌对唱中，便得了公主霞茶诺的爱情。由于情节平静无波，整个故事发展到了这里便下去了，这是长诗的一大败笔。但是，从长诗的全局来看，这种情节发展的低潮，不是全无可取之处，它实际上又为长诗的最后的高潮作了必要的铺垫和衬托。因为，长诗的基本矛盾是三兄弟与国王的矛盾，在这矛盾尖锐化并达到高潮之前，有一个低潮来加以衬托和对比，就更能收到波浪起伏，奇峰突起的艺术效果。因此，对第三个故事成败得失的估价，也还不能过于简单化。

情节发展的最高峰，自然是三兄弟与国王的正面交锋。这时的三兄弟，已不是长诗开始的三兄弟，可以任凭国王抓去打得皮开肉绽，死去活来。这时的三兄弟，"挥舞刀枪象旋风一样"，国王的兵简直不是他们的对手，只好"乖乖地举手投降"。凶残的国王终于受到了应得的惩罚，人民战胜邪恶、争取幸福的愿望，终于得以实现。长诗的基本矛盾，到了这里得到了圆满的解决。

《三只鹦哥》是一部情节性很强的叙事诗。比起傣族的其他叙事诗来，它更偏重于以情节取胜。傣族其他叙事诗中的那种浓郁的抒情色彩，细腻的内心刻划,在《三只鹦哥》中显得比较淡薄。这不能不说[是]《三只鹦哥》的美中不足之处。然而,如果说到《三只鹦哥》的最大弱点,却主要不在缺乏抒情色采。而在于诗中的人物缺乏鲜明的性格特征上。

长诗中的人物,无论是主人公摩罗门、摩柳和摩哄,还是他们的对立面勐不那兰西国王,都缺乏鲜明的个性。读完全诗,除了记得故事情节外,诗中的人物的面目都很模糊,不能给人留下深刻的印象。造成人物性格模糊的原因,我想不外两个方面。第一,长诗力图在摩罗门三兄弟身上寄托傣族人民的理想和愿望,这本无可厚非,但是,长诗却只把摩罗门三兄弟作为理想和愿望的抽象化身,并没有赋予他们自己鲜明的个性特征,因此,长诗中的三兄弟只完成了体现主题,表现傣族人民理想和愿望的任务,却没有让他们完成他们自身性格发展的特殊任务。三兄弟成了理想与愿望的化身,却不是生活中实有的富于个性的人。第二,长诗着力于情节的安排和虚构,却不注意推动情节发展的根本动力——人物的性格,以至让离奇动人的情节掩盖了人物的个性。人物的行动,情节的变化,不是人物性格发展的必然结果,相反,是情节发展的需要驱使人物去行动,让人物去扮演情节中规定的那个角色。这样一来,人物性格当然不可能鲜明生动,人物留给读者的印象仍然是模糊不清的了。试比较一下《阿诗玛》、《娥并与桑洛》、《葫芦信》、《召树屯》等叙事诗中的人物性格,就感到《三只鹦哥》性格的刻划与塑造上,的确是颇为逊色的。

《三只鹦哥》尽管存在着上述的缺点,但是,它体现了傣族人民的理想与愿望,它那引人入胜的故事情节,它那美妙而大胆的艺术想象,仍然使它独具特色。在傣族文学史中,它像一颗闪亮的宝石一样放射着耀眼的艺术光彩。

《娥并与桑洛》史料综述

　　1959 年 6 月,由云南民族民间文学德宏调查队搜集翻译整理的傣族民间叙事诗《娥并与桑洛》刊发在《边疆文艺》6 月号上,因其反封建的爱情悲剧主题和鲜明的艺术特色,整理本在刊发后引起了学术界的关注。相关学者在《民间文学》《云南日报》等报刊上,以叙事诗《娥并与桑洛》及其整理本的评价问题为中心开始了一场广泛讨论。

　　时任云南省委宣传部部长的袁勃同志在《云南日报》1959 年 6 月 20 日第 3 版发表文章,指出搜集整理工作是有价值的,他从人物形象和艺术特点上给予了肯定,同时也指出《娥并与桑洛》在思想上和艺术上仍然存在局限性,主要表现在桑洛的形象塑造上。不过,他也承认,所有搜集到的原始材料中都存在这样的弱点,这是时代的局限性。同时他还认为长诗的前半段与后半段发展不平衡,结尾悲剧气氛也不够壮烈,原因是在过去的时代无法把悲剧气氛写得更充分,是时代的遗憾。黄斯贤在《云南日报》1959 年 6 月 20 日发表的文章将《娥并与桑洛》与中国古典文学进行比较评价,并在文章结尾提出整理者如果依照部分原始材料将娥并的母亲在整理本处理成为反面人物会更好。杨千成在《云南日报》1959 年 7 月 8 日发表的文章介绍了在《娥并与桑洛》的整理过程中,对原始材料精华与糟粕的鉴别和情节的选择与安排等“处理”方法,称在整理时力求保持原作的民族色彩,尽量保留了作品的音乐性,并且在翻译整理时没有为了形式“美观”而进行大改动,忠实地记录了底稿。

　　1961 年,《民间文学》第 9 期以《关于如何评价民间文学作品问题》为题首先发表了南京大学中文系关于《娥并与桑洛》的讨论。在《民间文学》1961 年第 9 期的相关讨论中,汪法文认为《娥并与桑洛》是一部反封建爱情悲剧,但整理本在人物塑造及情节的选择与安排上有问题——人物塑造得不够真实,应将重点放在桑洛与他母亲之间的斗争上,前半段描写娥并与桑洛形象的内容过多,且反复的比喻也不妥。他提议将桑洛塑造成一个完整的英雄形象。吴佩剑认为作品在人物性格描写上有问题,某些情节的安排也不够理想。桑洛的形象、性格前后不够统一,对母亲的反抗不够彻底,表现出了一定的妥协,以致严重损害了桑洛人物性格的完美性。汪志凯对整理过程中对原始材料中精华与糟粕的判断标准提出看法,认为在桑洛出生后,小玉、小安、小娥的唱词是色情描写。他认为作品情节的安排与选择上有问题,结尾处双方母亲的哭诉不应删除,以及人物形象不完整,前后矛盾等。

在《民间文学》1961年第10期的相关讨论中,塞福认为长诗反封建的思想主题是通过娥并和桑洛追求自由爱情的斗争表现出来的,所以正确理解娥并和桑洛的爱情关系到对整个作品的评价。作者认为渴慕自由婚姻,向往幸福生活的共同思想是他们爱情的基础和反抗封建势力的出发点,反驳了娥并和桑洛素不相识,一见钟情,爱情缺乏基础的观点。贾勋认为长诗在整理上还存在着一些问题,例如个别部分对桑洛外貌美的形容夸张且不适当,整理本中没有删除是不妥当的。作者根据其他资料对整理本中的人物形象与情节设计提出了看法,认为桑洛的形象过分软弱,前后不统一,桑洛母亲的性格同样前后不统一。在情节安排上,桑洛母亲暗害娥并的情节简略且不真实。赵景深认为,翻译、整理与创作不同,对于民间叙事诗的评价不应作不适当要求。民间叙事诗的整理应忠实原始材料。作者分别从猛根到景多昂的路程、桑洛跑至猛根的根本原因、桑洛与娥并的爱情基础、桑洛与母亲的斗争、是否需要娥并母亲的痛哭情节等几方面,反驳批评者的观点。最后,作者认为译文应该处理得更加符合汉语诗歌的习惯。曹廷伟认为评价民间文学作品时要明确整理与再创作的区别,作者反驳了部分学者对作品人物形象、情节安排、语言运用等方面提出的意见,表示这样的意见和看法违背了民间文学的整理原则。作者认为在评价《娥并与桑洛》时要将作品还原到当时的社会环境中,要用历史唯物主义的观点去看待作品对人物形象的塑造。要正确认识并尊重不同民族民间文学作品中的民族风格。朱泽吉认为在评价民间文学作品时要以历史唯物主义去衡量它的思想和艺术成就。对整理本在思想上和艺术上的不足之处提意见是合理的，但以情节否定人物斗争性格则是不科学的。作者再次提出了"整理"和"创作"的界限问题，认为在整理民间文学的过程中可以慎重加工，但不能变成创作。作者还从民间文学的口头特征反驳了对整理本中语言问题的批评。

在《民间文学》1961年第11期的讨论中，刘岚山认为要用历史唯物主义观点去分析民间文学作品。作者从民间文学的口传特性出发，认为对民间文学的搜集整理要忠实记录、谨慎选择，不能无中生有地加以创造。同时，作者认为叙事诗不完善的原因在于原始材料的缺失或整理工作的失误。朱宜初介绍了叙事诗的整理过程，并对未能进入整理本中的部分原始材料进行了列举。春阳和碧粒认为要确定民间文学和作家文学的界限，对待民间文学作品，可以指出其局限性或是针对整理工作提出建议，但是不能提创作建议。作者充分肯定了叙事诗及整理本的成功，同时就叙事诗本身存在的局限性提出了关于整理工作的建议，包括原始材料的选择与设计、翻译的韵律问题。董源在《云南日报》1961年12月18日发表的文章中认为从民间文学的搜集整理原则来说，汪法文同志的评价过分强调创作，刘岚山同志的看法又缺少主观性，作者认为民间文学的搜集整理原则是在忠实原作的原则上进行适当的加工、创作，使原作品成为完美的艺术品。

在《民间文学》1961年第12期的讨论中，吕光天从傣族的历史背景出发对整理本进行了分析，对整理本材料的选择、情节的设计等问题提出了自己的见解。作者认为，要从少数民族的社会生活背景出发开展少数民族民间文学整理工作。傣族作家刀成兴对叙事诗的整理工作提出了意见，内容包括原始材料的选择、汉译本翻译质量不高等问题。最后，作者从本民族视角指出了整理本中的部分不当之处。李岳南从民间文学的整理原则、口头文学的特点等几方面反驳了对叙事诗的相关批评，并针对作品的整理翻译问题提出了自己的意见。作者认为，整理本在情节的设计安排、翻译的汉语韵律等方面可以更进一步。

在《民间文学》1962年第1期中，刘廷珊、傅光宇和马永福基于原始材料的内容,对整理本的成功表示了肯定。同时,他们也指出了整理本的后半部分存在情节选择与安排上的问题,并以原始材料为基础进行了相当具体的分析。文章的最后,作者对叙事诗的整理方法提出了具体意见。

需要指出的是,《民间文学》1961 年第 9 期在其开辟的"关于《娥并与桑洛》的讨论"的专栏中,发表"编者按"对此前发表的讨论进行了评述:"南京大学中文系关于傣族民间叙事诗《娥并与桑洛》的讨论,表现了百家争鸣的精神。讨论中提出的问题很多,例如对于古代民间文学作品的整理、精华与糟粕的辨别,以及对作品的主题思想、人物形象、情节结构、语言的理解等等。这些问题,都涉及到关于如何评价古代民间文学作品的问题。我们认为,这种讨论很有意义,特别是对于如何正确的批判地继承古代民间文学遗产来说是有益处的。"这对此后《娥并与桑洛》的讨论起到了积极引导和推动作用。

这一时期,我国少数民族民间文学研究处于草创期,受特定历史语境的影响,相关理论并不成熟。但从这次讨论中我们仍可以看出这一时期少数民族民间文学发展的进步姿态。这场关于《娥并与桑洛》的大讨论,除了体现了这一时期学界对叙事诗《娥并与桑洛》的认识之外,最重要的是辨析了这一时期学界对民间文学的认识问题。从《民间文学》早期关于作品情节人物以及语言等问题的批评,到中后期从少数民族民间文学特点出发对叙事诗的评价以及以原始材料为基础对整理本及整理工作的意见,可以发现,这一时期对民间文学的认识在讨论中逐步明晰。另外,讨论还涉及了如何更好地进行少数民族民间文学搜集整理及翻译的问题,客观上推动了少数民族民间文学搜集整理及翻译工作的进步。特别是民间文学"整理"与"创作"的辨析和两种不同观点的论争,也为后来规范的确立提供了参考。这是这场讨论的最大意义和收获。

一部优美生动的叙事诗

——介绍傣族民间长篇叙事诗《娥并与桑洛》

袁　勃

史料解读

　　该史料为一篇介绍，原载于《云南日报》1959 年 6 月 20 日第 3 版。广泛流传于傣族聚居区的叙事长诗《娥并与桑洛》成功地运用了傣族民间诗歌朴素的形式，表现了反封建的重大悲剧主题，大胆而尖锐地揭露了以桑洛母亲为代表的封建家长制与包办婚姻的罪恶，歌颂了娥并与桑洛为争取自由爱情而反抗和牺牲的精神。《娥并与桑洛》表现出的反封建的愿望与意志，唤起了傣族人民的共鸣，因而产生了极为深远的影响。《娥并与桑洛》在内容与形式上的高度统一，使其在艺术上获得很高的成就。在艺术手法方面，《娥并与桑洛》采用大量的比喻、夸张、对比、陪衬等手法，用个性化的语言成功刻画了娥并、桑洛、桑洛母亲和阿扁一群生动的人物形象，表现了反封建的内容。同时，本文作者也认识到了《娥并与桑洛》的不足，在思想上和艺术上仍然存在着一定的局限性，比如后半段的描写不如前半段细腻、丰富，悲剧气氛也不够壮烈，其原因在于在过去的时代难以找到好的出路，无法把悲剧气氛写得更充分。1958 年底，云南大学中文系师生组建了民间文学调查队伍，正式开始发掘与整理《娥并与桑洛》。这次整理虽未做到全面，但因长诗本身具有较高的艺术性，且经过认真严肃的搜集整理工作，故该整理本具有较高的价值。

袁勃对《娥并与桑洛》的介绍,比较全面也比较深刻,既看到了优点又看到了不足,凸显了《娥并与桑洛》的文学价值,为此后进一步研究《娥并与桑洛》奠定了坚实的基础。

原文

《娥并与桑洛》是一部优美生动的叙事诗,是一个反封建的爱情悲剧。它广泛流传于云南德宏、西双版纳、耿马等傣族聚居区,在傣族人民中有极深广的影响,特别在德宏傣族中更是家喻户晓。傣族人民永远热爱和铭记着娥并与桑洛这两个青年的形象,世世代代地传诵着它。

对于《娥并与桑洛》的发掘,早从一九五三年起就进行了一些工作,但系统深入地发掘和认真地整理,却是在一九五八年底,由云南大学中文系师生,组成了一支专业的民间文学调查队伍,对傣族文学进行了半年的调查、研究工作,搜集了比较丰富的资料以后整理出来的。当然,这个整理本还仅仅是一个开始,一个起点,还不能说是最后的完整的本子。比如流传在西双版纳和耿马等傣族聚居区的资料,还没有来得及系统搜集。虽然如此,由于流传于德宏傣族地区的《娥并与桑洛》本身具有较高的艺术性,是优美生动的,这次的搜集与整理工作也是认真的、严肃的,因而它是有价值的。

《娥并与桑洛》的出现,在傣族文学中不是偶然的。它是千百年来傣族人民艺术创造才能的体现,是经过傣族人民千锤百炼的集体创作。它不仅在傣族文学发展上具有重大的意义,也在傣族人民的生活中有着深广的影响。在过去,傣族人民,尤其是青年男女,不仅把《娥并与桑洛》作为一部优秀的艺术品来珍爱,而且成为他们的愿望与感情的寄托。由于《娥并与桑洛》成功地运用了傣族民间诗歌朴素的形式,表现了反封建的重大悲剧主题;由于它大胆而尖锐的揭露了以桑洛母亲为代表的,封建家长制与包办婚姻的罪恶,歌颂了娥并、桑洛这一对为争取自由爱情而反抗和牺牲的叛逆者,代表了人民反封建的愿望与意志,因而能够唤起傣族人民的共鸣,得到广大人民的喜爱。同时,却引起了统治阶级的仇视。过去的封建统治者、宗教徒们对它进行了无耻的扼杀与窜改。他们禁止人民讲这个故事，禁止手抄本的流行，说它是一部"少书"①，"读了要倒霉三年"，宗教徒说桑洛是佛变的，是混西迦②送下凡的"阿暖"③等等。这一切并没有丝毫影响长诗的流传。统治阶级所憎恨的，正是人民所热爱的。不同的阶级对《娥并与桑洛》的不同态度，是历史对《娥并与桑洛》的最好的评价。

《娥并与桑洛》是一部反封建的爱情悲剧。它的丰富思想表现在它所描写的生活真实中，充满浪漫情调，引人入胜。它一方面攻击了以桑洛母亲为代表的旧的势力对青年爱情的无理戕害；同时，尖锐地反映了人民的思想愿望与旧的势力间的冲突和不可调和的矛盾。一方面是揭露，一方面是颂扬。揭露的是那样深刻，歌颂的又是那样富有色彩。这说明了傣族人民把自己的愿望和美的理想寄托在这对青年的爱情上。它体现了傣族人民对自由爱情与幸福的追求。娥并和桑洛的相会，充满了优美、明朗、幸福的音响和抒情的色调。在他们的爱情的歌颂与赞美中，我们看到了人民的意志，看到了人民对于封建势力的仇恨。因为这样美好的爱情，以桑洛母亲为代表的封建势力却不愿理解，也不能理解。他们只知道金钱，只知道维护家长制的尊严，把庸俗丑恶的审美观点和利欲加在年青人的头上，硬要桑洛按她的愿望，放弃他的爱情去娶阿扁。并借此阻挠和迫害他的爱情。这使他们的爱情成为了更有力的控诉。

桑洛是一个富有反抗性的形象，人们创造和歌颂了他与娥并美好、纯洁的爱情；桑洛是一个充满理想与追求自由的形象，为了追求新的生活、新的感情而出门，最后为了爱情而牺牲。然而，对自由与爱情的追求，还不是长诗力量的根本所在，这部长诗的真正力量是在于通过它所塑造的美好形象，表达了青年一代的叛逆的意志、反抗的声音。桑洛反抗家长制和包办婚姻必然的悲剧结果，正是对傣族封建旧秩序的揭露与批判。这便是这部长诗最高的思想意义。

《娥并与桑洛》在艺术上的成就，也是很高的。首先在于它的内容与形式的

---

① 少书：不正经的书。

② 混西迦：傣族传说中的天神之一。

③ 阿暖：傣族人民理想的古代人民英雄的总称和典型。这里阿暖的概念是被歪曲了的。

高度统一。也在于成功地运用了傣族的独特的表现方法,以傣族民间诗歌朴素的形式,表现了反封建的内容。《娥并与桑洛》中的人物形象是突出而鲜明的,长诗大量地采用了比喻、夸张、对比、陪衬等等手法,特别是对人物的描写巧妙地运用了侧面的对比和烘托。它继承了傣族文学抒情与叙事交融的特点,用个性化的语言成功地刻画了桑洛、娥并、桑洛的母亲和阿扁这一群生动的人物形象。

当然,《娥并与桑洛》在思想上和艺术上仍然存在着一定的局限性,主要表现在桑洛这个具有决定意义的形象的塑造上。桑洛回到景多昂以后虽然与母亲展开了冲突,但都显得犹豫和不够坚决,他二次去看娥并,但却不敢娶回娥并,只是在家里等娥并来。在这一过程中,桑洛的形象是停滞的、没有发展的。这在所有搜集到的抄本和资料中都存在这样一个弱点。当然这个弱点是与过去时代的局限性,封建家长制统治势力的强大联系在一起的。"当旧秩序是世界先在的权力,反之,自由还只是个人理想的时候,便是旧秩序还相信自己的合理性,而且不得不相信的时候,那时的历史是悲剧的。"(见马克思:《德法年鉴》中《黑格尔法律学批判》,转引《文艺理论学习参考资料》七八二页)在人物塑造上是如此,而表现方法上,长诗的前半段描写欢乐的场面,运用比喻,讽刺性的夸张很成功,有声有色,也很细致。但后半段则略嫌薄弱,悲剧气氛也不够壮烈,描写上也没有前半段细腻、丰富。其原因,可能是,也不能不是由于在过去的时代难以找到好的出路,无法把悲剧气氛写得更充分。这正是时代的悲剧。

一朵绚丽的花朵

——漫谈《娥并与桑洛》[①]并提出一点商榷意见

黄斯贤

史料解读

  该史料为一篇评论，原载于《云南日报》1959 年 6 月 20 日。长诗《娥并与桑洛》深刻揭示并控诉了封建宗法制度的罪恶，歌颂了追求自由幸福的青年男女对封建制度的反抗和不妥协。《娥并与桑洛》与汉乐府中最长的一首叙事诗《孔雀东南飞》有许多异曲同工之妙。在人物塑造上，桑洛比焦仲卿更富有反抗性，至死与母亲斗争；而焦仲卿则较为软弱，一副委曲求全的形象。相比于《孔雀东南飞》，《娥并与桑洛》更富于浪漫主义，有更多的比喻与夸张手法，体现了傣族文学的独特色彩。经云南大学中文系师生组建的民间文学调查队的搜集与整理，这首长诗呈现出了完整且生动的面貌。然而，本文作者认为，仍有个别问题值得商榷。如对娥并母亲形象的刻画，整理者将其设定为正面形象，本文作者却不认同这一处理方法，认为这并未使娥并与桑洛的命运得到丝毫的改变。反之，若将娥并的母亲处理为反面人物，更能体现出悲剧的必然性，从而使娥并与桑洛的反抗精神更有力量。

  黄斯贤对《娥并与桑洛》中母亲形象的处理所提出的"设想"，关系到如何整理的原则问题，无论何时，尊重民间文本的原生形态都是基本原则。

---

① 编者注：原文书名用的是引号，为符合现行阅读习惯，改引号为书名号，全文同改。

原文

读了发表在《边疆文艺》6 月号上的傣族民间叙事诗《娥并与桑洛》，我觉得这是一朵民族民间文学的绚丽的花朵。

长诗生动地叙述了景多昂地方的桑洛不顾母亲的阻挠破坏，坚决要与猛根地方的姑娘娥并恋爱结合，但由于封建家长制的体现者——桑洛的母亲的百般反对，并卑鄙地使用了许多阴谋，造成了这对年青美丽的情侣死亡的悲剧。通过这悲剧深刻地揭发和控诉了封建宗法制度的罪恶，歌颂了要求自由幸福忠实于爱情的青年男女对这制度的反抗和不妥协。读了这首诗，我们自然会联想到千多年前汉乐府中最长的一首叙事诗《孔雀东南飞》。这两首诗有许多相同的地方。就主题来说，都是反封建宗法制度的。焦仲卿与刘兰芝的悲剧主要是焦母造成的，这和娥并与桑洛的母亲一手造成的相似。由于我们对《孔雀东南飞》的熟悉，因此读了这首长诗，也感到特别的亲切。

但《娥并与桑洛》毕竟是《娥并与桑洛》，它有自己的许多特色。如桑洛的个性比之焦仲卿则更富有反抗性，他至死也坚决与母亲做斗争，从不妥协；而焦仲卿则是一味的委屈求全，软弱，不敢反抗母亲。《娥并与桑洛》更富于浪漫主义，有更多的比喻与夸张，色彩更鲜艳，这正是傣族文学的特色，如写桑洛的出生就很不平凡，生他之前，他母亲曾梦见天上"一颗最明亮的星掉了下来，在她手上闪闪发光，所有的亲戚朋友都跑来看望，她赶快把星星往裙子里藏"。这正是浪漫主义的表现手法。

作为此诗最大的特色是优美、生动、形象的比喻很丰富，如："桑洛哥哥呀，假如你是一朵花，我要睡在你的花瓣下，夜晚闻着你的芳香，早晨看着你开放。"此外用侧面描写烘托人物形象也很突出，如写娥并"比棉花还白，比云彩还要柔和"、"手指象竹笋、声音像口弦"，又侧面写她："街子上的人们看见她，想买东西的人忘了买，想卖东西的人忘了卖；拿着称杆的人，忘了把称锤挂上；吃饭的人放下碗，错把菜盒端起。"这又与汉乐府《陌上桑》写罗敷的美是"行者见罗敷，下担拄髭须。少年见罗敷，脱帽着帩头。耕者忘其犁，锄者忘其锄。来归相怨怒，但坐观罗敷。"两者的刻划都有异曲同工之妙。这侧面描写，把娥并的美丽形象刻划得更鲜明了。

这首长诗的收集，以及情节的安排，材料的整理等工作，省民族民间文学德宏调查队（主要是云南大学中文系师生）付出了辛勤的劳动，才使得这首诗以完整的生动的面目出现。但在个别问题上我觉得还可以商榷，如部分原始材料中娥并的母亲反对女儿和桑洛的爱情，而整理者认为"如果把两位母亲都处理成了反面形象，将使人物形象显得太单调，且娥并的母亲反对女儿的爱情也缺乏根据"。因此把娥并的母亲处理成了正面形象。我以为这样的处理，并未使得娥并与桑洛的命运有丝毫改善和帮助，因为"那时的历史是悲剧的"，正是娥并与桑洛的悲剧的必然结果，与个人的关系是无足轻重的。但若把娥并的母亲处理成为反面人物，将使他们的爱情碰到更无情的境遇，而使悲剧的必然性更明显，而对娥并与桑洛两个青年的反抗精神更有力量。前面提到的《孔雀东南飞》里的焦仲卿与刘兰芝两人，不仅遇到焦母这样的反对者，还碰到刘兄与刘母的反对，因而使我们看到他们在那样的处境下，不可能有丝毫自由的希望，悲剧的命运是注定了的。如果为了"不使人物显得太单调"而对娥并的母亲作了宽恕的处理，我以为这也是缺乏根据的。这个意见仅供参考，不对的地方请大家批评。

这首诗的发掘和整理，都是在党的关怀与领导下进行的，说明了党对民族民间文艺的重视。我省是多民族的省份，民间文学的宝藏极为丰富，更多的优美诗篇还待我们去发掘，希望今后有更多的优美作品涌现。

整理《娥并与桑洛》^①琐记

杨千成

史料解读

　　该史料为一篇经验介绍，原载于《云南日报》1959 年 7 月 8 日。《娥并与桑洛》是广泛流传于傣族社会的叙事长诗，几百年来深深地影响着傣族人民。然而，封建统治阶级对其进行了扭曲和窜改，使之染上了浓厚的迷信色彩。因此，对该作品的首次整理工作主要在于准确理解《娥并与桑洛》所表达的反封建内涵，探寻主人公的真实原型，恢复原诗的光辉主题。作者强调，在本次史诗整理过程中，以对桑洛形象塑造得较为完整的第一种底本为基础，参照其他底本，围绕着桑洛对理想和爱情赤诚不渝的形象对故事情节进行了相关处理。除了情节的设计与安排，还考虑了语言文字的处理，在体现生动音乐性的基础上力求保持其独特的民族风格与色彩。

　　杨千成是整理《娥并与桑洛》的重要成员之一，他的这篇琐记使读者体会到了整理《娥并与桑洛》的初衷，对研究《娥并与桑洛》具有重要的参考价值。

---

① 　编者注：原文书名用的是引号，为符合现行阅读习惯，改引号为书名号，全文同改。

原文

　　云南的天空,云南的土地,被各族人民的智慧和艺术点缀得晶莹秀丽,万紫千红。这里,有洱海上空飘动着的"望夫云";有高山与大河之间传来的"阿诗玛"的回声;在碧蓝的夜空中,又升起了一颗闪耀的明星——《娥并与桑洛》……这些,不只增添了祖国文艺花坛的春色,而且,作为各民族人民的思想、生活和斗争历史的结晶,它们永远散发着自己独特的色彩和芬芳。

　　但是《娥并与桑洛》曾经广泛流传于傣族各个地区,各个阶层。从二百年前左右诞生以来,就深深地影响着傣族人民的思想、生活和艺术。由于它流传的广泛,影响的深远,就不可避免地受到封建统治阶级对它别有用心的歪曲和窜改,并染上浓厚的迷信色彩。于是,这部反封建的叙事长诗便在不同的手抄本上存在着不同程度的糟粕。参加整理工作的同志们,所面临的第一步工作,就是要从这些原始材料中,发掘出原诗主题的光辉和主人公形象的真实原型。

　　在许多底本中,我们发现了第一种底本对桑洛形象的塑造比较完整,就以它作为基础,并参照其他底本进行整理。它的完整性主要表现在下面三段。当母亲禁止他出门时,他唱道:"我只想走进深山老林,自由自在的满山跑,可惜不能随我的心;我象一只大象,被人紧紧地关在屋里。"这表现了桑洛追求自由的愿望得不到实现的苦恼。当他找到了娥并,与娥并在河边相会时唱道:"我的爱情呵,无法隐藏! 我不讲就要唱,不唱就要讲。"这是桑洛思想和性格的表白,无畏的誓言。最后,他在被母亲害死的娥并身边唱道:"象山一样的爱情,被狂风吹倒了! 留着桑洛一个人,活着也不再有生命。"这悲壮的悼词,是桑洛形象的最高体现。事势至此,他何惜乎一死。他的理想和爱情高于自己的生命。他对理想和爱情的赤诚不渝而不会妥协,在那样的时代环境中,他的悲剧就不能不产生。抓定了这个形象,我们就对故事情节进行以下的处理。

　　一、第一个底本的前段,写沙铁(富翁)祈求儿子的时候,把剥削者的挥霍、积善事和施功德大大宣扬了一番。这显然是宿命论的反动宣传,我们把它删去了。

二、有好几个底本对桑洛出门只几句带过,没有写母亲的阻拦和桑洛的苦闷和斗争。我们采用了第一个底本,强调了桑洛和母亲在对美和对生活的看法上的分歧。因为:这是冲突的种子。

三、原材料中有两种描写桑洛从猛根回家后的情况:一是他自己请了媒人到娥并家求婚;一是他独自偷偷跑到娥并家住了许久。一般说来,这两种处理都能表现桑洛对爱情的忠贞与无畏。但我们选了第二种。我们想,桑洛此时最大的期望是永远和娥并住在一起。他坚信自己的愿望是合理的。他对于一切封建旧礼教早已置之度外。

四、结尾时,主人公在森林或在家里死去好呢?两种处理都各有好处。但为了照顾傣族人民的一般习惯和记忆,依据较多底本的写法,我们把结尾处理为死在家中。这样处理对诗的形象的完整并无多大关系,只不过和死在森林的气氛和意境不同而已。

以上几点,是对精华与糟粕的鉴别,对情节的选择和安排。这只完成了骨骼定型的任务。进一步就是形式的处理了。《娥并与桑洛》象产生它的人民的生活和自然环境一样:优美,抒情,充满乐观的跳动的生命力。在音乐性上,它的节奏是多变的,但又以柔和婉转为主。我们在整理时就尽量保留这个风格。傣族诗歌每句的字数长短不一,不象纳西族、撒尼族或汉族民间歌谣,多以固定的五、七言为主。语言上的这种"自由",使我们在翻译整理时不至于煞费苦心地为了形式"美观"而凑字数、凑句数,一行可以写完的不必排成两行,五句才能成一小节的也用不着硬压成四句。我们极严格地忠实地记录了底稿,力求保持原作独特的民族风格和色彩。

《娥并与桑洛》存在的问题

汪志凯

史料解读

　　该史料为一篇评论，原载于《民间文学》1961 年第 9 期。本文从三部分探讨《娥并与桑洛》存在的问题。首先，关于精华与糟粕的问题，作者认为整理者删去宣传宿命观点及某些色情部分是正确且必要的，但为了衬托桑洛的外在美，整理本保留了小玉、小安、小娥抱着桑洛歌唱时，对婴儿想入非非的唱词这一情节，客观上是色情的宣扬。关于主人公的爱情只表现于外在美而缺乏思想内容的观点，本文作者认为，这一想法未免过于苛刻，一见钟情既是对封建制度的反抗，也是封建制度的特殊产物。其次，关于情节的安排与选择，作者强调这一问题主要依据情节本身是否合情合理，是否紧凑，是否有助于人物形象的构成。最后，作者认为长诗中的某些人物形象不够完整，分别列举了不同情节以展现其个人观点。

　　本文提出的《娥并与桑洛》存在的三个问题，其中后两个问题把握得比较准确，但是认为小玉、小安、小娥抱着桑洛歌唱的唱词有色情的宣扬，未免夸大其词。

原文

　　关于《娥并与桑洛》的思想性与艺术性，我基本上同意袁勃同志在"代序"中的观点。这里仅对一些具体问题提出商榷。

一、精华与糟粕问题

整理者在整理中所持的态度是正确的,删去宣传宿命观点及某些色情部分(如老太婆也想和桑洛谈情)也是必要的。可惜的是仍有某些色情描写未能删除。如桑洛出生后,小玉、小安、小娥抱桑洛时的唱词:"可惜我们相差太远,好象大刀和斧头。你快快长大吧! 我们闻闻香味就够了。"这里为了陪衬桑洛的外在美,竟不惜糟蹋了一群姑娘们的性格。年青的姑娘竟对婴儿想入非非不是大笑话吗? 客观上也是色情的宣扬,与老太婆想与桑洛谈情是同一回事。

有人认为两人的爱情基础只是外在美,缺乏思想内容,这种非议,也未免太苛求了。首先在封建社会,一见钟情既是对封建制度的反抗,也是封建制度的特殊产物。汉族的《西厢记》,欧洲的《罗密欧与朱丽叶》都因彼此的美貌开始相爱的,而内在美则从以后情节中和人的活动中显现出来。外在美是否写得太多? 是多了一些。不过主要应看是否有损于主题、是否流于色情。描绘多些少些,绝不应作机械的要求。

二、情节的安排与选择

这要看情节本身是否合情合理,是否紧凑,是否有助于人物形象的构成。

1.整理者在娥并走进了桑洛的寨子时写道:"没有一个人来接她,也没有人和她打招呼。"把景多昂的人写得这样冷淡,既不真实,也不利于情节的发展。假如在这里能穿插些景多昂姑娘的热情迎接与夸赞,就会使娥并的形象更完整更美,给人的印象也更深刻。

娥并抓饭致死的一段,"娥并去抓饭,刀刺进了她的手指,娥并痛得昏了过去。……"看吧,多么蠢笨的娥并啊! 如果不是十分粗鲁的话,碰破手指是可能的,但不会因伤重而晕过去。再加上门墙的一些竹针,就弄得"鲜红的血啊,浸透了娥并的衣服",且因此致死。这里,因为把桑洛母亲的阴险简单化了,也就削弱了娥并的勇敢机智的性格。

2.整理者有意回避两家母亲的哭诉是不应该的,这极大地损害了悲剧气氛,给人以全诗结构头重脚轻、高潮不高的感觉。娥并母亲的痛哭,会博得读者深深的同情，引导读者去痛恨丑恶的社会制度与丑恶的人。桑洛母亲的痛哭，是阴险狡猾者的可耻下场，这种恶人得恶报的情景，不仅满足了读者的要求，而且有助于情节的完整。另一方面，桑洛母亲本身是封建制度的体现者，也可以说是封建制度的"牺牲者"，可以引导读者更深刻的认识罪恶的渊薮何在。

娥并与桑洛死在家里好，还是森林里好，这无关重要。问题在于孩子的死，假如能死在一处或许使情节更紧凑更集中些。要不然，在娥并与桑洛临死时或者在化作星辰的结尾部分中，加上声声叫唤桑洛的小鸟的哀啼，该有点好处吧。

三、形象的完整性问题

该诗某些人物形象不够完整。

1.桑洛的母亲：在开始几章，她表现为一个温厚的带有一般封建意识的妇女，后来却突然变成凶神恶煞了。使人深感突如其来。

2.娥并：第七节中的娥并是勇敢机智、沉着大方。如"娥并悄悄地出了门，走了很远又换上另一件衣裳。……娥并稳稳地走在街子上，……走得大大方方"。但受暗算的一段就显得有些蠢笨。

3.桑洛：把桑洛写得脆弱些是可以的，他是在养尊处优的生活环境中长大起来的，也不可能不脆弱。《孔雀东南飞》的焦仲卿、《白蛇传》的许仙都是这一类典型。问题也在于前后矛盾。

第九节开始写桑洛的忧郁，这是可以理解的；但因为要娶娥并与其母第一次冲突，性格的发展却又太快了。"你不准我娶娥并，我偏偏要和她成亲，如果你真不答应，从此我不叫你母亲！"照理桑洛就会再去猛根或者设法接娥并了，但他却让娥并日夜等待，以至等她找上门来。

写两位母亲、娥并与阿扁，写美与丑的对立，以及写两地的美丽姑娘的群像与娥并，这种烘云托月的手法都运用得颇为成功。但写阿扁的母亲"走起路来洋洋得意，踩在狗尾巴上也不觉得"就颇嫌累赘了。这里专谈缺点，但我是在肯定这部优美的叙事诗的基础上提出的。

对于桑洛性格描写的一点意见

吴佩剑

史料解读

该史料为一篇评论,原载于《民间文学》1961 年第 9 期。本文作者认为,《娥并与桑洛》在人物性格和某些情节的安排上不能完全使人满意。作者在读完长诗后,并没有在头脑中呈现出一对十分鲜明的、具有反抗精神的人物形象,只留下了一些美感而已。同时,作者认为桑洛这个人物的形象、性格,前后不够统一。从故事情节上看,作者认为长诗的情节也安排得不够理想,如景多昂有许多漂亮的姑娘都喜爱桑洛,但桑洛却一个也不选;再如娥并与桑洛本不相识,但从两人初次见面的场面来看,作者认为两人不像是一对不相识的青年男女,等等。从人物形象上看,作者认为桑洛对母亲的反抗不够彻底,表现出了一定的妥协,以致严重损害了桑洛人物性格的完美性。

本文虽然是一篇短评,但是对于桑洛人物性格的意见还是比较中肯的,触及原民间文本中桑洛的性格问题。对于研究桑洛这一人物形象具有一定的指导意义。

原文

《娥并与桑洛》这篇傣族民间叙事诗,描写了一对青年男女的爱情悲剧,从故事的思想内容来看,在历史上有它的重大意义和进步作用:反对封建家长制度,要求自由婚姻。这样的行动是值得歌颂和赞美的。

但是作品在人物性格描写上和某些情节的安排上,还不能完全使人心服和满意。当我第一次读完这篇叙事诗以后,在我的头脑里并没有呈现出一对十分鲜明的、具有反抗精神的人物形象,它只给了我一些美感。这里作者是用侧面的描写手法来烘托出主人翁的美,但是很不具体。后来我又重读数遍,结果还是没有加深我在这方面的印象,相反的越来越觉得桑洛这个人物的形象、性格,前后不够统一。故事情节安排得也不够理想。比如,景多昂有那么多漂亮的姑娘,她们个个都喜爱桑洛,而桑洛却一个也不选。他怎么知道千里之外的猛根,有这样一位最理想、最美丽的姑娘在等着他呢? 再说,娥并与桑洛本来是不相识的,然而从他俩初次见面的场面来看,根本不象是一对不相识的青年男女。如"娥并东张西望,到处寻找桑洛,街上一阵马蹄响,桑洛和他的朋友赶街来了⋯⋯娥并与桑洛,今天相会了。"从这里看来,好象他俩早就认识了的。但作品没有作明确的交代,显得有些巧合。

从作品中看,桑洛本是一位能说、爱唱,讨人喜欢的人。但当他第一次离开娥并,回家以后忽然变成了另一个人。"⋯⋯亲戚朋友都来欢迎,⋯⋯家里挤满了客人,大家都有说有笑,只有桑洛,满脸的愁苦,一句话也不说。"这样的描写似乎太不合情理,这位好客的人,怎么为了自己的爱情(当然不能用现代的水平去要求他)一下子就变得这样不近人情。再说,他的回家是带着爱情,充满希望来和母亲商量,准备娶回娥并。因此,以我想,这时的桑洛应该是热情奔放、满怀喜悦,高高兴兴的招待久别的亲戚朋友。因为他这时还未遭到母亲的拒绝。他为什么这样不高兴? 想念娥并这当然是可以理解的。但他为什么整天忧愁? 什么话也不愿讲呢? 这真叫人不可理解。照理他应该实行自己的诺言:"我回家要告诉母亲,准备好礼物,骑上马,再来娶你。"现在这样的表现又怎能表明他对娥并的真挚的爱? 又怎能表明他的反抗精神呢? 他不向母亲开口,只是想念娥并。其结果,只得带着满心忧伤,偷偷地来到娥并的身旁,从此他就安安稳稳地在猛根住下。在这里他根本不考虑怎样才能将娥并娶回家。更不能使人心服的是,他第二次和娥并告别的时候,他对娥并说:"亲爱的娥并啊,你不要发愁,不过一个月,我一定来接你。我去了很快就来了。你等着我吧。"可是他回家以后又怎么样呢?虽然他这样的回答过母亲:"娥并是最好的姑娘,娥并是最好的妻子,你不准我娶娥并,我偏偏要和娥并成亲,如果你真不答应,从此我不叫你母亲。"这些话看来的确很坚决。在封建家长制度的面前没有屈服。但问题就在这以后。从作品中看来,桑洛最后还是听了母亲的软言劝引。否则他怎么能这样长期的在家等待,并且也不见他对娥并有什么想念。这怎么可能呢?用他自己的话说:"娥并是最好的姑娘,娥并是最好的妻子。"而且这时娥并已经怀孕了,他怎么反而不想念娥并,这样甘愿呆在家里,这真叫人为娥并担心,使人觉得娥并有被他抛弃的危险。以我看来,这严重地损害了这个人物性格的完美性。反封建的斗争不能以忧愁和沉默来表明。

再从娥并来到景多昂的情况看,当时娥并到达景多昂的消息,连他母亲都知道了,但桑洛怎么一点也没有什么表示?又怎能相信母亲会替他作应有的招待?而且又会那样的听从母亲的使唤。母亲叫他去打鱼,他就一去半天不回家。这时的桑洛使人觉得,简直成了一个傻瓜蛋。还能谈得上什么反抗的精神?并且也根本看不出他对娥并的爱,当他打鱼回家后,并不见得迫切渴望娥并的到来,只是很耐心的从一点血迹产生了怀疑。这和他开始向娥并表示爱情的时候相比,完全成了两个人,不是一个桑洛。尽管他最后终于识破了母亲的欺骗,接着就心急如火的追赶娥并。但这样的转变,使人觉得有些突然。虽然最后的结局仍然表现出他的反抗性,不过中途的发展过程,确实严重的损害了这个人物形象的完美。

以上是我的意见,很可能是片面的,或者是不正确的,提出来供大家参考。

谈《娥并与桑洛》中的三个主要人物

汪法文

史料解读

　　该史料为一篇评论，原载于《民间文学》1961 年第 9 期。作者认为叙事诗《娥并与桑洛》在人物塑造和情节安排上存在问题。首先，桑洛的母亲并不能代表封建家长制，她的行为并不突出封建社会的特点。其次，在桑洛与母亲的斗争中，桑洛表现得并不坚决，缺乏真正的反抗精神。再次，娥并的形象也显得软弱无力，她没有表现出任何的反抗行为。另外，整个故事中桑洛和娥并的死亡也显得突然，没有充分展示他们对封建社会的愤恨和斗争精神。从对以上三个主要人物的分析中可以看出，他们没有塑造成功，主要原因在于诗的情节选择与安排上有问题。该文最后认为，《娥并与桑洛》应将重点放在桑洛与他母亲之间的斗争上，从而展现出桑洛的英雄形象。

　　这篇短评对于桑洛母亲、桑洛、娥并三个人物形象的分析是深刻的，但是，仔细品味仍不免体现出一定的阶级立场，反映了鲜明的时代话语特征。

原文

　　《娥并与桑洛》是一部反封建的爱情悲剧。一方面企图反对以桑洛母亲为代表的封建家长制对青年男女爱情的无理戕害，同时也想反映人民的思想愿望与封建家长制之间的冲突，从而说明傣族人民把自己的愿望和美好的理想寄托在这对青年身上,表现傣族人民对自由爱情与幸福的追求。这种主题思想的确是值得我们肯定的,但它具体表现怎么样呢?

读了《娥并与桑洛》这篇叙事诗之后,总是引不起我的共鸣。这大概是参加整理这篇叙事诗的同志们,在人物塑造及情节的选择与安排上有毛病的原故吧?

这篇叙事诗里主要塑造了三个形象:一个反面形象——桑洛的母亲,她是封建家长制的代表者;另两个正面形象——桑洛与娥并,他们是新生力量的代表者。我现在主要来谈谈这三个人物,其他人物暂不分析。我认为这三个人物的塑造都是不成功的。首先我们拿桑洛的母亲来说吧。她不要儿子娶娥并要他娶表妹阿扁,这不过是封建社会里一般母亲的行为,并看不出她是封建社会家长制的代表。在诗的第十段里,把桑洛母亲如何迫害娥并,描写得非常生硬,并不真实。桑洛母亲把儿子骗出去打鱼,在家里布下天罗地网,准备陷害娥并。桑洛并不知道娥并在这天到他家来,而他母亲怎么会知道娥并恰恰在这一天到她家来,她又不是诸葛亮,所以这就不真实。再拿桑洛来说吧。他与母亲的斗争,表现并不是那样坚决。桑洛第一次从猛根回来,并不敢把他与娥并的事告诉母亲。第二次从猛根回来,他不得不把他与娥并的关系告诉母亲,因为娥并的肚子大了。母亲听了这事很生气,坚决不允许他与娥并成亲。而桑洛这时表现怎样呢?只听到桑洛发出这样一种所谓反抗的声音:"……如果你真不答应,从此我不叫你母亲!"我们看一个人有没有反抗精神,不是听他的语言而是看他的行动。母亲不同意,而桑洛只好规规矩矩呆在家里,没有丝毫反抗。最后母亲把他骗出去打鱼,说她在家里招待娥并,这话三岁小孩也不能相信,而桑洛居然相信了,这也是不真实的,这也损坏了桑洛的形象,使读者感觉桑洛好象是一个傻瓜。最后再来简单的谈一下娥并的形象吧。桑洛第二次离开娥并时,她已怀了孕。桑洛临别时说:"亲爱的娥并啊!你不要发愁,不过一个月,我一定来接你。"可是"桑洛离开猛根,娥并日夜等待,左也不见来,右也不见来"。但娥并不怕千辛万苦,"走过无数个寨子,涉过无数条大江,爬过无数座高山……"终于来到了景多昂。从这里看出娥并是个多情的女子。她来到桑洛家,结果遭到桑洛母亲的残酷毒害，使她浑身鲜血直流。她"象牲口被主人赶出门"，但娥并没有发出一声怨言，更看不出她有丝毫反抗的行为，所以娥并是一个软弱的女性。同时我也感到娥并的死太突然，"她前脚踏进门，后脚还没进，就死去了"。而桑洛的死也是糊里糊涂，使读者感到桑洛的死，不过是为了忠实于娥并的爱情而死，"留下桑洛一个人，活着也不再有生命，如果你不能等待，那就让我们的爱情，象大青树的根子，在深深的泥土里生存"。而他在临死时，对封建社会以及他的母亲没有发出一句怨言，更谈不上愤恨了。这样处理不能不损害桑洛的形象。

从以上三个主要人物的简单分析中看来，他们所以没有塑造成功，主要是这篇诗的情节选择与安排上有问题。这一长篇叙事诗，主题思想是争取婚姻自由的青年男女桑洛与娥并向封建家长制的代表者桑洛母亲的斗争。那重点就应当描写他们之间的激烈斗争，遗憾的是，它用了几乎一半的篇幅来描写娥并与桑洛是如何的美（内在美描写很少），这就喧宾夺主了。同时反复的比喻，实在使读者感到厌烦。我认为这篇诗主要的力量，要放在桑洛与他母亲之间的斗争上。桑洛第一次从猛根回来，就应当把他与娥并之间的关系告诉母亲，这样他们之间的斗争很快可以展开，这样也可以表现出桑洛的爽快的性格。桑洛第二次到猛根就应当把娥并接回家来。这样更可以表现出桑洛与娥并同桑洛母亲之间斗争的曲折性和复杂性，以及他们不屈不挠的斗争精神。可以把桑洛塑造成一个完整的英雄形象。当然，以上这种提法，是我个人的设想，不一定符合这篇诗的原来的事实。但我总觉得这样安排，比较合情合理。

《娥并与桑洛》讨论综述

孙殊青

史料解读

原文载于《民间文学》1961 年第 9 期。该文从人物塑造、情节安排、语言运用等方面对《娥并与桑洛》的讨论进行了总结,但并没有深入讨论如何对待民间文化遗产这一重要问题。

原文

我们南京大学中文系 1958 级文学专业的同学,结合民间文学课的学习,热烈地讨论了傣族长篇叙事诗《娥并与桑洛》。长诗的反封建的主题思想的积极意义,大家是一致肯定的。争论的焦点是长诗的人物塑造,情节安排,语言运用等方面的问题。

人物塑造

在长诗的人物塑造上,有两种不同的意见。有的人认为主要人物——娥并、桑洛、桑洛母亲的塑造基本上是成功的,具有典型的性格特征。有的人不同意上述说法,认为三个主要人物都没有写成功。桑洛的反抗性格没有充分展示出来。他对母亲屈从多于反抗,特别是从猛根回来,没有向母亲展开面对面的斗争,以致最后的牺牲缺乏性格的逻辑发展的必然性,悲剧性也就不强。长诗过多地描写了桑洛的外形美,而对内心世界的美,和反抗性格的形成和发展,则刻画和揭示的十分不够。不少人提出：桑洛的家乡，那么多美丽的姑娘爱他，桑洛为什么无动于衷？又为什么涉水越山跑到猛根？诗中未交代猛根有个美丽的娥并召唤着桑洛。这就使人物行动缺乏明确的目的性；相反的容易使人误会成"前世姻缘由天定"。也有人提出：桑洛生长在富豪之家，对他的思想不能没有消极影响，诗篇未作交代，而桑洛性格中软弱的一面，与他的家庭出身、生活环境有着不可分割的联系。因此，有人建议：长诗应该揭示出桑洛思想上的阶级烙印以及他如何克服本阶级所带给他的局限性，在斗争中成长为反抗封建制度的英勇的战士，从而博得广大人民的同情和赞美。

关于娥并的形象，一般都认为她美丽、温柔、善良、勤劳，忠于爱情；但也有人认为她太软弱，缺乏反抗精神。到桑洛家抓饭的动作，尤其显得不美，甚至有些笨拙。桑洛母亲害她的时候，她没有丝毫反抗表示，过于软弱无能，象是任人宰割的羔羊。这就损害了这一人物形象的完美。因此，有人提出：长诗应加强对娥并的反抗性格的塑造。

桑洛的母亲，作为封建制度的化身，有的人认为塑造得相当真实；也有人认为这一反面人物性格不统一，前半部写她如何疼爱桑洛，甚至允许桑洛出门，给人以慈母的印象，后半部突然变成杀人凶手，甚至桑洛死后，也没有任何震动，说服力不强。就是说，长诗对桑洛母亲的性格没有从发展中去描写，揭露得不够深刻有力。

情节安排

在情节安排上，多数人认为前半部显得松，后半部显得紧。叙述桑洛的出生，桑洛的外形美，桑洛去猛根路上的见闻，都显得繁复，占了太多的篇幅，情节没有什么大的发展，矛盾也没有正面展开。当桑洛从猛根回来，争取爱情的斗争展开之后，情节的发展仍是十分缓慢，直到娥并被害，矛盾才尖锐起来，然而，就在此刻，矛盾也未充分展开，桑洛对他母亲——悲剧的创造者，始终未敢采取坚决的反抗行动。因此，有人说，《娥并与桑洛》的情节安排头重脚轻，主次倒置。长诗应该更多地注意人物性格的刻画，矛盾冲突的展开，使诗篇的主题思想得到鲜明生动的体现。

由于情节安排上的疏忽,还产生了这样的一个问题,桑洛与娥并,既然素不相知,一见钟情,他们的爱情便缺乏基础,如果说有基础,那也只是单纯的外形美。有人不同意这一说法,认为他们的爱情有基础,那就是对自由婚姻的追求,对幸福生活的向往。

语言运用

长诗的语言运用,一般说是成功的,富有民族民间色彩;不过也有人认为整理者在语言的精炼方面做的不够,有的地方比喻不大容易理解,如把美丽的姑娘比成鸭子,把桑洛母亲的脸比成犁耙,不知是傣族人民的习惯用法,还是整理翻译的问题。

其他方面还有一些意见。如把景多昂写得那么富裕、热闹、欢乐,和阶级社会贫富对立的现实,是否有点矛盾? 当娥并从遥远的猛根来到景多昂,竟然没有什么人迎接,显得那么冷清,景多昂那么多美丽的姑娘都不知到哪里去了? 从猛根到景多昂平时要走三十天,而娥并被害后,半天就到了家,为什么会走得这么快,诗中未作交代。

经过热烈的争论,意见的分歧虽然没消除,但多数人都肯定《娥并与桑洛》是一部相当优秀的长篇叙事诗,诗中存在的缺点,是次要的,而且是可以克服的,希望整理者能对原诗作进一步的加工提高,使这部长诗达到更高的思想和艺术的水平。

谈娥并和桑洛的爱情基础

塞　福

史料解读

　　该史料为一篇评论，原载于《民间文学》1961 年第 10 期。该文论证了娥并和桑洛的爱情基础，并提出正确理解娥并和桑洛的爱情对评价整个作品具有重要意义。桑洛生长在封建家庭中，生活给他带来了压力，但他富有反抗精神，渴望自由和幸福。娥并来自贫苦家庭，对幸福生活充满幻想，渴望自由爱情。当他们相遇时，彼此倾诉爱情和理想，表达了对自由婚姻和幸福生活的追求。这种共同理想是促成他们结合的爱情基础，也是他们反抗封建势力的出发点。桑洛为了挣脱家庭束缚而涉水越山来到猛根，这并不意味着他不爱家乡和家乡的姑娘，而是为了追求爱情和幸福。这种行动展示了真挚的爱情和自由幸福的重要性，同时也体现了追求者的决心和毅力。正确理解娥并和桑洛的爱情基础对于理解作品的反封建思想主题和意义至关重要。

　　这篇短评主要探讨的是娥并和桑洛的爱情基础，重点凸显的是桑洛和娥并主观上对自由婚姻和幸福生活的追求，但是这篇评论将这种爱情的基础作为他们反对封建势力的出发点，并不符合客观历史生活环境。

原文

　　傣族长诗《娥并与桑洛》，是一部反抗封建压迫、争取自由幸福的爱情悲剧。

如何正确地理解娥并和桑洛的爱情,直接关系到对整个作品的评价问题。

讨论中,有的同志认为:娥并和桑洛素不相知,一见钟情,爱情缺乏基础。

爱情基础,主要是指思想基础,即男女双方对生活、对爱情的共同的理想、愿望。每个时代,不同的阶级、阶层,对生活和爱情都有各自不同的认识。当这种认识一致时,双方的爱情就有基础了。长诗里娥并和桑洛的爱情是否缺乏共同的思想基础呢?回答问题时,不妨先对他们作一些具体的分析。

桑洛生长在富豪的封建家庭,生活没给他带来愉快,却给他加上了沉重的压力:"温暖"的家庭把他禁锢起来,"慈祥"的母亲又逼着他跟自己讨厌的姑娘成亲,因而他得不到自由幸福,也得不到真正的爱情。但是,富于反抗性的桑洛,没有象一般富家子弟那样千依百顺,安于现状。封建势力的压抑所引起的青春的苦闷时时冲击他,使他产生了到广阔的天地里去呼吸,到美好的地方去寻求爱情、寻求幸福的强烈愿望,因而才不顾一切拦阻,冲出家门,到了猛根。正象桑洛在对歌时向娥并表白的那样:

我离开景多昂,

离开了自己的家,

我象山巅上的野花,

自由自在地开放。

我象小鸟在天空自由地飞翔,

没有谁能缚住我的翅膀,

就是母亲的笼子我也要飞出,

我的爱情要自己来找寻。

而娥并这位出生贫苦家庭的姑娘呢,她对幸福生活充满了幻想,对自由爱情也抱有同样的希望。当桑洛"象春风吹送花香"般地来到猛根的时候,她激动了!母亲不让她上街,她就偷偷背着母亲,大胆地去找寻桑洛。他俩会见后,彼此真挚地倾吐爱情,倾诉生活的理想,得到了深切的了解。这时候,娥并毫不掩饰地向桑洛表达了自己的赤诚:

我们地方的姑娘,

一句话比金子珍贵。

只要哥哥不变心，

我们的爱情呵！

没有人能够拆散。

由此不难看出，渴慕自由婚姻，向往幸福生活是娥并和桑洛的共同理想，这种共同理想也就是促成他们结合的爱情基础。正因为彼此有共同的思想基础，所以当人人爱慕的桑洛与猛根城最美丽的娥并相会，当他们第一次异常新鲜地领略到真正的爱情时，就不难一见钟情地结合在一起。

有的同志还问：桑洛的家乡，那么多美丽的姑娘爱他，桑洛为什么无动于衷？又为什么要涉水越山跑到猛根？

其实，桑洛出门的行动，并不能说明他不爱家乡，不喜欢家乡的姑娘，而是为了挣脱封建势力的羁绊去寻求爱情和幸福。因为象前面已经提到过的那样，有家庭的禁锢、母亲的逼迫，他是很难得到爱情与幸福的。桑洛涉水越山跑到猛根去同娥并会见，从长诗的艺术表现手法来看，其用意还在于：显示了真挚的爱情和自由幸福的得来不易，以及追求者坚定的意志和顽强的毅力。同时，让人们心目中这对最善最美的青年男女的相结合，更能体现人民群众争取美好生活的崇高愿望。忽视了这一点，对于作品的理解是很有妨碍的。

总之，桑洛和娥并的爱情，是建筑在共同的思想基础上的，渴慕自由婚姻，向往幸福生活是他们的爱情基础，也是他们反抗封建势力的出发点。长诗的反封建的思想主题，正是通过娥并和桑洛追求自由爱情的斗争表现出来的。因此，如果对他们的爱情和爱情基础缺乏了解，就不可能真正理解他们的斗争，并领会这种斗争所具有的深刻的意义。

对《娥并与桑洛》的几点意见

贾 勋

史料解读

该史料为一篇评论,原载于《民间文学》1961 年第 10 期。本文作者提出了关于《娥并与桑洛》的三点整理意见。第一,作者认为长诗对桑洛的外形美做了过分的夸张与渲染。第二,作者认为长诗在人物形象的塑造上还不够,如桑洛的形象显得过分软弱,并且前后不统一。第三,作者认为长诗的情节安排仍有疏忽之处,特别是桑洛母亲暗害娥并的情节,略显简略,且不大真实。作者表示,《云南民族、民间文学资料》第三辑所载《娥卞与撒洛》的原始记录,对娥卞被害的处理,比整理本更为可信,整理者如能很好地利用这一材料,会有助于人物形象的完整和性格的统一。

评论对《娥并与桑洛》提出的三点意见,触及了问题的根本,对于研究者具有一定的启发意义。

原文

《娥并与桑洛》是一部在傣族人民中间广泛流传的优秀叙事诗,思想性和艺术性都很高,是我国少数民族民间文学宝库中的一颗明珠。但是,我感到长诗在整理上还存在着一些问题。

首先,长诗对桑洛的外形美作了不适当的过分的夸张与渲染。当桑洛刚出生不久，还在妈妈怀里吃奶的时候，许多姑娘就对他动了爱慕之情，说什么："你小小的就这么漂亮，长大了更没有人比得上。你象迎春花一样开放，我们已被太阳晒得枯黄。""你生得太迟了，我们不能采一个园子里的花，我们不能唱一样歌。""可惜我们相差太远，好象大刀和斧头。你快快长大吧！我们闻闻香味就够了。""要是你早点生下，我们要在竹楼下纺纱，陪着你谈笑在月光下。"等等。姑娘们想和吃奶的孩子谈情说爱，不但不真实，而且严重损害了那群年青姑娘的形象，造成消极的影响。流传本有这个缺点，整理者也未消除。这是不妥当的。这样讲，并不是反对描写桑洛的外形美，而是说不要作过分的渲染。只有把人物的外形美与内心美结合起来进行描绘，才会收到更大的艺术效果。

其次，在人物形象的塑造上还注意的不够。桑洛的形象显得过分软弱，并且前后不统一。他的出走没有明确的目的；但在另一篇傣族故事中①，桑洛却是知道了娥并的美，才越山涉水到猛根来的。整理者如能补充这个情节，那对桑洛形象的完美，会有帮助的。桑洛第一次从猛根回来，"整天忧伤，什么话也不愿讲"。这种描写是不符合人物性格的。他既然那么爱娥并，绝不会向母亲隐瞒自己和娥并的爱情，更不能"什么话也不愿讲"，话都不愿讲，还谈得什么争取爱情和幸福的斗争？再说，桑洛母亲也写得不成功，性格不统一。前半部，她以慈母的形象出现，经过桑洛的请求，她同意他远走，也没有强迫桑洛娶阿扁；后半部，她以凶手的面貌出现，突然变成杀人犯，中间缺乏发展的过程，因而使人物的行动失去性格的依据和逻辑的力量。

第三，在情节安排上还有疏忽之处，特别是桑洛母亲暗害娥并的情节，更嫌简略，并且不大真实。《云南民族、民间文学资料》第三辑所载《娥卞与撒洛》的原始记录，对娥卞被害的处理，就比整理本可信。"撒洛母亲看见娥卞来到，好象铁锥刺穿眼睛，想什么办法把她害死，要把他们恩情破坏。她的心象弯曲的狗尾巴，要把建好的宝塔摧毁。她表面装做殷勤，伸手拉住媳妇：快到母亲这里来。撒洛和娥卞见了面，谈起别后的思念，只谈了蒸熟一甑饭，母亲就催促撒洛

---

① 《诏三路与南亚斑》。《中国民间故事选》，作家出版社 1958 年第 1 版，第 477 页。

去找菜:儿子不要喋喋不休,等你找了菜再来谈吧……撒洛听见这话,赶紧下楼走出门,街上没有菜卖,撒洛只得借网捕鱼,从来没有捕过鱼的人,怎能捕到鱼呢？撒洛母亲在家里,想着各种毒计:……她在饭甑里插满尖刀,又在门上插满尖刀,楼梯上装满竹筒,扶手削成尖利的竹片,每一个角落布置好,没有一点遗漏……娥卞伸手盛饭,鲜血滴满饭碗,娥卞……扶着门边又碰着刀尖,娥卞跑下楼来,竹片把手划破,踩着竹筒摔下楼,全身鲜血淋漓……"这样描写,不仅形象而又深刻地揭露出撒洛母亲阴险、狠毒和残酷的丑恶嘴脸,而且使撒洛的被骗、娥卞的被害合理可信、生动感人。整理者如能很好利用以上材料,无疑的会有助于人物形象的完整和性格的统一。

就《娥并与桑洛》谈如何评价民间文学遗产的问题

朱泽吉

史料解读

　　该史料为一篇评论,原载于《民间文学》1961 年第 10 期。作者首先从
"如何看待反映以往社会生活的作品、如何评价古代人民创作的问题"出发,
提出"长诗的三个主要人物都没有塑造成功"这一评价脱离了作品的实际。
其次,针对"整理"和"创作"的界限问题,进一步区分整理民间文学遗产和根
据民间题材来进行创作二者之间的差异,提出整理工作本身也是一种创造
性的劳动,在整理过程中,应该有必要且慎重的加工,但必须限制其加工范
围,无权把长诗修改成失去时代特色和民族风格的一般化作品。再次,对
《娥并与桑洛》的评价,必须认真考虑到民间口头文学的特征。最后,作者认
为在评价《娥并与桑洛》时,要注意几个方面的不同:翻译、整理和创作的不
同;傣族和其他民族在社会生活、艺术传统以及语言方面的不同;民间口头
文学与作家书面创作的不同;浪漫主义和现实主义的不同;诗歌和其他文学
样式的不同等。

　　朱泽吉认为评价民间文学遗产时不能脱离作品实际,"整理"过程中要
有必要且慎重的加工,评价民间文学遗产时要注重民间文学、口头文学的特
征等,这些原则的提出对于如何评价民间文学遗产具有启示意义。

原文

最近有些同志对傣族民间叙事诗《娥并与桑洛》提出了不少批评性的意见。这些意见的产生,反映了我们在如何评价民间文学遗产的工作中,还有一些根本性的问题没有很好地解决;需要通过讨论进一步加以明确。这对今后发掘、整理和评价各民族的民间创作遗产是有益的。

《娥并与桑洛》是傣族人民集体创作的反映以往生活的诗歌,是以口头的方式从封建社会里传承下来的珍贵遗产。因此,我们在评价这部作品的时候,就不能不历史主义地去衡量它的思想和艺术成就,就不能不充分考虑到民间口头文学的创作和流传的特征,以及傣族人民的具体生活特点。否则,我们将无法得出正确的结论。

首先是如何看待反映以往社会生活的作品,如何评价古代人民创作的问题。不少同志认为长诗的三个主要人物都没有塑造成功,特别是桑洛的反抗性格没有充分展示出来,他对母亲"始终未敢采取坚决的反抗行动",长诗也没有写出他"如何在斗争中成长为反抗封建制度的英勇战士"。应该说,这种评价和要求,是脱离了作品实际的。桑洛两次从猛根回来,在斗争行动上确实都还有表现得不够坚决的地方。如果作为长诗整理本在思想上和艺术上的不足之处提出来,不但是可以的,而且也是必要的。问题在于有的同志却根据这些个别情节贬低甚至否定了桑洛的斗争性格。娥并与桑洛是为争取自由与幸福生活而反抗和牺牲的叛逆者。他们的不屈行为,反映了傣族人民反封建的强烈愿望和崇高理想。娥并被害之后,桑洛以自己的生命来反抗封建势力对他们的吞噬与迫害,以死来表明自己对纯洁的爱情的坚贞不渝。他的死,是对黑暗现实的有力的控诉和深刻的批判,充分体现了傣族人民与反动统治势力之间的不可调和的矛盾。在当时的社会历史条件之下,他的行动是具有高度反抗意义的。汉族和其他兄弟民族的许多同类作品的悲剧结局,也同样说明了这个问题。如果我们竟无视于这样的基本事实,忽视以至抹煞了桑洛性格中最主要的一面;反过来责备他"屈从多于反抗",甚或根据我们的理想标准来指摘他"没有和封建统治势力展开面对面的斗争"，这是缺乏历史生活根据的。

娥并与桑洛是傣族人民在长期反动统治下追求自由和幸福的理想的化身。在傣族人民的心目中，他们并不完全是悲剧性的人物。黑暗的社会现实夺走了他们的生命，否定了他们的理想；但他们那种渴望自由的不可磨灭的意志，实际上是对黑暗现实的一种强有力的否定。娥并和桑洛在人民想象中的新生，是傣族人民对他们的永恒的怀念，同时也说明了傣族人民是从他们的反抗性格中展望了自己的未来，汲取了战斗的勇气。诚然，主人公的实际命运是悲惨的，然而长诗却没有以悲观情绪去感染它的听众和读者；相反，从傣族人民的感受说来，它却是以强大的艺术力量在无数被压迫者的悲愤的心灵里，掘开了无限兴奋与快乐的源泉。因此傣族的歌手才会说："我要把这个古老的故事，象红烛一样来点亮，让它的光芒射到四方。"这样的艺术效果，离开娥并与桑洛的坚强的反抗性格是不可能产生的。如果我们只是根据作品中某些情节在叙述和描写上的粗疏，而不是根据人物的历史真实性和作品所达到的客观意义来评价作品中的艺术形象；如果我们不顾历史条件的可能而要求古代民间创作中的正面人物完全合乎今天的标准，那就很容易使我们离开了历史唯物主义的原则。

其次是"整理"和"创作"的界限问题。从大家对《娥并与桑洛》所提出的意见和要求来看，说明我们对整理民间文学遗产和根据民间题材来进行创作二者之间的区别，还没有完全分清。整理兄弟民族的民间文学遗产，这首先是一种科学性的工作。尽管整理工作本身也是一种创造性的劳动，在整理过程中，应该有必要的慎重的加工，不是"一字不动"，但毕竟有它所必须遵守的工作范围。《娥并与桑洛》存在着明显的思想局限，这正因为它是古代民间作品的缘故。对于长诗的整理者来说，他不能用现代的思想观点和其他民族的心理状态楔入到原作中去，代替它所反映的社会历史生活；同时也不能用现代的艺术方法来代替原作的艺术方法。有的同志在指出了长诗存在的若干"缺点"之后，表示"希望整理者能对原诗作进一步的加工提高，使这部长诗达到更高的思想和艺术的水平"。事实上，象这次讨论中提出的许多问题，整理者是没有权利来更动的。工作不允许他脱离开傣族的社会历史发展，把长诗修改成失去时代特色和民族风格的一般化的作品。

如果是以娥并与桑洛的传说为题材来进行创作,情况当然有所不同。因为今天的作家,必须以历史唯物主义的观点来观察和表现他所要反映的社会生活,这样他就可以而且也应该如许多同志所要求的那样,注意到采用阶级分析的方法来刻画作品中的形象,使作品具有更高的思想意义。但是,即使是创作,我们也仍然不能脱离开傣族人民的具体生活特点,也仍然不能如有的同志所设想的那样,把娥并与桑洛塑造成几乎和现代杰出人物相似的英勇战士。创作虽然可以加入作家自己的想象和幻想,虽然可以有另外的虚构的情节,但也不能离开当时的现实基础。其内容只能是题材本身所含蕴的,作家只不过是把它们发掘出来,加以强调,使他笔下的形象更加完美化;绝不能完全按照自己的主观意图来进行创作,绝不能不受民间历史题材的制约。

对《娥并与桑洛》的评价,还必须认真考虑到民间口头文学的特征。

有的同志认为:长诗的主要力量应该放在桑洛和母亲之间的斗争上,但"遗憾的是,它却用了几乎一半以上的篇幅来描写娥并与桑洛的美(内在美描写很少),这就喧宾夺主了。同时反复的比喻,实在使读者感到厌烦"。长诗前半部的细致描写,从艺术效果来看,有无冗赘之嫌,还可以研究;问题在于"喧宾夺主"和"使人厌烦"的说法,实际上是忽视了民间口头诗歌的创作与传播的特点。《娥并与桑洛》产生在傣族人民生活和斗争的洪流中,经过多少岁月的磨洗,也积累了无数天才的智慧。从长诗里,我们可以看出傣族人民如何用极大的努力锤炼着自己所喜爱的诗篇,不断丰富着自己所创造的美好形象。正如歌手们所唱的:"一枝花谢了,一枝花又开了。桑洛的故事永远讲不完,象月亮落了,第二天又升起来了。"他们把桑洛的歌比做"永远织不尽的长线",比做"愈开愈浓的丁香",比做"露水淋湿的树枝",不断"发出嫩绿的芽"。对于傣族的歌手和听众来说,他们从没有感到过"厌烦"。长诗前半部对于桑洛的赞美,正是这样逐渐被充实起来的。但是,这些歌词,又都不是十分固定的,正如其他许多兄弟民族的史诗和民间叙事诗一样,往往要随着演唱的环境和对象而有所变动、有所增删。它在某种情况下要受客观条件的支配,也呈现出适应一切客观条件的各种现象。所谓"喧宾夺主"、"主次倒置"等等的概念，在民间诗人和歌手的头脑中是并不占位置的。这说明《娥并与桑洛》是保存和传播在傣族人民口头上的活的创作，是一种有生命的有机体。长诗之所以有不同的本子、不同的唱法，桑洛的歌之所以"永远唱不完"，正是民间诗歌的口头性、集体性和变异性的集中表现。我们把它作为一种艺术表现上的失败现象来加以摈斥，是脱离了民间文学的特征的。

在前半部的描写中，对桑洛的精神世界的刻画，即所谓内心美的歌颂，是被许多同志忽视了的。正因为这样，就必然要贬低前半部的重要意义而把它看成是与中心故事情节关系并不紧密的游离部分。长诗告诉我们，尽管"沙铁的钱多得象谷子，金子银子堆得象小山"，而桑洛处在这样的环境里所感到的却是无可形容的空虚、压迫和窒息，他感到自己"象宝石被锁在柜里"，"象一只小鸟被关在笼里"，"象一只大象，被人紧紧地关在屋里"；所以才渴望着能"走进深山老林，自由自在地满山跑"，"能象鹦哥到山里去飞"。这是要求自由的呼声，是从桑洛的思想性格中放射出来的光辉，同时也反映了傣族人民对"富贵荣华"与封建腐朽思想的鄙弃。作品通过这些抒情诗句赞美了桑洛追求理想的旺盛精神和炽烈感情，赞美了他的旷达磊落的胸襟和纯洁美丽的灵魂，从而揭示了他和当时黑暗现实的深刻矛盾。正是在这一点上，才使桑洛的形象获得了崇高的思想意义。民间诗人着意描写了景多昂的姑娘们对桑洛的爱慕，实际上表现了傣族人民对这种美好性格的热情赞扬。如果我们从表面上把它理解为仅仅是妇女们对桑洛的外貌的倾倒，那就必然贬低了桑洛；也贬低了景多昂的人民，显然和长诗的实际情况是有距离的。

桑洛的出走是为了追求新的生活理想。虽然他和娥并的对歌中也说到自己"象一只蜜蜂，从远方飞来采蜜"之类的话，然而这只是民间情歌惯用地表达爱情的诗句，既不能拘泥地理解为这就是桑洛出行的根本目的，也不能反过来理解为这是桑洛对娥并的花言巧语。有人怀疑桑洛最后的反抗与牺牲，缺乏性格的逻辑发展的必然性；有人责备桑洛的远行缺乏明确的目的；也有人嗔怪他为什么不爱自己家乡的漂亮的姑娘。这些疑问和责难都是没有理由的。产生这些疑问和责难的原因,正是由于我们忽视了前半部对桑洛内心世界的细致刻画,把它看成是全部作品中的赘疣的缘故。

评价兄弟民族的民间文学遗产,不但要掌握它所反映的社会生活内容,同时还要掌握它的艺术方法以及在表现形式上所具有的民族特色。

《娥并与桑洛》是一部浪漫主义的诗篇。它不但塑造了封建时代富有反抗精神的叛逆者的形象,抒发了傣族人民要求自由与民主的昂扬热情和崇高理想,具有强烈的浪漫主义精神;同时在表达这种热情和理想时,也相应地采用了多样化的浪漫主义手法。诗篇在许多情节上都表现了幻想与真实的巧妙结合。傣族的民间作家不是以精雕细琢的手法来刻画生活细节的真实、历史的具体的真实,而是主要表现了自己的情感的真实。当然,伟大的主题,动人的情节,都必须依靠一定的细节和具体描写来体现。它是塑造形象不可缺少的因素,构成形象的必要条件。但是,如何运用细节描写,在诗歌和小说中,在现实主义和浪漫主义的作品中,都会有所不同。许多同志在评价《娥并与桑洛》的时候,没有充分考虑这种区别,因而也提出了一些不应有的指摘。如说桑洛的母亲不是未卜先知,何以能知道娥并要来;桑洛何以这样容易被欺蒙,娥并何以这样愚蠢而受暗算;猛根距离景多昂很远,娥并回去的时候何以走得如此神速等等。其实这里有着瑰丽的幻想、大胆的夸张,也有着必要的省略。即以桑洛母亲用计和桑洛被骗的情节而论,长诗的描写既富有鲜明的民间色彩,也有充分的现实根据。象这些地方,应该说是《娥并与桑洛》在艺术表现上的特点,而不应该被看成是它的缺陷。如果我们一定要求在长诗中四平八稳地"精确"地去描写一切详情细节;一定要用这种办法去"突出作品主题","丰富人物性格";那就必然破坏了长诗的优美想象,失掉了民间创作的艺术风格,削弱了它的浪漫主义光彩。

《娥并与桑洛》以傣族民间诗歌的朴素形式,歌唱了一个优美动人的故事。它所使用的抒情与叙事交融的手法,正是继承了傣族文学的传统特点。特别是前半部对人物的描写,既是叙事的,也是抒情的。有些同志感到它重复,感到故事进展太慢,其实是忽略了这种表现形式的特色。另外,关于语言运用上的一些意见,大部分是因为不熟悉傣族人民的生活和语言而产生的。各兄弟民族的民间创作，总是生动地再现民族生活的图画，以独特的语言风格把本民族的生活风貌、风土人情以及自然景物等形象地表现出来。我们在评价这些作品的时候，绝不能离开这样的基本事实。

我们不同意许多同志对《娥并与桑洛》所提出的某些批评性的意见，并不是说长诗的整理本已经是完美无疵而处处为它辩护；并不是提倡对民间文学的偶象崇拜，认为对它们只能原封不动地肯定，没有采取批判看法的权利。事实完全不是那样。我们只是说，从目前对于《娥并与桑洛》所提出的意见看来，说明我们在如何评价兄弟民族民间文学遗产的问题上，确实还存在着不少分歧，有充分讨论的必要。客观上存在着的民族差别，反映到文学作品上，特别是反映到表现以往社会生活的民间创作遗产上，是个十分复杂的问题。即以《娥并与桑洛》而论，在对它加以评价的时候，就必须考虑到翻译、整理和创作的不同；反映现实斗争和描写以往生活的不同；傣族和其他民族在社会生活、艺术传统以及语言方面的不同；民间口头文学与作家书面创作的不同；浪漫主义和现实主义的不同；诗歌和其他文学样式的不同等等；忽略了任何一个方面的差别，都无从对这部长诗作出全面的、切合实际的评价。

1961 年 9 月

我看《娥并与桑洛》

赵景深

史料解读

该史料为一篇评论,原载于《民间文学》1961 年第 10 期。本文作者对于长诗的搜集、翻译、整理予以肯定,并表示翻译、整理与创作不同,对于古代民族民间叙事诗的评价,应该实事求是,不应苛刻地做不适当的要求。作者认为,如果整理者照批评者的意见改动原作,作品就变成了另一创作,而不再是原作了。作者分别从猛根到景多昂的路程、桑洛跑至猛根的根本原因、桑洛与娥并的爱情基础、桑洛与母亲的斗争、是否需要娥并母亲的痛哭情节等方面反驳批评者的观点。同时,作者也同意一些批评的意见,认为在重新整理长诗时,应在序跋中提出傣族的社会制度、经济情况以及风俗习惯,以便读者更好地理解内容。对于译文,作者认为,在不伤原意的原则下一律改成每节四句,尽量做到韵脚押韵,会呈现更好的效果。

该评述展示了赵景深关于《娥并与桑洛》搜集、翻译、整理的意见,对于研究者正确整理古代民族民间文学非常富有指导意义。

原文

这次南京大学中文系对于傣族民间叙事诗《娥并与桑洛》的讨论,我认为很有意义,表现了百家争鸣的精神。以这长诗作为实例,实际上也就牵涉到如何评价古代民间文学作品的问题;对于这长诗的整理,无论是指出缺点或优点,批评得是否恰当,都将引起这长诗整理者的再度考虑,是一件有益的事。

《娥并与桑洛》是傣族最有名、最好、最有价值的长诗。云南省民族民间文学德宏调查队的搜集、翻译、整理做得相当谨慎,考虑得也相当周到。因此,我是属于肯定派,我基本上同意庄文中同志的意见。我认为他阐发了长诗隐藏不露的意思,他补充得很好。如娥并怎么会死去的问题,桑洛的母亲用了阴谋诡计,让娥并抓饭时尖刀戳伤了她的手,墙上的竹钉又刺得她的背流血,这些的确都不足以使娥并死亡。但是,庄文中同志解释得好:娥并怀孕在身,从未出过门,三十天的长途跋涉,又受了气,受了伤,流血过多,就导致流产。因流产而死亡,这就非常可以使人信服了。因此,他就不必以诗歌无须每一事件都写出来为理由,再说"桑洛的母亲害娥并,不只做了这点坏事"。因为,这样说显然有些强辩;单只流产一事已尽够说明。

我们对于古代民族民间叙事诗的评价,应该实事求是,不应苛刻地作不适当的要求。翻译、整理与创作不同。今人的创作被批评后可以重写;古代的创作者已经逝世,它是古代当时的产物或存在。我们要求整理者选择最好的各种本子拼凑起来是可以的;即使按照逻辑的发展,要求整理者适当地加工也还是允许的。倘若我们要求主人公的性格更坚强一些,或者要求恋爱更有基础一些,如果整理者也照批评者的话去改,那么,他所写出来的作品就变成另一创作,而不是原来的东西了。至于不曾看清原文,就加指摘,当然那是疏忽大意,也是不好的。

有人认为:"从猛根到景多昂,平时要走三十天,而娥并被害后,半天就到了家,为什么走得这样快,诗中未作交代。"其实,第十一节写娥并在树林里流产,可能是一天里的事。但是,作者写完这一节,就戛然而止,用六个小黑圆点(即省略号)来作结束,并不曾说"半天就到了家"。娥并其余二十几天艰苦的路程就让读者凭自己的想象去补足了。至于桑洛再到猛根去追娥并,也不曾说半天就到。第102页上所说的:"桑洛抽打着马,眼泪不停地流。来到猛根,泪水已浸湿了鞍头。"应该理解为走了好多天。由于马跑得快，当然不需要三十天。

有人提出："桑洛的家乡，那么多美丽的姑娘爱他，桑洛为什么无动于衷？又为什么涉水越山跑到猛根？诗中未交代猛根有个美丽的娥并召唤着桑洛。这就使人物行动缺乏明确的目的性。"又有人说，桑洛反对他的母亲，斗争性不强。其实，爱情不是施舍，尽管有很多姑娘爱桑洛，桑洛一个也不中意，也是可能的。桑洛出远门，可能想找一个爱人，但更主要的却是逃婚。他反对他的母亲要他娶阿扁或安佐。从诗里很明显地可以看出，几次的比喻是再透彻也没有了。第四节写桑洛云："他愿象牛群走遍山林，不愿象宝石关锁在柜里。"又云："桑洛越想越苦恼：我象一只小鸟被关在笼里，只能低着头淌眼泪，不能象鹦哥到山里去飞。我只想走进深山老林，自由自在地满山跑，可惜不能随我的心！我象一只大象，被人紧紧地关在屋里。"景多昂的姑娘们也说桑洛"象深山里的麂子，挣断了猎人的缰绳，飞快地跑进森林，到更远的山里去了"。总之，桑洛是象锁在柜里的宝石、笼中的鸟、关在屋里的大象或是被猎人缰绳拴住的小麂，他想跳出牢笼。他与景多昂的姑娘也很要好，说她们不但外形美得象孔雀或龙银鸟，就是内心也是美的。不过，也仅只于要好为限，并没有把她们当作爱人。庄文中同志说得很好："桑洛不听母亲的命令娶阿扁，出门自找爱人，这一行动就充分表现出了桑洛的追求自由、幸福，反抗家长包办婚姻的精神。"他又认为桑洛的反抗精神比祝英台强烈，因为祝英台还不曾"公开声明与家庭断绝关系"，桑洛却向母亲表示了如果不让娶娥并，"从此我不叫你母亲"。

说桑洛与娥并的爱情没有基础，"如果说有基础，那也只是单纯的外形美"，我看这看法也可以商榷。桑洛和娥并从对歌中发现了对方的机智和聪明，可见这就不是单纯为了外形美才相爱的。他们俩也相互爱慕对方的艺术才能。

又有人说，在桑洛和娥并死后，应写他们俩母亲的痛哭。殊不知桑洛和娥并的殉情是长诗的高潮，这就已经足以说明当时社会制度的罪恶以及桑洛母亲维护封建制度的下场是失去了儿子，无须再写他们俩母亲的痛哭。倘若这长诗是戏，就更可以理解；再拖下去，观众就都要离席而起了。

还有人一定要桑洛与他的母亲斗争。这自然可以引起整理者的注意。不过,倘若原诗各种本子都没有桑洛接娥并回家的情节,整理者又怎能无中生有呢?究竟桑洛是许仙、焦仲卿一类人物,倘若一定要他更加坚强,象南戏《宦门子弟错立身》那样,儿子与父亲决绝,断然娶了女艺人为妻,那就等于创作,不是傣族民间作品中的桑洛了。如果是创作,作者应该有他的自由,可以写出各种不同性格的男主角。桑洛可以写;另一种非常软弱的李益(《霍小玉传》中的男主角)或李甲(杜十娘所结识的爱人)也未尝不可写。这样,文艺才可以丰富多彩,不至于千篇一律,同时却都有意义。我们可以赞扬,也可以叹息,也可以谴责。但是,这里是整理,不是创作。

有人说,娥并和桑洛"好象他俩早就认识了的,但作品没有明确的交代,显得有些巧合。"他举的例句是:"娥并东张西望,到处寻找桑洛。……娥并和桑洛,今天相会了。"他没有注意到第 40 页上有一句:"娥并听到桑洛的消息。"显然她是听人传说桑洛貌美才去寻找的。一个外地人服饰和举动总有些两样,所以她才"东张西望,到处寻找桑洛"。至于说:"娥并和桑洛,今天相会了。"这是作者的话。前面还有两句比喻:"两块远远相隔的草坪,今天连在一起了。"也同样是作者的话。

还有,认为桑洛从猛根回来见母,充满希望,应该"热情奔放",不应该"不高兴";母亲拒绝他娶娥并以后,他是"长期的在家等待";他打鱼回家后,只怀疑血迹,"并不见得迫切渴望娥并的到来";我认为都可以商榷。桑洛早知道母亲要他娶阿扁,他想娶别的人,一定不会得到母亲允许,当然他只有不高兴,决不会热情奔放或喜气洋洋的;母亲拒绝他娶娥并,"这些话刺痛了儿子的心",连邻居都"为他着急",朋友都"为他掉泪",当然他自己是痛苦的。第 79 页上叙到此处为止,以下不曾叙述,可以想见他也曾想过不少办法,但终于没有好的对策,不能说他一定就是长期的在家等待;他一见到血迹,当然就起了怀疑,他起先并不知道娥并曾经来过,最后他不是"终于识破了母亲的欺骗","心急如火的追赶娥并"去了么?

以上我拉拉杂杂地说出了我对于《娥并与桑洛》的看法,基本上是肯定的。但对于一些反面的议论,我也有同意的地方,例如:桑洛出生后,小玉、小安、小娥抱桑洛时的唱词可删；桑洛的母亲怎知娥并何时到她家里来，她又不是诸葛亮。

　　我觉得，重新整理时，序跋中应该提起傣族的社会制度、经济情况以及风俗习惯，特别是与这首长诗有关的，以便读者更多地理解。我看，经济权大概是掌握在桑洛母亲手中的，桑洛或许很难独立地生活。第 85 页上曾说："桑洛一出去，母亲就关上房门，锁上了装米的柜子，藏起了装菜的罐子。"这是否意味着经济权都掌握在桑洛母亲的手中呢？

　　我对于译文颇有一些意见。原诗既然"参差不齐，短的一句几个字，长的一句达四十多个字"，不合汉族诗歌习惯，"在不伤原意的原则下，尽量做到韵脚押韵"，为什么不搞得更好一些呢？倘若一律改成每节四句，我看是没有什么困难的。很多的呼位语或命令语，我看都不必单独占一行，可以连下句排成一行，如："桑洛呀"（第 6 页），"小桑洛呀"（第 7 页），"桑洛哥哥呀"（第 12、23、24 页），"去吧"（25、26 页），"姑娘们啊"（27 页）等等。第 1 页中的"欢欢喜喜"，倘改为"喜气洋洋"，就可以与"往""铛""堂"等字押韵；第 2 页"金子银子堆得象小山"可以改为"金银堆得象小山一样"。只要多想一些办法，虽不能全部押韵，至少可以押韵更多一些的。

如何评价《娥并与桑洛》

曹廷伟

史料解读

　　该史料为一篇评论，原载于《民间文学》1961年第10期。本文作者认为在评价一部民间文学作品时，必须把整理与再创作的界限严格分开。《娥并与桑洛》是整理者依据八种书面和口头资料整理而成的民间叙事诗，要严格遵守民间文学慎重整理的原则。在作者看来，许多研究者对《娥并与桑洛》提出的意见和看法违背了民间文学的整理原则，虽然他们的主观愿望可能是好的，但是如果按照其意见来进行整理，《娥并与桑洛》就不再是原本的民间文学作品了。作者认为，在评价作品、分析作品中的人物形象时，既不能脱离产生它的具体的时代而提出种种不切实际的苛求，又不能从本民族出发，以自己民族的主观好恶代替客观实际去整理作品、衡量和评价作品，也不能因为我们自己不爱某些事物就要求作品亦必须按照自己的意愿来处理。最后，作者强调，我国是一个多民族的国家，各民族的生活方式、民族传统、风俗习惯、兴趣爱好等都有各自的特点，因此不应该以一个标准强求一致，只有大力提倡、鼓励不同艺术风格和民族特色，我国的文学艺术才会百花齐放。

　　作者通过对《娥并与桑洛》的评价，提出的民间文学的整理原则和方法是正确的。

原文

读了九月号《民间文学》上《关于〈娥并与桑洛〉的讨论》的一组文章,也想谈一点自己的看法。我认为,在评价一部民间文学作品时,首先必须把整理与再创作的界限严格分开。这是一个重要的前提。如果不明确它们之间的差别,就会自觉或不自觉地把对作家创作的要求,加在民间文学的整理工作上。我之所以不同意有些同志对《娥并与桑洛》的某些看法,就是感到这些同志混淆了整理、改编、再创作之间的界限,忘记和忽略了最根本的一点:《娥并与桑洛》是一部古代的傣族的民间的叙事诗。

(一)

《娥并与桑洛》是一部民间的叙事诗,是整理者依据八种书面和口头资料整理而成的,不是作家的创作。因此,整理者就不能想怎么样就怎么样:想改就改、想加就加;就必须是,也只能是严格遵守民间文学慎重整理的原则,保存民间创作原来的风貌,而不能按照整理者的主观要求,发挥整理者的想象力或创造力,去臆想、杜撰和生造故事情节,去塑造适合于自己理想的人物形象,去"提高"、"丰富"、"发展"作品的思想性和艺术性。如果忽视或忘记了这一点,那就不是整理民间文学作品,而是作家再创作文学作品了。那样做是作家的任务,不是民间文学搜集整理者的任务。

有的同志对《娥并与桑洛》提出的意见和看法却正违背了这一点,他们不是要求整理者依据民间流传的原来面貌去整理,而是要求整理者按照自己脑子里设想的样子去创作。这就无怪乎他们会觉得长诗"总是引不起我的共鸣";"只给了我一些美感"。说什么"三个人物的塑造都是不成功的";"情节安排得也不够理想";桑洛"与母亲的斗争,表现并不是那样坚决";"娥并是一个软弱的女性";"反复的比喻,实在使读者感到厌烦"……因而,他们认为长诗整理者,在人物塑造上,"主要的力量,要放在桑洛与他母亲之间的斗争上","重点就应当描写他们之间的激烈斗争",应该"把桑洛塑造成一个完整的英雄形象";在情节安排上，"桑洛第一次从猛根回来，就应当把他与娥并之间的关系告诉母亲"，"桑洛第二次到猛根，就应当把娥并接回家来"，等等。他们认为这样就可以把桑洛的形象塑造得"坚决"、"完整"、"十分鲜明"和"具有反抗精神"，可以突出桑洛与娥并的反抗性格，从而加强作品的思想性和战斗性。有的还建议长诗结尾要给桑洛的母亲以惩罚，以为这样就可以大快人心。

这些同志的主观愿望可能是好的，可是，如果按照他们的意见来进行整理，必定将《娥并与桑洛》"整理"得面目全非，变成非民间的东西了。如果按照这些同志的观点、尺度来衡量民间叙事诗，恐怕没有一部民间文学作品能够满足他们的要求。尽管在对待《娥并与桑洛》这部长诗的评价上，他们口头上也都一致肯定了长诗主题思想的正确和重大意义，可是在具体分析作品的人物形象、情节安排、语言运用时，给人的印象是：否定多、肯定少，缺点多、优点少，毛病多、成绩少，实际上无异乎全盘否定了这部长诗。我认为《娥并与桑洛》虽有不够完美之处和某些较大的缺陷，但在现今出版的民间文学作品中，仍不失为"一部优美生动的叙事诗"；如果整理者在现有基础上再加一把劲：搜集更多的原始资料，吸取符合慎重整理原则的合理意见，那么长诗将会整理得更为成功、更为完美、更为出色的。

（二）

《娥并与桑洛》是一部古代的叙事诗。由于文献资料奇缺，目前尚难准确断定它具体产生于什么年代，不过，从长诗中桑洛的出生、桑洛所带的庞大的商业队伍[①]以及诗中描写的种种景物、人物活动等等情况看来，长诗产生于傣族封建社会后期是不会成多大问题的。在这个时期，随着傣族领主封建制的巩固，封建统治、家长专权与宗教势力三者更紧密地结合起来了；家长制、金钱势力进一步控制了青年男女的婚姻，他们的爱情虽然形式上看来是比较自由的，但婚姻

---

① 据《娥卞与撒洛》：桑洛到猛根去做生意，带领了五百个同伴（亲戚和仆人）一道前往；娥并思念桑洛到景多昂来时，也带领了五百个姑娘一起来。（见《云南民族、民间文学资料》第三辑。1959 年 2 月。）

的最后决定权却由家庭父母包办；家长为子女择配，全以金钱、门第、亲疏为转移，以致造成了无数的爱情的悲剧。《娥并与桑洛》就产生在这样的社会里，它"独特地伴随着历史"，真实地、历史地反映了这种社会状况及其时代精神面貌。我们在评价这部作品、分析作品中的人物形象时，就不能离开产生它的具体的时代，而提出种种不切实际的苛求。

离开了历史唯物主义的观点去对待作品，必然会要求古人现代化，必然以今人的思想感情、观点方法去衡量古人。我认为有的同志对长诗中的主角之一——桑洛，提出的一些非难和苛求，就是缺乏历史主义地去分析这个人物形象的显明例子。

通读全诗，我们知道桑洛是出身于一个富有的大商人（大沙铁）之家，自小得到父母的宠爱、娇生惯养；又有许多姑娘的仰慕，有享不尽的富贵生活，但当他一天天成长起来，懂得人情冷暖、社会好恶的时候，为了争取婚姻自由，就同自己的母亲——封建家长制的代表者发生冲突，以至于决裂，到了："你不准我娶娥并，我偏偏要和她成亲！如果你真不答应，从此我不叫你母亲！"的地步。最后，为了对娥并爱情的忠贞，而自尽殉情。难道这还不算一出够悲壮的反封建的爱情悲剧，不够一支争取婚姻自由、向往幸福美好的赞歌吗？当然另一方面也不可否认：作品中桑洛的斗争是潜藏的、时隐时现的；斗争的方式是幼稚的、比较软弱的。但这正是时代和阶级所留给他的烙印。他是那个时代的艺术概括。在那样的时代、那样的家庭和社会的教养下，他不可能成为象近代农民起义中那样天不怕、地不怕、冲锋陷阵李逵式的英雄，更不能成为象我们今天具有共产主义思想觉悟、英勇顽强、向阶级敌人作毫不妥协的斗争的无产阶级革命战士。如果作品中真会有人异想天开，这样试验一下，那倒反而成了千古奇谈和笑话了。因此，我认为否定桑洛这个形象的典型塑造，是缺乏时代尺度的；把桑洛发出的反抗呼声也视为不过是加上引号的"所谓反抗的声音"，是不够实际的。同样，认为作品中的另一主人公——娥并，"是一软弱的女性"也是欠慎重考虑的。尽管在今人眼光中看来，他们确乎有些"傻"行为，不够机智、聪明，但还是应多从时代角度、把他们放回原来的社会形态里去考虑为好，不必给他们戴上什么"傻瓜"或"傻瓜蛋"的帽子。

有的同志说:桑洛与娥并"一见钟情",缺乏爱情基础,我看问题提出的关键所在,恐怕也在这里。就是希图以今人的思想面貌、无产阶级的恋爱观和人生观,去对待古人,要求古人。他忘记或忽略了即使是最伟大的作家作品,在古代阶级社会里也不会和不可能塑造出具有今人思想基础、今人恋爱观和人生观的人物形象的。翻开古代中外描写爱情的名著,比如英国杰出的艺术大师莎士比亚的《罗密欧与朱丽叶》、印度大戏剧家和诗人迦梨陀娑的《沙恭达罗》,哪一部能是例外呢? 作品中的主人公最初不都由于见面后互相仰慕对方的美貌而产生了爱情的吗? 这也是时代的产物,是阶级社会(特别是封建社会)十分自然和比较司空见惯的现象。在封建社会里,讲究三纲五常,男女授受不亲,根本不让见面(少数民族还较开通、自由些),在层层封建礼教的重压下,青年男女当然只能是靠某些偶然的机会"一见钟情"了。正因如此,在我国古典文学名著以及许多民间故事传说里,都是屡见不鲜的。比如《西厢记》中的张生与崔莺莺,《白蛇传》中的白娘子与许仙,《孟姜女故事》中的孟姜女与范喜良等等,都是例子。所以,我认为没有理由来责难《娥并与桑洛》的整理者,硬要作品的主人公桑洛、娥并建立今人的爱情基础。

总之,我们在确定了《娥并与桑洛》是一部傣族封建社会后期的作品后,就应该努力地运用历史唯物主义的观点,来考虑这部作品是否违反历史的真实,人物形象的塑造是不是切合实际,而不能脱离作品产生的时代去看待作品、分析人物形象了。

（三）

《娥并与桑洛》是一部傣族的叙事诗,这不仅仅因为它广泛流传于傣族地区,为傣族人民所熟悉,还在于它是一部具有傣族的民族特色的作品。斯大林教导我们:"每一个民族,不论其大小,都有它自己的、只属于它而为其他民族所没有的本质上的特点、特殊性。"①民族民间文学作品中,正要体现出这种特点、特殊性,才能算是一部好的作品。

读过傣族文学作品的人都会有这样一个共同的感觉,即一般说来,在这些作品中都有着火一样的感情,有着优美的语言、丰富的想象和生动、确切的比喻,也有着较为浓厚的宗教色彩和傣族地区的乡土气味。

就以比喻来说,在《娥并与桑洛》中,有许多是极为生动、形象和准确的,整部长诗中几乎每一小节都运用了这种表现手法,我数了一下大约用了一百多处。由于这样,有同志说:"反复的比喻,实在使读者感到厌烦。"但我的看法恰好相反。我觉得用得多正是傣族作品的民族特色的表现之一,这并不是坏事,问题倒是用得好不好、恰不恰当。我们看长诗为了写桑洛家乡的姑娘对桑洛爱慕的心切,用"象干池塘里的青蛙,盼望着大雨快快淋下"(第24页)来比喻;写姑娘们挑着清凉的泉水从泉边走过那种"清盈"的神态,用"好象燕子飞"(第33页)来比喻;写桑洛的父亲听了其妻述说的"好梦"后那种"轻快"的样子,用"象被风吹起的树叶"(第5页)来比喻;等等。简直活画出了一幅幅活泼、清新、栩栩如生的动人图画。这有什么不好呢?高尔基在给玛·格·雅尔采娃的一封信里说道:"您要深切地注意民间语言的美妙之处,……你将看见这里惊人丰富的想象,精确的比喻,迷人地有力的质朴,和惊人地优美的定语。"②的确一点不假,就在《娥并与桑洛》这部长诗里就有充分的体现。

有同志又认为,长诗中有的比喻,如"水鸭子"、"金蚂蚁"、"干池塘里的青蛙"形象不美,"不伦不类"。岂不知这些东西正是形成这部长诗优美、动人的不可分割的重要部分。在我们看来,乌鸦和蛇是丑的、令人讨厌的;但在傣族人民的口头创作里却不尽然。比如在长诗《嘎龙》里,出现的乌鸦和小蛇,就是美的、能知恩报德的有感情的动物。又如"金"这种物质,虽然汉族也很贵重,但作品中并不多见;傣族民间文学作品里却是非常之多。譬如《召树屯》里有:"金湖"、"金果树"、"金花"、"金锅"、"金号"、"金簪"、"金手镯"、"金鹿";《嘎龙》里有:"金

---

① 载《马克思主义与民族、殖民地问题》,张仲实译,人民出版社1953年版,第381页。
② 载《文艺理论译丛》,1958年第3期,第198—199页。

链子"、"金鹿"、"金嘎花"；《葫芦信》里有："金花"、"金扇"、"金号"、"金桥"、"金鞍"、"金伞"、"金线"、"金刀"、"金鹿"、"金凤"、"金坎鸟"、"金壳虫"；在《娥并与桑洛》里也有："金耳环"、"金耳杯"、"金塔"、"金竹子"、"金孔雀"、"金蚂蚁"、"金色的纽扣"、"金线绣的鞋子"、"金色的藤"……；难道也因为汉族没有这种用词习惯就不能运用了吗？我觉得，长诗《娥并与桑洛》的整理者所持的"我们特别强调了避免在整理时带进一些知识分子的语汇，不随便乱增加一个形容词或比喻"[①]的态度是正确的。

在整理和评价一部民族民间文学作品时，我们决不能从本民族出发，以自己民族的主观好恶代替客观实际去整理作品、衡量和评价作品，决不能因为我们自己不爱某些事物也要求作品亦必须按照自己的意愿来处理。我国是一个多民族的国家，各民族的生活方式、民族传统、风俗习惯、宗教信仰、兴趣爱好等等都有各自的特点。不可能，也不应该以一个标准强求一致。相反，倒正因这些特点反映到作品中，形成了作品的不同艺术风格和民族特色。这，不但不应反对，还应大力提倡、鼓励。对于我国文学艺术的百花齐放，是只会有益而无弊害的。

---

① 《关于〈娥并与桑洛〉的搜集、翻译和整理》，载《娥并与桑洛》，人民文学出版社 1960 年版，第 122 页。

从《娥并与桑洛》的讨论谈起

刘岚山

史料解读

该史料为一篇评论,原载于《民间文学》1961 年第 11 期。自《娥并与桑洛》整理本发表以来,学界掀起了大范围的讨论。本文作者从民族民间叙事诗的历史背景以及搜集整理的问题出发抒陈己见。作者认为,许多人在评论《娥并与桑洛》时质疑悲剧主角们缺乏反抗精神、缺乏爱情基础,实际上并未从他们所生活的时代、社会环境等来考虑问题,是缺乏历史唯物主义观点的表现。在作者看来,从长诗第三章开始,桑洛便开始了坚定地反抗封建家长制的行动。针对缺乏爱情基础一说,作者予以否认,认为作品通过描写美丽姑娘与漂亮男子的彼此倾慕给人以真切之感。对于诗歌的搜集与整理工作,作者提出搜集的材料应在绝对忠实于原流传地区的基础上尽量完备,从而进行准确的选择和必要的加工,使作品臻于完善,从而正确反映历史现实生活,表现出历史人物精神面貌。最后,作者强调,整理诗歌时应宁缺勿补,绝不能无中生有地加以创造;搜集整理民间文学作品并不是创作,也不应该创作。

刘岚山通过对《娥并与桑洛》讨论中不同观点的分析和评判,提出了整理民族民间文学作品的原则——宁缺勿补,不能无中生有地"创作""加工",无疑是正确的。

读了《娥并与桑洛》的讨论文章之后，又重读过这本优秀的傣族民间叙事诗，我也想谈谈自己久已感到但却仍然不成熟的一些想法，这就是民族民间叙事诗的历史背景以及搜集整理的问题。现在，我就先从历史背景谈起吧。

在童年时代，我曾亲眼瞧见一桩悲惨的命案：有一年一个早春的清晨，一个刚结婚不久的农村青年媳妇，借着到山塘去挑吃水，竟投水自杀了。这个青年妇女聪慧秀美，勤劳朴素，丈夫很喜欢她，她也很爱丈夫，确实是村上人们心目中一对好夫妻。可是，婆婆不欢喜她，整天打她骂她，有时还不给饭吃，她受气不过，便终于走上了自杀的道路。

这事发生在抗日战争以前，类似这种命案在我的记忆里还有好几起，这都是残酷的封建制度逼杀人命的真实悲剧。当时，她娘家举族人来"闹诉"①，婆婆事前闻风逃跑了，没有逮着，但却抄了这婆婆的家，为屈死者复了仇，警告了恶婆婆们。我清楚地记得：村里不少人——特别是青年男女为这个屈死的新妇难过了很久，而对那个恶婆婆却有好几年不理她，当面背后咒骂她。我小时候，只感到这个妇女死得惨苦；年岁稍大以后，我才知道这是一个真实的反封建的悲剧。

可是，假若现在有人评论这个人物，说："既然婆婆虐待她，她和丈夫一道离开家庭就是了；要是丈夫不愿意走，他们也可以离婚呀，为什么选择自杀呢？"或者说："一个聪敏伶俐的青年妇女，难道会出此下策吗？"甚至直接了当地提出这样的问题："他们为什么不起来反抗呢？"这种种评论，我以为同评论《娥并与桑洛》中的悲剧主角们缺乏反抗精神、缺乏爱情基础等等一样，是没有从他们所生活的时代、社会、环境等来考虑问题的结果，也就是说，是缺乏历史唯物主义观点的。

生活在封建社会里的人，能够对自由幸福的社会主义社会有所憧憬，但不能要求他们超越封建社会的一般观念，作出符合于社会主义社会制度下的思想

---

① 青年媳妇屈死后，娘家全族人去到婆家说理，惩罚当事人，这在皖东一带叫做"闹诉"。

行为。每一个时代、社会、民族又都有自己的许多独特的生活形式和风俗习惯，文学作品反映这些，正是它应该完成的任务之一。这大概是没有什么疑义的吧。可是，一遇到具体作品，人们便往往忽略这些，而强求任何作品都要具有直接现实的作用，这是什么原因呢？我以为这是过于简单地理解文学作品的作用的结果。

娥并与桑洛是傣族古代封建社会两个追求婚姻自由的青年男女，他们的形象一般是完整的，性格也是统一的。以桑洛来说，他反抗封建家长制的行动，从长诗第三章就开始了，这时母亲要他娶阿扁，他斩钉截铁地拒绝说："她织的布，象一朵枯萎的花，就是她织出十朵花，我也不会爱她。"这以后的一切描写与叙述，例如他出门做生意，与娥并相爱以至他们死后双双化为两颗晨昏相望的星星，等等，不都正表现了他反抗封建社会的始终如一的顽强意志吗？而所有这一切，又不都能激发人们反对封建社会、反对包办婚姻的斗争意志，警告一切"恶婆婆们"吗？至于他们的爱情基础，除了"共同追求幸福和自由，对爱情的坚贞"之外，我以为还有重要的一点，那便是对美的追求。一个是美丽的姑娘，一个是漂亮的男子，他们的结合，正是封建社会里人们对婚姻自由的理想之一，而作品又通过彼此倾慕以及对歌等描写，予人以相当真切的感觉，因此，说它缺乏爱情基础，也是脱离了作品的实际的。

正是因为这样，我以为我们读古代、外国或民间作品，首先要弄清它的时代背景等特点，看它是否正确地反映了历史现实生活，只有这样，才能正确地理解作品，才能更好地感受它的艺术薰染，受到它的形象教育。至于人物形象完整与否，也只有在这个前提之下，才能求得比较合理的回答。

民间文学作品，特别是诗歌，几乎都是嘴巴上的文学，主要依靠代代口口相授而流传下来，有的虽然有刻本和抄本，但最初也还是由口传开始的。由于口传，必然会因传者、传者的时代和环境的不同而有所变异，出现异词和繁简是平常的事。因此，搜集和整理工作有着重大的意义，是一件严肃的创造性的工作，决不是简单的访问记录、情节拼凑和语文修饰。

搜集工作要求占有材料越多越全越好，并且要求绝对的忠实于原流传地区。至于整理工作，则又必须进行准确的选择和必要的加工，保留其必需的，扬弃其多余的，使作品臻于完善，从而达到正确地反映历史现实生活，表现出历史人物精神面貌。有一个分界线，那就是绝不应从无到有地加以创造，实在万不得已时，我以为宁缺勿补，在残缺处加注说明就是了。

在民间文学的整理工作上，过去存在过、现在依然值得注意的两个问题：一个是还它一个本来面目。民间口头文学，经过世代口传，每个传者都有根据自己的需要，随时加以补充、减少或改作的可能，因此，本来面目是"还"不了的；而一定要"还"，那无非只是不管精华与糟粕，兼收并蓄，和盘托出的为艺术而艺术在民间文学上的反映而已。这当然是错误的。还有一种，就是硬让古代人物穿上时装，说古人话；或者是虽穿着古装，却说着现代人的话，做着现代人的事。这种错把古人当今人的做法之不妥当，也是毋庸多说的。因为这都不符合于历史发展的规律。

就《娥并与桑洛》的搜集与整理工作来说，是值得感谢的，但还不是完善的，这从人物性格形象性上可以看出来。作品确实给人有前松后紧、高潮不高的感觉，因而，那两颗早晚出现的星星，也就不是"那样明亮"。原因何在呢？我以为不在于前松，即不在于前面多方面铺叙和描写民族风习生活，因为这正是人物形象成长的过程；而在于后面收缩过紧，高潮没有造成就结束了。代序作者认为："其原因，可能是，也不能不是由于在过去的时代难以找到好的出路，无法把悲剧气氛写得更充分。这正是时代的悲剧。"这种解释是勉强的。因为恰恰相反，愈是黑暗的时代，人民要求光明就愈强烈；同样的道理，越是悲剧的时代，它的悲剧性也就越强大。然而，原因到底何在呢？我认为有两种可能：这就是搜集不全，材料不足，某些重要情节有所遗漏；或者是删节不当，例如把娥并母亲的哭女词删而不用，留下草草收篇的痕迹，就是这样。如果保留下来，也许可以增强反封建斗争的复杂性，主要人物形象或可因此衬托而较丰满一些，甚至可能给人以更多的回思余地，从而使其悲剧性强烈起来。如果这两种推测，都不符合于搜集与整理工作的实际，也就是说，确实无可补充，那么，我以为就是现在这样也好，因为搜集整理民间文学作品，并不是创作，也不应该创作。

谈谈《娥并与桑洛》的整理

朱宜初

史料解读

　　该史料为一篇经验介绍，原载于《民间文学》1961 年第 11 期。本文围绕《娥并与桑洛》的整理工作展开讨论。在所搜集到的八个底本中，都夹杂着或多或少的宗教迷信思想。解放前的傣族全民信仰佛教，傣族个体农民在封建暴力统治下寻找不到出路，这是造成长诗局限性的时代背景、社会根源和阶级根源。为了突出作品的思想性，整理者们删除了大量有关宗教迷信的描写，但是为了不过于改变作品的原始风貌，整理本保留了部分不可删除的情节。在《娥并与桑洛》的搜集整理过程中，各个底本的共同特点是现实主义与浪漫主义的结合，故而选用比较好的第一个和第三个底本作为主要根据来进行整理。在朱宜初看来，整理者提高了原作的思想性与艺术性，但美中不足之处在于，由于整理的时间比较仓促，整理本未能更好地糅入某些动人的情节，故较为遗憾。但是，无论如何，《娥并与桑洛》的搜集、翻译和整理工作都是做得比较成功的。

　　这篇文章总结了《娥并与桑洛》的搜集、翻译和整理工作的经验和不足，对于民族民间文学的搜集整理工作有一定的启发意义。

原文

《娥并与桑洛》是一部具有斗争性的、反封建的、现实主义与浪漫主义相结合的作品，读后使人久久不能平静。

然而作品也存在着它的局限性。这种局限性在我们所搜集到的八个底本中，都普遍的存在着。就是其中都夹杂着或多或少的宗教迷信思想，这不能不说它是与解放前傣族全民信佛的社会现象联系着。在整理工作的讨论过程中，大家一致认为应该大力删掉其中的宗教迷信思想，突出作品的思想性。整理本可以说基本上作到了这点的。但是整理本为了不要过于改变原作某些情节的原始风貌，所以保留了，关于沙铁虔诚地"到奘房（即佛寺）去拜佛，一年之后终于生了一个儿子"这样的诗句。这不能不说是它的局限性。

另外，在所有的原始材料中，桑洛回到家乡后，都没有对他母亲展开更坚决的斗争，只是消极地在家里等娥并来。娥并怀孕后，身子一天天的大了，桑洛没有去接她，娥并不得不自己找上门来。这不能不说桑洛在对他的母亲的斗争中，仍旧有他软弱的一面。整理本忠实于原始材料，也是这样处理的，这也是长诗的局限性。

这些局限性不应该理解为仅仅是来自于歌手或作者的问题，它是与傣族的社会和时代密切地联系着。解放前傣族的全民信佛，傣族个体农民在封建暴力统治下斗争的得不到出路，这些是造成长诗局限性的时代背景、社会根源和阶级根源。所以《娥并与桑洛》的悲剧，是傣族历史上的反封建的时代的爱情悲剧。

在我们整理的讨论过程中，有某些意见并不完全是一致的。因为所搜集的底本较多，各个底本的差异也较大，除了较完整的八个底本外，还有有关的故事两段，以及有关的资料片断五则，要将这些揉合整理成一个作品，的确是有许多困难的。讨论中有的同志主张将现实主义倾向比较突出的底本归为一类，整理成一本现实主义倾向的《娥并与桑洛》；而将浪漫主义倾向较浓的底本又归为一类，整理成另一本浪漫主义风格的《娥并与桑洛》。但是其实各个底本中，也没有如此显明的倾向,各个底本的共同特点仍旧是现实主义与浪漫主义的相结合。因此整理时,没有采纳这个意见,而是将比较好的第一个和第三个底本作为主要根据来进行整理。

主要整理者在整理上付出了更多的劳动,提高了原作的思想性与艺术性,这都是应该充分肯定的。但是由于整理的时间比较仓促,对某些动人的情节没有设法揉合进去,还是有些可惜的。比如在我们搜集到的一些片断故事传说中,有的说娥并与桑洛死后,埋他们的坟墓距离是比较远的,在这两座坟墓上,一夜之间各长出一棵十分茂盛的大青树(榕树),微风吹过,大青树就发出美妙的歌声,这就是娥并与桑洛的情歌对唱,后来这两座相距很远的坟墓还慢慢地靠拢来,靠在一起了。

另外,在德宏盈江几位傣族同志还说到娥并的故乡猛根有一股瀑布,高高的从山岩上跌落下来,却一点声音也没有,这是因为娥并与桑洛第一次在这里相会时,娥并正在这股瀑布下洗头,她听不清桑洛的歌声,她羞怯地闭上双眼向瀑布恳求道:

"瀑布啊!

请您不要再响了,

让我听听他的歌声吧!"

果然,从此这股瀑布静悄悄地流。整理本将瀑布改写成了河水,说:"小河呵!你流轻一些吧……"这就削弱了原作瑰丽的幻想,将浓厚的浪漫主义色彩抹淡了。

有的傣族同志还谈到,传说在猛根有条街,一头高翘起来,一头低沉下去。这是因为娥并与桑洛在赶街子的那天相遇,两人就对唱起来,他们的美丽和美妙的歌喉,轰动了赶街子的人都向他们对唱的那一边拥挤过来,街子的这头人太多了,而街子的那一头人太少了,人多的这头,就将这条街踩得翘起来了。这不但是个美好的想象,而且是对娥并与桑洛绝妙的赞美。

有的原始材料中,写到桑洛想看到自己心爱的姑娘时,就通过幻想揭示了一个美好的愿望:

> 他（桑洛）爬上树遥望姑娘住所，
>
> 一座山阻挡了视线，
>
> 撒洛（即桑洛）伸手把山压下去，
>
> 山果真陷落下去，
>
> 使他看到姑娘的住房。

　　写到娥并被桑洛的母亲谋害，受刀伤流血不止的时候，说有五百个姑娘抱起了娥并。这里说的五百个姑娘抱起了娥并，带有夸张和幻想，却又更进一步地写出了群众对娥并的热爱。在写到桑洛死后，"拴马的树桩变成石头，茶驮变成碎石块，仍然堆积在一起"，从而更写出了傣家人对桑洛的追悼和怀念。

　　另外，傣族同志谈到娥并与桑洛第一次相会时的这一霎那，也是充满幻想的。他们说，娥并在那股瀑布下洗头，桑洛赶着牛帮经过那里，但是这时牛帮突然都停下来不走了。桑洛心里感到很奇怪，仔细一瞧，有个多美丽的姑娘在那里洗头哩！……所有这些充满着美好愿望的幻想，整理本都来不及考虑如何更好地将它揉合进去，这不能不说是美中不足吧！

　　但是，无论如何，在中共云南省委的直接领导下，《娥并与桑洛》的搜集、翻译和整理工作都是做得比较成功的，正象中共云南省委宣传部部长袁勃同志所指出的"《娥并与桑洛》是一部优美生动的叙事诗"。

也谈《娥并与桑洛》

春　阳　碧　粒

史料解读

　　该史料为一篇评论,原载于《民间文学》1961 年第 11 期。这篇文章讨论了傣族民间叙事诗《娥并与桑洛》的评价问题和整理工作的意义。文章认为民间文学作品是劳动人民思想和智慧的结晶,应该被充分尊重和对待。对于《娥并与桑洛》的整理工作,作者认为整理者一方面尊重艺术规律,一方面在搜集材料和整理过程中表现出了严肃认真的态度,使得整理出的作品保持了原貌并且精益求精。然而,有些批评者对作品提出不合理的要求,作者认为这是对民间文学的误解。文章还强调了《娥并与桑洛》的真实性和典型性,它对封建家长制度时代下的爱情悲剧描写具有巨大的思想和艺术魅力。同时,文章也提到了作品的艺术特色和一些不足之处,对整理工作提出了一些建议。总的来说,该文认为对民间文学作品的评价要客观、准确,应该充分理解和欣赏作品的特点,并在整理工作中遵循严肃认真的态度。

　　该文比较客观地提出了研究者应该如何科学地整理民间文学,具有方法论意义。

原文

　　《民间文学》本着百家争鸣的精神，展开了关于傣族民间叙事诗《娥并与桑洛》的讨论。这不仅是为了解决对某一部作品的评价问题，而且是为了使大家能够正确地对待民间文学作品、评价民间文学作品。我们觉得，这样的讨论是有重大意义的。在这里，也想谈谈自己的看法。

一、"民间文学"应该是民间文学

　　在我国少数民族中保留着很多优美的史诗和叙事诗，这是民族文学遗产中一项宝贵的财富。解放后，这些作品被大量的挖掘整理出来，中国民间文艺研究会还出版了一套《中国民间叙事诗丛书》。《娥并与桑洛》正是这些优秀诗篇中的一部，它和傣族的《葫芦信》、《召树屯》、《嘎龙》及其他民族的长篇叙事诗一起，相映成辉。

　　民间文学作品基本上是各个历史阶段、各个特定民族劳动人民意识形态的生动反映，是劳动人民思想愿望和智慧的结晶，是劳动人民艺术才能和美学趣味的体现。它不但可以用来丰富人民的精神文化生活，教育和鼓舞今天的人民群众；而且具有特殊的认识意义，可以提供重要的艺术创作的经验和珍贵的资料。因此，对古代民间文学作品，我们应该充分尊重、严肃对待。虽然由于时代的局限，民间的创作也可能掺杂一些糟粕，也有粗疏之处，但一般总是人民群众自己的富有特色的创造。因此，在民间文学作品的搜集整理工作中，我们一向提倡"忠实记录"，要求尽量保持原貌，反对篡改和伪造。虽也允许在"忠实记录"的基础上"适当加工"，但必须严肃认真地根据多方面搜集到的材料，在整理时"去芜存精"、"去伪存真"，而不是凭主观愿望添枝加叶和任意改动。它是整理，而不是改编和创作。《娥并与桑洛》的整理者，能够"和傣族人民一起劳动，一起生活，一起斗争"，多方面搜集材料。一共收集了八个资料及各种各样的传说、故事、唱诗片断后，才开始整理工作。在整理过程中，又"详细查对原始资料，逐字逐句，都慎重考虑和推敲过"。这种严肃认真的态度，是应该赞许的。应该说，今天出版的《娥并与桑洛》这个本子，是比较好的。它既保持了作品的原貌，又做了"去芜存精"，"去伪存真"的工作。（以上情况，可参看《关于〈娥并与桑洛〉的搜集翻译和整理》一文）。

有些同志不顾搜集、整理民间文学的原则，武断地指责《娥并与桑洛》，甚至凭空为它开了一张单方：主题思想是什么，重点应该放在哪里，应该如何地加强斗争，应当怎样改动……这实在令人惊讶。没有经过实地调查，手头又无充分材料，怎能为一部民间文学作品从主题思想、人物性格到情节安排、细节描写，列出成套的全盘改动计划呢？汪法文等同志认为长诗的"主题思想是争取婚姻自由的青年男女桑洛与娥并向封建家长制的代表者桑洛母亲的斗争"，这是不准确的。应该看到，这部反封建的爱情悲剧的主题在于谴责美好事物的横遭绞杀，是通过一对善良的青年男女和他们之间纯洁的爱情被毁灭，来抨击封建制度，抨击旧事物的。因此，它也就不必要象那些同志所要求的那样，来拼凑一场所谓尖锐的斗争场面了。长诗着重描述了桑洛和娥并的外貌和内心世界的美，细致而动人地写出了他们之间美丽而纯洁的爱情，而又以他们的被残害作结束，应该是完成了自己的艺术使命的。这一对青年男女对封建束缚是有强烈的反抗性格，叙事诗的作者们（民间歌手）没有突出地去描述这一点，也是无可非议的。

在批评者中的确有这样一些同志：他们既不尊重他人劳动，又不尊重艺术规律，光凭自己想当然的几个框框条条，到处乱搬乱套，要求别人按照他个人的愿望来写作。这种同志在对《青春之歌》、《锻炼锻炼》等作品的讨论中曾经一再出现过，而现在竟又对古代流传下来的民间文学，也乱开单方了。当然，如果我们有根有据，完全可以向整理者提出一些合理的建议，以便他们进一步加工整理，使作品更完善；但对流传已久的民间文学作品本身，在创作上就不存在提出应当如何如何的问题。我们只能在既成的民间文学面前，考虑作怎样的理解和评价，从中吸取怎样的教育和借鉴，乃至指出作品的局限性，而不是要整理者重新来创作。

二、关于《娥并与桑洛》的真实性和典型性

《娥并与桑洛》在傣族人民中世代相传，而在德宏群众中更是家喻户晓，这不是偶然的。正是这部充满积极浪漫主义情调的长诗,饱含着巨大的思想、艺术魅力,而这种思想、艺术魅力,又充分地表现在它所描写的生活真实中,表现在它所塑造的艺术形象上,才唤起了傣族人民的共鸣,赢得广大群众的喜爱。

在封建家长制统治的年代,产生这样的爱情悲剧,这是可信的。旧制度的维护者——顽固至死的封建家长,被深深地埋藏在他们头脑中的传统观念所支配,他们漠视儿女的感情生活,不择手段地阻挠青年男女的婚姻自由,甚至宰割了自己的子女,这并不奇怪,因为那已经是被无数事实所证明了的旧时代的生活真实。《娥并与桑洛》并没有通过一场尖锐的面对面的斗争(当然,整部作品中也是写了斗争的),来表现这一重大的悲剧主题,而是成功地塑造了一对美丽、善良、追求自由的男女青年,赞美他们内心世界的崇高和美丽,赞美他们对自由爱情与幸福生活的追求,赞美他们之间纯洁、忠贞的爱情。这一切,正寄托着劳动人民的理想和愿望。这样的人物,这样的爱情,在封建家长制的统治下遭到摧残,自然会激起人们的愤怒,达到揭露不合理制度,鞭挞丑恶的旧事物、旧势力的目的,从而完成了作品的反封建使命。应该说,这正是这一出爱情悲剧的意义所在。

桑洛是一个具有反抗性格的形象:他为追求新生活而出走;他违背母命而自由恋爱,并敢于表示"如果你真不答应,从此我不叫你母亲";他最后完全出于母亲本意之外而殉情于娥并身边……这一切,在封建家长制统治的时代,不能不算是大胆的反抗。诚然,桑洛的反抗性并没有达到人们所希望看到的那种强度,这一方面是时代的局限,另一方面也与这一长诗表现主题的途径密切相关。因为它并没有、也没有必要侧重于写这对青年男女如何如何地斗争和反抗。而作品表现主题是可以采取不同途径的,不必强求一律。正因为这样,在娥并身上,民间作者更着重写她的善良,写她对爱情的忠贞,而根本没有去写她和桑洛母亲之间的斗争。也许有些同志会觉得娥并太软弱了,这是实在的,因为她、甚至桑洛,并不是有些人所苛求的那种所谓"完美的反封建英雄"。这对青年男女以及他们之间的这段爱情是动人的,是美的,既鲜明、生动,而又有代表性、富有教育意义。这应该也是一种典型。

汪法文、吴佩剑等同志的理解不是这样，他们基本上否定了这一民间创作。他们一个以长诗未能引起他的"共鸣"，一个以未能在她眼前"呈现出一对十分鲜明的、具有反抗精神的人物形象"，就断定作品不成功。那种要求古人现代化、或者凡是古代青年男女都是一个样子、忽略人物塑造与表现主题的内在联系的不正确观点，不想再分析了。就说所谓"共鸣"吧，能不能引起某一个人或某些人的"共鸣"，怎么能作为正式的批评原则呢？！就是马克思、恩格斯在阅读别人的作品时，"为了获得一个完全公正、完全'批评的'态度"，也不是凭第一次阅读时是否在情绪上受到强烈的感动，而是需要把作品搁一个时候，或者读上几遍，然后才发表评论的。不能"共鸣"，不一定总是作品不好，可能是自己对特定的生活缺乏了解，只根据头脑中所设计的框框条条去要求作品；也可能是自己的艺术趣味、思想感情不一定对头。否则，《娥并与桑洛》在傣族人民中世世代代地"共鸣"着，他们说："我们傣族最有名、最好的诗是《娥并与桑洛》"（见《关于〈娥并与桑洛〉的搜集翻译和整理》），这又怎么解释呢？

我们认为，所谓作品的真实性，主要应看作品总的生活事件所产生的可能性、作者解释生活事件的准确性以及整个形象体系中人物性格发展的统一性等。根据这种理解，我们认为《娥并与桑洛》基本上是真实的、典型的。汪法文等同志一再强调这部作品不真实，我们不能同意。固然，作品中某些细节确有粗疏之处，这可以建议有关方面在进一步整理时尽可能地使它完善起来。但从他们的论据中看来，更重要的是他们忽略了民间文学（尤其是民间叙事诗）的特点，把它当成现代小说、戏剧来看待了。应该知道，民间创作往往是不太追求细节的真实的，也不大注意细致的心理描写，而比较喜欢多用一些夸张、比兴、重复、对照、渲染等手法，富有浪漫主义色彩，因此，本来就不该对民间文学作品的一点一滴、一枝一节都要求"真实"。汪法文等同志忽视了这一点，以致比较简单、片面地去苛求《娥并与桑洛》，这就难免要产生谬误了。

三、《娥并与桑洛》艺术上的特色及其不足之处

这部长诗在艺术上，是有自己的特色的，它具有强烈的艺术感染力量，不象某些同志所说那样："总是引不起我的共鸣。"我们觉得：这部作品在艺术上有很多值得我们学习和借鉴的地方：首先，长诗所展示的整个形象体系是具体而完整的，民间作者们以朴素的形式，唱了一个动人的故事，表达了反封建的主题，并且把叙事、抒情、写景水乳交融地统一起来。既单纯而又不单调，既朴实而又优美动人，使整部诗篇具有强烈的感人力量。长诗用民间诗歌所特有的多样的表现方法，塑造了娥并和桑洛这两个动人的悲剧形象。写桑洛的出生，则用传奇色彩很浓的笔调；写桑洛的外形美，则用侧面的渲染和烘托，写桑洛的内心世界及性格发展，则用更多的个性化的语言和动作，而且人物总是在行动中表现出自己的独特的个性，不是单纯地静止地描述。娥并虽然出现较迟，但一出场就给人以很深的印象，作者用具体的描述、美妙的比喻，写出了她的勤劳、美丽和善良。正因为如此，读者才深深地关切着她和桑洛的爱情，赞美她对爱情的坚贞不渝，同情她的不幸遭遇。在刻划封建家长的典型——桑洛的母亲这一反面形象时，作者主要是通过她设谋迫害娥并这一情节，生动地表现出她的丑恶嘴脸来。整部诗篇的情节是单纯的，但由于大量地采用了比兴、夸张、对比、陪衬等等手法，这就使得作品血肉丰富、细腻动人，很能体现出傣族民间文学的特有风貌。长诗中有不少动人章节，特别是娥并与桑洛相会和对歌这两章（诗中第七、八两章），写得是如此优美、明快、丰满，读着它，使人分享了这一对青年男女的幸福，感到无限的欢愉。象这样的诗章，在一般的叙事诗中还是不可多得的。总之，《娥并与桑洛》这部长诗在艺术上确有较高成就，它体现了傣族人民的智慧和艺术才能。当然，参加搜集、翻译、整理的同志们也在自己能力许可的范围内，作了很大的努力，这一创造性的劳迹，是不容忽视的。

在谈到长诗思想艺术上的成就的同时，我们也感到还有一些不足之处。桑洛的性格中有反抗的一面，但这种叛逆性格在殉情前没有得到充分的发展，甚至几乎停顿了。主要人物性格缺乏发展，那么作为性格发展的土壤——情节，也会同样缺乏变化，以致后半部各章显得松懈；由于殉情前，缺乏较充分的发展，也使得矛盾发展到高潮时的"娥并遭害"、"桑洛殉情"等节，缺乏浓烈的悲剧气氛，不十分激动人心。正因为这样，我们也觉得这部长诗与傣族另几部长诗《葫芦信》、《召树屯》比起来，在某些方面是显得逊色的。可见，同是民间的作品,高下、粗细之分还是有的,并不能认为,凡是民间的作品都好,而且都一样的好。

四、关于整理工作的几点意见

应该说,作品中有些不足之处,是民间作品本身的局限性,这是整理者无能为力的;但也有一些地方,原是整理者有可能使作品写得更完善、和谐些的。我们手头只有一份原始材料《娥卞与撒洛》(悌享、龚国贵翻译,《云南民族、民间文学资料》第三辑),很难提出全面意见,只想就以下几点和整理者商讨:

(一)长诗中的确有一些不够统一的地方:例如从景多昂到猛根,第一次桑洛骑着马、赶着牛群,是第三天到达的(见第五、六节),而在定情时,桑洛却对娥并说:"只怕哥哥和妹妹相隔太远,见一次面要走三十天……"(见第八节)。如果这里也许是桑洛在看到对方已经答应以后,故意逗弄和试探娥并的意思,那么,再看后面。娥并是在"走过无数个寨子,渡过无数条大江,爬过无数座高山,路呵,还是那么遥远","不知走了多少天,走过多少密密的森林"才到景多昂的(见第十节)。从这里看来,好象两地相隔真有数十天的路程才对。如果是三天的路程,总不至于会"不知走了多少天"的。可是,当娥并被逐回去,桑洛打完鱼中午回家发觉后随即追赶,却又都只花了半天左右的时间就到了。事情发生在一天之内,而且桑洛追赶是骑马飞奔的,竟未能追上,到达猛根时,娥并却早已死在家中了(见第十二节)。诗中不止是时间、空间的问题是这样,如果仔细推敲一下,类似这种不统一的描写,还可以找到几处。我们认为:民间文学不大注意细节的交代,这是事实,运用浪漫主义手法,作必要的夸张,也是允许的。但无论如何,在同一篇作品的叙述描写中,整理者总应该注意统一性。否则,就会使作品的真实性和艺术完整性受到损害。虽然这只是枝节问题,但也不能忽视。

(二)我们把《娥并与桑洛》与记录稿《娥卞与撒洛》作了些比较。总的说来,无论在思想上和艺术上,前者都要比后者好得多,但不如记录稿的地方也是有的。例如:记录稿写娥卞到撒洛家曾经会见了撒洛,但"只谈了蒸熟一甑饭"的时间,撒洛的母亲就故意叫儿子去找菜(捕鱼),而她就在家中迫害娥卞。而撒洛的母亲在接见娥卞时，装出一付虚伪的殷勤脸孔，"伸手拉住媳妇：快来到母亲这里来"。而在哄走撒洛后，却用各种毒计害死娥卞。这样的处理不仅情节合理、丰富，而且人物形象也更鲜明了。这个本子，从这一段到撒洛殉情，在描写上也细致、动人，相比起来，整理本《娥并与桑洛》这几章却显得单薄、粗疏。因此，我们希望在进一步整理时，能把各个原始记录本的长处，都尽可能地吸收过来。

（三）这部长诗的语言，我们还感到有不够满足的地方。如果和《葫芦信》比一下，就更显出它在语言上的弱点：许多地方不够精炼，尤其是缺乏诗歌语言的音乐美，过于散文化了，愈到后面愈差，前后不平衡、不统一。因此，我们设想，如果重新整理的话，是否可以重新翻译加工一次，至少后半部应该这样。

以上意见，是否妥当，请同志们指正。

就《娥并与桑洛》的争论谈民间文学的整理

董 源

史料解读

该史料为一篇评论,原载于《云南日报》1961 年 12 月 18 日。关于《娥并与桑洛》的争论中所涉及的民间文学的整理问题,汪法文提出了《娥并与桑洛》中的三个主要人物"没有塑造成功"的观点,并为作品的修改提出了个人的设想,以将桑洛塑造成一个完整的英雄形象;刘岚山提出"宁缺勿补"的主张,认为"文学整理绝不应从无到有地加以创造"。本文作者认为,上述两种整理原则都有片面性:前者过分强调了创作,以至于取代了整理工作本身,使作品不再是傣族民间的叙事诗,而成了作家个人的创作;后者又过分强调了保留原来的面目,致使整理作品的工作降低为整理材料的工作。对此,本文作者提出正确的整理原则:在严格地保存原作品的情节、基本思想、时代特色、艺术风格的原则下,把去伪存真、去粗取精和不可避免的、必要的极小限度的创造(加工、创作)结合起来,既保存原作品的内容和形式的特色,又使原作品成为完美的艺术品,使整理工作能真正完成发掘民间文学宝藏的任务。

董源在这里提出了整理民族民间文学的原则,即既保存作品的原貌又进行适当的艺术加工。这一原则在民族民间文学整理工作中经常使用,但尺度把握却因人而异。

原文

　　近来,有关刊物展开了关于《娥并与桑洛》的争论。争论中涉及到民间文学的整理问题。这是个重要的问题,值得加以讨论。

　　汪法文同志在他的《谈〈娥并与桑洛〉中的三个主要人物》(《民间文学》,1961年9月号)一文中,提出了《娥并与桑洛》中的三个主要人物"没有塑造成功"的结论后,为作品的修改提出了他个人的设想:"我认为:这篇诗主要的力量是要放在桑洛与他母亲之间的斗争上。"这样就"可以把桑洛塑造成一个完整的英雄形象"了。在争论中,类似汪法文同志这样的"设想",不在少数。

　　不难预测,如果整理者按照这些同志的"设想"去重新整理作品的话,那么即使是真的"把桑洛塑造成一个完整的英雄形象"或"反抗封建制度的英勇的战士","娥并的形象更完整更美",使作品达到更高的思想艺术水平,可惜,这样一来,作品就不再是傣族民间叙事诗,而成了作家个人的创作了。

　　我们知道,民间文学的整理的根本任务,是要发掘出民间文学的宝藏,以文字形式把它固定下来,使它像作家创作一样得到广泛的流传。那么毫无疑问,整理的原则,就必须确立在完成这个重大任务的前提下,为完成这个任务服务,而不能任意设想的。否则,那实际上是取消了整理工作本身,必将带来重大的损失。

　　与此相反,刘岚山同志在他的《从〈娥并与桑洛〉的讨论谈起》(《民间文学》,1961年11月号)一文中,提出:"有一个分界线(指创作与整理的界线——引者),那就是绝不应从无到有地加以创造,实在万不得已时,我以为宁缺勿补,在残缺处加注说明就是了。"这样作即使是经过"准确的选择"后,把民间文学的精华部分保存下来了,但这至多也只能是个经过一定整理的加了注的民间文学的好材料而已,它不可能成为完美的作品。因为民间文学具有着口头性、集体性和变异性的特点,它通常都是多样而又不够完美的。《娥并与桑洛》就是这样。刘岚山同志的原则作为对整理材料的一种要求来看,未尝不可;但如果把它当成民间文学的整理原则,那就不能很好地为民间文学的整理任务服务了。

　　上述两种整理原则都有片面性：前者过分强调了创作，以至取消了整理工作本身；而后者又过分强调了保存原来的面目，以至使整理作品的工作降低为整理材料的工作。（尽管刘岚山同志在他"分界线"前面也提到了"必要的加工""创造性"这样的话，但从他的"分界线"看来，这些话就架空了。）显然，这都是不适合的。正确的整理原则，我认为应该是：在严格地保存原作品的情节、基本思想、时代特色、艺术风格的原则下，把去伪存真、去粗取精，和不可避免的、必要的极小限度的创造（加工、创作）结合起来。这样，就既保存了原作品的内容和形式的特色，又使原作品成为完美的艺术品，使整理工作能真正完成发掘民间文学宝藏的任务。就拿著名的古希腊两大史诗《伊利亚特》和《奥德赛》来说，它在民间广泛地流传了六七百年，直到公元前六世纪才最后整理固定下来；这样的长期的广泛的流传，其多样性和残缺性是可想而知的；但经过整理之后，却成了我们今天所看到的那样完美的作品，以至使伟大诗人哥德等所谓"统一派"，也说它一定是个人创作，否则不可能那样完美。又拿我国著名的《阿诗玛》来说，它的原材料有二十份之多，其多样性和残缺性也可想而知。在《阿诗玛》"序"里有段话是这样说的："我们应当忠实于原作。……但如说一字不易，则又颇值得商榷。假如作为原材料，如《阿诗玛》的二十份异文，一字不易地保存起来，便于进行研究工作，那确是应当的，但如作为一个作品让读者去欣赏，去学习，那就不能不在尽量忠实于原作的原则下适当进行加工。"

从傣族的社会生活看《娥并与桑洛》

吕光天

史料解读

　　该史料为一篇评论，原载于《民间文学》1961年第12期。作者从傣族的历史背景、社会经济制度以及风俗习惯出发，深入探讨了《娥并与桑洛》这一长诗。傣族社会上农奴阶级和农奴主阶级的对立，是其社会矛盾的主要方面。《娥并与桑洛》这部爱情悲剧揭露了傣族封建社会本质上的矛盾，大胆而尖锐地批判了以桑洛母亲为代表的封建制度的罪恶。本文作者认为，整理本中仍存在一些脱离傣族封建农奴制度的实际问题。如广大农奴受着农奴主沉重的压迫和剥削，而整理本在开头却将景多昂描绘为像"天堂"一般的存在。再如，整理本中关于出身贫苦人家的娥并母亲对女儿和贵族结婚这件事一开始没有表示出丝毫的反对的情节，不符合傣族历史社会的实际。最后，作者强调整理少数民族的民间文学遗产是一种科学性的工作，不应脱离少数民族的社会制度、阶级关系和风俗习惯。

　　吕光天对《娥并与桑洛》整理本提出的问题，主要是从文学作品要反映实际社会生活的角度提出来的，有一定的合理性，对于研究《娥并与桑洛》这部作品具有一定的参考意义。

原文

从目前《娥并与桑洛》的讨论看,我觉得有必要从傣族的历史背景、社会经济制度以及风俗习惯等方面来探讨这部长诗,这不仅对了解长诗有益处,而且也是问题的重要方面之一。

傣族自从十三世纪进入封建社会以后,它的社会经济制度的基础就是封建农奴制的领主土地所有制,社会上农奴阶级和农奴主阶级的对立,是其社会矛盾的主要方面。

由于傣族社会内部生产力的发展,另外,由于傣族地区古代就是祖国内地和缅甸以及印度的交通要道,汉族的商人往来不绝,因此,在十三世纪后,在德宏和西双版纳的一些地方,曾出现过商业城镇。特别是十九世纪末叶,随着资本主义列强的经济侵略:倾销商品、掠夺原料、扩大市场,使德宏傣族地区的芒市等地成了外货和土特产的集散地,部分傣族的封建领主同时也就成了商业资本的持有者。《娥并与桑洛》的原始资料基础本(即第一本)正是"芒市抄本"。从长诗所提供的材料看,桑洛是大商人(可能是领主兼商人)的儿子。他本人也率领商队做生意,他的姨妈家也是大商人,这些都和上述的社会经济背景有着密切的关系,它反映了傣族封建社会已经发展到相当水平,商业已经出现的情况;桑洛的家族正是这一时期贵族领主阶级生活的缩影;而娥并的家族所代表的正是和贵族领主阶级相对立的农奴阶级。至于长诗究竟产生在上述那一时期,由于资料不足,尚待进一步研究。

由于傣族的社会是一个农奴制社会,因此,与封建经济基础相适应的婚姻也带有浓厚的封建色彩和阶级压迫的烙印。

贵族领主阶级中,通行着一种阶级内婚制,即领主家族之间结婚。有的领主家族为了保持家族的特权地位,还在家族内实行婚配,除同胞兄弟姐妹外,堂兄弟姐妹都可通婚。甚至有时不分辈分。而统治阶级和被统治阶级之间,在婚姻上,有着严格的阶级界限,彼此绝对不能通婚。桑洛的母亲逼着桑洛和阿扁结婚,而坚决反对和娥并结婚,这是有它的阶级根源的。

但是作为贵族儿子的桑洛，向这残酷的封建制度宣了战，他不但为自由婚姻与贵族阶级决裂，而且最后为了爱情的忠贞，自尽殉情。这个爱情悲剧，真实的、典型的揭露了傣族封建社会本质上的矛盾，大胆而尖锐地揭开了以桑洛母亲为代表的封建制度的罪恶。

傣族人民热爱《娥并与桑洛》，是因为这一对牺牲者和叛逆者，深刻而广泛地影响着傣族人民的生活。这从德宏路西县户闷寨解放前的婚姻情况便可看出。全寨 95 对已婚男女中，约有 30％的男女是经过反抗封建婚姻而成亲的。例如其中有 10 对，是双方采取相约逃跑的形式成婚的；另外有 14 对男女是婚前生子，迫使父母不得不答应而成亲的；另外还有用抢婚的形式的。总之，傣族人民对《娥并与桑洛》的热爱并不是偶然的，它有着非常深远的社会意义。

但是，从傣族社会经济基础看，整理本除了在思想性艺术性上基本成功之外，还存在着一些问题值得研究。

首先，长诗有些地方的描写，我们认为是离开了傣族封建农奴制度的实际。在这种阶级社会里，在农奴主的压迫下，广大农奴受着沉重的压迫和剥削，牛马不如，而农奴主则过着豪华的生活，这是当时傣族社会的实际，但是整理本一开头就告诉读者："景多昂是个快乐的地方，男男女女生活得欢欢喜喜，家家户户有吃有穿，日子过得象天堂。"在农奴制的社会里，果真有这种事吗？农奴真的欢欢喜喜吗？真的有吃有穿吗？果真如此，近几百年来，傣族地区掀起的数十次的农奴起义就成了怪事了。这种描写难道不是封建统治阶级在抄本中放的毒吗？这明明是用"天堂"粉饰农奴制社会、麻痹被压迫阶级斗志的毒药。选取了这种材料，是不妥当的。

再看整理本中，作为贫苦人家的娥并的母亲，竟然会对女儿和贵族结婚这件事一开始丝毫没有反对的表示，这是不合乎傣族社会中不同阶级在婚姻上的严格界限的实际的。而原始资料底本中，有好几个都有这种情节，为何删去呢？整理者说：把她处理成反对者，她就成了"反面人物"了，这显然是把狰狞可恶的桑洛母亲和善良的劳动者的代表娥并母亲等同起来了。这是不公平的，只让桑洛母亲骂穷人，而剥夺了娥并母亲的发言权，这实质上不仅给封建统治阶级助了威风,而且损害了她的形象。娥并死后,娥并母亲哭诉的情节同样被删去了,总之,使读者看不到这个悲剧背后是阶级矛盾的必然结果。

整理本在描写娥并和桑洛的对唱中:娥并说:"只怕我笨手织的粗布,配不上哥哥的细绸缎,只怕我采的野菜和蕃茄,让哥哥吃饭时难下咽。"桑洛回答:"……猛根的好姑娘!桑洛都挑遍,再细的料子,也不如猛根的粗布。"在整个诗中,只有这里似乎是流露出他俩阶级之间的差别的比喻。"野菜"和"粗布"是娥并的生活内容;"细绸缎"和"吃饭时难以下咽"是桑洛的生活实际,但整个诗在这方面反映的不够充分。另外,值得指出的是:把"笨"加在娥并头上,把娥并比做"粗布"似乎和桑洛母亲污蔑穷人的语气"笨手笨脚"有相同的味道。显然是不对的。

整理本把桑洛率领去远方做生意的商队成员都叫"小伙子",这是难以理解的。从材料看,桑洛和商队的关系显然是主人和奴仆的关系,为什么用"小伙子"掩盖住这种阶级关系呢?桑洛是个大贵族,家里"钱多得象谷子";他领着大商队,可是回家后,母亲又让他去打鱼?!这就令人不解,诗的前部,桑洛是个贵族,后来莫非是成了劳动者?前后缺乏统一性。

原始资料中本来是提供了合乎傣族风俗的素材,例如桑洛回家告诉母亲自己爱娥并,遭到拒绝后,桑洛便上门到娥并家。这是合理的。从傣族各地普遍存在的上门习俗来看(除和汉族杂居的地区外),结婚的过程一般是以女方为中心的。结婚不是男子娶女子,而是男子到女家去住很长时间,有的少则两年。有些地区差不多是男人结婚时必经的手续。桑洛在猛根娥并家住了很久,有了孩子,实际就是这种风俗的反映。但整理者为了安排高潮,把实际已经上了门的桑洛(与娥并同居怀了孕)又硬拉回家和他母亲斗争,由于这样安排,也就不得不再拉着怀了孕的娥并不远千里而来寻找桑洛,给人的印象似乎是桑洛抛弃了她。这不但不符合傣族的风俗,同时也损害了桑洛忠贞的形象。应该说这一段情节是值得研究的。

上面提出的几点不成熟的看法,很可能是片面的,但应该认识到:整理少数民族的民间文学遗产是一种科学性的工作,如果离开少数民族的社会制度、阶级关系和风俗的分析,整理工作会受到一定损失的。

我对《娥并与桑洛》整理工作的几点意见

刀成兴

史料解读

　　该史料为一篇评论,原载于《民间文学》1961 年第 12 期。本文主要针对长诗《娥并与桑洛》整理工作方面存在的问题展开讨论。首先,作者认为娥并母亲这个人物的塑造是失败的,她不能充分体现出傣族劳动人民对儿女的疼爱和对封建统治阶级的憎恨。其次,作者认为《娥并与桑洛》的情节安排存在不妥之处,后半部进展较快,有些地方呈跳跃式发展,娥并与桑洛在街上或河边会见一事就是例子。另外,作者还讨论了《娥并与桑洛》语言的运用,认为《娥并与桑洛》富有傣族民间文学的色彩,其以个性化的语言所塑造的人物形象是成功的,但存在的问题是汉文译本不如傣文版本里的语言生动、优美,作者推测其原因之一是翻译比较困难,原因之二是翻译者可能过于追求简练的语言,从而影响了长诗的思想性和内容的表达。最后,作者认为应取消长诗第十二章最后一小段关于桑洛"撒钱"的错误注解,指出桑洛这一举动不是为死人"撒钱",而是表现了其殉情的决心。

　　该评述体现了《娥并与桑洛》整理工作的复杂性,从人物形象、情节安排、语言运用等方面展开了详细的讨论,对整理长诗具有一定的启发意义。

原文

　　长诗《娥并与桑洛》的反封建的主题思想意义是突出而鲜明的,它的艺术成就也是极高的。所以我认为它是一部优美生动的长篇叙事诗。但是,在长诗的整理工作方面却还存在着问题。现在,我想谈几点意见。

　　娥并母亲这个人物的塑造,我认为是失败的。她不能充分体现出傣族劳动人民的那种对儿女的疼爱和对封建统治阶级的憎恨。娥并母亲这个人物形象之所以失败,跟整理者有意删除她为娥并的死而痛哭这一段是有关的。整理者在《关于〈娥并与桑洛〉的搜集、翻译和整理》一文里说:"关于娥并母亲哭的那一段,和接近结尾的紧张情节有些游离,并显得累赘,所以我们删除了。"我的看法相反,在接近结尾处需要情节紧张和充满悲剧气氛的时刻,正需要娥并母亲的痛哭,因她的哭将增加悲剧气氛的壮烈,从而控诉封建社会包办婚姻、贫富悬殊的罪恶,唤起人们起来打倒不合理的封建制度。这样,诗里的阶级内容更会突出和鲜明,也能增强长诗的思想性。有人主张也要桑洛的母亲痛哭,我认为不必要,这样只会冲淡了桑洛母亲那种封建阶级的狠毒的典型形象。有人会问,诗的开始不是说,桑洛母亲很宠爱桑洛吗?如今桑洛死了不流泪合情理吗?我认为,桑洛母亲不管怎样求神拜佛盼望生一个孩子,但她养儿育女的目的,是叫儿子服服帖帖的按着封建剥削阶级的一套规章来生活。如果违反这些规章和有损害封建家庭的尊严时,封建家长们对待儿子是无情的、残酷的。在封建社会里,维护封建家庭的尊严是比儿子的生命还重要的。我们再从桑洛母亲如何放火烧了娥并与桑洛坟上的芦苇这一段的描写来看,十分清楚,象桑洛母亲这种顽固、狠毒的封建家长是不会哭的。因此桑洛母亲前后对待桑洛的每个细节描写是真实的。可是把娥并母亲痛哭那段删去是不应当的。娥并母亲是劳动人民的母亲,把她处理成一个坚决支持娥并与桑洛的婚事的人,那也不大符合实际。因为在封建统治时代,傣族劳动人民跟富贵人家和土司、头人们成亲是少的。在当时,不仅封建家长们坚决反对自己的儿女跟劳动人民的儿女结婚,而劳动人民的母亲也是坚决反对自己的儿女跟富贵人家的儿子们谈恋爱的。

可是双方的家长反对的出发点是不同的。富者认为：门当户对是最幸福最光彩的，它维护了所谓封建阶级的尊严。贫者则认为：富人家是高不可攀的，把女儿嫁给富人是得不到幸福的。傣族就有这样的一句谚语："刺跟叶子在一块，是叶子通；叶子跟刺在一块，也是叶子通。"由于这样，我认为娥并母亲开始反对娥并到街上去会见桑洛这一段，应当着重刻画她为什么反对娥并上街。当娥并怀了孕和被迫害后应当着重刻画娥并母亲为女儿的不幸遭遇而引起的痛苦。我记得象这种情节抄本里是有的。可是整理者都把它当作一种"累赘"，跟"紧张情节有游离"为理由而删除了。

　　长诗的情节，安排得还好。但情节的安排，也有不妥当的。例如：第七章写到娥并与桑洛在街上相遇时，桑洛恨"太阳怎么还不落坡"，娥并"把手里的香蕉撕成两半，把手里的槟榔分成两半，分给围在她身边的孩子们"。无疑他俩都在盼夜晚快来临，好在夜静无人的地方彼此倾吐真情。但整理者也许追求简炼或情节紧凑吧！整理成"桑洛回到住的地方，悄悄拴好马，急忙走到河边，驾着小船在河里划"。到第八章开头，又是这样写的："桑洛回到家，只望太阳快落山。娥并回到家，只望月亮快升起。"你看，娥并与桑洛在街上相遇，又在河边对歌，说来他俩都已回到家两次了。但为什么说，太阳还是不落山呢？一天的时间是那么长吗？显然这里是不妥当的。据我过去所知的抄本是这样的：桑洛与娥并从街上回来以后，因娥并母亲不许女儿跟富人家的儿子恋爱，不让娥并与桑洛相会，这时娥并与桑洛的心情愁闷得很，尤其娥并的心充满着矛盾和对封建婚姻制度的不满。过了好几天，他俩才在河边巧遇的。象这段情节，曲折动人，又能说明问题，整理者都没有采用。还有娥并被害，回到家后的这一段处理，我认为生活气息是不浓的，因诗里把娥并母亲描写成"哭而不言的人"，同时来观看的群众，也没有什么表示。我觉得这种处理不仅跟原作有很大出入，更主要的影响了长诗的思想性的充分表现和悲剧的壮烈气氛。

　　总之，这部长诗的情节安排，前半部是好的，就是后半部进展较快，有些地方是跳跃式地发展。娥并与桑洛在街上或河边会见一事就是例子。

　　长诗的语言运用一般说是成功的，富有傣族民间文学的色彩。例如：夸张、比喻和陪衬等都是傣族文学独特的表现方法。长诗里用个性化的语言来塑造人物是形象的,成功的。但存在的问题也是不少的。当我看了汉文译本以后,总有这样感觉,它的语言不如傣文版本里的语言生动、优美,富有和谐的韵律。为什么这样呢?我认为:一,翻译是比较困难的工作;二,翻译者可能过于追求语言简炼了。如果认真阅读过傣汉文两个版本的人,他一定感觉到:汉文版本有些过于简单,应该译出来的没有译出来,这毛病主要是:傣文版本里,有些本来是用六行诗段来描述的,但汉文却只用四行诗段或两行诗段来描述。有意义的,应该认真译出来的,反把它遗漏了。由于翻译质量不高,所以影响了长诗的思想性和内容的表达。

有人说:"傣族人民认为鸭子和金蚂蚁是美丽的,这是傣族人民的习惯和爱好。"我不同意这种看法。长诗里把美丽的姑娘比作"鸭子"和"金蚂蚁"是不当的,同时原傣文版本里根本没有这种比喻法。不确切的名词也存在不少。

有一个注解应当取消:长诗第十二章最后一小段,关于桑洛殉情前"抓出衣袋里的银子撒了满屋满地"的注解说:"傣族习惯,人死后要撒钱,捡得钱,象征平安。"我承认傣族有这种习惯,但"撒钱"是对老人死的事,青年死了根本没有这回事,再说"撒钱"是抬死人出去时进行的,为何桑洛还没死,娥并也还没抬走就"撒钱"了呢?最根本的是:桑洛这一举动不是为死人"撒钱",而是为自杀创造条件。若此注解不取消,它将冲淡桑洛那种坚决自杀殉情的决心。

以上是我个人的几点不成熟的看法和意见。

谈《娥并与桑洛》的评价问题

李岳南

史料解读

　　该史料为一篇评论，原载于《民间文学》1961 年第 12 期。本文作者认为，众多关于《娥并与桑洛》的讨论文章存在三个问题：其一是以现代人的眼光来看待古人；其二是强要民间文学搜集、整理者去做不应该做也不可能做的事情；其三是抓住一点，否定全局。针对以上看法，作者认为，既不能混淆了整理和改编、再创作的界限，也不能以非劳动人民的审美观点和非历史主义的看法来看待历史文学作品，从而错误地贬低了这部作品巨大的思想力量和艺术价值。作者还表示，原作在艺术构思、表现手法、人物塑造和情节处理上是存在斑瑕的，但这些问题是由封建统治者的有意歪曲、篡改及时代的局限造成的。若所搜集到的版本均存有缺陷，整理者也是无法进行弥补的。最后，作者提出《娥并与桑洛》在语言的翻译、整理和加工方面存在缺乏抑扬顿挫和音韵铿锵的音乐美感、情节安排取舍不当、情节铺垫不足等缺陷。为弥补作品的缺陷，整理者在尽可能的条件下，有进一步发挥主观能动性的必要。

　　该评述对《娥并与桑洛》的评价问题做了总结，提出了搜集不同版本的重要性。作者提出要坚持"忠实记录，慎重整理，适当加工"的原则，对作品的缺陷可以适度发挥主观能动性加以弥补，这一观点是本时期民间文学搜集整理的总体原则。

原文

　　看到《民间文学》通过《娥并与桑洛》的讨论，展开了如何正确地评价和对待民间文学遗产的研究，是一件十分可喜的事情。这是党的百花齐放、百家争鸣和推陈出新的文艺方针，得到进一步贯彻和体现的良好现象。正如周扬同志所指出的："百花齐放、百家争鸣和推陈出新的方针，促进了文学艺术各个门类全面的多样化的发展，促进了旧传统的革新。"①我们就以民间文学中的史诗、叙事诗的搜集、整理、出版来看，也是卓有成效的，如阿细人的《阿细的先基》、撒尼人的《阿诗玛》、彝族的《梅葛》和傣族的《召树屯》等等，都是较有代表性的优美动人的作品，它们不单为本民族所热爱，也受到了全国广大读者的欢迎，其所以如此，正由于广大的民间文学工作者、专家和群众，从一座又一座长期被埋没的民间的艺术宝库里，将它们发掘出来，"拭去了淤积在它们身上的尘土，在马克思主义思想的照耀下，去芜存菁，使它们焕然一新，发出夺目的光彩"②。而傣族民间叙事诗《娥并与桑洛》的搜集、翻译、整理和出版，我认为也基本上达到了上述要求的。

　　对于《娥并与桑洛》所获得的思想、艺术质量的估价，我觉得该书《代序》作者袁勃同志的有些看法，还是比较中肯和实际的。然而，在此次关于《娥并与桑洛》的讨论文章中，我觉得，有的同志在某些问题上所持的看法，是带有片面性或值得商榷的。

　　这些同志的看法，归纳起来，不外是三种：一则是，拿我们今天社会主义时代的思想觉悟水平和无产阶级革命英雄的品质，来强要求于古人；二则是，把民间文学搜集、整理者不应该也不可能做的事情（即所谓去塑造英雄形象和性格）来强要他们去做；三则是，抓住一点，否定全局。不论是哪一方面的看法，我认为都是不正确和不实际的。试想，在无产阶级革命学说还没有产生的彼时彼

---

①　见周扬同志的《我国社会主义文学艺术的道路》。

②　见周扬同志的《我国社会主义文学艺术的道路》。

地,在没有掌握了马克思列宁主义这一革命的思想武器的情况下,叫古人去克服本阶级所带给他们的局限性,这是无论如何也做不到的;就拿汉族历史或历史传说做例子:民族英雄岳飞、清官包公、梁山义士卢俊义,可以说是杰出的人物了,但是,岳飞纵然有强烈的爱国思想,也不能克服本阶级的局限性(如曾镇压过杨么所领导的农民起义军);包公虽说有许多德政,甚至敢于铲除皇亲国戚,但毕竟还是忠于宋朝王室的。至于说出身于大地主、富豪的卢俊义吧,他到了梁山泊之后,虽然也在一定程度上,受了农民革命的朴素的唯物主义的影响,但是,也不能说他克服了本阶级带给他的局限性,何况,历代即使最杰出的农民革命领袖人物,宋江也好,李自成也好,洪秀全也好,也无法完全克服时代和阶级所赋予他们思想行动的局限性,否则,他们也就不成其为农民革命领袖了。可见,要求把历史人物或历史传说故事中的人物,塑造成一个“完整的英雄形象”(如无产阶级革命的英雄似的),是一种违反历史发展的非历史主义的看法。

再如,对民间文学的整理者,如果向他们提出塑造英雄人物的要求,这不但是混淆了整理和改编、再创作的界限,也是不合乎科学研究工作的规律的。我们主张“忠实记录,慎重整理,适当加工”,既反对在整理工作上所谓“一字不动”的保守派的做法,另一方面,也反对整理者为了猎奇或是别的不正确的动机,把个人主观臆造的东西,加在民间文学作品中去;当然如果不辨珠玉和砂石,任意大删大砍的粗暴做法,也同样是不对的。即使我们利用民间文学做素材,进行改编和再创作,也不能不充分顾及到原作品所产生的历史时代背景、社会生活风貌、民族风格的特点以及它的地方色彩、艺术结构和民间语言色调……如果忽视了这一些基本的原则,代之以主观臆造,或把知识分子的语言、非劳动人民的趣味,强加在民间文学作品中,即使是改编和再创作,肯定也是要失败的。

再说,假如娥并与桑洛,真如有些同志所说的那样“娥并是一个软弱的女性”、“桑洛好象是一个傻瓜”的话,那么,他们的爱情故事怎么还会受到傣族人民这样热爱:“不论我们走到哪家,群众给我们介绍的第一个故事,往往都是《娥并与桑洛》。老人座谈会上,都一致认为:‘我们傣族最有名、最好的诗是《娥并与桑洛》.'"①同时,我们也难以解释,主人公要真是窝囊废,这本书怎么会引起了统治阶级如此的仇视:"过去的封建统治者、宗教徒们对它进行了无耻的扼杀与篡改。他们禁止人民讲这个故事,禁止手抄本的流行……"②这难道说是人民的审美观点错了吗?决不会的!难道说封建统治者所惧怕的不是反抗性的叛逆者而是怯懦屈从的傻瓜吗?我想,也决不会的;问题的中心在于:是评论者用非劳动人民的审美观点和非历史主义的看法来对待这部作品,才错误地贬低了这部作品的巨大的思想力量和艺术价值。

我这样说,也许有的同志会提出反问:是否这部作品已是尽美尽善、白璧无瑕?我觉得,情况是这样:在原作者的艺术构思、表现手法、人物塑造和情节处理上,斑瑕是存在的,有好几位参加讨论的同志和《代序》的作者,业已提到了,我想不多重复了;但所有的斑瑕,除了属于过去封建统治者有意的歪曲、篡改的部分外,都是由于时代的局限给作品带来的;有一些缺陷,如果所有搜集到的抄本和资料中都同样存在的话,整理者也是无能为力去进行填补的。尽管如此,只要我们从作品的整体上着眼,就可以看出它是白璧微瑕、瑕不掩瑜的。还有的地方,本来不是作品的弱点,甚至于还是它的优点、是民间作品的艺术特点,但是在讨论中,竟然有的同志,提出了指责,我觉得这也是大可以值得商榷的。

关于有的同志认为娥并与桑洛一见钟情,没有爱情的基础,我想,这种提法,也是以现代人对待恋爱和婚姻的态度,去衡量了古人的缘故。要知道,不同的恋爱方式和婚姻制度都是历史的产物,它是被社会的经济基础所决定、是以不同地区不同民族的风俗习惯、宗教信仰和伦理观念等为转移的,试想,在封建家长制所设的层层藩篱的隔绝下,青年男女,自由见面的机会已经不多,交谈的机会更少,就不能不借着如汉族的集市、赶庙、春游、观灯和兄弟民族的泼水节、火把节、跳月……场合,来选择自己称心的对象了,而选择的条件,往往首先是外貌如何,在我们看来,这是偶然的巧合,甚至有些可笑,但是这种所谓"巧合",如果比起"父母之命,媒妁之言"的强迫婚姻来,总还是略胜一筹吧。这里的一

---

① 见《关于〈娥并与桑洛〉的搜集、翻译和整理》一文。
② 见该书的《一部优美生动的叙事诗(代序)》。

见钟情，决非如宿命论者的所谓"命定"，而是古人往往相信"慧眼识英雄"和"秀于外必慧于中"的缘故。何况，娥并和桑洛初见面双方发生了好感之后，紧接着便是用美丽的歌喉，来倾吐着他们之间的久相仰慕的心意，并深化了他们的火焰一般的爱情。那么，我们在这个问题上，又何必厚于彼而薄于此呢？我想，这是没有理由的。

其次，有的同志认为长诗中为了赞美桑洛的俊美，不该让景多昂的姑娘们自怨不休，甚至觉得有的唱词写的过火了，不但损害了一群姑娘们的性格，也宣扬了色情。我觉得这是不理解民间文艺中经常出现的复沓、重迭、对比、反衬、烘托、譬喻、联想、起兴等创作手法上的特点。这些特点，是创作者的幻想和现实奇妙结合的产物，只有理解了这些表现手法的特点，才有助于我们更好地去辨识什么才是童话作品和民间故事中的艺术真实。更多的例子不用列举了，就拿汉族民间叙事诗《陌上桑》中对主人公罗敷美貌的描绘，不是和《娥并与桑洛》中赞桑洛之笔有异曲同工之妙吗！我们能说它们由于"内在的美描写很少"而"感到厌烦"吗[①]？能说那些"但坐观罗敷"的担者、耕者、锄者和少年们是自怨自贬，是糟蹋和损伤了他们的性格吗？实际情况正相反：古人采取这种对比、反衬、夸张的表现手法，是人民热爱他（桑洛），赞颂她们（娥并和罗敷），于是把自己在生活中所接触到的认为有典型意义的事物，都用来美化他们所要讴歌的对象——理想的化身了。

也有的同志，对这部作品不但有不合历史的苛求，还有不顾民族生活、风土习惯和审美观点的苛求。如有人离开了傣族理解事物的态度，认为用"鸭子""金蚂蚁"来比傣族的姑娘，是"不伦不类"，这也是不正确的。别林斯基说过："每个民族的民族性的秘密，并不在于他的服饰和餐食，而在于他的理解事物的态度。"[②]比方就以花卉来说，我们以为牡丹是花之王，是最美的；但是傣族兄弟认为最美的是粉团花，在长诗中，有多处写到粉团花的色彩的娇艳，气味的芬

---

① 见《谈〈娥并与桑洛〉中的三个主要人物》一文。

② 见《普希金的童话诗》的序文内所引。H·B·谢尔盖叶夫斯基作，梦海译。1954 年新文艺出版社出版。

芳,用以比喻娥并与桑洛,那么我们有什么理由说它不美呢?

更如,作为反面形象的桑洛的母亲,应不应受到罪有应得的惩罚,我看这个问题可以不放在讨论《娥并与桑洛》这一作品的范围之内,若必欲使她受到应有的惩罚而后快,那么,桑洛也可以改变成一位大义灭亲的绿林好汉,娥并也可以改变为一位勇敢善战的巾帼英雄,这样一来,这个故事就可以由悲剧性的结局一变而为大团圆的胜利的收尾了,其结果,却不再是《娥并与桑洛》了,而变成另外一部东西了。依此类推,《窦娥怨》可以改成《窦娥喜》了? 梁山伯与祝英台又何必去化蝶呢? 总之,如果照这样做,文学艺术的丰富多彩的题材、体裁和风格,都要削足适履,统统装进某一种框框里了。不但整理者根本不能被允许这样做,任何一个改编和再创造者,也不能被允许这样粗暴地去对待民间文学遗产的。

最后,我想谈的,是对于《娥并与桑洛》的翻译、整理工作的几点个人的看法。

首先,应该肯定,本书所以能获得基本的成功,是和云南省民族民间文学德宏调查队在各级党委的领导和支持下,在群众的大力协助下,所付出的辛勤劳动和所采取的严肃认真的工作态度分不开的。他们为了做好这一工作,曾不遗余力地搜集到八种资料底本,同时还尽量地集中了各种各样的有关的传说、故事、唱诗片断,汇成了一个资料集,然后,在这一个较好的基础上,才开始进行了翻译和整理工作的。由于作品的精华和糟粕部分,往往交织在一起,他们为了"去伪存真""去芜存菁"起见,曾将某些糟粕部分做了毫不犹豫的删削,才使作品的民主性的精华和民间色彩得到了进一步地发扬,这些情况,都见于该长诗后面的《关于〈娥并与桑洛〉的搜集、翻译和整理》一文,我不必赘述了。另外,在该叙事诗的情节的安排、取舍上,在语言的选择加工上,翻译整理的同志们,也是花费了不少精力的。这都值得称道。不过,还是感到翻译整理者在这两方面做的不够:在情节的安排、取舍上,的确如《谈谈〈娥并与桑洛〉的整理》[1]的作者朱宜初同志所提及的,有些富有浪漫主义艺术手法和优美动人的神话色彩的部

---

[1] 见《民间文学》1961 年 11 月号。

分,舍而未取,不能说不是缺憾。比如,传说娥并与桑洛第一次会见在一股瀑布下面的描写,是一个何等富于诗情画意的、充满了奇妙幻想的境界!这种爱情预感的奇迹的出现,在民间文学作品中是习见不鲜的,它常常是通过赋予自然界以人格化而表现出来的。民间故事中的艺术真实是不同于其它艺术形式的艺术真实的。再如,象傣族传说中说:猛根有一条街,街的一端,因为当年群众拥到这儿来听娥并与桑洛的对歌,把它踩的都翘起来,这和僮族传说:刘三姐唱歌时,听众们简直把"四处山头都踩低",不同样是表现了兄弟民族热爱歌手的挚烈感情吗?另外,象朱宜初同志所引的有的原始材料中,写到娥并被桑洛母亲伤害濒死之际,说有五百个姑娘抱起了娥并,也同样表现了民间文艺中的真实,虽然这不是真事。朱同志在文章中又提到:娥并、桑洛死后,他们的两座坟墓上,一夜之间,各长出一棵枝叶繁茂的大青树,微风吹过,两棵树就发出美丽的歌声。这种情节比起整理本第十三章第四节:"水井旁有棵大青树,树上还挂着娥并的腰带,挑水的姑娘们,常在树下怀念"总觉好些。何况,后者大青树的出现,不但缺乏来由,而且,从艺术形象上要求,与其叫后世姑娘们望腰带而兴念,不如闻歌音而怀人来得优美动人、耐人回味吧!

　　在语言的翻译、整理和加工方面,我也同意很多同志的意见,总的印象,是抑扬顿挫和音韵铿锵的音乐美感不够,有不少地方,显得不紧凑,缺乏更多的推敲和锤炼工夫;我想,一切来自群众集体创作的民间文学,由于它的口头性、变异性的特点,在过渡到书面之前,是诉诸听觉的艺术,民间故事如果通过诗的形式来表现,由于借助了自然的音韵节奏,更有利于它的传播流布。当然,一首长诗,要求每句、每节都协声押韵,是有困难的;但是,在不以辞害意的情况下,押大致相近的韵,总是可以做好的。特别是加强语言的节奏感(从古典诗和民歌中的排比、对仗、双声、迭韵……句式的变化中,可以得到启发),是克服诗句松散的有力因素。中国古人,常常把音韵节奏的艺术效果,加以夸张性的描绘过,如"掷地做金石声",如"余音绕梁,三日不绝"便是。将兄弟民族的诗歌作品,用汉语翻译整理出来,而获得了成效的,如《阿诗玛》、《召树屯》等也可以供学习的。就以汉魏六朝中的北朝乐府《敕勒歌》为例,据《乐府广题》载,是由鲜卑语翻译成齐语的,在诗中如"……天苍苍,野茫茫,风吹草低见牛羊"之句,不是通过了写景绘声的笔触、准确而生动地表现出草原生活和浑雄阔大的气象吗?设想,如果将这三句,拖长为四句、五句,就必然嫌其松散;如果将选字"苍苍"、"茫茫"和协韵的名词"牛羊",加以改换,甚至于不押韵的话,结果必是:既不利于记、又不便于念,更不便于唱了。从《娥并与桑洛》里,我顺便找几处为例:如第十一章92页:

> 三个姑娘扶着娥并,
>
> 走进一片树林,
>
> 娥并走不动了,
>
> 衣裙浸透了鲜血。

在这儿的第四行,很可以将主语、谓语倒换一下,改成"鲜血浸透了衣裙",以求与隔行的"林"协韵;这样,既无损原意,念起来又琅琅上口,岂不好些吗?何况"血"属于"乜斜"韵,很狭,在四声里是第三声(属于仄声),也不适于做收尾字的。又如第十二章101页:

> 小鸟是桑洛的血肉,
>
> 小鸟的叫声使桑洛伤心。
>
> 他在树下呆呆望着,
>
> 眼泪象夏天的雨水。

这儿第四行中的"雨水","水"既不协韵,也是个仄声,对这一节诗来看,也不宜放在收尾处,我设想如易为"眼泪象夏天的雨霖"句,不但可增强这节诗的音乐感,在意义上,如只讲"夏天的雨水",就有大有小的时候,而"霖"有"雨下不止"和"大雨"的意思,岂不是使这句诗的意义更为明确一些?为了不再多占篇幅,我想不必例举了,总之,我希望该叙事诗将来重印时,在语言的锤炼、运用上,应当进一步有所提高才好。

关于结尾处的悲剧气氛不够的问题,我也不大同意《代序》作者袁勃同志所说的"……其原因,可能是,也不能不是由于在过去的时代难以找到好的出路,无法把悲剧气氛写得更充分"的看法(我基本上同意刘岚山同志的看法)。但是,有一些同志的另外看法,说"不够"的原因,是与整理者没采用娥并母亲的哭诉词有关,我看,也不一定吧。哭诉词我没看到,当然难下断语,不过,如果过长或处理得不适当,确会造成节外生枝和"累赘",削弱了悲剧高潮的。再以《孔雀东南飞》为例,在悲剧的结尾处,正因为没写焦、刘二母的哭诉(可能是作者有意叫读者自己去想象和补充吧),但处理得是那么干净、利落、紧凑,给人以不可磨灭的印象。我举这个例子,意思并非用后者强来要求前者,而是说"有话则长,无话则短"的大写意的笔法,是中国传统艺术,特别是绘画艺术和民间文艺创作手法的特色,这一个特色,我看是整理者在结尾处恰恰注意到了。那么,为什么还使读者感到悲剧性的气氛不够呢,我觉得,恐怕是在于前边的某些情节,为这一故事的高潮,铺的不平,垫的不稳的缘故。属于原始资料所带有的局限性估且不谈,然而,在整理时由于取、舍上的不够妥当,也不能不是造成这一现象的原因之一。比如,在十二章的最末一节,当桑洛抱住刚刚死去的娥并,紧紧不放,痛苦呼叫以致昏过去的时候,"人们把他拉开,桑洛抽出了刀",在这一刹那间,按说是悲剧高潮的顶点了,想象中的"人们",应是同情娥并和桑洛的,在这"人命关天"的紧急关头,他们之中,按理一定会有人奋不顾身地去挽救桑洛的性命,桑洛于急中生智,可能用一种高妙的办法,转移大家瞬间的注意力,乘机自戕;但是,想不到当"大家慌忙拉他的手,他抓出衣袋里的银子,撒了满屋满地,人们拥着去捡。桑洛举起了刀……倒在娥并身边"。读到这里,如果我们来不及看注解,便立刻感到诧异,怎么这儿的"人们"和"大家(包括娥并母亲在内)",在此庄严而抒情的场面里和救命如救火的考验下,都变成利令智昏之辈了? 这就不能不叫读者感到十分尴尬,感到世态炎凉,这还何以能起到烘托、渲染一个英雄之死的悲剧气氛呢? 固然,在注解上说"傣族习惯,人死后要撒钱,捡得钱,象征平安",但是看后,也改变不了我这样的印象:在场的"大家",都为了个人的平安,而对于桑洛的生命危险,却撇在一边了。当然,这种情节,不是整理者杜撰出来的,定系原始本中所既有,尽管如此,整理者也不应视为精华而予以保留的。举此一例,是想说明,今后,为了改变这部作品的缺陷和增强它的悲剧力量,整理者在尽可能的条件下,有待进一步发挥主观努力的必要。

对《娥并与桑洛》整理工作的一些看法

刘廷珊　　傅光宇　　马永福

史料解读

　　该史料为一篇评论,原载于《民间文学》1962 年第 1 期。本文从三部分讨论了对《娥并与桑洛》整理工作的一些看法。第一部分指出,在关于《娥并与桑洛》的讨论中,虽然提出了许多整理本存在的问题,但其成绩仍是主要的,无论如何应该给予充分肯定。第二部分认为,整理本存在的两个问题:其一是对阶级性的体现和人物性格的掌握有不够正确和不够统一的地方;其二是情节的选择、删削和安排仍有不当之处,分别表现为桑洛出门的目的性与桑洛、娥并二人相会的问题,桑洛为争取自主婚姻与母亲公开冲突的问题,悲剧的高潮与结局问题。文章还指出,原材料所提供的,的确还有不少应当为整理本所吸收而未被吸收的部分。第三部分强调,应该分别从底本的选取、情节的删削、结构的安排三个方面提出关于长诗整理方法的意见。

　　该评述对《娥并与桑洛》整理工作所提出的三点看法,总体上阐明了问题的本质,对于研究者具有一定的启发意义。但是,对于阶级性的强调则体现出鲜明的时代思想倾向。

原文

《民间文学》对《娥并与桑洛》展开的讨论，不仅对于如何评价民间文学遗产、如何整理民间文学作品具有重大意义，而且对于研究《娥并与桑洛》的整理经验和存在的问题，以及对它的再整理，都提供了有利条件。我们有机会读到了整理本所依据的原始资料，愿就这部长诗的整理工作谈点浅见。

一

《娥并与桑洛》广泛流传于德宏、西双版纳、耿马等傣族地区。它的发掘工作，早在一九五三年即已开始。而主要的发掘工作和整理出版，则是一九五八年九月以后，作协昆明分会和云南大学中文系师生组织了两个调查队，分别到德宏和西双版纳搜集了比较丰富的资料；德宏队的同志们，以德宏地区资料为依据，经过反复研究、整理，才以现在的这个整理本介绍给读者。

调查队的同志们在各级党委的关怀和支持下，深入群众进行限期的调查搜集，在掌握材料的基础上反复研究，甚至逐字逐句的推敲；这种积极热忱和严肃认真的态度，是非常可贵而值得称许的。经过他们的辛勤劳动和不懈努力，使我们进一步认识到我国兄弟民族民间文学的丰富瑰丽，确实令人兴奋和自豪。讨论中虽然对整理本提出了许多问题，但其成绩仍是主要的，它所获得的赞美和声誉，正与整理者的劳绩分不开，无论如何应该给予充分肯定。

八份原始资料所提供的主题基本上是一致的，这给整理工作奠下了良好基础。但因各个底本在塑造人物形象、安排情节结构上互有差异，整理者要根据主题的要求，从各份异文中进行合理的选择，使整理本更能体现历史真实、思想性与艺术性更趋于完美，并不是一件简单轻松的工作。应该说，整理者在确定人物形象及情节选择上，下了不少功夫，而在整理本的前半部中，是处理得好的。

桑洛是长诗歌颂的主人公，寄托着傣族人民的光辉理想。但在一些资料中，对桑洛家庭的豪富、桑洛的降生成长及外貌美等都有些过于冗长和不恰当的夸张描写,与精华杂揉在一起。颂扬沙铁富有、修功积德而感动天神佛主赐子桑洛的,资料第一有三百余行,资料第二有二百余行,资料第一、第二、第三及第七的序曲中并楔入佛教教义以宣传宿命论思想。桑洛成长、外形美的描绘,资料第一有三百余行,资料第二也有一百余行,都杂有不少过分的不恰当的夸张。资料第一、第二、第六、第七都说桑洛出门是专为经商,如资料第六说"他每天所想的,就是如何去作生意,怎样才能多得钱",又说"他们买米就象抢东西,也不和别人争价钱";描绘他经商的具体情况,竟长达两三百行。这些都对桑洛的形象有所损害。整理本只用了很少的诗行描绘沙铁家的富有;大力删削求神求佛生子的过程,剔除宣扬宗教迷信的部分,又适当保留能反映出佛教对傣族人民生活产生过影响的部分诗句;削去对桑洛外貌美的不健康的夸张描绘;选取了桑洛追求自由幸福的爱情生活的情节,而摈弃了表现唯利是图的思想和与主题无关的对经商情况的具体细微的描写。这有助于人物形象的完美、主题思想的深化,也符合于傣族人民歌颂自己的理想人物的愿望。这无疑是作得正确而且必要的。但仍有人说是"头重脚轻,主次倒置"、"喧宾夺主",要求整理者把重点"放在桑洛与他母亲之间的斗争上",这无异于要整理者改写原诗,既混淆了整理与创作、改写的区别,也抹煞了整理者的劳绩。要是他们读到原始资料,不知又将作何等评价!

整理本对娥并母亲的处理基本上是正确的。资料第一、第六、第七、第八都说明娥并家是有钱人或沙铁,资料第三、第四说娥并家穷,是劳动家庭,只有资料第二、第五交代不明。阶级地位不同,对桑洛与娥并的爱情的态度及看法,是各不相同的。整理本选取了娥并家穷来与桑洛家富对比,就更能深刻地揭示出产生这一爱情悲剧的社会根源和阶级根源,而这也符合于傣族封建社会的历史情况。但整理者所持的理由则是错误的:因为把凡是反对娥并与桑洛的爱情的人都叫做"反面人物",是离开了阶级分析的;认为把两个母亲都处理成反面形象会使人物"单调",而把娥并母亲处理成正面人物就会"更突出了桑洛母亲这一反面典型",也是把典型和形象的深刻性、丰富性理解得简单化了。

整理本使我们了解到傣族文学传统丰富多姿的艺术特色:比喻、对衬、侧面烘托、正面描写的交织融汇，歌唱者的独白，傣族特有的环境描写、起兴和隐喻，自然、生动、简洁的语言，等等。它使我们从汉语译文中也能深深感受到这是地道的傣族民间叙事诗，说明整理者对此作了巨大的努力。

总之，我们认为整理本基本上是成功的，它比任何一个资料底本都要丰富和完美。这是民间文学工作中可喜的收获。

<h2 style="text-align:center">二</h2>

整理本存在的问题，主要在后半部的情节选择与安排上，这影响到人物形象的统一、丰满和主题思想的体现。的确，正如《代序》所说："这个整理本还仅仅是一个开始"，有待于进一步研究原始资料和德宏傣族的社会历史、政治、经济、宗教信仰、风俗习惯、婚姻制度，等等，把它整理得更趋完美。我们不同意脱离原始资料凭主观愿望给整理者开方子；也不同意以西双版纳或其他地区的资料为根据而不以德宏地区所提供的材料为依据，给整理者提出的意见。因整理时依据的资料只限于德宏地区搜集的，加上德宏与西双版纳等地的情况不一样，当然就只应从德宏地区的资料出发进行研究讨论。遗憾的是，读了德宏地区的原始资料后，深感整理本还有许多不应有的，可以避免的缺陷。

首先是对阶级性的体现和人物性格的掌握，有不够正确和不够统一的地方。在第一章里，写景多昂富饶、美丽是应该的，但却把封建领主统治的社会写成"男男女女生活得欢欢喜喜，家家户户有吃有穿，日子过得象天堂"。绝不应该忘记，只有国王、沙铁等贵族阶级才会"日子过得象天堂"，而不会是"家家户户"的"男男女女"！在八个底本中，只有资料第一、第二有这类阶级观点模糊的句子；资料第三、第八对环境都写得优美如画，但只是对桑洛家乡的赞美。整理本的选择显然是不妥当的。对于沙铁家的富有，只写了四句，也忽略了表现沙铁家五百帮工及其权势的一面，有损于揭示出桑洛母亲强横、凶险的阶级根源。另外，娥并家既处理为穷人，那么娥并母亲从爱护女儿出发，最初不让娥并上街是完全可以理解的。在明确指出娥并是穷人家的两份资料中，资料第四说娥并母亲一直反对女儿与富家桑洛结合；在资料第三里，她先是为女儿担忧，认为女儿到桑洛那里去"不合理"（显然包含着阶级不同在内），但也让女儿上街去买东西，嘱咐女儿莫丢丑，当女儿回来假说桑洛不好看，却又饭后打扮时，也只引起奇怪，未曾想到其他，在娥并与桑洛相会后，她了解到二人爱情是纯真的、忠诚的，便又"高兴"了。显然，资料第三的情节是合情合理的。但整理者却从"反对女儿的爱情"就是"反面形象"的错误论点出发，把不同的底本加以拼凑，把娥并母亲在了解到二人爱情真诚之后的"高兴"硬拉到当桑洛一来时，就叫女儿"快快打扫竹楼，把客人请上楼去"，好象她已在"暗暗为女儿祝福"似的。在原资料第七里虽有这个细节，但那是写沙铁家的娥并母亲，而不是整理本中的穷娥并的母亲，整理本这样处理就使人物形象、性格不统一了，当然不会使人信服和首肯，这对娥并及其母亲的形象不能不是一个损害。

其次是情节的选择、删削和安排有些不当。这里只就几个关键性问题谈一谈。

第一、桑洛出门的目的性与桑洛、娥并二人相会的问题。这是桑洛的外貌美已比较充分显示和内心美初步揭示后矛盾冲突初步展开的环节。整理本表明：桑洛厌烦母亲要他娶阿扁而要求出外作生意，并没有指出他心中有个娥并在召唤；娥并也是桑洛到勐根轰动全城之后才要上街去的。在资料第一、第二、第六里指明桑洛出门是专为经商；资料第三、第八说他是为了摆脱家中"不入眼的事情"而借口出外卖茶，他和娥并相遇却是偶然的一见钟情；资料第五便清楚地说二人美名早传四方而又相互倾慕，桑洛去勐根是为了"找美丽的娥并谈心"，娥并知桑洛赶街也主动去会他。我们认为：桑洛出门专以经商为目的，不好；为摆脱"关在笼里"的闷郁而出门经商，表现了追求自由幸福的愿望是很可贵的；借经商寻求爱情，这实际是追求自由幸福的具体体现，有这一点更可以为桑洛与娥并的会见作一预示，显然更为完美些。当然，我们不是也不应当责备封建时代"一见钟情"的爱情而苛求桑洛；但原材料既已提供了比"一见钟情"更好的线索，整理者就有责任吸收它。对于娥并与桑洛的会见，资料第八透露得甚为巧妙：桑洛及其牛队做好生意之后，在回家路上听到娥并的美名，于是桑洛"决心要去寻找娥并"。诗中用浪漫主义的方法揭示出他想念娥并的急切心情：

"桑洛来到了山脚下，有一条水轻轻流过；山上雾气一片，连路也看不见。娥并啊，就住在山那边。桑洛对着山：'山哟，你为什么这样高？矮一些吧！我要去把娥并寻找。'山啊，突然矮下去了，娥并的家也看见了。"接着就是桑洛到勐根，全城人都争先来看他，称赞他，娥并闻知也上街来看他。资料第七、第八还提到桑洛到勐根后，许多姑娘来看他，而他只想念娥并；资料第七并写他专门打扮好，盼望街期到街上去找娥并。这些地方都是很值得注意和吸收的，它可以补充和丰富桑洛追求自由幸福的情节，使人物形象更丰满，这不仅与桑洛厌恶蛇一样的阿扁、头上扭得出油的安佐、唠叨纠缠的母亲、得意洋洋的姨妈等性格是统一的，而且是极其合理的发展。然而整理者并未注意到它，也未透露桑洛在外美名四传以及他闻知娥并美名而专门到勐根去的消息，这都影响到这两个主人公的形象和对主题的有力表现。

　　与此相联系的是关于二人相会的描写。在原始资料中，二人街上相遇时的心理活动及情景，得到了生动而细腻的表现，真可说是琳琅满目。资料第六写桑洛一到勐根，群众就讲："只有娥并啊，才能和他配得上。"群众对二人的会见更表现了无限的欢欣和关注。传说中说，人们来看二人相会，街子都压得一头翘了起来；资料第五说"两个会面，就象日头会见月亮"。这该多么激动人心，二人心中又该是怎样的浪潮起伏！许多资料都写到二人初见时及其相互爱慕的心理活动变化过程。"他们的视线碰在一起，娥并又爱又羞地低下了头，然后又抬起头来一看，含着爱情的目光又碰在一起。"（资料第二）"大家围着娥并看，她大大方方，把手里吃的东西分给周围的小孩，这样渐渐地消磨时光，好多看桑洛几眼。她见桑洛看着她，用手在身上摸索，脸上带着自然的笑容。……桑洛说'今天怎么日子这样长，太阳紧不落下山'。"（资料第三、第八也有类似的描写）"桑洛已经爱上了娥并，脸面上却装着不在意，压抑住自己的爱情，不让它给别人看见。……娥并已经爱上了桑洛，但是什么人也不知道，她一个人也没有告诉。桑洛从街子上转回去，心里想念着娥并，一面走一面回头望，舍不得离开街子。娥并转回了家，爱情已深深埋在心里，一面走一面回头望，嘴上没有一句话。"（资料第一）但表现得淋漓尽致的恐怕还得推资料第六："他两个人走在一起,所有漂亮的东西都集中在他们身上。娥并象一朵鲜艳的香花,人们围着就不想离开;桑洛闻到这朵香花,心里也象鲜花开放。……娥并看见桑洛,一心只想把这朵花抱着;桑洛看见娥并,把这朵花闻了又闻。两个人在这儿相会,两个人的心里有说不出的高兴,他们两个的心绞在一起象金丝线,如今两个人已心心相印。他们两个相见了,又怕别人看他们,只好偷偷的看,他们在那儿走来走去,用眼睛来传达内心的感情。……他们两个一相见,就象鸟一样叫,他们的心不平静啊,跳得别人都听见了声音。他们什么也没想,只盼望黑夜下降,只盼望太阳早早下山。"原诗是这样的光芒四射,而整理本却只有枯窘的六小节,又显得含混不清,颇令人有些费解。

对于把街上见面、河边对唱、家中私会集中在一天的作法,资料第一可以证明刀成兴同志的意见是完全正确的。关于这一问题以及整理本中二人对唱的歌词,个别地方有些前后颠倒,就不再论及了。

第二、桑洛为争取自主婚姻与母亲公开冲突的问题。这是矛盾具体化和深刻化的阶段,是表现桑洛斗争性格成长过程的主要部分,但整理本只有一章。读过原始资料之后,我们觉得整理本的处理不太妥当。的确,从具体描绘来看,所有原始资料底本的后半部都不如前半部那么丰富和细腻,但却非如整理者所说的"实际上所有的原始资料中,桑洛从勐根回家后,斗争都显得有些停滞"。表现桑洛斗争停滞的只有资料第一和第二,桑洛从勐根回家不敢将他和娥并的爱情告诉母亲,母亲打听到实情以后,便又悄悄逃向勐根;娥并有孕了,第二次回家,也只是"温和地"向母亲再三"请求",希望能同意他娶娥并,遭到拒绝便束手无策。可是其他资料都与此不同。如资料第五,桑洛是在"家里派人"催回去的,而且当桑洛与娥并在勐根街上相会那天,母亲就给他订下了亲事,要他娶表妹阿扁,回到家里,亲友们也劝他"听父母的话",他不听,要母亲快把娥并娶过来,他"一次再次地催,五次三番地催,催母亲赶快接娥并,不去理睬人们的议论"。这里表现出他争取自主婚姻是多么坚决。可是"从第一天起,母亲就始终不应承",于是他忧思、气愤,甚至茶水不进,竟被人看作中了魔的疯子。这还能说他停滞了斗争没有行动吗?资料第四说他得不到母亲的同意便离开了家庭,娥并也被后母赶出来，二人在路上相遇，自认"不能反抗"了，娥并悲极而死，桑洛亦殉情自杀。这两份资料只表明黑暗势力的强大和斗争的困难，并非表明斗争的停滞。而资料第三、第六、第七、第八中的桑洛，不仅态度鲜明、斗争坚决，而且是一个积极行动的人物，他一回家就要求母亲给他娶娥并，不允，就争取亲友支持到娥并家求亲，娥并家舍不得娥并离开勐根，就上门，我们根本看不到斗争有什么停滞。就是上门后桑洛又回景多昂看母亲，也不是什么"弱点"，正是人物性格发展的曲折和复杂，尽管桑洛是封建社会的叛逆者，但生长在旧时代的桑洛，离开了家乡，长久不见自己的母亲，如果一点也不思念，那倒反而有些不合情理；即使把这算作斗争不彻底，那也是历史决定的，我们不能对之苛责。

由此可见，除个别资料说桑洛从勐根回家，在蛮横的母亲面前，曾一度表现得软弱动摇外，绝大多数资料都表明：桑洛自始至终不受封建传统的阶级内婚制观念的束缚，反对包办婚姻，争取婚姻自主，不愿娶只为母亲所喜爱的人，只愿与自己满意的娥并结合，即使娥并家境贫寒，住在远方，又为母亲所不容，他也无所顾忌，在生不能结合，宁可以死殉情，死而不懈其斗争。长期以来，傣族人民特别喜爱《娥并与桑洛》，除了它在艺术创造上有特殊成就外，正由于桑洛具有自始至终同封建势力进行斗争的不屈不挠的意志和行动。它的意义不仅在于爱情婚姻问题，而是通过爱情悲剧触及了更广泛和更重大的社会问题，揭露了维护封建阶级的封建制度、封建宗法、礼教的反动和腐朽，从而打击了封建统治，表达了人民的愿望；其反抗之强烈，揭露之深刻，正是这部长诗具有广泛、重大而深远的社会影响的重要原因。

整理者为了"深化桑洛的反抗性格"，使"情节发展更合理"；同时也因为"所有原始资料中，桑洛从勐根回家后，斗争都显得有些停滞，……上门也并不能挽回这个弱点"；又"因为桑洛上门后，想念母亲，又回到了母亲身边，娥并等了好长时间不见桑洛来，只得去找他。这样不但没有丰富桑洛的形象，且使全诗结构不够紧凑"，因而没有采取上门的情节；又以同样的理由，把桑洛同母亲的公开斗争放在桑洛第二次回家之后。我们的看法却不然。整理者这样作，恰恰是损害了桑洛这个形象，使情节发展变得不合理，结构也更松散。桑洛从勐根回来后斗争并未停滞,前面我们已经说过。桑洛第一次回家,一声不吭,按整理本的处理也是自相矛盾的。整理者既然没有选取桑洛母亲派人把桑洛从勐根催回来的情节,又没有给他预先订好亲事,以及他刚回家时,他母亲并不知道他和娥并相好,更没有责备他,他也还无法断定他母亲会断然反对他和娥并结合,那末他一回到家,就"满脸的愁容,一句话也不说",母亲用安慰和试探的口气问他,他也"没有回答",就显然是不合情理的了;与他将离开娥并时说的"我回家要告诉母亲,准备好礼物骑上马来娶你"一相对照,当然就会使人不可理解。因此我们认为:桑洛第一次从勐根回来,就将他和娥并相好的事告诉母亲,遭到责骂和拒绝,便争取亲友的支持,到娥并家"上门",再回到景多昂,企图再说服母亲,承认他和娥并的婚姻,也是合乎情理的。这样既可以更好地表现桑洛的斗争性格,又能表现出斗争的曲折性和人物成长过程的复杂性,而且可以使故事情节更为曲折动人。我们这样说,并不是故为曲折,而是原始资料给我们提供了这样的有利条件。至于说,桑洛第二次回家后,娥并"久等"不来,也不是什么完全不可以弥补的缺陷。当然我们并不否认,桑洛第二次回到家后,斗争确实显得有些停滞,但并不是一点行动也没有。资料第三告诉我们:桑洛不仅在回家路上想到娥并怀孕在身,娥并希望他看望父母后快快回到勐根去,而非常挂念娥并,就是他回到家里,母亲骂他"不把父母放在眼里",他仍然没有放弃说服母亲的想法,他用"好言好语相劝",希望母亲同意他娶娥并。至于时间的"间歇"问题,我们可以这样来理解,情笃义深的青年夫妇,一旦离开,难免有一种孤独无依之感,何况娥并怀孕在身,即将临产。正如资料告诉我们的:"男子在家才有守护的人"(资料第三),"桑洛走了几天,娥并天天都把他想念"(资料第八),"觉得桑洛已经走了几十年"(资料第三),娥并又担心桑洛"生病",怕桑洛"出了什么事情"(资料第三、第六、第七),于是她取得母亲的同意后,便离开勐根来到景多昂找桑洛。可见,桑洛离开娥并并不是已经一年半载,而是心神不定的娥并,将几天的时间当作了几十年。如果我们这样来理解和处理,中间就不会有什么时间的"间歇",也不会影响到斗争的进展和结构的紧凑。

可惜,原始资料提供的这些宝贵线索,偏偏引不起整理者的注意。相反,倒采用了：一声不吭；悄悄溜走；娥并怀孕无法拖延，桑洛再硬着头皮回家去；严遭责骂，又一声不吭等等的逻辑来安排故事情节，时间上又确乎存在显然的停顿，还说这是深化了桑洛的反抗性格，使情节发展更合理、结构更紧凑，这怎能使人信服呢？

我们主张桑洛上门，还因为"上门"符合傣族的风俗习惯；整理本采取的"婚前同居"，在过去的傣族社会中，相爱的青年男女是常有的，并不表现多大的反抗意义。

第三，悲剧的高潮与结局问题。桑洛上门之后，矛盾暂趋低潮；桑洛回到景多昂，娥并随之到来，就把矛盾推向高峰，而走向结束，使桑洛和娥并的斗争性格达到了光辉顶点。不管娥并来不来，和她到来的迟早，这种爱情悲剧，在当时的社会制度下，是必然要产生的。当然，桑洛母亲为了爱儿子，按照自己的封建规范传家立业，不会宿意害死自己的亲骨肉；桑洛的殉情自杀，未必是她始料所及的。她气愤的，是桑洛不听她的话，要和远方的娥并结婚。因此，她千方百计地要割断桑洛与娥并的关系，阻止不行，就迁怒于娥并，软禁儿子，不让他们团圆；娥并来到景多昂，她就把她赶出门去，以为这样就可以死了二人的心；谁知二人心比金石坚，于是便造成悲剧。有人说桑洛母亲最初疼爱桑洛，给人以慈母的印象，而后来竟变成杀人凶手，形象不统一、不典型；又说她"怎么会知道娥并恰恰在这一天到她家来，她又不是诸葛亮"，等等。我们认为：如果从原始资料中去探究，从桑洛母亲所处的环境、地位、阶级关系去分析这个人物的性格特征，就会肯定桑洛母亲这一形象是典型的，也是统一的。她是典型的封建家长制及其婚姻制度的维护者，是封建阶级的利欲及审美观的化身。问题只在于对她迫害娥并的情节如何选择得更合理、更真实。原始资料有两种情况：一种是娥并身怀有孕的消息传到桑洛母亲耳里，她预料到娥并一定会来找桑洛，迫害娥并的毒计也在这时产生了。因此，她派人在路上守着，等候娥并到来时通报消息，得知娥并到寨时就把桑洛安排出去，由她在家摆布娥并。长诗资料第一、第二、第五已作了明确交代。另一种是娥并的到来，桑洛母亲根本不知道；然而，人已经来了，又怎么办呢？她只好藏着一颗很不高兴的心，假惺惺地"热情"

招待;当她一见二人那么亲昵,就毒计炽萌;叫儿子上街去买菜来"招待"娥并,然后才积极迫害娥并(资料第三、第六、第七、第八)。当桑洛不放心地但又出于对自己心上人的爱而去找菜,恰好街上又无什么东西卖,才去借了鱼网下河打鱼。于是,时间拉长了,桑洛母亲也就遂了逼走娥并的心愿。这两种不同的情节,任选一种,未尝不可。但整理本支离破碎地只选了"桑洛的母亲,早就猜到娥并要来……",而把派人通报消息这部分删去,自然会引起人对桑洛母亲有"诸葛亮"之感。整理本中说,娥并一进家,桑洛母亲"一句话不说,脸酸溜溜的,弯得象犁耙。她一见娥并,鼻子就翘起来"。又说"她的声音装得象蜜糖",这显然是自相矛盾,也未能揭示桑洛母亲的伪善性格。这应是整理者研究材料不够,没有真正掌握这一反面人物的性格实质,在选择材料、安排情节上的粗疏。我们认为:说桑洛母亲有阴谋,可看出她的阴险、毒辣和顽固;她的假意招待娥并又以为娥并找菜为由支走桑洛,更可看出她的伪善。可以把二者合理地结合起来。这样,人物形象会更丰满而深刻,更有力地揭露和批判封建制度的罪恶。

桑洛出外找菜后,他母亲在家陷害娥并和娥并被赶出门的细节,八份资料底本,虽不尽相同,然而值得注意的,有这样两种情况。资料第三、第六、第七、第八四个底本中说,吃饭时,桑洛出外找菜还没有回来,"娥并心里难受,一口也咽不下",(资料第七还说桑洛母亲故意拿出象药一样苦的帕贡菜和又生又臭的腌鱼给她吃。)看见母亲快要发怒,她只好"藏起了痛苦的心,和和气气和母亲说话",但还不知"母亲会有魔鬼的心肠",在饭里藏着尖刀,去添饭时便被尖刀刺进了手指,痛昏得急忙去开门,又被安在门上、墙上、楼上的竹针刺进了手心和背,割破了足。桑洛母亲就借此大骂娥并,说"我的儿子桑洛,娶不上你这个媳妇","你就快些离开!"于是娥并便被赶了出来,回到勐根致死。资料第一、第二则说,娥并吃不下桑洛母亲特意准备的"菜",被赶出来的时候,她紧紧抓住篱笆不愿走,她要等出去找菜(或打鱼)的桑洛回来,奴仆们也同情娥并,但慑于恶婆的威风,只得将娥并又推又拉地赶出门,娥并的手被锋利的竹皮割破了,悲痛欲绝,离开景多昂致死。我们认为:资料第三、第六、第七、第八在这一情节上大体上是一致的,绝大部分也是合情合理的,应该以它为主,再吸收资料第一、第二娥并用手抓住篱笆不愿离开而要等桑洛回来这个情节。这样可以看出桑洛母亲对儿子和娥并的不同态度，揭示出这个顽固的伪善的奸狡的恶婆的狠毒心肠；同时，又更能显示出娥并的温柔、善良而又忠于爱情的优良品德，对丰富这几个人物形象都是有益的。

娥并被赶走，悲剧远不是结束，高潮应在双双殉情之际。许多人提到整理本给人以高潮不高之感，这应当说，与整理者没有尽可能吸收原材料中的有用成分有一定关系。在娥并刚死（或将死）和桑洛未赶到勐根之前，娥并母亲的哭诉，资料第一、第三、第六、第七、第八中都有，资料第三有一百行多一点，其余各份也有十至三十行左右，是否这些哭诉歌词，都应当被视为"游离"和"累赘"呢？我们的看法却不完全如此。现在让我们读读资料第三中的哭诉词吧："我的乖女儿呵，你怎么忍心丢下我们，你怎么留下了这样的悲伤给双亲。起来啊，起来啊，我的娥并女！起来看看你的双亲。起来对你父母说两句三句话，……人家都来看望你，你怎么一声不出，这样紧闭着嘴巴，你怎么一言不发，直直躺在床上。……你寻找的桑洛在哪里……你去时好好一个人，你出去时笑眯眯的。""你快快起来啊，快点对父母说，你出去的遭遇。姑娘啊，儿啊，你怎么成这个样子？谁害你的？快告诉你的妈。……""你丢下你所有的亲人，看见我儿的睡床和蚊帐，还盼望你们来睡，怎么我儿静静地一声不响。……从今，你丢开了家和亲人，太阳偏西，家家的姑娘儿子都回到家里，你的爹妈再也看不到你。……从今以后，哪个陪我们坐，从今以后，哪个和我们一起吃饭，东南西北四方望，你在东方，也在南方，也在北方，就是不见在我眼前……"娥并母亲的哭诉，引起亲友们的同情和落泪。我们每次读到这里，都会引起对桑洛母亲的更加愤恨，深深地为娥并与桑洛的不幸和为失去女儿的老人难过、痛心，庆幸自己没有生长在那个社会。这样的哭诉，能说它对主题无助，不能加强悲剧气氛吗？可惜，它被整理者当作"游离"、"累赘"抛在一边了。

我们认为：这场悲剧，从桑洛第二次回家同娥并分别时，就开始透露出一点悲剧气息；娥并被赶出桑洛家，悲剧气氛已浓；娥并死、娥并母亲的哭诉以及在亲友们中引起的伤心掉泪，大大增加了悲剧气氛的浓度，为桑洛赶到娥并身边举刀自杀的壮烈的悲剧高潮预先作了烘托。

总之，整理者在从主题要求、从人物形象的统一性和完整性出发，对原材料进行反复、仔细而又慎重的研究，对情节的选择、删削、安排上，据我们看来，确乎还存在一些问题，原材料所提供的，的确还有不少应当为整理本所吸收而未被吸收的好东西；也因这个原因，使长诗一些应当得到弥补的"足轻"的毛病，没有得到应有的弥补。这里我们只是就几个主要问题谈点浅见罢了。

三

对于整理方法，我们提出下列意见：

第一，诚如整理者所说，原始资料"基本上概括为资料第一和第三这两个大类型"，但是选择"资料第一与第三作为整理的主要根据。又以第一为基础，其它作补充"的作法，却有不妥之处。因为，"又以第一为基础"，便无异于说是以第一为整理本的基础，第三仅是补充而绝非"主要根据"了。事实上，这两大类型的材料，不只是情节有不同，而是人物形象、性格也有显著差异（如桑洛的软弱与否，娥并母亲的两种形象），二者究竟又如何统一起来的？整理者未加说明。究竟整理本的基础本是哪个？整理者概念上是混乱的，在整理工作中也表现出是动摇的。

第二，整理者从作补充的资料本里对情节和细节进行选择、删削、安排时，并未真正从人物形象的统一性与完整性，从情节发展对表现主题需要的合理性出发，作通盘考虑，却有些生硬拼凑。既要采取其它资料的好的细节，又要照顾资料第一，结果顾此失彼，前后矛盾；应该吸收的许多好东西，则又遗漏不少。

第三，整理者为了突出典型人物，使全诗结构"紧凑"而在整理时砍掉的"累赘"，有许多并不是什么"游离"部分。特别是在后半部里，原材料比较单薄，就更加宝贵，而整理者删削过多，使得有的同志感到整理本后半部"进展较快"，"有些地方是跳跃式地发展"，就不是没有道理的了。

　　我们读了长诗整理本和翻阅了原始资料之后，的确从原材料和整理者那里学到许多东西。我们想，把这些粗浅意见写出来，也是一次向整理者及其他同志学习的好机会。希望得到批评与指正。

1961 年 12 月 21 日于昆明

（四）纳西族史诗

纳西族民间史诗《创世纪》

史料解读

　　该史料是一篇图书介绍，原载于《读书》1979 年第 3 期。《创世纪》是由云南省民族民间文学丽江调查队收集、翻译和整理的作品，于 1960 年 3 月由云南人民出版社出版，于 1978 年 10 月再版。此书主要以《东巴经》为依据进行整理，但同时也别除了《东巴经》中一些荒谬落后的内容。该书分为四章，内容包括开天辟地、洪水翻天、天上烽火和迁徙人间。书中附有插图，由张宏图设计。

　　《创世纪》这部优美的史诗在民间广为流传，千百年来经过纳西族人民不断地加工、提炼和丰富，它逐渐成为一部脍炙人口、家喻户晓的作品。《创世纪》的出版对于研究云南民族民间文学和纳西族文化具有重要意义。

原文

　　本书是云南省民族民间文学丽江调查队收集、翻译、整理的结果，一九六〇年三月云南人民出版社初版，一九七八年十月再版，售价三角。

　　云南省委于一九五八年九月组织云南大学中文系成立丽江调查队，在纳西族主要聚居地丽江、宁蒗两县进行收集。《创世纪》不仅在《东巴经》（东巴是纳西族的巫士，其经书曰《东巴经》）的主要六类经书中有完整记载，且在民间广为流传，所以到民间去收集的工作很重要。

整理的主要依据是《东巴经》，但也必须仔细剔除东巴的篡改，因为东巴从其伦理道德观念出发，把那些荒谬落后的东西掺到《创世纪》里去了。

主要整理人是景文连、张俊芳，他们是在徐嘉瑞的指导下进行这一工作的。

整理后的《创世纪》分四章：第一章，开天辟地；第二章，洪水翻天；第三章，天上烽火；第四章，迁徙人间。

本书由张宏图设计插图。

（五）瑶族史诗

密洛陀

（瑶族创世古歌）

广西僮族自治区民间文学研究会搜集

莎　红　整理

史料解读

　　该史料为一篇古歌整理原文,原载于《民间文学》1965 年第 1 期。1962年春天,在广西僮族自治区党委宣传部的领导下,瑶族民间文学调查组展开了对瑶族民间文学的调查和搜集工作。其中,《密洛陀》是一部最优秀的古歌,主要流传在巴马东山区和都安七百峎区。《密洛陀》反映了密洛陀创世的艰辛和人们对自然现象的想象和解释,同时展示了人们与自然环境斗争的坚强意志。古歌中融入了许多古老观念和瑶族古代生活的风貌,有助于了解瑶族古代生活。它的艺术特色包括散文诗体、不讲究韵律但有一定的曲调和唱法,以五、七言为基础,诗中有很多重叠和排句的手法。作者承认自己对瑶族人民的生活习惯了解不够,可能损害了原歌的完整性和准确性。总的来说,这篇史料介绍了瑶族民间文学调查工作以及展现了他们的部分调查成果。《密洛陀》是一部有着深厚文化内涵的古歌,通过对创世英雄密洛陀的描绘,展现了瑶族人民的想象力和对自然的理解。

　　流传在各地的《密洛陀》内容不一,经过长期演变,留存多种异文。莎红整理的《密洛陀》是其中的主要版本之一,是研究《密洛陀》的重要文献。

原文

一、造天地

很久很久以前，
什么造成密洛陀？
大风吹来了，
造成密洛陀。

很久很久以前，
什么造成大风？
大龙吹着气，
造成了大风。

很久很久以前，
什么造成大龙？
聪明的师傅，
造成了大龙。

师傅死去了，
师傅的雨帽变成什么？
师傅的雨帽，
密洛陀拿它造成了天空。

师傅死去了，
师傅的手脚变成什么？

双手双脚变成四条柱;
密洛陀拿来柱子,
把天边四角撑起。

师傅死去了,
师傅的身子变成什么?
身子变成了大柱;
密洛陀拿来大柱子,
把天中央撑起。

密洛陀造了天空,
又造了什么?
密洛陀造了天空,
又造成大地。

造的天空比地窄,
造的大地比天宽,
密洛陀拿线来缝,
缝天边地边。

密洛陀拉紧线头,
天边地边连得紧,
天空穹起象锅盖,
大地绉起象褶裙。

褶裙一迭迭,
凸起成高山,

褶裙一层层，

凹下成河川。

密洛陀造了天空，

又造什么在天上？

造日月、星星，

造雷公在天上。

密洛陀造了大地，

又造什么在地上？

造水渠田埂，

造五谷杂粮，

造飞禽走兽，

造鱼虾河网。

二、造森林

密洛陀造了天空，

密洛陀造了大地，

造下的大地光秃秃，

造下的大地没树林。

密洛陀到山上，

身边吹来一阵大风，

密洛陀从此怀孕，

生下九弟兄①：

第一叫阿波，
第二叫布农，
第三叫布洛，
第四叫哈昂，
第五叫梭量，
第六叫孔翁，
第七叫六班，
第八叫刮牙育，
第九叫桃牙也。

密洛陀生下九兄弟，
叫九兄弟来商议：
"我造这地方呀，
象一块熟地②，
我造这地方呀，
谁能把它变黑③?"
九兄弟没出声，
密洛陀想起了妯娌，
妯娌家里有树种。

早上鸡子叫，
密洛陀起床，

———————————

① 在瑶族古歌中密洛陀遇风而孕,共生下九子。
② 熟地,不是已耕地,是没有生物的地。
③ 变黑,是变成有树林子的意思。

起床先去找阿波：

"阿波呀阿波，

你到妯娌家，

到妯娌家要树种。"

阿波忙回答：

"今天我要去制山，

我不能去要。"

密洛陀叫布农：

"布农呀布农，

你到妯娌家，

到妯娌家要树种。"

布农忙回答：

"今天我要去开路，

我不能去要。"

密洛陀叫布洛：

"布洛呀布洛，

你到妯娌家，

到妯娌家要树种。"

布洛答应了。

太阳过坡了，

布洛背回了种子，

他把种子放在门外，

进屋哄骗密洛陀：

"密洛陀呀密洛陀，

我走到半路，
种子掉下河。"

密洛陀伤心，
埋怨着布洛：
"你为什么不小心，
种子这样难得！"

密洛陀睡不着，
半夜听见大狗叫，
密洛陀走出门，
看见种子心里笑。
多好的种子呀，
在箩筐里蹦蹦跳，
象要跳出了箩筐，
象要爬上了山坡。

东方蒙蒙亮，
密洛陀叫阿波：
"种子在门口，
为何来骗我！
快叫你的兄弟，
今天大家同上坡。"

九兄弟爬上坡，
手拿种子撒不得，
种子一颗颗，

一撒一朵笋。

山上忽然起大风，
大风吹来人心乐，
密洛陀把种子放手上，
随风吹遍高低坡。

过了九个月，
春风遍山坡，
梭量到山上打猎，
种子抽芽密撮撮，
梭量喜在心，
告诉密洛陀。

九个月又过去了，
梭量打猎上山腰，
棵棵幼苗长成树，
密密树林接天高。

满山绿葱葱，
满山绿茸茸，
树上挂金果，
树上花正红。

梭量跑回家，
告诉密洛陀：
"山上处处是草木，

山上处处是花果。"

密洛陀上高山，
山上山下变了样，
多好的林子呀，
长到了天上。

山上有了草木，
山上有了花果，
没有什么来采花，
没有什么吃金果，
没有什么吃青草，
没有什么来做窝，
没有什么林里躲。

密洛陀造蜜蜂、蝴蝶，
蜜蜂蝴蝶把花采。
密洛陀造猴子、果子狸，
猴子果子狸吃金果。
密洛陀造牛马、山羊，
牛马山羊吃青草。
密洛陀造老鹰、长尾鸟，
老鹰长尾鸟来做窝。
密洛陀造熊巴、野猪，
熊巴野猪林里躲……

山上有了大树，

山上有了小树，

山上有了生物，

密洛陀还要造人，

造下人类没房子住，

密洛陀要造房子。

三、造房子

密洛陀要造房子，

手上没斧头，

手上没锯子，

手上没柴刀。

密洛陀打开柜子，

拿铁给布洛。

布洛拿铁给铁匠，

给铁匠打斧头；

布洛拿铁给铁匠，

给铁匠打锯子；

布洛拿铁给铁匠，

给铁匠打柴刀。

铁匠打好了斧头，

铁匠打好了锯子，

铁匠打好了柴刀，

布洛拿斧头去磨，

磨得象老虎舌头；

布洛拿锯子去磨，
磨得象芭芒叶子；
布洛拿柴刀去磨，
磨得明亮象泉水。

布洛拿斧头回家，
拿给密洛陀看；
布洛拿锯子回家，
拿给密洛陀看；
布洛拿柴刀回家，
拿给密洛陀看。
密洛陀看见了斧头，
密洛陀看见了锯子，
密洛陀看见了柴刀，
她心里高兴，
她心里欢喜。

密洛陀叫九兄弟，
九兄弟去到六里坡，
用斧头砍树，
用锯子锯树，
用柴刀劈树。
砍断了又锯，
锯断了又劈。
劈大树做榫头，
锯大木做榫条，
砍小树做挟子，

割茅草盖屋顶，

斩竹子编篱笆。

太阳过坡了，

九兄弟扛回了木头，

九兄弟挑回了茅草，

木料茅草都有了，

密洛陀要造房子了。

要造什么房子？

要造一间大房，

要造千年万代的大房子！

密洛陀叫布洛，

叫布洛到长疏，

到长疏择日。

择日先生订初九，

初九是虎日。

初九是吉日。

布洛回来了，

到初九那天，

九兄弟到六里，

到六里造房子。

要大木做柱，

先立下柱头。

要木板做墙，

墙上开窗口。

要茅草来盖，
盖得滑溜溜。
要竹子编篱笆
篱笆围四周。

房里摆好了桌凳，
房里安好了床板，
九兄弟走出大房，
九兄弟望着大房，
大房黑麻麻，
大房不光亮。

九兄弟跑回家：
"密洛陀呀密洛陀，
我们造好了大房，
大房黑麻麻，
大房不光亮！"

密洛陀打开柜子，
拿出亮晶晶的银水。
九兄弟拿银水去洗柱头，
柱头洗得光闪闪；
九兄弟拿银水去洗门板，
门板洗得亮堂堂。
多光亮的大房呀，
象早上的太阳！

大房洗好了，

请密洛陀去住，

九兄弟砍来竹子，

编一座轿子。

九兄弟叫两个妹仔，

抬密洛陀到六里①，

九兄弟拿着衣柜，

九兄弟拿着猪鸡，

送密洛陀到六里。

密洛陀走出轿门，

密洛陀望着大房，

大房高又大，

大房光又亮，

多好的房子呀，

这是千年万代的大房！

房外抱青山，

山下流水长，

水边有田地，

四季花儿香。

密洛陀带着九兄弟，

走进了大房，

密洛陀带着九兄弟，

---

①　六里，密洛陀造房子的地方。

住进了大房。

密洛陀住了大房，
密洛陀开荒种地，
低地种谷子，
高地种小米。

九月谷子黄，
密洛陀叫来猴子，
叫来猴子看谷子。
九月小米熟，
密洛陀叫来蚱蜢，
叫来蚱蜢看小米。

猴子来到了，
偷着谷子吃；
蚱蜢来到了，
偷吃禾叶了。

猴子骂蚱蜢：
"你为什么吃禾叶？
我去告诉密洛陀！"
蚱蜢骂猴子：
"是你先吃的谷，
你去告状我不怕！"

猴子不服气，

猴子约蚱蜢打架，

蚱蜢不怕猴子，

猴子更不怕他。

猴子要打架，

拿棍出峒场，

猴子打蚱蜢，

蚱蜢飞上猴子脸。

猴子看不见蚱蜢，

猴子用棍打蚱蜢，

一下打着自己的脸，

打着自己的鼻梁。

从此猴子脸儿红，

从此猴子鼻梁塌，

猴子打不过蚱蜢，

跑到白崖上。

四、射太阳

密洛陀造了天空，

生下十二个太阳。

天上十二个太阳，

好象十二个火盆。

烧得大树尽枯黄，

烧得大河现河床，

地里玉米点得火，
田里禾苗躺地上。

九兄弟呀泪汪汪，
哭丧着脸把话讲：
"密洛陀呀密洛陀，
你生下十二个太阳，
个个都是坏心肠，
百样生物晒死了，
我们也要受灾殃。"

太阳光太热，
大阳心毒毒，
日后造人类，
定把人晒死，
密洛陀叫来九兄弟，
限期十二天，
要射下十二个太阳！

十二天到了，
九兄弟持着长矛，
九兄弟戴着铁帽，
九兄弟踏着铁鞋，
走到三岔路口，
在三岔路口等候。

十二个太阳露着脸，

熊熊烈火烧着天，
熊熊烈火烧着地。
九兄弟举起长矛，
长矛火烧弯，
九兄弟戴着铁帽，
铁帽火烧烂，
九兄弟踏着铁鞋，
铁鞋火烧软，
九兄弟打不过太阳，
九兄弟被太阳烧伤。

九兄弟往回跑，
九兄弟哭丧着脸：
"密洛陀呀密洛陀，
我们打不过太阳！"
密洛陀心不甘，
密洛陀心犯难。

"山上草木枯焦了，
只有野麻没枯黄，
你们撕下野麻皮，
拿来做弓弦。

"山上草木枯焦了，
只有刚星木绿葱葱，
你们砍下刚星木，
拿来做大弓。

"山上草木枯黄了，
只有大竹叶子青，
你们砍下了大竹，
拿来修利箭。"
九兄弟撕下野麻皮，
九兄弟砍下刚星木，
九兄弟斩下了大竹，
做好弓和箭。
密洛陀又吩咐：
"你们上山把药采，
采来药草十二种，
把药草捣烂，
喂上那利箭。"

九兄弟到山上，
采回了药草，
把药草捣烂，
喂上了利箭。
密洛陀不放心，
叫九兄弟拿弓箭，
拿弓箭射鸡，
鸡的力气比太阳大，
弓箭射死鸡，
才能射太阳。
九兄弟把箭搭弓弦，
"嗖"的一声响，

鸡中箭死了。

密洛陀不放心，

叫九兄弟拿弓箭，

拿弓箭射猪，

猪的力气比太阳大，

弓箭射死猪，

才能射太阳。

九兄弟把箭搭弓弦，

"嗖"的一声响，

猪中箭死了。

密洛陀不放心，

叫九兄弟拿弓箭，

拿弓箭射牛，

牛的力气比太阳大，

弓箭射死牛，

才能射太阳。

九兄弟把箭搭弓弦，

"嗖"的一声响，

牛中箭死了。

密洛陀不放心，

叫九兄弟拿弓箭，

拿弓箭射马，

马的力气比太阳大，

弓箭射死马，

才能射太阳。
九兄弟把箭搭弓弦，
"嗖"的一声响，
马中箭死了。

十二天又到了，
九兄弟身背着弓箭，
九兄弟手拿着午饭，
九兄弟又到三岔路口，
在三岔路口等候。

天上十二个太阳，
骑着十二匹白马，
十二匹大白马，
朝着大地飞奔。

九兄弟心冒火，
九兄弟红着脸，
阿波张开弓，
布洛拉开弦，
射上两支箭，
天空嗖嗖响。

两个太阳中利箭，
两个太阳团团转，
十二匹马奔上前，
九个兄弟张弓弦，

十个太阳中利箭，

只有两个躲进山。

天上剩两个太阳，

两个太阳不发光，

天呀黑沉沉，

地呀黑森森，

九兄弟心发慌，

九兄弟往回跑：

"密洛陀呀密洛陀，

天上太阳不发光，

白天夜晚黑麻麻，

我们看不见地方，看不见家！"

密洛陀指着太阳：

"你们为什么不发亮？

你们为什么不发光？

若再不照人间，

把你们全杀光！"

两个太阳心害怕，

两个太阳心发抖，

两个太阳又露脸，

两个太阳又发光。

十个太阳死去了，

两个太阳冷凄凄，

两个太阳心生计，
暗中想要结夫妻。

密洛陀心里想——
两个太阳结夫妻，
结了夫妻生孩子，
天上太阳又要多，
地下生物不能活。

密洛陀拿个碗，
密洛陀和太阳讲理：
"这个碗碗打不烂，
你们配成对，
碗碗打烂了，
你们就分离。"

密洛陀打着碗，
碗碗打烂了，
两个太阳不结对，
两个太阳永分离。

从此一个照白天，
一个照夜晚，
照白天的叫太阳，
照夜晚的叫月亮。

太阳和月亮，

在一个月里，

才相会一趟，

才见一次面。

九兄弟回来了，

带去的午饭染上太阳血，

拿午饭喂猪，

猪嗅嗅就走。

拿午饭喂狗，

狗闻闻就走，

拿午饭喂公鸡，

公鸡吃得香。

从此鸡冠红艳艳，

好象太阳血。

每天太阳升，

公鸡喔喔迎太阳。

五、杀老虎

密洛陀要造人了，

密洛陀拿石头，

放进瓦缸里，

过了九个月，

石头变成老虎仔。

老虎跑到白崖上，

老虎躲在山林里。

密洛陀又造人了，

密洛陀拿一块铁，
放进瓦缸里，
过了九个月，
铁块成铁仔。

密洛陀去种地，
铁仔在家里，
密洛陀回家来，
找不见铁仔。

屋前有蛇路①，
密洛陀朝蛇路走，
走到白崖上，
老虎正吃人。
吃的是哪个？
吃的是铁仔。
密洛陀很伤心，
密洛陀很生气。

密洛陀回到六里，
叫来九兄弟：
"老虎吃人啦，
老虎把人伤！"

阿波听罢话，

---

① 蛇路，弯曲的小路。

叫密洛陀莫伤心，

阿波要除山上虎，

早起奔山林！

阿波一路走，

把计定心间，

阿波到白崖，

对着白崖高声喊：

"老庚呀老庚，

你在不在白崖上，

跟我去打猎，

跟我去玩地方。"

老虎听见阿波叫，

老虎心喜欢，

它跟阿波去打猎，

它跟阿波到山上。

阿波去到六里坡，

阿波对着老虎讲：

"你到山上等，

我在山下赶。"

老虎爬上坡，

阿波在山下放火，

大火烧上山顶，

老虎扑进烈火。

火烧老虎的胡子，
火烧老虎身上毛，
从此老虎的身上，
斑纹一条条。

火烧过坡了，
阿波又把老虎喊：
"老庚呀老庚，
我在山下赶，
可见猎物跑上山？"

老虎扑打身上火：
"猎物没看见，
我身挨火烧，
胡子烧光了。"

阿波假意骂老虎：
"你为什么不快跑？"
老虎没出声，
老虎回家走。

阿波心不服，
阿波恨难消，
过了三四天，
又叫老虎去打猎。

阿波走到了白崖，
又对白崖高声喊：

"老庚呀老庚，
你在不在白崖上？
跟我去打猎，
跟我去玩地方！"

老虎听见阿波叫，
老虎心喜欢，
又跟阿波去打猎，
又跟阿波到山上。

阿波到山上，
阿波又对老虎讲：
"这次你在山下等，
我到山上赶，
猎物跑下了，
你用嘴巴咬。"

阿波爬上山，
阿波拿棍撬石头，
石头滚下骨碌响，
老虎看不清，
老虎用嘴咬，
牙齿咬断了几根，
满嘴血淋淋。

接着山羊跑下山，

老虎咬住了山羊，

山羊咩咩叫，

阿波往下跑：

"老庚呀老庚，

你把山羊咬住了？"

老虎血满嘴，

抬头看阿波，

阿波不出声，

抓住山羊把皮剥。

阿波叫老虎，

点火来烧羊肉。

老虎走远了，

阿波拿来大石头，

染上山羊血，

石头染得红通通，

就象一块山羊肉。

老虎回来了，

阿波心里笑：

"老庚呀老庚，

你咬死山羊，

谢谢你功劳，

你要山羊肉，

我要山羊脚。"

老虎点点头，
老虎裂嘴笑，
拿起大石头，
高兴回家走。

老虎回到家，
烧起一堆火，
拿石头来烧，
烧呀烧不熟，
跑来找阿波，

阿波割下了羊肉，
分给老虎吃，
羊肉味儿喷喷香，
老虎问阿波：
"羊肉怎样烧？
羊肉怎样煮？"

阿波想得妙：
"你回到家里，
架起大鼎锅，
锅里装满水，
叫你孩子到火塘边，
叫你老婆提锅耳，
你拿羊肉到楼上，

大力放下锅，
这样才煮得香，
这样才煮得熟。"

老虎听罢话，
老虎跑回家，
叫来了孩子，
叫来了老婆。

孩子围在火塘边，
老婆双手提锅耳，
锅下柴火烧得旺，
锅里开水在翻滚。

老虎捧着大石头，
爬上楼梯口，
老虎朝着大鼎锅，
掷下大石头。
"嘣"的一声响，
锅里开水四下溅，
烫死了孩子，
烫死了老婆。

老虎哭三天，
老虎哭三夜，
边哭又边走，
走来问阿波：

"老庚呀老庚，

你为什么欺骗我？

老婆孩子烫死了，

又打烂个大鼎锅。"

阿波指着老虎的鼻梁：

"我好心好意，

怎会欺骗你？

是你自己弄糊涂！

"你煮开了水，

才放下羊肉，

怎不把它们烫死，

怎不打烂大鼎锅！"

老虎很伤心，

抱头哭嗷嗷，

老虎低着头，

又往家里走。

过了三四天，

阿波又叫老虎去打猎，

他把烧好的兽肝，

绑在大腿上，

走到树荫下，

在树下歇凉。

阿波当着老虎割大腿，

割下一块自己尝，

贪吃的老虎闻肉香

垂涎三尺长：

"老庚呀老庚，

你吃些什么？

味儿这样香？"

阿波低声讲：

"我吃'涅鸡淋'①；

送点给你尝。"

老虎吃兽肝，

兽肝甜又香，

阿波吃一点，

给它尝一尝。

阿波叫老虎：

"割下你的自己尝。"

老虎问他怎样割？

阿波叫它回家里，

把菜刀磨利，

把菜刀磨光，

右手拿着刀，

分开两边腿，

双眼望着天，

_____

① 涅鸡淋，瑶语，即睾丸肉。

用刀割下去。

老虎把话记在心，
回到了家里，
锁起了房门，
菜刀磨得光闪闪，
老虎割下"涅鸡淋"，
从此山上绝虎患。

六、找地方

阿波杀了山上虎，
阿波回到了六里：
"密洛陀呀密洛陀，
山上老虎杀光了，
你要造人只管造。"
密洛陀心高兴，
密洛陀心喜欢。

密洛陀要做人了，
先找一个好地方。
叫什么去找？
先叫聋猪去找。

密洛陀叫来聋猪，
聋猪吃早饭，
便去找地方。

聋猪到半路，

看见蚯蚓窝，

拖着蚯蚓吃，

聋猪吃饱了，

聋猪回来了。

密洛陀在门前问：

"你可找到了地方？"

聋猪张着嘴：

"我走到半路，

拖着蚯蚓吃，

不见那里有好地方。"

密洛陀心里急，

密洛陀心冒火，

拿棍打聋猪，

打着它耳朵，

从此聋猪耳朵聋，

跑到山上躲。

密洛陀叫来长尾鸟，

命他去把地方找。

长尾鸟飞到山坡，

看见坡上有红果，

长尾鸟吃饱了，

长尾鸟回来了。

密洛陀在门前问：

"你可找到好地方？"

长尾鸟张开嘴：

"我飞到山坡，

捡到红果吃，

不见那里有好地方。"

密洛陀心里急，

密洛陀心冒火，

拿起弓和箭，

射着长尾鸟，

射中它屁股，

从此长成长尾巴，

飞到了山上。

密洛陀又叫来乌鸦，

乌鸦吃早饭，

便去找地方。

乌鸦飞到了山上，

看见火烧山，

在浓烟里飞，

用翅膀把火玩，

太阳过坡了，

乌鸦飞回了。

密洛陀在门前问：

"你可找到好地方？"

乌鸦张开嘴：

"我飞到山上，

看见火烧山，

我飞去玩火，

不见那里有好地方。"

密洛陀心里急，

密洛陀心冒火，

拿来蓝靛水，

泼在它身上。

从此乌鸦黑麻麻，

飞到山坡上。

密洛陀又叫来老鹰，

老鹰吃早饭，

老鹰带午饭，

便去找地方。

老鹰飞了大半天，

飞落木棉树歇晌，

白崖冒着一股烟，

老鹰飞去把火点，

点火烧午饭。

白崖有个老年人：

"你来这里做什么？"

老鹰对着老人讲：

"密洛陀要做人，

叫我来找地方。"

老人马上板起脸：
"这个地方是我造，
别人不能看，
别人不能住。"
老人拿绳子，
套住老鹰脚，
关进岩洞里，
关了三年长。

老人打回酒，
老人要杀老鹰吃，
老鹰知道了，
老鹰恳求老人：
"我快要死啦，
请你打开铁笼子，
叫我望望天，
叫我看看地。"

老人打开两根柱，
老鹰望望天，
望不见一半；
老鹰看看地，
看不见半边。

老鹰又恳求老人，
老人打开四根柱。

老鹰张开了翅膀，

扑啦啦飞起，

飞出了岩洞，

飞回了六里。

老鹰飞回了，

老鹰看见密洛陀，

向她要饭吃，

向她要水喝，

密洛陀骂老鹰：

"你出去三年，

现在才飞回，

有饭也不给你吃，

有酒也不给你喝。"

老鹰身软脚也软，

老鹰打着哆嗦：

"密洛陀呀密洛陀，

我吃饱了饭，

我喝够了水，

有话对你说。"

密洛陀拿饭给老鹰，

老鹰吃着饭；

密洛陀拿水给老鹰，

老鹰喝着水。

老鹰吃饱了饭，

老鹰喝够了水，
便把话儿说：

"在那白崖上，
有个老人起歪心，
他说地方是他造，
不让我去看，
把我关进了岩洞，
关了三年整。"

密洛陀心里想，
谁住白崖上？
谁起了歪心？
密洛陀心里想，
住在白崖上，
一定是哈昂。
哈昂变了心，
哈昂变了意。

密洛陀打开柜子，
要铁给老鹰做嘴巴；
密洛陀打开柜子，
要铁给老鹰做爪子。

老鹰嘴巴尖，
老鹰爪子利，
密洛陀吩咐，

把哈昂抓回。

老鹰飞去了，
飞到了山上，
老鹰张开了铁嘴，
咬得一只白山鸡，
老鹰飞到了白崖：
"老庚呀老庚，
我和你和好，
送来一只白山鸡，
给你好下酒。"

哈昂听见老鹰叫，
哈昂心里高兴了：
"你送来白山鸡，
我拿火来烧。"

哈昂心里急，
哈昂把火吹，
火越吹越黑，
老鹰对哈昂讲：
"你不会吹火，
火越吹越黑，
请闭上眼睛，
我帮你吹吹。"

哈昂闭着眼，

老鹰张开爪，

抓住哈昂的颈脖，

叼着哈昂飞上天。

哈昂在天上叫，

老鹰越飞越高，

哈昂望下地，

地上河水象条线，

老鹰对着哈昂讲：

"老庚呀老庚，

我把你放下地了。"

哈昂心害怕，

哈昂叫老鹰不要放。

老鹰越飞越远，

飞回密洛陀住的地方。

密洛陀见哈昂，

密洛陀生了气：

"我要造人类，

叫老鹰去找地方，

你为什么把它关？

你心地不好，

关进土牢房！"

哈昂关在土牢里，

密洛陀叫两个妹仔，

送饭给哈昂。

哈昂又起歪心，

哈昂在牢中修竹夹，
挟断两个妹仔的手，
两个妹仔死去了。

密洛陀很伤心，
密洛陀很生气，
她把两个好妹仔，
埋在月宫里，
造成了人类，
让她们看见，
让她们高兴。

哈昂心焦急，
哈昂心发愁，
有个老鼠来打洞，
看见洞里是哈昂：
"老庚呀老庚，
你为什么住这里？"

哈昂对着老鼠讲：
"密洛陀要造人，
密洛陀把我关，
你有没有好亲戚，
请它来帮忙。"

老鼠想起它老庚，
叫来穿山甲，

穿山甲打洞，

打洞咕噜响，

挖到大树根，

大树根根挖不得，

哈昂又问穿山甲：

"你有没有好亲戚？

请它来帮忙。"

穿山甲想起它老庚，

叫来了芒鼠，

芒鼠牙齿利，

利得象刀子，

啃断大树根，

挖个大洞口。

哈昂得救了，

跑出土牢房！

七、造人

密洛陀又造人了，

布农去到山上玩，

在木棉树下，

有个大蜂房。

布农抓蜂仔，

放进了嘴里，

蜂仔甜泮泮，

象蜜酒一样。

布农拿回了蜂仔，
拿给密洛陀看，
个个蜂仔白又胖，
象娃仔的小脸蛋。

密洛陀叫来九兄弟，
九兄弟拿斧头上山，
砍倒木棉树，
拔起了树根，
挖出了蜂仔，
刨出了蜂蜡。

密洛陀心高兴，
便拿蜂仔来造人。
用蜂蜡捏头，
用蜂蜡捏手，
用蜂蜡捏脚，
捏成了人样，
捏了一个又一个，
放进瓦缸里。

密洛陀在缸边：
"如果是鸡仔，
二十天才生；
如果是狗仔，
两个月才出世；
如果是马仔，

十二个月才生；

如果是牛仔，

十个月才出世，

如果是人仔，

九个月才生。"

到了九个月，

密洛陀去种地，

九兄弟在家，

听见瓦缸里响，

听见瓦缸里有哭声，

九兄弟打开缸子，

蜂仔已成人，

有男又有女，

个个白又胖。

密洛陀回来了，

九兄弟对密洛陀讲：

"蜂仔成人啦！"

密洛陀打开瓦缸，

人仔动手又动脚，

密洛陀心高兴，

密洛陀心欢喜。

密洛陀拿饭喂人仔，

人仔不吃饭；

密洛陀拿酒给人仔喝，

人仔不喝酒。

密洛陀叫来咪令，
咪令胸前有两个凸凸：
凸凸里有奶水，
咪令用奶喂人仔，
人仔吃着奶，
一天天长大。

风吹过楠竹，
楠竹吱吱响，
人仔听见竹枝声，
学会把话讲，
人仔讲话不一样：
有的讲汉话，
有的讲僮话，
有的讲瑶话。

密洛陀送他们走，
密洛陀叫他们结婚，
蓝和罗成双，
韦和蒙结对①，
姓蓝到浧货浧东，
姓罗到坡山坡支，
姓蒙到坡细坡蒙，
姓韦到可昌可所。

1962 年 11 月第一次整理

1964 年 5 月第二次整理

---

① 蓝、罗、韦、蒙是背篓瑶四大姓。

　　附记：一九六二年春天，在广西僮族自治区区党委宣传部领导下，以区民间文学研究会干部为主，组成了瑶族民间文学调查组，先后重点深入大瑶山、都安、巴马三个瑶族自治县及其他瑶族较集中的地区，对瑶族民间文学作了全面的调查、发掘、搜集工作，一年多的时间里，我们搜集到不少的瑶族民间叙事长诗，其中《密洛陀》是一部最优秀的古歌。

　　《密洛陀》这部古歌，主要流传在巴马东山区和都安七百弄区；两个区以红水河为界，是背篓瑶聚居的地方。其次田东县作登公社背篓瑶也有密洛瑶故事流传，每年农历五月二十九日，是背篓瑶的"达努节"（即瑶年），这天，人们敲起铜鼓，唱起密洛陀歌、讲起密洛陀故事，几乎人人会唱，人人会讲，真是家喻户晓。

　　密洛陀是背篓瑶古代的创世英雄，是创造万物之神。当我们在搜集时，很多歌手都怀着崇敬的心情唱起这部古歌。它反映了密洛陀创世的艰辛，以及人们对自然现象的想象和解释。它还反映出人们和自然环境作斗争的坚强意志。其中有许多古老的观念及古代生活风貌，对了解瑶族古代生活有一定帮助。这部古歌据巴马文钱公社歌手蓝海祥唱译与原歌查对，从头到尾都是散文诗体，韵律是不大讲究的，但有一定的曲调和唱法。字数以五、七言为基础，亦有长短句不一。诗中排句、重迭的地方很多，如"密洛陀心高兴，密洛陀心欢喜"，甚至每一小节与每一小节也用重迭的手法表现，形成了这部古歌的艺术特色。

　　这部古歌，在一九六二年十一月间，我曾根据蓝海祥唱译的资料开始整理，当时由于资料不足，只是搭起了一个架子。今年三月，又把从都安州搜集到的六份资料，及有关的民间故事，作了较详细的研究，在原整理稿基础上，以其他资料作补充，进行了重新整理。原整理稿没有"射太阳"这一章，这次整理把它补进来了。同时，也在故事里吸收一些东西，如第一章"师傅死去了，师傅的手脚变成什么？……师傅死去了，师傅的身子变成什么？……"这两节比原歌是更富于想象力的。

　　当我整理这部古歌时，得到了我会及有关同志的帮助，解决了在整理中碰到的困难，这是我非常感激的。但由于我的思想水平及艺术水平有限，对瑶族人民的生活习惯不够了解，免不了对原歌有损色，免不了有错误的地方，希读者提出批评和指正！

——整理者

二、北方其他民间史诗及叙事诗

（一）蒙古族叙事诗

艺术形象的魅力

——简评《成吉思汗的两匹骏马传》

梁一儒

史料解读

该史料为一篇评论,原载于《内蒙古日报》1962 年 12 月 25 日。《成吉思汗的两匹骏马传》是一部独特的蒙古族古典文学作品,赞美反抗和斗争,追求理想与自由。作品以一大一小两匹骏马为一对相互比较的艺术形象,所展现的马与人的对抗关系挑战了当时社会对马作为被动仆役的固有认知,象征着人民的反抗精神,展现出了突出的形象塑造技巧。在艺术上,通过对比,两匹骏马的形象更为生动现实。两匹骏马的形象具有广泛的典型意义,反映了社会中的阶级压迫和人们对自由的渴求。作品中的大小骏马代表了在当时历史条件下人民对受压迫现实的两种反应,同时也展现了统治阶级内部矛盾和社会秩序动摇的可能性,具有一定的积极意义。作品最大的艺术成就在于从丰富多样的现实生活出发,赋予形象丰满的血肉和复杂而统一的个性。小骏马是个反抗斗争、倔强不屈的角色,同时又有渴求荣誉和软弱妥协的一面。大骏马虽然软弱和卑贱,但他对故土的怀恋和真挚的情感让人感动。成吉思汗在作品中被嘲讽和揶揄,但并没有进行过激的批评,这表现了作者对艺术的精确掌握。在作品产生的时代,成吉思汗被人们视为一个具有优点和缺点的历史人物,所以作品中成吉思汗被揶揄,带有特定时代的社会历史色彩。这部作品深受人民喜爱,至今在蒙古族人民中仍传颂不衰,具有强大的思想和艺术吸引力。

该评述主要对成吉思汗的"两匹骏马"的艺术形象进行了讨论,分析得比较到位,把握得比较准确,是一篇研究《成吉思汗的两匹骏马传》的重要参考文献。本辑将之归入民间叙事诗的范畴,与《古代作家(书面)文学卷》的同一文章相映照,以显示民间口头文学与书面文学的关系,引起学者的关注。

原文

《成吉思汗的两匹骏马传》[①](以下简称《两匹骏马》)是蒙古族文学史上独树一帜的古典作品。它赞美反抗和斗争,渴求理想与自由;艺术风格明快秀美,语言凝炼而富于韵律。特别是在形象的塑造上,它取得的成就尤为突出。

作品中的大小骏马是两个相互比较而存在的艺术形象。小骏马的性格倔强刚烈,桀骜不驯,对于生活具有敏锐的观察力和感受力。它和大骏马在相同的环境中长大,和别的许多马同样受到主人的骑乘和吊练,但是,对于这种境遇,一般马都习而不察,心安理得;大骏马虽然有所觉察,甚至"哭出了眼泪",但是却从来不思反抗。唯有小骏马,它第一个喊出了反抗的呼声,并坚决地走上了叛逆的道路。在逃亡的三年中间,由于渴望自由的心愿得到了满足,它吃得

---

① 见《内蒙古日报》1962 年 9 月 7 日,白歌乐译文。

膘肥体壮,心情坦然,准备在阿尔泰山麓长久地生活下去。后来,虽然由于哥哥的牵扯,最后它还是不得不舍弃掉得之非易的自由,重新回到了成吉思汗的治下,象历史上无数次人民起义斗争那样,它的反抗没有而且也不可能得到彻底胜利的结局。但是,通过这次逃亡,总算使成吉思汗表示了悔过和让步,两匹骏马的处境也得到了改善。在这里,作者表现出一个十分可贵的思想:本来,在现实生活中人和马的关系是确定了的,一方是站在支配地位的驭者,而另一方则是被动的仆役和工具,正象在当时的历史条件下人们看待君主和臣民、诺彦和奴隶之间的关系一样,这种隶属关系是天经地义的,不可变易的。但是这篇作品的作者却一翻传统的观念,带着明显的倾向性描写了马的苦难和反抗,通过形象的感人力量迫使读者不得不放弃现实生活中固有的认识,从而站到马的一边去向成吉思汗争生存,争自由。小骏马的反抗和逃亡,正是作者这种叛逆思想的形象体现。

在艺术上,美和丑、真和伪的对立,总是通过比较而愈益鲜明,"两匹骏马"的作者很懂得这条艺术规律。小骏马的反抗和斗争,正是通过大骏马的怯懦和妥协来加以衬托和对照,因而发出了眩目的光彩。就现实社会中人同马的关系而论,大骏马的恭顺和驯服无疑更符合人的要求,它的驰骋本领也并不比小骏马为逊,但是,作者对它却采取了完全不同的态度,主要是对大骏马软弱卑下的精神面貌给予了突出的刻划,使人感到这实质上是一匹可怜而又可笑的"驽马",同人们所想象的骏马是绝然不同的。当然,粗看起来,作者还是让它得到了幸福的结局,并被封成了神马。可是这幸福和荣誉是从何而来的呢?如果没有小骏马的带头反抗,成吉思汗不会减轻对它们的苛待,更不会答应它们撒群八年的要求,所以事实上是大骏马分享了弟弟的胜利成果,作者对它是采取了讥讽和嘲弄的态度的。

两匹骏马的形象具有相当广泛的典型意义。十四世纪前后,蒙古封建制度得到了巩固和发展,阶级压迫日渐严重。社会上的阿拉特(平民)在更大程度上丧失了自由,变成为汗和诺彦的属民;同时奴隶压迫依然普遍存在。这样,要求恢复自由放牧和减轻剥削奴役的思想意识便日趋高涨,阿拉特和奴隶开始愈来愈多地以个人或集体的方式逃亡反抗。与此同时，统治阶级内部各阶层由于利益的冲突也互相倾轧，某些诺彦、小贵族往往脱离自己的汗主而迁徙出走，去归附别的汗主。这些复杂的社会关系和思想意识，在文学作品中不能不得到相应的表现。其次，在当时的历史条件下，劳动牧民对待社会现实大致会采取两类态度：有些人安分守己，与世无争，默默地在汗和诺彦的奴役下度过一生，做一个"顺民"；而另外一些人则进行了各种形式的反抗和斗争，甚至揭起了武装暴动的大旗。最常见的形式是逃亡，有的逃进寺庙脱俗为僧；有的投奔了另外的诺彦；而更多的人则是终年流浪在草原上：或者落草为寇，或者沦为乞丐，或者做一名放浪不羁的行脚僧。可是，他们所得到的斗争结局却总是非常悲惨的，许多人在斗争中壮烈地牺牲了，而另外一些人则接受了统治者的"招安"，重新回到主人的治下。《两匹骏马》正是以生动的形象反映了这种具有普遍意义的历史现实，大骏马和小骏马可以看做是受压迫、受歧视者当中两类人物的代表。可是，由于寓言故事本身的特点，作品中形象的阶级属性往往是难以十分确定的，所以，即使把两匹骏马看成是在政治上受到大封建主压抑排挤而具有某种反抗思想的小贵族小官吏的代表，也不是绝对不行的，因为下层统治者对上层当权派的反抗和叛离，正表明了统治阶级内部矛盾的激化，预示着固有社会秩序即将发生动摇，这在客观上是有利于被压迫者的斗争的，因此具有一定的积极意义。

　　《两匹骏马》最为突出的艺术成就并不在于它塑造了两个性格鲜明的对立形象，而是在于它严格地从现实生活的丰富性和多样性出发，赋予了形象以饱满的血肉和复杂而统一的个性。譬如，反抗斗争、倔强不屈是小骏马性格的主导面，从逃亡到返乡，它一直是"横劲儿没有收抑，刚气没有消尽"，即使心情难过，也还是"迎脸笑，背脸哭"，绝不轻易流露自己的感情，让哥哥看到自己的眼泪。但是，在斗争过程中，它又表现出渴求荣誉的虚荣心和软弱妥协的一面。在逃走之初，它埋怨十万猎人没有称赞它的本领；逃走以后，它没有积极地鼓舞大骏马坚持斗争，反而为大骏马的软化所征服，一时的同情心压倒了对美好理想的信念，最后终于返回了故乡。归群之后，成吉思汗答应了它撒群八年的要求，满足了它的虚荣心，这样，暂时的利益竟使它忘记了先前的理想，从此又心安神定地做了成吉思汗的坐骑。从小骏马斗争的经历上，我们可以看出作者的时代局限性，同时在这里也反映出当时阶级斗争的艰巨和曲折。但是在小骏马身上，斗争性和妥协性、反抗性和软弱性这些相互对立的品质又是和谐地统一在一起的，正是从这个矛盾而又统一的性格身上，读者窥见了它那丰富复杂的内心世界，因而对它的反抗和终于不得不归群也就寄予了更加深切的同情。

同样，我们来研究大骏马的性格，也觉得在它那懦弱苟且的表现背后，仿佛还隐藏着一种深沉、厚实的素质，给人留下亲切难忘的印象。固然，它的软弱和卑贱会使人嫌恶，可是它对故土的怀恋，对亲朋故友的真挚感情，不也能使人为之感动吗？在历史上，象小骏马那样勇于反叛的人总是少数，而象大骏马这类安分守己、安土重迁的忠厚牧民，数量却是相当多的，正因为如此，所以作者没有把它当做反面形象来加以完全否定，而基本上是对它采取了"哀其不幸、怒其不争"的态度。

《两匹骏马》中的成吉思汗是作者嘲讽和揶揄的人物，但仅仅止于嘲讽和揶揄，而没有进行口诛笔伐式的鞭挞和暴露，这里同样表现出作者掌握艺术剖刀的精确和允当。我们阅读蒙古族古典文学可以发现一种有趣的现象，就是凡属接触到成吉思汗其人的作品，往往都是对他采取了与《两匹骏马》相同的态度。这种现象的产生并非偶然，而是有其一定的历史根据的。在作品产生的那个时代，成吉思汗在人们头脑中还是现实中的人物：他是雄才大略的政治家，杰出的军事将领，在统一蒙古的事业中建立了丰功伟绩；而同时，他做为一个封建贵族的首领，又不可避免地表现出持强任性、耽于安乐等统治阶级的本质。当时，人民群众以自己的观点来评判这个历史人物的功过，在文学作品中把他描写成一位有缺点有过失的明智圣主，在肯定他的历史功绩的同时，对他的统治阶级的恶习和偏见也敢于进行毫不掩饰的讽刺和嘲弄。后来，随着时代的演进，成吉思汗身上逐渐染上了浓厚的理想色彩，人们把他神化了。这样，后世的文学作品中一旦有成吉思汗出现时，他就变成了一个完美无缺的好皇帝。由于社会习惯的日趋巩固，到了近代，舆论就再也不容许对他稍加贬斥了。

《两匹骏马》中的成吉思汗是一个犯了过失的君主，他象一般封建统治者那样贯于驱使和压榨别人，最后终于受到了惩罚，不得不去改善两匹骏马的处境。在这个人物身上，明显地打着作者世界观的烙印，同时也带有特定的社会历史色彩。

《两匹骏马》是蒙古族人民家喻户晓的一篇名作，在鄂尔多斯高原上，至今还流传着两匹骏马的种种佳话①。一篇如此短小的文学作品居然会传诸百代而不衰，在人民中发生这样深远的影响，如果不是在思想和艺术上具有强烈的吸引力量，那简直是难以想象的事。

---

① 伊克昭盟很多老年人都能活龙活现地说出两匹骏马的行踪去向。据说，大骏马死后，马头被埋在鄂托克旗的一个敖包上，民国初年被一个喇嘛掘出，马头已变绿色，状如翡翠，不久便被他盗窃而去。又说，小骏马逃跑归群后，复被一相马者偷走，成吉思汗立刻派遣一个部落的人随后追去。并敕令不追上马贼不准返回。由于小骏马奔腾迅疾，追捉的人终于未能追及，因此这个部落便常住到西北地方，没敢回来见成吉思汗复命。此外，伊盟至今还流行着一首《圣主可汗力大无比的两匹骏马之歌》，据说一位老人可以演唱整整的一天。

关于《嘎达梅林》及其整理

陈清漳

史料解读

　　该史料为一篇论文,原载于《草原》1978 年第 6 期。《嘎达梅林》是以演唱形式为主的民间叙事长诗,产生于哲里木盟(今通辽市),广泛流传于内蒙古民间。作品依据哲里木盟达尔罕旗(即科尔沁左翼中旗)所发生的真实历史事件进行艺术加工和处理,描绘了列强入侵和军阀割据的混乱时期,内蒙古错综复杂的斗争图景,反映了内蒙古人民反对封建统治和军阀掠夺,强烈追求解放的愿望以及勇于抗争的精神。《嘎达梅林》所描绘的斗争是一种群众性的、自发的、正义的人民反抗斗争,既符合人民群众的愿望,也与当时全国各地人民进行的反帝反封建的斗争相一致,具有积极意义,应当给予历史的肯定。然而,需要指出的是,《嘎达梅林》所描绘的斗争也存在一定程度的局限性。首先,它缺乏正确的领导和明确的斗争纲领,无法将自发的、分散的群众斗争更好地组织并统一起来,无法为取得胜利提供明确的指引。其次,嘎达梅林等人的反抗斗争在相当程度上受到民族主义思想的影响,没有认识到蒙古族和其他各族人民所面对的是共同的敌人,各族人民都遭受着相同的痛苦和迫害。因此,整理该作品的目的在于发扬人民反对阶级和民族的压迫、敢于斗争的精神,并非肯定其错误之处。另外,该史料还对《嘎达梅林》的两次整理情况做了说明,总结了整理过程中对蒙古语语言文学特色的保留问题,以及口头传承所造成的版本多样和情节差异等问题,并对相关问题的解决办法进行了简要说明。

该评述对《嘎达梅林》进行了全面、客观的分析，既看到了它的历史意义，同时又指出了它的局限。特别是该文还就《嘎达梅林》的两次整理过程进行了相对全面的介绍、比较和说明，具有史料学价值。

原文

一

《嘎达梅林》是在内蒙古民间广泛流传的一首叙事长诗。它的产生和形成的年代，距今约五十年左右。当时，正是列强入侵，全国各地陷于军阀割据的动乱状态。北洋军阀和内蒙古地方的封建势力互相勾结起来，对内蒙古各族人民进行残酷剥削和肆意掠夺，使广大人民遭受空前未有的灾难，社会生产力受到极度破坏，人们流离失所，生存受到威胁。《嘎达梅林》就是描绘这一时期内蒙古错综复杂的斗争图景，它生动而具体地反映了内蒙古人民反对封建统治，反对军阀掠夺，谋求解放的强烈愿望和敢于斗争的精神。

《嘎达梅林》这部以演唱形式为主的民间叙事长诗最初产生于哲里木盟，它是依据当时哲里木盟达尔汗旗（即科尔沁左翼中旗）所发生的一个真实历史事件而创作的。诗歌中的主要人物都保持了原来事件中的真人姓名，但人民群众为了表达自己的意志和愿望，在人物的塑造和故事情节的安排上，进行了艺术的加工和处理，因此，它和原来的真实历史事件并不是一模一样的。解放前，这支歌主要流行于内蒙古的东部地区，一九四九年新中国成立后，才在全国广泛传开，成为内蒙古自治区影响比较深广的民间叙事长诗之一。

《嘎达梅林》诗歌中的主要人物嘎达梅林，原是王府里的一名掌管旗兵的军事官员。他富有正义感，同情人民的疾苦；他对达尔汗王勾结反动军阀侵占人民的土地和牲畜，是竭力反对的。但对达尔汗王，开始还抱有很大幻想，因此他曾经企图通过劝谏、说理等方式，使达尔汗王不出卖人民利益，对百姓发善心，能站在人民的立场反对军阀张作霖；后来在一系列的亲身遭遇中，才破除了对统治阶级的幻想，走上了武装反抗的道路。诗歌中的张作霖和达尔汗王，是当时封建地主阶级买办资产阶级的政治代表，同时又是帝国主义在中国的支柱，两人虽然地位不同，民族不同，但就其阶级本质来说，都是一丘之貉，是蒙汉各族人民共同的阶级敌人。

《嘎达梅林》所反映的斗争，是一种自发的群众性的人民反抗斗争，它是革命的斗争，正义的斗争。这一斗争，和当时全国各地人民所进行的如火如荼的反帝反封建的斗争相一致的，是我国近代人民革命斗争的一个侧面，因而它决不是孤立的和偶然的。正如伟大领袖和导师毛主席一九三九年在《中国革命和中国共产党》一文中所论述的："帝国主义和中国封建主义相结合，把中国变为半殖民地和殖民地的过程，也就是中国人民反抗帝国主义及其走狗的过程。从鸦片战争、太平天国运动、中法战争、中日战争、戊戌政变、义和团运动、辛亥革命、五四运动、五卅运动、北伐战争、土地革命战争，直至现在的抗日战争，都表现了中国人民不甘屈服于帝国主义及其走狗的顽强的反抗精神。"

对于嘎达梅林和他所领导的这个斗争，过去统治阶级恨之切骨，把它看成是土匪流寇，并给以种种诬蔑；但是广大劳动人民却热烈的拥护它和歌颂它，把嘎达梅林看成是自己民族的英雄。

人民是社会的主人，真理永远在人民的一边。人民群众对反动派和对嘎达梅林怎样看待，我们在诗歌中可以看得清清楚楚，例如民歌中对军阀及内蒙古王公贵族的罪恶就是这样揭露的：

> 无情的荒火烧上了坡哟，
>
> 军阀成了王爷的贵客，
>
> 鼻烟壶换上了大烟灯哟，
>
> 达尔汗旗王爷忘掉了百姓。

> 无情的洪水漫上了岸哟，
>
> 王爷成了军阀的亲眷，

黑蟒鞭加上了盒子炮哟，

达尔汗旗王爷忘掉了祖先。

尽管象达尔汗王这样一些欺骗人民的偶像能够横行一时，但蒙族人民却把他们看成为："象佛一样的达尔汗王啊，原来是一堆臭泥烂砖。"最后用"造反"来反抗这些骑在人民头上的剥削者，保卫自己的牲畜和牧场。

相反，人们对嘎达梅林所领导的反抗斗争，则给以衷心的拥护和称赞。群众供给他们粮食和马匹，掩护他们的"地下"兵工厂，积极参加他们的队伍，使这个斗争发展得很快，有力地打击了军阀势力和封建王公的反动气焰。

长诗在描写群众当时那种热烈的斗争情景时，这样写道：

带药的土炮啊，

收拾齐了，老嘎达！

集合来的朋友啊，

都是胳膊粗来力气大！

带子弹的洋枪啊，

收拾齐了，老嘎达！

集合来的弟兄啊，

都是天不怕来地不怕！

在描写群众对嘎达梅林称赞时那种兴奋的心情时，这样说：

在杜钦庙的周围呀，

有着震天动地的老嘎达！

碰上开地的屯垦军呀，

不留情的打呀，老嘎达！

在汤子庙的附近呀，

有着神出鬼没的老嘎达！

碰上丈地的屯垦军呀，

狠狠地打呀,老嘎达!

　　从以上简单的比较中,我们可以清楚的看到,人民的爱憎十分鲜明;嘎达梅林领导的反抗斗争,是符合人民群众的愿望的,这次起义是社会历史发展的必然结果。因此,我们说《嘎达梅林》是有积极意义的,这种反对民族的和阶级的压迫剥削,敢于进行斗争的革命精神,应当给以历史的肯定。

二

　　但是,也应该看到,《嘎达梅林》所反映的斗争也有它一定的局限性,这首先表现在它的自发性上面,由于它没有正确的领导和明确的斗争纲领,因而也就使它不可能把自发的、分散的群众斗争更好的组织起来,统一起来,指引斗争取得胜利。而这也只有在先进的无产阶级及其先锋队——共产党的领导下才能够做到。没有先进阶级的领导,就不能从阶级本质上去认识当时统治阶级的反动性和相互勾结的实质;没有明确的革命斗争纲领和目标,就不能使自己的队伍得到更好的巩固,而往往被敌人的阴谋所分化瓦解。除了历史的、社会的原因之外,由于领导这次斗争的主要人物嘎达梅林的阶级出身和地位,也不可能认识这些和做到这些。所以,反抗斗争虽然坚持了相当的时日,打了许多胜仗,但其结果仍象历次农民起义一样终于失败了。

　　其次,嘎达梅林等人的反抗斗争,在相当程度上是在民族主义思想指导下进行的,特别是起义初期更是明显。开始,他们把达尔汗王看成是受军阀"摆弄"的,劝达尔汗王反对张作霖也是从民族利益出发的,后来劝说不成,领导人民进行反抗斗争,也只是把达尔汗王当作是民族利益的叛卖者,而不能用阶级观点去看待这一问题。嘎达梅林等没有认识到蒙汉及其他各族人民的敌人是共同的,各族人民所受的痛苦和迫害是一样的,因而劳动者的利益是一致的。反动军阀是蒙族人民凶恶的敌人,同样也是其他各族人民的敌人。达尔汗王所代表的王公贵族压迫剥削蒙族人民,同样也压迫剥削内蒙古地区其他各族人民,这没有丝毫的不同。因此,反对军阀和达尔汗王的斗争,是蒙汉各民族劳动人民共同的任务。事实上,在这场轰轰烈烈的反抗斗争中,蒙汉各族劳动人民也是互相支持，并肩战斗的。然而，嘎达梅林等不了解这一点，他们一方面领导人民同军阀、王公贵族进行英勇果敢的斗争，另一方面却把这种实质上是反抗阶级的压迫简单地看成是民族的压迫，因此就没有去积极联合各族劳动人民，扩大阵线，深入广泛地开展斗争，致使自己所领导的起义限于狭小的圈子里。而这种孤立的、分散的、自发性的斗争，在当时敌人还很强大的情况下，失败当然也是避免不了的。

长诗《嘎达梅林》所反映的既是这样性质的斗争，它又是旧时代人民群众的口头创作，因而在肯定它的主要方面的积极意义外，还必须看到它的消极的一面，经过整理，虽然在排泄其糟粕，吸收其精华方面做了一些工作，但它的某些消极因素，在整理稿中仍然有着明显的痕迹。我们整理这部作品，目的是发扬人民反对阶级压迫和民族压迫，敢于斗争的精神，而不是去肯定它错误的东西。在当前国内外阶级斗争尖锐复杂的情况下，一些别有用心的人，他们可能歪曲过去的历史以及文学作品等，来挑拨民族的关系，破坏民族团结，妄图达到其不可告人的目的。对于这些，我们必须提高警惕。

三

《嘎达梅林》最初是由达木林，松来，鹏飞，德伯希夫，孟和巴特，美丽其格，赛西和我个人集体翻译整理的，1949 年曾在《人民文学》上发表，后来由中国民间文艺研究会编入《民间文学丛书》出版。

过去整理发表的汉文本《嘎达梅林》，全诗约六百余行，这次重新整理后有二千余行，仅从长诗的行数来看，前后就有了比较大的差别，这就需要对两次的整理及有关情况做一些说明，以便读者参考。

过去《嘎达梅林》的汉文整理，是在一九四八年和一九四九年上半年这一期间进行的。当时所掌握的原始资料较少，又不完整，就是这一点资料也主要是根据那时内蒙古文艺工作团一些蒙古族同志的记忆，片片断断记录下来的。资料的缺乏和不完整，给当时的汉文整理带来了困难和局限。尽管如此，但参加整理的同志们都以饱满的革命热情和强烈的责任感进行了这一工作。如果说

《嘎达梅林》在全国有了一定影响,主要是当时那个汉文翻译整理稿的发表和介绍,这一工作也记录着当时内蒙文工团同志们的辛勤劳动。另外,当时同志们在对待民族民间文学遗产的发掘、研究和整理等许多问题上还没有经验或经验不足,因此,在整理的时候,对《嘎达梅林》原诗中不少好的东西,不少富有民族特色的东西,就没有完全表达出来。

蒙古族民间诗歌中的唱词,有它自己的结构和特点,这和蒙族语言文学本身规律有关,也是蒙族人民长期以来喜闻乐见的、传统的文学表现手法,比如,蒙族民间诗歌多半是以四句为一段,为了加强表现力和加深印象,更深地表达内容和感情,往往采用段落重迭复沓的方法。段落的重复,很多是在同样的内容中只变换一两个词和韵,使内容更前进一步,使感情更加深一层,这不仅不使人感到累赘拖沓,而且产生了很大艺术效果,同时使人感到语汇惊人的丰富,再加上内蒙古民歌中多彩的音韵上的变化,演唱或者朗诵起来,就非常感人。这些特点,不仅在较短的抒情歌中存在,在《嘎达梅林》中也同样很突出。但由于我们对这个特点缺乏理解,缺少研究,在初次整理时就把长诗中一些重叠式的句子和段落,甚至有些是对偶性的描写,看成是"多余的",于是有的两句并为一句,有的两段合为一段,有的甚至干脆就删掉了。这种做法,在当时来说,虽不是自觉的,但毕竟是对保持原有的蒙族诗歌特点有很大的损伤。当然,在保持原有风格、特点的情况下,在文字上的精练,甚至必要的压缩和剪裁也并非不可,这些都需要在实践中研究和探讨的。

长时期以来,我们总想把《嘎达梅林》再进行一次整理,对以往处理不当的地方作一些改正,恢复它的原来面貌,使这篇优秀的民间长诗整理得更完整更好一些,但是,十几年来的变化很大,原来参加翻译、整理的同志已分散到各个不同岗位,很难重聚一起来做这件工作,因而长期未能实现。再想到这件未完成的工作,总是疚心不安。这次我们三人,在领导和同志们督促支持下,再加上又掌握到一批新的资料,就大着胆子把这件工作担负了下来。

四

《嘎达梅林》的重新整理工作,前后进行过两次。第一次开始于一九五九年,那时资料仍然不多,只有两份蒙文资料和原来整理的汉文稿,所以整理工作基本上是恢复原来受到损伤的部分,情节上虽有某些更改,但变化不大。以后,内蒙古语文研究所给我们提供了四份新资料,于是就又进行了第二次的整理。可以看到,没有这些宝贵资料,就不可能有这一次的整理工作。而这些资料都是经过许多同志辛勤劳动获得的,在这里向他们致以深切的感谢。

这些资料,由于演唱的技巧和表现的方法不同,在具体故事情节和唱词上都各有出入,但基本内容是一致的。从形式上看,可分为这样三种类型:一,完全是民歌体的唱词,没有人物之间的对白,也没有演唱者的说讲;二,人物之间的对白又往往是演唱者以第三者的口吻介绍出来的;三,以讲故事为主,有少量的唱词。

从这些资料的类型和我们平时与民间艺人接触时的了解,象《嘎达梅林》这样比较长的叙事诗,基本上都是有说有唱的,至于唱词部分和说白部分的比重多少,并不完全固定。同一个故事,每个演唱者有自己的叙述方法,就是同一个演唱者演唱同一个故事,其次的演唱也不完全相同。这大概是民间口头文学的一个特点。另一方面,这些差异又与演唱者本人的生活经验,对事物的认识能力,他们的艺术修养及擅长,以至于和当时的演唱情绪如何等等都是有关系的。我们现在整理的是以唱(诗)为主。

我们在整理之前,曾把几种资料的思想内容和表现方法等等做了反复的比较,然后决定采用取长补短综合性的整理方法。凡内容情节基本一致的地方,就互相补充,力求充实丰富;凡内容情节有出入的地方,就互相比较,互相取舍,力求合理完善,下面举两个例子,谈一下我们是怎样摸索着做的。

一,关于牡丹杀死女儿天吉良这个情节,曾有人认为有损牡丹这一人物形象,这次整理时,我们也考虑了这个问题。从七份蒙文资料中看,有六份都有这个情节,基本上是相同的。但有的资料中则表现得简单化了,过去整理的汉文《嘎达梅林》中也有这个缺点,因而使人产生这样一个问号:为什么牡丹非要把女儿杀死不可呢? 这次有的资料中就处理得较好,而且在内容情节上有了新的增加。我们反复考虑,认为应当依据于民间的原作基础,未做根本性的删改,仍保留了这一情节，并经过几种资料的互相补充，使它比较合理了一些。

二、关于牡丹如何得知嘎达梅林被秘密押回王府要处死刑的消息这一情节，过去整理的汉文《嘎达梅林》中，写的是由一个在王府当奴隶的孩子给牡丹送的信；这次在蒙文资料中，有的多了一个人物，写的是由一个名叫哈拉的扎哈勒格其派人给牡丹送的信。送信这点都相同，但究竟谁送的信，则不相同。经过研究，觉得两个人物都可以保留下来，并且假定派人送信的是哈拉，被派去送信的是孩子，因为哈拉在王府里当官，消息比较灵通，同时他又是嘎达梅林的知己朋友，暗中帮助一下，符合情理；小孩是王府的奴隶，知道嘎达梅林是替穷人说话的好人，所以敢于冒死送信；哈拉所以派他去，正因为他是孩子，不致引起别人注意，这些也是符合常情的。因此，我们就决定把资料中出现的这两个人物和情节，合在一起了。

这次重新整理《嘎达梅林》，在内容情节上有较大的变化，根据新资料补充进来的东西占相当大的比重。比如对牡丹这个人物的描写就增加了不少。牡丹这一艺术形象，是当时人民群众为表达自己的理想而塑造的，这次根据新的资料有了充实和丰富，使得这个深明大义，敢于斗争的蒙族妇女的坚强性格，比初稿较为突出了。

对嘎达梅林这一人物的描写也有了新的补充，如增加了嘎达梅林带兵找军阀屯垦军讲理的情节及联合众人写信的场面。这些情节，对表现嘎达梅林这个人物，开始对反动统治阶级抱有幻想，以后逐步走上暴动反抗的道路这一变化过程是有帮助的。

这次重新整理的《嘎达梅林》，还增加了一些新的人物，如阴险的小人韩色旺，王公制度的忠实维护者朱日喇嘛，比较开明正直的哈拉，爱抱不平的伯赖，以及跟嘎达梅林一起进奉天的色旺尼玛，色旺嘎尔布，昭色旺等，围绕着这些人物的出现，在内容和具体情节上都有新的增加和补充，这里就不一一赘述了。

还需要说明的，我们的整理工作，也包括一些必要的加工，这是因为把几种资料综合以后，便于衔接和统一起来。原资料是不分章节的，为了阅读方便，我们分成《序歌》和十三章。

　　这次的整理，只是依据目前所能掌握到的资料进行的，还有许多资料尚未发掘出来，又由于《嘎达梅林》流传比较广泛，在流传过程中，也会有不断的发展和变化，所以说，这次的《嘎达梅林》整理稿还不能说是一个定本，更不能说是十分完善的。随着资料的发掘和丰富，将来的《嘎达梅林》必然会更加充实和完整。

　　由于我们的政治水平、思想水平、艺术修养和文字表达能力都很差，在整理工作上及上面所谈的一些看法上，一定会存在许多缺点和错误。希望同志们批评和指正。

（二）维吾尔族史诗

《乌古斯传》译注

秀库尔 郝关中

史料解读

　　该史料为一篇史诗译注，原载于《新疆大学学报》1978 年第 1 期。《乌古斯传》是一部具有悠久历史的英雄史诗，广泛流传于古代维吾尔族人民中间，在文学史上占有一定的地位。作品运用民间史诗特有的艺术手法进行历史叙述，展现出古代维吾尔族人民的生活、信仰与风俗，对研究古代维吾尔族的历史、人文、文学和语言具有重要意义。在吸收各个时代特征的基础上，《乌古斯传》逐步形成发展起来，并且由不同历史时期所使用的文字记录下来，成为维吾尔族人民珍贵的文化遗产之一，丰富了我国各族人民共同的历史文化宝库。其中流传至今的最古老的本子，是十三世纪在吐鲁番抄写的回鹘文残本（现存于巴黎国家图书馆）。回鹘文《乌古斯传》结构严谨，内容丰富，极具特色，自 1815 年起即被或部分或全部地译成多种文字刊布，有关它的研究论文也不在少数。该史料依据苏联谢尔巴克于 1959 年发表的用斯拉夫字母转写的原文，以维吾尔新文字对其进行转写，并参考俄译文，将其译成现代维吾尔语和汉语，并对汉译文加以注释。

　　这篇文章介绍了《乌古斯传》从回鹘文、斯拉夫字母转写的原文、维吾尔新文字、现代维吾尔语到汉译文的过程，并对转译后的《乌古斯传》添加译注,对研究《乌古斯传》不仅具有重要的史料意义,而且对于相关的历史、文学、语言的研究具有重要的参考价值。

原文

前　言

《乌古斯传》(ооɪuznamə)是维吾尔族人民珍贵的古代文化遗产之一。它和《福乐智慧》、《突厥辞典》、《真理的赐予》、《奇斯塔尼·伊立克伯克》等古典巨著一样,丰富了我国各族人民共同的历史文化宝库,在文学史上占有一定的地位。

《乌古斯传》和蒙古族的《江格尔传》,藏族的《格萨尔传》,柯尔克孜族的《玛纳斯》一样,是在古代维吾尔族人民中广为流传,具有悠久历史的英雄史诗;是从久远的过去,代代相传,吸收了各个时代的特征,逐步发展形成起来的;并且在历史的不同时期,用当时使用的文字记录了下来。流传至今的最古老的本子,是于十三世纪在吐鲁番抄写的回鹘文残本。此件现存巴黎国家图书馆。[①]

《乌古斯传》这部英雄史诗,反映了整个漫长的历史时代。作品中的主角乌古斯可汗及其周围的伯克们,是做为古代部族或部族联盟的象征被描写的,它以民间史诗特有的艺术手法,叙述了许多历史故事,反映了古代维吾尔[②]人民的生活、信仰、风俗,对我们研究古代维吾尔族的历史、人文、文学和语言,具有珍贵的价值。

回鹘文《乌古斯传》内容丰富,富有特色,语言别具一格,结构谨严,表现手法多样。它早就引起了学者们的重视。自 1815 年起,即被部分地、或全部地译成多种文字刊布,并发表了有关的不少研究论文。我们根据苏联谢尔巴克于1959 年发表的、用斯拉夫字母转写的原文,以维吾尔新文字转写了出来,并参考

---

① 著录乌古斯可汗故事的著作,还有好几种,较著名的有拉施德的《史集》和阿布哈兹的《突厥系谱》。

② 编者注:"维吾尔"应为"维吾尔族",后同。

俄译文,译成了现代维语①和汉语。现将汉译文略加注释,公之于众,供历史、文学、语言研究者参考。

回鹘文残本《乌古斯传》,叙述的内容约分两个部分。

第一部分包涵了古代维吾尔族古老的神话、传说,反映了当时维吾尔人的生产方式、生活习俗以及思想信仰。史诗开首部分对乌古斯外貌的描写:"腿长得象牛腿,腰象狼腰,脊背象黑貂的,胸脯象熊的,全身都长着毛。"后来,一只苍毛苍鬃的大公狼以天帝使者的身份在乌古斯可汗身边降临;以及乌古斯可汗的诏令中所说的:"我们的号令是'苍狼'。"参证汉文史籍中关于突厥族起源的传说;突厥部人"旗纛之上,施金狼头;侍卫之士,谓之附离"②的记载;以及突厥族薛延陀部灭亡前的一段传说:"初,延陀将灭,有丐食于其部者,延客帐下。妻视客人而狼首,主不觉。客已食,妻语部人共追之,至郁督军山,见二人焉,曰:我神也,薛延陀将灭。追者惧,却走,遂失之。至是果败此山下。"③可以看出古代突厥、回纥各族"图腾"意识的一斑。关于猎取野兽的描写,则是他们"随水草迁徙,以畜牧、射猎为务",与大自然进行斗争的记录。

作品中关于古代维吾尔人典礼、仪式的描写:"在牙帐右方立了四十庹长的一根木头,木头顶上挂了一只金鸡,鸡腿上绑了一只白羊。在左方也立了四十庹长的一根木头,木头顶上挂了一只银鸡,鸡腿上绑了一只黑羊。"可与汉文史籍中关于突厥人葬仪的论述参看:"葬讫,于墓所立石建标","又以祭之羊马头,尽悬挂于标上"。④再看汉文史料中关于维吾尔族起源的又一传说:"盖畏吾儿之地有和林山,二水出焉:曰秃忽剌,曰薛灵哥。一夕天光降于树,在两河之间,国人即而候之。树生瘿,若人妊身焉。自是光恒见者越九月又十日,而瘿裂,得

---

① 编者注:"维语"应为"维吾尔语",后同。
② 见《周书·突厥传》。"附离"即突厥——回鹘语 bθri 的音译,意为"狼"。某些史籍中音译做"佛狸"、"附邻"、"步离",意均同。
③ 见《新唐书·薛延陀传》,同一故事又见于《太平广记》引《广古今五行记》。
④ 见《周书·突厥传》。

婴儿五[注]，收养之。其最稚者曰卜古可罕。既壮，遂能有其民人土田，而为之君长。"①可以看出古代维吾尔人信仰萨满教的历史。萨满教视树木为神圣，在他们的仪式中，礼拜树木占有重要的地位。而在他们的观念里，"白"与"黑"是相对立的两个概念。一棵树上挂白羊，一棵树上挂黑羊，正是这种意识的反映。至于悬挂金鸡和银鸡，究竟意味着什么，还需进一步探索。从我国古代举行大赦时，悬挂金鸡的仪式来看，"金鸡"似乎是"吉祥"的象征。② 这儿把金鸡和白羊联系在一起，或许与这种观念有关。作品中还叙述到乌古斯可汗身边有一位给他予以启示的预言家，名叫乌鲁克·吐鲁克，从此人的名字③及其所司职务来看，显系以国师身份出现的、介于人神之间的萨满术士。至于乌古斯可汗娶两妻的情节，也与萨满教的迷信不无关系。据说，古代萨满术士都有两个精灵做妻子，一个是树神的女儿，另一个是水神的女儿。

《乌古斯传》的第二部分，主要是讲述乌古斯可汗斩伐征战的历史，并以东方民间文学传统的手法，对一些部族名称的起源，做了富有情趣的解释。乌古斯在远征中讨伐的部族名称，如"乌鲁木"（罗马）、斡罗斯（俄罗斯）、萨克拉夫（斯拉夫）、"钦察"、"葛逻禄"、"康居"、"女真"等；到达的地方名称，如"身毒"（印度）、"夏木"（叙利亚）、"唐兀惕"（西夏）、"亦得勒水"（伏尔加河）等，都是历史上实有的。至于所叙述的历次战争，究竟是否与某些史实有关，还有待历史学者们研究。

乌古斯可汗究竟是哪一位历史人物？历来众说纷纭，莫衷一是。有人拟做古匈奴的冒顿单于；有人拟做成吉思汗，更有人拟做双角王亚历山大·马其顿。我们认为做为史诗中主人翁的乌古斯可汗的命名，与维吾尔族先世的一系，即在七世纪前，同"十姓回纥"一起游牧于鄂尔浑、色楞格（薛灵哥）河流域的"九姓

---

① 元·虞集《道园学古录·高昌王世勋之碑》。卜古可罕，史书上又做"牟羽可汗"、"不可汗"。

② 李白诗："我愁远谪夜郎去，何日金鸡放赦回？"

③ 乌鲁克·吐鲁克（uʃuoʃ türük），意为"伟大突厥"，而 türük 一词在突厥语中又有"力、权"等意思。

乌护"，以及居住在西部天山一带的"乌护"部族有关。乌古斯可汗即是古代回纥—乌护部族联盟在传说故事中的象征性代表。不能否认，作品中叙述的战争故事与古代回纥、乌护以及其他突厥部族的征战史实不无关系；在乌古斯可汗身上也有各部族历代著名汗王的影子。然而，如果硬要把乌古斯这一民间史诗中的人物，附会为历史上的某人，则未免失于穿凿，其结果必然是徒劳的。

回鹘文本《乌古斯传》抄录于十三世纪，其成书必在此更前的时候。成书之前，又不知在民间口头流传了多少年代。这部古代维吾尔族的杰出史诗，是劳动人民集体智慧的结晶。它结构紧凑、谨严，脉络分明，条理贯通；语言质朴无华，干净精炼，形象生动；艺术表现手法丰富多彩，既是现实主义的，又有浪漫主义的色彩，显示了古代维吾尔人民卓越的文学才能。对两位少女的描写，运用了比拟、夸张的修辞手法，寥寥数语，勾勒出了她们鲜明生动的形象。对亦得勒之战的叙述，也是以不多的笔墨，描绘出了一场恶战的场面。特别值得提及的是，对一些部族名称的解释，和一段有趣的故事联系了起来，表现了古代维吾尔人民丰富的想象力，使人惊叹不已。乌古斯可汗向族人颁布诏令时的一段诗章，以及后来把国土分配给儿子们时的一段诗章，音调和谐，韵律谨严，气势雄伟，铿锵有力，表现了一位胜利者吞吐山河、叱咤风云的英雄气概，是构成乌古斯可汗整体形象的有机部分。

对《乌古斯传》的研究，我们仅仅是迈出了第一步。肤浅地谈了谈自己的初步见解，做为引玉之砖。谬误之处，在所难免，亟望同志们赐教！

译　文

……

一天，阿依可汗（**aykaoɪan**）临盆分娩，生了一个男孩。这孩子的脸色是蓝的，嘴象火一样红，眼睛是粉红色的，头发、眉毛是黑色的，比美丽动人的天仙还要漂亮。这孩子只吮吸了母亲的初乳①，就再也不吃奶了，只要上好的肉②、饭食、酒浆吃。开始会说话了。四十天之后，长大了，会走路，会玩耍了。腿长得象牛腿，腰象狼腰，脊背象黑貂的，胸脯象熊的，全身都长着毛。常常放牧马群，骑马，打猎。一天天，一夜夜过去了，长成小伙子了。

那时候，在那个地方有一片大森林，有许多水道河流，跑来的走兽多得数不清，飞来的飞禽多得数不清。就在那片森林里，有一头独角兽，常常吃掉马匹、人民。这是只非常凶猛的野兽，给人们带来了严重的灾难。乌古斯可汗是无畏的英雄，他想猎获这只独角兽。有一天，他出外打猎，带着长矛、弓箭和大刀、盾牌出发了。先猎获了一只鹿，他用柳条把鹿绑在树上，回去了。第二天早上，他走来一看，独角兽把鹿叼走了。又猎获了一只熊，他用金腰带把熊绑在树上，回去了。第二天早上，走来一看，独角兽把熊也叼走了。他呆在了树下，独角兽跑来用头撞他的盾牌。乌古斯用长矛刺向独角兽的头，刺死了它，用刀割下了它的头，带走了。后来，走回来一看，一只天鹰在吃独角兽的内脏。他用弓箭射死了天鹰，割下了它的头。然后他说："这就是天鹰的样子③！独角兽吃了鹿，吃了熊，我的长矛却刺死了它，因为长矛是铁做的；天鹰吃了独角兽，我的弓箭却射死了它，因为弓箭快如风。这就是独角兽的样子！"于是，回去了。

有一天，乌古斯可汗正在一个地方祈祷天帝，夜幕降临了，忽然从天上降下一道蓝光，这光比月亮还明亮，比太阳还光灿。乌古斯可汗走近一看，蓝光中有一位少女，独自坐着。这是一位非常漂亮动人的姑娘，头上长着一颗象火一样光亮的痣斑，好似北极星一样。这少女如此地美丽，她要是笑，蓝天会伴和着她的笑声；她要是哭，蓝天会伴和着她的哭声。乌古斯可汗一见到了她，就不能自持地爱上了她，于是娶了她，一起居住，满足了心愿。少女怀了孕。一日日、一夜夜过去了，少女分娩，生了三个男孩。大孩子起名叫昆（kün），二孩子起名叫阿依（ay），三孩子起名叫优勒都兹（yulduz）。

又有一天，乌古斯可汗出外打猎，看到前方湖水中间有一棵树，树身的罅洞④中有一位少女，独自坐着。这是一位非常漂亮动人的姑娘，她的眼睛比蓝天还蓝，头发好似流水，牙齿好比珍珠。她长得如此地美丽，人们一见到她，就连声说："唉呀，唉呀，真要了我们的命！"一见到她，连牛奶都会变成马酪。乌古斯可汗一见到她，就无以自持，情火燎心，爱上了她。于是，娶了她，一起居住，满足了心愿。少女怀了孕。一日日，一夜夜过去了，少女分娩，生了三个男孩。大孩子起名叫阔克（kɵk），二孩子起名叫塔格（taoɪ），三孩子起名叫特额孜（tengiz）。之后，乌古斯可汗举行盛大的喜庆。他向臣民发出诏令，议定此事。臣民们来了。设了四十条桌子和四十条板凳，吃了各种饭菜、果品，喝了各种美酒和马酪。宴会之后，乌古斯可汗向众伯克、属民下了诏令，他说：

> "我做了你们的可汗，
>
> 让我们拿起盾牌和弓箭。
>
> 我们的族标是"吉祥"⑤，
>
> 我们的号令是"苍狼"，
>
> 我们的铁矛象森林一样。
>
> 让野马布满我们的猎场，
>
> 让江海在我们土地上流淌。
>
> 让太阳做我们的旗纛⑥，
>
> 让蓝天做我们的穹庐。"

这之后，乌古斯可汗向四方发了敕令，写好了诏书，派使臣们送去。诏书上写道：

> "吾乃回鹘大汗，宜做四方君长。愿尔辈俯首归顺于我！顺我者，吾当赏赉优渥，引以为友；逆我者，吾将雷霆怒发，视为仇敌，兴师讨伐，芟夷务尽！"

那时，在右方⑦有一个君主名叫阿尔顿可汗⑧（altun ḳaoɪan），他向乌古斯可汗派来使臣，送来了无数的金银、宝石、珍珠，作为向乌古斯可汗的贡赋，表示归顺。乌古斯可汗和这位贤明君主友好相待，亲密相处。

在左方有一位君主叫乌鲁木可汗⑨（urum ḳaoɪan），拥有无数的城堡。乌鲁木可汗对乌古斯可汗的诏书置之不理，不去参加联盟，说什么"此言我断不接受"，表示不服诏令。

乌古斯可汗大为震怒，决心予以征讨。于是率领军队，举着旗纛出发了。四十天之后，来到了慕士塔格（muz taoɪ）山麓，建起牙帐，静静地睡了。翌日黎明时候，乌古斯可汗的牙帐里，射进来象日光一样的一道亮光。亮光里走出一只苍毛苍鬃的大公狼。苍狼向乌古斯可汗讲话了，它说：

"嗨依，嗨依，乌古斯，

你要去征伐乌鲁木；

嗨依，嗨依，乌古斯，

让我在前面来带路！"

之后，乌古斯可汗起帐上路了。只见在队伍前头，跑着一只苍毛苍鬃的大公狼，队伍紧跟在苍狼的后面走着。走了好几天，苍毛苍鬃的大公狼停下来了，乌古斯和队伍也停了下来。

那儿有一条大河叫亦得勒水①（itil murən）。就在亦得勒河岸上，在一座黑山附近，摆开了战场，用长矛、弓矢进行战斗。真是：

两军之间好一场恶战，

人们心头充满了哀怨！

搏斗、厮杀如此地猛烈，亦得勒河水好似流着鲜红的丹砂。乌古斯可汗得胜了，乌鲁木可汗败北了。乌古斯可汗夺取了乌鲁木可汗的汗位，俘虏了乌鲁木可汗的臣民，向营帐里带回了无数的无生命战利品和有生命战利品。

乌鲁木可汗有一个弟弟叫斡罗斯伯克（urus beg）。斡罗斯伯克把自己的儿子派到坐落在山顶上湖泊中的一座壁垒森严的城堡里去，他对儿子说："要好生把守这座城堡，一直给我守护到战争结束！"乌古斯可汗向这座城堡进发了。斡罗斯伯克的儿子给他送来了不少金银，并且说：

"唉，我的可汗啊！我的父亲把这座城堡交付给了我，并且嘱咐我：要好生把守这座城堡，一直给我守护到战争结束。父亲要是恼怒，能由我的意愿么？愿您赐予我权力、财富和智慧。我们的幸福，就是您的幸福；我们的种族，是您的大树播下的种子。上天把大地赐给了您，我愿把我的头颅、命运交托给您。愿为您缴纳贡赋，永以为好。"

乌古斯可汗听了青年人此言，高兴得笑了，对他说道：

"你给我送来了不少金子，

又为我好生保护了城池。"

于是，给青年人起了个名字叫萨克拉夫⑪(saklab)，和他友好相处。

乌古斯可汗率领军队来到了亦得勒河畔。亦得勒河是一条大河，乌古斯可汗看了说："我们如何渡过亦得勒河水？"军队里有一员良将，名叫乌鲁克·乌尔都伯克(uluoq ordubeg)，此人心灵手巧，足智多谋。他看到河岸上有许多柳树和其他树木，就砍下树来，坐在上面渡过了河。乌古斯可汗高兴得笑了，对他说：

"喂，你就当这儿的伯克，

就叫你做钦察⑫伯克(kïbqakbeg)。"

于是，继续前进了。以后，乌古斯可汗又看到了苍毛苍鬃的公狼。苍狼对乌古斯可汗说："现在，你要带领军队从这里出发，乌古斯！你把属民和伯克们都召集来，让我给你在前面引路。"次日早晨，乌古斯可汗看到公狼在队伍的前头跑着，心头十分喜悦，继续前进。

乌古斯可汗骑着一匹花斑牡马，他非常喜爱这匹马。路上，马突然失踪逃跑了。那儿有一座大山，山上冰封雪盖，山头白皑皑的。因此，它的名字叫做冰山(muztaoq)。乌古斯可汗的马逃到了冰山里。乌古斯可汗由此而苦恼了许久。队伍里有一个异常英勇的伯克，粉身碎骨，在所不惧，善于行走，耐得寒冷。这位伯克进山去了，过了九天之后，给乌古斯可汗把马找了回来。由于冰山里十分寒冷，伯克身上沾满了雪，白花花的。乌古斯可汗愉快地笑道：

"我封你做众伯克之长，

你的名字就叫葛逻禄⑬(qaoqarlïk)。"

还给他赏赐了许多珠宝。于是继续前进了。

路上遇到了一座高大的房子，房子的墙是金子铸的，窗户是银子的，门是铁的。门锁着，没有钥匙。军队里有个能工巧匠，名字叫铁木尔都·卡胡勒(təmürdü kaoqul)。乌古斯可汗命令他说：

"你留下来，打开门，

开门之后回行宫！"

因而，给他起了个名字叫卡拉奇⑭(kalaq)。于是，又继续前进了。

一天，苍毛苍鬃的公狼止步不前了，乌古斯可汗也停了下来，下了牙帐。这地方是一片未曾耕种过的旷野。人们叫它做女真⑮（jürjit）。这儿地广人稠，牛马、金银、珠宝也都很多。女真可汗率领臣民对乌古斯可汗进行抵抗。战斗开始了，用弓矢、大刀厮杀搏斗。乌古斯可汗得胜了，把女真可汗降服了，杀死了他，割下了他的头，让女真臣民都归顺了自己。

战事结束后，乌古斯可汗的军队、卫士、民众们得到了无数的无生命战利品，以致为了运载它们，骡、马、牛都不够用了。乌古斯可汗的军队里有个聪明灵巧的工匠，名叫巴尔马克鲁克·觉孙·毕立克（barmakluk josun billig），他造了一辆高轮车，车上装载着无生命战利品，让有生命战利品在车前面拉着走。兵丁们、民众们看到了，也都忙着造车。这些高轮车走起来，发出"康居、康居"（kanoŋa）的声音，因此就起名叫"康居"。乌古斯可汗看到后笑了，他说：

"康居，康居，

让有生命战利品，

把无生命战利品运输。

你的名字就叫康里（kanoŋaluk），

让人们记得是你造了康居⑯。"

于是，继续前进了。

这之后，又随着苍毛苍鬃的公狼远征到身毒（sindu）、唐兀惕（tangoŋut）、夏木（xaoŋam）⑰等地方去。经过多次的斩伐、搏斗，征服了他们，把他们并入了自己的版图。战胜了他们，降服了他们。

还需述及的是，在日午的方向⑱，有一个地方叫巴尔噶（barka）。这是一个非常富有的国家，异常炎热的地方，飞禽走兽、金银珠宝非常之多。居民们的肤色都是漆黑的。当地的君主名叫马萨尔⑲（masar）。乌古斯可汗向他发起征讨，战斗异常激烈。乌古斯可汗得胜了，马萨尔可汗败北了。乌古斯降服了他，征服了他的国家，继续前进了。他的朋友非常高兴，他的敌人满怀忧伤。乌古斯可汗战胜了他，得了数不清的财物和马匹，回到自己故乡去。

还需述及的是，乌古斯可汗身边有一位银须皓发、身材魁梧的老人，这位老人足智多谋、性情温善,是一位占梦的先知,他的名字叫乌鲁克·吐鲁克(uluq　türük)。一天,他在梦中梦见一只金弓和三枝银箭。金弓从日出之方伸向日落之方,三枝银箭向黑夜的方向射去。醒来之后,他把梦中所见,禀报了乌古斯可汗,并且说道:

"哎,我的可汗!

愿您千秋万代永生,

愿您的皇极永享太平!

愿您履行上天在我梦中的启示,

愿您把国土分给您的子孙!"

乌古斯可汗听了乌鲁克·吐鲁克此言,非常喜欢,请他给以教诲,并按他的教诲去做。第二天,把大大小小的儿子们都传了来,对他们说:"唉,我的心儿又想打猎了,但是,我已经老了,没有勇气了。昆、阿依、优勒都兹,你们三人向日出的方向走去;阔克、塔格、特额孜,你们三人向黑夜的方向走去!"于是,弟兄三人向日出的方向去了;另外三人向黑夜的方向去了。昆、阿依、优勒都兹猎获了不少飞禽走兽之后,在路上捡到了一只金弓,带回来献给了父亲。乌古斯可汗高兴得笑了,他把金弓折为三截,对他们说:

"哎,三弟兄,

金弓归于你们。

愿你们犹如金弓,

把银箭直射苍空!"

阔克、塔格、特额孜也猎获了不少飞禽走兽,在路上捡到了三枝银箭,带回来献给了父亲。乌古斯可汗高兴得笑了,把银箭分作三份,对他们说道:

"哎,三弟兄,

银箭归于你们。

金弓射出了银箭,

愿你们象银箭飞向苍空!"

这之后,乌古斯可汗召集全族大会,传来了士兵们、属民们,共同议事。乌古斯可汗坐在牙帐里,在牙帐右方立了四十庹长的一根木头,木头顶上挂了一只金鸡,鸡腿上绑了一只白羊。在左方也立了四十庹长的一根木头,木头顶上挂了一只银鸡,鸡腿上绑了一只黑羊。布祖克(buzuk)部人坐在右方,乌桥克(üqok)部人⑳坐在左方,大吃大喝了四十昼夜,大家都很快活。然后,乌古斯可汗把国土分给了儿子们,对他们说道:

"哎,孩子们!

　我活的年岁不小,

　我经的战争不少。

　我曾用长矛弓矢战斗,

　我曾驱策骏马奔跑。

　我曾使敌人泪眼汪汪,

　我曾叫朋友开怀欢笑。

　在上天面前我履行了职责,

　如今要把国家向你们移交。"

……

注　释

①初乳:原文做ooɟuz,意为产育后初次的浓乳。乌古斯可汗即由此得名。ooɟuz一词,实即构成维吾尔族先世之一的乌护(或做"乌纥")的对音。古代回鹘人以ooɟuz命名的,见于史传的有唐代回鹘部酋长吐迷都之兄子乌纥。(见《新唐书·回鹘传》)

②上好的肉:原文做yig ət,谢尔巴克解做"生肉",似乎不妥。yig一词初见于突厥文《敦欲谷碑》,意为"好,优"。又见于马哈茂德·喀什噶里《突厥词典》,如:konak baxi səzrəki yig(谷穗以稀疏为好)。文中yig一词,应是"肉、饭食、酒浆"的共同定语。

③样子:原文做angaoɟu,谢尔巴克认为是由名词ang派生的,甚是。ang,

见于《突厥词典》，释意为"面颊"。现代维吾尔语中的əŋlik（涂面用的胭脂）一词即由此演变派生而来。由 aŋ 加上 aɤɪu，构成扩大性名词 aŋaɤɪu，表示"面貌、模样"等意思。这和文中的另一个词 iqəgü（内脏）的构造方法是一样的，该词由 iq（内部）加上词尾 əgü 而构成。然而，谢氏引证《福乐智慧》中 yaŋza 一词，认为是由 aŋ 派生而来，却是错了。yaŋza（样子）一词显系汉语借词，回鹘语中与此相仿佛的另一个词 yaŋlik（象……样的），也是由汉语借词 yaŋ（样）加上词尾 lik 构成。

④罅洞。原文做 kabuqak，有人释为"帏帐，掩蔽物"，也有人释为"罅洞"，当以后者为是。kabu，意为"门"；加词尾 qak，变为示小名词。"门"实际上也是一种特定意义的"洞"。少女坐在树身的罅洞里，正与史乘中所载"树瘿生儿"的传说相近。这一点仍与萨满教崇拜树木的迷信有关。

⑤族标：原文做 tamoɤa，意为"标志、印信、戳记"。古代突厥部族，各有不同的标志，以示区别。《唐会要·诸蕃马印》所录唐代各突厥部族马印，《突厥词典》所载乌古斯（乌护）二十二姓马印，即是。

⑥纛：原文做 tuɤ，诸说以为系突厥语借自汉语，非是。"纛"乃一形声字，从"縣"、"毒"声（"毒"切韵做 duok），与突厥语 tuɤ 音义相当，是同源字无疑。笔者以为原系汉语借自突厥语。纛与汉族旌旗有别，为北方草原民族所特有，屡见于北族史传，如《周书·突厥传》："旗纛之上，施金狼头。"《新唐书·突厥传》："牙门树金狼头纛。"故又名"狼纛"、"狼头纛"、"金狼纛"；并有拜狼纛、祭狼纛的习俗。《新唐书·回鹘传》载："可汗特其强，陈兵，引子仪拜狼纛而后见。"《酉阳杂俎》载："至今突厥以人祭纛。"由此看来，"纛"乃是古代北方民族首长的权标、圣物。再者，汉文中"纛"字乃一后起字，与其他有关旌旗的字，如；旗、旆、旌等等，构造迥乎不同，又不见于口语中，即使在文字上运用范围也较狭窄；而 tuɤ 一字在北族语言中，从古代突厥碑铭，一直存在到现代突厥系各族口语中，并有派生词 tuɤdar、tuɤluk 等。还被吸收到了蒙古语、波斯语、俄语中去。名从主人，自古而然。研究借词，自当循流溯源，究其原主，斯可得矣。

⑦右方：即南方。下文中"左方"是北方。突厥人以东方为正面、为前方，"牙帐东开，盖敬日之所出也。"（《周书·突厥传》）

⑧阿尔顿可汗（**altun kaoɪan**）：**altun**，意为"金"，似指历史上的金人。

⑨乌鲁木可汗（**urum kaoɪan**）：**urum** 是突厥—回鹘语中对"罗马"的称呼。突厥—回鹘语中无以 r 辅音开首的词，因此将 rum 读作 urum。下文"斡罗斯"（urus），是对"俄罗斯"的称呼，也是在 rus 一语前加元音 u，读作 urus。汉语"俄罗斯"的译名，似即从突厥系语言中转译的。

⑩亦得勒水（**itiɭmürən**）：**itiɭ**，或做 **atiɭ**，汉文文献中译做"阿得水"，"亦得勒水"，即今伏尔加河。

⑪萨克拉夫（**saḵlab**）：即斯拉夫人。从字面上讲，有"守护、保卫"等意思。

⑫钦察（**ḵibqak**）：系一突厥部族的名称。这儿故事里字面的取意，疑与突厥语 **ḵabak**（小舟）有关。

⑬葛逻禄（**kaoɪarliḵ**）：或做 **karluk**，系一突厥部族名称。从字面上讲，有"雪人"的意思。

⑭卡拉奇（**kalaq**）：系一突厥部族名称。将 **kalaq** 一词分解开来：kal＋aq，有"留下"和"开门"的意思。

⑮女真（**jürjit**）：或做 **jürjin** 即历史上的"金人"。这儿似为地方名称。

⑯康居（**kanoɪa**）、康里（**kanoɪluk**）：汉代的"康居"，即元魏时的"高车部"，后来的"康里"。高车部"俗多乘高轮车"，"车轮高大，辐数至多"，似为突厥人中首创高轮车的一族。康里，在汉文史籍中或译做"康曷里"、"康格里"，意为"高车人"、"康居人"。读这段故事，益信"康居"、"高车"、"康里"为同一部族在历史上不同时代的异称。

⑰身毒（sindu）即印度；唐兀惕（**tangoɪut**）即西夏；夏木（**xaoɪam**）即今叙利亚。

⑱日午之方：突厥人称东方为"日出之方"，西方为"日落之方"，南方为"日午之方"，北方为"黑夜之方"。

⑲马萨尔(masar):似指埃及(misir)。

⑳布祖克(buzuk)、乌桥克(üqok):据《突厥系谱》载乌古斯可汗的故事:乌古斯可汗的后代分成为布祖克和乌桥克两个阶层,捡得金弓的三弟兄为布祖克部,捡得银箭的三弟兄为乌桥克部。

关于《乌古斯传》

胡振华

史料解读

　　该史料为一篇论文，原载于《新疆文艺》1979 年第 3 期。《乌古斯传》记载了古代维吾尔族人民的狩猎、放牧生活以及与自然界的斗争经历，不仅反映了他们对于自然及苍狼图腾的崇拜，也体现了他们与钦察、女真、葛逻禄、康居、唐古特等民族的交往关系，是研究古代维吾尔族历史、语言、文字、民族学等方面的重要资料。这篇史诗般的族源传说，不仅是古代维吾尔族人民的一部珍贵文献，也是一篇非常有价值的民间文学作品。《乌古斯传》基本采用散文体进行叙事，其中的一些对话和赞词使用韵文。作品根据事件发生的顺序依次叙述，多使用简练的词句和生动的语言，其艺术表现手法具有鲜明的民族特色。大量排句的使用，给人以诗的感受。乌古斯可汗的传说在古代维吾尔族人群中流传广泛，许多史籍对之均有记载，其中拉施德以波斯文编纂的《史集》和阿布勒哈孜以察哈台文编纂的《突厥世系》较为著名。这篇回鹘文的族源传说，印证和补充了汉文史料中关于卜古（牟羽）可汗创国传说的记载，部分情节反映了萨满教的习俗，还有大量情节讲述了一些族名的来源，对历史学家、民族学家来说是甚为宝贵的研究材料。

　　《乌古斯传》是维吾尔族史诗中最著名的一部，已流传一千多年，目前已发现最早的回鹘文手抄本，现藏于法国巴黎国民美术馆。抄录于元代的这部史诗，从众口相传开始，经历过一段漫长的历史过程，融会了各个历史时期的特点,内容得以不断丰富,艺术上也臻于成熟。该篇论文比较详细地介绍了《乌古斯传》的形成过程、特点和重要意义,是研究《乌古斯传》的重要参考文献之一。

原文

乌古斯可汗的传说,曾广泛地流传在古代维吾尔族人民中间。这篇有关维吾尔族族源的传说,在许多史籍中都有记载。较著名的有拉施德的《史集》(波斯文)和阿布勒哈孜的《突厥世系》(察哈台文)等。《史集》"回鹘部落"一节中,是这样写的:"……卡拉汗的儿子乌古斯,由于他皈依了一神教而与叔父们、兄弟们和侄儿们打仗,并且其中的某些人帮助了他,而另一些人为他所战败并被他夺取了领地。他举行了大会,抚慰了众亲属、将官和战士,对一群与他同心同德的亲属授于回鹘(**uyoʃur**)之名。"《突厥世系》在提到乌古斯可汗时,也说他是卡拉汗的儿子。但是,较古老而更有价值的是,现在保存在法国巴黎国家图书馆的回鹘文原本,它是十四世纪在吐鲁番抄写下来的。原本共四十二面,每面九行,最后一面缺二行,计三百七十六行。拉德洛夫用满文字母替代回鹘文字母影印的维族①古典长诗《福乐智慧》中,曾收进了《乌古斯传》,但只有原文,而无转写和译文。苏联谢尔巴克一九五九年出版的《〈乌古斯传〉·〈爱情书〉》(《**Огуз-нāта. Мухаббат-нāта**》)一书中,发表了这篇传说,有原文的转写和俄文译文。一九七八年第一期《新疆大学学报》发表的阿不都秀库尔和郝关中同志的《〈乌古斯传〉译注》一文,就是根据谢尔巴克用斯拉夫字母转写的原文,并参考了其俄文译文而翻译注释的。

《乌古斯传》是古代维族人民的一部珍贵文献。它不仅是一篇史诗般的族源传说,也是研究古代维族人民历史、语言、文字、民族学等方面的重要资料。

这一篇民间文学作品,既反映了古代维族人民的狩猎、放牧生活和与自然

---

① 　编者注:"维族"应为"维吾尔族",后同。

界恶势力的斗争,也反映了古代维族人民的生活习俗和对自然及苍狼图腾的崇拜,同时也反映了他们与钦察、女真、葛逻禄、康居、唐古特等族人民的关系。因此,它是一篇非常有价值的民间文学作品。

《乌古斯传》中的独角兽,就是自然界恶势力的化身,它吞食人们的牲畜,残害人民,给人们带来了莫大灾难。实际上,这是由于原始人类认识水平所限,对牲畜死亡、损失的原因难以理解,而把天灾、兽害统统说成是因为有什么怪兽或妖魔所致。其中说乌古斯可汗杀死了这只独角兽,为民除了害,这和其他的一些神话故事一样,都是表现了人类战胜自然界恶势力的斗争精神和追求安宁生活的愿望。我们认为,《乌古斯传》中的有关这一部分的内容,是产生在更古老的年代里,而后面的一些征战部分,可能是后来的历史事实在民间文学中留下的痕迹,是以后又补进去的。

《乌古斯传》基本上是散文体的一篇民间文学作品,其中的一些对话和赞词是韵文。整个结构是根据事件的先后,依次叙述的。在各个情节的转折上多使用最简炼的词句,如"之后"、"住了一些日子"等。其中排句的使用很普遍,它虽然基本上是散文体,却给人们以诗的感受。

这篇民间文学作品,语言生动,艺术表现手法也具有鲜明的民族特色。例如它是这样叙述了乌古斯可汗的命令:

> "我做了你们的可汗,
> 让我们拿起盾牌和弓箭。
> 我们的族标是吉祥,
> 我们的号令是苍狼,
> 我们的铁矛象森林一样。
> 让野马奔驰在猎场,
> 让江海在我们土地上流淌。
> 让太阳做我们的旗纛,
> 让蓝天做我们的穹庐。"

特别是后两句,这是多么动人的豪言壮语啊! 又如在描写月光下独坐的少女时,这样说道:"她是一位美丽的姑娘,头上有一颗亮晶晶的痣斑,好似北极星一样。她要笑呀,蓝天也要笑;她要哭呀,蓝天也要哭。……"这儿并没有使用更多的美丽词藻,然而"蓝天也为之钟情"也就足以道出她的美丽了。在形容乌古斯诞生四十天后的模样时,是这样说的:"腿长得象牛腿,腰象狼腰,肩膀象黑貂的一样,胸脯象熊的一样,全身都长着毛。"这又是多么富有浪漫主义的描绘啊!总之,这篇民间文学作品在语言艺术上相当典范地表现了维吾尔民间文学的特点。

《乌古斯传》中的韵文部分,押脚韵。例如:

Ay, (ooɪ) ullar, kөp mən axtum,
哎 孩子们 多 我 我活了

Uruxoɪular kөp mən kөrdüm,
战争 多 我 我看见了

Qïda bil(r)lə kөp ok attum,
矛同…一起 多 箭 我射了

Ayoïr b(i)rlə kөp yürüdüm,
公马 同…一起 多 我走了

Duxmanlarnï y(ï)oɪlaoɪurdum,
把敌人们 我使…哭了

Dostlarumï mən küldürdüm,
把朋友们 我 我使…笑了

Kөk təngrigə mən өtədüm,
兰 向着天 我 我完成了

Sizlərgə bərəmən yurtum。
向您们 我给 我的领地

"哎,孩子们! 我活的年岁不小,
我经的战争不少。
我曾用长矛弓矢战斗,
我曾驱策骏马奔跑。
我曾使敌人泪眼汪汪,
我曾叫朋友开怀欢笑,

> 在上天面前我尽到了职责，
>
> 我要把国家向您们移交。"

这一段韵文，每行都是八个音节，押的是"u"、"ü"脚韵。

《乌古斯传》对我们研究古代维吾尔族的语言文字也是一部非常重要的文献。只拿语言来讲，从中我们可以了解到十三、四世纪吐鲁番一带维吾尔语的语音、词汇和语法方面的一些特点。例如，我们可以根据这个文献，整理出当时吐鲁番一带维语的音位系统，它的元音音位有 a、ī、ə、i、o、u、e、ü，辅音音位有 b、p、m、d、t、n、l、r、s、z、j、q、x、y、g、k、ng、k、ʌ 。从其元音和谐律来看，比现代维语要严的多。现代维语在词中的"y"，当时还是读作"d"的，例如：

古代维语	现代维语	
adak	ayak	（脚）
aduoɳ	eyik	（熊）
bədük	büyük	（高大）

从词汇上看，不少古词和现代维语的不同，例如：

古代维语	现代维语	
buyan	bəht	（福）
mürən	dərya	（河）
sarī	tərəp	（方面）

上述古词是因为后来吸收了阿拉伯语、波斯语借词后而逐渐消逝的，另外的一些不同是古今音变的结果。例如：

古代维语	现代维语	
ud	uy～kala	（牛）
taoɳam	tam	（墙）
kaoɳar	ķar	（雪）

从语法上看，这篇文献也为我们提供了大量资料。例如，我们从中可看出，现代维语的不完全动词 i 的过去式 idi，在古代维语中是 ərdi，"r"这个音在当时还没有省略。我们还可以看出古代维语动词愿望式第二人称单数有一种动词词根

加－ olïɣ 等附加成分构成的形式。象这样的例子比比皆是。

《乌古斯传》的重要意义还在于它对研究维吾尔族历史、民族学方面具有着重要的价值。这篇回鹘文的族源传说，可以印证和补充汉文史料中关于卜古（牟羽）可汗创国传说的记载。乌古斯可汗的六个儿子，都是用自然景物来命名的，这是古代突厥人的习俗之一。他们认为用天、山、星星等自然景物来命名是吉利的，这也从侧面反映了他们对自然的崇拜。《乌古斯传》中提到的苍狼等情节，也证实了汉文史籍中关于古代维吾尔人拜狼纛，以狼为图腾的记载是有根据的。另外，这篇回鹘文献中，也有一些地方反映了萨满教的习俗，还有相当多的地方讲述了一些族名的来源。这些材料对研究历史、民族学的同志来说，都是相当宝贵的。

过去，我国研究维族史的同志，多半是参考杨丙辰先生从德文译文译出的、由拉德洛夫在《福乐智慧》一书中收进的那篇有关乌古斯的材料，而看不到回鹘文《乌古斯传》的译文。现在，阿不都秀库尔、郝关中同志已经把它译成汉文。他们译得忠实、通畅，且在译文前后加了前言和注释，作了一些研究和介绍。我们认为，研究维吾尔族语言文学、历史、民族学的同志，如果还不能直接阅读原文的转写时，读读他们的译文，肯定会有收获的。我写的这篇文章，也是在对照着原文的转写，阅读了他们的译文后写的一点体会。不妥之处，请同志们指正。

（三）土族叙事诗

蟒古斯[①]

讲述人：李克郁，土族，四十四岁，教员
整理人：黎源　强光
时间：1978 年 11 月
流传地点：青海互助

史料解读

　　该史料是一篇蟒古斯故事的整理原文，原载于《青海民族学院学报》1979 年第 1 期。本篇蟒古斯故事是根据李克郁口头讲述整理而成的。蟒古斯的故事是北方部分少数民族中常见的故事类型，其中土族的蟒古斯故事内容朴素，极具原始性。故事展现了土族人的自然观，表达了他们对自然的敬畏之情，赋予了故事深远的意义和哲理。蟒古斯故事是土族民间文学中的典型代表，是土族民间文学中的一颗珍宝，以其独特的艺术光芒丰富了土族文化的多样性。通过阅读故事原文，读者可以更好地了解土族人民的生活方式、传统价值观和信仰体系。

　　李克郁口述的土族蟒古斯故事，对于搜集整理土族民间文学具有重要的意义，为推动土族民间文学的研究进展奠定了基础，丰富了土族民族文学的成果积累。

---

①　蟒古斯：土族语，恶鬼，妖魔。

原文

　　从前，有一个勤劳贤良的老奶奶。她有四个女儿，大女儿叫塔瑛索①，二女儿叫吉然索，三女儿叫达兰索，四女儿叫娜瑛索。一家五口过着辛酸的日子。老奶奶为了四个年幼的女儿，豁出一把老骨头，拼死拼活地劳动着，淌干了汗水，累断了筋骨，受尽了人间的苦难，总算把四个女儿拉扯成人了。

　　大女儿塔瑛索出嫁不久，生了个儿子，老奶奶非常高兴，她急着要去看看大女儿，抱抱小外孙。临走前，对二姐、三姐和四姐叮嘱说："我走了后，你们把门闩好；不是我回来，不管啥人来，都不要开门！"

　　老奶奶在家里经过一番安排之后，拎着小篮篮上路了。走呀，走呀，走到太阳偏西的时候，来到一个不见人烟的深山幽谷里，迎面走来了一个白发蓬松的"老太婆"。这"老太婆"看来是人，实际上是一个吃人的蟒古斯；她经常骗人吃人，这儿的人们又怕又恨。今天见到老奶奶一个人走路，便上前说：

　　"拎着篮篮的老奶奶，

　　你为啥独自这里来？

　　篮里的东西多稀罕，

　　莫不是去把亲友攀？"

　　老奶奶说：

　　"奶奶我如今七十七，

　　才得了一个外孙子；

　　他家就在山背后，

　　日落之前要赶到；

　　只要看看小外孙，

---

①　塔瑛索：土族语，即五十。土族有用长辈年令命名的习惯，吉然即六十、达兰即七十、娜瑛即八十，女性名后一般加"索"字。

闭了眼睛也高兴！"

老太婆说：

"山高道远路不平，

年高岁大多难行；

今晚歇在阿捏①家，

明日送你见外孙。"

老奶奶说：

"前是大山后是川，

不见村庄和人烟；

今日留我你家歇，

请问阿捏住哪边？"

老太婆狞笑着说：

"高山深谷岩石峡，

洞洞穴穴是我家；

山前山后我都去，

人人称我蟒古斯；

三日不食渴又饥，

今日饱餐有福气。"

那老太婆暴露了自己的真面目后，便张开血淋淋的大嘴，向老奶奶扑过来，要把老奶奶一口吞到肚里去。老奶奶央求道：

"蟒古斯阿捏发善心，

今日放我过山岭；

只要见见小外孙，

明日吃我也甘心！"

蟒古斯哪里肯听老奶奶的求饶，把她按倒在地，几口就咬死了。然后装扮

————————

①　阿捏：土族语，奶奶。

成老奶奶的模样,拎着小篮篮朝老奶奶的家里走去。

蟒古斯扣门叫二姐:

"吉然索,吉然索快开门,

开门开门快开门,

篮里的枣儿红彤彤!"

二姐吉然索从门缝里看了看,不象她的阿妈,答道:

"不开不开不能开,

你不是我的亲阿妈;

阿妈穿的是红裙子,

你却穿的是灰裙子。"

蟒古斯在红土上打了几个滚,把灰裙子染成了红裙子,又去叩门叫三姐:

"达兰索,达兰索开门来,

你阿妈的红裙迎风摆;

开门开门快开门,

篮里的桃儿给你分!"

三姐达兰索从门缝瞧了瞧,不象自己的亲阿妈,答道:

"不开不开不能开,

你不是我的亲阿妈;

阿妈穿的是绿裙子,

你却穿的是红裙子。"

蟒古斯在草丛里打了几个滚,把红裙子染成了绿裙子,又叩门叫四姐:

"娜瑛索,娜瑛索来开门,

你阿妈的裙子绿茵茵;

开门开门快开门,

篮里的杏儿给你分!"

四姐娜瑛索从门缝里看了看,不象自己的阿妈,答道:

"不开不开不能开,

你不是我们的亲阿妈；

阿妈不穿红来不穿绿，

穿的是一件花裙裙呀！"

蟒古斯在红土上打了几个滚，又在绿草丛里打了几个滚，把绿裙子染成了花裙子，接着又叩门叫道：

"阿妈的心肝娜瑛索，

快快给妈把门开；

阿妈穿的是花花裙，

快开门妈给甜杏儿。"

娜瑛索信以为真，争着要开门，哭着叫着向大门冲去，两个姐姐阻拦她，紧紧追在她的后面。狡诈的蟒古斯见势喜在眉梢，乐在心头。她用软硬兼施的口吻说：

"阿妈的心在儿女上，

儿女的心在石头上；

一把屎来一把尿，

拉扯儿女长大了；

期望生活有靠头，

盼望老躯有人守；

如今年老没人理，

不如深山老林喂狼去！"

娜瑛索一听更是闹着要开门。

蟒古斯又说：

"娜瑛索，娜瑛索听妈言，

你就是阿妈的小心肝；

两个姐姐是铁心肠，

不认阿妈是亲生娘；

快快伸出你的尕手来，

阿妈的银戒指给你戴。"

娜瑛索从门缝伸出小手,蟒古斯一把抓住娜瑛索的手,使劲地折呀,拧呀,掐呀,娜瑛索痛得死去活来。两个姐姐无奈,只好打开门,蟒古斯冲了进来。蟒古斯一进门,既不让点灯,又不让她们出门,连声催促她们早点睡觉,她硬哄娜瑛索和她睡在一起。到更深夜静的时候,从蟒古斯的被窝里传出"咝啦咝啦"的声音,吉然索问道:

"阿捏阿捏你啃啥?

我饿得肠肠肚肚咕咕叫,

分给我吃点好不好?"

蟒古斯说:

"我啃昨晚煮的羊骨头,

娃娃家吃多了会拉稀,

少管闲事乖乖把觉睡。"

不一会儿,又传出一阵"咕噜噜,咕噜噜"的声音,达兰索问道:

"阿捏阿捏你喝啥?

我口里干来心里燥,

分给我喝点好不好!"

蟒古斯说:

"我喝昨晚的羊肉汤,

娃娃家喝了会尿炕,

乖乖睡觉你不要嚷。"

不一会儿,听到一个圆圆的东西"轱辘辘"一声滚下炕去,吉然索问道:

"阿捏阿捏着实讲,

什么东西滚下炕?"

蟒古斯说:

"你阿妈的线疙瘩滚下炕,

娃娃家乖乖睡觉少胡嚷!"

透过淡淡的月光,吉然索和达兰索发现那睡在炕上的老太婆并不是她们的阿妈,而是吃人的蟒古斯。她吃了娜瑛索的肉,喝了娜瑛索的血,把娜瑛索的头颅扔下了炕。现在只有寻机逃脱,方可免遭残害。

聪明的吉然索说：

"阿捏阿捏把灯点着,

我要出去洒一泡尿！"

机灵的达兰索说：

"阿捏阿捏把灯点亮,

我要出去上茅房！"

蟒古斯说：

"三更半夜会受凉,

有尿洒在土炕上。"

两个姑娘说：

"阿妈骂我没出息,

阿舅说我没教养；

卧房不能当茅坑,

快去快来放心上。"

蟒古斯很贪吃,又很懒惰。为了防止吉然索和达兰索逃跑,在一条长绳的一头拴上吉然索,另一头拴住达兰索,放她俩到外面解手,自己躺在炕上拉住绳索。过了好一会儿,解手的两个姑娘不见回来,蟒古斯拉了拉绳索的一头,传来"咕嘟咕嘟"流水的声音。蟒古斯说：

"咕嘟咕嘟洒不完的啥尿？

快快给我回来早睡觉！"

又过了好一会儿,不见两个姑娘回来。蟒古斯又拉了拉绳子的另一头,传来"咯咯咯"的笑声,蟒古斯说：

"咯咯,咯咯有啥好笑？

给我回来快睡觉！"

这样反反复复几次,只听见"咕嘟咕嘟"、"咯咯咯"的声音,总不见两个姑娘回屋来。蟒古斯一气之下,跳下炕到外面去看两个姑娘。仔细一瞧,绳索的一头拴着个水壶,另一头拴着一只大母鸡,两个姑娘早就不见踪影了。

蟒古斯跟着姑娘的脚印发疯般地追去,一直追过了九架山,九条江,追到一棵参天大槐树底下,只见两个姑娘在大槐树顶头,骑在树顶的一个粗大树叉上。

原来,吉然索和达兰索逃出来以后,跑呀,跑呀,跑到一座黑鸦鸦的高耸入云的大石山脚下,大石山挡住了去路。吉然索唱道:

"喊声天呀叫声地,

睁眼看看苦命女;

蟒古斯阿捏真凶残,

妈和妹妹遇害实可怜;

前是大山后是川,

我俩如今怎么办?

大山大山行行好,

快快变低放我跑;

救救遇难的苦孩子,

烧香煨桑①把恩报!"

随着吉然索的歌声,大地一震,顶天的大石山变成了一座小山岭,姊妹俩奔过山岭。达兰索唱道:

"小山小山快变高,

蟒古斯来了别让行;

救救遇难的苦孩子,

烧香煨桑报恩情!"

随着达兰索的歌声,大地又一震,小山岭立即变成了一座顶天的大石山。

姊妹俩跑呀,跑呀,又跑到一条大江边。这江面宽阔望不到对岸,江里的浪

---

① 煨桑:是信仰喇嘛教的群众的一种宗教活动,把柏香(有的还放上糌粑、酥油)点燃,表示敬神。

涛象一群野马,咆哮着,奔腾着,挡住了她们的去路。吉然索唱道:

"喊声天呀叫声地,

睁眼看看苦孩子;

蟒古斯阿捏真凶残,

阿妈和妹妹都遭害;

前是大江后是山,

我俩如今可怎么办?

大江大江行行好,

快快变条水沟沟;

救救遇难的苦孩童,

烧香煨桑把恩报!

随着吉然索的歌声,江面上"哗哗哗"几道耀眼的闪光,大江变成了一条潺潺的溪流。两姊妹跳过了小溪。达兰索对着小溪流唱道:

"水沟水沟快变大,

蟒古斯来了别叫跨;

救救遇难的苦孩子,

烧香煨桑把恩情报!"

随着达兰索的歌声,又是一道耀眼的闪光,小溪立即变成了望不到岸的大江。大江的浪涛在咆哮着,奔腾着。

吉然索和达兰索就这样翻过了九座大山,九条大江,来到一棵参天大槐树底下。吉然索又对着大槐树唱道:

"喊声天呀叫声地,

睁眼看看苦孩子;

蟒古斯阿捏真凶残,

阿妈和妹妹都遭难;

过了九江又九山,

咱俩如今怎么办?

大树大树行行好，

请你快快变变小；

救救遇难的苦孩童，

烧香煨桑把恩情报！"

随着吉然索的歌声，一阵震耳欲聋的霹雳声，大槐树变成了一棵小树。姊妹俩攀上树梢，达兰索唱道：

"小树小树快长高，

蟒古斯来了别叫上；

救救遇难的苦孩子，

烧香煨桑把恩情报！"

随着达兰索的歌声，又是一阵震耳的霹雳声，小树立即变成了一棵参天大槐树。就在这个时候，蟒古斯已经追到大树底下来了。蟒古斯怪声怪气地问道：

"吉然索我的小心肝，

这么高的树我怎么攀？

快给我说说窍和迷，

奶奶也要上树哩！"

吉然索答道：

"蟒古斯阿捏不要慌，

上树的迷窍给你讲；

不用绳拉不用梯，

吃泡猪粪就能上。"

蟒古斯找了一泡猪粪吃了，上呀上呀还是上不去。问达兰索：

"达兰索我的小心肝，

给阿捏说句心里话；

吃了猪粪不顶用，

究竟用的啥办法？"

达兰索答道：

"蟒古斯阿捏不要慌，

上树的迷窍给你讲；

不用绳拉不用梯，

吃泡大粪就能上。"

蟒古斯找了一泡大粪吃了，上呀上呀还是上不去。就这样一问一答，叫蟒古斯又吃了狗屎，喝了尿。最后姊妹俩说：

"一条绳子长又长，

你拉我，我拉你，

一步一步把树上。"

蟒古斯说：

"快把绳子往下放，

把阿捏拉到树顶上。"

从树上抛下一条长绳，一头在树顶，一头在树下，叫蟒古斯紧紧拴好。姊妹俩拉呀，拉呀，快拉到树顶的时候，一松手，蟒古斯象一条猪掉落在树底下，摔了个半死不活。这时，正好过来一位年青魁梧的樵夫。姊妹俩说：

"大哥大哥救救命，

蟒古斯就在树下蹲；

只要除掉蟒古斯，

给你作妻当妹都愿意！"

那樵夫抡起大斧，把蟒古斯剁成了肉泥，埋入深坑，还压了块大石板。从此，这里再没有蟒古斯，人们过着安居乐业的幸福生活。

后 记

从国家社科基金重大项目"新中国少数民族文学研究史（1949—2009）"获准立项至今，正好是岁星绕太阳一周的时间，也是生肖轮回的一个完整周期。这 12 年，少数民族文学史料的阅读和整理，成为我生活的一部分。本书是这些史料重新整理和研究的成果，也是国家社科基金重大项目"新中国少数民族文字文学史料整理与研究"的阶段性成果。

本书的史料搜集整理涉及 1949—1979 年间少数民族文学各学科领域，史料形态多样，分布空间广阔，留存情况复杂，涉及搜集、整理、转换、校勘、导读撰写诸多方面，难度之大，可以想见。因此，在本书即将付梓之际，特向为此付出了大量心血和努力的学界师长、同仁以及团队成员致以谢意。

感谢朝戈金、汤晓青、丁帆、张福贵、王宪昭、罗宗宇、汪立珍、钟进文、阿地力·居玛吐尔地、李瑛、邹赞、刘大先、吴刚、周翔、包和平、贾瑞光等学界师长和同仁的悉心指导和鼎力支持。

感谢宛文红、王学艳、陈新颜、杨春宇以及各边疆省（自治区）图书馆的大力支持。特别要感谢大连民族大学图书馆宛文红 12 年来持续、有力的支持和帮助。

感谢团队各位成员的参与和付出。参加史料解读撰写和修改的有：王莉（33 篇）、丁颖（29 篇）、韩争艳（39 篇）、苏珊（35 篇）、邱志武（43 篇）、李思言（38 篇）、邹赞（42 篇）、王妍（25 篇），王微修改了古代作家（书面）文学卷的史料解读和概述初稿。撰写史料解读和部分概述初稿的有：王潇（71 篇）、包国栋（58 篇）、王丹（89 篇）、张慧（65 篇）、龚金鑫（16 篇）、雷丝雨（85 篇）、卢艳华（58 篇）、王雨琹（39 篇）、冯扬（35 篇）、杨永勤（15 篇）、方思瑶（15 篇）。王剑波、王思莹、并蕊校对了部分史料原文。

李晓峰撰写了全书总论、各卷导论，审阅、修改了全书本辑概述和史料解读，并重写了各卷部分本辑概述和史料解读。

由于种种原因，许多整理出来并已经撰写了解读的史料（图片）未能收入书中，所以，团队成员撰写的篇目数量与本书实际的篇目数量存在出入。史料学是遗憾之学，相信，未收入的史料定会以其他方式面世。

再次对多年来关心、支持我和本课题研究的各位师长、同仁、家人表示衷心感谢。

李晓峰

2024 年 11 月 12 日于大连